绘者/lin

绘者 / 绘弦

绘者 / 梨三花

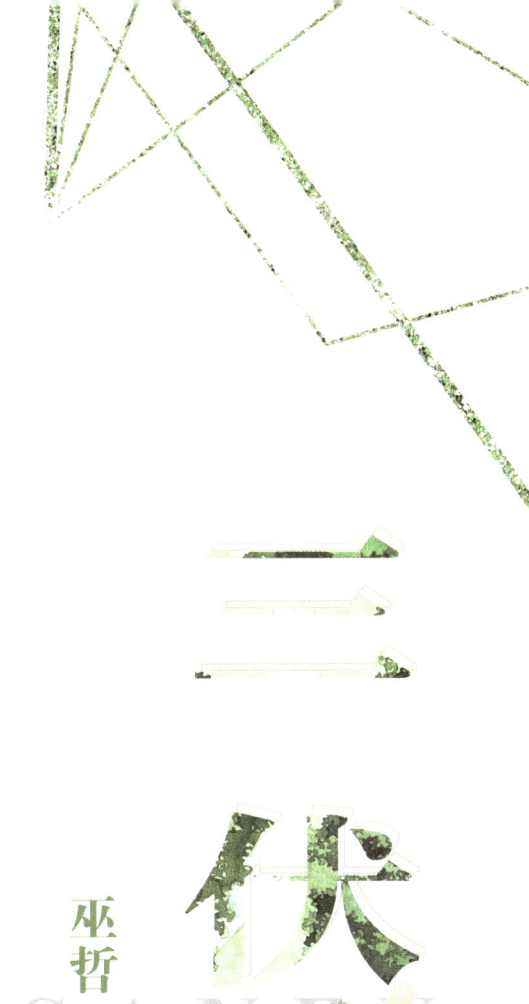

三伏（上）

巫哲 著

SANFU

中国致公出版社　知音动漫

目录 CONTENTS

CHAPTER 1
开学 001

CHAPTER 2
107 特权 029

CHAPTER 3
星垂平野阔 055

CHAPTER 4
友谊第一步 085

CHAPTER 5
家里人 121

CHAPTER 6
生日快乐 141

CHAPTER 7
江总驾到 163

CHAPTER 8
段氏社交 197

CHAPTER 9
少爷打工记 229

CHAPTER 10
以霸制恶 261

CHAPTER 11
脆弱理所应当 277

CHAPTER 12
父与子 301

CHAPTER 1

开 学

1 没错，逃命

江阔站在卧室阳台上。低头在手机屏幕上看到江了了发来的信息时，他立刻撑着阳台栏杆跳了下去。

卧室在三楼，阳台的斜下方是他妈瑜伽室的大露台，闭眼跳下去也没问题。

虽然知道他妈没在家，不会有人看到他，江阔还是透过窗户往瑜伽室里看了一眼。

刘阿姨正拿着抹布，扶着窗户，一脸震惊地看着他。

这个场景实在有些令人意外，江阔保持着落地时的半蹲姿势，半天都没想好要不要顺便跟她打个招呼。

这个时间擦什么窗户！窗户有必要每天都擦吗！

万无一失的"出逃计划"里并没有"刘阿姨在瑜伽室擦窗户"这样的事项。江阔赶紧竖起食指，但还没等他把手指放到嘴边，从来就没配合过他的刘阿姨已经发出了一声尖叫："江阔——"

"啧！"江阔跳上露台边的花架，翻了下去。

"江先生——江郁山——"刘阿姨大喊着追到了露台边上，"江阔跳楼了——"

江阔冲向后院的院墙，但在到达最近的院墙之前，他需要先绕过泳池，再越过两层花池，最后踩着他爸绕着半个院子建的锦鲤池翻上墙头才能完成此次"逃亡"。

攀上院墙的时候他听到了从身后传来的一声暴喝。

"狗东西！"他爸气贯长虹，"身手可以啊！"

江阔被这一嗓子惊得差点儿一脚踩进锦鲤池。他扶着墙往下看了一眼，这一池子可都是祖宗，那条顶级祖宗刚从他胯下游过。

"加油——跑快点儿——"他爸的声音很响亮，但是语气听上去很和蔼，"老陈，辛苦你，带几个人把他腿打断了给我拖回来！"

江阔的注意力瞬间从一众祖宗身上回到了逃亡路线上。他踩着石头两下蹿上了院墙，喊了一声："我到学校了给你打电话！"

在院墙外落地的时候他听到了他爸的回答："异想天开！我把你连人带学校一块儿铲平！"

那不可能，犯法。

因为没有任何行李，加上余光已经扫到了追兵，江阔跑起来速度惊人，甚至还拿出手机拨了个号。

"大炮！"他吼，"就位了没？"

"一脚油门的事儿。"大炮气定神闲，"你这什么动静，哮喘了？"

"哮你个头，开过来！"他吼得想咳嗽。

大炮的反应速度还算不错，电话那边马上传来了发动机的轰鸣声。

江阔回头看了一眼，老陈他们虽然肯定追不上他，但依旧在他的视野里挥着胳膊卖力地追着。

他不能放松警惕。这回他爸是真的发火了，物业大楼距离他家不到百米，保不齐他爸一会儿就把保安部的人都派出来，镇守在他的逃亡路线上。

好在事发过于突然，加上他爸大概觉得此孽子不配让他派出一个保安团，于是江阔安全地冲出了小区大门，看到了刚刚在路边停下的车。

车是他的，非常耀眼的银绿色。

好久不见，宝贝儿。

的确挺久没见了，因为他爸为了让他反省"你到底为什么非要去上这个破学校别说你是想学习你要想学习就不会只考上这个学校"，断掉了他的一切乐趣来源。

这车上个月就被开到他爸最教子有方的朋友杨叔叔那里看管起来，甚至车钥匙都没放在家里。

不仅仅是这辆车，他所有的娱乐设备都被收缴了，连平衡车都没放过。

但现在车开到了他面前。

这一步绝对在他爸的预料之外。

副驾驶座的车窗已经降下，江阔冲过去借着惯性起跳，扶了一下车顶，跃进了车里。

"走走走走走！"江阔往椅背上一靠，看了一眼还没有人追出来的小区大门，"直接上高速。"

"等我导个航……"大炮没动，手指悬在中控屏幕上，"往哪儿导呢？有没有个地……"

"先开。"江阔一巴掌拍在了屏幕上。

屏幕犹豫了两秒钟，在大炮一脚油门冲出去的时候，给大家播放了一首劲

开学 CHAPTER 1

003

爆的舞曲。

"你存的歌？"江阔问。

大炮顾不上回答，只是偏了偏头，示意他往后看。

这车是两门的，因为嫌烦，江阔从来没让人坐过后座，所以当他回过头，看到后座上居然还坐了个人的时候非常震惊。

杨科，教子有方的杨叔叔的儿子，他从小听到大的"你看看人家"的那个"人家"。

"他怎么在车上？"江阔转回头看着大炮，又转头冲后面的杨科问了一句，"大炮给你钱了吧？"

"给了。"杨科点点头。

车是杨科拿到钥匙后把大炮带进杨家车库开出来的，但他不白帮忙，因为干的是招揍的事。江阔让大炮给了他一万块钱和一部新手机。交易已经完成，他这会儿就不该还在车上。

"那您还在这儿干吗呢？"江阔问，"飙车呢？"

"顺路把我带到九天瀑布那个度假区就行。"杨科说。

"顺谁的路？"江阔的声音顿时提了上去，每个毛孔里都冒着不爽。

九天瀑布是他爸开发的项目，在哪儿他太清楚了。那个度假区在本市版图的最南端，不仅跟他的目的地不顺路，车开过去还得好几个小时，真要去了，今儿晚上就得在他爸的地盘上过夜。

他瞪着杨科："银货两讫，你少给我来这套。大炮，前面路口给他放下。"

"好嘞！"大炮响亮地应了一声。

杨科的手机响了，他拿起来在江阔面前晃了晃，上面显示来电人：江总。

江阔看着他没说话。

这倒是在他"出逃计划"的突发事项里，毕竟车这个目标太明显，很容易被发现。虽然所有人都不会相信，但嫌疑人只能是杨科。

不过江阔并没有给杨科安排台词，只让他说自己是被逼的，再随便说条错误路线拖延一下时间就行。

只是现在杨科在车上，他俩还产生了分歧。

这个时候杨科的"口供"就变得很不受控制。起码逃跑路线和目前他们所在位置杨科很清楚，只要他说出去，以他爸的风格，他们今天怕是出不了这三条街。

杨科接了电话，吸了一口气，语气变得有些紧张："江叔叔。"

江阔忍不住盯了他一眼，这演技可以啊！

"小科，你是不是跟江阔在一起？这是怎么回事？"他爸的声音很大，江阔听得很清楚。

"小阔他……您也知道从小我就打不过他。"杨科颤抖着声音说,"我也……没办法,我现在人都还在车上。"

大炮小声吹了声口哨。

江阔一扬眉毛,冲杨科竖起拇指:"牛。"

"你们在哪里?!"他爸的声音还是很响亮,带着杀气,"你告诉我,不要怕,我十分钟就能把车扣下!"

"我们在……"杨科说着把手机握在手里搓了几下,接着把手机按到座椅上,清了清嗓子喊了一声,"我们在青年大街……"

喊完他挂掉电话,把手机往兜里一放,看着江阔。

江阔盯了他几秒,转头看着大炮:"往南从沙石场那边出城,走县道。"

大炮也转头看了他一眼:"九天瀑布?"

"九天瀑布。"江阔往椅背上一靠,伸手把后视镜转过来,看着后座一脸平静的杨科,"去投潭啊?"

"我可是刚帮完你。"杨科说。

"给我扣了个绑架还揍人的屎盆子,"江阔说,"我还要谢谢你吗?"

"你不是正在谢我吗?"杨科说。

"那是我讲道义!"江阔提高声音。

"你不讲也可以的,"杨科说,"你看你爸是信你还是信我。"

"我这儿有行车记录仪。"江阔指了指车上的摄像头,"你放的每一个屁,这里头都有记录,你说他信谁。"

"但是你不会拿这个出来。"杨科说。

"这么胸有成竹?"江阔转过头,"能养活不少熊猫了吧?"

"因为你讲道义啊。"杨科笑了笑。

"滚!"江阔气壮山河,"大炮,一会儿出了城给他扔路边!"

"好嘞!"大炮也气壮山河。

杨科给他爸报的地址在城北,是去高速公路最近入口的必经之地。地点本身很可信,加上杨科和杨科手机的演技,就更是可信了。所以这会儿他爸的人肯定都去了那个高速公路入口堵人。在他们发现不对之前,江阔起码有半小时的时间,足够出城了。

到那时,他爸就算再打电话问杨科也没用了,在杨科的剧本里,大炮已经把他的手机给砸了。

"没全扣我头上,"江阔说,"又得谢谢你了是吧?"

"不如全扣我头上。"大炮说,"我爸拿我一点儿招没有,江总拿我更没招。"

"那就不可信了。"杨科说,"毕竟你一直是江阔的狗腿子。"

"去你的!"大炮一拍方向盘,"你离间谁呢?今儿也就是求着你了,给你点儿好脸你还来劲了!我现在就给你扔下去你信吗?"

"开你的车。"江阔说。

对时间的估算还是准确的,车刚开上县道,还没把杨科就地扔下车,江阔的手机就响了。不过显示的号码并不是江郁山的,而是江了了的。

江阔松了口气,接起电话。

"出城了吗?"江了了问。

"没有。"江阔说,"我能那么傻吗?肯定不会再走青年路,我走……"

"不用装,就我自己。"江了了说。

"刚出来。"江阔看了一眼窗外。

"怎么谢我?"江了了问。

"跟你亲哥还……"江阔话没说完就被她打断了。

"一到关键时刻就亲哥,是谁愤愤不平用红颜料写'血书'要求彻查医院是不是把咱俩出生顺序弄反了的?"江了了说。

"这种陈年旧账就不翻了吧……"江阔一阵尴尬,"说吧,要什么?"

"要不就那辆摩托吧,你不是一直嫌弃它劲儿不够么,我不嫌。"江了了说。

"车让爸锁保安部仓库里了。"江阔说。

"我去要。"江了了说,"你什么时候想开,我可以租给你,年卡九五折。"

没等江阔再出声,电话挂断了。

"什么情况?"大炮问。

"一切顺利。"江阔低头拆着手机卡,"让你给我买的卡呢?"

"这儿。"大炮从兜里掏出一张手机卡扔给他,"了了敲了你一笔吧?"

"问号换成句号。她要走了我那辆摩托。"江阔说。

"你反正也不开那个。"大炮说,"要没她回家拖着阿姨出门,你都不知道哪天能出来。"

"嗯。"江阔应了一声。

"前面路口?"大炮问。

"嗯?"江阔抬头看了看前面。

"你说的前面路口扔我下车。"杨科在后头给他解释了一句。

"走吧。"江阔一挥手,又回头看了杨科一眼,"闭嘴待着,谢谢。"

绕远送杨科没什么问题。他爸以为他要往北走的时候他往南,等他爸想着要往东、西、南找找的时候，他已经往北了。而且九天瀑布这会儿就属于"最危险的地方就是最安全的地方"里的那个"最危险"的地方。

车在县城路口停下的时候，天已经黑透了。

江阔下了车，准备跟大炮换着开。

"下车。"他看着后座的杨科。

"还没到呢。"杨科说。

"看到牌子没？"江阔指了指前方的一个路牌，"九天瀑布。"

"距离十五千米。"杨科提醒他。

"我要一出城就给你放下，你这会儿还离这儿三百千米呢。"江阔胳膊往车门上一撑，"锻炼一下吧。"

杨科下了车。毕竟认识江阔这么多年，就算相互讨厌也还是了解的——跟江郁山一样，江阔越平静，表示决心越大。

"报复心这么强。"杨科背好自己的包。

"第一天认识我么？"江阔绕过车头上了车。等大炮把副驾驶座的车门一甩，他一脚油门，开车冲了出去。

"慢点儿！"大炮吼了一声，手忙脚乱地拉出安全带系上，"安全带！"

江阔没有减速，只是抬起了右胳膊。大炮帮他把安全带拉过来扣上了。

"要不还是我开。"大炮说，"我怕你一兴奋当这儿是赛道呢。"

"帮我看看去最近的县城怎么走。"江阔说着打开了音乐，把声音调大。

"最近的县城在后头，你刚刚不如直接进去，"大炮说，"还能把杨科往里带一段路，让他念你个好。"

"我用得着他念我的好？他算老几。"江阔斜了他一眼，"我这种人有什么好可让人念的！"

"多少也还是有点儿的。"大炮开始思索，"你要一点儿好没有，我跟你一块儿混这么多年，不离不弃，我有病么……"

江阔没说话。

大炮的思索用了很长时间，长到车都开出路灯范围进入黑暗中了，他也没思索出具体好在哪儿。

"找地儿吃饭吗？"大炮强行转移了话题。

"就直说冲我的钱来的，"江阔说，"我也不会跟你计较。"

"伤自尊了啊。"大炮说完再次转移话题，"真饿了，我舌头都快饿出来了。"

"拍回去！"江阔说。

鉴于大炮的"饿情",去最近的县城可能赶不及挽救他的舌头,他们只能去最近的镇子。

黑灯瞎火地开了一个多小时,看到前方的亮光时,大炮忍不住喊了一嗓子。

"我现在去吃自助餐能给老板吃跪下!"

"我不吃自助。"江阔说。

"我知道你不吃!"大炮说,"我就是打个比方……"

"你打你的比方,"江阔说,"我就补充一下我的想法,以免你打完这个比方就想吃自助了。"

自助是没有的,车开进镇子之后只看到了几家没有人的小饭店,门口写着"停车、加水、吃饭、住宿"的那种。

"这家?"大炮扒着车窗往外看,"要不那家'小燕家常小炒'什么的,看着还挺干净……"

江阔没说话,一脚油门,车轰鸣着冲过了几家饭店,路两边站着聊天的人齐齐转过了头。

"不是……"大炮还是很了解他的,"这种时候就别挑了吧!有口吃的就不错了。这就是个镇子,你还想找一家米三(米其林三星餐厅)啊?"

"找家镇中心的饭店。"江阔按着喇叭从一辆磨磨叽叽的车旁边超了过去,"这些看着跟黑店一样。"

镇中心看起来最豪华的酒楼里人还挺多,包厢全满了,大厅里还有一场婚宴。

车就停在门口的停车位上,江阔坐在车里,看着引擎盖上放着的几个饭盒,大炮正埋头苦吃。

"你真不吃?"大炮抬头问了一句,"有时候不能太挑剔,你别看这店看上去不怎么样,其实饭菜味道还行。"

"不吃。"江阔说。

他俩刚进去了一趟,大堂里全是人,孩子满地跑,还有一地莫名其妙的垃圾。别说吃饭,他在里头待都待不住。

"你要早说你不吃,"大炮说,"我就在里头坐着吃了。"

"那你进去。"江阔不耐烦地拍了一下方向盘。

"一会儿上哪儿住?"大炮喝了一口汤。虽然是打包了在引擎盖上凑合吃几口,但他点的菜非常不凑合,荤素搭配,全是硬菜,连汤都没缺,甚至还有一盘甜点。

"住什么住,这一路有能住的地儿吗?"江阔说。

"那怎么办?"大炮愣了愣,"连夜逃命啊?"

"没错,逃命。"江阔的心情突然愉快起来,一挑眉毛,往玻璃上弹了一下。

大炮在副驾驶座上睡得非常香,一脸对他过硬的驾驶技术非常信任的安详。

江阔打开了车窗,一丝带着凉意的夜风从他脸上扫过。混杂着草香和泥土味的空气卷进鼻子,一直高涨的"逃亡"情绪突然被风吹散了一些,空出来的脑子顿时有些许迷茫,他把几个车窗全放了下来。

微潮的风顿时把车厢灌满,还把大炮脑袋上的帽子直接掀到了后座。

"啊!"大炮一下坐直了,在狂风里愣了好几秒才说了一句,"我以为翻车了。"

"这么想翻自己跳出去。"江阔看了他一眼。

大炮搓了搓脸,回手想拿帽子的时候一眼扫到了迈速表。

"车神!你还敢看我!"大炮瞪着他,"一百八!你疯了?!一会儿就抓你超速!"

"我速度刚上来没三秒钟。"江阔松了松油门,车速降到了一百五,"这也没在高速上,国道。"

大炮愣了两秒,往前瞅了瞅,车灯照射范围之外一片漆黑,他声调顿时高了八度:"你脑子还在吗?国道就不危险吗?你知道前面什么路况?黄豆那么点儿高的底盘!想飞啊你?"

"这话说得太不严谨了,怎么也不得是芸豆那么高。"江阔被他吼得耳朵嗡嗡响,不耐烦地踩了一脚油门,车速立马回到了一百八。

一直到大炮开始国骂、方言骂混合攻击,音量超过了发动机的声音,他才减了速,把车停在了路边。

"要不您开。"江阔打开门,从小冰箱里拿了罐可乐下车。

"你是不是困了?要不咱俩就地睡一觉。"大炮也拿了一罐,靠在椅子上,"我困得不行,开不了。"

"万一江总派人追过来了呢?"江阔坐到了引擎盖上。

"想什么呢,江总猜不到你这种贪图享受、贪生怕死的人会绕远走国道。"大炮说,"他要真想收拾你,直接让人上学校门口堵你就完事了……不过大概率他舍不得。"

"有人给你打电话了没?"江阔问,单手打开了可乐,仰头灌了两口。

"江总肯定跟我爸通过气了。我爸给我发了条消息,让我直接死外头,不用回去。我现在是无家可归人士。"大炮也单手打开了可乐罐子,然后甩甩喷了一手的可乐,"你是不是没事儿就躲屋里练这个?开得这么行云流水。"

第一次开就是这么行云流水。

别说单手开可乐罐,心情好了八宝粥罐子都能给你单手开了。

在这种没有任何意义的事情上江阔格外有天赋,各种"花式XX""徒手XX""十大耍帅技能"……从入门到精通只需一次。

"睡觉都没耽误我练习。"江阔笑笑,冲他举了举可乐罐,"你要是无家可归,不如给我陪读去吧,洗洗衣服、跑个腿儿什么的,我给你开工资。"

"得了吧。你这经济后盾正震怒呢,我狗腿儿还当得这么卖力,让我爹知道再把我那点儿零花钱给'震'没了。你看我是那种共患难的人吗?"大炮摇摇头,想想又敲了敲车门,"江阔,我要是你,高中我都不上。"

江阔看了他一眼:"你这资质,九年义务教育算深造。"

"没错,我这就叫对一切事实都有正确认知。"大炮打了几个呵欠,又叹了口气,"我特别想问你为什么非得去这个学校,你就是去坐四年牢我感觉你爸都不会气成这样……"

"夸张了啊。"江阔打断他。

"就这么个意思。你这个逆子不就是他惯出来的么。"大炮一脸不屑,"永远是——'他毕竟还是个孩子,要给他成长的空间'。"

"不愧是我发小。"江阔冲他竖起大拇指。

"你爸这么生气,是因为已经预见到你这学上不上也就那么回事,不如直接回家继承家产。"大炮想了想,"不用多的,我觉得民俗村那儿给你就行。"

"做梦呢。"江阔笑了起来,"高考完第二天他就给我安排了,让我去小区形象岗站着。"

"也不奇怪,毕竟亲爹最了解你。"大炮很感慨,"这打下的江山以后不知道落谁手里,一个好吃懒做,一个神……"

"给你一分钟,"江阔的脸瞬间沉了下去,声音带着明显的不爽,"查一下最近的镇子在哪儿,村子也行,自己走过去。"

"用词不当,用词不当。"大炮干笑了两声,看着手里的可乐,"我今儿可能兴奋了,你也知道我就这德性,说话不过脑子……这可乐不对劲……我就随口一说……"

"别太随便了。"江阔看着他。

"是不是下雨了?"大炮突然把胳膊伸出车窗,转开脸,有些尴尬地强行转移话题。

江阔抬起头,几大滴雨直接砸在了他脸上。

"走不走!"大炮喊。

江阔从引擎盖上跳了下去，就这几秒钟，他的头发和肩膀已经被浇湿了。

"我开，"大炮跳下了车，"这雨天我不放心你开。"

江阔没理他，坐进驾驶座，一甩车门把大炮关在了雨里，接着就发动了车子。

"你干什么？"大炮反应还是很快的，一边回头往副驾驶座跑一边吼，"江阔你什么意思？！"

"你不是说你不开吗？"江阔把大炮放在副驾驶座的手机往车窗外一扔，一脚油门，车带着发动机的轰响冲了出去。

大炮在后头肯定骂人了，但江阔听不见，只能从后视镜里看到他在突如其来的暴雨中边挥手边跑的身影慢慢消失了。

江阔把音乐打开，声音调大。

雨水在他关上车窗之前已经充分地湿润了车厢内部，他伸手扯了张纸巾擦了擦脸上的水。

后视镜里已经一片模糊，别说是大炮最后的身影，就连路都已经没了。

前方也是同样的情况，大灯只能照出去两米距离，两米之内能看到的都是炸起了白雾的水。

江阔踩着油门的脚一直在慢慢往上抬，车速一路降下来，不过降到四十了也依旧看不清前路。

开出去几千米之后，他把车停在了路边，听着外面响得跟八十列火车同时碾过去一样的雨声发愣。

无所事事就会饿。

江阔在车里翻了半天，只在后座找到一个压扁了的小面包。

想到后座只有过杨科一位乘客，他捏着包装袋想把小面包扔出窗外，但车窗刚开了一条缝，雨水就横着扫了进来，他又关上了车窗。

算了，要做一个有素质的人。他抹了一把脸上的水，把小面包又扔回了后座。

这雨大得的确有些出乎意料。

他刚扔下大炮扬长而去，大炮本该骂骂咧咧地在黑暗的荒地里茫然四顾，天亮了再搭老乡的拖拉机找个长途客运站坐车回家，或者到学校去骂他。但现在雨势越来越离谱，看样子一时半会儿也停不了，他犹豫着要不要回头。

毕竟这回逃跑的前半程他都被关在家里，全是大炮帮他在外头张罗的。

万一大炮出了什么意外，比如掉进了灌满雨水的沟里淹死了……

一道闪电划过浓浓的雨雾，劈亮了半边天。接着是一阵沉闷的雷声，震得车头上放着的小丑一个劲地冲他鞠躬。

江阔发动车子。

路太窄，他不得不继续往前找个路口掉头。

他没有任何行李，到了学校之后得现买，他需要个跟班儿，所以他现在得掉头去把他的跟班儿带上。

大炮站在一片黑中透白、劈头盖脸的雨雾中。

秋老虎的余威里，这雨硬是浇得他瑟瑟发抖。

江阔的车灯划破黑暗打到他身上时，他抹了抹脸上的水，举起了胳膊深吸一口气，一边哆嗦一边吼了起来。

"刹车！"大炮的双臂在头顶疯狂地晃着，"前面是个弯——你是不是傻——"

车没有减速。

从小到大这些年，大炮太清楚江阔的各种离谱操作。

首先，这人肯定已经忘了自己二十分钟之前开过的这条路上有一个弯；其次，他不会减速，他就是要往这个被他扔在路边的可怜人身上扫一把水。

车从大炮身边呼啸而过，大炮在扑面而来的雨水里听到了车里的音乐，甚至感觉听到了江阔愉快的笑声。

"傻缺。"大炮吐出嘴里的水。

车往前冲去，伴着一道闪电，一头扎进了前方的田里。

2 谁比谁嚣张

"全剧终。"段非凡在躺椅上闭着眼睛喊了一声。

头顶"吱吱"响着的吊扇被吓得停"吱"了两秒。

"烦死了。"老婶往他的椅背上踢了一脚，"你才全剧终了！人家这小说后面还有三百多章呢！"

"前二百章主角撞了四回车，"段非凡说，"这人往后居然还能活三百多章？"

"有你什么事儿？"老婶站起来拉开窗帘往外看了一眼，五点的天已经透亮了，"谁让你听了？"

"你但凡多认识几个字儿，"段非凡叹气，"我也不用天天听书。"

"车来了，"老婶把手机放到兜里，"我下去看看。"

"我去吧，"段非凡站了起来，"你还有三百多章呢。"

"你睡会儿！"老婶拦了他一下，"今天不是要去学校报到吗？"

"报到还用精神饱满吗？"段非凡打开门走了出去，"又不是去打架。"

"你跟谁打架？"老婶喊。

"没谁！"段非凡也喊，楼下的流浪狗叫了起来，应者数十。

老叔已经在后门站着了，正跟送牛肉的宋老板抽着烟聊天。

"非凡，"宋老板递了烟过来，"你叔说你今天又得报到去，一年报到一回啊。"

"低于五十不抽。"段非凡推开了宋老板的烟。

"啧，"宋老板瞪了他一眼，"这烟一百多！"

"高于五十，我就……"段非凡又把宋老板拿着烟的手拉了回来，从烟盒里拿了几根出来，放进了老叔的兜里，"拿了给我叔。"

"你背地里肯定抽。"宋老板一脸不相信。

"被你看穿了！"段非凡笑了笑，回身从身后的门里摸了把剔骨刀，走到了正在卸货的车后头。

车上正忙着的人是小李，每次送货都是他跟着宋老板过来。

段非凡手往车门上一拍："李李！"

小李手里正抱着的肉差点儿掉了。他转过头看到段非凡手里的刀，顿时惊得压低了声音："怎么，要劫肉？"

"我尝尝。"段非凡晃了晃刀。

"跟你说了这是好肉。"小李说，"除了超市，这么大个市场就给你家送了。那边有小盒切好的，你尝那个。刀放着，我看着心慌。"

段非凡拿了一小片牛肉嚼着，回到了老叔身边："我跑步去了，一会儿带烧卖回来。"

"你吃什么了？"老叔看着他。

"牛肉，还不错。"段非凡回答，又看着宋老板，"生吃安全吗这肉？"

"我不敢跟买肉的这么说，"宋老板说，"但跟你我可以说，放心吃！好着呢！"

"屁。"段非凡说。

"那你吃？"宋老板喊。

"走了。"段非凡伸了个懒腰，转身小跑着走了。

出院的时候医生说可以慢慢恢复锻炼，但在床上躺了几个月是件让人崩溃的事，段非凡一回来就跟过瘾似的，每天都会跑两个小时。

跟他一样过瘾的是市场里的流浪狗奔奔，每天风雨无阻地跟着跑，从"小狗"跑成了"中狗"，胸肌都跑出来了。

"你就为这一口是吧。"段非凡买了烧卖，拿了一个给奔奔。

奔奔叨着烧卖嚼都没嚼就咽了下去，满足地摇着尾巴等着他往回走。

手机响起来，段非凡也没看是谁，拿起来直接接了。

"今天不来报到就友尽。"董昆的声音传了过来，"狗东西，给你脸了，我和丁哲天天杵在迎新点这儿跟傻子一样！"

"这么客气，你俩坐着啊。"段非凡说。

"再见！"董昆说。

"哎哎哎，"段非凡笑了，"我一会儿就去了。"

"有行李吗？"董昆马上问，"我叫几个人等着，帮你拿到宿舍去。"

"没有，慢慢拿吧，就几百米。"段非凡冲奔奔吹了声口哨，跨出一大步，奔奔立马从他腿下钻了过去，他再跨一步，奔奔又绕回来钻了过去。

流浪狗的确聪明，这动作他只昨天教了一次，奔奔已经学会了。

第二次报到跟第一次从形式上看没有什么区别，走到学校门口，迎新的学长就招呼着带人了。

"非凡！"董昆从人堆里冲了出来，老远就张开了胳膊。

段非凡下意识地往后仰了仰，感觉下一秒董昆就要亲上来了。

"非凡！"丁哲也冲了出来，喊了一声之后又赶紧回身把手里不知道谁的通知书还回去。

董昆抢先跑了过来，毫无意外地搂住了段非凡，都没等他往校门里再走走。

"我没记错的话，上周咱俩还吃烧烤来着，"段非凡说，"你这动静是不是太假了……挡道呢。"

"我是个有仪式感的人。"董昆松开了胳膊，"一会儿别急着走啊，跟他们说好了中午吃饭，刘胖、孙季都提前回来了。"

"我……"段非凡开口，刚说了一个字，身后传来了一声喇叭响。

在他准备回头的时候，又是两声"哔哔"响起，清晰地传递着车主的不耐烦。

段非凡推开董昆，转过了身。

身后是一辆银绿色的跑车。估计是哪个新生的家长送孩子过来，他虽然对这几声喇叭有点儿不爽，但毕竟是他们挡了道……

驾驶座那边的车窗放了下来，一只胳膊伸出窗口，手指冲他这边轻轻一晃，示意他们走开。

"啧。"段非凡刚抬了半寸的脚放下了,你礼貌吗?

他看向驾驶座上的人。

车窗里又探出了半张脸,墨镜挂在鼻尖上:"哥们儿让让,谢了。"

这种不礼貌中夹杂着礼貌的行为让段非凡非常不适应,一时之间无法在自己脸上挂出一副合适的表情。

"咱们挡道了。"董昆拉了他的胳膊一下,又低声问,"这是什么车?"

段非凡没理董昆,又扫了车上那人一眼,让到了路边。

那车在前方没有了阻挡之后并没有马上开过去,而是以一种几近挑衅,就差一句"怎么你不服?"的缓慢速度一点点靠近,最后在车窗跟他俩齐平的时候停了下来。

"有病?"段非凡看着车里的人。

两个,副驾驶座的人圆头圆脑的,看着还算和善,表情带着一丝尴尬;而开车的这位脸上没有想象中的跋扈表情,反而相当平静,甚至在回答是否有病这个问题的时候,也依旧平静。

"没有。"他说。

"没病你往里开啊!"段非凡看着他,"找人给您泊车呢?"

"停车场在哪儿?"车里的人视线从他脸上往后移,落在了穿着红色迎新马夹的董昆身上,"同学你好,停车场在哪儿?"

"啊?"董昆突然被问话,愣了一下才反应过来,"你自己的车吗?学生的车……之前没有出现过这种情况。停车场应该可以停,但是不对外开放,你可能要先办手续……"

"我送我弟弟,"这人指了指圆头圆脑,"我是家长。"

圆头圆脑点了点头:"学长好。"

"……家长的话,前面右边有个空地,那里是临时停车场。"董昆说。

"谢谢。"这人点点头。

"不客气。"董昆也点点头。

"江阔。"这人从车窗里伸出了手。

"……董昆。"董昆顿了两秒才伸出手跟他握了握。

两人握手结束之后,江阔的目光又投向了段非凡。

段非凡也看着他。

在段非凡想着"也不用这么尴尬不就握个手么那就握呗"刚准备抬手的时候,江阔笑了笑,一脚油门,车在发动机的声浪中往前开了出去。

"我去你的!"段非凡说。

"那是什么车?"董昆对他的情绪全然不知,依然执着地追问之前没有得到回答的问题。

"保时捷，P什么S什么CHE的，你不会拼一下么？"段非凡很无奈，想看看丁哲在哪儿，一转脸就看丁哲已经小跑着过来了，视线也追着车。

"这色儿的911第一次见，"丁哲说，"太骚了……你们认识？"

"不认识，"董昆说，"问路呢。"

"送我去宿舍，学长们。"段非凡说。

"走！"丁哲一挥手，"给你准备了个单间。老李怕你还没恢复好，正好多一间宿舍，就打了报告安排给你了。"

"……这待遇是不是有点儿过了？"段非凡说，"我现在扭头就能去跑个全马。"

"一点儿都不过！这是你应得的！"董昆一拍他的肩膀，又压低声音，"你可别拒绝，有个单间，我们以后聚众干点儿什么都方便。"

"还真是临时停车场——这是个羽毛球场吧。"大炮看了看四周，"你刚应该听那人说完……"

"管那么多呢。他那意思不就是要办手续，听他说完我不也得先停临时的。"江阔一拍车顶，"一会儿打个电话，让4S店下午过来把车开走。左大灯快不行了，看能不能先凑合弄一下，在加油站洗车的时候我都怕那个水枪把灯给我直接滋掉了。还有底盘……"

"您还怕灯掉了啊？"大炮一想起前天晚上的事就火大，"您连死都不怕呢！要不是人家那儿堆着草，您能给人家铲掉半亩地！"

"我要不回去接你屁事儿没有。"江阔直接总结。

"是，"大炮点头，"我的错。哥哥，现在我去报到吗？"

"你打电话。"江阔说。

"我先给咱那边的4S店打个电话吧。你这不走保险？"大炮拿出手机，看了看旁边，找了条长椅坐下了。

"不走。"江阔说，"车登记的是我爸的名字。"

"哦对，"大炮挥挥手，"去替我报到吧哥哥，我在这儿等你。"

这个学校不怎么样，地盘倒是挺大。刚开车进来的那条路往前延伸出去老远，能看到尽头是一座小山，光看地盘和建筑，怎么也得是个一本往上的学校。

厉害，之前刚下高速的时候江阔还跟人打听了一下，听说学校在市区边上，地理位置还不错，没想到学校里能有座山。

江阔去了迎新点，再被人领到了他们专业的报到处。他也不知道流程，人家让给什么给什么，让拿什么拿什么，最后稀里糊涂拿了张卡回来了。

"完事了？"大炮看着他。

"应该是。"江阔把卡放到兜里，"走吧，去宿舍。"

"刚店里来电话了，说可以来取，只要车能开就行，不过这个费、那个费的一堆。"大炮说完，没等他开口，立马又接了一句，"嗯，一堆就一堆。"

今天是报到的最后一天，新生该到的差不多到齐了，都在学校里闲逛。

宿舍楼里也挺热闹，一二楼都是新生宿舍，大家进进出出的，很忙碌的样子。

江阔的宿舍在一楼，他顺着房号一路往里走，时不时往旁边开着门的宿舍里扫一眼，最后停下看着大炮："居然是四人间，你看到空调了吗？"

"没看到。"大炮说，"不过四人间挺正常的吧，没让你住八人间就笑吧。"

"还是得出去租房子。"江阔说。

"你之前不是问了吗，新生不允许。"大炮提醒他。

"我就租了，谁还能去把我架回来么？"江阔怒气冲冲地往里走。

大炮拉了他一把："到了。"

江阔看了一眼，119。

屋里站着好几个人，地上还有没收拾完的行李。

"最后一个来了。"有人说了一句。

一屋子的人都转过了头。

江阔迅速数了一遍，六个人。他又赶紧看了一眼屋里的床，四张。他松了口气。

"你是江阔吧？"最里面的那个人问了一句。

"是。"江阔应了一声。

"别紧张。"那人又说，举手往另两个人身上圈了一下，"以后咱们四个一屋，他们两个是隔壁宿舍的。"

江阔拧着眉看了他一眼，什么眼神？谁紧张了？

"你爸爸送你来的吗？"又一个人问。

江阔忍着笑，回头看了一眼站在门外只露了半张脸的大炮。

"会说话吗？近视了吧？"大炮走进屋里，抬头看了看，站在了灯的下面，"看不清开灯！"

大炮不是什么好脾气的人，这一嗓子出来，屋里的气氛顿时就像酒吧闹事的前奏。

大家都没了声音，一块儿震惊地看着他。

"不好意思，我没看清。"那人有些尴尬地笑了笑。

"我朋友。"江阔用手指在大炮肩膀上点了一下,大炮转脸看着他,他冲门口歪了歪头,"门口等我,爸爸。"

大炮又往屋里扫了一圈,才转身出去了。

"挺嚣张啊。"有人回过神来之后很不爽地说了一句。

"算了算了,误会。"一个看上去笑呵呵的胖子拍了拍手,"江阔,你行李呢?"

"没有。"江阔说着看了看旁边的床。

上床下桌,空间倒是凑合,木质的床也比以前见过的那种铁架子的强,楼梯下面还带着小抽屉。

"你要睡哪个位置?"胖子问。

"你们都挑好了吗?"江阔问。

"是的。"胖子点头。

江阔笑了笑:"那这个问题的意义何在,告诉我哪张是挑剩的就行。"

在胖子抬手要指的时候,把大炮认成他爹的人开口了:"没事,我们不是不讲理的人。你如果有想要的位置,大家商量着换一换没问题的,都讲理。"

没错,是大炮不讲理。

江阔看了他一眼,长得很正派的一个小伙儿。

"我就喜欢剩下的。"江阔说完往宿舍外面走,"刚不好意思了。"

"一会儿我们中午要一起……"胖子在他后面追着说了半句。

还有半句被别人打断了。

"别管了,你还叫他?"

"你真是给我的集体生活开了个好头。"江阔往宿舍大门走的时候,冲大炮一竖大拇指。

"就算没有我,"大炮跟上来,"你这开头也好不到哪儿去。自己什么德性不知道啊,你这种人有什么好可让人念的,这话是不是你说的?"

"脑子可以啊。"江阔看了他一眼,顺便看到了一间一闪而过的宿舍,他猛地停下了脚步,"等等。"

"怎么?"大炮问。

"我看到了一间只有两张床的。"江阔往后退了两步,停在了这间宿舍门口。

大炮也跟着退了回来,往里看去,发现居然有熟人。

跟个大爷一样在一张折叠躺椅上伸长了腿的段非凡,还有两个穿着迎新红马甲的人,其中一个是董昆。

还有躺椅!

"还特批了你不参加军……"丁哲说到一半停下了。

段非凡的视线从手机屏幕上移开,看到了门外站着的江阔和他那个弟弟。

"你们好。"董昆也认出了他们,"同学,你找到自己的宿舍了吗?"

"找到了,"江阔指了指里头,"最里头那间。"

"还有什么需要帮忙的吗?"董昆问。

"倒是也有。"江阔在门上敲了敲,"能进吗?"

"能啊,请进。"董昆点点头,又看着那个弟弟,"这位同学,还不知道你的名字?"

"叫他大炮就行。"江阔说。

董昆愣了愣:"可是……"

"又不是他来上学,"段非凡看着江阔,"这位才是来报到的吧。"

江阔跟他对视了一眼,没说话。

"啊?"董昆笑了起来,"真的吗?"

江阔勾了勾嘴角:"不好意思,刚着急停车。"

"那那辆车是你的吗?"丁哲问。他一直喜欢车,每次车展都不错过。

"嗯。"江阔点点头。

"你是要开车上学吗?"董昆说,"那你得找辅导员问问,要怎么申请停车卡或者通行证之类的。"

"不急,车下午要拿去修。"江阔转头往屋里看了一圈,"这屋就两张床啊?"

"是的,这间是多出来的。"丁哲说。

"谁住这儿?"江阔问。

"我。"段非凡回答。

"你一个人?"江阔挑了挑眉毛。

"是。"段非凡点头。

江阔没出声,退出门外,看了一眼门边的宿舍名单——107,段非凡。还真只有一个名字。

"单间?"江阔看着段非凡。

"算是吧。"段非凡说。

"怎么弄,"大炮开了口,"这样的单间?"

"没了,就这一间。"段非凡说。

"那你怎么住上的?"大炮问。

"分配的啊。"段非凡把腿架到膝盖上,晃了晃脚尖。

这个动作在当下的气氛里,对于大炮来说就是明晃晃的挑衅,他的声音顿时提了起来:"分配也得有个规则吧,你什么能人啊就分给你了?"

开学 CHAPTER 1

019

"哎哎，别误会，"董昆赶紧拿胳膊在他俩中间上下挥动，"这是有原因的……"

"我上头有人。"段非凡全然没有体会到董昆以和为贵、和气生财、家和万事兴的苦心。

"这话有意思了。"大炮看着他。

"炮儿，"江阔在门口叫了大炮一声，"走。"

大炮盯了段非凡一眼，走出门外，看了看宿舍名单："段非凡是吧？"

"嗯——哪——"段非凡点头。

"记下了。"大炮也点点头。

"再见。"段非凡又点头。

"会的。"大炮继续点点头。

两人仿佛在礼貌地道别，还是没完没了的那种。

"胡振宇！"已经走到宿舍大门的江阔不耐烦地回过头，"你要不要抱个枕头进去住下？"

身后几个路过的学生纷纷转头看了过来。

"我去！"丁哲看着宿舍门，"这人什么来头啊，保镖都这么嚣张？"

"跟着的就是保镖？"段非凡伸了个懒腰，"那我有俩，我这俩保镖还穿着制服。"

"得了吧，还制服保镖呢。"董昆说，"早上我穿着这马甲去对面华联买水，一个奶奶拉着我让我帮忙称菜。"

段非凡和丁哲一下笑得差点儿呛着，几个人乐了半天。

"我忘了跟那个江阔认识一下了。"丁哲笑完叹了口气，"我还想看看他那车呢，让他那个没制服的保镖闹得都没找着机会开口。"

"我提醒你啊，"段非凡看着他，"你别拿我的宿舍跟他交换啊，什么他让你开一次，你让他上这儿住之类的。"

"我是那种人吗？"丁哲喊了起来。

"是。"段非凡和董昆同时回答。

学校的确是挺大的，江阔和大炮在学校里转了一圈，把教学楼、食堂之类的各种活动场所位置都弄清了，走得汗都下来了。

"去取车，买东西去。"江阔扯了扯领口。

"学校门口那条小路拐出去，对面是不是有家华联？"大炮指着学校大门的方向，"我们来的时候是不是看到了？"

"是。"江阔点头。

"那么大个超市,买不了你的牙膏、洗发水?"大炮说,"非得开车出去?"

"爸爸,"江阔扯了扯自己的衣服,"我还要买衣服。加上在镇上洗车的时候在旁边地摊上买的,我现在一共就两套衣服。今儿要不买衣服,明天我又得穿那件老头汗衫,明天是新生欢迎会。"

"行了行了行了,"大炮赶紧一通点头,"知道了,走走走走,开车去他们这儿最大的商场。"

"你电话给我用用。"江阔坐到车上之后把手伸到大炮面前。

大炮把手机放到了他手上。

江阔按了几下,他爸的号码输到一半的时候,大炮存在手机里的"江总"的号码就跳了出来。他吸了口气,按下了拨号键。

那边几乎是秒接。

"大炮?"他爸的声音传了出来。

"我。"江阔说。

"什么事?"他爸温和的声音立刻变得冷酷。

"我到学校了,"江阔犹豫了一下,"一路都挺顺利的。"

"嗯。"他爸应了一声,"放假回来那天就是你的死期。"

"回去再说吧。"江阔笑了笑。

"狗东西。"他爸挂掉了电话。

"怎么样?"大炮问。

"就那样吧。"江阔说,"我要再不打电话回去,他估计就得让江了了打过来了,那他多没面子。"

车开出校门,一路吸引了不少目光,还有个老教师好奇地弯腰往车窗里看。江阔有些不自在地把车窗关上了。

"你还有不好意思的时候。"大炮说。

"这是学校,"江阔说,"你看我跟你们那帮人混的时候会不好意思吗?"

"咱俩一伙的,"大炮说,"别你们你们的。"

"你看我跟他们那帮人混的时候会……"江阔刚出了校门,正要往外面的小路上拐,前方一边修路一边通行的那条道上,有三个人站着。

这条路的尽头只有他们学校,这个时间也基本没什么车会经过了,所以这三个人低头凑一块儿看着手机,轻松自在。

"缘分啊。"大炮往椅背上一靠,愉快地说。

江阔叹了口气,离他们五米远时停下了车。

等了一会儿,段非凡那几个也没往这边看。

"按喇叭，"大炮说，"你等他们自己让开要等到什么时候！"

"你闭嘴，别嚣张。"江阔皱了皱眉。

他不想再按喇叭，他就想快点儿出去把东西买齐了。这两天奔波劳累的，买完东西管他什么宿舍、有没有空调，他要先睡一觉。

犹豫了一下，他原地轰了一脚油门。

这一脚油门轰下去，效果倒是很好，前面三个人都回过了头。

段非凡脸上的表情简直好看极了。

"孩子，"大炮看看前方，"你这不如按喇叭呢。谁比谁嚣张啊？"

"哎？"段非凡转过身的时候心中只有震惊。

他不知道江阔是脑子不好还是铁了心要搞事，这还是他活这么大第一次有人这么执着地在两个小时之内带着无制服保镖对他反复进行挑衅。

震惊极了。

惊了两秒之后，丁哲说了一句："牛啊，这声浪。"

"脑子缺氧的玩意儿。"段非凡咬着牙骂了一句。

董昆看向他，似乎一时之间不知道他骂的是丁哲还是江阔。

不过看到坐在车里一脸平静的、似乎再僵持五秒就会睡过去的江阔时，董昆可以确定，骂的就是江阔。

这个装模作样完就云淡风轻的行为非常挑战段非凡的暴脾气。

"来。"段非凡走到路中间，正对着车头，抬胳膊冲江阔招了招手，"来。"

"非凡，"丁哲赶紧跟了过来，"没必要啊。"

"骂两句就行了。"董昆也过来了，"撞车就算了吧，撞不动。"

"你俩一边儿去！"段非凡的士气差点儿让他俩一人一句给放了。

董昆和丁哲没再说话，也没有走开。毕竟是"学长"，这种大一新生和伪大一新生的冲突，他俩得确保双方安全。

"来啊，"段非凡看着江阔，"您不是着急过去么？"

"我……"江阔叹了口气，抬手在自己脑门上揉了揉，"这怎么搞？"

"打呗。"大炮说，"你都主动到这份儿上了，不能怪人家配合。"

"忍忍吧。"江阔咬了咬牙。

他正想抬手给段非凡作个揖，再说句不好意思的时候，段非凡突然吼了一嗓子："过不过！"

江阔刚抬到方向盘边上的手让这一嗓子吓得差点儿抽到大炮脸上。

他猛地一下抓住了方向盘，狠狠轰了几脚油门。

长这么大，这还是第一次碰到他想低头认个怂对方不允许的。

"江阔。"大炮一把抓住了他的胳膊。

江阔没理他。

"那天我不是说你还是有好可念的吗？"大炮说，"我现在想出来了一个！你想听吗？"

江阔又轰了一脚油门。

"你从来没干过违法的事儿！"大炮喊，"你连红灯都没闯过！还礼让行人！你是个遵纪守法的好公民啊江阔！你是为了躲猫差点儿撞树的善良之人啊江阔！"

江阔一抬胳膊甩开了他的手，车猛地往前冲了出去，接着是一脚刹车。

车头贴着段非凡的腿停下了。

"看着点儿什么叫技术。"江阔说。

"我去你的！"大炮靠在椅背上惊魂未定地骂了一句，咬牙切齿，"这个段非凡也是个人才……躲都不知道躲一下的么！"

段非凡旁边的那俩人虽然手还在他身上，但人都已经往后退开了一步。段非凡却一直站着纹丝不动。

这会儿他把手往车头上重重一撑，看着江阔："下来。"

下就下。

今儿这衣服也不买了，大不了明天继续穿老头儿汗衫。

江阔一甩胳膊打开了车门。就在脚踩到地的同时，他发现段非凡的脸色突然变了变，原本盯着他的视线往下移了过去。

"故障灯亮了。"大炮指了指仪表盘。

一辆保时捷911，被自己拍了一巴掌，车灯居然脱落了。

段非凡看着从底座上往前滑出了半寸并且突然熄灭的左大灯，简直难以置信。

这是什么内功！

这是什么质量！

他站直身，看着下了车的江阔。

江阔走过来，几乎跟他面对面顶上了才停下，然后斜眼往下瞅了瞅。

"挺牛。"江阔说。

"碰瓷儿呢？"段非凡说。

"那倒不是。"江阔盯着他，伸出一根手指点在了大灯上，然后往回一推。大灯被推回了原位，并且重新亮了起来。

"哎？"段非凡忘了自己还在发火，发出了惊叹。

"前天撞了一下，"江阔说，"卡不住了，下午要修。"

"事故车啊？"段非凡说。

"撞了一下。"江阔说，"你才事故了。"

段非凡脸色瞬间又变了回去，看着他没说话。

"麻烦、让让，"江阔也看着他，深吸一口气，"谢谢啊。"

"不客气啊。"段非凡说。

江阔回到车上，发现大炮把工具箱拿了出来。

"干吗？"江阔瞪着他。

"贴一下吧。"大炮晃了晃手里的一卷黑胶带，"现在已经是拍一下就掉的程度了，我怕它半道上飞出去，难道还中途下车捡吗……"

江阔顿了两秒，一把抓过胶带，又下了车。

在段非凡他们几个人疑惑的注视之下，他扯开一截胶带，横着贴在了车灯上。然后开始撕。

这胶带也不知道到底是干什么用的，都被他给扯成两倍长了，还没断。

就在他准备上牙咬的时候，一只手伸了过来，拿走了胶带。

江阔转头，看着段非凡把他之前贴的那一条快被扯成八百米长的胶带撕掉了，然后重新拉出一条，指尖往上一卡一拽——胶带断开了，再把胶带贴到了车灯上。

段非凡正准备继续贴下一条的时候，江阔一把把胶带拿了回去，照着他的样子，唰！咔！扯下了一段胶带，交叉着贴到了车灯上。

虽然这个技能不是毫无意义，但用处也不大，所以依旧是从入门到精通只需一次。

贴完之后江阔看了段非凡一眼，犹豫着要不要说声谢谢。

段非凡抬手，轻轻鼓了两下掌："厉害。"

江阔咬紧了牙关，反复提醒自己，如果没有段非凡，自己这会儿还在众目睽睽之下扯着胶带。他没再开口，转身上了车。

看着车绝尘而去，段非凡扇了扇扑到眼前的灰。

"我真以为要打起来了。"董昆说。

"不至于。"段非凡说，"走吧。"

"还不至于？"丁哲才回过神来，"刚都打算撞人了。"

"他不会撞，"段非凡看着他，"你俩有没有脑子啊。"

"没有'俩'，"董昆提醒，"我也觉得他不会撞。"

"那你躲？"丁哲说。

"我是以防万一他没刹住。"董昆说。

"没刹住差你躲的那半步吗？"段非凡说。

"这么说起来……"丁哲还心有余悸，"他技术可以啊，那么短的距离，算得那么准。我怀疑他是不是拿本儿之前已经无证驾驶很多年了，要不怎么……"

"我老叔没事就闭眼儿扔飞刀，玩三年还中了一回十环呢。"段非凡说。

两人一块儿转头看着他。

"真想揍他。"江阔看着前方的红灯。

"算了，这人看着不像是一般新生，留点儿余地。"大炮摆摆手，"而且你刚报到，真揍了没准儿学校直接让你回家，江总再给你揍一顿。"

江阔拧着眉，沉默了会儿才开口："你说他为什么能住单间，还认识老生？"

大炮沉思，到了下一个红灯才强行给出一个答案："说不定是挂科留级了。"

"……我真是问对人了。"江阔点点头，"这学校真牛，给留级的人安排单间。我真是豁然开朗。"

大炮想想，笑了半天。

"算了，这种事过几天就都知道了。"大炮用手机搜了一下，然后打开导航，"去买你的东西。"

"你再查查学校附近有没有酒店。"江阔说，"完事儿了我送你过去。"

"你甭管我了，"大炮说，"一会儿我自己过去就行。下午你就没车了，你忘了？"

"也不知道多久能弄好。"江阔叹了口气。

"多久弄好都不影响。"大炮说，"你还开车去军训，开车去上课啊？"

"开车也正常，"江阔皱皱眉，"你算算从宿舍到教学楼那边有多远。"

"懒不死你。"大炮也叹了口气，"那车也不能让你停在宿舍楼下啊！"

虽然从家里一路过来不顺利，到了学校也不顺利，出个门还是不顺利，但买东西还是顺利的。

学校不行，但城市不错，大炮还很贴心地给他找了个最近的他拥有黑金卡的商场。

没两个小时江阔就把东西都挑齐了，跟客户经理确定了让商场把东西送过去，他的车堆不下。

"送到学校吗？"客户经理记下了地址。

"嗯。"江阔应了一声。

"要送到宿舍楼是吧？"客户经理问。

"是，如果门卫不让进就打我的电话。"江阔说。

"好的。"客户经理又问，"您还需要再逛一下吗？或者需要休息的话，我带您去贵宾室。"

"不用了,谢谢。"江阔看了一眼时间,"过一小时再送过去吧。"

"好的。"客户经理点点头。

一小时正好吃点儿东西,江阔早上实在饿得不行了,被大炮逼着在休息站吃了两根儿烤肠,这会儿肚子里早没东西了。

但要真说吃,似乎也不是很有胃口。

大炮做主带着他一人吃了一碗拉面,味道意外地好。

吃完饭回到学校,刚把车停好,他就接到了客户经理的电话。车已经开进来了。

江阔指点着他们把车开到宿舍楼下之后,就有点儿后悔了。

其实从校门到宿舍的路上,他就已经开始后悔。这个时间正好大家都吃完了饭,陆续往宿舍走,人不少。

客户经理戴着工牌下车,开始从车里拿出各种大大小小的购物袋时,江阔问大炮:"你说我找门口的保安大哥帮我拿一下东西行不行?"

"你当那是你家物业公司的保安呢?"大炮说。

江阔没再说话。本来他想要不自己拿进去得了,但因为他什么行李都没带,从衣服到日用品和床品,大包小包的,他和大炮两个人要弄进宿舍估计得跑两三趟。

"走吧,"大炮过去拎了两袋衣服交到他手里,自己也拿了两袋,小声说,"杵这儿万一再碰上那个段非凡,不打一架都过不去了。"

"我怕他一个留级生?"江阔斜了他一眼,冲客户经理偏了偏头,"这边。"

还好宿舍就在一楼。

"咱们只是猜测,他也不一定就是留级了。"大炮跟在他后头说。

走过107的时候江阔往里看了一眼,留级生段非凡居然很老实地待在宿舍里,和董昆一人一张躺椅冲门坐着。

几个小时不见,居然又多了一张躺椅!

江阔顿时感到后悔,虽然自己之前只打算在宿舍随便住两天就搬出去,但刚在商场的时候应该再搬个单人沙发回来,或者按摩椅!

"那几个是什么人?"段非凡看着门口。

江阔走过去之后是圆头圆脑,接着是个穿着西装的女人,后面跟着个穿着制服的男人,再后面还有一个穿衬衣的。

每个人手里都提着购物袋。

"我的天！"董昆从椅子上一跃而起，跑到门口把脑袋探了出去，"他是叫了跑腿儿帮拿东西吗？"

"我听他们说是商场的。"丁哲正好拎着几碗麻辣烫走了进来。

"还有这种服务？"董昆愣了愣，"早知道我那天买一堆……"

"你买八堆也不行啊。"丁哲把麻辣烫放到桌上，"这是那种什么WIP、WWWIP才有的服务吧。"

"他没行李？"段非凡拿过一碗麻辣烫，"这些玩意儿宿舍放得下么？"

"是没行李，"董昆说，"估计全部新买的……我还以为新生里就你没行李呢。"

"我那是住得近。"段非凡说，"再说我是从家往这儿拿，不是从商场往宿舍搬。这让他装的……"

江阔的购物袋堆了一地，宿舍里另外三个人都坐在桌子旁边默默地看着。

"请问衣柜在哪儿？"江阔转头问正气脸，人家刚自我介绍了名字，但他已经记不清了。

"那边一排都是，给你留了门边的那个。"正气脸看了看他的购物袋，"不过……"

一排四个木柜子，还挺新的。

大炮过去拉开了柜门，江阔扫了一眼就愣住了——柜子里有三层隔板，下面一层高一些，整个柜子的宽度也就六七十厘米。

"这都没一台冰箱大吧？"他说。

"比那种上下门的还是大点儿。"大炮说。

"衣服不够挂啊……"江阔走过去看了看，"上面这几层干吗的？"

"正常的话够了，你衣服要是太多肯定不行。上面那几层也可以放衣服，叠起来。"正气脸语气里带着鄙夷，"你是不是不会叠衣服？"

"那倒不至于，"江阔没在意他的语气，"我就是觉得直接挂着方便。"

"先铺床吧，你不是要睡觉么？"大炮说。

"嗯。"江阔觉得有道理，于是两个人开始铺床。

半小时之后，大炮拍拍手，看着床单上一溜斜着的不知道多少道的褶子，又伸手扯了扯，将褶子统一扯得斜向另一个方向，然后点点头："可以了，反正躺上去也不会有什么感觉。"

江阔看了一眼另外三张床，除了正气脸的床铺得非常完美，另外两人的床比他的好不了多少。行，说明他合格了。

至于其他东西，江阔分别把它们塞到了自己地盘里的各个角落。

　　"行，就这么着吧。我困死了。"他往床上一倒，本来想先洗个澡，但现在宿舍里的气氛不怎么融洽，他也就不想动了，只拿出了钱包里的几张会员卡，"炮儿，你先找个酒店歇着。看看哪张能用上。下午他们来拿车，要是我没醒，你就直接带他们到停车场去吧。"

　　"能醒才怪了。留的就是我的号码，你醒了给我打电话吧。"大炮拿了卡，又往屋里看了一圈，才慢慢走出了宿舍，"走了！"

　　"慢走。"江阔闭上了眼睛。

　　宿舍里的几个人沉默了一会儿才动了起来，小声说着话。

　　听不清说的什么，不过江阔表示感谢。虽然已经过了午休时间，虽然估计几个人心里都挺不爽他的，但大家的动作和声音还是都放轻了。

　　江阔感觉自己从迷糊到睡着之间基本没有过程，下一秒他就跟失去了知觉似的失去了知觉。

CHAPTER 2

107 特权

1 来个雷劈了107吧

醒过来的时候江阔还保持着原来的姿势,垂在床边的右腿连着右边屁股都已经麻了。他活动了一下腿,酸麻劲瞬间传遍全身。还好天已经黑了,他脸上狰狞的表情没人看见。

天黑了?

他这才反应过来,赶紧摸出手机看了一眼,已经十一点多了。

手机上只有几条大炮发过来的消息。

——醒?

——还没?

——明天见。

江阔又倒回了枕头上,想继续睡。然而五分钟之后,他睁开了眼睛。后背是湿的,脑门儿也是湿的,全是汗。

宿舍里只有两台来回摆动的吊扇,吹过来的风是一整团的,毫无凉意可言。他之前居然就这么一直睡到了晚上。

又挺了两分钟,江阔坐了起来,轻手轻脚下了床,拿上手机和钱包,走出了宿舍。

不知道是因为已经睡够了还是因为热,总之他睡意全无,今儿晚上在宿舍是不可能继续睡了。他打算去找大炮,在酒店开间房先过了今晚再说。

走廊里有灯光,好几个宿舍都还亮着灯,有人说话。

江阔一边往宿舍大门走,一边翻出了大炮的电话。正要拨号的时候,他突然感觉到脚上一阵凉意。

变天了?

但他停下之后,凉意又消失了。

没变天。

他犹豫了一下,往后退了两步,脚踝的位置又是一阵凉。

这回他确定了,这凉风不是因为变天产生的,而是从旁边关着门的宿舍里飘出来的。

他看了一眼门上的数字。

107。

留级生不光可以住单间，单间里居然还有空调！

江阔相当震惊。

他往四周看了看，没人，于是凑过去，弯腰，把手靠近下面的门缝。

这回能清楚地判断出门缝下透出来的不仅有灯光，竟然还有冷气。

啧。

门被猛地打开的时候，江阔还弯着腰，手伸在门缝那儿，整个人沉浸在愤愤不平里，甚至在扑面而来的冷气中更加愤愤不平了。

直到看见一双穿着拖鞋的脚时，他才猛地直起了身。

段非凡光着膀子，穿着大裤衩，一脸莫名其妙加嫌弃地看着他，好一会儿才说了一句："干吗呢？"

此情此景。

江阔觉得段非凡光是凭着冷气绕身这个光环就已经压了他一头，再加上这表情和语气……他甚至做不出一个合适的反应。

这种已然完败的尴尬局面之下，他不可能如实回答"我正在感受你的空调冷气"。

但不是完全不能处理。

江阔没有理会段非凡的提问，电光石火间，他重新弯下腰，以迅雷不及掩耳之势扯开了自己的鞋带，再慢条斯理地系好了。然后他直起身，也没往段非凡那边看，径直往前走，还扔下一句："吓我一跳。"

身后段非凡没有出声，似乎也没有关门。江阔步伐稳健，非常坚定地、目不斜视地拐了个弯，离开了耻辱之廊，向宿舍楼的大门走过去。

"同学，"有人声如洪钟地叫住了他，"干吗去？"

除了江郁山，这是江阔听到过的第二洪亮的"钟声"。大晚上的，四周很静，他被吓得原地蹦了一下才停住脚步。

"嗯？"他顺着声音转过头，看到旁边窗口里，一个大叔正看着他。

"不要出去了，"大叔的声音依旧很大，"已经锁门了！"

江阔没出声，坚持走到了大门前，认真地看清了门上的大锁之后，才转身走回窗口前："叔，还没开学呢。我们刚到的总还有些没弄完的事啊，需要出去的。"

"十二点了，有什么事是半夜能做的？要出去明天白天再去！就是为了你们这些小屁孩儿的安全！刚有三个想出去的都让我给撑回去了。"大叔说，

"你们都是外地来的,人生地不熟,半夜出去瞎转什么!"

"叔,"江阔没有放弃,很诚恳地看着大叔,"我铺盖没带齐,睡不了呢。我爸现在专门从酒店给我送过来……"

"你爸?"大叔脑袋从窗口里探了出来,看着他,"小子,你还挺能编。"

"真没编,"江阔感觉大叔可能知道点儿什么,但他依旧很镇定,"我……"

"你叫江阔是吧?"大叔打断他。

"嗯,您还知道我名字啊?"江阔点点头。

"说你能编,可不是我随口一说。"大叔说,"下午你带着你那一队服务员进来,有谁没看到吗?拎进来的东西,我看你们全宿舍一块儿用都够了。"

江阔没有说话。

没想到,折在这儿了!

"你爸爸可没来。"大叔摆摆手,"你挺有名了,别编!别说这些新生,连老师都知道了大一有个开着跑车来的小子……还你爸爸,那个看着跟你一样年纪的圆脑袋是你爸爸?"

江阔被大叔一通"洪钟"震得有些回不过神。

没想到,大炮还能让他再折一次!

半天后他才吸了一口气,冲大叔抱了抱拳:"您快别说了,我回宿舍,这就回。"

"回去!"大叔一摆手,坐回了椅子上,胳膊一抱,瞪着他,"别想跟我耍滑头。"

看来今天晚上是没机会出宿舍了。

江阔有些垂头丧气地慢慢往回走。他真不是想去哪儿浪,他就是热,并且不能忍,更可怕的是他可能一晚上都睡不着。

回到走廊没走几步,凉气扑面而来。

这回不只脚踝,而是从上而下全身都被扑上了。

爽。

下一秒就不爽了。

107的门居然还开着,段非凡居然还站在门口,胳膊肘撑着门框,愉快地看着他。

"回来了啊?"段非凡笑眯眯地问。

"找事儿是吧?"江阔停下了,看着他。

"晚安。"段非凡往后退开,一扬手,门在江阔眼前哐的一声关上了。

"去你的。"江阔狠狠一脚踢在了门上。

门还挺结实,只是晃了一下。

他身后的宿舍门打开,有人探了头出来:"干什么啊?让不让人睡觉了!"

江阔转过头。

"哟,大少爷,大半夜的你耍什么威风?"那人说,"这儿是学校宿舍,要嚣张回你家嚣张去。"

江阔看了他一眼,没说话。这种场面对于他来说是没什么感觉的,段非凡那样的挑衅才会让人暴躁。

"怎么?"那人大概是有些误会了他的态度,立马接受了挑战,一边说着话一边走了出来。

这学校的质量的确不行,学生一个个都这德性,包括自己。

江阔凑近他,低声说:"这位同学,是这样……"

那人警惕地看着他。

"平时吧,你这样的,"江阔继续低声说,"够不上跟我说话,晚安。"

没等那人出声,他转身往里走了。

"我去你的!"那人吼了一声。

段非凡穿上衣服,打开了宿舍的门。

他刚才准备出去买点儿消夜,这种事在新生刚到校的阶段最好不要让人看见。他想先瞅瞅走廊上有没有人的时候,让在门口摸冷气的江阔打了个岔。

这会儿对门宿舍站在走廊上的人看起来非常愤怒,处于下一秒可能就要冲过去对着江阔飞起一脚的状态。

因他开门这一下,那人的情绪被打断了,抽空看了他一眼。

"不睡觉?"段非凡走出宿舍,回手带上了门。

新生都知道董昆和丁哲俩"学长"一整天都跟他混在一起。估计不想惹麻烦,那人只说了一句"睡觉了",就退回宿舍关上了门。

段非凡看着江阔慢悠悠地一直走进119的门了,才转身往宿舍大门走过去。

"赵叔。"他走到值班室的窗户边,敲了敲玻璃。

"这会儿回家?"赵叔打开了窗户。

"买麻辣烫。"段非凡说,"给你带一份,想吃什么?"

"我不吃。"赵叔探出头来看了看走廊那边,"你小子,刚回学校就不带好头。"

"我带谁的头?都没人看到我。"段非凡笑笑,"你什么时候休息?我老叔等你喝酒呢。"

"快走。"赵叔扔给他一把钥匙,在他往大门走去的时候在身后补了一句,"下礼拜三。"

"好嘞。"段非凡打开了门上挂着的锁,走出了宿舍大门,又把手伸到铁门里把锁给锁上了。

到新环境的第一夜,江阔从彻底失眠并且无处可去开始。

他在宿舍的桌子跟前坐了一会儿。三个舍友的呼噜声此起彼伏,听上去都睡得非常香,完全没有被闷热影响。

江阔给大炮发了条消息,但没有收到回复。这家伙估计也已经睡死了。

他起身,轻轻地再次走出了宿舍。

走廊上的温度明显要比屋里低好几度,他站了两分钟,回宿舍搬出了椅子,放在走廊里。唯一一截能看到外面的栏杆正好在他们和隔壁118门口。

他把腿搭到栏杆上,身体往下滑了一点,脑袋往后一仰,轻轻叹了口气。

人生的十八年里,他第一次想家,想他的床,想他的沙发,想……

走廊那边传来了一声门响,在安静的夜里非常清晰。

他转过头的时候,看到了正拎着一个塑料袋走进107的段非凡,袋口那儿还有冒出来的热气。

来个雷劈了107吧。

江阔闭上了眼睛,他已经气不起来了。这人明显是在他被撵回来之后顺利穿过了宿管大叔的封锁,离开了宿舍楼,去外面买了消夜,也可能是点了份外卖……然后拿进了空调房里,愉快地吃着。

来个雷劈了107吧。

"江阔?"有人推了推他,"你怎么在这里?"

江阔刚睁开眼,眼泪立刻被强烈的光线刺激得奔涌而出。

"嗯?"他赶紧闭上眼睛揉了揉。

"你怎么没进屋?"这是正气脸的声音。

江阔终于慢慢清醒过来——自己在走廊的这张椅子上睡着了,而且睡到了天亮。

"热,我就……"他想起来的时候才发现自己还保持着昨天的姿势,架在栏杆上的腿和悬空的腰以及仰着卡在椅背上的脖子,此时全身的疼痛仿佛他被人砍了八十多刀,"啊……"

"僵了吧?"胖子的声音在他身后。

"帮帮忙。"江阔咬着牙挤出三个字。

正气脸和胖子赶紧过来,一个扶腰,一个抬腿,慢慢把他在椅子上扶正了,然后一块儿震惊地看着他。

"有这么热吗?"胖子问。

江阔看着有两个他那么宽的胖子。人家都没觉得热,也许真是不太热?

他无言以对,慢慢站起来回了宿舍。

舍友们都已经洗漱完了,江阔打算洗漱完再洗个澡。正刷着牙,他突然听到宿舍门外有好几个人说话的声音。

"都起来啦?"一个女声在门口说了一句,"我方便进去吗?"

"起来了。是辅导员吧?"正气脸回答,"请进。"

"请进。"另外两个立马跟着打了招呼。

江阔叼着牙刷回过头,看见董昆和一个看上去不到三十岁,脸上带着笑的姐姐走进了宿舍。

"大家早啊。"董昆往宿舍里看了一圈,"我给大家介绍一下,这是宁姐,你们的辅导员。"

"吕宁,"宁姐冲他们笑着点点头,"叫我宁姐就可以。"

"宁姐。"宿舍的几个人齐声开口。

江阔咬着牙刷跟着"啊"了两声。

"都还适应吗?"宁姐问。

"挺好的。"正气脸说。

不怎么好,没有空调。

"这是我的电话。"闲聊了几句之后,宁姐拿出一张小卡片放到桌上,"大家碰到什么困难或者有什么不明白的都可以找我……军训服还没有领的一会儿记得去领哦。明天开始军训了,军训全程我都会陪同的。然后咱们下午有一场简单的新生欢迎会,主要是跟大家认识认识,说说接下去这段时间的安排,大家要准时参加……江阔是吧?要不你先刷牙吧。"

宁姐说到一半,突然看着江阔笑着说了一句。

"嗯。"江阔回身进了浴室,把牙膏吐了。宁姐一直在说话,他也一直没机会去吐牙膏,再晚一会儿他口水都要流出来了。

宁姐没在他们宿舍待太久,她还有别的宿舍要去打招呼。

她和董昆走了之后,江阔去洗了个澡,出来的时候发现宿舍里已经没人了。这才一天,他就已经被舍友们孤立了。

惨哪!

江阔拿起宁姐放在桌上的小卡片,存好了她的号码,再给大炮打了个电话,约了学校门口见,先去吃早点。

他出门的时候经过107,见门关着,看上去很普通,也没有被雷劈过的痕迹。

"没睡还是怎么的?"大炮盯着他看了半天,"怎么比我们在镇上睡的那一晚看着还憔悴啊？"

"别提了。"江阔摆摆手，"赶紧的，咱俩吃点儿，我一会儿还得去领军训服，下午新生欢迎会。"

"中午我陪你吃食堂吧。"大炮说，"我体验一下大学生活。"

"有病。"江阔看了他一眼，"要不现在您就去食堂吃早点？"

"早上要吃得爽。"大炮把胳膊往他肩上一搭，"我已经找好地儿了，打车半小时能跑个来回。你那天不是说想吃红米肠，这家的特别棒。"

大炮在某些事情上还是靠谱的，这家早茶味道的确很好。

海吃一通出来的时候，江阔感觉从昨天到今天的不爽都减去了不少，他甚至心情很好地给宿舍另外三个人一人打包了一份。

"中午我再过来找你。"大炮陪他回到学校，"下午我去找找房子，看附近有没有合适的。你能不能出来租房都得先租了。我爸的朋友在这边的什么县有个工程，他让我要是不想回去，就去跟着看看。"

"嗯。"江阔点点头，"不行你就在酒店住着，包一个月。我一会儿给你转点儿钱。"

"你出钱？"大炮问，"你省点儿吧，我老琢磨着你爸会不会断你的经济。"

"不会。"江阔想想，"他断了还有我妈。"

"省点儿，阔儿，省点儿。"大炮拉过他的手拍了拍，"你现在是逆子，你看那些小说啊，电视剧啊，逆子都会被社会毒打直到学会重新做人……"

"滚蛋。"江阔抽出手。

"省点儿！"大炮瞪他。

江阔把吃的拎回宿舍，其他人跟他差了两分钟回来。

"江阔，"正气脸进来就问，"你领军训服了没？"

"没呢。"江阔愣了愣，他是想着放了吃的就去，"我……"

"看到没，"正气脸说，"我说了他没去领。他肯定找不着地方。"

江阔有些无奈。他并没有生活不能自理，领衣服的地方昨天他和大炮已经看到了，只是因为要出去买东西就没过去。

"那也不至于。"他叹了口气。

"唐力帮你领了。"胖子说着递了一套衣服过来，"我们还说你应该已经领了，没想到真没领。"

是没想到。

江阔完全没想到他们会帮自己领衣服。

正气脸叫唐力。

唐力、唐力、唐力……别再忘了。

"谢谢啊。"江阔接过衣服,又指了指放在桌上的打包盒,"我刚跟朋友出去,给你们打包了点儿吃的,正好一人一份,尝尝?"

"这么客气干吗?"胖子说着马上打开了袋子。

唐力看了看盒子里的食物:"你这不是吃不完打包的啊,是专门点的?"

"嗯。"江阔看着他,"按量点的哪会吃不完,怎么?"

"这么贵的吃不完带回来就行,"唐力说,"专门买一份太贵了,浪费。"

"……我一般不太剩东西,要带给你们吃肯定会点新的。"江阔不太能理解唐力的思维,"大老远的带点儿剩菜……"

"就是。"胖子说,"要不我们吃剩了给你吧,小老头儿。"

几个人都笑了,唐力也没再说什么,跟他们一块儿吃了起来。

这室友关系就算缓和一点儿了。虽然江阔还没搞清胖子和另一个话不多的叫什么,也不好意思问。

"中午一块儿吃食堂吧?"胖子问,"早上我们去吃了,还不错。"

"嗯,我朋友一块儿来吃。"江阔说,"他想体验一下。"

"他没吃过食堂?"胖子愣了愣,"你是不是也没吃过食堂?"

是的,我是真没吃过。

"他没吃过大学的食堂。"江阔笑笑。

"哦……我以为你们富二代的生活这么'悬浮'呢。"胖子点点头。

那是相当"悬浮"。

食堂的菜还可以,大炮吃得很愉快。江阔借着大炮跟大家相互认识的机会终于记下了胖子和话不多的那个人的名字——李子锐和马啸。

吃完饭大炮就走了,说是已经联系了房东要去看看房子。

江阔和几个舍友回了宿舍,大家说午睡一会儿。

睡得着吗?就从食堂走回宿舍这点儿路,他已经出汗了。再看那几位,汗比他更多。

都不热吗?江阔很想问,但又没开口。

这种现状,问就是能忍。

107的门开着,没有开空调,也没有人。

江阔放慢了脚步,往里盯了两眼,并没有看到空调内机。

空调呢?他左右看看,没人注意到他,他飞快地往里探进半个身体。总不能是中央空调吧!

虽然不可能，但他还是往上瞅了一圈。

看到窗户上那一格空调出风口时，他震惊了。

出风口在窗户上这种情况他第一次见，真的是中央空调？

犹豫了一下，本着开眼界、长知识的心态，他转身出了宿舍，绕到107窗户的外面——他看见了一个小小的空调机屁股。这居然是台一体式的小空调。

江阔盯着这东西。

居然有这么方便的东西！太神奇了！

观摩了一会儿，他叹了口气，把视线收回来准备回宿舍的时候，突然感觉窗户前有个人影。没等他反应过来，107的窗户就被人一把推开了。

段非凡撑着窗台，面无表情地看着他。

江阔活动了两圈脖子，也面无表情地转身走开了。

……快来个雷劈了107吧。

2 护校英雄

江阔目不斜视地回了宿舍，一个中午都没待踏实。他总感觉自己身上黏糊糊的，于是又爬起来去洗了个澡。

折腾完就到了集合的时间，有人在宿舍楼外面吹哨子，让大家去小礼堂。

人都出来了，江阔才发现这宿舍楼里人还是挺多的。

同学们，大家都不热吗？！

让江阔感动的是礼堂有空调。虽然这么多人进去之后，冷气几分钟就被瓜分殆尽，但还是比宿舍舒服多了。

江阔跟着宿舍的几个人找了地方坐下。这位置离主席台挺近，能看清桌上摆的牌子，上面是各种领导的名字，还有好几个新生代表。

新生代表李什么什么、苏什么什么、何什么……

新生代表段非凡。

江阔愣住了。新生代表段非凡？就那玩意儿，还新生代表？

"你看到没，"江阔猛地转过头看着胖子李子锐，"那个新生代表段非凡是不是107那个？"

"是啊。"李子锐点头，"他是重修大一的。"

"他为什么是新生代表？"江阔感觉自己明明没少在楼里转悠，但比起宿舍这些人似乎相当闭塞。

"他是护校英雄。"李子锐说。

江阔怀疑自己的耳朵出了问题:"什么玩意儿?"

"护校英雄,"李子锐又重复了一遍,大概怕他不明白,还拆解了一下,"保护学校的英雄。"

"哦。"江阔点点头。但这个回答完全没能解除他的疑惑,顶多算是证明他刚才没听错。

"听说他重修是因为保护学校受了伤,住了半年院。"李子锐说完啧啧两声,"牛啊!"

江阔本来想顺着将话题往有空调的单间上带一带,但看李子锐这个反应,估计段非凡在校长办公室开个单间他也能接受。

"他怎么护的校?"江阔没忍住还是问了一句。

"那就不知道了。"李子锐想了半天,"我也没问,就知道是保护学校了。说不定是有人在学校埋了个炸弹……"

江阔打了个呵欠:"护校英雄这个称呼是你给他安的吧?"

"也不是,我听别人就这么叫的。"李子锐说,"应该是精简了一下。你看,保卫学校了,是不是英雄?简称'护校英雄'。"

"'护'字在哪儿呢?"江阔说,"你们怎么不给他精简成'卫校英雄'?"

李子锐张了张嘴没说出话来,过了一会儿才小声说:"别人不喜欢你我看是有原因的,好好一件事,你关注点这么歪。你管他是护校还是卫校呢,重点是这个吗?"

"知道了,"江阔摆摆手,"重点是英雄。"

"对嘛。"李子锐说。

"对什么?"段非凡压低声音,"这是说好的不上台吗?"

"对啊,是不上台讲话啊。"丁哲说,"就一个新生代表致辞,你在后头坐着就行了。又不是你的事迹介绍会,你就坐那儿到结束就行。"

"能玩手机吗?"段非凡往主席台旁边的楼梯走去。

"你克制点儿,做个好人!"丁哲说,"就算不出声,你也是新生代表啊!"

礼堂闹哄哄的,段非凡坐到自己的位子上。领导都落座之后,他发现前面的秃头主任正好把他挡掉了一半,挺好。

下面的新生没半点儿开会的样子,始终制造着嗡嗡声,非常催眠。

段非凡往椅背上一靠,看着面前的桌卡,开始入定。

领导轮流讲话,好在都不啰嗦。时间其实并不长,但架不住他这阵子在家里几乎黑白颠倒的作息惯性——半夜三四点起来帮老叔等送肉的车,晨跑完了就回去睡到中午，这会儿他在台上坐了没二十分钟就已经困得眼皮打架了。

但为了保持"新生代表"的形象，他不得不用手撑着下巴，手指往上挑着眼皮，强行让自己的眼珠子来回转动，就怕停下超过一秒他就会彻底睡着。

"所以我非常期待跟大家一起努力，一起开始我们新的生活。军训就是我们这次新生活最有朝气的开端……"

江阔仰着头，看着礼堂的屋顶。他知道自己的目光已经迷离，嘴也半张着，再给他一分钟，他就会失去知觉。但"军训"两个字传到耳朵里的时候，他还是被注入了活力——说到军训了，说明今天这个会开得差不多了。

"那么，我们今天……"

他抬手兜着自己的后脑勺，迷迷瞪瞪地把脑袋扳回来，看着主席台上的人，等着最后鼓掌的时刻。接着他就听到了"咚"的一声。

新生代表段非凡，AKA护校英雄，一头砸在了面前的桌子上。

前排的几个领导同时回过头。

段非凡在砸桌子之前就已经醒了，但惯性不允许他的脑袋及时止住下坠趋势，他只能用非凡的反应在砸完桌子之后迅速用手指按了按额角，然后做出了一个隐忍着痛苦的表情，并且看向台侧。

丁哲一直站在主席台的楼梯下，第一时间参透了这个信号，一个箭步冲上主席台，架着段非凡的胳膊把他拉了起来。

"可能他身体还没恢复好。"丁哲低声说，"我先带他去医务室。"

"快去，"主任赶紧挥挥手，"再叫个人扶一下。"

"好的。"丁哲点头。

"我没事……我还可以……"段非凡还挣扎了一下。

丁哲在他胳膊下面掐了一把，压着声音在他耳边咬牙切齿："你闭嘴，戏过了！"

"他的伤还没有好啊！"李子锐很痛心。

"我看他是昨天晚上吃消夜吃得太爽了，没睡好。"江阔冷笑了一声。

李子锐看着他："我发现你这个人……"

"特别讨厌。"江阔扫了他一眼，"这个我知道得比你早。"

李子锐对他翻了一个白眼，转头跟唐力小声聊英雄去了。

段非凡这一出倒是很醒瞌睡，江阔咬着牙才没笑出声来，心里已经笑翻了八个107的空调了。

开完会，大家慢慢散去。江阔在人群里找到了吕宁，追了过去。

"宁姐。"他叫了一声。

"嗯？"吕宁回过头，看到他的时候笑了笑，"江阔，睡了一觉挺精神啊。"

"我睡……了吗？"江阔有些犹疑。

"这样，"吕宁仰起头，半张着嘴，"啊啊……这么睡的。脖子酸吗？"

"……还好。"江阔叹了口气。

"找我什么事儿啊？"吕宁笑着问。

"我想搬出去住，"江阔说，"不知道要怎么办理。"

"搬哪儿？"吕宁愣了愣，"校外租房吗？"

"嗯。"江阔点头。

"大一新生不允许在校外租房，夜不归宿会扣学分哦！"吕宁偏头看着他，"你这刚到学校，是有什么原因想出去租房呢？"

"……我热得不行，"江阔说，"没空调会死的，昨天晚上我一夜没睡。"

他想了一下，虽然他好像是在走廊上睡了一夜，但不在床上睡就算没睡。

"因为这个呀……嗨，没事儿！"吕宁拍拍他，"新校区的空调都装好了，咱们老校区也已经在计划装空调了，估计寒假的时候就可以装上。再坚持几个月哈！"

"我怕是坚持不到寒假了。"江阔感觉有些绝望，"我申请去新校区的宿舍住。"

吕宁一下笑出了声："哎，热不了几天了，挺挺嘛。现在是秋老虎，十月前肯定会凉快。"

"那我申请自己在宿舍装空调。"江阔进行最后的努力，"既然寒假要装，那我为学校做贡献，我自己提前装了。"

"这个我不太确定行不行。"吕宁说，"主要是没必要啊。同宿舍的同学愿意分担费用吗？也不会热多久了，大家买台空调就用半个月？"

"我要申请，用一天我也没所谓。"江阔看着吕宁，"我不需要他们分担费用，电费也全部由我承担……"

吕宁停下了脚步，叹了口气："江阔啊，你这样……有没有想过另外三个同学会是什么感受？"

江阔看着她："一块儿享受的感受呗。"

吕宁无奈地笑着，没说话。

"行吧，"江阔皱皱眉，"对于我贪图享受的行为，他们可以放开了鄙视，我没所谓，我只要舒服。他们如果不愿意占便宜，可以申请换宿舍，换愿意占便宜的来跟我住。"

"好了好了,不要赌气。"吕宁摆摆手,"这个我得先去问问,你等我给你答复。你现在不如先告诉我你的车是不是要停在学校,是的话,你跟我去办一下停车证和通行证,开学以后外来车辆就不能随便出入学校了。"

停车倒是很简单,办张通行证,按月交停车费就行了。

江阔回到宿舍的时候看到屋顶上那两台吊扇,蓄势待发的汗顿时奔涌而出。

他直接进浴室洗了个澡,出来的时候他又发现了一个问题:衣服怎么洗?

"自己洗啊。"唐力指了指阳台上晾着的几件衣服,"我们都洗了,也有洗衣房,刷卡就可以用。"

"公用的?"江阔问。

"嗯,"唐力点点头,"当然是公用的。"

"宿舍有没有洗衣服务……"江阔习惯性地问,但说到一半就闭了嘴。

几个人看着他,沉默中似乎有着千言万语,他能感觉到那几份早茶营造出来的缓和气氛正在一点点瓦解。

"谢谢。"江阔说。

没事儿。空调要申请,买台小洗衣机总可以吧。其他人不需要考虑费用,电费他交就行。

3 出去,这屋现在是我的

这一夜依旧很热,秋老虎并没有离开的意思,江阔依旧在大家睡了之后搬出椅子,坐在了走廊上。

从半小时前他就开始后悔一件事——空调也好,洗衣机也罢,这些都不是马上能弄的,那去对面超市买张躺椅总行吧,行军床当然更好,但他居然忘了。

现在他只能把四个人的椅子都搬出来拼在一块儿,半靠着睡觉。虽然在腰和后背处都垫了枕头,但他能预料到明天醒过来的时候仍然会全身酸痛。

他轻轻叹了口气。

天将降大任于江阔也,必先……

将降什么大任?哪片天这么不开眼要降大任于他这个全校新生都可以没空调,但只有他没空调会死的人身上?

夜深了,宿舍楼里渐渐没了声音。

走廊那头响起了开门声。

江阔转过头，看到107的门打开了。那个拥有空调的段非凡走了出来，往走廊两边看了看，看到他的时候居然抬手把一束手电筒光照了过来。

　　居然还是强光手电筒。

　　"想死吱声！"江阔没有挡眼睛，也没转开头，冲着107的方向骂了一句。声音很大且恶狠狠的，在走廊里回荡着。

　　几秒钟后，旁边的几个宿舍里有人用咒骂进行了回应。

　　段非凡关了手电筒，转身往宿舍大门那边走了过去。不用想江阔也知道他是干吗去了。果然，过了二十分钟，段非凡拎着一大兜吃的回来了。

　　在他刚出现在走廊上的时候，江阔就跳下了椅子，大步流星直冲107而去。

　　他并没有想好自己过去是为什么，他就是受不了这人一天天地吹着空调吃消夜，过去只瞪这人几眼都行。

　　而且他睡不着，很无聊，总得干点儿什么打发时间。

　　段非凡在他冲到跟前的同时打开了107的锁，把门一推，做了个"请进"的手势，然后走了进去。

　　扑面而来的凉风把江阔冲到了头顶的火往下压了压，他站在门口看着屋里。

　　"不进关门啊。"段非凡把手里的塑料兜放到了桌上，也没回头看，"冷气跑光了。"

　　江阔走进了107，顺手把门带上了。

　　门一关，窗户上的空调发出的嗡嗡响声立马大了起来，大到江阔怀疑那窗户是不是要被震下来了。

　　"这什么动静？"江阔问，"它是要碎了吗？"

　　"大概吧，"段非凡捧出一个餐盒，坐到了躺椅上，"一直奔着碎去的，但是一直没碎。"

　　江阔看清了，段非凡吃的是麻辣烫。

　　"吃吗？"段非凡指了指桌上，"给你多要了一份。"

　　"嗯？"江阔没明白。

　　"我看你一天到晚地盯着我这屋，早晚得来蹭一波。昨天我也买了两份，你没来。"段非凡边吃边说。

　　"就这动静，"江阔指了指空调，"我不如出去热着。这能睡着？"

　　"那你出去呗。"段非凡说，"我给你指条能翻墙出学校的道，你去酒店开间房凉快去。"

　　江阔没说话。

　　段非凡抬眼看他的时候，他用脚勾过另一张躺椅坐了下去，往后一靠。

"宁姐找我了。"段非凡继续吃。

江阔马上反应过来，吕宁估计是想让他换到107来吹空调！

这不可能，绝对不可能。

他想都没想："我是不会换到这个破屋来的。"

"哎——这就对了！"段非凡很欣慰地喊了一声，"那算我们达成一致，她找我的时候我就已经拒了。"

江阔觉得自己刚被冷气冲散的火气正在卷土重来。

"不过今天晚上我要待在这儿，"他看着段非凡，"我租一晚，你开个价。"

"五百。"段非凡一点儿没犹豫地开了价。

"不是一张床，"江阔说，"是这个屋。我在这儿，你出去。"

"一千五。"段非凡站了起来，拿出手机戳了几下，递到了他面前。

江阔看了一眼，屏幕上是个收款码。

……可以，非常牛。

段非凡收完钱之后把空调的遥控器和钥匙放到了桌上："好好享受，这是在学校装空调之前，你在宿舍吹的最后一次冷气。"

"出去，"江阔指了指门，"这屋现在是我的。"

段非凡打开门走了出去。

江阔靠在躺椅上没动，心里不怎么痛快。这人也太干脆利索了，他本来根本没想过对方会答应，结果这一通操作行云流水，没到三分钟人都已经走了。

"啧。"江阔拧着眉。算了，先睡会儿吧。他从兜里摸出耳机塞上，用手机放了首音乐。

他想把躺椅放平，但抠了半天也没找到放平的机关在哪儿，最后抓着躺椅扶手猛地一通摇晃，突然感觉后背一空，人直接躺平了。

"去你的。"他闭上了眼睛。

4 要碰你就是揍你的时候

早上没到六点江阔就醒了，虽然一晚上被空调吵得他梦到自己打仗去了，但好在这仗是在雪地里打的，还伴着麻辣烫的香味。

屋里没有人，段非凡一夜没有回来。

他站起来伸了个懒腰。不管怎么样，这一晚上起码睡舒服了。到学校两天，他现在才算感觉自己恢复了活力。在段非凡回来之前，他离开了107。

119宿舍的人居然都已经起床了，唐力甚至已经洗漱完了，正在阳台上做着广播操。

洗漱、洗澡、去食堂吃早点，这一系列操作江阔都是跟119宿舍的人一起完成的，但几乎没有什么交流，唯一的一次对话是李子锐问他："你不换军训服吗？吃完就该军训了。"

"吃完再换，那衣服穿着太难受了。"他回答。

话题就此终结。

回宿舍换衣服的时候，江阔才发现从食堂到宿舍的路是真的远，从宿舍到大球场更是远。来回这么走一趟，估计那边都集合完了。

他想起了大炮的话，这大概算是"社会毒打"的"第一打"。

军训的上衣是T恤，还成，裤子虽说是薄款，但穿上只觉得腿上捂了被子，再扣上帽子，就上下都堵上了。他突然有点儿怀念高中刚开学的时候，因为发烧没参加军训，天天在家睡觉的那几天。

果然，他刚走到半路，吕宁的电话就打了过来："江阔，你怎么还没到？集合了！"

"我回宿舍换衣服了。"江阔说，"马上到。"

"早上起来的时候就应该换好啊！"吕宁说，"跑步过来！"

"好。"江阔应了一声。他不太想跑，但在走了几步之后还是跑了起来。

到球场的时候，大家基本集合完了。吕宁指了指队伍，他跑过去，站到有人给他让出来的位置上。

教官已经就位，脸色不太好地看着他。

"迟到的同学，姓名！"教官开了口。

"江阔。"他回答。

"声音大一点！听不清！"教官提高了声音。

江阔闭了闭眼睛，深吸了一口气："江阔！"

军训正式开始前还有几分钟的训话，然后就是分拨，一个专业一拨。

大家跟着指挥来回移动、调整。之后，教官一句废话都没有，直接开始了基础的队列训练。

江阔默默重复着一个一个的动作，立正、稍息、向右看齐、向左看齐、立正、稍息……

"第一排听口令！"教官在半小时之后终于换了词，"向右转！"

江阔往右转，跟旁边的人面对面停住了。

"我错了？"那人问。

"是。"江阔回答。看来这玩意儿跟年龄无关，无论什么阶段的军训，都会有人被左右不分和同手同脚所困扰。

那人赶紧又转了回去。

"站直！"教官从他们这一排走过，纠正了几个动作，然后又吼了一声，"向右——转！"

吼这一声的时候教官正好站在江阔身边。

江阔一点儿防备没有，仿佛被谁砸了一拳脑袋，脖子都吓直了。他忍不住小声说了一句："我去……"

转过去之后，他发现自己正后方站着的居然是段非凡。虽然他知道他俩身高差不多，站在同一个位置的概率还是挺大的，但毕竟这支队伍有六个横排！

他跟段非凡不得不你看我、我看你的时候，发现这人居然在憋着笑。

被吓了一跳很好笑吗？

"江阔！"教官贴着他后脑勺又吼了一声。

这一声是真真儿无法防备，一是没想到，二是没看见人，江阔吓得也吼了一声："到！"

"你刚才念叨什……"

教官的话还没说完，段非凡大概是实在憋不住了，瞪着江阔直接乐出了声。

他这一笑，周围一圈人全绷不住了，都开始抖。

眼看就要出现大范围傻笑的时候，教官又点了名："江阔，出列！"

江阔站着没动，沉默了几秒后问了一句："报告教官，我是要退着出列吗？"

这一瞬间段非凡的笑声简直响亮极了。

"向后转！出列！"教官严肃的声音也带上了笑意。

江阔转身出了列。

"后面那个，姓名！"教官看着段非凡。

"报告教官，"段非凡站直了，"段非凡。"

"出列！"教官指着旁边，"你俩！给我站那边儿去！"

段非凡很配合地走出了队伍，站在了江阔身边。

不过他觉得江阔可能不会服从教官的命令，毕竟这人一看就知道是从小顺到大的，属于习惯性不服。而且刚才江阔只是被吓着发出了声响，比起他来程度还是要轻些，估计不愿意接受同等惩罚。

但江阔并没有不服，也没有多说一句，在教官下达了"站那边儿去"的命令之后，他立马就昂首挺胸地往前走了出去。

段非凡跟在他后头走了几步，就发现了他这么服从命令的原因。

江阔是直奔球场看台旁边的一棵大树而去的。

美得你，仿佛一个没有军训过的人。教官能让你在树荫底下受罚吗？

果然，没走到一半，教官的怒吼就传了过来："立定！就站在那里！怎么，还想去乘凉啊？"

服从命令的江阔立马现了原形，他转过头："报告教官，我有个问题。"

"问！"教官说。

"我为什么要罚站？"江阔指着段非凡，"是他笑我，我干吗了？"

"他为什么笑你？"教官问。

"你问他啊！"江阔说，"他笑你问我？"

教官顿了两秒，看向段非凡："你告诉他，你为什么笑！"

段非凡正在一边看戏呢，突然被教官一瞪，也顿了两秒才说："他……好像是被吓了一跳，样子有点儿好笑……"

"谁吓他一跳？"教官问。

"你啊。"段非凡和江阔同时开口。

队伍那边顿时传来一阵低笑。

"不要笑！笑什么！"教官冲着队伍喊了一声，又想了想，看着江阔，"我就不说你一惊一乍了！你被吓着了还非要出声骂人吗？"

"我……"江阔的话没能说完。

"站好！"教官说，"站到我叫你们休息！"

"收到！"段非凡喊了一声。

江阔非常诚恳地承认自己对大动静有点儿不耐受，段非凡这一嗓子让他再次想要蹦起来。好在这已经是几分钟内的第三回，他还算是扛住了。

这垃圾绝对是故意的，江阔往旁边让开一步，转头看了段非凡一眼。

教官盯着他们观察了一会儿，转身继续带领大家进行队列训练。

这会儿太阳当空照，江阔隔着帽子都能感觉到自己脑袋顶上是滚烫的。刚才一直动着还不明显，现在杵在这儿，没一会儿他就开始觉得难受。

按理说他虽然在装空调这件事上很执着，但也不至于晒这一个小时就难受了。他对自己的身体素质还是有信心的，毕竟高中一直在游泳队混日子。

"麻辣烫你吃了吗？"段非凡突然在旁边问了一句。

"……没吃，"江阔看了他一眼，"我不吃麻辣烫。"

"是不吃麻辣烫还是不吃小摊儿上的麻辣烫？"段非凡又问。

"不吃麻辣烫！"江阔说。

"那你扔了没，昨天那一碗？"段非凡继续问。

江阔被他问得莫名其妙："我看都没看它一眼，我还能想得起来扔它？再说我扔它干吗啊？"

"因为等到中午我们休息的时候，"段非凡说，"它就坏了。"

"……不会，"江阔很有把握，"有空调呢，哪那么容易坏。"

这回轮到段非凡愣了愣："你早上出来没关空调？"

"没。"江阔很坦然且理直气壮，"上午军训完，你回去还能赶在麻辣烫坏掉之前吃了它。"

"大哥，电费你出吗？"段非凡看着他。

"十二点退房，可延迟到一点，这个时段我爱怎么样就怎么样。"江阔说，"一千五百块，睡躺椅，不含早，不提供客房服务，只有动静跟地震一样的空调，什么酒店还敢问我要电费？"

段非凡没说话，过了一会儿才点点头："有理有据。"

大概是过于有理有据，段非凡好半天都没再说话。

说着话的时候，江阔还能分散点儿注意力，没那么难受，现在一陷入沉默，他就觉得自己的天灵盖儿要被烤炸了，看教官的后脑勺都带着毛边儿。

"你是不是认识宿管？"他没话找话地问了一句，"每天晚上出宿舍如入无人之境。"

"赵叔是我邻居，"段非凡倒是很直接，"看着我长大的。"

"难怪。"江阔说，"昨天晚上你是不是回家了？"

"不然我去119睡吗？"段非凡说。

"你这钱赚得挺轻松啊。"江阔有点儿不爽。

"承蒙关照。"段非凡说。

"你屋那空调谁给装的？"江阔没在意他这句话，"护校英雄特供吗？"

"那屋以前是宿管的，后来宿管换了一间，"段非凡说，"这间就给护校英雄了。"

说到这里，江阔实在是不可能不问了，虽然他非常不愿意给段非凡这个嘚瑟的机会。

"你到底干了什么，就护了校？"他问。

"被人打了一顿。"段非凡说。

"不说拉倒。"江阔说，"我要不是被你坑了站在这儿实在难受，我跟你多说一句都是我有病。"

"你舍友没跟你说么？"段非凡笑笑，"都跟你说护校英雄了，没给你普及一下英雄事迹啊？"

"就知道你有特殊待遇，"江阔说，"别的不得等您休息够了开英雄事迹报告会呢么。"

"特殊待遇可不只空调单间……"段非凡说，"五分钟之内我就要回宿舍吹空调了。"

江阔猛地转过头看着他。这话要是别人说出来的，江阔绝对不会信，但这话是段非凡说出来的，以他各种莫名其妙的操作，就真有可能。

"回宿舍之前我给你支个招，你要不想一直这么站着，"段非凡说，"最简单的办法就是慢慢晃，晃几下之后往地上一躺，教官就会马上扛你去医务室，起码能休息一小时。"

江阔没出声，看他是不是要开始晃。

"段非凡，"吕宁的声音从他俩身后传了过来，"你怎么跑来军训了？"

江阔回过头，看到吕宁快步走了过来。他这时才反应过来，段非凡是重修的，是不是本来就不需要参加第二次军训？

"昨天是不是还有点儿不舒服？"吕宁说，"刚丁哲找我呢，说你来军训了。你得休息。"

"没事儿，"段非凡说，"闲着无聊。"

无聊你回去吃你的麻辣烫啊！江阔目视前方。

"而且也能跟新同学熟悉一下。"段非凡又说。

想跟同学熟悉您别住单间啊！江阔目视前方。

"今天先休息吧。"吕宁说，"虽说你这身体是没问题的，但是昨天又晕了一下，我有点儿不放心。今天先缓缓，明天你想参加再参加。"

"……行吧。"段非凡有些为难地同意了。

吕宁跑过去跟教官小声说了几句，教官转头往这边看了一眼，然后点了点头。

"快回吧。"吕宁冲段非凡招了招手。

段非凡转身往球场对面走。

他倒不是跟吕宁说漂亮话，而是觉得不军训的话闲着无聊。从他报到那天开始，老叔就不让他在家里帮忙了，总怕影响学校的事儿，他回家也待不住。

如果不是跟江阔俩人站那儿傻晒太难受，就算吕宁让他回宿舍，他也会拒绝的。主要是因为晒得崩溃，还不敢有大动作，怕万一教官一回头扫见了，再让他做一百个俯卧撑……去年董昆就是这么废了两天，宛若被截肢。

才走出去大概三十米，他听到后面吕宁喊了一声什么，然后是教官的声音。转过头时，他看到了已经躺在地上的江阔。

看起来践得那么理所当然、目中无人的一个人，对别人的建议倒是接受得很快……实操也很迅速。可惜没看到全过程，不知他演技怎么样，教官会不会识破骗局，让他做一百个俯卧撑。

不过看了两秒段非凡就服了，江阔虽然性格烦人，但演技的确可以。

他倒下的时候选择了正面扑倒，本来脸侧着、没有鼻子着地是有点儿假，但这会儿教官把他翻了个面儿，他整个人的状态跟之前去老叔店里闹事，被老叔一刀把儿砸晕的那小子一模一样……

已经有人拿着担架往这边过来了。

等一等。

不会吧？

段非凡犹豫了一下，跑了回去。

队伍前排的几个男生已经围上去了，七手八脚地把江阔抬起来放到担架上。

居然不是在演？

段非凡伸手在江阔脸上拍了一下，对方毫无反应且皮肤滚烫。

怎会如此？

"你回宿舍，"吕宁拍开他的手，"不用你帮忙，别一会儿再倒一个。"

我不会倒，我昨天也不是真倒。

段非凡收回手，看着几个男生抬着担架一路小跑。

"他好像发烧了，"吕宁皱着眉，"是热伤风吗？"

是因为昨晚吹了一夜空调吧。

那台空调调不了温度，打开就16℃。以江阔买完东西都不肯自己拎回家的做派，他肯定不会用别人的铺盖，回宿舍去拿自己的铺盖估计也嫌累。

医务室离球场不远，在段非凡回宿舍的路上。他跟吕宁一块儿快步走着。

快到地方的时候吕宁的手机响了，她接起来听了两秒就停下了脚步，声音带着吃惊和无奈："哪个女生？孙小语也晕倒了？我的天，我过去我过去……"

"要不我……"段非凡也停下了，同样吃惊——去年也有晕倒的，不过是在下午，已经晒了大半天，而今年这才不到两个小时，"我过……"

"你去医务室，那边有人在处理了，"吕宁往回跑，"告诉他们还有一个……你先别回宿舍了，在那儿帮我看着点儿！"

"好。"段非凡点点头。

医务室准备得很充分，有三张床，普通晕倒，休息一下能缓过来的就在这儿休息，严重的就送上球场边的救护车。

江阔被放在了最里的一张床上。段非凡过去瞅了瞅。

"这是发烧了。"医生拿了温度计给他量体温，"还行，已经醒了。"

段非凡看到江阔的眼睛已经睁开了一半，看上去像是没睡够就被人强行叫醒时的状态。

"有什么感觉吗？"医生问。

"舒服。"江阔说。

"什么？"医生弯腰看着他。

"有空调……"江阔闭上眼睛舒出一口气，"真爽。"

"看来是没什么问题。"医生直起身，"一会儿看看体温是多少……你刚才是说还有一个同学吗？"

"是，有个女生也晕倒了，"段非凡点点头，"马上送过来。"

"知道了。"医生叹了口气，"这才刚开始军训啊……你看着点儿时间，十分钟后帮他看一下体温计。"

"哦。"段非凡应了一声。这人现在看着一脸舒服，还需要别人帮他看么。

"不用，别碰我。"江阔闭着眼睛说。

"行，"段非凡说，"我保证要碰你就是揍你的时候。"

一阵混乱之后，医务室里没事儿的人都走了。医生在写着什么，而段非凡坐在两张病床之间，左边是江阔，右边是刚晕倒的女生。

十分钟后，他用鞋尖敲了敲江阔的床腿儿："到时间了，看体温。"

江阔没出声，拿出体温计举在上方，沉默地看着。

"多少？"段非凡等了能有二十秒，开口问了一句。

"看不清。"江阔揉了揉眼睛。

"拿过来我看吧。"医生说。

段非凡接过体温计，边看边往医生的桌子旁边走。

江阔看不清，有可能是因为……烧得太厉害了？

他举起体温计，对着阳光确认了一下："这是39℃吗？"

"我不去医院。"江阔马上说，非常坚定，仿佛知道有人要强迫他马上去医院似的，语气已经带了几分不耐烦，"我不想动，我睡一觉就好。"

"先观察一下吧。"医生说，"如果一直不退烧再说，今天请个假回宿舍好好休息。"

"我就在这儿休息吧。"江阔说。

医生没说话。

"我能走了吧？"段非凡问，他看到吕宁抱着几瓶水走了过来，"女生宁姐可以守着。"

"嗯，"医生挥挥手，"你接着去军训吧。"

"我不军训，"段非凡说，"我是一个需要回宿舍吹空调、睡觉的病人。"

医生看了他一眼，有些莫名其妙。

江阔翻了个身，手在床板上砸了一下。

"我来啦，刚问了问还有没有不舒服的，都说还好。"吕宁进了医务室，把水放到桌上，"卢医生，他俩怎么样？"

"男生发烧，"医生说，"女孩子是低血糖了。"

"知道了，我在这儿待着，"吕宁拍拍段非凡，"你回宿舍吧。"

江阔果然没骗人。段非凡打开宿舍门的时候，冷气扑面而来。

桌上的钥匙和麻辣烫都放在原处没动过，段非凡把麻辣烫拿出去，拎到赵叔那儿加热。

"你们宿舍不是有微波炉？"赵叔说。

"这个得咕噜咕噜滚着才好吃。"段非凡把麻辣烫倒在小锅里，放到了赵叔的小电炉上，"你来点儿吗？"

"昨天吃剩的？"赵叔问。

"是昨天没吃的。"段非凡凑到锅边闻了闻，"还很香。"

"听说这会儿就有人晕倒了？"赵叔一边看手机视频一边问。

"一个女孩儿，还有那个，开跑车的那个。"段非凡说。

"江阔吧？"赵叔叹了口气，"看他那做派就是会晕的人。这种有钱人家的孩子，养得娇气，不像你们姐弟俩，扔野地里晒三天也不会有事。"

"他昨天在我宿舍吹了一夜空调。"段非凡说。

"还是身体素质不行。"赵叔摇摇头，"看着倒是不像那么弱的。"

"我看他身体挺好的，"段非凡说，"就是没吃过苦。吃点儿苦给他气得啊。"

"咱们学校苦吗！"赵叔不能接受，"不是挺好的？我之前待过的那个技术学院，那才叫苦，跟监狱差不多。"

"这儿对他来说就算苦了吧，都气发烧了。"段非凡说。

"真不能背后说人，"赵叔看着窗口，"一说就来，一说就来。"

段非凡转过头，看到江阔一脸郁闷地走进了宿舍楼。

"回来休息吗？"赵叔从窗口探出脑袋盘问，"请假了吗？"

"请假了。"江阔本就没有说话的兴致，看到段非凡居然又在吃麻辣烫，更不想说话了，但赵叔的盘问是正常的流程，他还是老实回答，"我发烧。"

"去歇着吧。"赵叔摆摆手。

他之前没打算回宿舍，就想在医务室吹着空调睡一觉。结果教官不知道是不是看到连晕了俩有点儿不放心，让大家休息二十分钟。

唐力这个正直、严肃、认真的人，居然带着舍友们来医务室看望他。

"大家都知道你刚军训一小时就晕倒了。"唐力说。

废话，大家当然都知道，因为我是当着全体师生的面单独出列晕倒的。

"比孙小语还快。"李子锐补充。

江阔由衷地在心里向没有开口说话的马啸致谢。

为了防止下一轮休息的时候这帮不会说话的人继续来看望这个一小时就晕倒的废人，江阔离开了医务室。

他回宿舍拿点儿东西、换套衣服，叫了大炮过来接他。

今天他就要在酒店睡一天。

其实他只是觉得有点儿累，在晕倒之前没有觉得特别难受，也不知道怎么就晕了。这要让家里知道了，江郁山估计能直接派人过来拖他回去。

"怎么又出去了？"赵叔看着从宿舍往外走的江阔，问了一句。

"去医务室，"江阔说，"宿舍太热了。"

"哦……"赵叔应了一声。

一想到十分钟以后他就能洗个热水澡，躺在酒店柔软的床上吃东西，江阔甚至已经感觉不到自己还在发烧了，走出校门的时候身轻如燕。

"脸什么色？"大炮一见他就伸手指在他脑门儿上试了一下，"嚯，去医院吧这得？"

"少废话，我要洗澡、吃东西。"江阔说。

"我出来的时候已经在前台点了餐，估计咱们到了就正好能吃。"大炮看着他，"你没事儿吧？我跟你认识这么多年，第一次见你发烧啊，感冒都没有过吧？"

"苦的。"江阔说。

"那赶紧退学回家。"大炮说。

"滚蛋。"江阔一摆手，"这事儿别跟人说，不能让我家里知道。"

大炮出来的时候帮他开了间套房。

在住了两天学校的小宿舍和走廊之后，江阔看到平时根本不会有任何想法的套房，内心竟然有一丝丝波动。

套房啊，真大。

"饭还没到，你先洗洗收拾吧。"大炮打开了电视。

"还得去买台洗衣机。"江阔把带过来的脏衣服塞进了酒店的洗衣袋里，"我衣服一直没洗，洗衣房只有公共洗衣机。"

"你居然会有为洗衣服操心的一天。"大炮很感慨。

江阔进了浴室还能听到他在外头感慨的啧啧声。

洗完澡，吃了饭，他扑倒在床上："炮儿，晚饭叫我。"

"好。"大炮应了一声。

江阔舒服地闭上了眼睛。

"阔儿，"大炮叫他，"快起来。"

有病？江阔困得要命，眼睛都睁不开。

他迷迷糊糊地骂了句："有病吃药！"

"没睡够晚上再睡吧。"大炮说，"你宿舍叫唐力的打好几个电话过来了，说你们晚上要查寝，不能缺席。"

"滚开。"江阔又怒又迷糊地坐了起来，准备让大炮知道什么叫挨揍。

大炮迅速把手机举到他眼前。他盯着手机看了能有一分钟，终于明白自己已经睡了几个小时——手机上显示已经七点半了。

"白睡了，"江阔说，"一点儿经过都没有……"

手机又响了起来，大炮凑过来看了一眼："唐力。"

看来唐力真的打了很多次，多到大炮已经能认出他的号码了。

"喂。"江阔接了电话。

"江阔，你好点了没有？还烧吗？八点要查寝，你还没有回学校吗？"唐力连珠炮似的问，"你快回来，查寝要求所有人都在的……"

"知道了，谢谢。"江阔说，"我这就回了。"

挂了电话后他又倒在了枕头上。

"回学校吧。"大炮说，"我刚让人拿了体温枪过来，你烧退了，吃两口回去吧。"

"查什么寝？谁给他们的权利进到我屋里指手画脚？"江阔因为白睡了几小时，气儿相当不顺。

"是不是你自己死活要来上这个学的？"大炮说，"你是不是要看清形势？这学校不是你爹开的对吧？你是不是应该借这个机会好好改改你那些臭毛病？"

"胡振宇，"江阔盯着他，"你不对劲，你是不是私下跟江总有什么交易？"

"赶紧的。"大炮拉了拉他胳膊。

CHAPTER 3

星垂平野阔

1 学长好，扔垃圾

段非凡靠在躺椅上看着门口站着的三个人。

"查寝。"中间的那人看着他说了一句。

段非凡张开胳膊："学长好，欢迎。"

几个人都没有进屋，只盯着他看了几眼，就转身走了："从里往外吧。"

段非凡悠闲地晃着脚尖，晃到第四下的时候，一个人影从他门前经过，那懒散、嚣张的样子一看就知道是江阔。

啧。

段非凡迅速起身，把躺椅拖到门边，转了个方向放好，让躺椅靠背伸出门框一小截儿。他躺下转过头，正好能看到不急不慢、大摇大摆地往119走去的江阔，以及门口齐齐转头看着他的查寝组。

虽然烧退了，但是毕竟脑子被高温内外夹击过，江阔特意没打车，而让大炮帮他扫了辆共享电动车，他自己骑回来的，想要吹吹风清醒一下。但回到宿舍走廊上的时候，他还是昏昏沉沉的，觉得自己像一团泡了水的棉花。

今天这个时间，走廊上难得的没有人，不知道是不是因为要查寝。

大炮劝他快点回宿舍的时候，他并不情愿。报到那天还在宿舍替他耀武扬威的人突然变得如此老实沉稳、语重心长，这让他非常不适。

江阔没住过校，不知道查寝有什么流程，只是从唐力焦急的话语中听出了对查寝的重视，所以他最终还是回来了，给唐力面子。毕竟这是第一次查寝，唐力是舍长——虽然他完全不知道舍长是什么时候任命的。

宿舍门口卡着几个人。

江阔一开始觉得自己是不是眼睛烧糊了看不清，但走近了发现没看错，那几个人就站在门框的位置，一个在前，两个在后。

在江阔走到门边的这十几步的时间里，他们一直以一个三角形的形状镶嵌在门框的位置，不进也不出。

"让让。"他在后排靠外的那人胳膊上轻轻碰了碰。

门框三人组同时转过了头看着他。

江阔也看了他们一眼——估计是查寝的？

但并没有人让开。他们也都不说话，就那么一脸严肃地看着他。

做甚？

江阔懒得去琢磨这是干什么或是怎么了，这是他的宿舍，他没把人扒拉开直接进去就已经是考虑得相当周全了。

于是他侧了侧身，用肩撞开了挡着他路的人，进了宿舍。

三位舍友正站在各自的书桌旁。看来在他进屋之前，这六个人正在进行某种眼神交流。

看到他回来，唐力明显松了口气，小声说："我帮你把床上的衣服叠了一下，怕你回来赶不及收拾。"

江阔非常反感有人动他的东西，条件反射般地拧了一下眉，但很快又把眉毛放平了，也小声说了一句："谢了。"

"舍长给他说一下。"门口站着的人这时才走了进来。

"江阔，"唐力指了指这几个人，"这是来查寝的学长。军训期间每天都会查寝，要求大家都在宿舍休息，没有特殊情况不能外出；要保持宿舍卫生，物品摆放整齐……"

江阔看了一眼自己的地盘，就这么三五件衣服、一点儿零碎，想不整齐都难。

"衣服不要挂在这里。"查寝一号指了指门口的挂钩。

一屋人都沉默着。江阔坐到了李子锐的桌子旁边的椅子上。

"江阔。"李子锐小声叫了他一声，手还冲他悄悄晃了晃。

"嗯？"江阔看他。

"谁的衣服？"一号问，"不要挂在这里！"

江阔这才反应过来对方说的是他挂在那里的军训服上衣，他有些疑惑："为什么？"

"不为什么，保持整洁。"二号说，"衣服叠好收起来。"

"挂那儿就是为了保持整洁，"江阔说，"不为了整洁我直接扔地上了。"

"记上。"一号说。

三号立马低头在手里的本子上写着。

"拿下来了，拿下来了。"唐力赶紧过去把衣服取了下来，"我们不太清楚这里不能挂衣服。"

"那个钩子能挂什么？"江阔接过唐力递给他的衣服，随手放到了桌上。

一二三号都没有说话。

江阔起身拿过自己桌上放着的包，过去挂在了钩子上，看着他们："这个？"

没等他们说话，江阔又从包里抽出了一个充电宝，挂了上去："还是这个？"

"拿下来！"三号沉下声音。

"你有什么意见？"一号问。

"我没有意见，"江阔说，"我只有疑问，并且只有一个疑问——这里到底可以挂什么？"

他可以肯定一二三号都知道正确答案，因为正确答案就是挂衣服、帽子这些东西，因为这是每家都有的玩意儿，它的名字就叫衣帽钩。

一屋子的人都不说话，陷入了短暂而尴尬，更多的是剑拔弩张的气氛里。

"这床是谁的？"二号敲了敲床架，突兀地结束了上一个不愉快的话题。

但他这随手一敲，立马开启了第二个不愉快的话题。

大概大家都没有想到，江阔这会儿就绕不过去了。

"我的。"江阔站在被他挂满了的挂钩前转过身。

二号一脸不爽地指了指："衣服收进柜子里。"

这次江阔没问为什么，反正也没有答案，当然他的答案必定是不行的。他拉开了自己的衣柜展示了一下："柜子放不下了。"

"这你自己解决，跟我说有用吗？我不管那些！"一号说，"衣服不能堆在床上！"

"那是叠好的。"江阔看了一眼。唐力是个仔细的人，衣服叠得非常平整，大小居然都一样。

"阳台上晾得乱七八糟的衣服怎么也不收一下？"一号没接着他的话，"很好看吗？"

唐力和马啸赶紧跑到阳台上把晾着的衣服收了下来，马啸那条裤子看着还是湿的。

"洗漱用品不要东一个西一个的，都收整齐！"二号到浴室转了转，"军训期间，没按军事化要求你们叠豆腐块，东西放整齐些都这么难吗？"

宿舍的其他三个人又赶紧去整理了一下洗漱用品。在江阔看来，那明显是已经整理过的，现在他们就是拿起来再原地放下去而已。

三号在本子上唰唰记着。

江阔站着没动，脑袋有点儿涨，脖子、肩膀也都是酸痛的。

发烧的后劲正在一点点展现。

在他以为转完阳台、厕所这一圈，查寝就该结束的时候，一号踩上了他床边的梯子，然后往上走了两级，伸手拿起了唐力帮他叠好的衣服，再走下了梯子。

江阔一下就火了。这个梯子是上床用的，他们平时都是脱了鞋才会往上踩，现在一号直接往上印了俩灰白色的印子——而且还直接拿了他的衣服。

"这位同学，"一号拿着衣服冲他晃了晃，"不是我们针对你，而是你们宿舍大部分问题都出在了你身上，希望你配合，不要影响整个宿舍。"

江阔沉默了两秒，抓过一号手里的衣服，弯腰在被一号踩脏了的梯子上擦了擦，然后把衣服扔进了旁边的垃圾桶里。

"你什么意思？"大家的火气聚在头顶，江阔的这个动作让二号最先炸了，他猛地提高了声音吼了一嗓子。

江阔闭了闭眼睛，他差点儿又被吓得蹦起来。

"那儿不是椅子，"李子锐脸色也不怎么好看，但还是迅速打了圆场，过去想把衣服从垃圾桶里拿出来，"看好了再放嘛。"

江阔伸脚把垃圾桶勾了过来，一脚踩在了桶沿儿上："没什么意思，扔垃圾而已。垃圾桶能扔垃圾吗，学长？"

"江阔！"李子锐压着声音，一脸虽然不爽但这查寝还是忍忍得了的坚韧表情。

"别跟我们在这儿耍威风，"一号说，"这是学校，你这架子摆给谁看！"

"给你仨看呢，"江阔说，"这么明显。"

"一点儿规矩没有，耍嘴皮子还挺厉害。"一号的眉毛挑了起来，"查寝时不在宿舍，东西乱放，言语冲撞，制造矛盾，你还会点儿什么？"

"这个。"江阔一把抓住了一号的衣领。

卢浩波进了学生会是段非凡没想到的，这人去年让一向好脾气的董昆说出过"这人要能进学生会我直接把学生会办公室砸了"的话。

而卢浩波会捂着肚子从119宿舍里飞出来，更是段非凡没想到的。

"哦豁！"他从躺椅上翻身跃起，出了宿舍往对面门上踢了一脚，"出来看戏。"

门马上开了。段非凡一边往里走，一边把两边的宿舍门都敲了一遍。很快他身后的宿舍门就都打开了，不断有人走出来。

查寝组的另外两个人也从119里出来了，但并不是单独出来的，而是跟人抱成一团出来的，一时分不清他们是在打架还是纯粹拥抱。

"都回去！"卢浩波起身看到了段非凡和那边一堆看热闹的，指着他吼了一声，"段非凡，你想干什么？"

"看看。"段非凡走到了119门边，"要帮忙吗，学长？"

从宿舍里团着出来的四个人终于艰难地分开了。两个查寝组的，还有119

的胖子和唐力。唐力拉架，胖子居然在打。不过胖子的打架水平明显不行，居然能把卢浩波一脚端出来？而且他看到卢浩波脸上还有擦伤。

往宿舍里看过去的时候，一个人影抡着拳头跟风似的刮了出来，一看架势就知道是直奔查寝组的几个人去的。

段非凡侧身伸出了胳膊，拦腰把这个人兜住了。

这么多人看着呢，不能再动手了兄弟，没看查寝组都没人再动了么。

这人也是119的，平时不怎么说话，段非凡每次开门通风的时候都能看到他出去扔垃圾，一天能扔八百回。挺猛？

"马啸！马啸！"唐力赶紧过来又抱住了这位，"都冷静！"

宿舍门口人挤得太多，段非凡往回退了两步，停在了窗前，看到了唯一还留在宿舍里的人。

江阔面对着宿舍门站在那儿，活动着右手手腕。

大概是因为发烧，他的脸色很苍白，但段非凡凭借多年围观和亲历市场斗殴的经验，还是马上确定了——卢浩波是被他踹出宿舍的。

其实也很好猜，119宿舍四个新生，除了江阔都是老实人，真敢在开学第一次查寝就动手揍学长的，只能是江阔那个嘚瑟玩意儿。

不过段非凡还是挺意外的，看江阔那状态，卢浩波甚至没来得及动手就被踹出去了。

啧。

"江阔，"卢浩波指着宿舍里的江阔，"你会承担后果的，你等着。"

"放心，之后的每一天查寝，"江阔看着他，"我都会在这儿等着，学长。"

"干什么呢？都回宿舍！那么想被扣分，我直接给你们都扣光了怎么样！"卢浩波转头冲走廊上看热闹的人群吼道。

大家小声议论着，慢慢退回了宿舍里。

段非凡还靠在119的窗边，里面江阔不知道什么时候已经躺回了床上。

"你在这儿干吗？"卢浩波看着他。

"怎么，"段非凡说，"我那儿没查完吗？"

"查完了。"卢浩波说。

"查完了我出来串个门儿。"段非凡说。

"怎么回事？"赵叔突然出现在走廊那头，"刚怎么那么吵？！"

"有老鼠！"段非凡转头喊了一声，"赶跑了已经！"

"没见过世面，"赵叔摇摇头往回走，"老鼠就能弄出这动静……"

"段非凡，我希望我们能有一个友好的新开始，"卢浩波盯着段非凡，"请你不要影响我的工作。"

"好的学长，"段非凡又指了指119，"这儿查完了吗？"

"查完了。"卢浩波咬着牙。

段非凡走进了119，反手哐的一声把门给关上了。

宿舍里的三个人都站着发愣。从窗口看到卢浩波走了，唐力才一下坐到了椅子上："这事儿闹的。"

"我们是不是完了，"胖子看着段非凡，"英雄？"

"嗯？"段非凡看了他一眼，"你叫我什么？"

"英雄。"胖子说，"我叫李子锐，很高兴认识你。"

段非凡乐了："你脑子是不是缺根弦儿。"

"真心的，英雄，"李子锐低声说，"你比我们熟，这事儿严重吗？"

"集体处分吧。"段非凡说，"是不是都动手了？"

"唐力没动手。"李子锐说。

"我动手了，"唐力非常坚定，"我们全动手了。"

"唐力你不用……"李子锐摆摆手。

"你们脑子是拿来当配重的吗！"江阔在床上拍了一巴掌床板，"他是谁啊，说什么你们就信什么？"

段非凡笑了起来，往门边一靠，很愉快的样子。

"没事儿？"李子锐问。

"能有什么事？"段非凡说，"他们第一次查寝，第一天，查的第一间宿舍，工作必须进行得很圆满啊，顶多记一个'119不合格'。"

"以后我们不能这么冲动。"唐力说，"今天实在是冲动了，不应该啊。特别是江阔，他们态度的确不太好，但是……"

"我不忍这些玩意儿。"江阔翻了个身，"后面每天查寝，我每天还要把衣帽钩上的东西清干净，把湿衣服从晾衣竿上拿下来，再赔着笑脸喊'学长好'？我爸都不敢要求我这么配合！"

唐力叹了口气。

"挺爽的。"马啸突然说。

"嗯？"屋里几个人都看着他。

"哎！"唐力用力叹了口气，"你那条裤子还湿着吧？先晾上吧，要不捂臭了。"

段非凡走到江阔床边，抬手在他床沿儿上敲了敲："哎。"

江阔翻回来看着他。

"宁姐让我给你带了点儿药，"段非凡说，"我一会儿给你拿过来？"

"我过去拿,"江阔说,"谢谢。"
段非凡摆摆手,转身走出了宿舍。

"江阔,"李子锐从垃圾桶里把江阔之前扔进去的衣服拎了出来,"你的衣服。得洗洗,沾上灰了。刚我们扫了地,垃圾还没倒呢。"
"我去倒。"江阔坐了起来。他的脑袋很不舒服,屋里又有点闷,他打算出去转一圈。
他下床穿好鞋,从李子锐的手里拿过衣服,又扔回了垃圾桶里,然后拿着垃圾桶出去了。
"江阔!"李子锐追了出来,"你干吗跟衣服过不去啊?吊牌都没拆的新衣服啊!"
江阔没理他。
经过116的时候,查寝组正好出来,三个人同时看着江阔手里的垃圾桶。
"学长好,"江阔说,"扔垃圾。"

2 听说911刚才搞大事了?

扔垃圾的时候,江阔把那件衣服从垃圾桶里拿了出来,又拎着回了宿舍。
不要跟宿舍的人耍威风、摆架子。今天这一架,宿舍的人没有袖手旁观,无论是劝还是一起上,所有人都参与了。
李子锐说"新衣服"时的语气让他有些不好意思。
拿着衣服走到107门口,他敲了敲门。
"进。"段非凡似乎是在吃东西。
江阔推开门,果然看到段非凡手里又端着一碗麻辣烫。
"你是麻辣烫精吗?"他实在没忍住。
"吃吗?"段非凡问。
"说了我不吃!"江阔说完赶紧追了一句,"你没又买两份吧?"
"没。"段非凡说,"我疯了吗,你不吃我还买。"
"那你还问?"江阔说。
"没话找话是人际交往很重要的组成部分。"段非凡说,"你要是愿意精简掉,我也可以配合。"
"挺好,精简吧。"江阔说。

段非凡放下麻辣烫，拿起桌上的一个小纸袋递给他。

江阔接了过来，打开往里看了一眼："还有体温枪？"

段非凡没说话。

"药是什么……"江阔说到一半停下了，"至于吗？"

"是的，有体温枪。你都看到了还问？"段非凡说，"药是什么药盒上也写了，还需要说吗？"

江阔没再说话，抓着纸袋冲他一抱拳，手上的衣服跟着扬了起来，带起一阵灰。

"啊。"段非凡一把抄起麻辣烫碗，迅速退到了窗边，"你这是从哪儿捡了件衣服吗？"

"垃圾桶里拿出来的。"江阔在这一瞬间有了莫名其妙的爽感，"学长摸脏了，本来想一块儿扔了的。"

"有意思。"段非凡笑了笑，"卢浩波出师不利啊，第一个屋就碰上硬茬儿了……怎么又拿回来了呢？"

"算了，明天拿到酒店洗洗放着吧。"江阔说。

"……你衣服拿到酒店洗？"段非凡看着他，夹起来的麻辣烫到嘴边了都忘了往里放。

"嗯。"江阔应了一声，转身准备走。

"体温枪是宁姐从医务室借的，用完了还她就行。"段非凡说。

"哦。"江阔想了想，把体温枪拿了出来，对着自己脑门儿"哔"了一下，"我烧已经退了，要不你直接……"

"自己还她。你指使人别太习惯了，"段非凡说，"容易招揍。"

"我说我怎么躺那儿那么难受呢。"江阔看着体温枪上的"38.2"，"又烧起来了。"

"多少？"段非凡问，"不行你就吃片布洛芬什么的，里头有。"

"38.2℃。"江阔盯着显示屏，一直到数字消失了他才抬起头，看着段非凡，"商量件事儿。"

"发烧得捂。"段非凡马上说，"你就是吹空调吹病的，还来？"

"谁吹个空调能吹病了？"江阔说，"我是水土不服。我这病就得吹空调才能好。"

段非凡没说话。

江阔拿出手机："一千五？"

段非凡看着他，好半天才说了一句："你总这么干么？业务挺熟练啊。"

"我有病么，没事儿总花钱买块破地儿待着。"江阔说。

这种除了让人占便宜没有任何意义的事自然从入门到精通只需一次。

"上回我说什么？"段非凡问。

"没话找话是你人际交往重要的组成部分，"江阔说，"谁知道你上回一堆废话都是些什么……"

"我说，'这是在学校装空调之前，你在宿舍吹的最后一次冷气'。"段非凡说，"我总不能没事儿就回家待着吧？"

"我睡躺椅，"江阔咬牙，"你睡你的床，又不影响。"

"给你开了这个头，到时大家都来我这儿睡，我还活不活了。我不喜欢跟人挤一屋……"段非凡的语气很平和，但意思非常明显，就是不行。

"想多了，他们出不起这个价。"江阔没被人这么和气地拒绝过，一时间也找不到什么更好的理由来说服段非凡。

"听说911刚才搞大事了？"宿舍门被人咣地推开了。

江阔回过头，看到刚闯进屋里的董昆和丁哲一脸尴尬地定在原地。

"揍了卢浩波。"段非凡回答。

"可以啊！"董昆用力笑了两声，"怎么揍的？"

"用911撞的。"江阔说。

"哎。"丁哲有些尴尬地笑了笑，"不是那个意思。我们一般都给不是特别熟的人弄个代号，有时候说名字反应不过来。"

"他特别喜欢车，"董昆说，"你来学校那天他尽看你车了，所以就叫你911。"

"来，"丁哲扬了扬手上的袋子，"麻辣烫，一块儿吃。"

"……不了。"江阔说，这几个人还真是朋友，口味都一样的，麻辣烫家族，"我不吃麻辣烫，不是不吃小摊儿上的麻辣烫，是不吃麻辣烫。"

丁哲看着他，愣了一会儿才点点头："哦。"

"你俩刚在聊呢？"董昆问。

"嗯，"江阔坐到了旁边的椅子上，"跟他商量让我在这儿再住一晚。"

"在这儿住一晚？"董昆顿了顿，"再？"

"嗯。"江阔应了一声。

董昆转头看着段非凡："我记得你是不是说过？"

"他说过，"丁哲低声说，"什么'你别车让你开一回，你就让他上我屋住'什么的。"

虽然丁哲说这句话的声音非常低，但江阔还是迅速捕捉到了重点。没等段非凡开口，他一拍桌子："车后天回来，你拿去开。"

屋里顿时一片安静，几个人都看着他。

"你帮我劝劝他。"江阔指着段非凡，"就这一晚，我发烧实在太难受了，不想回宿舍闷着。"

"啊，"丁哲清了清嗓子，转头看向段非凡，"他一个病人……今天军训还带病，怪不容易的，比女生晕得还快……"

这个可以不提的，谢谢学长。

段非凡叹了口气，从兜里拿出手机，走到江阔面前："最后一次，而且今天晚上我真的不回家。"

"没事儿，"江阔说，"还是一千五。"

董昆和丁哲一听这个数，猛地转过头，一块儿瞪着这边。

江阔扫了码，站了起来，在手机上点了两下，又伸到了丁哲面前："加一下，车回来了我告诉你。"

"……哦！"丁哲赶紧拿出手机扫了江阔的二维码，把好友加上了。

"那你们吃。"江阔说，"我先回宿舍放东西，晚点儿过来。"

"带点盖的。"段非凡加了一句，"这空调固定温度16℃。你发着烧，别冻一夜明天早上死我这儿了。"

江阔出了宿舍，把门带上了。

"我去！"丁哲看着门的方向，重重地感慨了一句。

"给了你一千五？"董昆看着段非凡。

"嗯。"段非凡点点头，将手机在手里转了两圈，然后扔到了桌上，"昨天也一千五。"

"我去！"丁哲转过头，"这生意是不是有点儿太好赚了？怎么睡啊？那张床上也没铺盖。"

"他睡躺椅。"段非凡说。

"啧。"董昆一边感叹一边疑惑，"你说这位少爷能吃苦吧，他花一千五住这破宿舍；你说他吃不了苦吧，他能搁躺椅上睡一宿。"

"他也就是现在人不熟，出不去。"段非凡说，"过阵儿你看他要不就去酒店开房，要不就弄台空调回来了。"

"有钱是好哈，"丁哲说，"两晚赚了三千也挺好的哈。"

"明天叫上孙季和刘胖，"段非凡说，"浪一晚上去。"

"明天还是卢学长查寝哦。"董昆说。

"敢查你们吗？"段非凡说。

"他今天查你屋了没？"丁哲问。

"进都没进来。"段非凡伸了个懒腰，"上119耍威风被人家宿舍一块儿揍了，911一脚给他踹到走廊里，嗵！"

董昆和丁哲边吃边乐，笑得比空调还响。

"我对911改观了啊。"丁哲说，"我觉得他还行，大气。"

"滚吧你。"段非凡说，"就冲他那车，你从一开始就觉得他不错。"

"你真去开那车啊？"董昆说，"别给人撞了。"

"应该不能吧，"丁哲说，"我看过很多视频。"

段非凡笑得差点儿呛着。

"这人挺逗的。"丁哲看着江阔的朋友圈，"他不会是给了我个小号吧？什么内容都没有。"

"三天可见吗？"董昆问。

"不是，就是从来没发过朋友圈，"丁哲把手机递到他面前，"名字也相当像小号。"

"JK921，名字加生日，我一般密码才这么设呢。"董昆看了看，"这就是有钱人的神秘感吧。"

"你俩够了啊。"段非凡说。

江阔拿着衣服回到宿舍时，李子锐和唐力还在聊着刚才的事，马啸在阳台上洗漱。

衣服上都是灰，正常如宿舍这几位肯定马上拿去洗洗晾上了，但江阔不是正常人，他不会洗，他最多会洗内裤。

所以他需要一个袋子，把这衣服装好拿到酒店去洗。

他翻柜子的时候，李子锐看到了他拿回来的衣服："我以为你真扔了呢。赶紧洗洗吧，都是灰。"

"我……"江阔不知道应该说自己不会洗，还是说要拿到酒店去洗。

这俩哪个听起来都不怎么合群。

犹豫了一下，他一咬牙："好。"

他拿着衣服走到洗手池边上，打开水龙头，把衣服团了团，往水龙头底下一伸——水立马滋了他一脸一身。

"去你的！"江阔非常恼火地一巴掌把水龙头给拍上了。

过了一会儿，他重新把衣服伸过去，小心地把水龙头打开了一点点。水太小了，他弯着腰在那儿捣鼓了半天，衣服都还没全打湿。他只能趁水龙头不注意，再把水慢慢开大，然后试着一搓——水又滋了他一脸。

"死去吧！"他把衣服往水池里一砸。

大概是场面过于惨烈，一天说不够十句话的马啸都被他逼出了一句："你拿个盆儿。"

"哦。"江阔应了一声，没有动。

马啸大概猜到了，于是指了指旁边一个蓝色的盆儿："你可以用我的，刚买的。"

江阔已经放弃了洗衣服。马啸那句"刚买的"好像看穿了他不想用的想法，但又没完全看穿，这让他有点儿不知道怎么办。

要跟宿舍里并不怎么熟的人保持一个"大家都一样"的状态，是一件非常困难的事。他感觉自己的一言一行都透着格格不入，再说他以前从来没试着干过这种时刻注意别人情绪的事，更没有这样的契机。而现在他发现，一旦你开始注意自己的每一句话是否合适的时候，就会变得一句话都说不出来了。

作为一个军训时比女生还先晕倒的病人，他非常烦躁。

去你的吧。

"我不会洗。"江阔说，"我没洗过衣服，我是打算拿去酒店洗的。早知道这么麻烦，不如不洗，反正又不打算穿。"

"不穿了吗？"马啸问。

"不够我气的。"江阔说。

"可惜了。"马啸说。

江阔看了他一眼。马啸是宿舍的几个人里吃穿用度最差的，唐力和李子锐床上的东西都是新的，只有马啸的是从家里带来的旧的，他身上这件T恤也很旧了，衣领还有点儿脱线。

被卢浩波摸过的衣服虽然不扔，但他绝对不会再穿了。

看着马啸的时候，他突然灵光一闪。

"这衣服给你吧。"江阔说。

"啊？"马啸看着他。

"买的时候就不喜欢，随便拿的。"江阔一边说，一边思考这话这么说到底合不合适，一边又觉得去你的吧，谁管呢，累不累，"洗了我也不会穿，要不给你吧。"

马啸沉默了。

这舍友关系尴尬就尴尬吧，尴尬点儿也比累心强。

几秒钟之后，马啸点了点头："谢谢啊。"

衣服给了马啸，他也就不用再去琢磨洗的事了。马啸利索地把衣服往盆里一扔，没一会儿就洗好晾上了。

江阔愉快地伸了个懒腰，按着自己的太阳穴揉了揉。

"大款，还有不穿的衣服给我吧。"李子锐说，"119有你真好。"

"你好歹减点儿重。"江阔说，"要不我给你两件，你拆了拼一拼穿吧。"

李子锐笑着拍拍自己的肚子："我跟查寝的每天打一架估计能瘦下去不少。"

"可别啊！"唐力吓了一跳，抓着他的胳膊，"冷静啊，舍友们。"

江阔在微信上百无聊赖地跟大炮随便聊了几句，然后去洗了个澡，再把小薄被从床上扯下来抱着："我去107冷静一晚上。"

"去英雄的宿舍？"李子锐说。

"你要是不想叫他的名字，你就叫他107成吗？"江阔说着，打开柜子拿出了一个眼罩。

"为什么不在咱这屋睡啊？"李子锐问。

"我又烧起来了，浑身疼，太热了难受，"江阔说着，"107有空调。"

"哦，"李子锐点点头，"也是，那样能舒服点儿。英雄是个好人啊。"

江阔没说话，抱着被子出去了。

段非凡白赚三千，还捞个"好人"的名声，这生意做的，名利双收。

107里的人已经吃完了麻辣烫，这会儿正趟着玩游戏。

段非凡在床上，董昆和丁哲一人一张躺椅。

看到江阔抱着被子进来，董昆和丁哲都站了起来。

"你们先玩，"江阔看了一圈，这屋里没什么地方能待了，"我一会儿再来。"

"没事儿没事儿，"丁哲一边说一边往外走，"你躺你的，我们有的是招。"

江阔没客气，往躺椅上一倒，随便扯了两下抱在怀里的被子，也没管盖没盖好。他从酒店回来到现在一直没消停，这会儿已经感觉很疲倦了，往下这么一躺，顿时觉得后背一阵酸疼，仿佛刚才被揍的不是卢浩波而是他。

"你怎么站那儿不动了？"段非凡拿着手机在床上喊了一句。

"先死着吧，"董昆说，"等金主爸爸收拾好。"

江阔摆了摆手，话都懒得再说了。

丁哲很快又回了宿舍。江阔眼睛睁开一条缝，吃惊地发现他手里拎着一张躺椅。

"是哪儿有个仓库我不知道吗？"江阔说。

"赵叔那儿拿的。"丁哲说，"你就睡那张，那张是非凡斥巨资买的，最舒服。"

"好。"江阔闭上了眼睛。

有空调就是好。他平时睡觉只要温度合适，声音、光线什么的都不太在意。段非凡他们几个玩游戏动静也不大，只是偶尔说两句话。

没多大一会儿他就睡着了。

"回宿舍了。"董昆打了个呵欠,"明天一上午的课,烦死了。"

"要不你去军训?"段非凡说。

"你自找的,"丁哲披着条毯子,"都说了不用去了,非得去受罪。你要是觉得无聊,就到教室找我俩聊天儿多好。"

"得了吧,"段非凡说,"那我还是去军训。"

"走走走。"董昆拍了拍丁哲。

"金主爸爸不会冻着吧?"丁哲看了一眼睡得跟昏迷了一样的江阔,"这屋的空调是真的牛,吹得我感觉外面不是要下雨了,而是要下雪了。"

"要下了吗?"董昆问。

"打了几个蔫儿屁雷。"段非凡下了床,"这小动静,老天爷可能觉得雨憋少了不好意思下。"

"走了啊。"丁哲和董昆呵欠连天地出了宿舍。

外面又隐隐传来一串雷声,还带了一道闪电。

段非凡走到窗户边往外看,远处不断地出现沉默着亮起的闪电,一个接一个,再连成片。

看来差不多该降温了吧。几场雨一下,过一个月,没准儿江阔又该满世界找暖气了。今天这场雨不知道还要憋多久才能下,雷打得也不带劲。

段非凡打了个呵欠,张开胳膊伸了个懒腰。

懒腰伸到一半的时候,一声炸雷突然响起,仿佛就在他头顶炸开。

段非凡被吓了一跳,胳膊猛地往回一收,感觉自己瞬间岔气儿了。

"啧。"他转过身。

身后站着一个人。

脸色苍白。

眼神空洞。

闪电划过的时候,唰的一下脸更白了。

虽然在受到惊吓的同时他已经反应过来这是江阔,但他还是没忍住。

"啊!"他喊了一声。这一下是真给他吓得不轻。

过了能有两秒钟,江阔才像是回过神来,原地蹦了一下,也吼了一声:"你干吗?"

"你干吗?"段非凡看着他,"起来了能不能弄出点儿动静!杵这儿想吓死谁呢?"

"打雷了是吗?"江阔缓过神来问了一句,"我是被吓醒的。"

段非凡发现这人有一个很神奇的特点,就是他可以随时随地忽略掉对方的话以及对方的情绪，只要他想说下一句了，管你上句是什么，直接给你掐了。

段非凡火发到一半就这么被他给撅了回去。

"要下雨了吗？"江阔有些激动地走到窗边。

"嗯。"段非凡看了一眼窗外。

"明天不用军训了吧？"江阔说。

"凭什么？"段非凡说，"天上下刀子也要让你在礼堂唱一天歌，下雨就想不军训？"

江阔回头看了他一眼。

"你要是不想军训就请假，发烧呢不是。"段非凡坐到另一张躺椅上。

"军训第一天晕倒，第二天请假，"江阔说，"我不要面子的吗？"

"这种面子要来干吗？"段非凡笑笑，"万一明天撑不住再晕一次……"

"不至于，"江阔拿起桌上的体温枪，对着自己脑门儿按了一下，"我现在感觉还可以。"

"多少？"段非凡问。

"37.8℃，"江阔说，"开始退了。"

"挺乐观。"段非凡拿了件衣服去洗澡了。

段非凡洗澡、洗漱完，想着江阔应该已经睡着了，结果出来的时候，看到江阔还枕着胳膊、睁着眼睛靠在躺椅上。

"不睡了？"他关掉了屋里的灯，爬到了自己的床上，舒服地伸了个懒腰。

"让你吓精神了。"江阔说。

"要点儿脸吧。"段非凡说，"我让个炸雷吓得一哆嗦，回头你杵那儿又吓得我一哆嗦，我骂都没骂完。"

"是不是下雨了？"江阔问。

"没呢，"段非凡闭上了眼睛，"别说话了啊。"

这个时间他是睡不着的，怎么也得三四点之后。如果是董昆和丁哲在这儿，他们能聊到半夜。

但他跟江阔实在不熟，没什么可说的，干聊更难受。

躺到背都有点儿酸的时候，江阔突然开口说了一句："你也睡不着？"

"我睡着了。"段非凡说。

"听到你喘气儿了。"江阔说。

"不喘气儿那是死了。"段非凡偏头往下看了一眼，"你耳朵挺好使啊，就这空调声，你还能听到我喘气呢？"

"我睡不着的时候耳朵特别好。"江阔沉默了一会儿，"你今天跑119去干吗？那个姓卢的是不是跟你有仇？"

"看热闹。"段非凡说,"可惜了,没看到你给他踹出去的场面,光看他飞了。"

"那傻缺明天再跟我装,我就让他看看什么是真正的装。"江阔说,"还查寝,进你爸爸屋,连一句礼貌用语都没有。"

"别骂了,"段非凡说,"骂兴奋了更睡不着。"

"揍他才兴奋。"江阔说。

屋里再次安静下去。

段非凡闭上眼睛,还没找到入睡的感觉,江阔又说话了:"对面那个超市有洗衣机卖吗?"

"……后面有个电器商城,"段非凡说,"家电都有。"

"宿舍能放冰箱吗?"江阔问,"小的,冰冰饮料什么的。"

"哎,"段非凡翻了个身,趴在床沿儿上看着他,"你这名字是真没起错,真阔气啊,你爸妈是按这意思给你起的吗?"

江阔笑了笑:"星垂平野阔,月涌大江流。"

段非凡没说话。

没听懂。

"要这么说,你这名字也没起错,"江阔说,"非凡小英雄。"

"不懂了吧。"段非凡说。

"嗯?"江阔转过头。

"我爸说,这孩子一看就非常平凡,"段非凡说,"又不能直接叫段非常平凡,那就叫段非凡吧。"

江阔笑了起来,又咳嗽了好半天,接着突然跳了起来,踩着掉在地上的小被子冲进了厕所。

"哎?"段非凡吓了一跳,跳下床跟了过去。

江阔在厕所里,手撑着墙干呕了两声。

"明天去医院吧。"段非凡叹了口气,"怎么还吐上了,真能笑吐了啊?"

"我还没吐呢。"江阔回过头看了他一眼。

"吐了收拾干净,"段非凡说,"这儿可没有客房服务,一千五就是你的床位费。"

江阔回手冲他做了个手势。

江阔一直没吐,但在厕所待了挺长时间,估计是不舒服。段非凡躺在床上听他一会儿打开水龙头洗脸,一会儿关了干呕两声,一会儿又打开水龙头……

虽然江阔很惨,但这些混乱的声音夹杂在空调的噪声里,带给他一种莫名其妙的安宁感,他居然在自己基本不可能睡着的时间里睡着了。

3 我娇气

段非凡一直睡到了天亮，醒过来还是因为董昆给他打电话，叫他一块儿去吃早点。

"你们先帮我买上吧，我刚起来。"段非凡坐起来往下看了一眼。江阔这次退房倒是很早，但那条被他扔在地上踩了几脚的小被子没有带走，还团成了一团放在躺椅上。

可以，看在一千五的分上。

段非凡下了床，把躺椅上的小被子叠好了。

以江阔扔衣服的做派，他现在有理由怀疑是不是因为这条小被子掉地上了，并且被江阔自己踩了，所以需要扔掉。

不过被子的手感很好，一摸就知道是贵货。

如果星垂平野阔少爷不要了，他倒是不介意拿回去给老婶。

走出宿舍的时候，段非凡发现昨天晚上的确下了雨，而且不小，地上的积水还有不少，感觉气温也往下降了好几度。

食堂已经不是人最多的时候了，大家都坐得很分散，但一进门他就看到了董昆、丁哲几个，他们和江阔、李子锐围了两张桌子。丁哲这个忘本的玩意儿坐在江阔旁边，一看就知道是特意的，就为了明天的车钥匙。

"给你拿了！"董昆招手。

段非凡走过去，在刘胖和孙季的肩膀上拍了拍，打了个招呼。

"今天还军训啊？"孙季回过头看到他身上穿的军训服。

"嗯，"段非凡坐下了，"晚上你俩别走。"

"怎么，"刘胖边吃边问，"约架？"

"滚。"段非凡简短地回答。

食堂的早点品种还挺齐的，江阔拿了一大堆。

平时看到这些东西他估计不会有什么食欲，但今天一早退烧之后，他就饿得两眼发绿，甚至不到五点就饿醒了。现在别说他拿来的这些，就是这张桌上放着的所有食物，他感觉自己都能塞下去。手机在兜里响着，他坚持把碗里最后一个馄饨吃完了，才放下筷子把手机掏了出来。

"没起吗还？"大炮在那边问。

"起了，"江阔说，"吃早点呢。"

"还烧吗？"大炮说，听声音像是正要去吃早点。

手机里电梯"叮"的那一声和服务员轻声的"请刷一下您的房卡"，完美展现了早点的差距。

此时此刻，大炮在五星级酒店的VIP厅吃早点，而他在学校食堂里吃馄饨、煎饺、小笼包，油条、豆浆、小米粥……

"烧退了，"江阔说，"早上起来我看是正常体温了。"

"跟你说件事儿，"大炮说，"了了找我了，问我要你的电话。"

"她找我干吗？"江阔马上站了起来，走到了旁边。

他跟江了了虽然一起长大，有事儿也会相互帮忙，但江了了的性格让他俩并不像大多数兄妹那么亲密。正常情况下，除非是他放假回家了，不然江了了一般不会主动联系他。

也许是出了什么事。

"她没说，但是人肯定没事儿，"大炮不愧是他发小，很了解他所关心的重点，"就是问我要号码。"

"你给她了吗？"江阔问。

"是啊，我给她了吗？"大炮说，"我要是直接给她了，您肯定骂我为什么要给，你换号码就是为了躲家里人烦你什么的；我要是没给，您又要说她这样找你肯定是有事儿，为什么不给什么的。所以你说，我能告诉你我给没给吗？"

"……行，给了就给了，没给也给吧，"江阔说，"这个回答完美吗？"

"完美。"大炮说。

江阔坐回桌子旁边，看着还没吃完的小笼包和小米粥，犹豫了一下，转头问李子锐："你吃饱了吗？"

"你吃不下了吧？"李子锐说。

"是。"江阔点头。

他有个毛病，他妈说是洁癖，他爸认为是矫情，就是饭不能分段吃，必须一气呵成，中间要是断了，再回头就没法续，会觉得那都是剩菜。

出去吃饭，人多的时候还成，菜端上来撤下去的，吃饱之前总有新菜上来。眼下这种情况，他毛病就犯了，哪怕没动筷子的，也觉得是别人剩的。

"给我吧，"李子锐把小笼包和小米粥挪到了自己面前，"你是吃不惯吗？"

"也不是，就是拿多了。"江阔说。

"你那天不是说你都是按量点菜的么？"李子锐说。

记忆力不错啊，舍友。

"我今天估错量了。"江阔说。

"你……"李子锐不肯放过他,想继续说。

"不吃就别往上喷唾沫,打包拿回去给唐力和马啸。"江阔说。

"吃。"李子锐没再说下去,埋头苦吃。

今天江阔吸取了教训,直接穿着军训服出来吃早点。加上昨晚下了一场暴雨,早上温度瞬间下去了一截儿,去集合的时候,他的心情很愉快。

"你被子不拿走?"段非凡走到他旁边问了一句,"占座儿呢?"

"走得急了。"江阔这句倒是真的。早上他被尿憋醒了,在段非凡屋里上厕所总觉得别扭,所以着急忙慌地回了119。

"我以为你不要了。"段非凡说。

"为什么不要?"江阔说,"一千五一宿的躺椅,这话你还问得出口?住最次的青旅都不至于还往里搭床被子。"

"你不是讲究么,"段非凡说,"掉地上还踩了好几脚,不得扔了啊。"

"谁踩的?"江阔立马转过头瞪着他。

段非凡看着他,好一会儿才开口:"您自己。"

江阔刚要说话,手机响了。

这个电话肯定是江了了打来的,他赶紧拿出手机接了电话。

"怎么样啊?"那边果然是江了了的声音。

"挺好,马上要集合军训了,"江阔说,"赶紧说事儿。"

"没事儿。"江了了说,"没那么热了,我出去玩一圈儿,经过你那儿的时候你请我吃饭。"

"爸妈知道吗?"江阔问。

"跟他们说了。"江了了说,"大概就十天,时间也不长。"

"在我这儿待几天?"江阔问,"我不一定有时间陪你玩,可以让大炮开车带你。"

"不用那老妈子跟着,"江了了的声音里是一贯的无所谓,"你也不用,什么都不用。还跟以前一样,我就要这种陌生的感觉。让你请我吃顿饭,只是为了跟这个地方产生一点点的关联,懂吧?"

"不懂,"江阔说,"反正我的接待任务就是请你吃顿饭,对吧?饭有要求吗?"

"没有,你要叫上大炮也行。"江了了说,"要不买个小蛋糕吧,咱俩提前意思一下。"

"行。"江阔应了一声。

江阔挂了电话，段非凡已经不知道走到哪儿去了。

自己踩了被子这种重大不能忍事件他居然完全没有记忆，实在是让他有些无法接受。

江阔低头给大炮发消息，让他帮着查一下有特色的餐厅。

不过吃饭他不打算叫上大炮。大炮一直觉得江了了精神有问题，虽然当面不会提，但江阔会不爽。

江了了是个学霸，在江阔看来，这个双胞胎妹妹特立独行且聪明。

而在江总夫妇眼里，鉴于江阔的表现，以及他们对自身条件的清醒认知，他们一致认为女儿的智商应该属于基因突变。

然而江了了没有沿着常规的学霸之路一直走下去，中考结束后她突然崩溃了，医生的诊断是压力太大。江总给她办了休学，让几个看护二十四小时地守了几个月。之后她虽然看起来一切如常了，但一直没再回学校。

从那时起，江了了选择了另外一种人生：一个人出去旅游、拍照、剪视频，写点儿小文章。江总出于对女儿智商和独立能力绝对且盲目的信任，一切都不加干涉。

江阔是很羡慕的，甚至想过要不自己也崩溃一回。可惜至今除了逃跑那两天有点儿发愁该怎么跑，他没给自己找到任何压力。

"江阔，你烧退了吗？"吕宁拦住了他。

"退了，"江阔摸了摸自己的脑门儿，"睡了一夜就好了。"

"那还行，恢复得挺快。"吕宁拍拍他。

今天的军训除了少了开始之前的训话，一切都跟昨天差不多。依旧是队列训练，不过之前转错方向的都调整过来了，来回转了十几次都没有人出错。

虽然没人出错，但前一小时教官的计划还是复习、巩固昨天学会的动作。

也由于没人出错，这个训练的过程尤其煎熬。

每一次转身，江阔都只能看着前面的人解闷儿。关键是他宿舍的几个人都没排在一块儿，除了后排的段非凡，左右的人他都不认识。

向左转！左边是个黑孩儿，仿佛已经参加了为期三年的军训。

向后转！右边那个后脑勺的头发一直长到了脖子上，多显脏啊，为什么不刮一刮呢？

向右转！后面这位看起来就清爽多了，除了脖子上有道疤。

段非常平凡小英雄的脖子后头有道疤，并不太明显，只在衣领上方露出了一小截儿，昨天他都没注意到。

现在他看着这一小截儿能判断出这是一道刀疤，是因为这跟江总手上那道刀疤形状一致，并且有些泛红。

段英雄这是道新伤。

江阔陷入了沉思，这护校英雄当得不简单啊……

向后转！

江阔向后转了回去——看到了教官的脸。

教官没说话，只是沉默地看着他。

"是第二排向后转。"段非凡的声音从他后脑勺的方向传来。

江阔沉默地转了回去。

"不要走神！"教官喊，"集中注意力！不舒服的喊报告！"

江阔一时反应不过来教官这是在表达关心还是嘲讽，只求他不要再老是一排一排地指挥，请让大家团结成一个整体！

好不容易熬完第一波，在学习各种步伐之前，教官让大家原地坐下休息，先看他示范。

地上的雨水还没有干，江阔看了一眼脚下。他不介意坐下去，脏就脏点儿，主要是有水……别说坐着看完教官示范，就是坐下去立马蹦起来，屁股也能直接感受一把雨水了。

大家纷纷用脚把水往旁边划拉，希望能给自己的屁股扫出一片干地。

"坐下！"教官喊，"不要这么娇气！"

江阔划拉了两下。他们这一块有点儿凹，积水有些多，并不是很听指挥。

后排的段非凡已经坐下了，几个人帮着前面这排的一块儿用脚划拉水。

"差不多得了，"段非凡说，"赶紧坐下，一会儿挨罚。"

"这怎么坐？"江阔非常恼火，"我还愿意罚站了。"

"怎么，要不要帮你们找个塑料袋垫一下啊？"有人在身后问。

身边的几个人立刻嗵地坐了下去。

"行，有吗？"江阔问了一句，回过头。

段非凡叹了口气。

教官脸上的表情很难捉摸，他跟江阔对视了一会儿才说："还是你去挑一块干的地方？"

江阔没出声，但依旧没坐。

"坐下，"教官说，"要不一百个俯卧撑做完，你就蹲着。"

段非凡特别想给董昆打个电话，让他马上跑步过来参观这个即将跟他有相同经历的小伙伴。

江阔一定不会坐下，至于能不能做得了一百个俯卧撑，根本不在这个大少爷眼下会考虑的范围里，反正就是不坐。

"一百个得分两组。"江阔说。

一帮人都转头看了过来。

"可以,"教官点点头,"出列,我看看你的本事。"

江阔没说话,转身走出了队伍,又转过头问:"现在吗?"

教官一抱胳膊:"现在。"

"好玩了。"有人小声说。

江阔把T恤的袖子往肩上提了提,活动了一下。

段非凡一看他胳膊的线条和这随意的几个动作,就感觉他应该是个平时会运动的人,没准儿真能做完。

他很低地吹了声口哨。

"谁?"教官猛地转过头。

段非凡迅速换上了看热闹的表情,扭头往后瞅了瞅,甚至还压着声音也问了一句:"谁?"

"你欠不欠。"旁边的人笑着小声说。

"看你的戏。"段非凡转回头。

江阔真的找了块没什么水的地方,弯下腰,撑在了地上。

虽然觉得他应该能做得下来,但段非凡还是对他真的选择去做一百个俯卧撑换蹲着的机会的另类嚣张行为感到有些意外。

"一、二、三……"教官开始数数。

大家渐渐安静下来,一块儿看着这个昨天比女生还早晕倒的人做俯卧撑。

段非凡听到后面有人已经开始赌他能做多少个,还有人赌他会不会再晕倒。

不过江阔看上去很轻松,做到快三十个的时候动作都没变形,只是速度没有一开始那么快。

"三十二、三十三……"教官走到他身边,"还不错,继续!"

五十个没多长时间就做完了。

江阔站起来,拍了拍手上的泥,又甩了甩胳膊。

"要歇多久?"教官问。

"一分钟。"江阔说。

第二轮开始,江阔的动作仿佛第一轮的重播,前二十个的速度甚至更快一些。后面打赌的人已经开始确定一会儿要转账的金额了。

"七十八、七十九……"教官认真地数着。

段非凡听到后面有人跟着数:"八十、八十一……"

他回头看了一眼,发现是一脸严肃的唐力。

不愧是舍长。

八十九一过,很多人都跟着喊了起来:"九十!九十一!九十二……"

"一百!"教官一扬手。

江阔撑着地没动,低头舒了一口气才慢慢站了起来。

"可以,身体素质还不错。"教官拍了两下手,"去蹲着吧,就这一次!"

"谢谢。"江阔说。

膀子要废了!

江阔咬牙切齿地保持着脸上的平静。

腰也要断了!

上高三后他就以要复习为借口,不太愿意去游泳队训练,加上他维持了一个暑假的咸鱼状态,如今这一百个俯卧撑让他差点儿撑吐了。

还好烧退了,昨天晚上睡得还算可以。

"可以啊,"左边的黑孩儿在他蹲下的时候说了一句,"其实连着一百个也行吧?"

"不行。"江阔说。

胳膊的酸软感一直到上午军训结束的时候才缓解了一些。

解散的时候李子锐飞快地冲到了他身边:"不错啊,江阔。"

江阔没说话。

"我要有这体力,我也做一百个。"李子锐扯了扯自己的裤子,"现在都还是湿的。"

"回去不就能换了。"江阔说。

"也是,"李子锐点点头,"那你为什么非要蹲着?"

"我娇气。"江阔说。

李子锐笑了半天。

4 探视日

回到宿舍的时候,江阔在107的门上敲了两下。

没人开门,估计段非凡还没回来。

他正想走的时候,一只手伸过来打开了门:"来拿被子?"

"嗯。"江阔应了一声,跟着进了宿舍。

"那儿。"段非凡指了指躺椅上叠好的被子。

"我自己踩了被子吗？"江阔问，"我怎么一点儿都不记得了。"

"那我踩的。"段非凡说。

"我怎么踩的？"江阔拧着眉。

"你去厕所吐的时候。"段非凡说。

"……这我倒记得，"江阔拎起被子看了看，"弄干净了吗？"

段非凡走到他面前："没有客房服务。"

"那怎么办？"江阔继续研究被子，"拆了外面的洗？"

"一条夏凉被，你也没套被罩啊，拆什么。"段非凡说，"要洗就整个洗。"

手洗被子。

江阔没出声。

在洗衣机买来之前，他只能做到手洗内裤和袜子。

"我们一般的处理方式是这样的。"段非凡拿过被子，提起来哗哗地抖了几下，然后放回躺椅上，"可以了。"

"可以了？"江阔愣了愣。

"你鞋底儿有屎吗？！"段非凡问。

"谢了。"江阔抱起被子。

刚转身，被子掉到了地上。

"啧。"他弯腰胡乱地把被子拿了起来，抬起胳膊大概是想抖一抖，但抬到一半又放弃了，打开门走了出去。

段非凡过去把门关上，往躺椅上一倒，舒服地伸了个懒腰。

手机在他兜里响了一声，是记事本的日程提醒。

他拿出手机看了一眼——探视日。

一百个俯卧撑的健身效果还是很明显的。

江阔的被子在拿回宿舍的路上变得非常沉重，两条胳膊兜着还老觉得要掉了。

进了宿舍，他把被子抡到床上，又甩了好一会儿胳膊。

"我给你捏捏？"唐力说。

"不至于，"江阔说，"就是太久没运动。"

"很可以了。"唐力说，"我天天跑步，也做不了一百个。"

"……你用腿做俯卧撑？"江阔说。

"他主要是用手跑。"李子锐说。

几个人一通傻乐。

洗完澡，江阔准备跟宿舍的人一起去食堂，但大炮打电话过来说在学校门口等他了，想到自己现在劳累过度，需要补一补，他决定出去吃。

"别吃太饱，"他告诉宿舍的人，"我带点儿回来。"

"行。"李子锐点头，"放心，我是吃不饱的。"

江阔拿了个袋子，装上要洗的衣服，拎着出了门。

大炮叫了车在门口等着，他上了车，大炮就指挥司机直奔餐厅。

"又找到一家不错的，"大炮随手往他这边拍了拍，"给你改善一下伙食。顺便你考察一下，看要不要带江了了去那儿吃。"

江阔捂着胸口："这几天不要随便碰我。"

"怎么了？"大炮一下坐直了，"打架了你？"

"没，"江阔说，"我今天做了一百个俯卧撑，现在我胳膊、胸口、腰都是废的。"

"教官罚的？"大炮的声音顿时提了上去，"你管他呢！就不做，再啰唆就走人，不训了！谁能拿你怎么着！"

江阔转头看着他："你是不是昨天才教育过我要看清形势，改改臭毛病？"

大炮没说话，似乎在思索。

"我就知道！"江阔指着他，"这话不可能是你说出来的！胡振宇你就是江郁山埋在我身边的暗雷！还是刚刚被策反的那种！"

"放你的屁。"大炮说。

"演技太差，"江阔说，"记性也不行，刚背完的台词儿转头就忘。"

大炮到了地儿也没承认他是叛徒这件事，倒是说了另一件事。

"差点儿让你打岔打忘了。我爸给我打了个电话，问我知不知道杨科的去向。"大炮凑到他耳边小声说。

"杨科的去向是什么需要耳语的事儿吗？"江阔皱眉看着他，"去向不就是九天瀑布15公里处。"

"听我说完。"大炮啧了一声，"然后杨科也给我打电话了，说他跟学校请了一个月的假，跟女朋友私奔去了。"

"私奔一个月？"江阔愣了，"私奔还带截止日期的吗？"

"谁知道呢。"大炮说，"那天让你送他去九天瀑布，就是会女朋友呢。"

"傻缺！"江阔拧着眉骂了一句，"江总会把这笔账算在我头上。"

"我就这个意思，这就是个套儿呢。"大炮说，"他现在给我打电话的意思就是让咱不要说，但是不说，你就是他失踪前的最后目击者，你这个嫌疑……"

"你说话注意点儿啊。"江阔看了他一眼。

"就是这么个比喻，你是……你反正就是最后……"大炮解释。

"你瞎的是吧？"江阔说，"什么时候瞎的？杨科下车之前瞎的吗？"

"啊！"大炮总算反应过来他的重点在哪儿，"咱俩！咱俩！咱俩就是最后看到他的人！我不是那个意思，我就是没脑子！"

"我看你脑子挺足，脑浆都快从鼻子里挤出来了。"江阔说。

"恶心不恶心啊。"大炮说。

"别跑题。"江阔说。

"说完了，没跑题，我的意思就是还是得说。"大炮叹了口气。

"不说。"江阔回答得很简单。

"为什么？"大炮声音一扬，"你都说江总会把账算你头上了！"

"他真找我问了再说。"江阔看着车窗外，"事儿还没到头上呢，杨科又不是未成年人，再不是朋友也不用这么着急卖了。"

"……行！"大炮有些无奈地用力一点头，"知道你仗义。"

大炮人虽然不怎么仗义，但单论找吃的，水平还是很高的。

这是一家粤菜馆子，很适合江了了不吃辣的口味。

菜做得很好，地方也清静。大炮订的是个湖景小包间，外面的阳台看出去风景不错，还凉快。

以江阔对江了了不怎么了解的了解，这种市井喧闹中的宁静她应该很喜欢。

"得提前订桌。"大炮说，"中午还好，晚餐得提前几天，晚了连预订都不让。"

江阔叫了服务员过来，想现在就把包间订了。

但江了了也不确定具体哪天到，范围前后加起来有三天。

"这不太好订，"服务员犹豫着，"您订三天包间，但有两天是空的……"

"你们订了就不能有事儿来不了吗？"大炮说，"我就算只订那一天的，我有事儿来不了不是一样吗？"

"主要是您临时来不了和现在就确定有两天订了又不来还是不一样的，"服务员解释着，"我们……"

"我三天都来。"江阔说。

中午吃得舒服，下午的军训就显得没有那么痛苦。

而且下午开始来回溜达着训练，比原地站着要强不少。

"精气神！这是齐步走，不是解散了去食堂！"教官的声音一直很提神，"就这样子你们一会儿怎么踢正步！"

除了走着比站着舒服，训练步伐的乐趣也比站着更多。顺拐的，踩人鞋的，走反了胳膊打架的，走得太投入立定刹不住撞到前排的……

这里头就有唐力。军训结束回宿舍的时候，他还一直没停下练习。

江阔很意外，他感觉唐力看着不像是个运动不协调的人，没想到顺拐顺得这么丝滑。他拉着江阔一块儿并排走的时候，江阔被他带得有种跟着顺过去的冲动。

"你平时走路怎么走的？"江阔问。

"不知道。"唐力说，"这个齐步一走，胳膊怎么样、背怎么样，一想这个，我就好像不会走路了。主要是平时走路又不用思考自己的姿势……"

那我平时走路还是会注意姿势帅不帅的。

唐力是个认真的人，舍友也都是热情的人，回到宿舍饭都没吃，几个人就开始给唐力当陪练。

江阔也不打算吃饭了，他叫了大炮一块儿准备今天把洗衣机弄回来。

一二一，左右左。

江阔出门。

一二一，左右左。

路过107的时候他发现门是锁着的，看样子段非凡没有回宿舍。

回家了？

本地人还是爽。

"这些是要带去的。之前你凌姐去的时候给他带了衣服、被子什么的，这次就是几本书。"老婶拿出一个小包，"他上回说想看什么什么书，里头图书馆没有，就让段凌去买了。"

段非凡看了看，是一套阿加莎的作品："他还看这些呢？"

"他们兄弟几个就你爸爱看书。"老婶说，"还有你去的时候，跟他说平时花钱不用那么省，有时候嘴淡了就买点儿吃的。钱给他存了总是不花。"

"嗯。"段非凡点点头。

"你跟学校请假了没？"老叔在旁边问了一句。

"请假了。"段非凡说。

"让段凌开车送你去。"老叔说。

"不用，"段非凡拿起东西，"坐公交车直接到。"

"见了面，他要是又说什么不用你去看他之类的，"老叔交代，"你听着就行，不要跟他杠。他是不愿意你看到他穿囚服的样子。"

"知道。"段非凡应了一声。

探监这种事，段非凡远没有段凌熟练，一年没去几次。

就像老叔说的，他爸不愿意让儿子看到自己穿囚服的样子。

他去年去了一次，因为上大学了。今年又去一次，是因为老叔说你儿子又上大学了……

八点钟，段非凡准时到了。

交证件，办手续，过安检，拿上会见证，等。

他是最早进会见室的一个，边上还有一个大姐在等着。

段非凡莫名有些紧张。

他爸被带进会见室，在他对面坐下，取下旁边的电话看着他。

他愣了能有五秒。他爸指了指电话，他才赶紧拿了下来。

"搞得跟我来探你一样。"他爸的声音传出来，"你老叔说你被揍了，是被揍傻了吗？"

"又没打到头。"段非凡说。

"打哪儿了？"他爸问。

"身上。"段非凡说，"不严重。"

"不要装。"他爸说，"不严重住几个月院？你老叔都告诉我了。"

"他跟你说这些干吗啊？"段非凡皱了皱眉，"是没话说了么你俩。"

"他来一趟就是为说这个呢，"他爸说，"可激动了。"

段非凡叹了口气，没说话。

"以后别逞能，"他爸看着他，"做好事也得看清状况，当自己多牛呢……你是不是想借机打架？"

"我有病啊？"段非凡也看着他。

也许是见面的次数太少，他爸脸上每多一条皱纹他都能发现。他爸虽然没到五十，但看着总觉得沧桑。

"今年又重新上一次大一是吧？"他爸问。

"嗯，"段非凡点头，"这几天正军训呢。"

"好好训。"他爸说。

"嗯。"段非凡点头。

他爸沉默了一会儿，似乎是在找话题。段非凡也飞快思考着，想找一个话题。

"下回你别来了，"他爸说，"没话说呢，多难受。"

这话说的，段非凡更找不着话题了。

"同学都怎么样？"他爸问。

"……没怎么认识新的同学。"段非凡想了想，实在不知道说什么，于是随手抓了江阔来凑数，"隔壁宿舍有个开跑车来的。"

他爸看着他,没说话。

段非凡也沉默了。

"说啊。"他爸等了一会儿,开口了。

"说什么?"段非凡问。

"隔壁宿舍有个开跑车来的。"他爸说。

"是啊,"段非凡说,"就是隔壁宿舍有个开跑车来的。"

"……哎!"他爸摆了摆手,"你真是……咱俩真是太不熟了……这天儿聊的,都不如我跟段凌。"

段非凡被这话说得顿时有些不是滋味,手里的听筒放了下来。

他爸指了指听筒,示意他拿起来。

段非凡不太情愿地重新拿起听筒。

"是我的错。"他爸说。

段非凡立马偏过头,把听筒挂了回去,生怕挂慢了还能听到他的声音。

余光里他看到他爸在冲他挥手。

过了好一会儿他才转过头,重新拿下听筒:"别说这种话,我听着不舒服。"

"我不会聊天儿也就算了,"他爸说,"你从小那嘴连逗带损一句不少,怎么到我这儿就不会说话了?"

"我不知道。"段非凡说。

"所以我不愿意让你来,你老叔非说让我见见。"他爸叹气,"我就是怕这场面,你回去吧。"

"你身体怎么样?"段非凡问。

"这岔打的。"他爸笑了起来,"挺好,放心,比你壮。"

"这牛吹的。"段非凡说,"书给你带了,平时也适当花点儿钱买点儿吃的。老婶说给你存的钱你都不用。"

"知道了。"他爸说。

"那我……"段非凡犹豫着。

"回吧!"他爸摆摆手,"好着呢,回吧你。"

CHAPTER 4

友谊第一步

1 我现在要一惊一乍了

因为请了假，段非凡第二天下午才回学校。

还没走到宿舍，他就看到丁哲和董昆骑着自行车冲了过来。

"上上上上。"丁哲招手。

他也没多问，先跳上了后座。

"江阔那车回来了，"丁哲说，"刚到停车场……"

"我下去。"段非凡立马准备跳车。

"别！"丁哲反手拽住了他的衣领，"要说熟还是你跟他熟，有你在，大家就没那么尴尬。"

"有什么可尴尬的？"段非凡莫名其妙，"你都有脸蹭车开，还会尴尬？"

"不一样不一样不一样。"丁哲连珠炮似的说，"多少还是有些不好意思的，但是又特别想摸一把方向盘。"

停车场旁边是一片绿地，有不少石桌石椅，不少学生愿意到这儿吃午饭。

江阔的车开进停车场，大家就都转头看着。

段非凡感觉自己仿佛专门从家里赶着过来看车似的。人家车还没停进车位，他们这帮人连自行车都已经放好站那儿了。

"这也不是江阔开的啊？"董昆看到了驾驶室里的人。

的确不是江阔，是个穿着4S店工装戴着白手套的男人。

男人下了车，跟他们面对面地站着。

有病。

段非凡转身走到旁边的石墩子上坐下了。

董昆也跟着过来坐下了。

丁哲依然坚持在旁边站着，然后开始围着车转圈儿。

"把那傻缺叫过来。"段非凡说。

"叫不过来了，马上就要上车了。"董昆冲旁边抬了抬下巴，"车主来了。"

江阔从学校大门的方向走进了停车场，跟丁哲打了个招呼，然后从手套手里拿了钥匙，顺手给了丁哲。

"这人马上要疯。"董昆站了起来。

"我直接？"丁哲看着江阔。

"没事儿。"江阔说，"你有本儿吧？"

"有，"丁哲说，"就是没开过这样的。"

"都差不多。"江阔打开车门，"发动了开就行。"

"那我先感受一下。"丁哲进了车里，"要不你坐副驾驶座？"

"不了。"江阔退开两步。丁哲应该是有点儿不好意思，他要是一直杵在边上更尴尬。

董昆坐到了副驾驶座，并且拿出了手机对着丁哲："给你拍张照片吧。"

虽然不太情愿，但停车场周围唯一有树荫的石墩子就是段非凡屁股下面那个，他还是走了过去。

"你不看着点儿？"段非凡说。

"看什么，"江阔坐下了，"他不是有本儿吗？"

"心挺大。"段非凡点点头。

本来还想聊几句，但看到车突然动了，从车位里开了出来，段非凡顿时就顾不上说话了，只盯着车。这要磕一下碰一下的，丁哲就得出去卖身修车。

"附近有人少的路吗？"江阔问。

"学校后面……"段非凡说到一半停下了，转头看着他，"没必要吧？"

"就停车场里转吗？那多没劲。"江阔站了起来，走到了车旁边，弯腰跟丁哲他们说了两句。丁哲和董昆立马下了车。

"干吗？"段非凡问。

"走啊，"董昆一招手，"高新区那边儿全是没人的大马路。"

"我不去。"段非凡说。

"车座不收费。"江阔扶着车门说了一句，"又不是躺椅。"

"去你的。"段非凡站了起来。

丁哲和董昆到后座坐下了，段非凡上了副驾驶座，回头看了一眼："你不坐前头？"

"没事儿，"丁哲摆摆手，"一会儿到地方我开呢，你先坐前头感受一下。"

"我感受个屁啊。"段非凡说。

"安全带。"江阔说。

段非凡刚把安全带扣上，江阔就一脚油门踩了下去。

车立马发出了轰鸣，冲出停车场，开到了路上。

段非凡转头看着江阔，还没开口，车速又猛地降了下来。

"怎么？"江阔也转头看了他一眼。

"开车不要这么一惊一乍的。"段非凡说。

江阔没说话。车出了校门，很快转到了学校后面的路上。这条路通往高新区，那边大片的荒地"百废待废"，很多新修的路连标线都没画，往那边去的路上也没什么人。

"我现在，"江阔说，"要一惊一乍了。"

没等段非凡反应过来他什么意思，车里的音响突然炸出了电吉他的声音。接着在震耳欲聋的音乐声里，他感觉自己猛地往后贴在了椅背上。

啊……神经病。

"好！"丁哲在后头喊，"这推背感！"

段非凡没说话。江阔在学校虽然挺跩，但还不算出格，现在这脚油门像是踩在了他某个开关上，连表情都变了。

隔壁宿舍有个开跑车来的。

开车的时候非常嚣张。

这条路不太适合飙车，路上有车也有人，江阔甚至还在人行道上看到了一个水果摊。也就往前一惊一乍了二百米，他就把速度降下来了。

"太爽了这感觉。"丁哲从后座凑过来，给他指路，"这条路开到头右转，过了大转盘就是高新区。高新区北边那一片全是圈出来的荒地，路修得特别好。"

"在这儿转吗？"江阔开到路头问了一句。

"对。"丁哲点头，又拍了拍段非凡，"你坐前头你给他指一下路。"

"开导航，"段非凡说，"高新区向阳村。"

"就这点儿路还用开导航？"丁哲说。

"就这点儿路还用指？"段非凡转过头看着江阔，"你路盲吗？"

"不路盲。"江阔说，"我这车都是自动感应，没去过的地儿你只要心里默念个路名，它直接意念接收自己就过去了。"

段非凡沉默了一会儿，指了指前面："……一直开，两个路口过后就能看到转盘。"

董昆在后头一通乐："段非凡你也有被呛着的时候。"

开过第一个路口之后，路上就基本没人了，也看不到车。

江阔踩下油门，车速再次飙了上去。

"车窗能打开吗？"丁哲问，"听听动静！"

"行。"江阔降下了车窗。

除了卷进车里的狂风,还有狂风里混成一团的发动机轰鸣跟车里的音乐。

段非凡感觉太阳穴都在蹦迪。

"一会儿去桥那边吧。"董昆说,"桥那边的断头路,基本没车去。"

"什么?"丁哲喊。

"去桥那边!"董昆也喊。

段非凡没管他们在喊什么,眼睛一直看着前方。第二个路口已经过了,远处已经能看到那个转盘。

但江阔没有减速。

"到了,"段非凡看着江阔,提高了声音,"前面就是转盘。"

"知道。"江阔说。

段非凡在风声、音乐声和发动机的咆哮声里根本听不见他的声音,这两个字是根据口型判断出来的。

"左转,"段非凡往他那边凑了凑,"该减速了!"

江阔没说话,车依旧往前冲着。

后排那俩也没再喊话,一块儿瞪着前方。

车冲进转盘之前速度降了下来,接着江阔方向盘一打,车往左顺着转盘转了过去。车里的人全都整齐地撞向右侧,段非凡感觉自己要是没安全带拴着,已经从窗口飞出去了。

进了转盘之后车并没有往左边的出口转出去,而是轰响着围着转盘转了一圈。车速不算太高,但这是过弯,这样的速度还是能让车身处于半打横的状态,车轮带起的尘土不断从窗口扑进来。

段非凡被惯性推得靠在了车门上。

江阔在这个时候居然抽空关上了车窗。

在噪声瞬间小下去的同时,丁哲在后排发出了愉快的一声吼。

车在第二次经过左边路口的时候江阔踩了刹车,以正常的姿态开了出去。

段非凡总算离开了车门。

往前开出一段之后,车停在了路边。

江阔关掉音乐,打开车门下了车,拍了拍身上的灰。

段非凡跟着也下了车,看了他一眼:"挺过瘾?"

"还行。"江阔把手往车顶上一撑,"不晕车吧?"

"现在问是不是略微有点儿晚?"段非凡说。

"我去!"丁哲下了车,"烧胎了没?我闻到味儿了!"

"不至于,"江阔说,"就转了一圈半,还是那么大个转盘。"

"你之前在赛道上玩的吧?这么溜。"丁哲弯腰看了看车轮,还伸手摸了一下。

"嗯,玩得不多,"江阔说,"我拿本儿也不到一年。"

"你没有无证驾驶过吗?"董昆问。

"没有,"江阔说,"满了十八才买的车。"

"你还挺守规矩。"丁哲说。

"胆儿小。"江阔让开了,"你开吧。"

丁哲和董昆上了车。

江阔看了段非凡一眼:"你不上吗?"

"不了,"段非凡说,"我信不过丁哲。"

"你不晕车吧?"江阔找回了之前的话题。

"……不晕。"段非凡在人行道边儿上蹲下了,看着车里的两个人,"我提前给你打个预防针,他要是把你的车开出个三长两短,可赔不起啊。"

"只要不撞了都没事儿。"江阔说。

"那没准儿。"段非凡说,"他平时就开开他爸的面包车。"

"那没问题,"江阔说,"面包车比这个难。"

段非凡没说话。

丁哲在车上沉醉了一会儿才开了出去。

这条路挺长,过了前面的桥还有一段,路上连标线都没画,也没有路人。丁哲只要不往桥栏杆上撞,不会有什么问题。

江阔看着丁哲开过了桥,在那边掉了个头又开了回来。车速看得出来始终没过五十,相当谨慎。他都想叫丁哲放开了开,别说是没通车,就算是正常道路,这个地段应该也是限速八十的那种。

车开回来经过他俩面前的时候,丁哲冲他俩挥了挥手,然后往转盘开去,转了一圈又向着桥去了。

江阔拿出手机来看了两眼,没有什么可看的。

大炮发了消息过来交代他吃饭叫上几个同学,他懒得回复。

这段路没有路灯,但现在离天黑还有一阵,丁哲估计得来回转上半小时。他和段非凡在这儿杵着,有些许的无聊。

主要是段非凡不说话,他也不知道能聊什么。而且段非凡还蹲着,虽说气质跟刚才蹲在路边卖水果的大哥有本质区别。江阔没有蹲在路边的习惯,这要是聊起来他就居高临下了,别扭。

丁哲开着车第十六次从他们面前经过时，江阔终于蹲了下来。

段非凡看了他一眼。有钱人家的小孩儿是不一样，杵那儿站着一动不动能扛这么老长时间。

不过没等他说话，江阔又一屁股坐在了道沿儿上。

"这会儿不讲究了？"段非凡说，"那天何必一百个俯卧撑换蹲着。"

"你腿不麻吗？"江阔问。

"有点儿。"段非凡也坐了下来，"不过你可以试一下两条腿换着蹲，不容易麻。"

"不了。"江阔说。

段非凡伸直腿，拿出手机划拉着。

"你是本地人对吧？"江阔问。

"嗯，"段非凡点点头，"你这记性不行啊。"

"看记谁，"江阔说，"无关紧要的人要不是被人揍了我一般记不住。"

段非凡偏过头看了他一眼："怎么？"

"有没有什么好玩的地方推荐？"江阔问。这不是强行找的话题，江了了来的时候，他想着多少给点儿建议。

"你问问丁哲，他也是本地的。"段非凡说，"他们一家没事儿就开车上周边度假，他知道的比我多。"

江阔看着他没说话。

"我不怎么出门。"段非凡补充了一句。

"哦。"江阔应了一声。他听得出段非凡不是拒绝告诉他，但他也的确不太能理解怎么会有人不怎么出门，连本地有什么好玩的地方都不知道的。

这如果是他，从城南到城北、从城西到城东，方圆八百个镇子好玩、好吃的他全知道。

太阳开始落山的时候，丁哲终于过足了瘾，把车开了回来，在路边停下了。

"过瘾了？"段非凡问。

"过瘾。"丁哲点头，"谢谢啊，江阔。"

"不用客气，"江阔站了起来，"再想开的时候跟我说就行。"

"那多不好意思。"丁哲说。

"那别开了。"江阔说。

丁哲愣了愣。

"对！"段非凡乐了，"假客气就得这么治。"

"你开回去吗？"江阔问丁哲。

"开。"董昆替丁哲回答了，"正好再补一段视频。刚我拍了点儿，天亮着，仪表盘不够拉风，现在黄昏光线暗，拍着好看。"

"行。"江阔点头。

段非凡从副驾驶座被撵到后座，感觉这俩只要能碰这辆车，变成江阔的狗腿子指日可待。

这跑车后座真不是人坐的。之前丁哲和董昆在后头一直相互靠着，他也没注意为什么，这会儿才算是体验了。别说他们，就算是女生，个子稍微高点儿的也根本坐不直。

车还没开到主路上，江阔的手机响了。他赶紧拿出手机看了一眼，不知道是不是江了了到了。

屏幕上显示的是大炮。

"几点去啊？"大炮问。

"不是六点半吗？"江阔看了一眼时间，已经六点半了，"你到了吗？"

"到了。"大炮说，"你叫了同学没？就咱俩真吃不完那个包厢的套餐，肯定得浪费。你总不能次次胡吃海塞完了再带点儿回去吧，不硌硬人吗？"

"再说吧，不一定能叫着。"江阔扫了一眼车里的几个人。

昨天大炮就提醒他叫同学一块儿去吃，他俩在不能浪费粮食这一点上有同样的坚持，这也算是他们能一块儿玩这么久的原因之一。

只是他实在找不着也不知道该叫谁。宿舍的几个人其实应该不太会介意吃打包的，但他们现在严阵以待，叫他们出去吃饭怕是得到地方了就直接打包，赶在八点之前回去迎接查寝。

段非凡这几个，关系也实在够不上让他请一顿的，尤其是这人刚用一张躺椅赚了他三千块，还给朋友捎带了开车的机会……

除此之外，他就不认识别的同学了。

"这是跟同学啊、舍友啊搞好关系的机会。"大炮说，"毕竟要一块儿待那么久，关系处好了自己也舒服啊。你现在不在家里了，新环境又和以前完全不一样，总还是要学着把人际关系搞一搞的。"

江阔没出声。

这话一听就不是大炮会说的，江总八成是给他发了份邮件，里头列出了"提醒江阔好好做人"的一百句台词。两三天来一句，够他念完这学期的。

挂了电话之后，段非凡问了一句："有事儿？"

"没。"江阔说。

"有事儿我们下车就行，"段非凡说，"前面就能扫着车了。"

"不是。"江阔犹豫了一会儿，往段非凡那边凑了凑，低声问，"吃个饭吧一会儿?"

"嗯?"段非凡对这个提议感到很意外,毕竟他们现在算不上多熟。他和董昆那几个是可以临时起意去吃烧烤的,在一起都混了一年多了。

江阔突然提出这样的建议,而且用词听起来不像是一块儿吃个快餐、小炒之类的。毕竟大少爷连麻辣烫都不吃。再加上刚才他接的那个电话……

"我跟大炮订了个包间,"江阔小声说,"得有人去吃。"

段非凡没说话,倒不是不想说,而是江阔的这个表述让他不知道说什么。

"不是请了人没去,"江阔看了他一眼,"是订完了还没找人去。"

段非凡更无法理解了。

那您约好了人再去订包厢多好呢。

先订了再顶着饭点儿现找人,相当奇怪。

"算了。"江阔迅速靠回了自己的座位里,"当我没说。"

也许是因为关系的确没到,也许是因为他的这个邀约过于突然,段非凡根本不明白他什么意思。

只是从小到大,他要叫人吃饭,一句"去吃点儿"就完事了。他第一次试着跟人客气一下还落了个空,简直不爽透了。

"怎么了?"董昆在前头问了一句。

"一会儿去吃个饭。"段非凡说。

江阔转头看了他一眼。

"江阔请客。"段非凡也看了他一眼,"在哪儿?"

江阔说了餐厅的地址。

"有什么由头吗?"丁哲愣了愣,"那片儿都是湖景别墅,馆子都贵得'六亲不认'。我们几个吃晚饭的话,市场那边的小饭店就行。"

"没有。"江阔说,"我就吃'六亲不认'的。"

"找个地儿停一下,"段非凡说,"换人开,现在晚高峰。"

"他开吧,没事儿。"江阔说。

"我没问题,又不是不开车的人。"丁哲瘾很大。

"他开蹭了算他的,你开蹭了算谁的?"段非凡问,"五一路堵成什么样你不知道么?"

"啊,"丁哲踩了刹车,"要走五一路是吧?"

"开呗你,刹车干吗?"段非凡说。

丁哲跟江阔换了位置,坐到后座,凑到段非凡身边:"为什么吃饭?"

"不知道,"段非凡低声说,"可能是因为……"

"嗯?"丁哲把耳朵递了过来。

"人饿了就得吃饭。"段非凡慢慢地说。

"去你的。"丁哲弹开了。

"甭管了,"段非凡的声音还是很低,"到了就知道。"

经过学校侧门,董昆给江阔指路,车从一条岔路直接开上了主路。

"晚上查寝,"董昆说,"这吃完赶不上了吧?"

"赶不上什么?"江阔说,"揍卢浩波么?那是赶不上了,让他跪那儿等着吧。"

车里几个人都笑了起来。

"只要讨厌卢浩波,"董昆说,"就是我们一边的。友谊的第一步,这就已经迈出去了。"

段非凡歪在后座上,脑袋靠着车窗玻璃往外看。

上了五一路之后,车流量一下变大了。他感觉自己是在快车道上飞速地爬行,超SUV时他就跟趴在人家车轮边儿上一样。

流浪狗视角。

"这路限速五十啊。"董昆提醒江阔。

"三十都开不到。"江阔说。

"我看你溜缝的时候不止三十。"董昆说。

"你看我没用,"江阔说,"你得看迈速表。"

段非凡在后头笑了起来:"友谊的这一步眼瞅着就要退着迈回去了。"

这话还没说完,他看到左边一辆小车突然往他们车头这边猛地一偏,大概是想抢前头那半个车头的位置变道。

"啧。"江阔一脚急刹。

段非凡的脸直接拍在了前面座椅的椅背上。

"有病啊这是!"董昆差点儿磕到挡风玻璃,怒骂了一句。

前面的车这会儿停下了。左边这车就这么贴在距离他们车头五厘米的位置,前轮依旧往右指着,没有让开的意思。

江阔降下了车窗,转头看着那边的车。

那边也降下了车窗,里头是一男一女,男的抓着方向盘看着这边。

江阔把胳膊伸了出去,手指往车头方向抬了抬,然后做了个让开的手势。

段非凡瞬间想起了报到那天。

"让一下!"那边的男的喊,"我这是正常并线!"

"正常个屁。"江阔说,声音不高,似乎并不打算让对方听到,"转向灯放保险柜里了吧,马上要过灯了想起来并线了?"

"让不让?"丁哲问,声音听起来透着莫名的兴奋。

段非凡看了他一眼。

"让个屁。"江阔说。

"硬挤会撞上吧。"董昆探着脑袋往外看了看,"这责任算谁的?"

"那必须是对方全责。"丁哲说,"赔死他。"

"不会撞。"江阔说。

路口的绿灯亮起。

前方的车开始移动,左边那辆车严阵以待,看来是非抢这道不可了。

江阔踩了两脚油门,窗还开着,发动机的轰响炸得段非凡有些耳鸣。

段非凡的眼睛还是盯着两辆车之间的那条缝,他已经猜到了江阔想直接冲过去。就算他们的车起步快,从车头到车尾一个车身的距离里完全不跟对方碰上也并不容易,特别是对方也铁了心要较这个劲。

此时此刻,段非凡的脑子里闪过七八个标题,都是关于富二代飙车的社会新闻的。

前车刚一动,江阔就已经一脚油门,贴着左边这车的车头猛地蹿了半个车身上去。

那车顿时一个急刹。

"啊!"丁哲喊了一声。

他们的车头几乎贴在了前车的车屁股上,左车门跟左边那车的车头也几乎贴上了。

"能过去吗?"丁哲趴到段非凡身上,脸贴着玻璃往外看,"他不敢动了,前面实线,他只能在这儿顶着。咱们也不太好过吧?"

"能过。"江阔说。

前面的车开走了,江阔的车没有立刻跟上。又等了两三秒,变灯的倒计时已经进入了个位数,他才再次把手伸出窗外,做了个挑衅的手势。

接着,段非凡就看着江阔的车丝滑地贴着对方的车头一掠而过。两车最近的距离几乎肉眼不可见,但愣是没碰着。

他回过头往后看的时候,只看见了一道烟和不得不停下继续等下一个绿灯的那辆车。

"我的天,"董昆说,"太牛了。"

"我那天是不是说他技术好?"丁哲说。

"哪天?"董昆问。

"撞非凡腿那天。"丁哲说。

"我没撞。"江阔说。

"所以说你技术好。"丁哲说。

段非凡叹了口气。

"不过以后还是不要跟这种人置气,"董昆感叹完之后又变得稳重了,"毕竟开着车,万一对方是个没脑子的勇士呢。"

"他要是打了转向灯我肯定让。"江阔说,"我就烦这种在自己家客厅开车的人。"

2 "六亲不认"

沿湖的这一片地方晚上很热闹,江阔走进这家馆子的时候发现生意的确不错,里面已经全坐满了,外面还有等位的。

服务员一路领着他们到了包厢,把门推开了。

江阔侧身让到一边,让段非凡几个先进。

段非凡往里刚走了一步,就看到了里头已经站起来的大炮。

"我以为你叫你们宿舍的那几个呢。"大炮说了一句。

大炮跟段非凡之前曾在107里互呛,此时此刻这句话无疑让他们之间本就不友好的气氛雪上加霜。

江阔抬起手,在段非凡准备退出来的同时顶在了他的后背上:"进去。"

一听那话,江阔就知道这是无脑、跋扈的大炮,而不是拿着江总台词本的胡振宇。

大炮对107的不爽未必能持续这么久,但看到107的相关人员,尤其是主人时,出于对自我人设的坚持,顺嘴挑个事儿且管惹不管扛是常规操作。

希望江总能再给他一份《胡振宇与江阔众同学交往指南》。

不过这样的大炮,江阔早就习惯了。

大炮一直是他的得力跟班儿,从小跟着他翻墙、爬树、上房揭瓦、招猫逗狗,惹是生非。江总忙于生意的那些年里,他能成为江总眼中的熊玩意儿,大炮功不可没。

在江阔看来,大炮虽然不算好友,只是发小,但已经是他生活中戏最多的群演,唯一的常驻。

他俩的交情拿江总的话来说,就是万一死哪儿了,身边总得有个能报信的。

段非凡跟大炮不可能有这样的交情,甚至还有着同样一点就着的脾气。

他很干脆地无视了江阔这个听起来像是下一步就要绑票的命令,虽然被江阔推着后背没能继续往后退,但直接转过了身。

"你这是请客还是约架呢？"段非凡看着江阔。

这个距离相当近了，属于一言不合就能先上脑袋对磕的距离。江阔不光能看到段非凡眼里的不爽，还能看清他的睫毛。

"请客吃饭。"江阔说，"我有病吗约架？"

"你确定那位跟你一个想法吗？"段非凡说完想侧身出去。

江阔直接一伸胳膊撑在了门框上，拦住了他。

段非凡只能又停了下来。他跟江阔现在没有什么需要动手的矛盾。

江阔T恤袖子下面露出的胳膊上有一小截文身，看上去杀气十足。那天做俯卧撑的时候他没注意到江阔的胳膊上有文身。

仔细一看，他发现这文身居然是一条拉链。

……真别致。

"炮儿。"江阔的视线从段非凡耳边掠过，投向里面的大炮。

"怎么了？"大炮走了过来，"我说错什么了吗？"

"没说错什么，说得挺好，"江阔说，"下次别说了。"

大炮反应还是很快的，一听这话立马明白了，啪地拍了一下巴掌："嗨，我这话说得不合适了。我是真没别的意思，江阔也没跟我说谁过来，我以为会是他舍友。"

"吃饭。"江阔看了段非凡一眼，"你不饿吗？"

段非凡看了看站在江阔胳膊那边的董昆和丁哲，他俩虽然脸色凝重，对大炮的话也有明显的不爽，但说实话这家餐厅四处飘荡着的香气让他们的立场也跟着有些飘荡。

他可以确定，就算是真的约架，这俩估计也能跟人商量着吃完了再打。

"饿了。"段非凡说。

"进去。"江阔说，"他说的话忽略就行，他就那样。"

段非凡看了看他依然撑在门框上的胳膊，抬手在他胳膊上轻轻弹了一下："外面还有俩。"

江阔放下了胳膊，几个人进了包厢坐下了。

"咱们也算是正式认识了，"大炮冲门口的服务员打了个手势，让人上菜，"之前可能是有点儿误会，今天都坐一块儿吃饭了，那也就没什么解不开的结了。"

"是啊。"董昆说完又问了一句，"外面是湖吗？"

"……是，"大炮点头，"这包厢是湖景的。"

"我看看去。"董昆起身去了阳台上。

"灯多吗？"丁哲马上问。

"不错。"董昆回头,"我拍几张夜景,我还没晚上来过这边呢。"

丁哲拿了手机也跑阳台上去了。

大炮要去拿茶壶的手一直举着,到这会儿了才放下来。他往椅子里一靠,看着段非凡:"这是什么意思?"

"嗯?"段非凡看着他。

"你这俩朋友,"大炮说,"没完了是吧?"

段非凡转头看了看阳台上的两个人:"想多了,他俩跟你一直就没在一个频道。"

"菜单我看看。"江阔说。

大炮盯了段非凡一眼,把菜单递给了他。

"我宿舍那几个肯定叫不出来,"江阔说,"都等着八点查寝呢。唐力就怕扣分。"

"查什么寝,"大炮不爽,"爱查查、爱扣扣。不就是在学校多混了一年,算个啥,检查个卫生还嘚瑟上了。"

"这几位,"江阔说,"都多混了一年。"

"……我不是那个意思。"大炮扫了他一眼,"你别给我挖坑,我说的是查寝的那几个傻缺。"

"你再执行一段时间江总的任务怕是要人格分裂。"江阔叹了一口气,"你说我该听你哪一句?"

"菜行不行?"大炮喊,"不行让他们换!"

江阔把菜单递到了段非凡面前:"看看合不合口味,不爱吃的就换了。"

段非凡随便扫了两眼菜单,这种价格"六亲不认"的馆子他没怎么吃过,也看不出个所以然来。

"看不明白,"他说,"你看着行就行。"

"喝点儿吧?"大炮问。

江阔抬头看着段非凡。

"你不是还要开车吗?"段非凡说。

"想喝叫个代驾啊,"江阔说,"打车回去就行。"

"你俩喝点儿吗?"段非凡转头冲阳台上的那俩喊。

"来点儿啤酒?"董昆回到包厢里坐下了。

"啤酒?"大炮愣了愣。

"别的也行。"丁哲说。

"或者红酒?要不……白的?"大炮说。

"就啤酒吧,这儿能有什么好红酒,"江阔说,"白的一会儿我喝兴奋了回去真再揍人一顿怎么办?说好的看清形势,改改臭毛病呢?"

大炮冲他抱了抱拳。

菜很快就上来了,啤酒也跟着上来。

服务员帮他们先把酒倒上了。大炮拿起杯子:"之前有什么误会,喝完这杯就算过了,以后大家就是朋友,有什么用得着的地方只管开口。我会在这儿待一阵子,还会经常跟大家见面……江阔没什么心眼儿,说话、做事都直,大家多担待……"

段非凡看着大炮,说实话他很少在同龄人的饭局上听到这样的话,一时之间不知道该回点儿什么才好。

董昆和丁哲估计也一样。大家举着杯,在大炮说完之后,丁哲憋出了一个字:"好!"

江阔直接没忍住笑出了声。

"来来来,"大炮挨个儿跟大家碰了一圈,"走一个。"

有酒有菜,大多数情况下就是最好的拉近关系的方式。

也许这关系下一秒出门被小风儿一吹就破裂,但在当下这一秒,尤其是在酒量一般的那些人里,必须有几个是相见恨晚的兄弟。

一打啤酒下去,大炮已经和董昆、丁哲好得就差搂一块儿抹眼泪了。

"我小时候也爱爬树!"大炮说,"我跟江阔那会儿总爬,这小子比我强,爬得快,嗖——跟个小猴儿一样,有一回还摔人家家里了,砸坏人家一张石桌子……是吧阔儿?就潘大头他家……"

"本来就是坏的。"江阔说。

大炮笑着站起来,拿杯子跟丁哲他俩又碰了一下,然后看着段非凡:"非凡,要不咱俩换个位置?我跟这俩兄弟太投缘了。"

没等段非凡说话,他已经走了过来,让服务员把他俩位置上的碗筷都换好了。

段非凡没说话,过去坐到了江阔身边。

江阔话不多,这桌五个人,就董昆、丁哲、大炮三个人聊得火热,聊各自小时候的事儿、上学的事儿、飙车的事儿……

聊到热闹之处,董昆和丁哲的声调比大炮还高。

段非凡只在大家都举杯的时候喝几口,这会儿已经有点儿想睡觉了,但江阔一直在喝,看上去什么事都没有。联想之前大炮听董昆说喝啤酒时的表情,估计他俩平时都喝白酒。

"我没看出来他俩这么能说啊。"江阔拿着桌上的杯子歪了歪,在段非凡的杯子上磕了一下，把剩下的半杯喝了。

段非凡只得拿过杯子，也把他那半杯喝掉了："他俩酒量就那样，三杯就变话痨。"

江阔笑了笑没说话。

段非凡也没再出声，转头继续听那三位侃。

不过听了这大半天，他发现大炮这人有点儿神奇。丁哲和董昆聊起来说的是自己的事，大炮聊的时候拿自己开头，后面就会说江阔的事。

这要是有谁想打听点儿什么消息，坐这儿给大炮递几个话题，就差不多能把江阔的身世听全了。

分不清他是对自己的信息太谨慎还是对江阔的消息太不上心。

"你这个'护校英雄'……"江阔脑袋往他这边微微歪了一下，低声说，"被砍了多少刀？"

"嗯？"段非凡愣了愣。

"脖子后头有一刀，"江阔说，"后背还有两条疤，你这是让人剁了啊？"

"我睡觉的时候你掀我衣服了吧？"段非凡看着他。

江阔伸手往他后背上一放，按了按："不明显，不过推你的时候能摸到。"

段非凡反手往后背上摸了摸，还真是。

"刀疤是吧？正面也有！"丁哲往这边一指，红着脸，嗓门很大，"他跟你说过没？跟那边村子打架的事儿！护校英雄的光荣事迹！"

"村子？"江阔看了段非凡一眼。

"什么事儿？"大炮马上问。

偷牛被揍了吧！

明显已经喝多了的丁哲立马应听众的要求开始了夸张的演讲。

学校后山有一块地，准备盖新楼，但这地有"历史遗留问题"——村民对这块地的归属一直有争议，学校跟前任村主任谈妥的地，后任不认。

学校拖了几年终于决定动工，但是冲突不断。最后，村民们在一个晚上摸进工地，进行了打、砸、抢，还想顺带放火。

闻讯赶到的段非凡同学跟搞破坏的村民进行了殊死搏斗，后来校长赶来了，他又为了保护校长身负重伤……

"我去！"大炮一拍桌子，"这妥妥的护校英雄啊！"

江阔听了半天，转头低声问了段非凡一个问题："你大晚上的跑后山去干吗啊？"

段非凡看了他一会儿，突然笑了起来："你酒量可以啊，这会儿了还能找出这么个重点来。"

"白酒我也能喝一斤,这点儿啤酒跟饮料没什么区别——从那儿出去买麻辣烫么?"江阔说,"不应该啊,今天我看山那边什么也没有。"

"约架。"段非凡说。

"谁?"江阔想了想,"不会是卢浩波吧?"

"嗯,他约的我。"段非凡说。

江阔没顾得上再听丁哲连比画带喊的演讲,侧过身,拿起杯子往段非凡的杯子又磕了一下:"你不会是被他砍的吧?"

"他一开始就跑了。"段非凡说,"划了我一刀。"

"口子都用不着缝针的那么一刀。就他那样的,不带着几个人把别人骗过去搞偷袭,根本不可能碰得着非凡,"董昆补充了一句,语气里带着不屑,"不过那傻缺还扬扬得意,觉得非凡背上有一道疤是他的杰作。"

"然后你就顺带跟村民干起架来了?"大炮问。

"我那是没跑掉。"段非凡说。

"那可不就是顺带,你是真牛。"大炮冲他竖了竖大拇指,"不过这事儿的起因是约架,之后才是跟村民斗殴,最后却给绕成了护校。你们学校还是可以的,讲道义。"

段非凡不得不佩服大炮和江阔的酒量,江阔挑重点,大炮捋逻辑,一点儿不像喝了这么多的人。

"道义个锤子。"丁哲说。

"炮炮,我给你顺顺,卢浩波骗了段非凡过去,村民来搞事,段非凡没跑掉顺带护了个校。"董昆笑得很愉快,"校长是校警带去的,校警是段非凡叫的,结果碰上这事儿,都动刀了,段非凡不松口保不了卢浩波啊。"

"卢浩波是什么人?"江阔迅速找到重点。

"校长外甥。"丁哲说。

"嚯。"江阔喝了口酒。

"这事儿没几个人知道,你就听听。"董昆还保持了最后一点理智。

"懂。"江阔应了一声。

"你知道了,是因为咱们几个……"董昆比画了一下,"朋友。"

"难道不是因为他有车?"段非凡说。

一桌人全乐了,大炮笑得差点儿呛着。

这顿饭吃到十点,中间唐力的消息一串串地发过来,弄出了手机俩月没开机的效果,还打了好几个电话。

"卢浩波还在宿舍。"江阔走出包厢的时候看了看手机里唐力发来的最新消息。

"十点了，"丁哲看了看时间，"他是有什么毛病吗？"

"今天九点开始查的。"江阔打了个呵欠，"在每个宿舍抖抖威风，查完也得差不多十点吧。"

"没事儿，"董昆说，"一会儿非凡跟你一块儿回去，他屁都不敢放一个。"

"我等代驾，你们先叫车回去。"大炮出门被风一吹，找回了"暗雷胡振宇"的身份，搭着江阔的肩膀交代着，"他要是不找麻烦，你就少说两句，也得考虑宿舍的其他人，没必要再跟他起冲突。出门在外不比在家里，你那性子得收着点儿……"

"叫代驾。"江阔打断了他的话。

"好嘞。"大炮说。

几个人叫了辆车回学校。

"你坐前面。"段非凡说。

江阔虽然本来也没打算坐后头，但还是问了一句："为什么？"

"你要是不介意跟他俩搂成一团，你就坐后头。"段非凡拉开了车门。

江阔迅速坐进了副驾驶座。

后面三个一坐下，果然立马就抱成一团。段非凡靠着车门低头看手机，董昆靠在他身上，丁哲靠在董昆身上。

车里开着空调，江阔还是觉得热，汗都要下来了。

他们回到学校的时候，代驾还没把车开回来。大炮说来了两个代驾不敢开，都走了，这会儿第三个代驾刚上车。

"不行的话把车扔那儿吧，"江阔发了条语音，"明天再去拿。"

"已经开着了。没事儿，你别管了。"大炮回了他，"一会儿就给你停在老位置。"

往宿舍走的时候，丁哲和董昆一路走得飞快，赶着回去洗澡、睡觉。

江阔走得挺慢的。那场暴雨带来的凉意已经到了尾声，闷热又卷土重来，加上喝了酒，这会儿他宁可在外面吹吹风，也不想回宿舍吹电扇。

他把T恤的袖子往上提了提："到底什么时候能入秋？"

"十月差不多了。"段非凡转头看了他胳膊一眼。

江阔也看了看自己的胳膊。

"是拉链吗？"段非凡凑近看了看。

"嗯，"江阔点点头，"背上也有一条。我爸骂了我半个月。"

"有什么寓意吗？机器人江阔？"段非凡伸出手，在文身拉链头的位置虚捏着往下一拉，"唰——"

"没想过，就是好玩。"江阔说，"跟朋友去弄的，他想遮疤……你背上那些疤如果觉得不好看，也可以试试。"

"弄个什么？"段非凡问。

江阔想了想："羊蝎子。"

"咱俩友谊的第一步还没迈出去呢，就又退了好几步啊。"段非凡说。

3 江阔我警告你

宿舍还没有锁门，不过赵叔正从他小屋的窗口里严肃地瞪着大门，仿佛一张挂画。

看到他俩进来的时候，赵叔眼睛又瞪大一圈，指着段非凡："是不是你拉着新同学不学好？！"

段非凡快步走过去，把手里的一个餐盒伸进窗户里放在了桌上，这是临走时江阔专门又点的几个菜。

"一会儿找你聊天儿。"段非凡说。

经过107的时候江阔停了停："你留两个菜？"

"不了，"段非凡没停，继续往前走，"你宿舍的那几位才需要安抚。"

"卢浩波应该走了吧？"江阔说，"这都又过半个小时了。"

"小看他了。"段非凡说，"如果你一晚上不回来，他必定会等够一夜，坐实你夜不归宿的名头。"

"你去哪儿？"江阔跟在他后头。

"去119给你撑腰啊，"段非凡说，"顺便看看卢学长。"

段非凡果然是跟卢浩波干过仗的人，对他很了解。

119的门没关，江阔刚走到门口就看到卢浩波和三号在他桌子边儿上一站一坐。

"几点了？"三号一看到江阔立马脸一拉。

"不知道，"江阔说，"反正困了。"

"给你脸了是吧？"卢浩波站了起来。

今天江阔的确晚归了，不占理，所以卢浩波看上去气势格外足。

"您给的不需要。"江阔不想说话。不喝酒他都忍不了这人,何况喝了酒,一句一怼节奏简直好极了。

"你……"卢浩波阴着脸走过来,却又停下了。

江阔偏了偏头,看到段非凡靠在了门边。

"你在这儿干吗?"卢浩波问。

"串门儿。"段非凡说。

"马上熄灯了!"三号帮腔。

段非凡扫了他一眼。

三号犹豫了一秒,语气缓和不少:"串门儿明天再来。"

"好。"段非凡点点头,"这就走。"

这干脆的回答。

江阔有些无语,虽然他并不需要段非凡给他撑腰,但他这么干脆地闪人,是不是有些过于对不住今天这顿饭了?

"走。"段非凡在他背上轻轻戳了一下。

江阔回过头。

"走什么?"卢浩波说,"他违纪的事还没说清!一晚上人都不在,现在才回来!"

"他在107。"段非凡说。

卢浩波愣了愣:"什么他就在107了?"

"你查107了吗?"段非凡问,"他换到107了。"

卢浩波的脸色变得有些难看,嘴角抽了抽。他的确不会查107,上次他也没查。

"要不你问问吕宁,"段非凡说着,转身就往回走,"大少爷要吹空调,早就申请了。"

江阔没说话,转身也出了宿舍。

段非凡没回头,江阔也没回头。虽然按惯例,在这种挑衅胜利后离开的时刻,他们可以回头嘚瑟,给对手最后一次刺激。

不过卢浩波还在宿舍里,这会儿不太可能再跟到宿舍门口目送他们。

段非凡大摇大摆地走到107门前,掏出钥匙打开了门。

屋里的灯是开着的。

卢浩波连说"刚屋里连灯都没有开"的机会都没捞着。

"菜忘了给他们。"江阔把拎着的餐盒放到了桌上。

"晚点儿再给吧。刚才要真给了,你说你上哪儿弄的,"段非凡打开了空调,"107里做的吗?"

屋里顿时响起了空调的嗡嗡声,几秒钟之后窗户的震动声加入。

江阔笑了笑。

"门关上。"段非凡说,"一会儿该过来了,再来次眼神对峙可受不了。"

江阔关上了门,往躺椅上一倒:"要不要给吕宁打个电话?卢浩波一问就露馅了,又抓着这茬不放怎么办?"

段非凡说:"他又不认识吕宁,他也不会去问。"

"不谨慎啊。"江阔随口说了一句。他其实根本不在乎卢浩波会不会问,问了他也无所谓。就夜不归宿了,怎样?查寝而已,以为他们都是小学生,不经吓呢。

"真去问了也没事。"段非凡看了他一眼,"那天吕宁问我的时候……"

江阔反应相当快,猛地转过头看着他。

"我是不愿意跟人一起住的,"段非凡说,"但吕宁的面子我也不好不给,我就说如果你愿意就行。"

江阔没说话。

"结果你不愿意。"段非凡说,"都没等吕宁跟你说。"

"去你的。"江阔从牙缝里挤出三个字来。

段非凡这话简直让人震怒。虽然那天他的确是没等段非凡把话说完就已经抢先表示了拒绝,虽然要是现在问他,他也还是会拒绝……

"你是怎么好意思一张躺椅收我一千五的?"江阔咬牙切齿。

"你愿意给,我当然就好意思收。"段非凡说,"我还特地给你留了打折的空间,你也没要啊。"

"我去。"江阔闭上了眼睛。

"你脑子里是不是没有讲价和打折的概念?"段非凡问。

"我有打折你腿的概念。"江阔说。

段非凡没说话,边乐边拿出手机看着。

门外有脚步声响起。

江阔正琢磨着宿舍的门隔音是真不行,还好119在最里头,虽然没有空调,但胜在安静……门哐地响了一声。

有人踢门。

想也不用想,就是咽不下那口气的卢浩波。

"我去!"江阔从躺椅上一跃而起,冲过去一把拉开了门。

我现在这就让你咽了这口气!

段非凡没顾得上惊讶这人喝了那么多酒这会儿动作还这么迅速，赶紧把手机扔到桌上跟了出去。

就算要动手，也不能在107动。他不想让人看到卢浩波跟107有任何关系。

门是卢浩波踢的，李加没有这个胆子。

江阔挑人也是挑对了的，段非凡出门的时候，他已经跟卢浩波面对面瞪上了。

"别找事。"卢浩波压着声音。

"比找事不敢认的强。"江阔本来就气儿不太顺，这会儿虽然说话声音不高，但冲得很，"怎么，门都踢了，就这？"

"谁踢门了？"卢浩波说着看了看旁边的李加。

"没看到啊。"李加说。

"找揍是吧？"江阔看着卢浩波。

"不想在学校混了是吧？"卢浩波回了一句。

他脸上的笑容还没来得及展开，江阔就一拳砸在了他的肚子上。

这一拳不比上回那一脚轻。

江阔打完已经退开了，卢浩波才慢慢直起了身。

"别惹我，"江阔指着卢浩波的鼻子，"别说一个学校，我能让你在这个市都混不下去。"

这话让卢浩波愣了愣，但他是个冲动的人，所以下一秒还是不管不顾地冲了上去。

对面宿舍的门响了一声。

段非凡在卢浩波碰到江阔之前过去一把抓住了他的衣领，顺势转了半圈，卡着他的脖子把他按在了旁边的墙上。

"不要把事儿闹大，"段非凡低声说，"学长。"

对面宿舍的门打开了，有人探头出来，看到他们几个愣住了。他也看不清被段非凡挡着的那个人是谁："怎么了？"

"在这儿。"段非凡在卢浩波耳边的墙皮上空捏了一下，然后松了手，往后退了好几步，直到撞上了那人才用力甩了甩手，"啊！好大的蜘蛛……"

"我去！"那人喊了一声，摔上了门，在里头喊，"段非凡好像甩了只巨型蜘蛛到我们屋里！"

"什么？！"对门宿舍里顿时一阵骚乱，"手掌大的蟑螂？"

江阔和卢浩波在热闹的叫喊声里对视着。

段非凡没再说话，推门回了107。

他等了一秒发现江阔没进来，于是又退了出去，抓着江阔后背的衣服把他拽进了屋里,关上了门。

"撒手!"江阔扯了扯自己的衣服,"干什么?"

"你干什么?"段非凡压着声音,"江阔我警告你。"

江阔看着他:"警告什么啊?要不您直接揍我?"

"不要在和我有关的任何时间、地点跟卢浩波起冲突,"段非凡一字一顿地说,"听懂了没?"

江阔没说话,段非凡感觉得出他在努力控制怒火。

过了能有十秒,他才深吸了一口气:"不要再用这种语气跟我说话。我不是你,我本来也没义务为你考虑那么多。"

段非凡拧了拧眉。

"我可以不跟他在任何能跟你联系上的时间、地点起冲突,"江阔说,"这是因为你刚帮忙了,听懂了没?"

"懂了。"段非凡说,"你呢?"

"我的话白说了吗?"江阔说,"懂了!行了吗?"

"谢谢。"段非凡说。

江阔没理他,转身看了看桌上的餐盒,挑了个放着小点心的打开了,然后捏了一块塞进嘴里,狠狠地咬了两口。

他跟卢浩波动手的时候完全没想这么多,段非凡跟他说了之后,他才绕了一大圈想明白了。

段非凡和卢浩波的矛盾,以"护校英雄"的名号和给英雄的一系列特殊待遇结束,再闹出什么动静来,就不太合适了。

"你那个'护校英雄',是不是还有奖金什么的?"江阔问。

"嗯,奖金和慰问金都有。"段非凡说。

"抵得过你受的伤吗?"江阔又问。

"伤也不是卢浩波弄的,"段非凡说,"这个还是得分清。"

"他不叫你过去,你也不会碰上那些人。"江阔说,"反正这要是我,他没可能就这么没事儿了,还敢见天儿地跑到我跟前来找麻烦。"

"是找你麻烦,不是找我麻烦。"段非凡说,"他查寝都不查107。"

"您意思是全是因为我呗?"江阔看着他。

"不然呢?"段非凡问。

"来来来,"江阔一拍桌子,"我立马给你写封感谢信贴到宿舍大门口去。"

"也不用这么正式,"段非凡笑着说,"口头感谢就行了。"

江阔没理他,坐回躺椅上,平复了一会儿心情:"我怀疑你跟卢浩波结仇,是因为你嘴太欠了。"

段非凡靠着椅子笑了老半天。

"我问你，"他转了转手机，"刚才你跟卢浩波说的那句话，是真的吗？"

"哪句？"江阔说。

"让他混不下去什么的。"段非凡说。

"我要有那本事还用这么混日子吗？"江阔啧了一声，"我就放句狠话。"

"幼稚。万一别人不信，你很丢人啊。"段非凡笑笑。

"你不就将信将疑么，"江阔转头看着他，"要不为什么问我？"

"嗯。"段非凡点点头。

"卢浩波缓过劲儿来就得开始琢磨我到底什么来头，只要他犹豫了，我就赢了。"江阔晃了晃腿，躺椅椅背突然咔的一下放平，他跟着往后一仰躺下了，"哎！什么斥巨资买的躺椅，您这巨资有没有五百块？！"

段非凡叹了口气："阔少，我给你讲个常识。"

"讲。"江阔躺着没动。

"一百五十块就能买到很舒服的躺椅了，"段非凡语重心长地说，"还能再送个垫子外加个靠枕。你要真拿五百，能买个带按摩功能的。"

"……所以，"江阔沉默了一会儿，"你到底怎么好意思收我一千五的？"

"今天晚上给你打折。"段非凡说。

"你拉倒吧。119那张床我就睡了一次，我今天要好好感受一下。"江阔站了起来，拿起了桌上的餐盒，想了想留了一盒叉烧，"走了。"

"你要是不爽，晚上可以去赵叔那儿，"段非凡说，"他那儿也有空调，免费。"

江阔走出宿舍，关上了门。

其实也不是特别热，比前两天还是好一些的。

江阔安慰着自己。

走进119的时候，他又觉得完全没有被安慰到。

四个大男人往宿舍里一挤，光是体温就能让室温上去两度了。

"刚你是不是又打卢浩波了？"李子锐问。

"没啊。"江阔把餐盒一个一个打开，"消夜来点儿？"

"真丰盛啊！"唐力感叹，"你今天去哪儿吃的？"

"别问，"李子锐拿起一双筷子，"吃就行。这种高级馆子，说了咱也不知道，知道了也不会去吃。"

"也是。"唐力点点头。

马啸什么也没说，过来坐到了桌子旁边，夹了一块烧鹅放进嘴里，然后发出一声："嗯——"

"这不是剩的吧？"唐力夹了只虾，"还带蘸料，又是专门点的吧？"

"嗯，我觉得挺好吃，"江阔说，"带点儿回来给你们尝尝。你们觉得好吃的话，明天晚上或者后天晚上可以去吃。"

唐力顿了顿："会赶不上查寝的。"

"今天卢浩波在咱们宿舍坐了一个多小时，"李子锐拖了张椅子坐到江阔身边，"你可不知道有多难受，大家一块儿愣着，又没话可说，他就开始挑刺儿，我把地都重新拖了一遍。"

"啧。"江阔说。

"你真的搬到107了吗？"唐力问。

"没，"江阔说，"但是我应该可以……如果需要，我……"

"不用，"唐力马上说，"我不是那个意思。我们不会因为你和卢浩波有什么矛盾就让你换宿舍的。"

"主要卢浩波也不是只找你的麻烦，"李子锐说，"他谁也看不顺眼。你晚上不在这儿，他也折腾我们，一会儿这儿不整齐、一会儿那儿不干净的，不惯着他就对了。来这个学校的能有几个好玩意，他不是，我们一样不是。"

"我们学校是个二本。"唐力艰难地提示他。

"二本怎么了？"李子锐说，"如果没合并，我们学校就是三本。"

江阔没说话，他们的话题慢慢转到了学校到底是什么档次上去了。

江总应该很乐意加入这样的讨论。他就觉得这学校读完了也没有任何意义，有这几年的时间，都够江阔从公司基层一点点学上去了。

江阔也并不是有多想读书，的确就像他爸说的，真要愿意学习，他满可以复读，没必要非上这个学校不可。

他就是不想工作，不想真的进入一个需要开始考虑明天的状态里。

哪怕是在这样一个学校，学一个他完全不知道要干吗的园林专业，也比马上要扫除迷茫、努力奋斗强。

宿舍的窗户是打开的，但似乎无法跟外面温度稍微低一些的空气进行流通，阳台都比屋里凉快不少。

江阔在床上翻来翻去到半夜也没睡着，再翻下去他怕是会把宿舍的人都吵醒。

他起身下了床，走出了宿舍。

他被热出了灵感，107他是不会去了，去酒店也不太现实，但有一个地方他可以去。

路过值班室的时候，他没有躲，直接走到了窗户边："赵叔……"

窗户里，赵叔跟段非凡正隔着一张小桌子面对面地边吃边聊。

"嗯？"赵叔转头应了一声，站起来打开了窗户，"有事儿？"

也许是因为正吃着他打包回来的食物，赵叔看起来非常和气。

"我要出去一趟，"江阔说，"去停车场的车里拿点儿东西。"

"这都几点了，明天不行吗？"赵叔看了一眼桌上的钟，"两点都过了啊。"

"让他去吧，"段非凡说，"不急的东西也不用这个时间去拿。"

"……行吧，悄悄的。"赵叔把钥匙递了出来，"钥匙你插在锁上，回来的时候锁了给我。"

走出宿舍楼，江阔发现起风了。

风还挺大，吹得他衣服都鼓了起来。

要下暴雨吗？要降温了吗？

老天爷要做人了吗？！

晚上停车场的车很少，加上他那辆，一共就三辆。

他走到车后，伸手从排气管里把车钥匙摸了出来，打开车门上了车。

打开空调，打开音乐，椅背调一调。

舒服。

这不比躺椅舒服么，早知道车根本不用急着拿去修。

"你还替他说话！"赵叔叹了口气，"这是去停车场拿东西吗？去停车场挖个宝都该回来了。"

段非凡笑了笑，把刚买回来的麻辣烫打开了。

"你刚去没去停车场看看？"赵叔问。

"我拿个外卖还绕到停车场干吗？"段非凡说，"外面下雨了，我差点儿挨浇。"

"你是不是给他打掩护？"赵叔瞪眼。

段非凡没说话，埋头吃。

江阔应该是去了酒店。现在这会儿是凉快了，但上半夜还是闷热，以江阔对温度的耐受程度，他在119是绝对睡不着的，而107他是打死不会去的，唯一的办法就是去酒店开间房了。

外面一道闪电劈下，把赵叔的值班室照得如同白昼。接着是一串闷雷，顶着宿舍楼上头炸了过去。

赵叔手里夹着的一块鱼豆腐掉在了桌上。

"你爸怎么样？"他把鱼豆腐夹起来，吹了吹放回了嘴里。

"看着还行，挺精神的。"段非凡走到窗边看了看，外面能看清轨迹的巨大雨点已经砸了下来，"拳头大的暴雨啊这是。"他感叹了一句。

"这场下完就该入秋了，"赵叔说，"你差不多该来我这儿吃火锅了，让你叔给我弄点儿好肉。"

"没问题。"段非凡点点头。

差不多四点的时候，段非凡准备回宿舍睡一会儿。外面的雨下得哗哗的，窗户一关，就是催眠曲。

说不定明天学校就得淹了。

他伸了个懒腰，刚走出值班室，就看到大门那边在电闪雷鸣里伸进来一只胳膊。

根据手上那块离着半里地都能看出来昂贵的表判断，这是江阔。

江阔打开了门，浑身透湿地走了进来，把钥匙从窗口给了赵叔："钥匙还给您。"

"你这是去哪儿了啊？"赵叔看着他。

"就从楼外头到这里。"江阔甩了甩头发，"这是下雨吗？这是下河了。"

段非凡没出声。江阔脸上的表情有些迷糊，应该是刚醒，但就算在酒店睡，也不用提前这么长时间回来吧……

段非凡突然反应过来，问了一句："你是睡车里了？"

江阔看了他一眼："嗯，比一千五划算多了。"

在车里睡得还挺舒服的，就是这雷、这闪电、这暴雨，稀里哗啦地一通折腾，江阔连惊带吓得感觉自己跟睡在大街上一样。

温度降下来了，他干脆直接把车开到了宿舍楼外面，打算回宿舍睡。

早知道从下车到进楼能被浇成这样，他就不回来了，这会儿回宿舍换完衣服还睡个什么劲呢。

唯一的安慰是他回到宿舍之后发现不热了，电扇的风吹到身上的时候甚至有一点冷。

"你这是……"唐力在阳台关窗户，看到他进来吓了一跳，"你出去了吗？"

"嗯。"江阔以从未有过的速度把身上的衣服换了，赶在睡意消失之前趴到了床上。

4 哦，认识段非凡

"怎么回事？！"

段非凡早上起了床正在刷牙，就听到外面传来赵叔的声音。

"赵叔，"他立马打开了门，"怎么了？"

"那个江阔，"赵叔一边往里走，一边怒气冲冲地说，"把他那跑车堵在宿舍楼门口了！那里是停车的地方吗！"

"我去。"李子锐一溜烟跑进宿舍，在江阔的床边哐哐敲了几下，"江阔，快起来！你的车怎么停宿舍楼门口啊！"

"嗯？"江阔翻了个身，迷迷糊糊地看着李子锐，眼睛半天都对不上焦。

"什么？"唐力吃惊地在旁边问。

"我刚想去吃早点，一出门就看到江阔的车正堵着宿舍楼大门呢。"李子锐很兴奋，"你是不是在搞事情？是不是故意的？气卢浩波吗？"

"他也配？"江阔总算清醒过来了，赶紧翻身跳下了床，一把抓过钥匙，趿着拖鞋往外走，"我没堵门啊，我感觉是停在边儿上的啊。"

"偏左。"李子锐愉快地跟着他。

"江阔！"赵叔离着三米远就指着他喊。

"马上开走，马上开走。"江阔跑了起来。

"开回停车场吗？"李子锐也跑。

"嗯。"江阔看了他一眼，"你是想开还是想坐一下？"

"我不会开车，"李子锐说，"你带我转一圈儿？"

"行。"江阔点点头。

经过值班室的时候，江阔看到了叼着牙刷的段非凡。

这位同学，不是我非得在与您有关的时间、地点跟卢浩波起冲突，关键是哪儿哪儿的热闹您都凑，不是么……

他一出门就看到车的旁边站着吕宁。

"宁姐。"江阔打了个招呼。

"挪车？"吕宁问。

"嗯，我马上开回停车场。"江阔说。

"带我一段儿呗，"吕宁说，"聊聊。"

江阔回头看了李子锐一眼。

没等他出声，李子锐就迅速摆了摆手："走吧。"

江阔帮吕宁拉开了副驾驶座的车门。吕宁坐进去后，他又看了李子锐一眼："中午休息时带你玩？"

"嗯嗯嗯……"李子锐一通点头，又一通摆手，"走走走……"

江阔上了车，看着吕宁问了一句："宁姐去哪儿啊？"

"你去哪儿我就去哪儿，先开吧。"吕宁笑笑，"进进出出的人都看着你。这儿不能停车呢。"

"我以为停边儿上了。"江阔发动了车子，油门一踩，发动机的声音让四周的人再次看了过来。

他叹了口气，把车慢慢往前开了出去："雨太大了，我没看清。"

"雨是半夜下的吧，"吕宁问，"你怎么会开着车？"

"说来话长。"江阔说。

"有多长啊，能解释你熄灯了还跑出去开车的事儿吗？"吕宁笑着问。

"我来车上吹了一会儿空调，"江阔说，"本来想睡到天亮的，但是半夜下雨，太吓人了，我怕雷劈到车上把我跟车一块儿炸了。"

吕宁笑笑没说话。

"聊吧，"江阔把车在停车场停好，下了车，"怎么了？"

"其实没有什么大事儿，"吕宁从兜里拿出一个塑料袋，把它放到旁边的一张石凳子上，垫着坐下了，"真是随便聊聊。"

"坐车上吧。"江阔说。

"没事儿，"吕宁说，"感受一下秋意啊。现在凉快了吧，还需要空调吗？"

江阔打开车门，坐到了车座上："一直这样下去肯定不需要了。"

"这几天跟同学相处得怎么样？"吕宁又问。

"宿舍的几个同学都挺好的，宿舍以外的不认识。"江阔想想又补充了一句，"哦，认识段非凡。"

不知道是不是卢浩波找过吕宁，吕宁才会问起他的同学关系。毕竟他揍了卢浩波两次，卢浩波两次都没找到机会还手。

"江阔啊，"吕宁说，"你为什么来咱们学校呢？"

"收到通知书了。"江阔说。

吕宁笑了起来："是家里一定要你来的吗？"

"不是。"江阔也笑了笑，"我为了来报到，行李都没带，直接跑出来的。"

"是吗？"吕宁有些吃惊，"我以为你是被家里强迫来的，毕竟你……"

吕宁的手在空中晃了好几圈才找到了下一句："给我的感觉是挺不爽的。"

"我是挺不爽的。"江阔说，"宿舍条件不好，电器只有台灯、顶灯、吊扇和我的吹风机，衣柜放不下东西，查寝的学长态度恶劣……当然，也有我自己的问题，我自己的问题我以后会注意的。"

"不不不，"吕宁摆了摆手，"其实目前没有谁跟我说过你哪里不好，我找你也并不是要你注意什么。"

江阔看着她，没有说话。

"无论是为了什么，学校是你选择要来的，而且是一定要来的。"吕宁说，"我看你现在也没有退学的打算吧？"

"当然没。"江阔说。

"那就是了。既然做出了选择，那对一些暂时不能改变的事，我们可以把注意力稍微……"吕宁竖起一根手指，往旁边一画，"转移一下。落差肯定有，但是找到让自己舒服的地方，总比一直盯着不满意的地方要强，对吧？舍友还是挺好的吧，食堂的饭菜是不是也还可以，学校环境也很好，导员是不是也挺好？"

"嗯。"江阔笑了起来，"导员是真挺好的。"

"从小到大，你的生活应该是很……嗯……是吧？"吕宁说，"但总还是会有要走出家庭保护范围的那一天。有些不痛快的经历是不可避免的，虽然不一定要顺应，但一定要学会面对呀。"

"我会的。"江阔点头。

"对了，告诉你个能让你舒服点儿的消息，洗衣机可以买，"吕宁说，"跟宿舍的人商量一下找个合适的地方放就行。"

"好，"江阔舒了一口气，这是个不错的消息，"冰箱呢？"

"江——阔！"吕宁喊了一声。

"好的，面对。"江阔说。

"另外，查寝的同学的态度问题，我是知道的。你提到了，我就跟你聊两句。"吕宁看着他，"在对方改进工作态度的同时，被查寝的同学也要控制好情绪哦。"

"卢浩波找你了吧？"江阔看了她一眼，"段非凡还说他不会找你……"

"他真没找我，"吕宁笑笑，"但是查寝时发生的那些事也不是秘密啊，我总会知道的。"

"行吧。"江阔叹气，"我知道了。"

"好！"吕宁拍拍手，站了起来，"我也是第一次干这活儿，不熟练，反正你明白我的意思就行。如果对我有什么意见你就直说，没事儿。"

"嗯。"江阔挺感谢她的。无论这些话对自己有没有帮助，就冲吕宁这份细心，他也感到舒心。

他正想再说几句表示一下感谢，一辆电瓶车突然冲进了停车场。

"就知道在这儿。"段非凡跨着一辆不知道是谁的破电瓶车停在了他俩面前，"宁姐，我请个假，来不及跟教官说了。"

"嗯，怎么了，有急事？"吕宁问。

"家里有点儿小麻烦，"段非凡说，"我处理完马上回来。"

"什么麻烦？"吕宁赶紧问，"要帮忙吗？"

"没事儿，不用。"段非凡说。

"今天的军训内容是拉练、打靶，"吕宁说，"赶不上集合的话……"

"那我正好歇着。"段非凡的车重新启动，往校门口开，"赶不上我就请全天假了，宁姐！"

"行。"吕宁说。

"要……"江阔感觉他俩都挺急的样子，自己不表示一下好像显得很不够意思，"用车吗？"

段非凡看着他，像是一时没反应过来，过了两秒才说："不用，很近，谢了。"

5 点是点、杠是杠

的确不是什么大事，但也是段非凡不能不回去的事。

他刚才在宿舍楼没看着热闹，洗漱完了打算去食堂，没走到一半，段凌的电话就打来了。她气势汹汹地说："回来！老张头又想跟我们干仗！消停了两年我以为能不折腾了，没完了他！"

老张头是隔了三个档口的那家牛肉店的老板，早年间从职业流氓转行做牛肉生意，靠着禽肉区绝对的"武器"优势，成为市场霸主。

老叔、他爸跟老张头年轻时干仗无数。他们兄弟俩虽然是从非职业流氓转行的，但也算得上是老张头霸主生涯中最大的绊脚石，绊得老张头一路跌跌撞撞，光菜市场风云都上演了好几场。

最后市场用了一年时间对混乱的秩序进行整顿，一众"武器"都被铁链锁在了案头上，老张头还被拘留了好几次，这才终于成为昔日传说。

但昔日归昔日，人的性格是很难改变的，两家的矛盾冲突一直没停过。

矛盾这东西多少带点儿遗传，小辈们一个个的也都不对付。

段非凡赶到老叔店里的时候是七点多，市场管理员还没上班，场面已经有些混乱了。

这会儿来逛市场的人不多，加之冲突发生在店面的后门，上货的通道，所以段非凡一眼看过去，一个外人都没有，全是熟面孔。

那边老张头携俩儿子带俩小工。

这边老叔两口子加段凌，还有二姑家里上高中的两个表弟——一看就都是段凌叫来撑场面的，外加送肉的宋老板和小李——这俩虽然是外人，但肯定算他们的人，毕竟今天他们送来的货被老张头扣了。

人数上老叔他们压了老张头一头，所以目前也没真打起来。

"平时看你是个老头儿让着你点儿，你还来劲了。"段凌的声音特别响亮，"知道'给脸不要脸'几个字不？"

"少废话！老实待着谁也不管你，但拉货还敢从我这儿过，"老张头气足得很，"给你八个胆儿了！"

"怎么个意思？"段非凡把俩表弟扒拉开，走到了段凌身后。

段凌转头一看援兵到了，立马往前冲过去："今儿就从你这儿过了！你横着走这儿也是公共路段！你租金多给一分钱了吗？替你那八个爪买VIP通道了吗？！"

"少跟他废话，"老叔一声吼，也往前去了，"货给老子拿来！"

段凌和老叔这一动，老婶立马跟上想拉着点儿。俩表弟一脸凶神恶煞，但压不住今天上午或许能旷课的兴奋劲儿，跃跃欲试。

段非凡快走两步，一把拉住了段凌的胳膊，把她拽到了自己身后。

宋老板的车就在老张头后边儿，货已经被他们从车上卸了下来，放在一边。按老张头的江湖思维，这意思大概是不扣外人的车，但要扣仇人的货。

老叔他们也没有报警的打算。今天这样的情况，警察来了，货差不多能拿回来，但矛盾起码得再持续十天半个月，这段日子里谁都别想好过，生意都做不了。

这种事儿就得不借外力地处理完，才能消停。

老张头的大儿子大张头拦了上来，离着五步远瞪着段非凡。

"张叔，跟您说一声，"段非凡没跟大张头多费口舌，直接看着老张头，"宋老板不知道您的规矩，我保证他以后不会再往这儿走。"

老张头冷笑着哼了一声。

"我现在过去把我家的货拿走，"段非凡慢慢走到他们面前，"谁要敢拦我，我就动手。"

大张头和小张头都跟段非凡动过手，不止一次。在段非凡还是个刺儿头的日子里，两方交手无数，大、小张头没赢过一次。

段非凡估计他们现在不太可能动手，毕竟管理员马上就要上班了。对付他们，市场管理员比警察好使。

"段非凡，你少给我放狠话！"小张头眼睛一瞪，"你爹都进去多少年了，你还当你在这儿能说得上话呢？"

小张头大概是被段非凡激着了，这话一说出来连老张头都瞪了他一眼。吵架、打架都可以，但有些话不能随便说。

段非凡其实并不在意他说的这些话，因为听得太多了。

但老叔不干。

"你放的什么屁！"老叔暴喝一声冲了上来，手指戳到小张头眼前，"没爹教的狗东西！你那嘴要是不会说话让你爹给你涮涮！"

"怎么着！"老张头也吼上了，"他爹在这儿杵着呢！"

段非凡在老叔要上手抽人时拦了他一下，一扬手把自己的上衣脱了，然后贴着老张头的鼻子把衣服往地上狠狠一砸。

要在市场里混，就得按市场的气质来。光膀子干仗就是一种气质，展现了"老子让你砍你砍不死就你死"的气场。

这儿的人除了老叔一家，没人知道他这一身刀疤怎么来的，只知道他住了好几个月的院。

这一身正反面儿都齐全，点是点、杠是杠的疤痕，比单纯的光膀子要拥有更强的震慑力。

气氛顿时就僵住了。

段非凡从老、大、小张头们面前慢慢晃过，走到敌方队伍后面，搬起一箱肉，放回了宋老板的车里。

"你俩去。"段凌给两个表弟下了命令。

俩兴奋的跟班儿甩着膀子跟了过来，一块儿把卸下来的牛肉都搬回了车里。全程大家都沉默着。

"你俩上车。"段非凡说。

俩小孩儿上车后，他走回老张头面前，沉默了一会儿才开口："谢了，叔。"

没等老张头再说话，他转身过去上了车，把车往通道那头倒了回去。

"这一身疤！"小表弟伸手在他背上拍了拍，"够炫的！怎么弄的？"

"要不一会儿上你老舅那儿找把刀，我给你照着来一套？"段非凡扫了他一眼。

小表弟缩了回去。

"你俩是不是有病？！"段非凡骂了一句，"跟这儿瞎起什么哄！是打算上去跟人打一架吗？"

"凌姐叫了，不来不仗义啊。"大表弟说。

"段凌是你俩祖宗！"段非凡看着他，"你们给她供个牌位吧！她让你吃屎，你也加点儿糖来一碗是吧？不吃不仗义！"

"哥，"小表弟不高兴了，"那你说我们怎么办？我们来了你骂，我们不来她骂！"

"我一会儿就收拾她。"段非凡把车开回路上，绕到离牛三刀最近的市场侧门停下了，"下车！"

"我们要不一块儿去劝劝老舅？"大表弟说。

"你在做梦。"段非凡说，"滚回去上课！"

车重新开到牛三刀后头的时候，双方参战人员都已经退回自家的地盘，但老张头方还站在后门处瞪着这边。

宋老板和小李开始卸货。

段凌拿着段非凡扔在地上的衣服过来了："穿不了啦，都是泥汤……"

"你不上班吗今天？"段非凡打断她的话。

"上啊。"段凌看了他一眼，退后两步，指着他，"你别吼啊！你吼我一句试试！"

"你能不能不拱火？你属烧火棍儿的吗？"段非凡说，"你站那儿跟老张头骂架骂到管理员上班不就行了？管理员过来转一圈，你看他还敢扣着货吗？"

"主要是咽不下这口气。"老叔在一边替他闺女说话。

"早晚都得咽气！你就这么着急？"段非凡说。

"嘿，你小子！"老叔喊了一嗓子，往他胳膊上甩了一巴掌，"我抽你啊！"

段凌在旁边一下笑出了声："哪用我站在那儿跟老张头骂架啊，你过去说两句，等不到管理员上班，老张头就让你给气得厥过去了。"

"你上班去。"老婶推了段凌一把，拿过她手里的衣服，"走走走……"

"请你吃早点呗。"段凌看着段非凡，"我的车就在外头，一会儿送你回学校。"

"走你的！"段非凡说，"我今天不去学校，请假了。"

段凌走了之后，宋老板和小李把货卸完，跟老叔站在后头抽烟、聊天儿。

段非凡和老婶在店里把东西都收拾好了。

"你不去学校？"老婶问，"不军训了啊？"

"今天去拉练，这会儿估计已经出发了。"段非凡说，"我在这儿守一天吧。他家退得不情不愿的，谁知道还会不会过来。"

"他那傻缺儿子说的话，"老婶说，"你别往心里去。"

"放心吧，"段非凡说，"我几年前都没在意，现在更不会在意。"

有人停在了门口的摊位面前："老板娘，帮我称点儿牛肉，炖肉用的。"

"来了，"老婶起身过去，"我给你挑一块儿好的。"

段非凡在店里待了一天，老张头中午的时候坐在门口吃饭，边吃边骂了半小时，但只要他没指名道姓，段非凡就当无事发生。

下午他在后面的通道里跟奔奔玩，顺便给它拍照。他去市场外面的小摊儿上买了两双最小的小孩儿袜子，给奔奔四个爪儿都套上了，然后凹了几个造型，拍了几张。

这狗一天天长大，看爪子估计能长成大狗。老婶有严重的过敏问题，没法把它留在店里，只能暂时让它待在通道这边。要是不赶紧给它找个领养人，怕是过了不了多久，它就得被管理处清理掉。

段非凡把照片发给了段凌。

——指示如下：大概七八个月大，公的。

——吸猫狂人：行，我在朋友圈发一下。不过土狗真不好找领养人啊，实在不行先给它找个寄养的地方。

——指示如下：你就说它是条柴犬。

——吸猫狂人：？

CHAPTER 5

家里人

1 想家都想哭了

段非凡下午四点多回到学校的时候，军训的大部队已经回来了，宿舍里一片热闹。

大概是因为今天有射击训练，他甚至能听到对面宿舍有人在"biu、biu、biu、pia！"……

他刚把107的门打开，对面宿舍的张凯辉就出来了："你今天没去可惜了啊，挺好玩的。"

"打枪了？"段非凡问。

"是！爽！"张凯辉架起胳膊做了个瞄准的姿势，"就是才五发子弹，太少了，不过瘾。"

段非凡笑笑，进了宿舍。

张凯辉跟了过来："哎，你跟江阔是不是挺熟的？"

"嗯？"段非凡看着他。

"他今天枪枪九环、十环的，练都不用练！"张凯辉有些羡慕，"李子锐说他平时都玩飞碟，是真的吗？"

"我上哪儿知道去，"段非凡说，"你问他啊。"

"算了吧，"张凯辉摇摇头，"我不想跟他说话。"

那你觉得我有多想跟他说话？

段非凡坐在躺椅上，打开了空调，拿起手机，看丁哲他们几个在群里商量放假去哪儿玩。

这几个人从暑假的时候就开始商量国庆去哪儿玩，但到现在都没确定。每次刚起个头，就有人提出各种不切实际的设想，段非凡敢保证他们最后肯定是去旁边的水库找个农家乐钓鱼。

对，要是路况允许，还得叫上江阔，不，是叫上江阔的车。

宿舍门被敲了两下。

敲门声干脆利落，不高不低，且没有伴随"段非凡！"的叫喊。

那就是江阔。

"进。"段非凡放下手机。

江阔推开门，探了个脑袋进来，他身上的军训服已经换掉了："回来了？"

"嗯。"段非凡点点头，"不进来吗？怕冷啊？"

江阔进了屋："吃饭了没？"

段非凡听了这话，忍不住又拿起手机看了一眼时间，确定现在还没到五点。

"有饭辙吗？"江阔又问。

"食堂啊。"段非凡说。

江阔坐到了椅子上："吃不腻吗？"

"这才吃了几天啊，"段非凡说，"都没我开学到现在吃麻辣烫吃得多。"

江阔没说话。

"直说吧，怎么了？"段非凡想了想，"又请客吗？"

"嗯。"江阔叹了口气，"你明天再去食堂吃吧，今天晚上再吃一次'六亲不认'。"

"不是，"段非凡坐直了，胳膊肘撑着膝盖往他那边凑了凑，"吃肯定没问题，'六亲不认'谁不爱吃呢，关键您能不能给我解个惑，您是被他们店坑了，办了包厢年卡吗？"

"我妹妹……"江阔皱了皱眉，"这两天要过来玩，但没确定时间，所以我订了三天的包厢，有套餐，总得有人去吃。"

段非凡愣了好半天才理顺这个逻辑。

"你妹是没有手机吗？"他问，"还是手机到这儿了才能有信号，然后她才能通知你？"

"她到了能告诉我一声就算兄妹情深了。"江阔往椅背上一靠，"别问那么多了，你就说去不去吃。"

"去啊。"段非凡转了转手机，"要叫人吗？"

"叫，丁哲、董昆，还有那天一起吃早点的那两个。"江阔说，"大炮今天租了房子要找人收拾，就不去了。"

"行，几点出发？"段非凡低头在群里发了条消息。

"五点半吧。"江阔说，"到那儿正好。"

——段英俊：五点半宿舍楼集合，去吃饭。

——丁威武：？

——孙壮汉：排队去食堂？

——董潇洒：火锅吧。

家里人 CHAPTER 5

——刘修长：英俊请客吗？

——段英俊：六亲不认。

——刘修长：只是让你请个客，至于吗？

段非凡没再说话，丁哲和董昆会给那俩介绍"六亲不认"的。

"我叫他们了。"他看了一眼江阔。

"嗯。"江阔没有走的意思，坐在椅子上没动。

他也没出声，低头继续看着群里的人聊天。

"我在这儿待着吧，"江阔说，"先不回宿舍了。"

"宿舍还热？"段非凡感觉吹得有点儿凉，本来都想关空调了。

"李子锐在哭呢。"江阔起身，坐到了另一张躺椅上，"他……刚给他奶奶打了个电话……一边打一边哭……"

段非凡低头看着手机，突然感觉江阔的声音有点儿不对，抬头看了一眼。

"唐力让他一闹，也哭上了。"江阔揉了揉眼睛。

"你们宿舍感情不错啊，"段非凡说，"还陪哭呢？"

江阔用手遮着眼睛，沉默了一会儿，然后笑了起来。

"你也想家了吧？"段非凡问，"这东西传染。"

"嗯。"江阔吸了吸鼻子。

江阔的手一直遮在眼睛上，很长时间都没动，也不说话。

段非凡本来想把桌上的纸巾扔给他，但是观察了一下，发现他似乎没哭了。

那就默认是睡着了吧，反正他每次来107都是为了在躺椅上睡觉。

段非凡看了一眼群聊，丁威武热情洋溢地给大家介绍了那家湖边的"六亲不认"，以及这顿"六亲不认"的来源，现在大家已经开始讨论菜式了。

这几位现在挺欢实，但去年刘修长和孙壮汉也躲在宿舍里叹气，说还是家里好。

想家的感觉他是知道的。他爸被带走，他被接到老叔家之后，最初的那两三年里他就很想家，特别想。

虽然以前的家里也就他和他爸两个人，已经离婚的老妈隔两三个月会来看他一次，但那也是家的感觉。

后来无论是在奶奶家还是老叔家，哪怕每一个亲人都对他很好，他也再没有体会到那种独属于家的归属感了。

所以他已经很久没想家了。

他会想奶奶，会想老叔、老婶，但唯独不怎么会想家。

"有纸巾吗？"江阔突然开口，右手还是遮在眼睛上。

段非凡拿过桌上的大包纸巾递过去，他伸左手接了，然后抽出一张，飞快地移开右手,把纸巾按在了眼睛上。

右手手背上全是眼泪。

眼泪流哪儿去了?

"我以为你擤鼻涕呢。"段非凡忍不住说。

"你是不是脑子有泡?"江阔拿掉纸巾,直起身看着他,眼眶还有些发红。

"我刚没看到你脸上有眼泪。"段非凡说。

"我躺着呢!眼泪当然是流到耳朵后头去了啊!"江阔有些无语。

"那你哭吧。"段非凡说,"我回避一下,你哭个痛快?"

"哭完了!"江阔把纸巾扔到了旁边的垃圾桶里,靠回躺椅上叹了口气,"还是你好,随时能回家。你家是不是离学校很近?"

"嗯,"段非凡点点头,"骑电瓶车开快点儿也就十多分钟吧,我老叔家。"

"你住你老叔家吗?"江阔偏过头,"你自己家呢?远吗?"

段非凡没说话。

"不说拉倒。"江阔转回头。

"国庆节你就可以回家了,也没几天了。"段非凡说。

"我不回家。"江阔说。

段非凡看了他一眼:"想家都想哭了,不回?"

"我纯粹是觉得家里舒服,气哭的。"江阔说,"一想到还有四年,绝望哭了。"

"空调就快装了,"段非凡笑了,"哪有那么惨。"

"一台空调够干吗的?"江阔拍了拍扶手,"洗衣机都得申请……对了,赵叔会安装洗衣机吗?能帮忙安装吗?收费的那种。吕宁说我可以在宿舍弄台洗衣机。"

"安装洗衣机?"段非凡没明白。

"我不想弄得动静太大,就不让工人来安装了,"江阔低声说,"要不又弄得像那天商场帮我送东西似的。如果赵叔会,我就想请他帮我安装一下,低调点儿。"

段非凡过了好一会儿才问了一句:"你买的是零件吗?"

"……什么?"江阔没明白。

"洗衣机要怎么装啊?"段非凡问。

"所以我没问你会不会装啊。"江阔说,"赵叔这个年纪的人,动手能力强,以前什么东西都自己安装、自己做,他应该会。"

"不是,"段非凡摆摆手,看着他,"洗衣机有什么东西是需要安装的?"

"我哪儿知道?"江阔也看着他,"我要知道我还找赵叔吗?"

"来，"段非凡拿出手机，一边点一边往他这边凑了凑，"这位星垂平野阔少爷，我们来上一课，关于洗衣机的安装。"

江阔没出声，拧着眉看着他手机上的一张洗衣机的图片。

"这里是进水口，这里是下水管，"段非凡说，"只要把水龙头拿根管儿接到这里，再把这根出水的管子引到厕所或者洗手池下面，就可以了。"

江阔看着他没说话。

"懂了吗？"段非凡问。

"怎么接？"江阔问。

这回轮到段非凡说不出话了。他沉默了十秒，然后退出了当前页面，看着江阔："你打算给赵叔多少钱？"

"……我不知道应该是多少，"江阔认真地思考了一会儿，"一千？"

"成交，我帮你装。"段非凡飞快地点出了自己的收款码，"扫。"

"等等！"江阔一下提高了声音，身体往后倾，盯着他，"你又想坑我！"

"行，不坑你。"段非凡说，"我给你留了讲价的空间，你还价吧。"

江阔还是盯着他，好半天才问："你确定你会？"

"要是装不好，我把之前那三千一块儿退给你。"段非凡说。

"好，我记着你这话。"江阔再次认真思考，然后还了个价，"九百？"

"扫。"段非凡说。

江阔没动："我是不是还少了？"

"还价的机会就一次。还完后对方答应了，你又反悔，这搁市场上是要起冲突的，知道么？"段非凡说。

江阔扫了码，把钱转了过去。

以前他不会多想，但现在他已经领悟了还价的奥义，总觉得不对劲。

"我是不是还少了？"他又问。

"是。"段非凡点点头。

"是你还的话会还多少？"江阔问。

"别问了，"段非凡说，"你一个花一千五睡躺椅的人，何必因为九百块起冲突。"

"去你的。"江阔站了起来。

"反正我保证给你装好。"段非凡看了看手机，"马上五点半了，出去等他们吧。"

"嗯。"江阔应了一声。

跟段非凡一块儿走出107的时候，他趁段非凡正看着手机没防备，又问了一遍："你还的话还到多少？"

不过他还是失算了。段非凡并没有随口回答他,而是看了他一眼,把门关上了,转身往外走的时候才说了一句:"一百。"

没等他反应过来,段非凡已经跑了。

这两个数字的差距过于悬殊,江阔差点儿无法进行对比。留出讲价空间是这么留的吗?这空间,得是留了幢独栋别墅。

他好一会儿才骂了一句:"真黑心。"

2 江了了

"江阔!"丁哲在宿舍楼门口,一看到他出来就挥了挥手,"谢谢啊!"

"……不客气。"江阔刚被坑了九块,这是他在连续被坑两次,终于知道自己被坑了之后,第三次被坑,眼下有些适应不了丁哲周围喜气洋洋的气氛。

"怎么去?"董昆问。

"我开车带你们吧,坐不下的再打车。"江阔说。

"我打车,"董昆马上说,"我受不了那个儿童后座。"

"那你们四个打车,"段非凡说,"我坐他的车。"

丁哲欲言又止,大概是又想坐副驾驶座,又感觉没有段非凡跟江阔那么熟,最后他一甩胳膊:"行吧,我们打车。"

停车场里仍旧没多少车。江阔上了车,看着段非凡坐到了副驾驶座。

"怎么,"段非凡拉过安全带,"是打算收打车费吗?"

江阔没理他,发动了车子。油门一踩,四周坐着、路过的人全都转过了头。

他打了一把方向,把车开了出去。

出了校门之后,段非凡发现他没往"六亲不认"的方向开。

"要我给你指路吗?"他问。

"不用,"江阔说,"有别的事儿要先办,耽误二十分钟。"

"行。"段非凡点点头。

江阔不飙车的时候车开得还是挺稳的,虽然一路上车速都在限速边缘,碰到稍微不守规矩的车也丝毫不让。仗着大部分人都会跟这样的车保持一定距离的优势,他们只用了十多分钟就顺利地开进了一个加油站。

"学校旁边就有加油站。"段非凡说。

"那家没有98号的。这家是我跟大炮来学校的时候看到的。"江阔把车开到了加油位，降下车窗，告诉旁边的工作人员，"加满。"

段非凡没说话，他已经猜到江阔要干什么了。

果然，油加满之后，江阔转过头看着他："去给钱。"

"报复呢？"段非凡笑着下了车，去把油钱给了。

不得不说，江阔这招还是不错的。他油箱里的油估计已经不多了，这箱油花了五百多块。

九百块的亏损立马挽回了大半。

段非凡回到车里，发现江阔的心情明显愉快了不少。他打开了音乐，手指跟着节奏在方向盘上一下下地敲着。

"心情不错？"段非凡问。

"还成。"江阔踩下油门，车咆哮着开出了加油站。

开到一半，他又叹了口气："我是真的一点儿都不知道这些费用到底该是多少。"

"从来没操心过吧？"段非凡笑笑。

"嗯，"江阔想了想，"不知道我妹是不是也这样。"

"大小姐跟大少爷应该不会有太大区别。"段非凡说。

"她有些地方不一样。"江阔说。

段非凡等着听怎么不一样，江阔却没再说下去。

去"六亲不认"的路上，江阔过于自信，没有听从段非凡的指挥，转错了一个路口，绕了一大圈儿，所以最后比丁哲他们晚了快半小时才到饭店。

其他四个人已经进了包厢，一看到他俩进来，刘胖立马抱拳："江阔，这顿可以。"

"过于高端了。"孙季说，"太破费了。"

"没事儿。"江阔说，"让他们上菜吧，喝点儿什么吗？"

"今天就别喝了吧，要不你又得找代驾，"丁哲说，"不放心。"

"吃就得吃痛快了，"江阔说，"你们喝酒，我喝茶。"

等上菜的时候，几个人开始闲扯。没有大炮在，又多了俩自己人，董昆和丁哲没有了昨天开局时的尴尬。

"江阔，问你件事儿，"丁哲趴在桌上，"听说你今天实弹射击的成绩相当牛，你们宿舍的人说你平时都打飞碟，是真的吗？"

"都打，"江阔说，"以前放假了会去射击馆……"

"你还玩什么？"董昆也凑过来了，"是不是骑马、射箭、跳伞、开飞机都会？"

"……除了开飞机,别的都玩过,"江阔说,"只是玩过。"

手机响了起来,他拿过来看了一眼,立马起身走到旁边,接起了电话。

"你到了?"他问。

"是啊,"江了了的声音听起来很愉快,"半小时前就进城了。我明天要去县城,你现在在哪儿?吃个饭吧。"

"你在哪儿?"江阔看了一眼包厢里的人,压低声音,"我跟一帮同学正准备吃,你介意过来吗?还没上菜。"

"没大炮我就去,我受不了他喝点儿酒之后那股子江湖劲。"江了了说。

"他没在。"江阔说,"我给你发定位?"

"行。"江了了挂掉了电话。

"怎么,"丁哲问了一句,"谁要来吗?"

江阔不得不佩服,这人的耳朵是真好。

"我妹妹过来了,"江阔说,"我……"

这帮人都已经知道"六亲不认"这个包厢的来由,一听这话,立马喊了起来。

"赶紧让她过来啊。"董昆说,"叫了吧?"

"妹妹会不会不愿意我们这么一帮人在……"孙季有些担心。

"没事儿没事儿,"江阔摆手,"她没我这么……她不介意的,马上就过来。我发个定位给她。"

她没我这么多事。

段非凡叫了服务员过来,让他们一会儿再上菜,又转头问江阔:"她是喝酒还是喝饮料?"

"跟他们一块儿喝酒就行。"江阔说,"她不喝甜的东西,不用管她。"

"你为了让她吃这顿饭订了三天的包厢,现在人来了,你说不用管她……"段非凡说,"这么洒脱的吗?"

"是的。"江阔点点头。

没过多久,江了了的电话打了过来。

"我不知道是不是这里,能看到一排阳台……"江了了说。

"是,下面是个停车场。"江阔起身,打开门去了阳台,往下看着,"你让出租车就……"

"行,我看到你了。"江了了挂掉了电话。

"我去接一下。"江阔回了包厢,跟大家说了一声。

江阔出去之后,屋里的几个人只有段非凡还坐在桌边没动,其他四位都去了阳台。

"进来！"段非凡有些无语，"差不多得了，一会儿人进来看到你们都在阳台，不尴尬么……"

几个人进了屋还没坐稳，包厢门就被推开了。江阔走了进来，身后跟着个只比他矮半个头的女孩儿，简单的黑色齐肩短发，一身黑色。

"哇，"丁哲小声说，"他妹妹这么高。"

"这几个是我同学，"江阔说，"这是我妹妹，江了了。"

"妹妹好。"几个人都站了起来。

"大家好。"江了了走到桌子旁边，"打扰啦。"

"不打扰不打扰，"董昆赶紧说，"这本来就是江阔给你订的。我叫董昆，这个是……"

"谢谢昆哥。"江了了冲董昆抱了抱拳，"我不太记得清人名，大家随意就好，不用这么正式。"

"上菜吧。"江阔回头冲服务员说了一句。

江了了看不出来是江阔的妹妹，长得不太像，外表看着比江阔要成熟，但她跟江阔有一点很相似，那就是说话时神态里的那种坦然、自在和理所应当。

"妹妹，你就这么一个人跑出来旅行吗？"刘胖问，"挺厉害的。你还没成年吧？"

"我俩一样大，"江了了指了指江阔，"双胞胎。"

"啊——"大家一阵惊叹。

"龙凤胎果然不像。"丁哲总结。

"是。"董昆点头。

江阔又回到了不太说话的状态里，偶尔跟江了了小声说两句，更多的时候是听着江了了跟他们几个聊。

"你是不是，"段非凡小声问江阔，"跟你妹妹不怎么熟？"

江阔看了他一眼，笑了："没，我俩一直这样，小时候打架，长大了懒得搭理对方。"

"你家养孩子还挺敢放手的。"段非凡说，"她就这么一个人出来的吗？不用上学？"

"对，这就是人与人的差距，就她能这样，"江阔喝了口饮料，"我没这待遇。"

"那你们这差距有点儿过于明显了。"段非凡想了想，"我感觉她至少生活能力比你强，应该会安装洗衣机。"

江阔看着他没说话，过了一会儿突然戳了戳江了了的胳膊："你知道洗衣机怎么安装吗？"

"嗯？"江了了转过头，愣了愣，"脑筋急转弯吗？"

"正经问题，买了台洗衣机，然后怎么装上？"江阔问。

"品牌有安装师傅跟着来的吧？"江了了说。

"看到没，"江阔说，"她都不确定有没有人过来帮忙安装。"

"你说自己装吗？"江了了说，"管子一接，插上电不就行了。"

"看到没？"段非凡笑了起来。

"你知道怎么装？"江阔不放弃。

"你的摩托车都是我修的。"江了了一击致命。

段非凡笑得更开心了。

"行，"江阔点点头，"你聊你的去。"

"但是我得说一句公道话，"江了了一脸认真地看着段非凡，"吃喝玩乐没有他不会的，就算有，他玩一次就能把人家秒了，聪明着呢。"

段非凡笑着点了点头："知道了。"

"这是公道话？"江阔问。

江了了没理他，转头跟其他人续上了之前的话题。

边吃边聊了差不多一个小时，江了了跟江阔挨着头说了两句，然后起身出了包厢。

"江阔，你妹妹不是去结账了吧？"孙季反应很快。

"怎么可能，"江阔说，"她走了。"

"啊？"几个人都愣住了。

"就这样，来无影去无踪。"江阔说，"你们继续。"

"……你妹妹挺酷的，"董昆说，"有个性。"

挺酷的江了了在前台给江阔留了一个小蛋糕。

他们结账的时候，服务员拿出来给了江阔。

"江小姐让我转告您，"服务员说，"蛋糕她吃掉了一个角。"

"知道了，"江阔笑笑，"谢谢。"

"生日蛋糕？"丁哲问。

"嗯，"江阔点头，"一会儿回宿舍分了吃吧。"

"你俩生日都是21号吧？"丁哲说，"JK921。"

"是，"江阔说，"提前吃了。"

"那21号还是得过生日啊，正日子嘛。"董昆拿出手机看了看，"下星期四，我们给你过个生日呗。"

"不用了，"江阔说，"太麻烦了。"

"过吧，"段非凡在他身后低声说，"给他们一个还礼的机会，白吃两顿这么高级的饭。"

"那……行吧。"江阔点点头,"别太复杂了。"

"放心,复杂不了,'六亲不认'是不可能的。"董昆说,"可以叫上你宿舍那几个,一块儿去学校后山那个烧烤场。你天天在107混着,生日不叫他们就更显得见外了。"

"学校还有烧烤场?"江阔有些吃惊。

"有,经常有人在那儿烧烤,"刘胖说,"离段非凡'英勇斗殴'的地方没多远。"

"在他住院的日子里,我们经常去那儿烤上一顿,以缅怀他的英雄事迹。"孙季说。

3 谁痒痒肉长手指头上!

大家分头回到学校,在宿舍门口把蛋糕分掉了。

江阔和段非凡走进宿舍的时候,正好看到查寝三人组从107对面的宿舍里走出来,卢浩波低头在本子上记着什么。

江阔怀疑自己和卢浩波是不是有某种缘分,无论他在什么时间回宿舍,都能碰见查寝的卢浩波。

抬头看到他俩的时候,卢浩波停下了,在107门口沉默地杵着。

段非凡打开107的门,江阔跟在他身后进了宿舍。

"我要是没进来,"江阔关上门,"他是不是又要挨揍了?"

"请牢记我的话。"段非凡看了他一眼,把被几个人切得还剩下一小角的蛋糕放到了桌上。

没等他俩坐下,宿舍门被人敲响了。

"是他吧?"江阔压低声音,"这可不是我要在与你有关的时间、地点跟他发生矛盾,这是他在与你有关的时间、地点找我的麻烦……"

段非凡过去打开了宿舍门。

外面果然是卢浩波。

"江阔同学,"卢浩波看着段非凡,"鉴于你……"

"我是段非凡。"段非凡看着他。

"我在跟江阔同学说话。"卢浩波还是看着他。

段非凡让开了。

"江阔同学，鉴于你已经搬到107寝室，"卢浩波说，"119空出了一个位子，而104有一位同学想申请换宿舍，所以我已经建议他换到119。他明天会跟你们导员说，我特此通知你。"

没等江阔出声，卢浩波就转身走了。

段非凡关上门，转过身。

"真欠啊。"江阔感叹，"非得让我回119接受他查寝呗！"

"你回吗？"段非凡问。

"我就不回。"江阔说，拿过遥控器把空调打开了。

这个天儿吧，其实可以不开空调，但真的不开吧，又觉得差点儿意思。

段非凡又打开了宿舍门，把脑袋伸了出去。

"你干吗？"江阔吓了一跳。

段非凡前一秒警告他别跟卢浩波起冲突，后一秒就打算在走廊上当着一众人等的面挑衅卢浩波，这是什么脑回路？

他虽然完全不介意这俩在走廊上打一架，但今天吕宁刚轻言细语地开导过他，他再看卢浩波不顺眼，也不能就这么又闹一次。

他冲过去，一手推门，一手抓住段非凡的衣领，想在他出声之前把他拽回来。

一抓、一拽、一推门，行云流水的一套动作，但卡在了段非凡的下巴上，或者说是因为段非凡的下巴卡在了门框上。

段非凡的脑袋还没被拽回屋里，门却已经被江阔的手推了过去。

在门框和门之间，段非凡发出了非常短暂的声响。

"呃。"

"我去。"江阔赶紧松开了推着门的手。

段非凡扶着门，慢慢把脑袋收了回来，转过头看着他："你喝一晚上饮料也能喝成这样？"

"……不好意思。"江阔看到他的脖子在几秒钟之后就泛出了红色。

"干吗呢你这是？"段非凡非常不解。

"我还想问你干吗呢？"江阔说，"他走都走了，你还非要撩一下。你这一晚上的酒倒是没白喝。"

段非凡搓了搓脖子："我去104。"

"嗯？"江阔愣了。

段非凡没理他，打开门出去了。

两分钟之后，他又推门回来了。

"104的李晓同学已经决定暂时不换宿舍了，"他说，"就算换也不考虑

119。"

"你跟他说什么了？"江阔有些吃惊。

"能说什么，就告诉他不要换到119。"段非凡说，"他很好说话，说那暂时先不换了。本来他也只是觉得床边上有根柱子，上下不太方便。"

"就这样？"江阔有些不相信，"你是不是威胁他了？"

"那不可能。"段非凡说，"这种事儿不是三千四百块钱就能买到的。"

江阔好半天才算明白这三千四百块钱是怎么来的。

"谢谢。"他说。

"吃蛋糕吗？"段非凡问。

"吃吧，"江阔走过去，"再放就不好吃了。"

"那我直接吃了，"段非凡说，"21号再祝你生日快乐。"

"嗯。"江阔点点头。

段非凡拿小碟子直接往那一块蛋糕中间一戳，切走了一半，相当省事。

江阔拿了另一个小碟子，想把剩下那一半弄到盘子里，但他把蛋糕从盒子这边推到了那边也没成功。

"费劲死了。"段非凡说，"你要么拿叉子扒拉，要么拿盒儿直接吃，你推冰壶呢？"

"你跟卢浩波结仇就是因为你嘴欠，没有别的原因。"江阔拿起叉子，把蛋糕扒拉到盘子里，坐到一边开始吃。

蛋糕吃到嘴里的时候，江阔又有些难受。

这还是他第一次过生日的时候不在家，不知道江总夫妇俩会不会想他，还好江了了说了21号会回家。

那到时他要不要给家里打个电话呢？

有了闺女的陪伴，他们还需要离家出走的儿子吗？

也许江总会给大炮打电话吧，然后大炮举着手机给他送过来。

吃完蛋糕，还没听到查寝组离开的声音，他百无聊赖地拿过了桌上的一盒火柴。

"你抽烟啊？"他问段非凡。

"有时候停电，"段非凡说，"点蜡烛用的。"

"……还会停电？"江阔对宿舍生活的绝望又加深了一层。

"真新鲜，"段非凡说，"哪儿不停电？"

江阔叹了口气，拿出一根火柴，将它立着按在了磷面上，指尖轻轻一弹，火柴呲的一声划着了。他将火柴转了一圈，夹在食指和中指之间，火焰冲上燃烧着。

接着，他吹灭了火，又拿出了一根火柴，再次轻轻一弹。火柴被划着，转了一圈又立在了指间。

无意识地划到第四根时，段非凡伸出了手。

"嗯？"他看着段非凡。

"我试试。"段非凡说。

江阔把火柴盒放在了他手上。

段非凡也拿了一根出来，将它立着按在了磷面上。

江阔看着他的动作，用胳膊撑着膝盖，往边上靠了靠。到目前为止，段非凡的动作很标准，他只要按照这个动作，一弹就能点……

火柴从段非凡的指尖弹了出来，干脆利落地转着圈向前，翻腾着，最后砸在了江阔脸上。

江阔没动，看着他。

段非凡也没动，跟他面对面站了一会儿："还好没划着。"

江阔抬手在脸上擦了擦。

"我再试试。"段非凡又拿出一根火柴。

"你冲那边。"江阔指了指门的方向。

段非凡侧过身对着门，气沉丹田，酝酿了一会儿。

"嚯！"

火柴这回没有弹出去——直接被他按断在了火柴盒上。

段非凡拿出了第三根火柴，竖着按好，看着江阔："有没有什么窍门？"

江阔把椅子往前拖了拖，凑过去伸出手指，在他按着火柴的指腹上轻轻碰了碰："这里，别按太实……"

话还没说完，段非凡的手指一抖，被按着的那根火柴从侧面弹出去，干脆利落地转着圈向前，翻腾着，最后撞在了江阔脸上。

江阔闭了闭眼睛，深吸了一口气："段非凡，如果不是需要你帮我装洗衣机，你这会儿已经挨揍了，知道么？"

"我怕痒。"段非凡搓了搓指尖。

"谁手指肚怕痒？"江阔有些恼火地擦了擦脸，"谁痒痒肉长手指头上！"

"真的，我骗你干吗？"段非凡叹了口气，打开火柴盒，准备再拿一根。

江阔一把抢过火柴盒，拉开抽屉扔了进去，然后哐的一声把抽屉关上了："放弃吧，你没这个慧根。"

"你抽烟么？"段非凡问。

"不抽。"江阔回答。

"那你学这玩意儿没用啊，"段非凡说，"你也没机会在点烟的时候玩个花活儿。"

"不用学，看一遍就会，"江阔说，"越没用的东西上手越快。"

段非凡看着他，愣了两秒之后笑了起来。

江阔往椅背上一靠，想想也乐了。

卢浩波终于带领着查寝组从107门口经过，离开了宿舍楼。

江阔伸了个懒腰，站了起来："我睡觉去了。"

"嗯。"段非凡应了一声。

"晚安。"江阔拉开门的时候说了一句。

"晚安。"段非凡说。

今天119没有受到卢浩波的刁难，看来查寝组的工作态度有所改善。

"你从107回来的吗？"李子锐问。

"嗯。"江阔点点头。往自己桌上看的时候，他发现桌上的墨镜盒被移动了，跟台灯整齐地并排放着，再看床上，被自己胡乱扔着的枕头也归位了。

为了应对查寝，宿舍的人整理好自己的地盘后还得为他善后。

"谢谢啊。"江阔挺感动的，"我乱扔习惯了。"

"没事儿，"唐力说，"你起码被子还是叠了，就枕头没放好。"

江阔笑笑，坐到椅子上："下周四一块儿烧烤吧。"

"嗯？"几个人都看着他，没反应过来。

"我生日，"江阔说，"一块儿玩一下吧。正好军训完了，放松放松，山那边有个地方能烧烤。"

"行啊，"李子锐第一个响应，"21号是吧？可以可以。"

唐力和马啸也跟着响应了。毕竟这几天军训消耗大，听到能吃烧烤还不耽误查寝，他们都挺愿意的。

"这几天还能给你准备个礼物。"唐力说。

"别送礼物，"江阔马上说，"就吃一顿。"

"那不好吧，你生日呢。"李子锐说。

"我什么也不缺，从小到大什么礼物都收过了，体会不到什么愉悦感了。你们不用破费，"江阔说，"大家一起吃顿烧烤，热闹一下就好。"

宿舍里有短短一瞬的沉默，但很快被李子锐打破了："行，大吃一顿！"

这几个人其实挺好相处，李子锐心大，唐力老实，马啸……马啸仿佛不存在。

话题很快就转到了去哪儿买烧烤的材料。唐力提议去附近的市场买："比超市便宜……"说到一半他又停下了。

"行。"江阔点头。

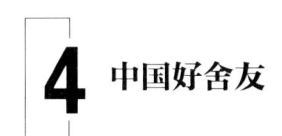

4 中国好舍友

拉练过后，军训就进入了最后阶段，开始练习走方阵队形。

江阔发现自己已经适应了军训，做枯燥的、不断重复的动作时不再烦躁，除了换洗衣服还是个问题。

他让大炮帮他买洗衣机，大炮用了两天时间才挑好。

"下午给你送过去。"大炮说，"你确定不用人上门安装吗？"

"不用，送到宿舍就行，别的我自己来。"江阔说。

"你自己？"大炮很怀疑，"你哪个自己？"

"别废话，"江阔说，"一台洗衣机还需要别人安装吗？"

"行吧。"大炮说，"看来你成长了。人果然还是得丢出去好好历练。"

江总的台词本又更新了。

江阔的洗衣机搬来的时候，段非凡正靠在躺椅上跟段凌发微信讨论应该如何改变奔奔无人问津的悲惨境遇。

107宿舍的门没关，他看着两个工人抬着一个巨大的纸箱从门口经过。

江阔原本跟在后头，此时停在了门外，冲他偏了偏头："去把它装上。"

"你买了台冰箱？"段非凡站了起来，走出门看着前方的箱子。

"洗衣机。"江阔说。

"什么洗衣机这么大？"段非凡有些吃惊。

"没多大，包装大而已。我量了尺寸让大炮买的，"江阔说，"正好能放在阳台那个洗手池旁边的水泥台下面，那里上下水管道都有。"

段非凡迅速地想象了一下："你确定放在水泥台下面，洗衣机的盖子还能打开？"

"能。"江阔说得斩钉截铁。

二十分钟之后，洗衣机的包装被拆掉，段非凡知道了江阔为什么这么肯定——他买的是一台充满了科技感，一看就不低于八千块的嵌入式滚筒洗衣机。

江阔为了不那么招摇而决定自己安装洗衣机，但他又非常招摇地买回来一台把"我很贵"印在壳子上的洗衣机。

这甚至招来了旁边几个宿舍的围观。

催人泪下的逻辑。

还徒增了安装难度。

"能装吗？"江阔问。

"……能，"段非凡说，"等我去问赵叔借个工具箱。"

"还需要工具？"江阔说，"你那天说得好像伸手撑两下就能装好。"

"你要买的是上面开盖儿的涡轮洗衣机，装都不用装，直接一根胶管甩进去放水就行。"段非凡说。

段非凡去借工具箱的时候，宿舍的几个人围着洗衣机看了半天，研究上面的按钮。

"不是我说，"李子锐说，"江阔，你买得起这东西我一点儿也不吃惊，你会买我也不吃惊，我就是有点儿担心你不会用……"

"应该不难吧，按几下的事儿。"江阔说，"到时你们也一块儿用，你们用的时候我看看就知道了。"

几个人一块儿看着他。

"电费我出。"江阔说，"宿舍都有洗衣机了，总不能还去洗衣房用公共的。"

"谢谢啊。"唐力说。

"中国好舍友啊。"马啸突然开口。

段非凡拎着工具箱回来了，蹲在阳台上开始给洗衣机接进水管。

江阔本来觉得是自己太没用，接管子这种大家都会的活儿都做不好，结果看了一会儿，他发现他的几位舍友同样不会。

他们唯一比他强的，就是知道得接管子。

"这是什么？"江阔蹲在段非凡身边，指着一圈白色的薄到一扯就断的胶带问。

"防漏水的。"段非凡说，"你看着就行了，还打算学么？这洗衣机你也就需要接这一回管子。"

江阔没再出声，蹲在旁边沉默地看着。

看了一会儿，他把李子锐的桶倒扣在地上，坐上去继续看。

段非凡动作很熟练，一看就是经常干活的人。

不知道为什么，他觉得看着很解压。

以前江了了很喜欢看各种手工大神的视频，从做木工的到操作机械的都看，她说喜欢看手，人的手在熟练的工作状态下非常好看，充满力量而优雅，看完身心愉悦。

江阔一直觉得江了了的精神世界很奇妙，这话他听了也没太在意。

现在看着段非凡的手，他突然认同了江了了的话。

的确很好看。

愉悦。

宿舍的水管接口跟洗衣机的管子不匹配，段非凡加了接口才把管子接好。他一直蹲在水泥台下面操作，洗衣机和墙之间的光都被挡住了，得靠江阔用手机电筒的光照明。这感觉简直了，三百多块赚得一点儿都不亏心。

"好了。"他蹲着往后退了两步，起身想要站起来。

听到江阔"哎！"的一声的时候，他的脑袋已经重重地撞在了水泥台上……但是居然不疼。

他马上反应过来，退出来一看，果然看到江阔的左手手背被台面下粗糙的水泥颗粒刮掉了一小块皮。

这要是他脑袋直接撞上去，鼓个包是没跑的了。

"你反应挺快啊。"段非凡赶紧打开水龙头，"冲一下。"

"就知道你得撞，"江阔拧着眉，把手伸到水里冲了冲，"我提前放过去的。早知道你脑袋这么硬，我就让你直接磕上去算了，脑袋和台面还不一定谁碎呢。"

"谢谢。"段非凡笑了笑，"要知道你这么贴心，我肯定趴着出来。"

"这也太麻烦了，"江阔看了看下面的管子，"我都在想昨天的油是不是不应该加满。"

"这好说……"段非凡伸手开始掏手机。

江阔转身走开了。

这台洗衣机是拉近舍友关系的利器。

一帮人围着洗衣机研究了一会儿。水洗、脱水、烘干、消毒，功能一应俱全。

李子锐拿出了自己的一件T恤，打算试一试。唐力觉得一件肯定不行，又贡献了两件。马啸则拿了一条裤子和一条枕巾。

"你有要洗的吗？"李子锐问江阔。

"我的昨天都在酒店洗完了，就身上这套了。"江阔说，"先就这么试试吧。"

从吃完晚饭折腾到要查寝，衣服终于全洗完了，他们还把所有的功能都用了一遍。

"这个好。不是晾衣绳上不能有衣服么,"唐力说,"这回真没了,衣服都可以洗完直接放回衣柜里。这是我们宿舍评优的神器。"

唐力居然还一心想着评优,江阔不得不赞叹一句:真是一个热情、乐观的好小伙儿。

虽然卢浩波依旧板着个脸,但查寝组的态度好了不少,不会故意挑刺儿了。由于江阔这几次查寝依旧在107待着,而104的同学又放弃了换宿舍的想法,卢浩波这口气最终还是没能撒出去,不找碴儿已经是他能忍耐的极限了。

CHAPTER 6

生日快乐

1 为您服务！

这几天气温眼看着一天比一天低，107的空调是彻底用不上了。查寝组一走，江阔就回了119。连续待了几天，他居然觉得有些无趣。

舍友都是好人，但他和他们没什么共同话题。

在107跟段非凡呛几句都比在宿舍躺着有趣一些。

特别是在上午的军训汇报表演结束之后，江阔将面对一个空荡荡的下午，一时间竟然感觉有些空虚。

好在唐力提出了一个很好的建议。

"我们去市场买烧烤的材料吧。"唐力说，"我已经问好了，有地方能帮忙处理食材，还可以帮我们腌制好。"

"行！"江阔一拍巴掌立刻响应了。

几个人找了几个购物袋，揣在身上出发了。

江阔路过107的时候，发现门是关着的。自打不需要开空调之后，段非凡大多数时间都会开着门，门关着一般就表示他没在。

回家了吧，空虚的下午不回家干吗呢？

但江阔还是顺手在门上敲了两下。万一段非凡在呢，可以一块儿去买材料，毕竟他是本地人，又住在这附近，市场那块儿肯定熟。

可惜，门没开。

江阔这才发现他跟段非凡居然没加过好友，也不知道电话，这会儿想找人都没有联系方式。

大家出了校门，扫了几辆共享电动车，在唐力的带领下前往市场。

这个市场跟江阔想象中的不太一样，挺大的，看着还算干净，一排排的店面和摊位，想要的、不想要的，知道的、不知道的东西全有。

难怪唐力要来这儿，这儿的东西估计比超市都全，而且便宜。

"我们那些盆儿、桶什么的日用品都是在这儿买的。"唐力说，"我还没把这儿逛透呢。"

"……哦。"江阔有些不能理解，毕竟这也就是个农贸市场，"那你今天可以逛透。"

市场有好几个门，他们从肉类区旁边的门走了进去。

这是江阔第一次进市场，各种新鲜的、完全没有任何包装的肉突然铺满视野，他顿时有些不适应。但他没敢表现出来，在几个已经开始挨个摊位看肉的舍友面前，他不能这么"悬浮"……

站在舍友身后等着他们视察肉摊的时候，江阔听到身后传来小孩儿的哭声，接着是个男人的声音："哪来的狗！"

江阔回过头的时候，一只黄色的土狗被一个男人一脚踢到了他的腿边，狗夹着尾巴嗷嗷叫着飞快地逃到了角落里。

大概是狗突然蹿出来吓着了孩子。

孩子没事儿，男人骂了几句，没有继续追打，带着孩子走了。

江阔看着缩在角落里的狗，犹豫了一下，走进了旁边一个卖杂货的店。看了一圈，他在各种绳状物里选择了一根行李打包绳。

他出来的时候狗已经不在角落里了。

他往旁边的一条通道走去，看了看，发现狗在通道里，正转头看着他。

"狗狗，别怕，"他蹲下，伸出手，"来。"

狗转过了身，看着他。

"过来，"江阔小声嘬了两声，"我带你过好日子去。"

"怎么了？"身后传来了唐力的声音。

"有肉吗？给我一块儿。"江阔说，"我要抓这只狗。"

"没切呢。"唐力把刚买的一整兜羊肉放到了他面前，"流浪狗吗？你抓了养哪儿啊？宿舍不能养狗吧，仓鼠可能还行。"

"放大炮那儿。"江阔说，"这狗这么大，刚才吓着小孩儿了。下次碰到个暴脾气的，怕是会被直接打死。"

江阔喜欢狗，什么样的狗都喜欢，这一点大概是因为父母——江总夫妻俩都很喜欢狗。江阔知道他妈一直给家附近的救助小院捐狗粮，没那么忙的时候甚至会去小院做义工，打扫卫生。

羊肉对狗还是有点儿吸引力的。这狗混在市场里，看得出其实不太怕人，要不是刚被踢了一脚，估计用不着羊肉就能把它引过来了。

狗走到羊肉面前，刚伸脑袋想舔的时候，江阔一把把羊肉拎开了。

狗抬头用"你是不是有病"的表情看着他。

江阔把打包绳套在它的脖子上，系了个伸缩扣。狗基本没有挣扎。

"行，"江阔扯了扯绳子，"走吧，先陪我们买肉，然后我让你炮叔来接你。"

"买点儿牛肉吧。"李子锐说。

"买好点儿的。"江阔喜欢吃牛肉。别的肉他没太多要求,但他对牛肉的要求非常高。虽然在菜市场里买到顶级牛肉的可能性几乎没有,但他还是希望能尽量买到好一些的。

"那去店铺里看看吧,"唐力说,"应该会比摊儿上的好。"

"行。"江阔点头。

几个人顺着摊位找了找,马啸一指前方:"我觉得这家高级些。"

鉴于马啸今天下午就说了这一句话,大家决定采纳他的建议。

江阔看了一下,这家店的确大一些,门面也很干净,门头上大大的三个字——牛三刀。

他跟在大家身后,把牵狗的绳子收到最短,让狗挨着他的腿。

店门口就支着一个挺大的台子,整齐地码着牛肉,上面还挂了很多大块儿的肉。看上去还不错,但达到他的要求是不可能的。

"要好的。"他在后头强调。

"买点儿牛肉?"店里的一个女孩儿走了过来,拿起案上的刀。

"我们要好的。"李子锐说。

"都挺好的,"女孩儿挥了挥刀,"我们店没有不好的牛肉。"

"是么?"江阔说。

女孩儿从李子锐和唐力中间的缝里瞅了瞅他:"骗你干吗?这市场里我家的肉要说第二,没人敢说第一。"

"有多好?"江阔试着问,"最好的是哪种?"

马啸回头看了他一眼,欲言又止。

嘴的使用频率太低就容易这样。

女孩儿眯缝了一下眼睛:"最好的可不止一种。看你要做什么,不同的做法有不同的'最好',你就一句'最好的',我怎么给你推荐?"

"随便吧。"江阔想想又觉得烧烤而已,以这帮人的手艺,再好的牛肉那么一弄、作料一撒,他也吃不出个所以然了。

"这是什么意思啊?"女孩儿有些不高兴了,"你是买肉还是找碴呢?自己都不知道想吃什么,在这儿跟我说那么多。"

"神户牛肉。"江阔看着她。

几个人都愣住了,一块儿看着他。

"有吗?"江阔问。

"换招了啊?"女孩儿盯着他看了两秒,突然一扬胳膊,将手里的刀猛地往下一砍。"哐"的一声,刀刃剁进了案板里。

江阔被吓得原地蹦了一下，差点儿踩到狗爪子。其他几个人也都震惊地往后退了半步。

女孩儿眼睛一瞪，偏头冲里间吼了一嗓子："段非凡！出来！有人找碴！"

段非凡？

没等江阔对这个名字做出更震惊的反应，里间的门就打开了，一个穿着大裤衩、人字拖的人走了出来。

他一脚把放在门边的椅子踢开，喊了一声："为您服务！"

随着段非凡这一声吆喝，店里店外的气氛突然凝固了。

外面的四个人跟他面面相觑，本来剑拔弩张的气氛此时相当尴尬，几个人不知道是该去还是该留。

"干吗呢？"段非凡吃惊地看着他们。

"跑这儿问东问西，要什么肉不说，想怎么做不说，最后给我来一句——"段凌指着站在最后面的隐蔽位置都没能把自己跩劲儿隐掉的江阔，亮着嗓子，"神户牛肉！"

"你上这儿买神户牛肉？"段非凡从唐力和李子锐的脑袋缝里看着江阔，"你是要上天啊？"

"这是你家的店吗？"唐力莫名地有些兴奋。

"啊。"段非凡看着他，"他要买神户牛肉，你们就带着他上我这儿来买？我要不是认识你们，这会儿你们正被我拿根棍儿往后撵呢！"

"不是不是，"唐力说，"我们就是来买牛肉的。周四烧烤啊。"

"……进来。"段非凡叹了口气。

"你同学啊？"段凌问，眼睛还是吃惊地瞪着。

"嗯。"段非凡点点头，冲江阔抬了抬下巴，"他就是开跑车的那小子。"

"就是你啊。"段凌看着江阔，"我说怎么有人敢这么发疯！"

"这是我堂姐，段凌。"段非凡给几个人介绍了一下，"让她挑肉，一会儿我老婶会帮着加工好。"

"姐姐好。"几个人进了店里，特别礼貌。李子锐甚至还鞠了个躬，不知道是不是被段凌那一刀吓的。

其他人都进了店里，只有江阔还站在外面没动。

"进来啊，讲究什么呢？"段非凡走了过来，"要不要我给你铺一截儿红毯啊，再扛你进……奔奔？"

江阔因为牵着狗，没打算进去，结果段非凡突然冲着狗叫了个明显比大黄、小黄、阿汪要正式得多的名字，他愣住了："你的狗？"

段非凡没顾得上回答他，伸手在狗脖子上摸了摸，然后回头冲段凌挥了挥手:"不是拴着呢么,怎么跑出来了?"

段凌飞快地跑到后头通道看了一眼,又跑了回来,手里拿着项圈和牵引绳:"项圈可能松了,在后头挂着呢。"说完,她冲江阔笑了笑,"谢谢啊,刚刚姐误会你了,别放在心上啊!"

"没事儿。"江阔也笑了笑。段凌的妆化得很张扬,但还是能看得出她跟段非凡长得很像,两人跟亲姐弟似的。

他低头看了看这只叫奔奔的狗:"我刚在大门那边看到它的。它吓着小孩儿了,被人踢了一脚……"

"谁踢的?"段凌的声音顿时扬了上去。

江阔跳了一下,撞上了段非凡的肩。

"哎哎哎,音量控制一下。"段非凡拉了拉段凌的胳膊,"讲点儿理,它先吓着小孩儿了。"

"唉,是得赶紧了。"段凌皱着眉,"它要是再跑一次,没准儿就见不着了……"

段非凡看了看拴在奔奔身上的打包绳,又看了看江阔:"你是打算带它走?"

"嗯,我以为是流浪狗呢,"江阔弯腰摸了摸狗头,"太可怜了……"

"它就是流浪狗,"段非凡说,"暂时拴在店后头呢,可怜吧?"

"嗯?"江阔愣了愣,"嗯。"

"惨吧?"段非凡又说。

江阔皱了皱眉:"有病吧?"

"你打算把它带到哪儿去?"段非凡说。

"大炮租了个房,"江阔说,"我跟他说说……"

没等他说完,段非凡已经把项圈套到了奔奔的脖子上,然后拉过他的手,把牵引绳按在了他手里:"给你了。"

虽然本来就打算带走,但现在段非凡这么一交代,他反倒一下子不知道说什么好了。

"别担心,"段非凡说,"大炮要是不喜欢土狗,你就告诉他这是只柴犬。如果它以后长得太大,你就说它是柴犬和秋田犬的串儿。"

江阔瞪着他,好半天才说了一句:"您可真能吹啊。"

段凌帮着他们把肉挑好,切和腌制就都交给了老婶。

119的其他两个人在唐力的带领下去"逛透"市场了,江阔则待在店里等大炮过来把奔奔带走。他和段非凡一人一张小木椅,坐在店后面的通道里。

江阔发现这就是刚才他看到奔奔的那条通道,估计那会儿人家正要回牛三刀，结果被自己绑了。

"如果到时大炮养不了了，"段非凡搓着奔奔的头，"别扔，也别随便送人，送回我这儿来，我再给它找地儿。"

"他不会的，"江阔说，"要不我也不会想着让他帮忙了。"

"是么？"段非凡看了他一眼，"你俩关系很铁吧？"

"我知道你想说什么。"江阔笑了笑，"我跟他关系算不上铁，就是发小。我俩互相都不怎么喜欢对方。"

"你这脾气，跟不喜欢的人还能是发小呢？"段非凡有些意外。

"因为我俩都没什么朋友，"江阔说，"凑一块儿起码有个伴儿。"

段非凡没说话，看着他。

要说大炮没什么朋友，他还能理解。大炮可能不是个坏人，但感觉不能交心，因为你判断不出他的话是真是假。可要说江阔没什么朋友……

"我出来上大学之前，"江阔说，"从幼儿园到高中，读的都是私立学校，遇到的都是人精和学霸。在那种环境里不容易交到朋友，人精觉得你笨，学霸也觉得你笨。"

段非凡笑了半天。

"那你可以上普通的学校啊。"他说。

"我爸不同意。"江阔说。

"有点儿惨。"段非凡捧着奔奔的头，"你江阔哥哥是不是有点儿惨？"

"还行吧。"江阔伸手摸了摸奔奔的鼻头，湿乎乎的，"我反正也没有交朋友的需求，没什么感觉。"

"大炮也是你的同学吗？"段非凡问。

"不，他读的是普通中学，初中毕业后就没念书了，跟着他爸做事。"江阔说，"他爸是做建筑的，他有时候帮着跑跑工地，挺自在。"

"哦。"段非凡点点头。

"这店是你老叔的吗？"江阔问。

"嗯。"段非凡转头往店里看了看，"老店，这市场有了多少年，店就开了多少年。"

"还挺好的。马啸一眼相中了，说看着最高级。"江阔说。

段非凡笑了起来："正好暑假的时候装修了。之前也不行，段凌受不了，逼着她爸装修的。"

"也是用刀吗？"江阔问。

"刚才吓着了吧？"段非凡说，"她以为你们来找碴儿的。我们跟隔壁的一家店一直不对付，前两天刚闹了一场。段凌这两天不上班，就过来守着，估计以为是他们又出了什么新花招。"

"卖点儿肉还抢生意吗？"江阔说，"也不是什么大买卖。"

"你还真……"段非凡看着他，"大买卖也不这么闹事吧？"

"那不一定。"江阔说，"我爸做的买卖挺大的，以前有时候也得带着保安部开着铲车去干架。"

"行吧，"段非凡笑了，"这算是咱俩对对方的世界都不了解。"

大炮是开着一辆哈弗来接奔奔的。

"新车？"江阔问。

"省得过来找你总得打车，还得等。"大炮说，"这车还能跑跑工地。"

"你自己买的吗？"江阔问，"用我给你报销吗？"

"不用，你别管了。"大炮说着向段非凡点了点头，"就这只……菜狗是吧？"

"柴犬。"江阔马上说。

大炮转头看了他一眼，又弯腰看了看奔奔："这个头如果是柴犬，得成年了吧？这狗看着没到一岁呢。"

"可能……"江阔说，"跟秋田犬串了。"

大炮听笑了："上哪儿编的这套瞎话。"

"你听着就行了。"江阔说，"我一会儿买了狗粮、狗窝什么的让人送你那儿去，你就养着，早晚带出去遛遛，有事儿不在家的话，就送寄养。"

"知道了，"大炮从段非凡手里接过牵引绳，"叫什么？"

"奔奔。"段非凡说。

"奔奔。"大炮伸手，见奔奔只看着他，他又收回手，"挺冷漠的，可以。一会儿给你弄点儿吃的，教你叫爸爸。"

"奔奔，"段非凡蹲下，搓了搓狗头，"以后不用流浪了，乖乖听……炮叔的话。"

"放心，"大炮说，"我答应了好好养着，肯定会好好养。"

大炮把奔奔放到后座，奔奔一直从窗户里看着段非凡，用力摇着尾巴。

奔奔很少叫，也许是因为一直流浪，没有声响才比较容易活着，所以它唯一表达情感的方式就是用力摇尾巴。

大炮上车，冲他们挥了挥手。接着，车就往前开了出去。

最后，他们只能看到车后窗的位置有一小块模糊的黄色。

江阔看了一眼手机，不知道唐力他们逛够了没有。

"我……"他转过头，看到段非凡还往车开走的方向看着。

他有些意外地发现段非凡的眼里泛着泪。

"哭了啊？"江阔问，在兜里掏了掏，拿出纸巾递到他手里。

"嗯，看不出来么？"段非凡抽了张纸，擦了擦眼泪，"我又没拿手挡着。"

"你让我对你的同情荡然无存。"江阔说。

"它来市场的时候还是只小奶狗呢，"段非凡笑笑，"天天陪着我跑步。"

"你要是想它了，就让大炮带它过来，或者你过去看它。"江阔打开手机看了看大炮之前发过来的地址，"也没多远，就在龙华园小区，是不是挺近的？"

"那是挺近……"段非凡说，"他是你的陪读吗？租房还得租在你的学校旁边。"

"八成是我爸安排的。"江阔皱皱眉，"那车估计也是我爸给他买的。他现在说话跟人格分裂了似的，有时候像大炮，有时候像我爸。"

"你爸这么不放心你么？"段非凡转身慢慢往回走，"女儿可以一个人满世界跑，儿子出来上个大学还要派人陪着。"

"他女儿就是我说的那些人精加学霸的组合体，"江阔说，"再说他也不敢管……"

段非凡转头，但江阔没再继续说下去。

"你爸管你吗？"江阔换了话题。

"他管不着。"段非凡说。

江阔转头看着他，他也没再说别的。

在说话说半截的配合上，他们做得相当完美。

2 请输入付款金额

牛三刀的牛肉确实不错，段凌没有吹牛。虽然满足不了江阔的过分要求，但也算是不错的了。段非凡的老婶帮着把肉都腌好后，还直接帮他们烤熟了一些，用盒子装上了。一帮人吃得赞不绝口。

"这是给咱们打了个样。"李子锐说，"就按这个程度来烤。"

"可这是什么程度呢？"唐力问。

几个人沉默了。

江阔看了一眼段非凡："你应该知道吧？"

"我来烤。"段非凡叹了口气。

119买了肉,丁哲他们则带了一堆小吃和饮料,还扛了两箱酒。

烧烤的不止他们一帮人。他们到烧烤场的时候,已经有三四伙人在做准备工作了,都是新生。

"快,"唐力一边忙着把东西放好,一边安排大家,"都动起来,我们不能落后。"

"落后什么?"江阔在旁边的长椅上坐着,把腿架在他们装炭的大纸箱上。

"吃的进度。"唐力说。

不愧是在跟卢浩波起过冲突之后还想着宿舍评优的好青年。

但江阔坐着没动,他是寿星,而且他也不知道该干点儿什么。

好在闲人就他一个,大家很快就把炭火弄好了,然后将一盆一盆的肉码放好。

"过瘾了今天。"丁哲忙着穿签子。

"能生吃吗?"李子锐蹲在旁边帮忙,"我觉得可以。"

"牛肉可以。"段非凡的声音在江阔的头顶响起。

话音刚落,立马有四五只手同时伸向了牛肉盆。

江阔仰起头:"你不干活吗?"

"我这一晚上都得在这儿烤串儿,我是你们吃到好吃的烧烤唯一的希望。"段非凡低头看了他一眼,"你没叫大炮吗?"

"没叫,"江阔继续看着忙活的人,"我不太过生日,除了给老人祝寿,我们家都不太过生日。"

"可能是日子过得舒服。"段非凡说,"一般小孩儿都盼着过生日,平时想要的东西,过年和过生日时是最有可能得到的。"

"你哪天的生日?"江阔问。

"3月。"段非凡说。

"几号啊?"江阔拿出手机。

"17。"段非凡说。

江阔在记事本上记下了他的生日。

他手机里记了生日的人不多,除了家里人,就是大炮和几个平时一块儿混的不是朋友的朋友,段非凡是他记下来的第一个同学。

"可以了!可以了!"董昆搓着手,跃跃欲试,"烤盘呢?架上,架上……我往上放了啊?"

"放放放。"刘胖抓起一把穿好的串儿,"要刷什么料自己来?"

"我来!"段非凡吼了一嗓子。

"哎!"江阔被来自头顶的这一声吼吓得直接站了起来。

段非凡看着他，一边乐一边往烧烤台那边走："你怎么老这样？"

"你小点声儿我不就不这样了么？"江阔也跟了过去。

"我来，"段非凡把几个人推开，坐了下去，"你们等着吃就行，别毁了我老婶的秘制腌料。"

"寿星坐哪儿？"唐力问。

"我就这儿吧。"江阔在段非凡旁边坐下了，他要坐在主厨身边。

"来，酒都拿一下。"孙季拿出啤酒分给大家，"先给寿星贺寿。"

"哇！"李子锐接过一罐啤酒看了看，"这么高级的？"

"非凡买的。"孙季说，"寿星嘴挑着呢，怕普通啤酒他喝不惯。"

"谢谢。"江阔笑了笑，接过啤酒。

啤酒应该是刚买来的，罐子摸着还很冰。

担心酒拿过来的时候晃得厉害会产生泡沫，江阔拿着罐子的手垂到烧烤台下，手指钩着拉环拽了一下，把罐子打开。见没有泡沫涌出来，他这才把罐子拿了上来。

转头时，他发现段非凡正看着他的手。

"这也算没什么用就学得很快的技能吧？"段非凡问。

"嗯。"江阔点点头。

"江阔，"唐力举起罐子，"生日快乐，希望你在新的生活里一帆风顺！"

"谢谢！"江阔说。

"生日快乐——"大家一块儿喊了一通。

"开始烤吧！"李子锐说。

段非凡抓了一把穿好的肉放到了烤网上，众人发出一阵欢呼声。

炭火挺旺的，烤网刚翻了一次就传来扑鼻的肉香。段非凡飞快地刷油、撒调料。

"好了。"段非凡打开烤网。

没等江阔看清，一群人就把胳膊伸了过去，烤网上瞬间只剩了一点儿残渣。

对寿星有没有起码的谦让啊！

"给。"段非凡往他面前的盘子里放了两串牛肉。

江阔愣了愣，再看他那边，盘子里也有两串。

"你动作挺快的啊。"江阔拿起一串咬了一口。的确好吃，跟之前老婶烤的味道一模一样。

"动作不快的都已经饿死了。"段非凡继续往烤网上放肉，"不是还有一个网么？都放上来吧。"

"那个不能夹着。"李子锐说。

"没事儿，转一下签子就行，"段非凡说，"一个网满足不了你们的需求。"

坐在主厨旁边的好处，在这种情况下就体现得非常明显了。

江阔连着三轮都没抢着，全靠主厨投喂。

第四轮，大家最疯狂的劲头已经过去，他才总算是拿到了两串羊肉。

"这个腌料，"江阔小声问段非凡，"是你老婶自己调的吗？"

"嗯，"段非凡点点头，"是不是挺好吃的？"

"比我家阿姨腌的肉香。"江阔边吃边说，"她平时做的菜都挺好吃的，就是烤肉总不太对味儿。"

"你回家的时候我给你拿两罐儿吧，"段非凡说，"店里有现成的。"

"店里是不是还卖腌料？"江阔问。

"嗯，"段非凡笑笑，"二十五一小罐。"

"我要十罐。"江阔算了算，"十一罐吧。"

段非凡笑得差点儿呛着："你可以讲价，十罐二百五不好听。"

"这理由能用来讲价？"江阔喝了口酒。

"为什么不能？"段非凡说。

"十罐二百五不好听，"江阔说，"一百吧。"

段非凡转过头看着他："你再说一遍？"

"一百。"江阔说。

"你别上市场跟人这么砍价啊。这一罐才二十五，你一下砍掉一多半，要在我老叔店里这么砍价，你会挨打的。"段非凡语重心长地说，"段凌能把你从南门打到北门。"

"二百四？"江阔想了想。

"可以，"段非凡竖了竖大拇指，"你领悟了。"

江阔拿出手机。

"干吗？"段非凡笑了起来，伸手翻了一下烤网，往上刷了些油，"送你的，你回家的时候告诉我就行。你要是不想带，我可以帮你寄过去。"

"……谢谢啊。"江阔说。

他准备把手机放回去，又停下了。他想到了一件事儿。

"加个好友吧，"他说，"我总忘。"

"嗯，"段非凡拿出手机，"你扫我吧。"

江阔对着段非凡手机上的二维码扫了一下。

哔——请输入付款金额。

"滚。"江阔说。

"习惯了。"段非凡赶紧退出收款码界面，重新点了一下，"这个。"

江阔又扫了一遍，加上了他——指示如下。

看着段非凡的昵称，江阔差点儿反应不过来："你这什么鬼名字？"

"不比你那个跟密码一样的名字强么？"段非凡笑着在手机上戳了几下。

江阔收到了一条消息。

——指示如下：牛肉可以吃了。

江阔笑了起来，一边点开段非凡的朋友圈。

指示如下：柴犬奔奔九图，求包养。

指示如下：烤肉酱后天才有，不要催，催就骂人。

指示如下：省略辱骂一百句。

指示如下：周三之前不下雨就骂人。

……

江阔边看边乐，段非凡给他拿了几串肉他都没顾得上吃。

"赶紧吃吧，"段非凡说，"有那么好笑么？"

"挺逗的。"江阔拿起一串肉，"朋友圈里的一股清流。"

"你朋友圈都什么样？"段非凡问。

"装模作样。"江阔说，"也有真情实感，不多。"

"来玩点儿什么吧！"刘胖靠在椅子上，"消消食儿。"大家胡吃海喝了一个多小时，都有些撑着了。

"数七吧！"李子锐喊。

"行。"大家同意。

"我开始，"孙季举手，"一。"

"二！"

"三！"

"四！"

"五！"

"六！"

"七！"江阔喊。

"喝！"一帮人全指着他。

江阔拿过酒喝了一口，搓了搓手。

"你是不会玩吗？"段非凡问。

"怎么可能？"江阔看了他一眼。

"第一个七你都错？"段非凡难以置信。

"那只能说明我反应慢。"江阔喊了一声，"一！"

"二！"

"你吓得一蹦的时候反应可一点儿都不慢。"段非凡说。

"别打岔!"江阔说。

这轮一个错的都没有。

"二十五!"

"二十六!"

段非凡拍了一下腿,转头看着江阔。

"二十八!"江阔喊。

一帮人全乐了。

"不是,"段非凡边乐边觉得有些无语,"你是不是闭眼喊的啊?"

"不知道,"江阔也笑得不行,"嘴跑得太快了,脑子跟不上。"

他喝了一口酒,一拍桌子:"一!"

"这轮你还是二十八。"段非凡提醒他。

"什么?"江阔问。

"还是你开始,轮到你就还会是二十八。"段非凡看着他,"我过了之后,你闭上嘴拍腿。"

"嗯。"江阔点点头。

……

"二十四!"

"二十五!"

"你二十八别出声。"段非凡说。

"二十六!"

段非凡拍腿,转头看着江阔。

"二——"江阔想起来的时候已经出了声。

段非凡一把捂了他的嘴,然后啪的一下往他腿上抽了一巴掌。

"不算!"董昆大喊一声,"还带捂嘴的吗!"

"不捂他嘴,我们就得卡死在这儿,"段非凡说,"一晚上就听他'二十八'。"

一帮人乐得不行。

"江阔,你怎么回事?"唐力笑得酒洒了一手,"正常来说,这么多人怎么也得玩到一百多啊。"

"要不咱们开除这个二十八吧。"段非凡说。

"人家是寿星呢。"丁哲笑着说,"换个简单的吧!转瓶子。"

"行!"大家赞同。

丁哲起身去隔壁烧烤的同学那儿要了个空啤酒瓶过来。

这种靠运气的游戏，有时候并不是每个人中招的机会均等，玩一通下来，总会有那么几个运气处于低洼地带的人比较突出。

段非凡就是最突出的那一个，每转四次，就有他一次。

"我不行了。"段非凡摆手，"我要退出。"

"都得退出了。"刘胖靠着椅背拍了拍肚子，"快要撑人了。"

"几点了？"丁哲问。

"九点三十五。"刘胖说。

"收拾吧！"段非凡一挥手。

在学校烧烤的缺点就是这个，酒得藏着喝，时间还得卡好。

几帮烧烤的差不多同时开始收拾东西。

江阔看着大家忙活着，他依旧帮不上什么忙。

这是他近些年来过得最开心的一个生日，也算是吃得最痛快的一次烧烤。开学这些天来的不爽被清掉了不少。

垃圾都塞进了垃圾桶，还有些没吃完的大家打好了包，准备一会儿带给赵叔做消夜。

"生日快乐啊，江阔！"一帮人又送了一轮祝福。

"谢谢大家。"江阔突然觉得鼻子有点儿发酸。

3 人不可貌相

回到宿舍楼，119的几个先走一步。

"你等我一下，"段非凡叫住江阔，"我有个礼物给你。"

"啊？"江阔愣了愣。

段非凡把打包的烤肉给了赵叔，然后跟在他身后往107走："别人都没送，我就没拿过去，搁宿舍里了。"

"谢谢啊。"江阔偏过头说了一句。

段非凡在他后头没出声。接着，他感觉到段非凡撞在了他背上。

没等他转身，段非凡突然靠着他滑了下去。

"段非凡？"江阔非常震惊，又不知道怎么回事，赶紧往后伸手抓住了他的胳膊。

转过身时，他发现段非凡以一个非常标准的跪姿跪在了他前面。他要没扶着，这会儿此人的脸应该已经直接扣在地上了。

"啊？"江阔拽着他，压低声音，"您这是醉了还是晕了啊？"

江阔进退两难。他松不了手，无论是要去开107的门，还是去敲对门宿舍的门找人帮忙，都得把段非凡放下。

以段非凡这个跪姿，若往后放平，腿就得拐成W形。段非凡有没有这么好的柔韧性他不知道，反正他没有。往前趴着的话……

"106的！"江阔小声喊了一嗓子，"有没有人在？"

"谁？"106里有人回答了，"干吗？"

"我，江阔。"江阔说，"出来帮忙。"

里面的人没了动静。

江阔在一秒钟之内反省了一下自己的语气和说话的内容，重新喊了一遍："段非凡晕倒了。"

106的门瞬间打开了。

"哎呀，"出来的这位光着膀子，看到这场面赶紧回头招手，"来帮忙。这怎么回事？"

"不知道。喝酒了……也没喝多少瓶啊……"江阔托着段非凡的脑袋，等膀子哥把他的腿给拉直了之后，想架着他胳膊把他拽离地面。

可惜他低估了段非凡的体重，加上这人正处于完全不配合使劲的状态，他竟然没拽起来，段非凡的脑袋还一下往后仰了过去。

"托着点儿他的头。"刚从106宿舍跑出来的一个白T恤交代了一声。

另一个黑裤衩从段非凡身上摸出了钥匙去开门。

"嗯。"江阔应着。

说实话，他从来没收拾过人。以前聚会回回有人喝大，但他从来没多看过一眼，这会儿突然让他抬人，他就有些手忙脚乱。

江阔的手刚松开段非凡的胳膊，准备托住他的脑袋，他的身体就往后倒了下去。江阔赶紧一把抓住了他前胸的衣服，用力往上一提——段非凡这件看上去质量还不错的T恤，就这么从肩膀的位置被撕开了。

106的几个人整齐地转过头，一块儿看着他。

江阔抓住段非凡的胳膊，换上了熟练的语气："拉胳膊，再来个扶脑袋的。"

107的门打开了，几个人把段非凡扯成了个大字，一起抬进了屋里。

"躺椅。"江阔再次熟练地指挥。

床是抬不上去了，还好有躺椅。这要换个宿舍，他们就得把人搁地上。

放平躺椅之后，有人去搓毛巾。

"空调打开。"江阔一边说一边跑出了宿舍。

"赵叔！"他在值班室的窗户上拍了一下。

赵叔回过头，看到是他，立马一指："你又有事儿？"

"段非凡晕倒了！"江阔说，"你知道他怎么回事吗？也没喝几瓶，突然就……"

"晕倒？"赵叔思索了两秒钟。

"听不懂吗您！"江阔急了，掏出手机，准备拨120。

"我去看看。"赵叔做了一个"请冷静，不要惊慌"的手势，起身出了值班室，往里走去，"你们喝酒了，是吧？"

"是。"江阔在后面推了赵叔一把，"走快点儿行吗？"

"有没有礼貌！"赵叔加快了脚步，"喝酒了就没事儿，喝酒了就不是晕倒。他就那点儿酒量，都喝不过段凌！"

作为一个从没喝醉过的人，江阔无法理解，三箱啤酒，四十五罐，哪怕是大罐的，九个人分，居然还有人能醉得不省人事。

赵叔进了107，走到躺椅旁，弯腰看了看段非凡，在他脸上拍了拍。

"嗯……"段非凡哼了一声。

"睡着了。"赵叔得出了结论，"他小时候就这样，喝了一杯啤酒，站着就睡着了。"

马啊？

江阔看看段非凡，又抬头看着赵叔。

"估计是。"黑裤衩叹了口气，"刚擦脸的时候他就呼噜了一声。"

"回宿舍吧，"赵叔摆摆手，"留一个在这儿守一下就行了。"

106的几个人同时看着江阔，毕竟这人每天游走于119和107之间，拥有双重"舍籍"。

"……我吧。"江阔说。

救助流浪动物，一般遵循"第一救助人"的原则……而且段非凡还是在他的生日烧烤派对上喝成这样的。

大家散了之后，江阔回了一趟119，拿起自己那床不知道被踩过几脚的被子。虽然段非凡帮他抖过了，但他还是有些硌硬，于是在自己认为被踩了的那一头别了一个别针以示区别。

"严重吗？"唐力问，"会不会是酒精中毒？"

"赵叔说他从小就这样，酒量太差。"江阔说。

"真是人不可貌相。"李子锐感叹，"他那个样子，我老觉得他是那种'老板，来二斤牛肉、三斤酒！'的江湖侠客，没想到。"

"那么说……"马啸突然开口，"他行走江湖起了纷争，仇人暗杀他都不用下毒，只需要送几罐啤酒。"

几个人一通狂笑。

江阔抱着被子进了107，看到段非凡的时候想起马啸的话，站那儿乐了好半天才把被子放到了旁边的躺椅上。

斥巨资买的躺椅被段大侠睡了，他只能睡这张没斥巨资的。

他本来没觉得这两张躺椅有什么区别，躺上去了才发现，这张便宜的不能放平，睡着没有斥巨资买的舒服。

他把椅背又调直了，拿出手机准备找大炮问问奔奔的情况。

旁边的段非凡突然坐了起来。

"醒了？"江阔愣住了，这人连醉倒醒来都这么一惊一乍的吗？

段非凡没理他，头都没往他这边转一下，坐了两秒钟之后，又哐的一下倒了下去，继续睡了。

"我刚应该给你录下来。"江阔说。

还说什么等一下有礼物……是怕没人在，自己会在走廊上趴一夜吧！

对了，礼物。

江阔站了起来，在宿舍里看了看，没看到哪儿有礼物，也没看到任何长得像礼物的东西。他甚至还往桌子下面瞅了两眼。

"礼物呢？"江阔走到段非凡身边，推了推他，"段非凡。"

段非凡胳膊动了动，没有醒的迹象。

最后一个可能有礼物的地方是衣柜。衣柜没锁，但段非凡睡着，他也不可能去打开衣柜找。也许不在衣柜里。按段非凡的性格，他不太可能在这屋没别人能进来的情况下还把礼物藏在衣柜里。

这种蠢事一般是江总给他老婆送礼物的时候才会做的。

江阔叹了口气，躺回了躺椅里。

虽然他对礼物没有任何期待，也没有什么东西作为礼物能让他惊喜，但眼下这种情况下是，一个人告诉他我有个礼物给你，然后就没下文了……

好奇心让人睡不着觉。

如果这个人是大炮，他不至于如此好奇，但这个人是他的大学同学，一个生活在他完全没有了解过的世界里的人，这个礼物就充满了未知带来的吸引力。

他又坐了起来。

还有一个地方没找，那就是段非凡书桌上放着的一个大纸箱。

纸箱的盖子没盖严，开着巴掌大的一条缝。

江阔走过去，往里看了看，阴影里什么也看不清。他拿出手机，打开手电筒，又回头看了一眼段非凡，然后用手机对着纸箱迅速一晃，借着光看了一眼箱子里面，营造出他是不经意间扫了一眼的感觉。然后他就看到了一个蝴蝶结。

就是它！

江阔一把掀开了纸箱盖子，里面是一个巨大的黑色龙猫，看上去是陶瓷的。龙猫的一只耳朵上系着个小小蝴蝶结，看着像是那天江了了给他买的蛋糕盒子上的。

他伸手敲了敲。没错，是陶瓷的。

这是个什么玩意儿？

他放下手机，想把这东西放到地上再看看。

他抱着纸箱一使劲——纸箱只在桌上滑行了半厘米。

这重量超出了他的想象。

"是实心的吗？"江阔转头问段非凡。

段非凡的脑袋倒是往他这边偏着的，但睡得非常香。

有了心理准备之后，江阔用手兜着纸箱下面，再次抱起箱子。这回他抱起来了，但这的确超过了一个陶瓷摆件应有的重量，哪怕它的尺寸也超出了正常范围。

放到地上之后，江阔揪着龙猫的耳朵，小心地把这玩意儿拎出了纸箱。

"起码十斤。段非凡，你听见了没？麻烦你醒醒，这是个什……"

他看到了龙猫后脑勺上的一条缝。

"存钱罐儿？"江阔震惊地看着这个跟小水缸差不多大小的龙猫存钱罐。

他慢慢把存钱罐倾斜了一个角度，看了看底下。这居然还是个没有口的罐子，里面不知道放了什么，想拿出来就得砸碎。

"是钱吗？"江阔晃了晃罐子，里面发出了很细的一些声响。

就是钱，是硬币。

"生日快乐。"身后传来段非凡的声音。

"啊！"江阔本来蹲着，现在直接跪下了。

他回过头，发现段非凡还靠在躺椅上，正侧着脑袋枕着胳膊看着他乐呢。

"你醒了？"江阔问。

段非凡的衣服肩膀那块儿被他撕开的口子很醒目，江阔有些不好意思，但为了谈话能正常进行而他们不至于打起来，他没敢马上告诉段非凡。

"嗯。"段非凡说，"也没喝多少，一会儿就能醒，就是困得厉害。你叽叽咕咕的，我也没法睡了。"

"是没喝多少，"江阔说，"正常人这点儿酒也就一泡尿……"

"对，"段非凡站了起来，往厕所走过去，"你不说我差点儿忘了我应该是憋醒的。"

厕所的门哐的一声摔上了。

江阔有些无语，只能坐到椅子上，继续看着这个罐子。看了一会儿，他忍不住又问了一句："里面是放钱了吗？"

"能不在人尿尿的时候问话吗？"段非凡的声音带着回响。

"你就说'是''不是'，"江阔说，"最多俩字儿，不比你说这一串儿词快？你这智商也就配尿鞋上。"

段非凡洗了把脸，出来的时候看上去已经没什么事儿了，脚步利落。不过他醉倒之前，脚步也很利索。

"放硬币了，"段非凡蹲到罐子旁边，手指往龙猫耳朵上一弹，"一千块。"

江阔愣住了："你什么意思啊？"

"从收你的那些钱里拿了一千，换成硬币放进去了。"段非凡说，"时刻提醒你，要学会讲价。"

"……我爸应该会很感谢你。"江阔说。

段非凡笑了笑。

"谢谢。"江阔说，"这个真的……我没想到。"

"我本来想直接给你红包，"段非凡说，"又觉得没意思。这个罐儿是段凌他们商场陶瓷部打折的时候，她抢回来的。"

江阔张了张嘴，不知道说什么。

"在家放了俩月，不知道能干什么。"段非凡说，"我正好拿来用了。"

"放家里不也是存钱罐儿吗？往里放钱啊。"江阔说。

"她怕这罐儿没放满，她就已经先走一步了。"段非凡说。

江阔笑了起来："现在用现金的机会本来就少，猴年马月能放满……你这么多硬币哪儿来的？"

"公交公司换的。"段非凡说。

"公交车不是都扫码了吗，"江阔说，"还有这么多硬币？"

"可以啊，你还知道怎么坐公交车啊。"段非凡说，"坐过吗？"

"这话说的。"江阔喷了一声，过了一会儿才回答，"没坐过。"

段非凡笑得咳嗽了两声。

"这蝴蝶结是蛋糕盒上的那个吧？"江阔问。

"观察力不错啊。"段非凡说，"就是那个，我看着还是完好的，就粘上去了。"

"你没事儿了吧？"江阔看着他。

"嗯。"段非凡活动了一下脖子，伸手在自己颈侧和肩膀上捏了捏，"就是……"他的手顿了顿，又在肩膀上摸了摸。

江阔清了清嗓子，看着他。

段非凡也看着他。

这沉默很漫长。

过了一会儿，段非凡指了指他，转身走去了厕所。

一秒钟之后，他退了回来："江阔，这你干的吧？"

"是。"江阔点头。

段非凡扬手把衣服脱了下来，举着看了看："不用你说，我差不多能猜到是怎么撕的。你不知道拽人的时候应该拉胳膊吗，扯衣服能把人拽起来？"

"情急之下。"江阔看到了段非凡身上的疤。

那些疤痕有些惊人，看着仿佛是被人连踢带砍，转着圈儿剁出来的。

"已经好很多了。"段非凡发现江阔在看他，扔下衣服，从衣柜里拿了一件T恤出来套上，"之前特别明显，估计再有几个月就差不多看不见了。"

"你怕吗？"江阔问。

"嗯？"段非凡看着他。

"就是被砍的时候。"江阔问。

段非凡沉默了一会儿，点点头："怕。"

江阔没说话。

"怎么可能不怕？"段非凡说，"那会儿大家都在气头上，我就抱着头，找机会跑。"

江阔皱了皱眉。

"打架最怕人多，一人一下，打死了也不知道是谁给的致命那一下。"段非凡笑笑，"你没打过架吧？"

"没这么打过，"江阔说，"而且……会有人帮我动手。"

"还挺乖，跟我想象的不一样。"段非凡说，"我现在也不跟人动手了，小时候……有一阵儿特别容易生气，过了那几年就没那么冲动了。"

"我明天给你买件新的。"江阔说。

"不用。"段非凡说，"这要是你跟我打架撕的，那我就让你赔了。"

"106那几个一块儿把你弄进来的。"江阔说，"赵叔也来了，说没事儿，你一直这样。"

"五个人，还把我衣服撕了才弄进来。"段非凡躺回椅子上，叹了口气。

"你是我见过的酒量最差的人，"江阔说，"还不如我妈。"

段非凡嘿嘿笑了两声："但是我看上去特别能喝。我吼一声'满上！'就能吓跑一帮人,他们根本不敢跟我拼。"

按理说,段非凡已经没事了,那就不需要人守着了。

但江阔靠在躺椅上,跟他有一搭没一搭地聊着,也没有回119的打算。可能因为喝了酒,刚又折腾半天那个存钱罐,他这会儿困了,不想动。

后来还聊了什么他都记不清了,什么时候睡着的也不知道。

躺不平的躺椅居然也有这么好的催眠效果。

早上段非凡把他的躺椅椅背直接立了起来,他才猛地醒了过来。

"今天可是要上课的。"段非凡说。

"几点了?"江阔打了个呵欠。

"六点半。"段非凡说。

"太早了……"江阔站起来,弯腰抱起了地上的龙猫,"我被子先扔这儿了,一会儿再来拿。"

"嗯。"段非凡应了一声。

119,唐力和马啸都已经起床了,他俩甚至还出去晨跑了半小时,这会儿正在阳台上做拉伸。李子锐在床上蒙头大睡,还没有起床的迹象。

趁没人注意,江阔把抱着的龙猫存钱罐放到桌上,推到了墙边。

"你起得挺早啊。"唐力从阳台回来,看到江阔有些意外。

"谢谢段非凡没到六点就把我叫起来。"江阔拿了衣服去洗澡。

他洗漱完出来,李子锐还在睡。

唐力正在床边苦苦相劝:"起来吧,八点就上课了,还要吃早点……"

"我不吃早点了。"李子锐说,"我减肥。"

"江阔都起来了,"唐力说,"你还不如江阔吗?"

"哎。"江阔看着他。

劝了一通,李子锐终于在他们出门去吃早点的时候起来了。

"我直接去教室了。"他说,"是哪栋楼?"

"七教304,"唐力说,"别迟到了。"

经过107的时候,江阔往里看了一眼,段非凡正背了包要走。

"吃早点?"江阔问。

"走。"段非凡说。

CHAPTER 7

江总驾到

1 多么无情的富一代啊！

第一学期几乎没有专业课。园林专业就两个班，不少课是跟其他人少的专业一块儿上课，比如语文、英语、高数什么的，唯一的专业课程就是专业导论。

对江阔来说，那些跟高中差不多的课程完全没有新鲜感，他甚至在拿出课本看到"大学英语"几个字的时候就开始犯困。

段非凡坐在他右边，倒是挺认真地面对着前方，而且保持这个姿势的时间比江阔左边的唐力还长。江阔忍不住向前倾了倾，再转头看段非凡的脸。

这厮正在闭目养神。

但他没有睡着，在江阔看他的时候，他睁开了眼睛："有何贵干？"

"您继续。"江阔点点头。

手机在兜里震了两下。江阔摸出来看了看，是大炮发过来的消息。

——上课没？今天你妈妈给我打电话了，问你放假回不回家。

——不回。

——OK！你自己说啊！

——知道了。

江阔看着手机，有些出神。

跑出来这么多天了，除了到学校那天给他爸打了个电话，他再没跟家里联系过。也许是因为家里可以通过大炮了解他的情况，江了了又刚过来跟他见了面，所以就算想家，他也完全没想过要联系家里。

现在大炮提到了他妈，他才猛地觉得心里一软。

下课之后，江阔拿出手机拨了他妈的号码。

"您好。"那边传来他妈的声音。

"妈，"江阔看了一眼旁边一块儿走着的几个人，低声说，"我。"

"你妈不在。"他妈说。

"我在学校挺好的。"江阔说。

"看出来了。"他妈说,"欢乐的扑棱蛾子,电话都不打一个。"

"我这不是打了吗?"江阔小声问,"江总没在旁边吧?"

"江总可是要工作的大忙人,"他妈说,"哪有空在家等着你的电话。你国庆开车回来吗?"

"我不回去。"江阔说。

他妈一声冷笑:"江总果然了解你。"

"他儿子他能不了解么?"江阔说。

"那你不是我儿子呗。"他妈说,"我以为你回家呢。"

"我怕我回去了又出不来。"江阔感觉有人扯了他袖子一下,转头看到段非凡指了指旁边的路。这帮人居然要去超市,他还以为是去教室,跟着一通走。

"你不回就不回吧,"他妈说,"江总已经过去了。"

"什么?"江阔被惊得声音都扬了起来。

几个人一块儿停了脚步,看着他。

"他去陪你过中秋。"他妈说。

"怎么了?"李子锐看着江阔。

"没,我爸……过来玩。"江阔挂掉电话后,迅速点开了大炮的聊天框。

——你早就知道吧?

——知道什么?

——江总过来了。

——我不知道!真不知道!他就前两天问了问你的情况,我说开始上课了。

——你最好真的不知道。奔奔怎么样?

——……好得很,咬坏我一只拖鞋。渣我没找着,它可能吃掉了。

江阔把手机放进兜里,叹了口气。

"怎么?"段非凡也问了一句。

"我爸,"江阔压低声音,"已经出发了,要过来陪我过中秋。"

"啊?"段非凡愣了愣,"这么隆重吗?"

"谁知道呢。"江阔皱着眉,"我不知道他是觉得我在这儿要死了所以过来看看,还是要把我抓回去。"

"万一是想你了呢?"段非凡说。

也不是没有这种可能,江阔又叹了口气,虽然可能性很小。

他没住过校,高中也申请了走读。他不愿意住校,江总的司机就每天接送。他还是第一次离开家这么长时间。

但坚毅如江总,宣称要打断他腿的人,跑来跟他过中秋的确出乎意料。

"你说我要是现在请假回家,"江阔看着段非凡,"老师会批准吗?"

"不至于吧，"段非凡说，"亲爹啊。"

"我跑出来之前我俩两个月没说话，"江阔说，"就为了上不上这个大学。反正他挺生气的。"

"为什么不让你来这儿？"段非凡问。

"他觉得我就是找个混日子的理由。"江阔抬起胳膊伸了个懒腰。

"他是不是说对了？"段非凡说。

江阔没说话，笑了笑。

按他妈的说法，他爸已经出发了，无论乘坐哪种交通工具，最晚第二天就应该到，但不光第二天，第三天他也没到。

江阔躺在119的床上，划拉着手机。他现在怀疑他妈在骗他。

"查寝组来了，今天是卢浩波。"唐力走进宿舍，"快看看哪里还没整理好。"

"都弄好了，"李子锐说着往江阔桌上看了看，"就这个存钱罐儿，不知道放这儿行不行。前几次都没人说，卢浩波不知道会不会挑这个的毛病。"

"让他挑。"江阔看着大炮发来的奔奔的照片和视频。

这狗在大炮那儿过得还不错。他买的狗窝、狗衣服和狗粮什么的都到了，现在奔奔穿得像个地主家的傻儿子，在窝里咬着个玩具疯狂甩头。

他把照片和视频发给了段非凡。

——JK921：大炮刚发来的。

不过段非凡没回复。

江阔之前出去扔垃圾的时候看到107里有人在打牌，这会儿估计正欢乐着。

没有对空调的需求之后，他就没怎么去107。段非凡晚上经常回家吃饭，不回家吃饭的时候，107就是个据点，丁哲、董昆那几个只要晚上没事儿就会在107混，打牌、吃消夜。

江阔跟这帮人不能说不熟，但要天天这么混在一起，他感觉实在混不进去。然而在119也很无趣，唐力每天晚上都要学习一会儿，李子锐则趴在床上玩游戏，马啸……马啸他还真没注意过。

总之，没人聊天儿，也没什么乐子。

郁闷。

卢浩波带着查寝组进了宿舍，舍友都在自己的桌子旁边坐好，接受检查。

"比上回干净了，这个地面。"卢浩波说，"所以谁说做不到的？"

没有人回答他。

"这是个什么东西？"卢浩波看到了江阔桌上的存钱罐。

"存钱罐儿。"江阔回答。

卢浩波愣了愣,凑过去仔细看:"为什么放在这里?桌子就这么大,它占了一半,你还怎么学习?"

"我不学习。"江阔说。

卢浩波没了声音。

江阔抬眼看过去,发现他已经走到了自己的床边:"被子不叠一下?"

"盖呢。"江阔抓过被子堆在了肚子上。

"查寝的时候最好不要躺在床上。"后面的二号说,"对人要有起码的尊重。"

"大哥,"江阔看着手机,飞快地给大炮回着消息,"都跑别人卧室来东瞧西看了,床单、被罩、内裤,什么没看过,垃圾桶里有什么都门儿清,还谈什么尊重……大家相互都不尊重就行了。"

"你……"二号让他噎得没说出话。

卢浩波抬了抬手,示意二号不要再说了。

对方哑火,江阔也就不再追击。

"你不是说住107了吗,"卢浩波问,"怎么又在这儿睡了?"

"用不着空调了,我就回来了。"江阔说。

卢浩波点点头,在宿舍里又转了一圈,带着人走了。

"他怎么没完没了的啊。"李子锐瘫在椅子上,感到很无奈。

"因为江阔一直没服软,"唐力说,"而我们都服软了,所以他就盯着江阔了。"

"你要服软吗?"李子锐问。

"段非凡说下学期就不会这么查了,"江阔说,"我下学期再服软。"

唐力抬头看了他一眼,摇摇头。

宿舍熄灯之后,段非凡的消息才回了过来。

——指示如下:这堆东西都是你给狗买的吗?

——JK921:是。

江阔把手机插上充电器扔到床角,闭上了眼睛。

现在天气凉快了,他终于能体会到宿舍这张床的舒服,毕竟全部床品都是按自己在家时的习惯买的。

新的一天到来,他爸还是没有消息。

昨天睡得太好,江阔起床的时候宿舍的其他人都已经去吃早点了。

段非凡帮赵叔搬了两桶水,要去食堂的时候正好碰上他:"没跟唐力他们一块儿？"

"估计已经吃完了。"江阔说，"走。"

去食堂的路上他看了看手机上的日期，明天就是中秋了。

"你爸还没找你吗？"段非凡问。

"嗯，"江阔点点头，"我现在怀疑我妈耍我呢。"

"你要不打个电话问问？"段非凡说，"万一你爸真来了，只是拉不下来脸呢？"

"应该不会。"江阔说，"大炮也没我爸的消息。如果真是拉不下来脸，他会让大炮来找我，或者让大炮给我点儿暗示。"

"给你妈打电话问一下啊。"段非凡有些无语，"是不是你又拉不下来脸了？"

"小伙儿挺细心。"江阔笑着打了个响指。

段非凡见他这个响指是用食指打的，于是低头试了一下，发现别说打响，连姿势都摆不好，非常别扭。

江阔把手伸到他面前，食指和拇指一捏，很慢地错了一下："这样。"然后再啪地打响。

"无名指可以吗？"段非凡问。

"除了小指都可以。"江阔用无名指又打响了一次，而且声音很亮。

"你牛。"段非凡说。

他试了一路，勉强能用无名指打出一点儿声音，但是距离打出脆响起码有五十个从宿舍到食堂的距离。

"同学早。"丁哲把餐盘往桌上一放，坐到了他俩对面。

"学长早。"江阔说。

"晚上我请客，"丁哲说，"去吃一顿。"

"今天？"江阔愣了愣，"有什么由头吗？"

"中秋聚会。"丁哲说，"明天我和非凡都回家过节，今天提前聚一聚。"

"好。"江阔点点头。

要是丁哲不说中秋回家过节的事儿，他不会有什么感觉，但现在他突然发现自己很想家，想江总夫妻，想江了了，甚至想刘阿姨。

如果他爸真的没来，明天他就只能在宿舍待着了。

学校已经发了月饼，李子锐家里还寄了月饼过来。宿舍的人凑钱买了些小吃，说是明天去后山赏月。他想象不出那样的场面。

这个时候他唯一能找的伙伴是大炮，但大炮因为要帮他爹带月饼去工地给没有回家的工人,也不在。甚至连奔奔都不在。

"我总不能让它一个人在家吧。我怕我明天回来的时候床都让它给吃了。"大炮说,"你要不跟我去工地?那边没有灯光污染,不光能看月亮,还能看到银河呢。"

"我是那种中秋赏月的人吗?"江阔说。

"那怎么办?"大炮说,"你给江总打个电话问问会死吗?"

"会。"江阔说,"我,一个冲破阻拦奔向新生活的勇敢小伙儿,中秋节打电话问爸爸来不来陪我,你觉得江总和他老婆听了会不会嘲讽我到明年中秋?"

大炮笑得不行:"奔向个屁的新生活,你就是找个没人管你的地方苟着。"

"行了,你去工地吧。"江阔说,"别给奔奔吃月饼,太甜了。"

"知道了。"大炮应着,又补充交代,"实在不行你就在学校跟同学一块儿过。以后四年都是集体生活,你总要学会融入。哪有完全如意的环境,家里那么舒服,你不也跑了。"

"你跟江总这两天真没联系?"江阔问。

"你要非这么说……"大炮说,"这是以前攒的存货。"

不管明天怎么样,今天晚上还是舒服的。

时间差不多的时候丁哲给他发了消息,说已经在107了。

"我出去吃顿饭。"江阔跳下床。

"跟107吗?"李子锐问。

"嗯。"江阔点点头。

"我们正要商量明天赏月的事儿呢,"李子锐说,"你不参加了?"

"我听你们的,"江阔说,"需要摊钱就告诉我。"

几个人都没说话。

"谢谢。"江阔说。

107桌上放着一盒看上去不错的月饼。

"我妈寄过来的。"刘胖说,"一会儿分了。"

江阔突然发现,中秋节家里寄月饼过来似乎是个比较常规的操作。作为本校知名的生活"悬浮"的富二代,他家里别说月饼,连一块饼干都没给他寄。

家里光他妈收的各种奢侈品牌送来的月饼都不知道有多少,居然一口都没分给他。

这是多么无情的富一代啊!

丁哲请客的店在市场那边,应该是他们固定的聚会场所,他们都很熟悉。

"你今天尝尝普通大学生常吃的东西。"丁哲说,"其实也挺好吃的。"

"我天天吃食堂呢。"江阔说。

"那么说起来,你比段非凡还强点儿。"孙季笑了,"他没事儿就点外卖,每天买麻辣烫做消夜。"

"你们不吃我就不买。"段非凡说。

"你别总赢钱,我们就不吃。"刘胖说。

"赌钱啊?"江阔问。

"一块钱一局,"董昆笑了,"一晚上就一顿麻辣烫的输赢。"

"你晚上无聊的话就过来玩。"丁哲说,"你们宿舍那几个话都没有,多无聊啊。"

"嗯。"江阔应了一声。

快走到学校门口的时候,董昆突然停下了,看着校门的方向:"我的天,丁哲,那什么车?"

"宾利吗?"孙季也看着前方。

"那是辆巴博斯大G!"丁哲声音都扬起来了,"哇,太帅了!这是谁的车啊?"

江阔站在后头,看着前方已经开进了校门,正往他们这个方向开过来的灰蓝色巴博斯。

车牌上整齐的"11111"向他吆喝着:爸爸来啦!

"这车贵吗?"董昆问。

"比江阔的车贵多了。"丁哲说,"这谁的车啊?"

"我爸的车。"江阔看着驾驶室里的人,哪怕只是个模糊的人影,他也已经认出来了,这是江总。

江总真的来了。

江总居然直接来了学校。

其他人一起震惊地回过头看着他:"你爸的车?"

"他爸过来陪他过中秋。"段非凡说。

说话之间,车已经开到了他们身边。因为路比较窄,车差不多是挨着他们慢慢往前开的。

江阔往驾驶室的窗户上拍了一巴掌。

车一个急刹停下了。车窗降下,车里的人转过了头。

"哟,"江总看到他的时候眉毛抬了一下,"在这儿呢。"

"你干吗去?"江阔问。

"找你去。"江总说。

"我现在要出去吃饭,"江阔看了一眼旁边的人,"你赶紧回去。"

江总皱了皱眉,没说话。

"叔叔好!"段非凡在江阔背上戳了一下,"你跟叔叔去吃饭吧。"

"我跟他们约好了一起吃饭,"江阔说,"要不……"

"一块儿?"江总说。

"什么?"江阔愣了。

"这些是你同学吧?"江总看了看他身后。

"是,叔叔好。"几个人一块儿打了招呼。

"这是江总……我爸,"江阔介绍了一下,"过来……看我。"

"大家好。"江总笑着跟大家点了点头。

"江总,多尴尬啊。"江阔把脑袋伸进了车里,压低声音,"你一个家长,跟我们吃饭……明天吧……"

"明天你在学校过,"江总也压低了声音,"不搞特殊。"

"我们学校可没有这样的车。"江阔说,"你都把这车开进我们学校了,还让我别搞特殊?"

"你们学校很多911?"江总一句不让。

"一块儿吃吧,叔叔。"董昆开口了,"正好碰上了。"

江阔回过头,难以置信地看着段非凡。

见段非凡走了过来,他又凑到段非凡耳朵边小声说:"董昆疯了吗?不尴尬吗你们?"

"我们人多。"段非凡笑着低声说,"只要你和你爸不尴尬,我们就不会尴尬。"

"走。"江阔咬牙,一挥手。

"我们打车,"孙季安排着,"江阔你跟叔叔的车走……"

"我不认识路。"江阔提醒他。

"非凡给你们指路。"丁哲说,"我们四个正好一辆车。"

江阔顾不上多说,飞快地上了副驾驶座。他只想江总快点儿把车开出学校。

段非凡上了车,往后座椅背上一靠,看上去还挺自在的样子。

"快,掉头。"江阔说。

"别催。"江总说,"这么毛躁。"

"叔叔,出了校门右转。"段非凡在后头说。

"好。"江总点头,"你叫什么名字?"

"段非凡。"

"好名字。"江总表扬了一句。

"非常平凡的意思。"江阔说。

江总笑了起来："是么，有个性。"

车掉过头之后，江阔把脑袋伸出窗外，冲丁哲他们几个说了一句："我们先过去了啊。"

"好！"丁哲挥挥手。

"可以啊，现在还知道跟人交代这些了。"江总说，"以前可是一脚油门就走人。"

"这些是我同学。"江阔看着他。

"哦。"江总点点头。

江阔叹了口气："你来也不跟我说一声，早知道就不跟他们约饭了。我们本来是打算溜达过去的，你倒好，车一开，人家就得打车，怕你等久了。"

"没事儿。"段非凡在后头说，"起步价。"

"不是钱的事儿。"江阔回头瞪了段非凡一眼。

段非凡笑笑，没说话。

江阔管自己的爹叫江总，还挺有意思的，两人看着也不像是关系真的不好。

段非凡在后座上看着前面沉默的父子俩。长是真的长得像，车窗降下来的时候，不用介绍他也能看出来这是江阔他爸。但除了长相，这俩就没有什么相似的地方了。江阔随意、懒散，江总一看就是个"总"，虽然表面随和，但总带着不经意的压迫感。

"我在外面绕了一圈儿，"江总说，"你们学校还挺大。"

"有座山呢。"江阔说。

"明天中秋，大家还要上山赏月。"段非凡说。

"正好，你妈让我带了点儿月饼。"江总偏过头冲着后面说，"你们赏月的时候一块儿尝尝啊。"

"谢谢叔叔。"段非凡说。

2 三千五

车到了地方，是一家小饭店，丁哲订了二楼的包厢。

江阔没跟着段非凡一块儿下车，而是坐在车上等着江总把车停好。

"你是专门过来送月饼的吗？"他忍不住问了一句。

"怎么，"江总说，"不像吗？"

"不是像不像的问题，"江阔说，"这就不是你会干的事儿。"

江总笑了起来："天鼎瀑布那边有一个项目，我过来看看，顺路看你。"

"你前两天都在山里？"江阔问。

"嗯。"江总点点头。

"那你中秋怎么过？"江阔说，"明天赶不回去了吧？"

"你还操心这个？"江总说，"我带着项目部的人过来的，跟他们过。"

"哦。"江阔没再说话。

"这学校我看着也就那么回事儿，"江总停了车，看了他一眼，"你确定要在这儿浪费四年？"

江阔不出声。

"这几个同学看着倒还老实。"江总说。

那你就看走眼了，段非凡可不老实。

"同学都挺好的，我们导员也不错，"江阔说，"老师上课挺认真。"

"跟同学相处得还好吗？"江总问。

跟同学没什么话说。

"相处得很好。"江阔说。

"宿舍什么的，住得适应吗？"江总又问，"条件怎么样？"

不怎么适应，条件也不怎么样。

"还可以，"江阔说，"马上装空调了。"

江总沉默了一会儿："食堂呢，吃得惯吗？"

唯一还行的就是食堂吧。

"很好，"江阔点头，"口味挺全的，我基本一天三餐都在食堂吃。"

江阔有些意外，江总问的这些问题都是以前他不会问也不会关注的。虽然可能是因为儿子第一次一个人出来这么长时间而关心，但问得这么全面，多少也有些奇怪。

"你卡里还有钱吗？"江总突然问。

"我就知道，在这儿等着我呢！"江阔转过头，"怎么，还要断我经济啊？"

"断你经济干吗？钱省点儿花。"江总说，"这事儿不是我决定的啊，是你妈。"

"怎么了？"江阔很警觉，"我妈要断我经济？"

"不断。"江总说，"你妈多方打听了一下，觉得你每个月生活费三千五应该够了……"

"两顿饭就没了。"江阔坐直了，"她跟哪个多方打听的？"

"你今天这顿饭能吃一千七百五？"江总计算得非常精准。

"随便吧。"江阔笑了。

一会儿应该查一下卡里还有多少钱。他一直都没太注意过卡里的钱，应该还有不少，每个月只给三千五对他没什么影响。

"你既然选择了上这个学校，那就跟大家一样。"江总说，"年底回家，流水给我们看看。不是不让你用，主要还是希望你试着过一过普通大学生的生活，别在家混完了，换个地方接着混。"

江阔看了他一眼。

他有些不爽，但又觉得没有资格不爽，毕竟江了了差不多两年没问家里要过钱了。

"阔啊。"江总拍了拍他的胳膊。

"嗯。"江阔应了一声。

"我刚问那么多，就是想看看你在这个环境中适应得怎么样。"江总说，"现在看起来，比我想象的要好很多。既然这样，就试着改变一下自己吧。"

"嗯。"江阔应付了一声。

"你妈觉得你肯定会用卡里的钱，"江总说，"而我觉得你可以不用，所以我俩打了个赌。"

"赌什么了？"江阔问。

"你妈要是输了，就把她的咖啡馆给我；"江总有些沉重地说，"我要是输了，她要新区的酒店。"

"……你们的赌注是不是有点儿不对等？"江阔愣了愣。

"你妈有做过什么对等的事吗？你得帮爸爸保住酒店，"江总说，"儿子。"

"啊——"江阔靠着椅背一声长叹。

"那就说好了。"江总拍拍他的肩膀，一边下车一边拿起正在振动的手机，"我接个电话，你先上去吧。"

"二楼。"江阔说。

江总挥挥手，示意他快滚。

江阔一边往饭店二楼走，一边觉得有什么地方不太对劲，特别是江总那句"那就说好了"，怎么听都像是有阴谋。

什么就说好了？

怎么就说好了？

江阔推开包厢门，屋里几个人都转头看了过来。

看到他是一个人进来的时候，董昆问了一句："你爸呢？"

"他打电话呢，一会儿上来。"江阔走到桌边，飞快地交代，"如果我爸一会儿摆着老总和长辈的架子跟你们聊天儿，那就是你们自找的。"

"没事儿，"丁哲笑了，"我们什么时候怵过这些，哪家长辈我们没一起喝过酒。"

"点菜了没？"江阔问。

"没呢，"孙季说，"等江总来点。"

"你们点，你们总来，有什么好吃的比较熟悉。"江阔从兜里摸出一包茶叶，这是他刚从车上拿的，"他不会点菜，从来都是他助理点。"

"有泡茶的壶吗？"段非凡问服务员。

"只有最简单的一体式的泡茶杯，"服务员比画着，"一按水就漏下去的那种。"

"可以，就那个。"江阔点头，"再拿一壶90℃的水。"

服务员看着他："啊？"

"拿一壶开水。"段非凡说，

服务员把开水和泡茶杯拿来了。段非凡把开水瓶的盖子打开，放那儿晾着："一会儿就90℃了。"

"这是什么茶？"刘胖问。

"岩茶。"江阔熟练地拿过泡茶杯，"你们喝茶吗？这茶还不错，六万多。"

几个人同时往前凑了过来："喝。"

"浪费。"段非凡说。

"不浪费。我们体会到了这个味道，就不算浪费。"丁哲说。

"没错。"包厢门被推开，江总走了进来，"尝尝吧，味道还是好的，不喝茶的人也能尝出来。"

"谢谢叔叔的茶。"几个人都站了起来。

"哎，坐着坐着。"江总冲他们摇摇手，然后把一瓶酒放到了桌上，"都喝酒吧？"

"江总，这不是在隔壁小卖部买的吧？"段非凡一看这是瓶五粮液，"那儿可没真的啊。"

"我带出来的，"江总笑了，"一直搁车上呢。"

江阔把茶泡好、分好，大家都伸手拿了一杯。

"这个的确……"刘胖喝了一口茶，"的确是……比他们饭店配的那种好喝太多了。"

"段非凡没说错。"江阔说。

"给你喝就是浪费。"丁哲说。

"一会儿这酒我喝着肯定不浪费。"刘胖说。

"上菜快一点儿，"段非凡跟服务员交代，"催着点儿。"

"好。"服务员关上门出去了。

"这次时间有点儿赶，"江总把酒打开了，"本来打算跟江阔上哪儿随便坐坐，正好赶上你们吃饭，那我就蹭一顿了。"

段非凡忙起身接过瓶子，把几个小杯子拿到自己面前，把酒分好了。

"叔叔别客气，"丁哲说，"您不来，我们好茶、好酒都喝不上呢。"

"你们放假了，有时间的话去我们那边玩玩，"江总说，"让江阔好好招待你们。我打好招呼，吃喝玩乐都交给他，他门儿清。"

江阔笑了笑，没说话。

"叔叔真够意思。"董昆说，"平时江阔总跟我们说您人特别好……"

酒还没喝呢，你这就吹上了！

江阔赶紧瞪着他。

"哦？"江总笑着眯缝了一下眼睛，"他还能说我好？说我什么了？"

董昆顺嘴一说，但江总没有顺耳一听，这一句话问出来，他顿时编不出下文了。

"主要是这次您过来，"段非凡把酒拿到江总面前，"他特别感动，说没想到。中秋本地的同学都回家过，外地的基本都自己在学校过，结果您亲自过来陪他，我们谁也没这个待遇……"

江阔看着段非凡，接过他递来的一杯酒。

"江阔天天都念叨，还以为您明天才来呢。"段非凡说完，把剩下的几杯酒放到转盘上，让他们自己拿，"刚看到您的车，他简直欣喜若狂。"

差不多得了，这位同学。

"段非凡，"江总看着他笑了笑，"你比江阔懂事多了。同样的事儿，换他说，肯定不是这么个表达方式。"

被戳破了吧！

"所处的位置不同，看事情的角度也就不同，"段非凡说，"但本质都是一样的，不会变。"

哟，又圆回去了。

段非凡没给江总再质疑的机会，举杯："这杯敬江总吧，您大老远过来一趟，还带了好酒、好茶。"

"谢谢江总——"大家一起举杯。

"谢谢同学们。"江总也举杯。

他们喝过这一轮酒，服务员就推门进来开始上菜了。

趁着大家跟江总说话的机会，江阔凑到段非凡耳边小声说："难受不？这是你们自找的。"

段非凡笑得很愉快:"多有意思。"

江总在酒桌上话不多,尤其是跟这些小孩儿,他开场说几句,后面就不太开口了。更多的时候,他只是在一边观察。

他以前没碰到过丁哲、董昆这样的人。

董昆哪怕第一轮差点儿因为编瞎话下不来台,接着他还敢上:"江总,您这么年轻,这么大的家业是怎么做出来的?佩服……"

丁哲就更不惧了,毕竟巴博斯就停在外面,他不可能放过:"江总,您那车不一般……"

"要不一会儿你下去开一圈儿?"江总拿出了车钥匙。

"我喝酒了,叔。"丁哲一脸纠结。

"哦对。"江总想了想,轻轻一拍桌子,"没事儿,一会儿走的时候你上车里摸摸吧。有机会来玩的时候带着本儿,车你拿去开。"

"谢谢江总!"丁哲喊。

段非凡有时候还说几句,江阔则只顾埋头吃饭,除了给江总泡茶,头都不抬。

"那块地拿下来不容易。"江总喝了口酒,给他们说着艰辛的创业历程,"你们还小,不知道在那个年代,这地是没多少钱,但谁也拿不出。我那会儿连个能抵押的东西都没有,凑了很久……"

"真是不容易啊。"孙季说,"不过那块地拿下了就算成功迈出第一步了。"

"多少人死在第一步,没有下一步了。每一步都不容易。"江总叹气,"毕竟那块地里只有一栋楼是我的,也没赚多少。创业不易。"

大家都对江总的创业史很有兴趣。江总平时不会聊这些,也没人像这帮人这样追着问,一脸求知欲旺盛的样子。

江总也乐于跟他们分享,估计比在公司里被人拍马屁要舒服得多。

这样也挺好,几轮酒,一通聊,气氛倒是相当热烈。

"小段,"江总突然拿着杯子看向了段非凡,"你是不是没怎么喝?"

"江总真细心,"段非凡赶紧拿起了杯子跟他碰了碰,一口喝了,然后低声说,"我一杯倒,平时不敢喝太多。"

"这样啊,"江总拍了拍他的胳膊,"那你随意,别强喝。"

"您的酒还是得喝。"段非凡笑笑。

"只有你跟江阔同级吧?"江总低声说,"我看那几个同学应该不是。"

江阔一挑眉毛,江总聊得这么欢也没忘了观察啊。

"是,江总厉害。"段非凡点头,"其实我跟他们本来是一级的,但是我休学了一年,所以就跟江阔同级了。"

"休学?"江总问。

"他,护校英雄,新生代表,休学是因为受伤了,现在是享受单间待遇的校园名人。"江阔夹在他俩中间,也不能一句话都不说,此时只好担任起解说,顺便吹吹牛,以证明这学校并不是江总以为的那样,还是有好样的学生的。

"哦?"江总上下打量了一下段非凡,"这可不简单,一般人做不到。"

段非凡看了江阔一眼,又冲江总谦虚地笑了笑,帮他倒上酒:"其实也没有那么夸张,碰上了而已。"

吃得差不多的时候,江总的电话响了。

大家顿时安静下来。

江总一边起身一边冲他们抬了抬下巴:"你们聊,不用管我。"

他出了包厢之后,大家的声音才又响了起来。

"江阔,你爸爸很牛啊。"刘胖说。

"听人吹牛是不是很过瘾?"江阔说。

"话不能这么说。"丁哲说,"要是卢浩波这么说,那就是吹牛。你家那么大一份家业在呢,能是吹牛吗?"

"你们还是天真……"江阔的话还没说完,江总推门进来了。

"不好意思,各位,"江总说,"我有个挺重要的人得见……我的司机已经过来了。"

"江总,您忙您的去。"几个人都站了起来。

"实在不好意思,本来聊得挺愉快的,这还没聊够呢。"江总歉意地笑笑,"你们继续!小丁,你要摸摸车吗?"

"啊!"丁哲立马应了一声,"您不赶时间吗?"

"要得了多久?着急忙慌挤出来的时间,等几个红灯就浪费了。"江总说。

丁哲真的跟谁都自来熟,现下直接欢天喜地跟着江总出去了。

江阔也跟出了包厢,江总侧过身:"你别下去了,回去吃吧。"

"你是真的有事儿?"江阔问。

"没什么重要的事。"江总笑了笑,低声说,"我在这儿,怕你们聊不痛快。反正我吃饱了,刘叔也到停车场了,就不让他一直等着了。"

"你别结账啊,"江阔交代,"这顿是丁哲请的。"

"知道了,"江总说,"你找机会再还回去。"

"嗯。"江阔应了一声。

"三千五，"江总拍拍他的肩膀，"你现在每月只有三千五，别忘了。儿子，请客的话注意价钱，别一顿就请光了。"

"……知道了。"江阔叹气。

江阔回到包厢的时候，董昆正拿着酒瓶在看。看到他进来，董昆晃了晃瓶子："你爸挺够意思的，招待儿子的同学，竟然拿这么好的酒。"

"他没有不好的酒。"江阔坐到椅子上，往后一靠，仰着脑袋，伸长了腿，用力舒出了一口气。

"你爸挺好的，一点儿架子都没有。"孙季说，"你好像不怎么跟他说话？"

"我来学校之前跟他闹了两个月，所有娱乐活动都让他禁了，车也被他锁了。他不想让我来上学，"江阔叹气，"我妈还帮着他，我好不容易才找到机会跑出来的。"

"啊，我说你怎么行李都没有呢。"刘胖愣了，"你爸看上去很温和啊，能干出这么强硬的事？"

"他说打断我腿的时候也是很和气地说的，"江阔说，"还微笑呢。"

"那……丁哲不会有危险吧？"董昆说。

"能摸到车，被微笑着打断一条腿算什么。"孙季说。

一帮人顿时一阵狂笑。

"这回你爸过来，"段非凡凑近他低声问，"是来讲和的吗？"

"不算，"江阔说，"只是我不服软，他就换个方式而已。老狐狸了。"

段非凡笑了起来："是么，毕竟白手起家，变成老狐狸也正常。"

"都信了吧？白手起家。"江阔说。

"不是吗？"段非凡看着他。

"我爷爷才是白手起家的，只不过没他现在这么牛，"江阔小声说，"他是有创业资金的。"

段非凡愣了一会儿："编故事逗我们呢？"

"他平时在酒桌上不怎么聊天儿，今天你们这帮人实在是……社交达人。"江阔说，"既然被追着问了，他就编个故事蒙小孩儿。"

"编得跟真的似的，厉害，"段非凡说，"我是真信了。"

"您也不弱，"江阔说，"替我编的那些。"

"但被看穿了。"段非凡嘿嘿笑了几声，"他毕竟是你亲爹，太了解你了。"

"你没事儿吧？"江阔看了一眼他的酒杯，"别一会儿没到宿舍又睡着了。"

"不会。"段非凡说，"一会儿他们去107鬼混……你来吗？"

"打牌吗？"江阔问。

"嗯。"段非凡点头。

"怕你们不够输的。"江阔说，"打一晚上，我能把你们这个月的麻辣烫包了。"

"听到了没？"段非凡一拍桌子，"今儿晚上江阔要从我们这儿赢走一个月的麻辣烫。"

"嘿！"董昆搓了搓手，把袖子一撸，"口气不小。"

江阔笑着喝了口茶。

"这个月我的生活费还剩不少，今儿晚上不睡了！"孙季说，"反正明天放假。"

提到生活费，江阔的郁闷之情涌上心头。

"我想问个问题啊，"他举了举手，"你们每个月的生活费是多少？"

"嗯？"段非凡转头看着他，"怎么，你这是要按总数赢吗？"

"不是，"江阔把杯子里剩的一口酒喝了，"我就是纯粹地打听一下。"

"要感受一下普通男大学生的'艰辛'生活吗？"董昆笑了起来，"我们几个还行，都是两千。"

"多少？"江阔愣了。

"两千。"刘胖竖起两根指头，"两千，够吃一顿'六亲不认'。"

"够用？"江阔迅速算了一下，平均每天能花不到七十块。

"我们的消费水平就在这儿呢，够了，有些人还不到这个数，"孙季说，"不够的就打工补上。"

"……打工？打什么工？"江阔问。

"能干的多了。"董昆说，"你们这届新生，好些一到学校就打听打工的事儿了。"

"啊。"江阔看着他们。

"你爸不会是来跟你说生活费的事的吧？"段非凡看着他，"你生活费有多少？"

"以前吗？不知道，"江阔说，"刷卡就行。"

"我去！"一帮人同时喊了一嗓子。

"但是现在……"江阔有些犹豫，大家都说两千够用，他把"三千五"说出来似乎并不配得到任何安慰，并且也无法得到"如何合理用三千五过完一个月"的建议。

"多少？"段非凡追了一句。

"三千五。"江阔说。

"啧。"段非凡由衷地发出了感慨。

"你是觉得花不完想让我们给出出主意吗？"刘胖问。

江阔张了张嘴，没说出话来，最后只是摆了摆手。

大家马上开始了对三千五一个月应该存多少、花多少、怎么花的探讨。

"你的卡是被没收了吗？"段非凡问。

"那倒没有，不过江总跟他老婆打了个赌，赌我会不会动卡里的钱。"江阔说，"我现在感觉他俩是合伙给我下套呢，但是……"

"但是你其实想试试。"段非凡说。

"嗯，"江阔点点头，"万一我能行呢？"

"……万什么一？"段非凡有些无奈，"这需要考虑万一吗？这妥妥的没问题啊。唯一的'万一'就是你又上哪儿花一千五睡躺椅去。"

"花一千五睡躺椅是我的问题吗？"江阔看着他。

"是我的问题。"段非凡诚恳地说，"以后躺椅向你免费开放。"

"你以后就向我们看齐，"董昆说，"衣食住行按我们的标准来，包你年底还能攒下一笔给江总和他老婆买礼物的钱。"

3 非管不可是吧？

带着对"三千五到底能做什么"的思考，江阔吃完了这顿饭，并且在走出包厢的时候隐隐有些兴奋，仿佛要进行一项什么了不起的生存挑战。

丁哲已经结完了账，在停车场等着他们。摸完江总的巴博斯之后他去隔壁买了一兜零食，准备晚上打牌的时候吃。

"我刚从超市后门出去，想看之前那条近路修完没，"丁哲指了指一排小饭店的后方，"猜我看到谁了？"

"我爸？"江阔问。

"……你喝了多少？"丁哲问。

"谁？"江阔问。

"你们宿舍的马啸。"丁哲说，"他在那家鸭脚煲收拾垃圾，搞卫生。"

"看到没，"董昆说，"你之前问打什么工，这就是打工的一种了。"

"江阔要打工？"丁哲震惊了。

"走走走，"段非凡一挥手，"回去再跟你说。"

"走小路吧，我看能走了。"丁哲说。

那排店的后头是一条不能过车的小路，直通学校大门旁边的小街。一眼望过去，小路上连盏路灯都没有，要不是这帮人说有路，江阔根本连路都看不到。

走到路口的时候，江阔听见身后传来了一个男人的怒骂声，接着是垃圾桶翻倒的声音。

江阔回过头，看到一家饭店后门处站着几个人，其中一个正挥着胳膊怒吼着："说了这个不要扔！你是没脑子还是没耳朵！"

"就那家店。"丁哲说。

"那个是马啸吗？"江阔眯缝了一下眼睛，想看清站在灯光之外的人影。

"应该是吧，估计是干活出错了。"董昆说。

是马啸。那件脱线的蓝色T恤江阔认出来了，他之前就是看到这件衣服才把自己的T恤给了马啸，但马啸不知道是不好意思还是舍不得，一直没穿过。

"走吧。"段非凡说。

大家正要转身离开的时候，那个男人边骂边推了马啸一下。马啸没站稳，一屁股坐到了地上，也吼了一声。

马啸吼了什么他们没听清，但明显惹怒了那人。那人把旁边倒了的垃圾桶往他身上踢了过去。

江阔扭头就往那边走。

"别管。"段非凡一把抓住了他的胳膊。

"别管？"江阔震惊地转过头，看着段非凡。

这么一大帮人看着自己的同学被欺负，居然说别管？

段非凡没说话，抓着他的胳膊没松手。

"那你别管。"江阔猛地一扬胳膊，甩开了段非凡的手。

江阔不是个爱管闲事的人。以前因为不住校，跟同学接触得少，几年下来，同学的长相跟名字他都未必能全对得上，别人身上发生了什么，他压根儿不知道，也没兴趣知道。而他身边的朋友也基本没有谁会碰上这种"被人欺负"的事，顶多叫"打起来了"。只要没打到自己头上，他就只需要在一边儿看着。除了大炮，他跟谁都不是会出手帮忙的关系。

相比之下，隐形人马啸其实跟他更不熟。他们从开学到现在说过的话统共不到二十句，而峰值出现在他洗衣服那天。但查寝组第一次来找麻烦的时候，是马啸最先出手帮他的。要不是段非凡拦了一下，马啸会继续对卢浩波实施痛打落水狗的行动。

对，段非凡当时就没让马啸再打下去。

段非凡现在也让他不要管。

可看到马啸被推倒在地，又被垃圾桶撞了一下的时候，他脑海里只有一个念头：这得管。

江阔走得很快，他没跑过去纯粹是不想让自己看上去过于像一个热心市民。

但他没能走出几米。段非凡两次抓他胳膊都被他甩开了。混乱中，段非凡顺手一抄，抓住他的头发往后一扯。

江阔顿时觉得自己的眼睛都被抟大了一圈。

虽然段非凡马上就松了手，江阔还是愤怒地回过头，向他发出了邀请："你想打架是吧？"

"非管不可是吧？"段非凡看着他。

嗯哪！

江阔没说话。

"行，"段非凡叹了口气，"我去。"

没等江阔反应过来，段非凡已经往那边快步走了过去。

"你……"江阔想要跟上。

"拉着他！"段非凡回头对着他的鼻子指了一下。

董昆他们几个立马扑了上来，又是拽胳膊又是抱腰的，把他扯住了。

"你们干什么！"江阔震惊了。

"别冲动。"丁哲一边安慰他，一边抓着他的胳膊，一点儿都没松劲，"别冲动，这事儿不是冲过去帮他打一架就能解决的！"

江阔被人架着动不了，只能看着段非凡往那边走。

被推倒在地的马啸站了起来。饭店里又出来一个人，那人不耐烦地骂了几句。

江阔盯着那边的动静。

在段非凡快要走到的时候，马啸转身跟那几个人一块儿走回了店里。

"看到了没？"孙季在他脑袋后头说。

看到了个屁！

江阔没说话。

几个人松了手。

段非凡停下脚步，在原地站了一会儿之后，转身走了回来。

"看到你了没？"刘胖问他。

"不知道，"段非凡说，"应该、可能、或许、大概没有，这边儿黑。"

江阔不明白马啸为什么一点儿都不反抗就跟着进了屋，这要换了他，那个垃圾桶他会直接拎起来扣那人脑袋上。

"走？"段非凡看着他。

江阔犹豫了一下，转身往前走了。

"江阔，"孙季叫了他一声，"这事儿吧，让他自己处理最好，我们插手，就很尴尬。"

"有什么尴尬的？"江阔说，"他被人打就不尴尬了吗？"

"出门打工，碰上不讲理的客人、不讲理的同事，都是常有的事儿。"刘胖说，"要是突然有个同学跑出来帮你伸张正义，那场面的确挺那什么的。"

江阔没出声。其实他这会儿冷静下来，能明白孙季和刘胖的意思，但刚刚那种情况跟骂几句、损几句不一样，都动手了。今天是马啸低了头，他要没低这个头呢？不得被人暴揍一顿？

其他几个人的注意力很快转移到了晚上的"鬼混活动"上，没继续谈论马啸。

段非凡放慢步子，跟江阔并排走。

"刚才不好意思啊。"他说。

"嗯？"江阔先是愣了愣，然后往自己脑袋顶上摸了一把，"滚。"

"我不让你管是怕他会觉得难堪。"段非凡说，"他未必愿意让我们看到他在那儿工作。"

"为什么会难堪？"江阔有些不爽，"打工有什么难堪的，凭本事赚钱很丢人吗？我暑假还上小区形象岗站过呢。"

"那能一样么？"段非凡看着他，"我还在牛三刀打了好几年工呢。"

"……那倒是，自己的地盘，有安全感。"江阔说。

"人和人性格不一样，每个人成长的环境也不一样，"段非凡叹了口气，"面对这些事的反应自然也不同。"

江阔看着前面，没有接他的话。

"你认为打工没什么可难堪的，是因为你从小没为钱发过愁，也没受到过没钱带来的负面影响。"段非凡解释，"马啸呢，他没准从小到大都因为经济困难而受到排挤和嘲笑，或者被同情。对你俩来说，打工的意义是不一样的。"

"同情……"江阔想说同情怎么能算负面的东西，但他没说完。

他在开口的同时就反应过来了，同情并不都出自感同身受，也有不少同情来自自身的优越感。

"要是我以后真去打工，碰上这样的事儿，"江阔说，"那几个傻缺就得被我按在垃圾桶上摩擦。"

"然后呢？"段非凡笑了。

"换个店呗，不干了。"江阔回想刚才那一幕，代入到自己身上，那真是不能忍。

"马啸是能打得过的，对吧？就冲他揍卢浩波那个劲头，"段非凡说，"那你说他为什么不跳起来干一仗然后换个店做呢？"

"你别跟个老师似的在这儿循循善诱。"江阔摆手。

"他刚开学就打上工了，是因为缺钱，等不了，得靠打工的那点儿钱来生活，我猜测他可能生活费都没有，"段非凡掰着手指头，"所以他没有时间浪费在'换个店'这种事情上。再说了，要找兼职，最好找学校附近的，不要太远，你真以为那么好找吗……"

"我真没想那么多。"江阔拧着眉。

"你也想不了那么多，你根本不知道，"段非凡说，"砍个价都天一刀、地一刀的。"

"我现在会了，'二百五不好听，二百四吧，老板'。"江阔说，想想又皱了皱眉，"你刚才自己过去……是觉得非得要帮的话也不能是我去，对吧？"

"嗯，我跟他不是一个宿舍的，平时如果不是因为你，根本见不着面。"段非凡说，"我去可能好些。"

"那你可以跟我说清楚。我是冲动，又不是没脑子，刚才他们跟我说了一句我就明白了。"江阔摸了摸头顶，"用不着你过去啊！"

"你要不要我跟你重演一次剧情，"段非凡说，"看看我有没有机会说话？再拉扯一会儿，马啸一抬头，嚯，六个，搁这儿参观呢？我除了过去还能怎么办？"

"还能怎么办？"江阔说，"还能拽我头发啊。"

段非凡笑了："你要是不服气，你拽回来。"

"算了吧，我是个大度的人。"江阔举起胳膊伸了个懒腰，"我觉得马啸未必真的在意。之前我给了他一件T恤，他也没说什么，直接说'谢谢'了。"

"但他没穿过，"段非凡说，"对吧？"

"嗯。"江阔看了他一眼，"衣服挺贵的，他说不定是舍不得。"

"也许吧。谢谢应该是真心的，但不穿也可能是觉得穿着尴尬，毕竟同宿舍的人都知道。"段非凡说。

"我应该私下给他的……算了，懒得想了，费劲。"江阔一拍手，"就这样吧，想明白了我也未必能注意到这么多有的没的，累死了。"

"要不你赔我一件衣服吧，撕了的那件。"段非凡突然说。

江阔转头看着他。

"长袖的也行，"段非凡想了想，"这阵儿差不多能穿了，短袖得等到明年才能穿。"

"你拿那两千四买去吧！"江阔说，"我现在是一个月只有三千五的人了，而且我还没有一晚上赚一千五的损招。"

段非凡笑了半天："以后都给你免费了，还这么记仇。"

回到宿舍的时候，赵叔探出脑袋："江阔。"

"赵叔。"江阔走了过去。

"你爸给你送过来的月饼，"赵叔说着递过来一个大礼盒，"他让同学帮忙带到宿舍了。"

江阔愣了："让哪个同学？"

"二楼的，"赵叔说，"210的杨标清。"

……不认识。

"我知道，"段非凡说，"副班长。"

"我们的副班长吗？"江阔问他。

"不然是丁哲的副班长吗？"段非凡说。

"丁哲可是正班长。"董昆在旁边笑着。

"我都不知道我们有班长……"江阔接过礼盒，"一会儿拆了，我拿两个过来，赵叔你尝尝。"

"好，好。"赵叔笑着点点头。

"江总太让人感动了，"刘胖说，"还专程送月饼过来……他为什么吃饭的时候没给你？"

"忘了呗。我也忘了。"江阔说。

"太让人感动了……"刘胖从他手里拿走礼盒看了看，"肯定很好吃。"

"我看他就是故意的。"江阔咬牙切齿地小声说，"今天没让他把车开到宿舍来，他浑身不得劲儿，非得再来一次。拿给门卫不行吗？不行，就非得到宿舍；拿给赵叔不行吗？不行，得叫人帮忙拿进来……"

段非凡没接话，在旁边乐。

"你说他是不是故意的？那个杨超清，人家认识我吗，他就叫人帮拿？"江阔说。

"还杨蓝光呢，人家叫杨标清！"段非凡纠正他。

"你不要强调这个，"江阔赶紧阻止他，"我怕我下次会叫他杨蓝光。"

几个人笑成一团，进了107还乐了半天。

在开始"鬼混"之前，大家打算先把月饼分一分，该留到明天的、该拿给赵叔的……

江阔本来想着，得拿几个给119，再给赵叔俩，剩下的大家切开分了，尝一口就行，反正月饼也就那么回事。结果打开江总送来的高级礼盒，他就叹了口气。

偌大一个礼盒分了三层，第一层是一套咖啡杯，第二层是区区四个拇指大的月饼，第三层居然是两小支气泡酒。

"这都什么玩意儿!"江阔很无语。

"俩月饼给赵叔,"段非凡安排着,"还有俩……就别给119了。刘胖那盒分给他们,那盒有六个呢。"

"可以。"刘胖点头,"俩月饼切好几下,只有我们能忍。"

"行吧。"江阔叹气,"酒呢?"

"放这儿吧,"丁哲说,"我们打牌的时候可以'微醺'一下。"

一帮人在宿舍里边聊边把桌子清出来,再把零食都拿出来审查了一遍。

"我先把月饼给赵叔送过去。"江阔拿了两个高级小月饼。

段非凡又递了一包花生和鸭舌给他:"都拿去,这是你日后在宿舍自由生活的通行证。"

江阔捧着一堆吃的去了值班室。

赵叔很高兴,还拉着他聊了几句:"你明天是不是跟你爸出去吃饭啊?"

"不去,"江阔说,"他明天陪客户,我还是在学校吃。"

"哟,大老远跑来一趟。"赵叔说。

来一趟就是为了扣生活费的。

"跟大家一块儿过也挺有意思的,"江阔说,"我还没去过后面那座山呢。"

"没事儿可以去玩玩。挺多学生早上去山上锻炼,那儿风景好,空气也好。"赵叔说,"去年刚修了座新的凉亭,趁现在还不冷,上去看看。"

"嗯。"江阔点点头。

江阔从值班室出来,正要往走廊走,就见马啸从宿舍楼外面走了进来。他放慢了脚步。

这是被辞退了还是下班了……还没挑选好合适的表情,马啸已经看到了他。

"出去了啊?"江阔说。

在跟马啸眼神对上的那一瞬间,他就确定,马啸绝对看到他们了。而且正如段非凡他们所判断的那样,马啸应该是不太愿意被他们知道这件事的。

"嗯。"马啸应了一声,低头往里走。

他裤子上的油渍都还在,胳膊肘的位置有擦伤。

江阔在原地站了几秒才往里走,但刚转进走廊,就发现马啸站在前面看着他。

不会是要跟他打一架吧?

他没出声,走到马啸面前停下了。

"那个……"马啸扯了扯衣服,"不用管我的。"

"哦。"江阔应了一声。

马啸点了点头，转身往119走了。

江阔愣了好一会儿才走过去，推门进了107。

4 当代男大学生楷模

107的空调已经打开了，一进去寒气扑面而来，江阔直接打了个哆嗦。

"啊，"他搓了搓胳膊，"我去拿件衣服。"

"干吗？"段非凡有些吃惊。

"不冷么你们？"江阔也挺吃惊的。

"不是……"段非凡伸手在他胳膊上摸了一下，"哎，鸡皮疙瘩都起来了……你到底是怕热还是怕冷啊？"

"……都怕啊。"江阔说。

"下回你那条小被子别拿走了，就放这儿吧，"段非凡说，"裹着点儿。"

"滚。"江阔转身出了门。

站在走廊上远远看着119的门，他又犹豫了。这个时候回119，他实在有点儿不愿意。

在107门口站了两秒钟，门突然被打开了，从里面出来的段非凡被杵在门口的他吓得扶着门蹦了一下。

"你也有今天。"江阔冷笑一声。

"你不会是专门在这儿伏击我的吧？"段非凡走了出来，顺手关了门。

"你有外套吗？给我拿一件吧。"江阔说，"我先不回119拿衣服了。"

"马啸回来了？"段非凡问。

"嗯，"江阔往那边看了一眼，"他看到我们了。"

"眼神儿挺好。"段非凡靠到门框上，"他说什么了吗？"

"说不用管他。"江阔小声说。

"那还行，"段非凡点点头，"起码他领你的情了，只是不想再领了。"

江阔啧了一声。

他很少会跟人说这些。无论是之前碰到马啸，还是刚刚碰到马啸，换了以前，他都不会跟人讨论。

事儿都过了，还管那么多呢。

不知道为什么，他现在都会跟段非凡说。

这种感受很难说清。他根本不在意自己在别人眼里到底什么样，想说什么就说了，想干什么就干了，但他也会需要大炮这样的发小。也许是因为在这个全然陌生的环境中，他需要考虑如何面对各种人、各种事，而段非凡是在这新生活中唯一能让他不那么茫然的人。

……虽然这俩人没有可比性。

"我去赵叔那儿拿张椅子，"段非凡说，"衣服在衣柜里，你拿吧，中间那个。"

"嗯。"江阔点点头。

"厚的租金十块，薄的五块，就一晚。"段非凡往值班室走。

"记账吧。"江阔说。

"哟，"段非凡回过头，"厉害了，三千五使人成长。"

107的衣柜让江阔心里非常不平衡。

明明只住了一个人，放了两套床和桌子也就算了，居然还有三个衣柜。段非凡还可以给人介绍"中间那个"，而他在119的衣柜只能说"那一层"。这就是大家与英雄的差距。

江阔打开中间那个衣柜的门，上面两层放着整齐叠好的衣服和裤子，下面的挂架上挂着几件外套。他随便拿了一件外套出来。把衣架放回去的时候，他看到放裤子的那个隔层的最下面压着一张卡。

这人一张卡还要藏起来，但又藏得这么随意，仿佛是随手一塞的。

他想把卡往里再推一推，却发现这不是一张银行卡。这张卡比银行卡看上去要简陋得多，蓝底儿上面印着字。

江阔愣住了，只扫了一眼，没有细看，也没再动这张卡，迅速关上了衣柜门。

什么什么监狱……会见卡。

段非凡家里有人在坐牢，这是江阔的第一判断。

这张会见卡估计是去探监时用的，所以坐牢的应该是段非凡比较亲近的人，如果是关系一般的，他不会留着会见卡，还放在宿舍里。

是他爸吧。

江阔想起来上回说到爸爸的时候，段非凡说的是"他管不着"。

这话他当时听着没觉得什么别的意思，现在想想，也的确没什么别的意思，就是字面意思——他管不着，因为在坐牢……

江阔穿上外套，坐到了桌子旁边。

丁哲拆了两盒新的扑克牌，正往一块儿洗。

段非凡拎了张椅子进来，往他身边哐地一放，坐了下来，看了看他："挺会挑，拿了我最新的衣服。"

江阔看了他一眼："要不我去换一件？"

"行啊。"段非凡说。

江阔站了起来。

"哎哎哎，"段非凡拉住他，把他拽回了椅子上，"逗你的。"

"打什么？"江阔看着桌上的牌。

丁哲一直在洗牌，动作看着倒是挺流畅的，但他来回戳了半天了，牌还是一沓沓的，没有完全洗散。江阔看得有些难受。

"六个人的话就玩争上游吧。"董昆说，"我这个月剩的钱都在等着你。"

"行。"江阔敲了敲桌子，冲丁哲招了招手，"给我，我来洗。"

"快给他，"刘胖笑了起来，"有人受不了了。"

"你来，你来，"丁哲把牌放到了他面前，"我学习一下。"

江阔拿过牌，在桌面上敲了两下，把牌码整齐了，然后分成两叠，开始洗牌。

"完了，"董昆指着江阔，"我有个不好的预感，我怎么觉得这人真的是个高手。"

段非凡看着江阔的手。两副牌在他手里翻腾穿插，虽然用的是最普通的洗牌方式，但动作非常漂亮。

江阔是不是打牌的高手他不知道，但这洗牌的功夫绝对和花式划火柴一样炉火纯青。

"好了。"江阔把牌在手里转了一圈，放到了桌上。

"我开个计分器。"孙季在手机上戳了几下，把计分的APP打开了，"段英俊、刘修长……江阔，你叫什么？"

"……我叫江阔。"江阔说。

"起个外号。"孙季说，"你看我们，英俊、修长、潇洒、威武的壮汉。"

江阔听着这些莫名其妙的名字，转头看了一圈："那我只能叫江有钱了。"

段非凡笑了起来："行。"

"好，"孙季点点头，"江有钱，英俊、修长、潇洒、威武的壮汉很有钱。"

"翻吧。"段非凡说。

江阔伸手翻了一张——大王。

"啧。"刘胖说。

江阔把牌码好，大家开始拿牌。

段非凡发现江阔应该是经常打牌的，他拿牌的样子很像老手，只扫一眼到手的牌，然后往一摞牌里一插，拿完全部的牌之后一搓，牌像扇面一样整齐地展开了，顺序也不再调整。

丁哲看了他一眼，把手里的牌又收拢了，然后一搓，两张牌直接蹦了出来。

江阔叹气："牌都让人猜完了。"

"就这两张你能猜出来什么？"丁哲把牌拿了回去。

"别按顺序放。"江阔说。

丁哲瞪着他："出牌！"

江阔扔了张3出来。

"看不起谁呢？"孙季说，然后放了一张4在桌面上。

几个人都乐了。段非凡甩了一溜顺子，终结了这个和谐的氛围。

"好了，不闹了，我要发力了啊！"董昆说。

"发力了，发力了！"刘胖也喊。

他们喊了一圈发力，但谁都没能发出来。

江阔直接把他们消灭在了前三圈里，他们牌都没出几张，江阔就把手里一堆的牌全扔在了桌上："跑了。"

"去你的。"刘胖扑上去扒拉牌，"这什么乱七八糟的。"

江阔的牌都没按顺序放，东一张西一张的。刘胖抱着不能让此人上来就杀他们一个下马威的心态，认真地把牌都顺好，仔细看了一遍。

"对吗？"江阔问。

"这小子运气真好。"孙季说着，数了大家剩下的牌，低头在手机上按了几下，把分计上了。

"洗牌！"董昆拍了一下桌子。

江阔开始洗牌。大概是因为开局这把赢得漂亮，他心情不错，没再用最普通的方式洗牌。牌在手里码整齐之后，他取了一半，双手捏着牌一拉再一合，牌发出哗啦啦的声音，在空中画出一道虚影。

"牛啊，"董昆说，"再来。"

江阔拿过桌上的另一半牌，再次一拉，但这次他没有合上双手，而是让牌从右手带着虚影依次落在了左手上，接着单手拿着牌切了几下。

"我试试。"刘胖说着拿过了一副牌，"两副行吗？"

"太厚了不好操作。"江阔说。

"不打了是吧？"段非凡背靠着椅背，膝盖顶着桌子，一下一下地轻轻前后晃着。

"试试。"刘胖说。

刘胖认真地把一副牌捏在右手里，然后将牌捏弯，对着左手运了运气，右手用力将牌送出："走你！"

牌瞬间从他虎口的位置蹦了出来，因为他劲儿还挺大，一副牌跟喷泉似的蹦光了。

"自己捡！"几个人同时吼了一声。

"明天你自己拿一副牌练去。"段非凡说。

刘胖把牌捡齐了码好，还给了江阔。

江阔没再玩花活儿，不过就算是普通的洗牌方式，他的动作也跟表演似的。

段非凡看着他手里的牌和在扑克牌的虚影里翻动的手指，加上洗牌时的声音，有那么几秒钟他感觉到了明显的睡意，仿佛正看着一个助眠视频。

"好了。"江阔把牌往桌子中间一放。

大家开始拿牌，段非凡还是看着江阔的手。拿牌，扫一眼，插到手里的牌中间，有时候还会顺手让牌在指间转上一圈。

"别看我的牌。"江阔往他这边看了一眼。

"你又没按顺序放。"段非凡说，"你放在我眼前儿让我好好看一分钟我也未必记得住你有什么牌。"

"那我可以，给我五秒就能记全了。"江阔说。

"你记牌这么快，"段非凡说，"为什么数七能数成那样？"

"那是我反应慢。"江阔说。

董昆听乐了："你倒是一点儿也不维护自己的形象。"

"我现在的形象就是让你们一晚上把内裤都输光的赌神。"江阔跟下游的孙季换牌，从他手里的牌中抽了一张，手指夹着轻轻一甩。

牌落到桌上，发出啪的一声脆响。

"嘿！"孙季也用手指夹着牌，轻轻一甩，牌落到桌上。

噗。

段非凡没忍住，笑了起来。

孙季收好牌，夹了一张，再次一甩。

"算了。"丁哲看了他一眼，拿出牌，认真地、轻轻地放到了桌上。

"认真点儿，"江阔说，"要不真的输一宿。"

江阔是真没吹牛。

他们已经选择了不是那么复杂的争上游，但无奈江阔连运气都非常好，没赢他们一宿只是因为三点多的时候丁哲不干了。

"不玩了，"丁哲伸了个懒腰，"太打击人了。"

"我也没全赢。"江阔说。

"你还真想全赢啊！"董昆喊，"有没有人性！"

段非凡竖起手指："安静，小心一会儿赵叔把你给撵出去。"

"三千五对我的刺激实在太大了,"江阔一边码牌一边叹气,"潜能都被激发出来了,平时我的技术没这么夸张。"

"三千五对我的刺激也很大,"丁哲说,"我一想到有人三千五一个月还能受刺激,我就觉得自己太受刺激了。"

"你们打工吗?"江阔问。

"不打。"刘胖说,"两千真够用了,除非想买点儿什么。除了麻辣烫和烧烤,我们基本无欲无求。"

"我要打工的话,"江阔把牌放到桌上,往椅子里一靠,"能干什么呢?"

"夜总会吧。"丁哲说。

"滚。"段非凡笑着把手里的一颗松子壳弹到他脑门儿上。

"他除了长得帅以及会耍帅,"丁哲说,"其他什么也不会。哦,对了,车开得很好!"

"我能不能跑滴滴?"江阔突然灵光一闪。

"跑一趟能赚回油钱吗?"段非凡说,"还得注明只接单人乘客,多一个就得上后面窝着去。"

"听着不像是来赚钱的。"董昆说,"只拉单身妹子……"

"像流氓。"段非凡说。

江阔笑了起来:"那怎么办?"

"去买麻辣烫吧,"段非凡说,"我们每次都众筹十块跑腿费给负责买麻辣烫的人。"

江阔站了起来,想想又坐下了:"我不知道麻辣烫在哪儿买。"

"我带你去,跑腿费对半分。"段非凡说。

"行。"江阔点头。

"算钱。"段非凡一挥手。

丁哲看了看计分器:"要不江阔进群收钱?"

"拉。"段非凡说。

丁哲把江阔拉进了群里:"江阔改名字啊,江有钱。"

"嗯。"江阔把名字改了,看着这个群名有些无语。

——当代男大学生楷模。

江阔收了五百多块钱。

这还是在他收着打,尽量让大家都出牌的情况下。

"我好像找到致富之路了。"他说。

"就是从我们这儿赢钱是吧?"段非凡问,"我们不吃不喝,你一个月能赚一万多块。"

江阔笑了起来。

段非凡带着他去买麻辣烫。经过值班室的时候，看到赵叔在躺椅上睡着了，段非凡就把手伸进窗户，在窗户下面摸了摸，把小钉子上挂着的大门锁钥匙拿了出来。

"就这样？"江阔用气声问。

"嗯。"段非凡点头，凑到他耳边悄声说，"别人不知道钥匙在哪儿。"

江阔往后一仰，在自己的脖子上抓了抓。

段非凡看着他。

"痒痒。"江阔说。

段非凡笑着没说话。

5 老刘麻辣烫

半夜还营业的麻辣烫小店在学校靠近后山的那个门的对面。

这一片十分荒凉，半夜更是鬼都没有一个。孤零零地亮着灯的麻辣烫小店在一排违章建筑中间。

"这家店的主要客户就是我们学校的学生。"段非凡给他介绍，"夫妻店，开了十几年。"

"这么多人吃消夜吗？"江阔问。

"白天也卖啊。"段非凡说。

"不睡觉？"江阔虽然不吃麻辣烫，但也知道这种夫妻小店一般不会请店员。

"女的白天，男的晚上，"段非凡说，"他们女儿放假就来帮忙。"

"哦。"江阔应了一声。

老刘麻辣烫。

老板应该是姓刘，但其实不怎么老，看上去比江总还年轻几岁。

"这么晚？"老刘冲段非凡笑笑，打开了锅盖。

"今天人多，玩晚了。"段非凡拿了个小筐，走到旁边放着各种食材的冰柜前开始挑，"江阔，你吃点儿吗？"

"不吃。"江阔说，"别算我的。"

"不饿吗？"老刘问，"这大半夜的了。"

"他不吃麻辣烫。"段非凡说。

"是吗?"老刘看了看他,"有面,你饿的话可以来一碗。"

以前在"六亲不认",服务员给他推荐菜时他基本不会出声。一桌子人闹哄哄的,他懒得说话,有兴趣的就点点头,没兴趣的直接忽略。但现在老刘看着他,交流关系被过于直接地建立起来,他无法回避或忽略。

他虽然饿了,可他的确既不想吃麻辣烫,也不想吃面,还觉得这里卫生条件堪忧……

思考了两秒,他点了点头:"好。"

"西红柿鸡蛋面还是西红柿牛肉面?"老刘愉快地问。

"牛肉面。"江阔说。

给我最好的牛腿肉。

你们这儿最好的牛肉是什么……

老刘从冰柜里拿出几串牛肉,把签子上的牛肉撸了下来。

……好的。

行,就这种牛肉吧。

牛肉汤最好能放点儿山楂……

老刘从麻辣烫的清汤锅里舀了一勺汤放进了面锅。

……这怎么好意思叫西红柿牛肉面呢?直接叫麻辣烫清汤面不就行了!

段非凡也挑好了食材。老刘煮麻辣烫的时候,他俩坐在门口的小桌边等着。

"你明天回家是吧?"江阔看着亮得离谱的月亮。

"嗯。"段非凡点点头。

"一早就回去吗?"江阔问。

"中午吧。"段非凡转过头,"怎么了?"

"没,"江阔说,"突然放一天假,有点儿无聊。"

"无聊就去牛三刀打工。"段非凡说。

"啊?"江阔看着他。

"要做酱牛肉,"段非凡说,"我回去帮忙,我老叔他们忙不过来。"

"……哦,我以为就是回去过节呢。"江阔说。

"除了春节,别的节日基本不怎么过,没时间。"段非凡笑笑。

老刘麻辣烫的西红柿牛肉面跟西红柿牛肉面基本不沾边,但味道还行,在半夜饿了的时候吃还算凑合。

一帮人在宿舍里边聊边吃,收拾完散伙的时候天都亮了。

"回宿舍睡会儿。"丁哲伸了个懒腰,"睡醒回家。"

"动静小点儿,"段非凡说,"刚五点。"

几个人悄无声息地离开了107宿舍。

江阔靠在躺椅里发愣。

"你睡床吗？"段非凡问。

"嗯？"江阔愣了愣。

"我这个时间睡不着了，"段非凡说，"眯一会儿就会醒，你要想睡就去床上睡。"

"合适吗？"江阔问。

"不合适，"段非凡说，"太不合适了，要不你回119睡去。"

江阔笑了笑，起身看了看段非凡的床："我没拿睡衣过来……"

"您只要不穿鞋上去就行，"段非凡说，"我没那么多讲究。"

"谢谢。"江阔说。

段非凡没理他，拿起手机看着。

"收费吗？"江阔上了床梯才想起来问一句。

"今天让你免费试睡。"段非凡说。

江阔爬到床上躺下了。

段非凡的床没垫乳胶床垫，只是在床板上铺了一床普通的薄垫子，他躺下去感觉有点儿硬。

"你不硌得慌吗？"江阔翻了个身，侧躺着看下面靠在躺椅上的段非凡。

"那你下来站着。"段非凡说，"三千五一个月还装什么阔少。"

江阔有点儿困，站着的时候还好，一躺下来顿时不想再说话了，于是没跟他对呛。

段非凡应该是在玩游戏，手指在手机屏幕上按着："要关灯吗？"

江阔没说话，因为他根本没听清段非凡说了什么，而他的视线也已经有些模糊，只是无意识地继续盯着段非凡。

段非凡抬头看了他一眼，他也没有移开视线。

段非凡举起手，手指在空中很快地抓了两下："Blink, blink……"

江阔下意识地跟着眨了一下，然后闭上了眼睛。

CHAPTER 8
段氏社交

1 牛三刀

江阔再睁开眼睛的时候，段非凡已经没在躺椅上了。

阳光从窗外照进来，宿舍里一片金黄。

江阔坐了起来，拿出手机看了看，发现已经快一点了……

段非凡应该已经吃完饭，回牛三刀做酱牛肉去了。这人居然没叫他起床！

不过大概是为了让他这一天如果不回119还有地儿可去，段非凡把107的钥匙留在了桌上。

江阔叹了口气，把钥匙放到兜里，慢吞吞地开门出去了。

走廊里空无一人，往119走的时候，他发现路过的所有宿舍都是空的。

119里倒是有一个人——正准备出去的马啸。

"他们呢？"江阔问。

"逛街去了。"马啸说着指了指桌上的一张表格，"那个你要填吗？"

江阔过去看了看。那是国庆节假期各宿舍不回家同学的统计表，还需要填理由。

"他们还没填吗？"他看到表格里只有马啸的名字，理由是"在校学习"。

"他们回。"马啸说。

"哦，"江阔犹豫了一下，拿出笔，在表格上填了自己的名字——说了不回就是不回，"理由可以随便填吧？"

马啸没说话。

当然随便填，马啸难道真是要在校学习吗？

江阔在理由那一栏里填上了"在校睡觉"。

马啸出门了，宿舍里就只剩下他一个人。

洗完澡出来，他在宿舍楼上上下下转了一圈。大概因为这是开学后第一个除周末外的假期，人走得真干净，零星几个没走的则都在睡觉。

太无聊了。大炮去了工地，还把奔奔带走了。他甚至不知道自己今天这一天要怎么过，虽然晚上大家会一块儿去赏月，但白天呢？

白天大家一块儿去逛街了啊。

去找赵叔又聊了半小时之后，他实在有些受不了了，于是拿出手机给段非凡打了个电话。

"起来了？"段非凡接起电话。

"嗯，"江阔看了一眼外面的阳光，"你回去了吗？"

"回了。"段非凡说，"钥匙我放在桌上了，你看到了吧？"

"我拿了。"江阔犹豫了一下，"要不我过去吧？"

"过哪儿？"段非凡愣了愣。

"牛三刀，打工。"江阔说。

"你是真闲得不行啊。"段非凡说，"来吧，别开车啊，车进不来。"

"不开，"江阔说，"油都加不起了。"

市场大概是唯一一个无论什么日子都很热闹的地方，就算没有买东西的人，光靠各种店铺、小摊的老板和他们摆得满满当当的货，都能营造出热闹的气氛来。

牛三刀门口有几个顾客在挑肉。

段凌手起刀落，哐哐一通砍，熟练地把切好的肉装进了袋子里，再往秤上一扔。

看到站在外面的江阔时，她一挑眉毛："小少爷来啦！"

"凌姐，"江阔打了个招呼，"段……"

"后头呢！"段凌扬起手里的刀，指了指后门，"你绕过去吧，中间堆东西了。"

江阔顺着那天遇见奔奔的通道绕到了牛三刀的后门处，一眼就看到了段非凡——他正光着膀子，端着一个一看就很重的大锅往炉子上放。

他没敢出声，怕段非凡一分神把锅给扣地上了。

但段非凡已经用余光看到了他，还转过了头，冲他笑了笑："来得挺快，缺钱缺得厉害啊。"

江阔也笑了笑。

起床后的两个小时里百无聊赖、没着没落、无所事事、闲出屁了的感觉瞬间消散，他神清气爽了。

"你找个地儿待着吧，"段非凡把锅放到了炉子上，"等我忙完。"

"嗯。"江阔应了一声，退到墙边。

他们现在都很忙，段非凡的老叔在砍肉，老婶正把一包一包的香料倒到一块儿。

看来今天的工作量不小。两个大炉子，还有一个像餐车一样的连体灶台车，上面的四个洞都冒着火。

有一锅牛肉已经在煮着了，锅里不断蒸腾出的白色水汽带来一阵阵浓香。

牛三刀的酱牛肉品质不错，闻着就知道很贵。

他还没有吃饭。

他把这事儿给忘了。

但现在大家都在忙活，他不可能说"给我找点儿吃的"，自己出去找吃的又不知道该去哪儿，他从来没在市场附近吃过东西。

为了缓解正在觉醒的饥饿感，他伸脚把旁边的一张小凳子勾了过来，在墙边儿坐下了。

老婶看到坐在旁边的江阔，喊了一声："段非凡，你给他找张凳子！"

江阔这会儿才反应过来，在忙碌的干活现场，一张没有任务的凳子是不可能被允许摆在路中间的，这应该是老婶要用的，他赶紧站了起来。

段非凡进屋拿了张小竹椅出来，放到他腿边："坐这个吧。"

"我是不是添乱了？"江阔问，"我在家的时候从来没在做饭的时候进过厨房，我都不知道站哪儿才不碍事。"

"就这儿，"段非凡指着他脚下，"你连站哪儿都不知道还敢来打工？"

"顺嘴一说。"江阔说，"总不能说是太无聊了。"

"宿舍没人了吧？"段非凡笑了。

"嗯，就马啸，他还忙着打工。"江阔叹气，"一楼算上赵叔，一共就剩七个人，有五个还在睡觉。"

"就算有不睡觉的，你还会去别人宿舍聊天儿么？"段非凡说。

"总会有点儿动静吧，"江阔说，"一点儿声音都没有，比杵在这儿更无聊。"

"放心，"段非凡转身过去把老叔切好的肉放进第二个锅里，"今天不会让你就这么杵着的。来都来了，不干点活儿不可能让你走。"

江阔坐到椅子上，拿出手机看了一会儿。大炮在朋友圈里发了个视频，视频中奔奔穿着一身火红的连帽卫衣在一个沙堆上疯狂地刨着。

"看看。"江阔拿着手机冲段非凡晃了晃。

段非凡走过来，看乐了："它特别喜欢刨，以前下雨的时候就在沟里刨水。"

"跟着大炮挺好的，"江阔知道段非凡有点儿舍不得这狗，毕竟是他一手喂大的，"他去哪儿都带着，按你说的每天遛两次。"

"嗯。"段非凡点点头。

"你很热吗？"江阔看着他身上的疤，"小风一吹我都觉得凉，你光着个膀子是热的还是耍帅呢？"

"凉是吧？"段非凡低头看了看自己。

"是啊。"江阔点头。

"来，我看你挺闲，"段非凡冲他招招手，拿起旁边的塑料袋，从里头拆出一块叠好的不知道是什么材质的布，递给他，"干活儿。"

"……这是什么？"江阔问。

"围裙，新的。"段非凡拎着这块布一抖，一条明黄色的围裙出现在他眼前，上面还印着四个大字——海天蚝油。

"滚！"江阔震惊地迅速后退一步，"我不要这个。"

"一会儿又是油又是水的，小心溅你一身。"段非凡又抖了抖围裙。

"溅就溅，"江阔说，"又不是溅到肉上，溅到衣服上怕什么？"

"洗不掉！"老叔在旁边说，"那都是酱，沾上就洗不掉了。"

江阔很坚定地看着段非凡，摇了摇头。

"行。"段非凡点点头，把围裙套在了自己身上，还反手在后头系了个蝴蝶结。

江阔看着他，久久不能言语。

"过来，"段非凡冲他偏了偏头，"我说，你做。"

"凭什么？"江阔终于反应过来，他不过是随便找了个借口过来，并没有打算真的在这儿打工。

"凭你来了。"段非凡一指旁边的水池，"洗手，洗干净点儿。"

江阔看着他，没动。

"赶紧的。"段非凡说，"打工的时候你愣在这儿的这点时间，就够你被辞退的了。"

江阔等够了三次被辞退的时间，才慢慢走到水龙头前，开始洗手。

也行，体验一下马啸的感受吧。比起打扫卫生、扔垃圾，做酱牛肉听起来还没那么辛苦。

搓了几下手，准备挤点儿洗手液的时候，他发现旁边放着的是一桶两升装的洗洁精。

"洗手液呢？"江阔转头问。

"就那个，"段非凡抬了抬下巴，"洗洁精。"

江阔这种碗都没洗过的人估计不会知道，在这种场景里，洗手液远没有洗洁精好用。

段非凡看着他挤了点儿洗洁精，带着体会普通打工生活的新鲜感认真洗手，转身的时候脸上甚至能看出愉快和期待。

段非凡有些感慨，他从来没有过江阔眼下这种新奇的心情，因为这些事一直是他和段凌生活的一部分。

小时候每次被拎来干活儿，他就想摔东西。段凌跟他打架，都想让对方屈服，多干一些。后来不知道从什么时候开始，他们都不再对这些事抱有任何想法。

高兴是必然不可能的，但生气和烦躁也没了。总之是逃不掉的活儿，是生活的一部分。

对于江阔来说就不一样了，这只是插曲，他的生活是吃着"六亲不认"，赛车、跳伞、射击、骑马。

"把牛肉放进锅里，然后加水。"段非凡开始现场教学。

"手套呢？"江阔问。

"给。"段非凡给了他两只一次性的长手套。

在旁边切肉的老叔转头看着这边笑了起来："你干吗非得让他干这些？我看他就会吃。"

"我还真会吃，"江阔戴上手套，"我闻这味儿就知道牛肉不错。"

"一会儿那锅煮好了你尝尝。"老叔说。

"他是来干活儿的，不是来吃的。"段非凡说。

"我看他干不了，"老叔说，"他长得就不是能干活儿的样子。"

"那我像呗！"段非凡喊了起来，"我从小就长得像！"

老叔笑了起来。

"不像，你老叔才像！"老婶说，"我们非凡从小就长得好看。"

"拿肉！"段非凡指挥江阔，"放锅里。"

江阔拿起两块老叔切好的肉："冰的啊？"

"这是昨天腌了冰好的，"段非凡说，"今天只要切了来煮。"

"为什么要冰？"江阔把肉放进一个很高的锅里。

"更容易入味儿。"段非凡说。

江阔看了看自己沾满酱油的手套："我还没这么抓过大块儿的生肉呢。"

"继续，把案上那堆都放进去，"段非凡指挥，"今天保证让你抓个够。"

"……我并不是在表示遗憾。"江阔甩了甩手。

段非凡低头看了看身上的围裙，上面被溅了好几滴酱。

"不好意思。"江阔说。

"我看你挺好意思的。"段非凡在酱点子上弹了一下，"快。"

肉放了大半锅，段非凡又指着边上放着的几桶纯净水："倒水。"

"拿得动吗？"老婶不放心地问了一句。

"……不至于。"江阔有些无语,"拿得动。"

段非凡在一边笑得很愉快。

江阔摘了手套,准备把锅拎到水桶旁边去倒水。

"把锅拿过去,倒完水再搬过来,你得走两趟;"段非凡说,"把水桶拎过来,直接倒水进去,哪个方式更轻松?"

"差不多。"江阔看着他。

段非凡没说话,做了个"您请"的手势。

江阔犹豫了一下,还是去拎了一桶纯净水过来。

一次可能没有太大区别,但老叔还在切肉,还有五个灶是空着的,那就是说至少得弄五次,所以他决定按段非凡这种熟练工的建议来做。

往桶里倒水仿佛是之前洗衣服的场景重现,水倒进去打在牛肉上的瞬间就溅了他一腿。

接着是放香料。老婶已经把香料都分好,拢成一堆一堆的了,只需装到布兜里往锅里一放就行。

他端起锅的时候,才知道这玩意儿是真的重,还好自己是个训练过几年体能的人。

他把锅放到了连体灶台车上,火烤得他的脸有些发烫。

"江阔还是有点儿肌肉的啊!"老婶拿着个大勺一边往锅里加酱,一边回头跟段非凡说。

"有的,"段非凡总算帮他正名了,"一百个俯卧撑随便做。"

"真的啊?"老婶惊讶地说,"看不出来。"

"继续。"段非凡拍拍手,"加油,再来一锅。"

江阔转头看他。

段非凡给他比了个"V"。

放肉,倒水,放香料,举锅放到灶上,加酱;放肉,倒水,放香料,举锅放到灶上,加酱……

事儿其实并不算复杂,做起来也没有多难,但不断地弯腰、用力起身,加上旁边是火炉,没一会儿江阔就感觉自己后背全是汗了。

而且不知道为什么,他自己也完全不知道是怎么发生的——他的衣服正面已经满是点子了,大大小小,深深浅浅。

"小风一吹还凉么?"段非凡问。

"嗯?"江阔看着他。

"我为什么光膀子?"段非凡说,"因为热啊。"

"啊,"江阔反应过来了,"你记性真好。"

"我记性好着呢。"段非凡又看了一眼他的衣服,"可惜了,真洗不掉。"

"那就扔了。"江阔说。

"这衣服多少钱?"段非凡问。

"不记得了,"江阔扯着衣服看了看,"三千多?"

"一个月的生活费啊,"段非凡竖起大拇指在他面前晃了晃,"江有钱。"

江阔在他把手收回去之前迅速在他大拇指上弹了一下。

"啊!"段非凡甩着手,"疼!"

"那就对了。"江阔转身继续干活。

在段非凡的提醒下,江阔对自己一个月的生活费有了清晰而直观的认识。

一件T恤。

他一个月不吃不喝,也只能买得起一件T恤。

这样的对比虽然不至于让他立刻产生诸如"心疼"之类的情绪,但他还是挺吃惊的。

以前他一般到换季的时候才去买衣服,但T恤除外,基本是看上了就拿,一次拿个十件八件的换着穿。

他还一直觉得自己在穿这方面不是太讲究,一般就随便拿点儿,也不会刻意去搭配……

"让他歇会儿吧。"段凌走到段非凡身边小声说,"这都两个小时了。"

"马上弄完了。"段非凡把冰箱里最后一批牛肉拿了出来。

"你是不是故意的,"段凌说,"折腾傻小子呢?"

"他说了打工,"段非凡说,"就按打工的要求来,一会儿给他算钱。"

"他图什么啊?体验生活吗?"段凌叹了口气,"穿着几千块的衣服来做酱牛肉,大过节的给自己累一身汗,刚刚还被热汤溅了一下。"

段非凡笑了:"他根本不知道自己要干吗。"

江阔非常确定,自己严重影响了牛三刀此次酱牛肉制作的进度。

虽然因为有他在这儿给肉上锅,段非凡可以去店里做别的事,但以段非凡的熟练程度,他一个人把上锅的事儿全干完了再去把别的事儿也干了,都用不着这么久……

江阔把最后一锅牛肉放到灶台上的时候,感觉腰有点吃劲儿。

干这种活儿跟运动、训练给他的感受完全不同,让他格外疲倦。

他洗完手坐在椅子上,觉得腰部一阵放松,一动也不想动了。

"给,"段非凡走到他旁边蹲下,递了件T恤过来,"换一下吧。"

"谢谢。"江阔拿着衣服,往四周看了看。

"找什么?"段非凡问。

江阔站了起来，看着已经穿上了衣服的段非凡："你去哪儿换的？"

"这里脱，"段非凡说，"这里穿。"

江阔看了老婶一眼，又转头看了看正在里间磨刀的段凌："这是你老婶、你姐，不是我的啊，不方便吧。"

"哎。"段非凡站了起来，"来吧。"

江阔跟着段非凡从里间的一个门进去，上了楼梯。

牛三刀有三层：一楼最大，是店面；二楼有两间房，中间有一小块儿地方像是客厅，面积比一楼小些，但收拾得很干净。

"我老叔他们住这儿。"段非凡指了指其中一间房，"以前段凌住那间，工作以后搬出去了。"

"你住三楼吗？"江阔问。

"嗯。"段非凡带着他上了三楼。

三楼是个小阁楼，带一个卫生间，面积很小，家具有床、衣柜和一张桌子，还有一个单人小沙发。

"在这儿换可以了吧？"段非凡问。

"嗯。"江阔应了一声，并没有马上换衣服，而是转圈打量着屋里，"你一直住在这儿吗？"

"差不多，"段非凡把桌子下面的椅子拖出来坐下了，"住了有十年吧。"

看得出住了挺久，墙上贴的墙纸已经旧了，台灯是老式的，家具也有些年头的样子……

不过段非凡是个利索的人，像他在107的衣柜一样，这个小屋也非常整洁，桌上的书都摆得整整齐齐，看着还挺温馨。

但有些过于……怎么说呢，江总说过，他那个乱七八糟的卧室一眼就能看出来是个什么玩意儿住的，而段非凡的这个小屋子，别人看了甚至判断不出来住在这儿的人是老是少，是男是女。

住了快十年。

那十年前呢？

江阔没有细问。段非凡衣柜里那张监狱的会见卡不知道是不是跟他爸有关，毕竟他没有提起过妈妈，如果是，那就是说在他爸坐牢之后，他就住在老叔这儿了。

这算寄人篱下吗？

算吧。虽然老叔一家看着跟段非凡还是很亲近的，虽然这屋子里空调、电扇齐备，衣柜旁边还有个小的空气净化器，但终归不是自己家。

"你要是对这件衣服不满意，"段非凡低头看着手机，抬手指了一下他身后的柜子,"衣柜里还有别的,三千多的没有,三百多的倒有几件可以凑合。"

"只要不是广告衫。"江阔把衣服展开看了看。这是一件很简单的白T恤,正面印着一个巴掌大的黑白狗头,背后有一个手指头大小的字。

江阔顿了顿:"这衣服是你自己买的还是别人送的啊?"

"我买的。"段非凡说,"怎么了?"

江阔把衣服的背面对着他。

背后印的字很小,但是很清晰——狗,还注了音,gǒu。

"哥偶狗。"江阔说。

段非凡笑了起来:"这是我和奔奔的兄弟装,它的那件已经被它咬坏了。"

"它的那件上面写的也是'狗'吗?"江阔脱掉了上衣,抖了抖衣服。

"它那件上写的是'对',"段非凡说,"嘚乌喂对。"

江阔拿着衣服乐了半天。

"你背上的文身让我看看。"段非凡说。

江阔转过身背对着他:"酷吧?"

这条拉链文身顺着脊椎而下,到腰上一点的位置,挺长,跟胳膊上那条一样,都是没拉开的状态。

段非凡看到他左边的腰窝处还有一个红色的小圈。

"那个红的是什么啊?"他凑近看了看。

"一个句号。"江阔回过头,"看清了吗?"

"嗯。"段非凡点点头。

江阔的文身风格有些诡异,跟他时而冲动嚣张、时而礼貌和气的性格不太沾边。

在装模作样方面,此人还是有一定造诣的。

江阔穿上"哥偶狗",往小沙发上一坐,伸长腿舒了一口气:"哎……"

手机响了一声。

他拿出来看了看,发现是一条收到红包的提醒。

——*指示如下:工资已发放。*

江阔看了段非凡一眼,收了红包。

一百块。

"工资就这点儿啊?"江阔有些吃惊。

"这还是多给了的。"段非凡放下手机,"你干的这个活儿顶多算是后厨切配,时薪的话是十五到二十。还是给你按厨师工资算的,时薪四十五,两个小时九十,还有十块是工伤补助,段凌说你被热汤溅了一下。"

江阔看着他:"你确定没坑我吗?"

段非凡也看着他："你觉得呢？"

"那马啸如果也是按这个标准拿钱，"江阔说，"中午一小时，晚上两小时，按十五块算，一天四十五，一个月才一千三百五？"

"他那个工作估计时薪才十一二块。"段非凡说，"之前刘胖去麦当劳干过几天，稍微多点儿，一小时十四块。"

江阔没说话。

"临时找兼职就是这样。"段非凡说。

"那你这给我算得是不是太多了？"江阔说。

"不多。"段非凡笑笑，"你争取再来几次，还有两千三百块在等着你。"

"……"江阔给他竖了竖大拇指。

唐力作为一个严肃、认真、团结、友爱的舍长，跟李子锐逛街回来不忘给江阔打了个电话："你今天在学校吗？"

"在。"江阔说。

"学校食堂有加餐，"唐力说，"是免费的……"

"他哪会在乎免不免费啊，你就问他晚上回不回来赏月。"李子锐在旁边说。

"是免费的，"唐力坚持说完，"我看了一下菜单，还挺丰盛的。你如果来得及，可以回学校吃。"

"好，"江阔说，"我回食堂吃。"

"十五到十八号窗口，"唐力说，"这三个窗口是免费的。"

"十五到十八是四个窗口。"江阔说。

段非凡在旁边靠着桌子无声地笑，差点儿呛着。

唐力并不在意到底是几个窗口："反正就是十五到十八号，别搞错了，肯定很多人，要排队的，排错了就……"

"知道了，谢谢。"江阔没让他继续说下去，挂了电话。

"你回学校吃？"段非凡问。

"嗯。"江阔站了起来，"怎么，你是不是本来想请我吃？"

"那倒不是。"段非凡说。

"不请就对了，"江阔说，"那两千三别随便动。"

段非凡笑出了声。

"你晚上……"江阔犹豫了一下，不知道问这话合不合适，但他又懒得多琢磨，"跟你老叔他们过吗？"

"我回学校过。"段非凡说。

江阔眉毛一扬:"我以为你明天才回学校呢。"

"本来是的。"段非凡站了起来,"陪你吧。你跟119的待一块儿难受,跟董昆他们大二的混我看你也不舒服,其他的宿舍你更是没一个混得进去的……"

"差不多得了啊。"江阔打断他。

"走,哥——偶——狗,"段非凡胳膊一挥,出了门,"今儿晚上带你社交一下。"

下楼的时候段非凡看了看时间,这会儿去学校,估计已经赶不上最早吃饭的那拨了,而中间时段人最多,他们不如再晚一些去,正好留点儿时间打包点儿酱牛肉。

他本来是计划明天带酱牛肉回学校,但江阔忙活了一下午……

"哎,我问你,"江阔在他身后问,"酱牛肉都是别人订了货然后按量做的吗?我看你朋友圈发的那些酱啊肉啊的,都是定制的吗?"

"有多的,"段非凡说,"店里也卖。"

"一会儿给我一块儿吧,"江阔说,"我想尝尝。"

段非凡停了下来,叹了口气:"你怎么这么急,就不能等我说——你想尝尝自己做的酱牛肉吗?"

"想。"江阔马上说。

"下去给你切点儿。"段非凡继续下楼,"堂堂一个吃'六亲不认'的大少爷,对几口酱牛肉这么馋。"

"我没吃午饭,现在都到晚饭时间了,"江阔说,"我还干了一下午体力活儿……"

"你没吃午饭?"段非凡吃惊地回过头。

"嗯——哪——"江阔说。

"别学我说话。"段非凡说。

"嗯!"江阔点头,挤到他前面往下跑,"没吃,您忙着逼我干活也没给我吃饭的机会。"

"段凌!"段非凡冲下面喊,"给他切点儿牛肉!"

"好——"段凌在一楼回答,接着就传来刀剁在案板上的声音,"正切着呢!"

段凌戴了个透明口罩,正把最早煮的那几锅牛肉切出来。有几个客人要求切成小块儿再装袋。

她麻利地挑了拳头大的一块肉,将肉切成片,然后用刀一指,冲江阔摆了摆头。

"嗯？"江阔愣了。

"拿啊。"段凌说。

"用……手？"江阔问。

"那你用脚。"段凌说。

不愧是段非凡的堂姐，说话都一个德性。

江阔正想看看店里的洗手池在哪儿，段凌却看着他："干净的！熟食专用的案板和刀，比你的手干净多了！"

"……所以我要洗手啊。"江阔无奈。

段非凡抽了个一次性的小碟子，挤到他俩中间，拿过段凌手里的刀，把切好的牛肉扒拉到了盘子里，然后往江阔手里一递："拿着。"

"你是真讲究。"段凌叹气，又抽了一双筷子放在了盘子上。

难道不是你弟弟讲究吗！

"我一会儿去学校，"段非凡拿了几个大的餐盒，"帮我把牛肉装上吧。赵叔的分出来，别的都装一块儿。"

"你不说在家吃吗？"段凌往餐盒里装着牛肉。

"还是去学校吧，"段非凡说，"过几天放十一假就又回来了。"

"嗯。"段凌点头，"这一盒给赵叔，告诉他挑的都是带点儿筋的，他喜欢吃。"

"好。"段非凡说。

在他们打包的时间里，江阔站在旁边已经把一盘牛肉都吃光了。

牛三刀的酱牛肉的确不错，跟家里刘阿姨做的不太一样，多了些说不清的香味。段非凡说最后老婶放的酱，是他家的独门秘酱。

"好吃……"段非凡问到一半回头，发现盘子已经空了，"吗……还要吗？"

"不用了，不用了，"江阔有些不好意思，"好吃。"

"现在不吃独食，一会儿再想吃就只能跟别人抢了啊。"段非凡说。

"我可以自己过来吃独食。"江阔说。

段非凡笑笑："行吧。"

他们俩一人拎着两兜酱牛肉走出市场，江阔刚拿出手机准备叫车，段非凡已经在旁边扫了一辆共享电动车。

江阔看着他。

"看什么？"段非凡把一个兜放到前面的框里，一个挂在了车把上，"等你叫的车过来，我已经到学校了。"

江阔走过去，扫了另一辆。

"这立马省了七块钱。"段非凡说。

"……真厉害。"江阔说。

2 酱牛肉社交

晚饭时间,校园一扫白天的冷清,恢复了热闹的样子。

四处走动的学生,教学楼和宿舍楼亮着的灯,还有远处山上为了中秋节而点亮的彩色射灯,土气却热闹。

"先回宿舍分一下牛肉再去食堂,"段非凡说,"你撑得住吧?"

"嗯,"江阔感受了一下,"不仅撑得住,而且还挺撑的。"

"吃急了。"段非凡笑了起来,"你妈要知道你这么惨,得心疼了。"

"不会,"江阔说,"我小时候跟她赌气不吃饭,生生饿了两天她都不瞅我一眼的。"

"这么犟?"段非凡看了他一眼,"是为什么事儿?"

"她不让我开车去学校。"江阔说。

"……多大的时候?"段非凡问。

"小学。"江阔说。

段非凡从停车场一直笑到了宿舍。

进了107,江阔看着码在桌上的一堆牛肉,问:"这些是要分给旁边宿舍的吗?"

赵叔的那份他们已经送去了值班室。

"对。"段非凡点点头。

"怎么分?"江阔问,"这儿没有工具啊,为什么不在店里分好……"

"看着。"段非凡打开一个兜,拿出了里面的大餐盒,把盖子掀掉,单手捧着走出了宿舍。

江阔看着他推开106的门,把捧着的餐盒伸了进去。

"哈!"106传出一声暴喝。

段非凡迅速退出来,又往隔壁的门上拍了一掌。

门打开,他照样把餐盒往开门的人鼻子跟前儿一晃。

"是什么?"那人大吼。

"什么香味?"宿舍里马上有人跟着喊。

"酱牛肉、酱牛肉、酱牛肉……"段非凡捧着那一满盒的牛肉把一溜宿舍的门都拍了一遍,然后飞快地跑了回来,"自己拿家伙,自己拿家伙……"

106的人是最快冲进他们屋里的。接着,江阔看到不断有人跑过来,他甚至看到李子锐拿着双筷子从走廊尽头的119里冲了出来。

江阔下意识地往后退了好几步。

天!这是什么离谱操作!

江阔目测挤进107的人至少有二十个,他们手里拿的家伙有刀、叉、筷子、饭盒以及饭盒盖。

段非凡把几个餐盒都打开了,刚出锅的酱牛肉的香味随着热气瞬间弥漫在整个宿舍,大伙发出一阵满足的感叹声。

"香!"

"非凡,哪儿买的?"有人问。

"做的,"段非凡抬起头四处看着,"是……"

江阔有种非常不祥的预感,想往宿舍外面躲的时候,段非凡的视线已经透过人缝搜索到了他。

"江阔做的!"段非凡对着他一指。

江阔没有说话,冷静地看着他。

去你的。

"江阔?"大家都有些意外,转头看着他。

"跟着老师傅做的。"江阔说。

就是你们中间那个小人。

"可以啊!"有人边吃边说,"看不出来你还会做这个。"

"第一次做,做着玩的,"江阔说,"多做了点儿,大家都尝尝。"

"有心了,有心了。"

"谢谢啊!"

"我感觉这比买的香啊。"

这就是你能买到的,请去隔壁市场找牛三刀。

"好吃的话,下次让江阔再做点儿玩玩。"段非凡说。

"可以,可以,"李子锐转过头,笑得很愉快,"厉害啊,江阔。"

你是个傻子吧。

"一般吧。"江阔说。

他们信也就算了,你跟我在一个宿舍生活了一个月,不知道我连烤串儿的签子都不会穿吗?

大部队撤离107之后,江阔感觉屋子都被这些人撑大了一圈。他走到桌子旁边看了看，发现餐盒里只剩下盒底的酱汁儿。

"这是在干吗？"江阔看着段非凡。

"晚上赏月，你随便跟着哪个宿舍混都没问题了。"段非凡嘴里还嚼着一块酱牛肉。

"……段非凡，"江阔吸了一口气，然后慢慢舒出来，手伸到他面前竖起大拇指，"你牛。"

"过奖。"段非凡笑眯眯地说。

江阔叹了口气，用手撑着桌子，忍了一会儿没忍住，笑了起来。

"棒吧？"段非凡笑着问。

"你是不是有病？"江阔也笑着问。

"多少是有点儿。"段非凡把餐盒都收拾好塞进了袋子里，"走吧，去吃中秋加餐。"

这大概就是段非凡之前说的"社交一下"第一章。

但在江阔看来，这是独属于段非凡的社交方式，估计没人复制得了。

这事儿建立在段非凡平时就凑各种热闹所以跟谁都熟，一呼起码四五个宿舍响应的基础上。

如果换了江阔去敲门，里面的人给他开门都够呛。

不过他长这么大，吃喝玩乐的时候身边永远不缺人，所以并没有主动社交的需求，也不觉得需要跟虽然身处同一空间但也许永无交集的陌生人产生什么关联。

这次段非凡强行带他体验的永远不会出现在他生活中的混乱而喧闹的"社交"，虽然在他看来没什么意义，但还是在全新的环境里给他带来了莫名的新奇和愉悦。

挺有意思。

食堂四个免费加餐的窗口前都排着队，不过人不算多，估计想吃的都已经吃得差不多了。

"算了，"江阔看了一眼有十来个人的队伍——他只能接受排五人以内的队，"吃不免费的吧。"

"能给一个月三千五的你省一笔哦。"段非凡说。

"哦，"江阔说，"没有加餐的时候你们一个月两千也没饿死。"

段非凡嘿嘿笑了几声："行吧，花钱去。"

打好饭找地方坐的时候，有人招了招手："来这儿！"

江阔认出来这是106的膀子哥，他们只好端着餐盘走过去坐下了。

"没去要加餐吗？"膀子哥问。

"队太长了，"段非凡说，"懒得排。"

"这个红烧肉味道还可以，"膀子哥看着江阔，"虽然没有酱牛肉好吃……酱牛肉是真不错。江阔，你老实说，买的还是做的？"

"做的，"江阔说，"要买也能买着。"

"哪儿买的？"106的几个人同时问。

江阔指了指段非凡："他老叔的店里。"

"想买找我，想DIY得预约。"段非凡从膀子哥的餐盘里夹了块红烧肉尝了尝，"今天的加餐限量吗？"

"不限，"膀子哥说，"管够。"

"那行。"段非凡点点头，然后一扬手，冲着远处的免费加餐队伍喊了一嗓子，"哎——那边的——"

江阔手里的叉子让他喊得掉在了盘子里。

加餐队伍里的人齐齐转过了头。

"胡胡！"段非凡往队伍中间一指，"红烧肉！"

被叫胡胡的男生比了个OK的手势。

吃完饭，天已经擦黑，不少学生慢慢往后山去了。

这会儿后山的"灯光秀"也很配合地开始表演，串儿灯闪烁，射灯变换颜色。

"给唐力打个电话，问问他们去了没。"段非凡说。

"他们要是去了，唐力肯定会给我打电话。"江阔说。

"打一个，"段非凡说，"哪来那么多废话？"

行吧，"社交一下"第二章。

江阔拿出手机，拨了唐力的号码。

"江阔，"唐力的声音听起来心情很好，"你在哪儿？我们准备过去了！"

"有东西要拿吗？"江阔问，"我在食堂。"

"马啸回来了，我们三个能拿完，没多少。"唐力说，"你直接过去吧，烧烤场集合！"

"好。"江阔挂了电话。

"再去买点儿饮料吧。"段非凡说。

"嗯。"江阔起身。

他们去小超市买了点儿饮料，江阔付完款之后段非凡给他转了一半的钱。

"干吗？"江阔看着他。

一共就二十块钱的可乐和菠萝啤，段非凡还给他转了十块。

"A一下，方便跟你们宿舍混。"段非凡说，"你是不是没跟人A过？"

"A过，"江阔说，"119买今天晚上的零食，我A了十块。"

"那我应该给你转十五匀一匀。"段非凡说着又拿起了手机。

"你差不多得了啊！"江阔喊。

119的几个人都在烧烤场等着了。不少人打算就在烧烤场赏月，但唐力他们想爬山，所以背了背包，把东西都装了进去。

江阔一看他们这架势，有点儿犹豫。这些饮料可不轻，他不想拎着这些东西爬山。

都怪段非凡的计划出了错！

"正好！"唐力从背包里拿出两个叠好的抽绳袋，"我多备了两个，就知道总有一天能用上。"

抽绳袋江阔倒是不陌生，他以前去训练的时候经常用各种运动抽绳袋，轻便又好看。

但唐力拿出来的抽绳袋是超市买菜款的，一个深蓝色的还凑合，另一个玫红色的让江阔惊恐万分。

他一把抢过蓝色的那个："我用这个吧。"

段非凡笑着拿了那个玫红色的。

"走！"李子锐很兴奋地一指山顶，"目标是山顶的亭子！"

"干劲挺足？"段非凡说。

"吃酱牛肉吃的。"李子锐说，"哎，段非凡，那酱牛肉其实是你老叔做的吧？牛三刀店里的？"

"真是江阔做的，虽然没从头到尾做全，"段非凡说，"但参与了一大部分流程。"

"真的好吃，"唐力说，"那是你家的招牌菜吧？"

"嗯，做了二三十年了。"段非凡说。

"能帮忙寄吗？"李子锐问，"我奶奶爱吃，我想给她寄点儿。"

"能。"段非凡说，"你要的时候跟我说，我给你打个'奶奶折'。"

"好！"李子锐拿出手机，跟段非凡加了好友。

3 我劝你不要走小路

  这座山并没有多高,段非凡说从山脚顺着台阶走上去,二十分钟就能到顶了。只是江阔不太爱爬山,要不是为了促进友好的宿舍关系,他更愿意一个人待在山下。如果没有段非凡,他今天晚上说不定会自己找个酒吧待着。

  哦,酒吧可能去不起了……这次消费降级降得有点儿超速,估计只能到麻辣烫那儿跟老刘聊个天儿了。

  从山下到山顶一共有四个凉亭,最大的一个在山顶,不少人的目标都是那儿。往上爬的人很多,以大一新生为主。大二往上的在这座山都玩腻了,碰上节假日多半选择出去聚。

  江阔在路上碰到了不少自己班的同学,其中有些是隔壁宿舍的,因为"酱牛肉社交",大家经过的时候都热情地跟他打招呼。

  江阔都回应了,同学关系倒是一下拉近了不少,但人他一个都没认清,毕竟分酱牛肉的时候,他看到的大多只是后脑勺。

  吕宁从后面追上来的时候,他也差点儿没认出来。

  "宁姐,你今天好漂亮啊,"段非凡说,"化妆了吗?"

  "是啊。"吕宁有些不好意思地笑了起来,"平时懒得弄这些,今天出去逛街啦。"

  跟吕宁一块儿上来的是个男生,江阔不认识,后脑勺也不认识。

  "江阔,"这个男生跟他打了个招呼,"一直没碰着你就没问,昨天你爸爸给你的月饼你拿到了吧?"

  "拿到了,谢谢啊,你是……"江阔反应过来,这人就是他们的班长,那个杨……

  杨!

  那个杨清晰度!

  杨!

  哪个清晰度来着!

  杨!

  "杨高清?"江阔没有时间多想,排除了"蓝光"和"原画"之后,报出了答案。

  "标清。"段非凡在他耳朵后头纠正了一下。

杨标清笑了笑:"对,杨标清,最低的那个。"

"不好意思。"江阔说。

"没事儿,"杨标清笑着说,"经常被叫错,十个得有三个叫错的。"

"你是不是故意的,"江阔转头低声问段非凡,"在我开口之前你不能抢答吗?"

"万一你没记错呢?"段非凡说,"我抢答了也得被骂。"

"我没骂你。"江阔说。

"你不笑的时候像是下一句就要骂人了。"段非凡说。

江阔盯着他看了一会儿,突然用力龇牙笑了笑。

"哎哟。"段非凡捂着胸口退了一步,"这看着像下一秒要吃人。"

山上有不少从台阶两边岔出去的小路,都在栏杆外头。

"这是通往哪儿的?"江阔问。

"村里老乡以前上山走的小路,"段非凡说,"通往各种犄角旮旯。"

"那不比走台阶有意思吗?"江阔说着一条腿就跨出了栏杆。

"看字儿。"段非凡拽住他,打开手机电筒,往前面的一个牌子上照了一下。

——禁止跨越。

江阔跨在栏杆上没动,有些不服。

爬山之所以无聊,就是因为在大多数情况下只是一个"上楼"的活动,如果走小路,肯定不会那么无聊。

"怎么了?"李子锐回过头。

"山顶碰头。"江阔说。

李子锐看了看他,又看了看那条小路,点点头,一副了然的表情:"你来之前没上厕所啊?"

……滚啊!

段非凡在后头笑得声音都没了,一个劲地捯气儿。

"你到山顶等我还是一块儿走小路?"江阔看着他。

段非凡收了笑,搓了搓脸:"我劝你不要走小路,尴尬得很。"

"有什么尴尬的?"江阔干脆坐在了栏杆上。

"你觉得呢?"段非凡说。

"……会碰上来之前没上厕所的?"江阔问。

段非凡再次笑得捯气儿。

"段非凡,"江阔指了指他,"我也就是实在无聊才能忍受你这种神经病……"

"他们说这小路都是谈恋爱的人才走，"段非凡压低的声音还带着笑意，"进去真碰上了多尴尬。"

"谁谈恋爱挑个这么热闹的日子找个这么热闹的地方约会啊！"江阔简直无语，"后头那条旧马路都比这儿好吧。"

"走走走，"段非凡指了指那条小路，"走。"

江阔跳了过去，快步走进了小路。

段非凡无奈地跟在他后头。

这条小路穿过一片小树林，起伏着向上延伸。

进来之后，他们发现路还挺宽的，光线比那边挂了彩灯的台阶路要暗得多，但路面还算平坦，虽然偶尔会踩到松动的石块，不过放慢速度就没问题。

"真碰上情侣了怎么办？"江阔问。

"立马找棵树开始尿尿。"段非凡说。

"要点儿脸……"江阔回过头。

话还没说完，他因为回头的动作身体有了些许的失衡，右脚又正好踩到了一块石头上，石头在被踩到之后非常不坚定地滚了一下，于是他的右腿瞬间以劈叉的姿势抢先冲了出去。

"啊！"江阔立刻感觉出来脚下是个坡。

这要滚下去了不知道会不会被树杈子戳成烤串儿。

他反应非常快，迅速回手一抄，抓住了段非凡胸口的衣服。

随着"嘶拉"一声，两人同时开始冲坡——他坐着，段非凡跪着。

借着穿过树林的月光，他俩相互拉扯着想要停下来，但没成功。

冲坡倒是成功了，他俩一坐一跪，就这么顺利冲到了坡底——然后看到了两双脚。

有人。

……真的有情侣。

你们是真能找地方。

你们也是滚下来的吗？

"谁？"一双脚的主人喊了一声。

对于才上了一个月学，到现在认识的人统共没超过十个的江阔来说，这个声音意外地熟。

居然是卢浩波。

换了谁都没这么尴尬。

他不知道这会儿他和段非凡是不是应该马上起身，一人找一棵树然后开始尿尿。

对于卢浩波来说，这场面是很吓人的。昏暗的山林里，两个人从坡上稀里哗啦、似滚似滑地冲到了他和他约会对象的脚下。

因为他们背上还背着装饮料的抽绳袋，所以下来的时候还有叮叮哐哐的背景音，热闹得很。

卢浩波身边的女生被吓了一跳，抱住了他的胳膊。

看来这里的确是谈恋爱专用小道。

江阔坐在地上，屁股和大腿后侧一路蹭下来已经麻了，但应该没怎么伤着。他顶着卢浩波震惊的目光，转头看了看段非凡。

段非凡是跪着滑下来的，如果忽略前因后果以及这个略带乡土气息的环境，他这个姿势还是很帅的。江阔一路滑下来的时候甚至还抽出那么一瞬间想了想，如果换成地板，这应该是个漂亮的滑跪……但这个强度，膝盖怕是要废。

"你们……"

卢浩波在两秒钟的沉默之后回过神来，短短的两个字里有着非常饱满的情绪——震惊、尴尬、恼火，以及"我虽然是和一个女生站在月光下的树林里但什么也没干我警告你们不要乱说"的威胁。

不过他没能完整表达完自己的要求。

段非凡为了与向下的力量抗衡，不让自己趴着下来，在跪着冲坡的过程中身体一直往后倾着。

到达坡底，运动突然停止，他后倾的身体因为惯性继续向前。

在与卢浩波短暂对峙的两秒钟里，他努力抗争了一下，然而无果。

他往前扑倒，双手撑地，摆了一个标准的土下座姿势，就差给卢浩波和他女朋友磕一个了。

卢浩波甚至条件反射地往前走了一步，想要扶住他，却在反应过来之后矫枉过正地连退两步。

从江阔一脚踩空到卢浩波退后，前后加一块儿也没超过十秒，但江阔感觉这十秒能排得上自己生命中最漫长的时间TOP3。

"啧。"段非凡重新跪好，缓了一下才站了起来。

"没事儿吧？"江阔赶紧看了看他的膝盖——一片泥和草渣，看不出到底什么情况。

"先上去。"段非凡转身往坡上走了两步，T恤被撕开的口子还扑棱着。

坡上全是碎土块儿，于是他又被松动的土块儿送回了原地，仿佛走反了扶梯。

江阔原地跳了起来，扶了他一把。

段非凡已经被坑得摔了一次，不能再连环摔了。

"没事儿。"段非凡看了他一眼。

"那边，"一直沉默地站在一边的女生开口了，她指了指右侧，"那边有一条路，可以上山的。"

看来卢浩波和他女朋友并不是从坡上滚下来的，人家是从另一条路上溜达过来的。

"谢谢。"江阔说。

两人顺着女生指的方向一前一后地走了过去。

江阔停下脚步，转身把段非凡拉到月光下，又打开手机的电筒，蹲下照了照他的腿。

"……我去！"江阔伸了伸手，但没敢碰，又收回手，抬头看着段非凡，"出血了。"

"嗯。"段非凡应了一声。

"怎么办？"江阔想了想，反手扯过背后的抽绳袋，"先用水冲一下吧，看看口子大不大。"

"用菠萝啤还是可乐？"段非凡问。

江阔住了手，过了一会儿，他没忍住，低头笑了起来："对不起……"

他用力咬紧牙关，想让自己不要笑得太明显，他是真的很不好意思，很抱歉，但也的确觉得太好笑了。

"对不起啊，"他有些无奈地蹲着，边乐边说，"我不是故意……我也不是真的想笑……"

"傻缺。"段非凡说。

江阔猛地收住了笑，站了起来。

两人面对面瞪着的时候，段非凡笑了起来："哈哈。"

为了不让就在五米开外的卢浩波误会他们是在笑他躲那儿谈恋爱，他俩只好忍着笑，又往上走了一段路，才放声狂笑。

"怎么办啊，回宿舍换一件？"江阔边笑边扯了扯段非凡衣服上的破布条，"你的衣服都是什么质量？上回扯坏那件也是，一拽就破了……"

"上回那件穿了快有六年了吧。"段非凡把背上的抽绳袋拿了下来，将两根肩带并在一起，当作胸包斜背在了胸前。破口被抽绳袋挡住了一半，不那么明显了。

段非凡的身材很好，这么挎着抽绳袋也不难看，但这玫红色……

江阔犹豫了一下，把自己背的那个蓝色的给了他："你背这个吧，这色没有那么打眼。"

段非凡笑了起来，跟他交换了，又扯了扯衣服："这件是市场口那个小摊位大甩卖的时候我一百块六件买的，可能质量不行。主要是你摔下去那一下力量也太大了，我扎了个马步都没能拉住……"

"还力量大，还马步……"江阔说，"一百块六件，一件十七块都不到的衣服，你还想给它的损坏找个外因？"

"你这算得还挺快……外因的确是你扯它了，你不扯，它就是只要七块也不会就这么被撕了。"段非凡提醒他。

"我的裤子脏了没？"江阔迅速转移话题，转过身，"帮我看看。"

段非凡弯腰看了看："还行。"

江阔拍了拍："还行是什么意思？"

"就是没有很脏，但有一些你拍不掉的蹭上去的土。"段非凡说，"不是很明显。"

"行吧。"江阔叹了口气，转身往台阶走了过去。

"干吗？"段非凡叫住了他，"不是要走小路吗？"

"都这样了，还走个屁。"江阔说，"你腿都摔破了，回那边路上找人要点儿水冲一下吧。"

"就是啊，都这样了又回去，那不是白这样了吗？"段非凡说，"人家以为我们真是进来尿个尿的呢，尿完还摔了一跤。"

"那就继续走？"江阔回过头，继续顺着小路走，"让人觉得我们是进来看别人谈恋爱的。"

段非凡笑得呛了一下，一通咳嗽："你这逻辑是真的强。"

往前走了一段之后他们发现，估计是因为台阶上的人太多了，所以选择走这条小路的人并不少，有一对一对的，也有几个一伙的，有男有女。

江阔小声问段非凡："你说卢浩波跟那个女生是在谈恋爱吗？那是他女朋友吗？"

"怎么了？"段非凡也小声问，"不然他是在打劫吗？"

"他的话，打劫比谈恋爱更有说服力。"江阔说，"他那样的还能有女朋友？女孩儿是疯了还是瞎了？"

"卢浩波也不丑，在学生会里混着，又是校长的外甥，家境虽然不可能跟你比吧，"段非凡说，"但也比大多数人有钱了，有女生喜欢他不算奇怪。"

"就你们这破学校的学生会……"江阔很不屑，"这也算有吸引力的条件？"

"哎？"段非凡笑了，"是咱们学校，而且董昆和丁哲都在学生会打杂呢。"

"他俩能证明什么？他俩正好证明学生会不行。"江阔说。

段非凡笑得很响："一会儿记得当面跟他们说。"

"丁哲不是回家了吗？"江阔说。

"董昆没回，孙季约会去了，董昆、刘胖估计这会儿正往山上去呢。"段非凡看了看手机，"哦，已经在上头了。"

江阔也拿出手机看了一眼，当代男大学生楷模群里有董昆发的一张山顶人头攒动的照片。他叹了口气，这人挨人的。

他还收到了一条消息，是大炮发过来的视频——奔奔站在一个挖掘机的挖斗里，挖斗抬到了高处，它正撑着斗沿儿对着月亮叫，非常有气势。

江阔直接将视频转给了段非凡。

"这狗有家以后是不一样了，"段非凡看着视频，"以前都不怎么出声，我都不知道它叫起来是这动静。"

江阔没说话。

往前走过一个能打出溜滑的大坡，就到山顶了。他们已经能听到上面鼎沸的人声。

这个大坡唤起了江阔不好的记忆，他正犹豫着要不要回到台阶路上去的时候，段非凡拍了拍他的胳膊："看。"

江阔顺着他抬起来的手往上看了看。

树林在这个位置留出了一块空地，他们能看到夜空。

一个巨大的月亮正正地悬在上方，漆黑的天空只有月亮四周是深深的蓝色。

"真大啊。"江阔说，"它平时有这么大吗？"

"不知道，很多人一年也就看一次月亮，"段非凡说，"比如我。"

"今天没在家里看月亮，老叔他们会不会不高兴？"江阔问。

"现在想起来问了啊，"段非凡笑了，"我说陪你来学校的时候你没想过这个问题吗？"

"没有。"江阔如实回答。

"他们不会生气的。"段非凡说，"我在家也是吃完饭就约人出去逛了，段凌在就行。"

你不跟你自己的父母过中秋吗？

江阔很想顺口问出这句话，但今天偏偏是中秋节，万一段非凡家里是出了什么事，他这么问就非常不合适。

"你不给家里打个电话吗？"段非凡继续往上走，又指了指右边，"这边不滑。"

"一会儿上去打吧。"江阔说,"我妈估计和江了了去我姥姥家了,这会儿正热闹呢。"

山顶的凉亭里已经挤满了人,有人带了野餐垫,有人直接坐在地上。

学校修凉亭的时候把四周地面都做了硬化,水泥地上这会儿全是人,江阔看了两圈儿才看到了李子锐疯狂摇动的胳膊。

"那边。"他拉了拉段非凡。

"你俩这是……"李子锐看着他俩走近,又凑到段非凡胸口看了看,"是不是摔了啊?"

"江阔拉着我从山腰一直滚到山脚,又重新爬上来的。"段非凡在他们占的地盘上坐下。

"啊?"李子锐非常震惊。

"就是不小心摔了一下。"江阔坐下了,"有水吗?冲一下他的伤口。"

"没有,我们还在等你俩上来喝饮料呢。"李子锐说。

"没事儿。"江阔把背上玫红色的抽绳袋取下来,把饮料都拿了出来,然后环顾四周席地而坐的人,想看看有没有人带了水。

他看向身后时,一个男生正好转过头,跟他视线对上后笑了笑:"找谁?"

江阔没认出他是谁,但看他友好的态度,估计也是吃了他做的酱牛肉的人。

"有水吗?"他问。

"有,"男生冲身边的人招了招手,"那边的水拿一瓶……一瓶够吗?"

"够。"他点头。

对面坐着的女生拿了一瓶水,往这边瞄了瞄,然后扔了过来。

女生个子很小,估计对自己的力量没什么信心,但对自己的准头又相当有信心,所以她这一下用了整个上半身的力量。

瓶子飞了过来,越过几个人的头,按这个轨迹,是奔着山下去的。

"啊……"她扔出瓶子的时候就吓了一跳。

江阔赶紧跳了起来,胳膊往上一扬,抓住了瓶子。

"哇——"几个女生同时喊了一声。

"这反应,牛。"段非凡躺在地上,枕着胳膊,一脸平静,完全没有如果江阔没接稳,瓶子就有可能砸到他身上的忧虑。

"冲冲吧。"江阔把水递给他。

段非凡坐了起来,接过水:"你看着点儿董昆他们,他们来找我们了。"

"嗯。"江阔看了一眼段非凡的伤,这会儿有灯,能看得很清楚了,从膝盖到小腿上面的位置有一条长长的血口子。

"这有点儿严重啊，"唐力在旁边也看到了，"要不要去包扎一下？"

"不深，"段非凡拿水冲了冲伤口，"就是长。"

见董昆他们穿过人群走了过来，江阔招了招手："这儿，学生会的渣渣。"

段非凡边冲水边乐。

董昆一脸震惊地走过来，弯腰盯着江阔看了看："你刚对学长说了什么？"

"学生会的渣渣。"江阔说，"坐那边吧。"

"我去！"刘胖说，"段非凡，你干什么了，把他传染成这样？"

"不知道，"段非凡还是笑，"酱牛肉吃多了。"

董昆把带来的月饼放到了中间，转头看到段非凡的腿，立刻压低了声音："我去，你是不是跟卢浩波动手了？"

"嗯？"段非凡愣了。

"他刚拉了一个你们班的女生从小路出来，"董昆说，"你是不是撞上他俩亲嘴儿了？"

"你这想象力……"段非凡很震惊。

"他有女朋友啊？"李子锐很有兴趣，"他都能有女朋友？他女朋友也是查寝组的吧……"

江阔笑了起来。

"女生是你们班的啊，"董昆说，"头发很长的那个。"

"啊？"李子锐很吃惊，转头看着唐力，"是不是严绘语？"

唐力没有说话。

惨哪！

江阔顿时从他俩的眼神中看出来了，这俩八成都喜欢那个叫严绘语的女孩儿，唐力面无表情的脸非常生动地展现了他的内心想法。

江阔不知道严绘语长什么样，但一个月就能喜欢上一个女孩儿，他其实不太能理解。

不过对于他们此刻的心情江阔还是很理解的——谁他们都能忍，就卢浩波不能忍！

关于卢浩波和他女朋友的讨论很快就过去了，李子锐和唐力过了一会儿也慢慢恢复了状态。

江阔正准备给他妈打个电话，没想到她先打了过来。

"孽畜。"他妈说。

"我正要给你打电话呢。"江阔说。

"都这会儿了才想起来要打吗？"他妈说。

"我刚跟同学爬到山顶坐下，"江阔说，"然后就准备给你打了。"

"去哪儿爬山?你爬山了?"他妈很意外,冲旁边不知道是谁喊了一声,"这傻小子居然去爬山了,我的天……多少钱抬上去的?江总说你答应三千五了,还不省着点儿花?"

"谁抬……"江阔叹了口气,"我们学校的山,我自己爬上来的。"

"这学校还可以啊。"他妈说,"你都会爬山了。"

"骂人啊你?"江阔说。

"行了,那你赏月吧。"他妈笑了笑,"今天月亮特别圆呢。"

"我不给江总打电话了啊,"江阔说,"他说今天跟项目部的人过节。"

"不用管他,他已经回来了。"他妈说,"哪个项目部的人中秋不回家陪他,你也信?他就是为了让你跟同学一块儿过。"

"……好的。"江阔说。

看来他妈刚是冲江总喊来着。

所以,江总过来一趟就是为了坑他的钱。

4 要不我还是现在问吧

江阔人生中第一个没在家里度过的中秋节,总体来说是圆满的,只是第二天有点儿睡眠不足。

段非凡也差不多,上课的时候坐在那儿端正地睡觉,在一众趴着睡的人里显得尤其嚣张,仿佛生怕老师没看到他在睡觉。

"你是真睡着了吗?"江阔问。

"是的。"段非凡睁开眼睛,"现在被你吵醒了。"

"我睡不着,"江阔低头打了个呵欠,"困得不行但是睡不着。"

"上课睡不着不是很正常吗?"段非凡说。

"但是我很困,"江阔叹气,"有困意,没睡意。"

"你带耳机了吗?"段非凡靠着椅背往下滑了一点。

"嗯。"江阔也往下滑了一截儿,"怎么?"

"你看看助眠视频吧。"段非凡拿出手机很快地点了几下,发了个链接给他,"这个姐姐特别牛,她的视频我都没看完过,看十分钟就能睡着。"

江阔戴上耳机,随便点开了一个视频。

"……这怎么睡?姐姐给我化妆呢。"江阔小声说。

段非凡低头笑了半天:"你挑个别的,视力检查之类的。"

江阔换了一个视频，看了一会儿也没有什么感觉，不过他发现了一个细节："你那个blink……从这儿学的吧？"

"嗯。"段非凡伸出手，在他眼前轻轻抓了两下，"Blink，blink……"

江阔顿时感到一阵强烈的睡意，他趴到了桌上："我的天，你这个效果可以啊……"

段非凡没再说话，低头在手机上戳着，估计是在回消息。

江阔趴了一会儿，段非凡给他抓出来的那点儿睡意很快消失了，又开始困得双眼含泪。

"你十一回家吗？"段非凡一边戳手机一边问。

"不回。"江阔说。

段非凡很快地扫了他一眼："确定吗？你之前是怕你爸把你扣下，现在你们都谈妥三千五了，也不回吗？"

"不回。"江阔说，"我要自由。"

段非凡再次问："确定吗？"

"你有什么事儿直接说。"江阔皱了皱眉。

"打工吗？"段非凡问。

"什么？"江阔愣住了。他虽然觉得三千五不够用，但不到三千五真的用光他是不会考虑钱的问题的。就算钱用光了，他也可能只会纠结一下是保酒店还是保咖啡馆。

段非凡突然说打工，他一点儿心理准备都没有。

"段凌他们商场十一要找兼职的促销人员，"段非凡说，"你去吗？"

"不想去。"江阔一想到可能要站一天，就有些发怵，"你去吗？"

"嗯。"段非凡点点头，"我再找两个人。"

"你不是说两千够用吗？"江阔说。

"自己赚点儿，下个月就可以少问我老叔要一点儿。"段非凡说。

江阔实在是忍不住了，再不问也不合常理了。

"你爸妈呢？"他问。

段非凡一直忙活着的手指顿在了空中，他转过头笑了笑："我以为你得憋到明年才问呢。"

段非凡这话让江阔心里惊了一下。

看来那天衣柜里的会见卡被他看到了，段非凡是知道的。

废话，一打开柜门就知道来借衣服的人看见了。

他一直没问，段非凡也一直没提这件事。

虽然他一直想问，并且现在问了，但段非凡一副"我其实早知道你知道了并且一直在等你问"的态度是他没预料到的。

于是他有些尴尬，因为他早就被看穿了。

"要不我明年再问？"他说。

"行。"段非凡点点头，又继续跟人发消息了，估计是在联系兼职的人。

找人找得这么积极，不知道是不是按人头提成。

江阔冲着前面的老师发了一会儿呆，没头没脑地听了几耳朵，都不知道老师说到哪儿了。

段非凡发完了消息，也抬起头开始听课，甚至拿出本子开始记笔记。

江阔转过头看着他。

"嗯？"段非凡也看着他。

"要不我还是现在问吧。"江阔说。

段非凡笑了笑："我刚上小学的时候，我爸妈就离婚了。我五年级的时候我爸坐牢了，所以我一直住在我老叔家。上学要用的钱都是我老叔出的，我妈偶尔来看我的时候会给点儿零用钱。"

江阔沉默良久，应了一声："啊。"

对于江阔来说，自己家的那点事儿，如果不是跟特别熟或者很信任的人，他一般是不会随便说的。

对别人的私事，他也没有什么兴趣知道，会问段非凡主要是因为他从来没碰到过这样的人。

他认识的同龄人都父母双全，家庭未必美满，但打架、出轨、养小情人儿都热热闹闹的。他甚至出席过不怎么熟的朋友捉他爹小情人儿的现场，就因为对方想凑满一辆车的人，显得气派。

这些事都是明面上的，他别说打听了，躲都未必躲得开。

但段非凡很神秘，他明明有父母——起码有提到过爸爸，但又活得像个寄人篱下的孤儿，明明看着像是寄人篱下，但性格又外向、张扬，有着典型的"社牛症"。

非常神秘。

所以非常神秘的段非凡这么一句话就把家庭情况全交代清楚，都不让人追问一句的做法，让江阔很震惊。

他本来准备好的下一句话"哦，这样，那你爸（你妈）呢？"被直接堵在了嘴里。

他都不知道该说什么了。

"你看到会见卡了吧？"段非凡问。

"嗯。"江阔应了一声，"我没翻你东西啊，是你自己没放好。"

"我随手放的。平时也没人问我借衣服。"段非凡说。

"是去看你爸的吗?"江阔问了一句废话。

"不,"段非凡说,"其实是去看他隔壁的大叔的。"

江阔笑了起来。

"他快出来了。我不常去看他,还没段凌去得多。"段非凡说,"不知道说什么,有点儿尴尬,如果他不是我爸,倒还轻松点儿。"

"是……"江阔看了他一眼,又很快转回头看着自己的书,"因为什么进去的?"

"故意伤害,"段非凡说得挺平静的,"打群架,对方重伤,残疾了。"

江阔突然想到,段非凡之前在后山碰上村民的时候抱着脑袋不还手是不是因为这个。

"我……"他不知道该怎么说才合适,"我不会跟人说的。"

段非凡笑了起来:"你能跟谁说啊。"

江阔看了他一眼,有些不服,但的确想不到能跟谁说。

"一般跟我熟点儿的,如果直接问我,我都会说。"段非凡说,"这也不是什么秘密,吕宁估计都知道。"

"你不担心……"江阔想了想,没再说下去。段非凡应该不会在意。

"又不是我犯法,我担心什么?"段非凡说,"但你要是说我爸什么,那就看我的心情了。我心情不好就收拾你一顿,心情好就没事儿,毕竟我爸坐的不是冤狱。"

"董昆他们都知道吧?"江阔说。

"嗯。"段非凡点点头,"他们是去牛三刀的时候直接问的——'为什么你住你叔家?''你爸呢?''你妈呢?''啊,离婚了为什么就不管你了?''为什么你的学费是你叔拿的啊?''为什么……'"

"……多不见外啊。"江阔叹气,没想到如此简单,"万一你不想说呢?"

"那就不说呗。"段非凡说。

如此简单。

CHAPTER 9
少爷打工记

1 明天不干了!

段非凡他爸没收入,负担不了他的学费,他妈因为分开太多年,也不负担他的学费,只偶尔给零花钱,所以他生活、学习的费用都由老叔负责。

段非凡会在朋友圈里帮牛三刀打广告,隔两三天就会回去一次,帮忙打包和邮寄外地的订单。

他不像马啸那样每天去打工,毕竟牛三刀的生意还不错,老叔也对他挺好,但他会在周末和假期去兼职,帮老叔减轻点儿压力,还能自己买些生活必需品之外的东西。

像十一假期这样的机会,段非凡是不会错过的。

他连一天休息时间都没给自己留,理由也很充分:"上课的时候还没休息够么?"

江阔总算知道为什么之前自己问段非凡本地有什么好玩的地方,段非凡却让他去问丁哲了。

不过比起马啸,段非凡还是要轻松一些。

江阔起床的时候,马啸已经出门了,甚至比今天要回家的唐力都走得早。

"时间是不是有点儿晚了?"江阔问唐力,"我送你吧。"

"没事儿,不晚。"唐力说,"我跟别人一起约了辆面包车,现在走正好。"

"嗯。"江阔下了床。平时要上课,他七点多起来觉得困得能滚下楼梯,好不容易放假了,七点起床却神采奕奕。

"你这几天去哪儿?"唐力问。

"不知道。"江阔说,"到处转转吧。"

"那行,"唐力说,"我走了,回来给你们带吃的。"

"谢谢。"江阔点点头。

但凡还留在学校的基本都跟人约了去玩,或者像马啸那样忙着兼职赚钱,如他这般起床之后独自一人在宿舍转悠的就只有他一个。

连大炮都回家了!

大炮居然回家了！跟他七大姑大八姨还有一帮小屁孩儿去旅游！

不烦吗！

江总居然没塞点儿钱让大炮十一假期留在这儿陪着刚被他坑得一个月只有三千五的儿子。

他后悔了。

他来到值班室，想问问赵叔对他这七天如何度过有什么建议，但发现赵叔也回家了。

连学校保安都是轮岗的，每人只上两天班。

只有他要坚守七天。

他很后悔。

其实他起床的时候就后悔了，唐力背着包一走，他就更后悔了。

但这会儿他再去找段非凡说："要不我也打工去？"段非凡可能会骂他："你以为你是香饽饽，什么工都在那儿等着你打呢。"

"你要是没地方去，"值班的保安说，满脸同情，"就去图书馆吧。"

"……谢谢。"

手机在兜里响了好几声，段非凡一直没空拿出来看。

他今天负责饮料区的促销，商场外面的广场上已经搭好了促销的摊位，看过去满眼都是充气拱门、彩旗和气球。

"非凡，帮我试一下音响。"旁边的李姐叫他。

"嗯。"段非凡把搬来的一箱饮料放到地上拆开了，又过去帮李姐把音响的线接上。

音乐声响起。

"大点儿声吧。"李姐说。

"嗯。"段非凡把音量调大了。兜里的手机又开始响了，这回不是消息，而是电话。

"玩偶的活儿有人接了吗？"李姐问。

"我刚问了，这会儿估计有人了——我接个电话。"段非凡拿出手机，发现居然是江阔打来的。

"好，告诉来的人直接过来就行，服装在后面的卸货区，你带他过去吧。"李姐说。

段非凡比了个OK的手势，接起了电话："喂？"

"你这么忙吗？"江阔问，"消息不回，电话也半天才接……"

"的确很忙，没来得及看手机呢。八点多就开始了，这会儿大家都在搭台子。"段非凡戴上耳机，点开了手机消息，"你起床了？"

消息居然全是江阔发过来的，三条。

——JK921：我去吧。

——JK921：在？

——JK921：？

段非凡愣了。扮玩偶的人昨天得了肠炎，今天人还在医院，来不了了，他于是发了条朋友圈问有没有人想来做玩偶的兼职。

江阔发来的这几条消息让他有些吃惊。

"那个扮玩偶的兼职有人去了吗？"江阔问，"没有的话我去吧。"

"确定吗？"段非凡问，"上午十点半到下午两点，下午三点到六点，管午饭……"

"我知道，你朋友圈不是写了吗？"江阔说。

"那你来。"段非凡估计他是因为在宿舍实在找不到能玩的了，"你直接去后面的卸货区，东西都在那里，有很多人和箱子。我把定位发给你，你打车过来就说到停车场。"

"行。"江阔说。

"提前十分钟……算了，你提前半小时吧。"段非凡说，"你昨天为什么不说要来？"

"昨天你没说有玩偶。"江阔说，"促销是不是要站那儿叭叭地说一天，受不了。"

"所以你是觉得扮玩偶轻松点儿是吧？"段非凡问。

"当然啊。"江阔说。

"行，你来吧，"段非凡说，"到了给我打个电话。"

少爷对这个世界一无所知。

"李姐，"他又给李姐打了个电话，"人一会儿就过来。我想问问，咱们那个扮玩偶的钱，能再加点儿吗？"

"怎么了？"李姐问，"周末二百二到二百四你是知道的，这几天都是二百五。"

"这是我同学，大一新生，家里……比较困难。"段非凡想帮江阔多争取点儿，能多十块多十块，而且扮玩偶是个体力活儿，他怕这人一会儿觉得落差太大干一半撂挑子，"他……可能就干今天一天。他找了个洗碗的活儿，明天就去上班。明天我再帮你找人过来……"

"这样啊，"李姐想了想，"那给他二百八吧。"

"谢谢姐。"段非凡说。

也行，二百多和差不多三百，听上去多少能有点儿区别。

"也就是你，换别人跟我说可不行。"李姐说。

"我也是跟你熟才敢说的，别人我不敢。"段非凡说。

"行吧，"李姐笑着说，"一会儿你就带着点儿你同学。"

九点多，广场上已经有很多人了。这个促销摊位是最大的，三个员工和几个兼职的促销员都已经就位，段非凡和一个兼职同事留在摊位上，其他人得出去发传单。

"这条线不够长啊……"一个女孩儿把一个迷你小冰柜放到摊位旁边之后发现电源线够不着插座。

"还有个插板。"段非凡在李姐拿来的箱子里翻了翻，找到了一个插板，"用这个吧。"

"李姐说你跟她合作两年了是吧？"女孩儿接过插板。

"差不多吧。有空我就会来。"段非凡说。

"难怪你这么熟练。"女孩儿说。

段非凡笑笑没说话。

江阔应该快到了，他拿出耳机塞上，怕一会儿接不着电话。见有人过来，他站到了摊位前，准备帮着介绍新品——余光里一抹亮眼的绿色掠过。

……嗯？

段非凡猛地抬起头。

黑、白、灰、蓝四色的车流里，一辆在阳光下格外耀眼的银绿色911从广场前面的路口转弯，往卸货区的停车场去了。

地方倒是找得很准，但是谁能让你把私家车停那儿啊！

"我去接个人过来。"段非凡放下了手里的饮料。

"好，是扮玩偶的人来了吗？"旁边有人问。

"是。"段非凡转身往停车场跑去。

"停车场在那边。"保安拦在车头前。

"我要去卸货区。"江阔有些不耐烦，用胳膊撑着车窗。

"卸货区不能停车，"保安说，"你要停车得去那边的停车场。"

旁边干活的人都看了过来。

"我不是来停车的，"江阔说，"我是来打工的。"

保安盯着他，过了一会儿才开口："先生，请不要在这里找乐子，这里是工作区域。"

"我找什么乐子……"江阔拍了拍方向盘，想给段非凡打个电话。后面突然传来一声喇叭响，吓得他一哆嗦。

段非凡跑到卸货区停车场入口的时候，911的后头已经堵了两辆车，江阔正一脸不耐烦地拿着手机。接着他的手机就响了。

"我到了。"段非凡接起电话说了一句就挂掉了。

他跑过去，从兜里拿出工作证给保安看了看："饮料区李婷婷，来送东西的，我一会儿带他从那边的口子出去。"

保安看了车里的江阔一眼，摆了摆手。

段非凡拉开车门坐进了副驾驶座："直走。"

"你怎么知道我到了？"江阔把车开了过去。

"您这车我在八百里外都能看到，亮瞎一条街。"段非凡指了指左边的路，"不是让你打车过来吗？你开这辆车过来是什么意思啊……"

"打不着，"江阔很不爽，"附近五公里没有一辆车！"

"就这儿。"段非凡指了指前面放着货物和各种箱子的地方，"在车上等我，拿了玩偶服就把车停到普通停车场去。"

"嗯。"江阔应了一声。

段非凡下了车，过去找了找，然后打开一个箱子，从里面拿出了一套粉红色的玩偶服。从耳朵判断，这是一只兔子。

"怎么这个色……"江阔打开了车前盖，"放前头吧。"

段非凡把兔子玩偶服塞进了置物箱里，然后继续给他指路。

"就在这儿穿上吧。"到达普通停车场，段非凡下了车，"等你穿好我再带你过去。"

江阔先拿起兔头感觉了一下——还行，不是太重。他从兜里拿出一个浴帽戴上，再把兔头扣到了脑袋上。

"哪来的？"段非凡问。

"李子锐不知道从哪儿弄来的。"江阔从兔头里看着他，"这脑袋里居然还有个电扇。"

"你带充电宝了吗？"段非凡说，"热的话可以开。"

"不热。"江阔拿起玩偶衣服，扯了几下，"这个怎么穿？"

"有拉链。"段非凡把拉链拉开，"你能先把兔头脱下来吗？那是最后戴的。你过瘾呢？"

江阔脱下了兔头，费了半天劲把衣服套上了。

"好瘦的兔子。"他低头看了看自己，"我以为是迪士尼那种呢。"

"那种你穿一天得累死。"段非凡说，"兔头拿着吧，过去再戴上。"

"帮我拍张照。"江阔抱着兔头。

段非凡拿出手机，给他拍了张照。

他又把兔头戴上："再来一张。"

段非凡又拍了一张，然后发给了他："是要给江总看吗？"

"真聪明。"江阔脱下兔头，往出口走去，"让他们看看我有多辛苦，没准儿心一软就给我加到五千了。"

穿过广场的时候，他们碰到了穿着一身西服的段凌。

"我的天，这是谁？"段凌指着江阔。

"凌姐。"江阔打了个招呼。他差点儿没认出来这是段凌，她现在跟在牛三刀抢着刀砍肉的时候完全像是两个人。

"你干吗？"段凌看着他，"体验生活啊？"

"打工，"江阔说，"体验什么生活，我正经来赚钱的。"

"赚多少？"段凌问。

"……多少？"江阔转头问段非凡。

段凌一下笑了起来："多少钱都不知道，一会儿他把你卖了你还谢谢'大恩人'。"

"二百八，"段非凡说，"我帮你多要了三十。"

"可以可以。"段凌拍拍江阔的肩，往商场那边一溜小跑，"你们去吧，我今天忙死了，中午请你俩吃饭啊……"

广场上很热闹，江阔以前逛街的时候基本不会注意这些促销摊位，但今天他第一次仔细地把经过的好几个摊位都看了一遍。

"你同学啊？"走到他们的促销摊位前时，有个大姐问了段非凡一声。

"嗯，小江。"段非凡介绍了一下，"小江，这是许姐，她今天负责这里，有什么不懂的就问她。"

不问你吗？

"好，"江阔点点头，"许姐辛苦。"

"这位英俊的少年应该去发传单啊，"许姐旁边一个年轻的姐姐笑着说，"肯定一会儿就发完了。"

"要不你下次试试？"段非凡说。

"我今天能不能坚持做完都不知道。"江阔戴上了兔头，"我怎么已经开始热了？今天挺凉快的吧。"

"走过来肯定有点儿热。"段非凡交代他，"你一会儿就站在这里，有人过来你就扭扭腰、招招手，摇头摆尾，招呼大家过来看看，不用怎么走动。"

"什么叫摇头摆尾？"江阔回手往自己身后摸了摸，揪起衣服上的一个球，"就这尾巴，怎么摇？"

"去吧。"段非凡没回答他的提问。

江阔走到摊位前面站定，然后一动不动地杵着，迎着从对面过来的人群。

段非凡看着他，正想过去提醒一下让他好歹招招手，他终于对着一个仰头看着他的小姑娘歪了歪脑袋。

还行，比招手看上去可爱。

段非凡松了口气。

这估计是江阔长这么大最艰辛的一次经历，他的每一个动作看上去都是那么的不情不愿和别扭。

跟江阔接触的时间长了，就能发现他的一个不让人讨厌的优点——像现在这样，但凡说了要做某件事，他就会放下"我哪吃过这种苦、受过这种罪"的架子，认真去试试。

他从非常艰难地抬手、招手，到放松一些，看到小朋友会扭扭屁股，再到对所有注意到他的人做个请的手势，然后往这边带，用了不到一个小时。

虽然他并没有成功带过来几个人。

不过玩偶的主要作用是增加点儿气氛，显得热闹。

"让他歇会儿吧，"许姐看了看时间，"喝点儿水。"

"嗯。"段非凡应了一声，准备把手上的几瓶饮料摆好就过去叫江阔。

江阔还在认真工作。对面走过来的一对小情侣，女孩儿指了指促销摊位这边说了句什么。江阔觉得他们应该是有兴趣的，于是先冲他俩比了个心，然后歪头做了个请的动作。

女孩儿笑了，然后摆了摆手。

江阔没再邀请，退后一步，扭了扭屁股。

没想到她的男朋友突然冷下脸，指着江阔说了句什么。

江阔的动作僵了一下，接着站直了。

段非凡赶紧往那边大步走过去。

女孩儿伸手拦了一下她男朋友，但没拦住。那个男的径直朝江阔冲了过来。

"干什么！"段非凡一声暴喝。这一嗓子他是运足了气喊的，他感觉舌头都差点儿被自己吼出去了。

江阔和那个男的同时被吓得蹦了一下。

江阔长这么大，还是第一次遇到有人对他使用这么离谱的词。

"不买！"

"别骚扰她！"

别骚扰她？！

骚扰？

这话就相当令人恼火了。江阔感觉自己脑袋顶上要是有个炮捻子，这会儿应该正在滋滋冒火。

他知道自己正在打工。按那天段非凡他们几个当代男大学生楷模的说法，打工的时候受点儿气是正常的，所以在这个脸上戴着一副黑超的男人冲自己很不客气地说"不买"之后，他就已经按着自己的炮捻子退开了。

也因为女孩儿挺有礼貌，他甚至还扭了扭屁股以维持表面的欢乐气氛。

结果黑超炸了。

骚扰！

这么离谱的词居然被用在了他身上，他实在有点儿不能忍。

这跟骚扰挨得着吗？怎么就骚扰了？没别的词可用了吗？就剩骚扰了？

"说话注意点儿，"江阔说，"语言实在匮乏的话不如先回家看看书。"

"你欠揍！"黑超推开拦着他的女孩儿冲了过来。

如果段非凡不吼那一声，看黑超的架势，应该是打算对着他的兔子脑袋来一拳的。

黑超的火气很大，反应也挺快。在他俩被段非凡吼得一块儿蹦了一下之后，黑超居然还能继续向他发起进攻。

白吼了啊，段英俊，嗓子都废了吧？

黑超的拳头还是抡了过来。

由于兔头有点儿大，拳头抡到眼前的时候，江阔不得不比平时更大幅度地往后仰了仰才躲开。后仰的同时他左手一挡，再向外一推，黑超的拳头就擦着兔头砸了个空。

黑超也许平时经常跟幼儿园的孩子交手，所以对自己的实力有过高的估计，在这拳被人如此轻易地化解之后，他伸出左手又是一拳，冲着江阔肚子去的。

这人一看就是个右撇子，对于曾经被江总以"精力这么旺盛不如打打拳消耗一下"为理由逼着练了两年拳的江阔来说，他左手的攻击比起刚才右手的更是毫无力量可言。

江阔右手往下，一把抓住了他的手腕，将他牢牢地控制住了。

黑超两击落空，非常没有面子，猛地一甩胳膊想把手抽出来。但江阔抓着他的手腕没松劲，他抽了两次都没成功。

黑超脸上挂不住了。

在不屈不挠精神的支撑下，他立刻再次用右手进行攻击，又是对着兔头。没完了是吧?!

江阔一扬手，把他的右手手腕也抓住了。

黑超再次猛甩胳膊想把手抽出来，但依旧没有成功。

此时此刻，他俩就像久别重逢的老友，激动地对视着。黑超看着兔子玩偶的眼睛，江阔从兔子嘴里看着黑超，两人握在一起的手疯狂上下甩动。

"有完没完？"江阔说。

"松开！"黑超咬牙切齿。

在他抬腿踢人的时候，江阔松了手，顺着劲儿把他推开了两步。

在一边看了几秒钟戏的段非凡及时挤到他俩中间，阻止了黑超臭不要脸的第三次袭击。

"请问是我们的工作人员有哪里没做好吗？"段非凡贴着黑超的脸问了一句。

女孩儿过来拉着黑超的胳膊将他往后拽："算了，走吧。"

"我要投诉那个兔子！"黑超指着他身后的江阔，"他骚扰我女朋友！还打人！"

"手放下，"江阔说，"别指我。"

"指你怎么了！"黑超的手没再指着他的脸，而是往下移了移，似放非放。黑超虽然很不甘心，但两连败让他挑衅的时候底气有点儿不足。

"手不要了是吧？"江阔说。

"你听到没？"黑超瞪着段非凡，"你们这工作人员什么态度！"

"这样吧，现在的状况我不清楚，"段非凡掏出了手机，"如果您确定他骚扰了您女朋友并且动手打了您，那我现在报警，您跟警察说。"

"走吧……"女孩儿还在努力地拉着黑超。

"报警就报警，我怕你们？"黑超说，"别以为你们人多警察就信你们！"

"没有谁怕谁，警察就算信我们也不是因为我们人多。"段非凡转身把江阔往前拉了拉，一边把手从兔子脑袋下边往里塞一边说，"警察应该信监控。我们现在对兼职人员有要求，这套衣服里是有摄像头的，所以……事情是怎么样的警察都能看到……"

江阔震惊地看着段非凡的手从自己下巴颏那儿强行挤进了兔头里，手指还夹着一个无线耳机。这耳机江阔见过，段非凡上课的时候经常戴，估计是他刚才从兜里摸出来的。

接着段非凡把耳机按在了兔子嘴的位置上，给黑超指了指："就是这个摄像头，固定在头套里的。一会儿警察来了，我们把监控视频调出来看看就清楚了，麻烦您配合。"

黑超犹豫了一下："蒙谁呢？"

"不蒙谁，"段非凡把耳机塞到了江阔头上的浴帽里，然后抽出了手，"谁敢蒙警察？"

"走吧。"女孩儿拉了拉黑超。

"让他道歉。"黑超说。

"等警察来吧。"段非凡开始拨号，"如果是您的错，也希望您能给我们的工作人员道歉。"

"哎呀，走吧！"女孩儿终于忍不住喊了一声。

黑超脸上相当挂不住："他……"

"如果警察需要，我可以做证是你不对！"女孩儿扔下这句话后转身大步走了。

"你！"黑超往女孩儿那边追了两步，又回身指了指江阔，想想又指了指段非凡，"你们，等着！"

"我等你？"江阔说，"你多大脸？"

"闭嘴，休息会儿。"段非凡转身往摊位那边走。

"我还可以。"江阔说。

段非凡又走回他面前，从兔子嘴往里看了看："是到休息时间了，不是要你平复情绪。"

"哦。"江阔应了一声。

跟着段非凡往回走的时候，他还没忘冲一个追上来看兔子的小朋友招了招手。

"没事儿吧？"许姐递了两瓶水给他们。

"没事儿，有点儿误会。"段非凡说。

"许姐刚要叫保安，"一个女孩儿说，"结果那人就走了。"

"他本来就不占理，无非是觉得我们做生意，有理无理闹起来都是我们吃亏。"许姐说，"在这儿摆一天，这种奇奇怪怪的人不知道要碰见多少个。"

"我要是那个女生，回头就分手。"另一个女孩儿皱着眉，"这人跟神经有问题一样。"

江阔坐到旁边的塑料箱子上，摘下了兔头，从浴帽里边拿出段非凡的耳机扔给他，然后扯下浴帽，低头甩了甩头发。

他想了想，又把头发弄乱了，然后看着段非凡："快，拍照。"

段非凡叹了口气，举起手机对着他拍了张照片："要不你把浴帽再戴上，那样看着又好笑又惨。"

江阔看了看手里的浴帽，一脸嫌弃："算了。"

"怎么了？"段非凡问。

"边儿上有点儿汗湿了。"江阔说。

"那是别人的汗吗？"段非凡无语，"你自己的汗，浴帽一秒钟之前还戴在你脑袋上呢。"

"但是现在拿下来了就不一样，"江阔说，"一直戴着我能忍，拿下来了再戴回去不能忍。"

"那待会儿你直接戴头套吗？"段非凡问，"您这么讲究，不需要把脑袋和兔头隔离一下了吗？"

"去买顶帽子。"江阔看了看商场大门，"里面应该有吧？"

"休息二十分钟，"段非凡起身，"走吧。"

"你也去？"江阔问。

"聊两句。"段非凡帮他把衣服后面的拉链拉开了。

"管得真多。"江阔叹气，他知道段非凡要说刚才的事。

虽然只穿了一个小时，但脱掉玩偶服的时候，江阔还是觉得整个人都舒坦了，走路都带着风。

"你刚吼那一声是怕那人揍我么？"他问，"吓得我汗毛都竖起来了。"

"我怕你揍他。"段非凡看了他一眼。

他的确是怕江阔动手，但那人在江阔面前那么不堪一击是他没想到的。

江阔肯定不是个"弱鸡"，这点他能确定，军训时轻松完成的一百个俯卧撑就能证明。只是那人连续出两拳都被江阔挡开，场面仿佛小学生对阵成年人，让他很意外。

"我不会。"江阔说，"他不动手的话我是不会先动手的，我从来都是打嘴炮为主。再说了，毕竟在工作呢不是么，我还是你介绍来的。"

段非凡把手伸到了他面前。

"干吗？"江阔看着他。

"抓一下。"段非凡说。

"……你到底有没有听我说话？"江阔瞪着他。

"听了。"段非凡说，"我本来以为你压不住脾气，就想着要是那一声吼没吓住那个傻缺，我就过去踹他。没想到你会考虑这么多，现在我对你刮目相看……来，抓我一下。"

"是不是有病！"江阔一把抓住了他的手腕。

段非凡迅速一甩——没甩开。

江阔手上的劲儿出人意料地大。他看了江阔一眼："我再试一次。"

"刚我戴着兔爪手套抓着那人他都没能甩开，"江阔说，"现在这摩擦力，你再试十次也不可能甩得开。"

段非凡趁他说话的时候又甩了一次胳膊。

江阔反应很快，手顺着他的劲跟了过去，直接把力量给卸掉了，他还是没能甩开。

"啧，"段非凡看着他，"这位阔少，你可以啊。"

"除非我手酸了。"江阔说。

"松开我，"段非凡突然说，"不要拉着我！"

江阔莫名其妙地看着他，一时之间没有反应过来。

"让我走！"段非凡转身走了一步，然后回过头，"让我走！"

"你干吗？"江阔跟触电似的一下松了手。

"看到没，"段非凡捏了捏自己的手腕，"智取。"

"滚！"江阔快步走进了商场。他虽然对别人的目光无所谓，但嘚瑟收获的目光和"社牛症"收获的目光还是有区别的。

江阔本打算随便找家店买顶正式的帽子，但段非凡没同意，拉着他去了超市。

"这家商场里没有你平时戴的帽子。"段非凡说。

"我没说要平时戴的啊。"江阔说，"就一会儿穿玩偶服的时候用，随便什么样的都行。"

"所以，它是一次性的。"段非凡说，"一项普通的帽子最便宜也得几十块吧，一包一次性的浴帽才十几块，有两百个。"

"那我七天最多用十个，还有一百九十个怎么办？"江阔问。

"有道理。"段非凡停下了脚步，拿出手机开始拨号。

"就是啊。"江阔说，"去超市还得找，然后还得排队结账……"

"喂，你在哪儿？"段非凡拿着手机，"你那儿有没有一次性的浴帽？我要用……也行，可以，我去电梯口。"

江阔看着他："谁啊？"

"走，"段非凡一招手，"钱都不用花了。"

江阔跟着段非凡走过商场的员工通道，在电梯旁边站着。过了一会儿电梯门打开了，段凌手里拿着个小塑料袋走了出来："要这个干吗啊？"

"江阔戴头套，要隔一下。"段非凡打开袋子看了看，"够了。"

"戴头上啊？"段凌说，"这保鲜套是套在剩菜盘子上用的，代替保鲜膜。"

"长得不是一样吗？"段非凡拿了一个出来，递给江阔，"是不是？"

"……好像是。"江阔拿着看了看，的确看不出区别，都是一层薄塑料和一圈没多大弹力的收口。可能区别就是这个是能装食品的？

"就它了。"段非凡一拍手。

"十二点我过去找你俩，"段凌说，"一起去步行街吃小馄饨，超级好吃的那家。"

"好。"段非凡点头。

"怎么样，工作快乐吗？"段凌问江阔。

"现在还是快乐的，"江阔说，"不知道下午能不能快乐，明天也不好说。"

段凌很愉快地笑了起来："挺住，真干完七天你会发现也没什么大不了的，多的是比这更累的事儿。"

这份兼职对江阔来说目前还处于可以承受的范围内，虽然碰上了莫名其妙的人，但没怎么影响他的心情。

段非凡跟在他身后，犹豫了一下："江阔。"

"嗯？"江阔应了一声。

"你明天还干吗？"段非凡问。

"干啊。"江阔说，"一小时休息一次是吧？感觉还行。"

"工资满意吗？"段非凡又问。

"二百八啊？"江阔回头看了他一眼，"还行吧，能买顶一般的帽子了。"

"二百五呢？"段非凡继续问。

"二百五不好听，二百四吧。"江阔说。

段非凡笑了起来："工资还有往少了要的吗？"

"怎么，"江阔反应过来了，"明天不是二百八了？"

"嗯。"段非凡点点头，"今天是我跟李姐说你……家里比较困难，明天你就去洗碗了，所以让她给你多加了点儿。"

江阔没说话，过了一会儿才问："那我明天要去洗碗吗？"

"不知道啊，"段非凡说，"你要是想继续来这儿，就不去洗碗了。"

"没事儿，"江阔摆了摆手，"二百五就二百五。就三十块钱，谁会计较这个。"

"明天别开车来了，"段非凡说，"打不着车就坐公交、地铁。这儿是市中心，公交、地铁都能到。你赚的这点儿钱都不够你烧油的。"

"我那油箱加满得七八百块吧，能跑五百多公里，"江阔认真地计算着，"从学校到这儿也就二十公里，来回一趟只要……"

段非凡叹了口气。

他当然知道一个来回用不了两百多的油钱，也知道江阔不能理解为什么要选择公共交通工具省那点儿钱，毕竟他就算开车来兼职，也只是这七天而已。

江阔看他没说话，马上回过神来，一指他："懂了，我懂了。"

"懂什么了？"段非凡笑笑。

"明天我坐公交车过来，"江阔说，"我不知道地铁站在哪儿。"

"地铁站在市场那边，比公交站远。"段非凡说，"明天我带你坐公交过来吧。"

"好。"江阔说。

拿着段凌给的保鲜套，江阔回到摊位上穿上玩偶服，继续工作。

接下去的时间就过得没有那么快了，新鲜感一旦消失，无论做的是轻松的还是困难的工作，都只剩下疲倦。不过他还是很认真，依旧会比心，会扭屁股。

段非凡用手机给李姐录现场视频汇报的时候，顺便给江阔也录了一段，以便他回归少爷生活之后，可以拿出来回味一下。

段非凡感觉自己的嗓子有点儿难受。根据以前打工的经验，他带着清凉糖，这会儿也含上了。临近中午，人越来越多，无论客人买不买，只要站在了摊位前，他们就得介绍。清凉糖的劲儿一过，段非凡就觉得嗓子眼儿发干。

另外几个兼职的同事没经验，一口干就喝水，之后只好跑回商场上厕所。这一来一回要耽误不少时间，许姐有些不高兴，于是他们最后都从段非凡这儿拿了清凉糖。

午饭一般是在摊位上吃的，商场提供盒饭。为了不耽误工作，大家一般轮流吃，也不会让他们自己跑出去吃。不过段非凡跟李姐他们比较熟，加上段凌也在商场工作，所以段非凡和江阔去步行街吃了顿非常美味的馄饨。

"真的很好吃。"江阔说，"我很少会觉得这种速食类的街边小食好吃，但这家馄饨真的好吃，明天我请你再吃一顿吧。"

"明天就没这待遇了啊，"段非凡告诉江阔，"得在摊位上吃盒饭。"

"那下班了去吃，"江阔没怎么纠结，直接改了方案，"晚饭我请你吃这家馄饨。"

"行。"段非凡笑着点了点头。

回到摊位上休息了一会儿，就又该工作了。

"我有点儿困。"江阔戴上兔头的时候小声说了一句。

"吃清凉糖吗？"段非凡问。

"嗯。"江阔应了一声。

段非凡拿出一颗清凉糖递给他。他伸手想接，却伸了只兔手出来，上面还有点儿黑，于是又收了回去。

"放我嘴里。"江阔把兔头捧起来露出了脸，张嘴等着。

段非凡有点儿想笑，把清凉糖剥开，用糖纸端着扔进了他嘴里。

"嗯！这个好。"江阔戴好兔头，转身走向了工作岗位。

下午的温度比上午高了不少。上午多云，而下午太阳出来了，除了在广场上疯跑的孩子，不少人都选择在树荫下坐着。

在摊位上时没什么感觉，但捂在玩偶服里站了一会儿，江阔就有点儿难受了。

段非凡拿了个充电宝给他，把兔头里的电扇打开了。

"管用吗？"段非凡问。

"有风了，还行吧。"江阔犹豫了一下，"说真的，我是不是臭了？"

段非凡笑了起来："没，中午闻着还没臭呢，不至于吧。"

"那就是这玩意儿本来的味儿，"江阔说，"风一吹，臭味儿都出来了。"

"那怎么办？"段非凡问，"关了吗？"

"先吹着吧，"江阔说，"一会儿受不了了再关。"

"还有两个小时，"段非凡说，"坚持。"

"……你不说我还好过点儿。"江阔转身走开了。

下午五点多的时候，段非凡想去上厕所，不巧来了个阿姨闲逛团，拉着他问东问西，他憋着尿介绍了好半天。最后阿姨们买了两箱，他给她们包装好之后，感觉自己膀胱都快炸了。

"我去个厕所。"他咬着牙跟许姐说。

"快去，"许姐看着他的表情，忍不住笑了，"别憋出毛病来了。"

经过兔子身边的时候，他咬牙问了一句："上厕所吗？"

"刚上完，"江阔说，"需要陪吗？"

"滚。"段非凡跑了。

上完厕所，他看了看时间，还有二十分钟就该撤摊了。

他伸了个懒腰，慢慢往回溜达。中午的馄饨不顶饿，这会儿他已经饿了，晚上吃完江阔请的馄饨，还可以再去老刘那儿吃一顿麻辣烫。

回到摊位上的时候，他发现江阔已经脱掉了玩偶服，坐在那儿歇着了。

"休息了？"他坐到江阔身边，"一会儿吃馄饨去？"

江阔没出声。

"他刚摔了一跤，许姐让他歇着了。"身后的一个女孩儿说，"几个小孩儿拽他的尾巴，害他在石墩那儿绊倒了，气死人了！"

"伤着没？"段非凡有些吃惊，往石墩那边看了一眼——已经没有人了。

"没事儿。"江阔说，声音听着有点儿郁闷。

段非凡转头看着后面的女孩儿。

"他摔倒的时候有个小孩儿被吓哭了，他奶奶就骂上了，"女孩儿很生气，声音都扬了起来，"还让小孩儿打了几下兔子才走的。气死了，我都想过去骂人了。"

"算了，"江阔说，"没事儿。"

女孩子走开之后，段非凡看了看江阔："真没事儿？"

"有句话我真不想说，特别矫情。"江阔说。

"说来听听。"段非凡笑笑。

"我从小到大就没受过这种气！我为什么要来遭这种罪？"江阔咬牙切齿地说，"我是不是有点儿过于倒霉了！老子明天不干了！"

虽然很郁闷，也很累，但江阔还是坚持请段非凡去吃了那家的小馄饨。

"我要吃两碗，还要加鸡蛋，"江阔说，"你呢？"

"一样吧。"段非凡说。

"别学我。"江阔说，"你可以要一碗，晚上你还要吃麻辣烫的，不是吗？"

"吃麻辣烫都是好几个小时以后的事儿了，"段非凡说，"我有足够的时间把肚子空出来。"

节日的步行街非常热闹，尤其是晚上，哪儿哪儿都是人，还有各种表演，人声鼎沸。

吃个小馄饨都要排二十分钟队，而吃完一顿小馄饨都用不了二十分钟。

"你要逛逛吗？"段非凡问。

"不逛。"江阔果断回答，"我今天站广场上听了一天欢声笑语、大喊大叫还有音乐，现在动静大点儿我就觉得喘不上气儿了。"

"那回吧。"段非凡说，"你明天睡一天算了。从来没这么累过吧？"

"累倒好说，"江阔说，"主要是生气！也不是生气，是憋屈。想骂不能骂，想动手更不行，就那么憋着。"

段非凡笑着拍了拍他的肩："辛苦了。"

"你以前打工，碰到过不少这种事儿吧，"江阔问，"不气吗？"

"气啊，那怎么办呢？"段非凡说，"也不能就说不干了。"

有些沮丧的就算吃饱了还是看得出疲惫的江阔回到了车里，手摸到方向盘的那一瞬间，段非凡感觉他满血复活了。

不单单是复活，而是回到了"星垂平野阔少爷"的状态里。

一辆车横着停在他们前方，像是在考虑着要以什么样的姿势在他们离开之后停进这个车位。

江阔有些不耐烦地按了一下喇叭，又踩了两脚油门。

那车的司机看过来的时候，江阔伸手往左晃了晃，示意那车往前。

司机又往后看了看，还是在犹豫。

"你到底怕什么？"江阔拧着眉小声说。他一脚油门踩下去，车往前冲出了车位，离着那车半米远停下了。

那车吓得赶紧往前开了大半个车身。

江阔把车开了出去，但没有马上开走，而是斜着停在了那儿。

右边果然还跟着辆车，那车的前轮已经打向了左边，看样子是打算跟刚才不敢动的那辆车抢这个车位。

"看到没，"江阔说，"我就烦这种人，前面的车找着位子了，往前一点儿刚要倒进去，后面来个傻缺一个猛子扎进去，还觉得自己特别牛。"

前面的车开始往车位里倒，被江阔堵着的那辆车火了，开始按喇叭，按着就不撒手了。

江阔没理会。等前面那车基本倒进去后，他才突然降下车窗，打开音乐。

在炸响的音乐声里，段非凡看到后面那辆车的司机下了车。但没等他走过来，江阔已经轰响发动机，将手伸出车窗摇了摇，然后往前开出了停车场。

车开到了大路上，江阔才把音乐声调小，关上了车窗。

"爽了？"段非凡问。

"嗯，"江阔点点头，"总得找个人撒气。"

"回去到操场上跑两圈就好了。"段非凡说。

"也不是不可以。"江阔说，"学校有游泳池吗？"

"……没有。"段非凡说，"我都不知道除了体育馆还有哪儿有游泳池。你想游泳？"

"就是想想。我高中的时候想到游泳就想吐，"江阔说，"但长时间不游，又有点儿想。在水里待着很舒服，可以不想事儿，跟跑步一样。"

"你高中的时候练游泳吗？"段非凡看了看他，"难怪。"

"就是混混而已。"江阔说，"我干什么都那样，打发时间，要不无聊……体育馆远吗？人多吗？"

"挺远的，我没去过，不知道人多不多。"段非凡说，"你这会儿不讲究了？"

"我倒是想找家酒店，"江阔说，"但我现在不是不能那么用钱吗？"

"跑步吧，"段非凡笑了起来，"一样的，你看唐力和马啸天天跑。"

"马啸不知道是什么品种的马，"江阔感叹，"每天打工那么累，第二天还能起大早跟唐力去跑步。"

"我也跑。"段非凡说，"不过不是每天。"

"那你也牛。"江阔说，"你一个晚上不睡觉光吃麻辣烫的，早上还跑步，生怕死晚了。"

段非凡偏头看着车窗外面，笑了好半天。

车先开到了市场，段非凡得先回一趟牛三刀。老叔说有人加了订单，他得回去帮着打包，要不赶不上明天一早发货。

"几点睡？"段非凡下车的时候问。

"不知道。怎么？"江阔说。

"我晚点儿给你打电话。"段非凡说，"你明天还去的话，我就回学校住，早上带你过去。如果你不去……"

"不去！"江阔一拍方向盘，"我说了不干了！"

"行。"段非凡说，"那我另外找人了啊。"

"嗯。"江阔点点头。

段非凡关上车门准备走的时候，江阔又降下了车窗："段英俊！"

"嗯？"段非凡转过头。

"今天谢谢了。"江阔说。

"跟我这么客气干吗？"段非凡笑笑，往市场里走了。

2 我的手机疯了！

学校里比平时冷清很多，车开进大门之后，江阔觉得今天发动机的声音格外响亮。

他们的宿舍楼几乎整栋都是黑的，江阔一眼扫过去，只看到了三个亮着灯的宿舍。

119也是黑着的，马啸还没有回来。

江阔进了门很想直接上床趴一会儿，但今天实在是脏得厉害，他强撑着先去洗了澡、洗了头。等他折腾完，段非凡已经把今天给他拍的照片和一小段视频发了过来。

江阔一边看着照片，一边把衣服扔进了洗衣机。

大致扫了一遍之后，他挑了几张照片和视频一块儿发给了他妈。

过了没多久，他妈的视频电话就打了过来。

江阔看了一眼屏幕，把自己的头发理了理，但又马上给扒拉乱了，然后才接起电话。

在接通的瞬间，他换上了忧郁的表情，但看到屏幕上出现的场景时他又换成了吃惊的表情："哎，你们在哪儿？"

画面里没有人，因为镜头对着的是房间。

一看就是酒店的房间——巨大的落地窗，旁边的门开着，门口的小路延伸出去没有三米就没进了海水里。

虽然是晚上，但灯光很漂亮，海水清亮，水面闪动着光晕。

"度假呀。"他妈的声音在镜头后面响起。

"都有谁？！"江阔怒喝。

镜头往外，门外的海水里，小桌边坐着的江总和江了了冲他挥了挥手。

"谁啊？"江了了问，"江阔吗？"

"除了没有你。"他妈走过去，把镜头对着江了了，"嗯，江阔。"

江了了凑近镜头："江阔。"

"我已经没有心情了。"江阔说。

"安慰一下吧，"江了了指了指屏幕，"这孩子看着有点儿萎靡啊。"

"我看看。"江总凑了过来，"儿子？"

江阔没说话，瞪着他俩。

"今天干什么了？"江总问，"怎么看着是有点儿没状态。"

"我看看，"他妈说，"他今天cosplay呢，穿了件兔子衣服。"

"谁cosplay啊！"江阔喊了一声，"那是玩偶服！我打工呢！"

"你打工？"镜头终于转回了他妈脸上。

"哎，"江阔看到她脸上的面膜吓了一跳，"够时间了吗？拿掉吧。"

他妈扯掉面膜，走回了屋里："你去打工了？"

"我给你发的照片就是打工的时候别人帮我拍的。"江阔说。

"怎么了？"他妈说，"钱不够用了？大家都说三千五够够的啊。"

"反正够不够是你们说了算……"江阔坐到椅子上靠着椅背，"没几个人留在学校。我们这层楼除了我就剩我们宿舍的马啸和隔壁那个段非凡——江总跟他吃过饭的——他俩都打工，我就跟着去了。"

"是穿着兔子衣服发传单吗？"他妈问。

"不发传单，"江阔说，"就是跟过来的人打个招呼什么的……"

说到打招呼，他又想起了黑超，想起了那帮疯狂拽着他的尾巴边笑边蹦的小孩儿，还有最后在奶奶的指挥下抡着胳膊打他腿的小王八蛋，顿时就有些郁闷。

　　"是不是很累啊？"他妈问。

　　"还行吧，干一小时能休息二十分钟，早上十点到下午六点。"江阔闷声闷气地说，"就是碰上了两拨神经病。"

　　"他没事儿。"他妈冲镜头后面说了一句，估计是跟江总说的。

　　"你同学呢？"他妈又问。

　　"我们宿舍那个还没回来，他好像是去烧烤店打工了，这会儿估计还在收拾呢。"江阔说，"段非凡回他老叔店里帮忙发货去了，怎么了？"

　　"你呢？"他妈笑了笑。

　　"啊——"江阔仰着头，"你能不能安慰我一下！我今天很辛苦啊！你们在度假，我穿着玩偶衣服在街上杵了一天啊！还被小孩儿打了。"

　　"反正你明天不去了，"他妈很了解他，"我有什么好安慰的，你自己都安慰过了。"

　　"电话给江总。"江阔不服。

　　虽然他跟江总犟的次数最多，每次犟起来都恨不得打一架，但比起他妈，江总在他俩之间没矛盾的时候还是更惯着他一些。

　　"我觉得你妈妈说得没错。"江总没有出镜，但声音听得很清楚，"你打工既不是为了钱，也不是为了锻炼自己，纯属图新鲜，我们还安慰你什么？你哪怕干满了七天，我也能夸你一句'好歹坚持下来了'……"

　　"那我要是干满七天了呢？"江阔喊。

　　"那是应该的。"他妈说。

　　"唉！"江阔挂断了视频，扬手把手机往床上一扔。

　　睡觉！

　　大概他今天的确是累了，胳膊都没劲了，被他扔往床上的手机并没有落在他预想的位置上，而是在床沿上一弹。没等他站起来，手机已经砸在了地上。

　　"啊啊啊……"他跳起来捡起了手机。

　　如他所料，屏幕裂了，裂痕从左下角跟烟花一样绽放开来。

　　"去你的！"江阔总结了一下自己的心情。

　　"文明一些。"段非凡说，"这都是钱，啊，都是钱。"

　　"你少在这儿气我！"段凌转头指着他，"赶紧的！"

　　半小时前，牛三刀接了个急单，几大箱牛肉酱要明天一早发货。

　　酱倒是够，但都还没装罐，本来明后天才能弄完，但现在得加班连夜装好。段凌一下班就被拎过来装酱，一身制服都没来得及换，进屋骂骂咧咧了两分钟。

大家迅速洗手，戴上手套、口罩，然后开始忙活。

有时候就是这么巧，你没事儿的时候，手机沉默得你除了刷小视频都不知道干什么好，一旦你开始干活，它就变得十分活跃。

段非凡的手上下飞舞装着酱，手机在兜里三秒一条消息地响着，连响了五六次后，又有人打电话进来了。

"去把你的手机解决了，"老叔说，"听得我难受。"

"好嘞。"段非凡摘了手套掏出手机。

最上面的消息是JK921发来的，内容是一堆乱七八糟的字母和数字。

电话却是他妈打来的。

"我妈。"段非凡说。

"接啊。"老婶马上指着他，"她是不是来看你了？有空让她过来，装酱。"

"你这人！"段凌一下笑得不行，"神经病！"

段非凡接起了电话："妈？"

"没睡吧？"他妈的声音听起来挺愉快的，"我刚进市场，你出来呗，我给你买了些衣服什么的，你来拿一下。"

"我忙着呢，"段非凡说，"要不你来店里？"

"我去店里干吗？"他妈说，"跟你老婶说不上三句就要吵。"

"来装酱，"段非凡说，"明天一早要发货，来不及了。"

"神经了吧！"他妈喊了起来，挂掉了电话。

一家人都在忙着，段非凡没顾得上问江阔那些乱七八糟的东西是什么，坐下继续装酱。

两分钟之后，他妈推开牛三刀的后门进了屋，手里拿着几个购物袋。

"真有你们的。"她说，"我一个离婚二十年的女人，还要帮前小叔子一家装牛肉酱。"

"哪来的二十年，"老婶说，"段非凡是你跟谁生的啊？"

"我跟狗生的！"他妈洗好手坐下来，戴上了手套。

"……别吧。"段非凡说。

他有几个月没见着他妈了，她没什么大变化，就是瘦了点儿。

她装酱的动作很利索，毕竟这牛肉酱从牛三刀开业那天起就是招牌，他妈以前没少干这活儿。

多了一个熟练工，装好这几箱酱花的时间比预计的少了不少。

"走走走，"他妈冲他招手，"我跟你出去说几句。"

段非凡收拾好，跟她出了门。

"我往你卡里转了点儿钱，"他妈一边往市场外面走一边跟他说，"你一会儿查查。"

"嗯。"段非凡点点头，"我现在不缺钱，你手头紧就不要转钱了，东西也不要买那么多。"

"这俩月不紧。"他妈说，"衣服那些都是便宜货，没花多少钱。"

"嗯。"段非凡应了一声。

"我上星期去看了你爸。"他妈说，"他不是快出来了嘛，我感觉他不怎么对劲，你有空再去看看他。"

"怎么了？"段非凡马上问。

"好像不想出来的样子。"他妈说，"你有空跟他聊聊。"

"知道了。"段非凡说，"这么多年，他可能多少有点儿害怕吧，外面变化大。"

段非凡把他妈送到路边，他妈坐在电动车上又跟他聊了几句："回吧，早点休息。"

"嗯。"段非凡应了一声，"你骑车注意……"

远处传来了发动机的轰响，接着两束车灯照了过来。

大家都去市区过节了，这个点儿市场附近一片寂静，这车就格外引人注目。

"哎哟，这动静。"他妈说。

段非凡叹了口气，他不知道这么晚了江阔开着车跑出来是什么意思，吃麻辣烫吗？还是要去吃烧烤？

车停到他们身边时，他妈往旁边让了让："干吗这是？"

"我同学。"段非凡说。

"你同学？"他妈很吃惊，"你上的是艾利斯顿吗？"

段非凡乐了："你别成天看剧了。"

副驾驶座的车窗降了下来。

段非凡走过去，撑着车顶往里看了看。江阔也正往外看。

"什么意思这是？"段非凡问。

"是不是不方便？"江阔小声说。

"没。"段非凡转头看了看他妈，"我送我妈，她马上走了。"

"你妈妈啊？"江阔说。

"嗯。"段非凡点头。

江阔打开车门下了车，跟人问好："阿姨好，我是段非凡的同学。"

"江阔，"段非凡说，"我们是一个班的。"

"哦，"他妈点点头，"那你们玩吧，我先回去了。"

"注意安全。"段非凡交代了一句。

"放心。"他妈挥挥手。

"阿姨慢走。"江阔说。

"唉，好。"他妈回头笑笑，骑着车往前，然后拐进了旁边的小马路。

"你干吗呢？"段非凡转过身，看着江阔，"这点儿路你扫辆车骑过来不就行了？现在学校没人，满街的车随便扫。"

"我能扫我会不扫吗？"江阔拿出自己的手机，"我的手机疯了！"

疯了？

段非凡想起之前他发过来的那堆消息，拿出手机点开看了一眼。

江阔连着发过来的几条消息全是乱七八糟的字母和数字，中间还夹着一个"KJ921拍了拍我的肩说你可真英俊"。

"键盘坏了？"段非凡伸手，"我看看。"

"不是键盘。"江阔走到他旁边拿出了手机，"不能亮屏知道吗？现在只能让它黑着。它不是坏了，是疯了。"

江阔说完了才把手机放到他手上。

"怎么摔成这样的？"段非凡看着手机上的裂痕。

"想扔床上，没扔准。"江阔说。

"不能亮屏？"段非凡问。

"亮的话你手得快，看一眼就马上熄掉，要快。"江阔说。

"我怕我手没那么快。"段非凡感觉自己根本没听懂江阔在说什么，"你给我演示一下。"

江阔拿起手机，按亮了屏幕。

刚解锁，桌面还没看清，手机就开始自己操作起来——点开APP，退出，再点开，再退出，点开下一个，然后开始一直往下点……

"看到了没？"江阔关掉手机，"刚才我准备给你发消息，它直接一通疯点，都点进你的朋友圈了，还点了两个赞。"

"屏幕摔坏了这是。"段非凡看了看他的手机，"这刚买的吧？"

"高考完买的。"江阔叹了口气，"我真服了。你知道附近哪儿有卖手机的店吗？"

"有也关门了，现在都几点了。"段非凡看了一眼时间，都过零点了。

"那怎么办？"江阔说，"你有旧手机吗？"

"有。"段非凡说。

"快借我用用。"江阔说。

段非凡把自己的手机递了过去。

"什么意思？"江阔看着他。

"用五年了，够旧吗？"段非凡说。

"去你的。"江阔说。

"坚持一晚吧，明天拿去修一下就行。"段非凡说。

"我要买新的。"江阔很坚定。

"买新的要花多少钱你想过没？"段非凡问，想想又说，"不过手机坏了换新的钱，应该不包含在那三千五之内，可以申请……"

"我就用那三千五，"江阔一脸不爽，"超了的我打工补上！"

"嗯？"段非凡挑了挑眉。

"怎么了？"江阔也一挑眉毛。段非凡挑的是左边眉毛，于是他也挑了一下左边眉毛。

段非凡看着他，过了一会儿才问了一句："你是不是两边眉毛都能挑？"

"……你是没话说了吗？"江阔说。

"是不是？"段非凡很有兴趣。

"是。"江阔轮流挑了一下两边眉毛。

"我只能一边。"段非凡说。

"算了。"江阔叹了口气，"你是不是已经找别人了，那个兔子？"

"你也没个准儿。"段非凡说，"明天的兼职我肯定得今天把人找着啊……你是不是没从家里博到同情？"

"嗯。"江阔喷了一声，"江总两口子的反应太出人意料了。"

"出人意料吗？"段非凡说，"你要是我儿子，我才不管你，早给你自由了，扔外头让社会教育，被揍舒服了你就会老实回来的。"

"说教就说教，"江阔斜眼瞅着他，"别占便宜。"

"您这吃穿用度和做派，"段非凡说，"一看就知道是家里从小宠到大的废物型纨绔，他俩算是教育晚了的。"

"用不用这么损，"江阔说，"我也就是今天累了，不想跟你吵。"

"发传单？"段非凡拿出手机低头看着，"工资比兔子低不少……"

"低多少？"江阔问。

"一百三一天……"段非凡说，"还有个一百二一天的，大概八百张，发完下班。"

那还是比在牛三刀干活多点儿……当然，也就是牛三刀，换家店，以他那天的业务水平，估计半小时就让人给撵走了。

"临时送货，"段非凡继续看，"这个得有车。"

"我有啊。"江阔马上说。

"送货！货！货！"段非凡提醒他，"是送货，不是开车。你这车，货放哪儿……"

"……哦。"江阔应了一声。

"这会儿没有多少了，放假时出来兼职的学生特别多。"段非凡一边扒拉手机一边说，"要不明天我看看有没有新的……"

"先发传单吧。"江阔说，"明天有合适的再说。"

"其实吧，"段非凡把手机放回兜里，"你完全没必要这样，三千五一个月怎么都够用了。你一开始是觉得好玩，现在是跟江总他们赌气，没必要。"

"我也不知道。"江阔说。

"我们打工大多是为了钱，因为生活费不够，或者想买点儿东西。"段非凡说，"你永远不会遇到这样的问题……"

"就当我是闲的吧。"江阔说，"我也的确闲，现在回家家里也没人，他们都出去玩了，这几天我在宿舍也无事可做。"

"行吧，"段非凡笑笑，"那明天先发传单。"

江阔没再说什么。手机修也好买新的也好，现在都处理不了，打工的事敲定之后他就回了车上。

"明天我去叫你。"段非凡说。

"嗯。"江阔点点头。

车掉了个头，开上回学校的那条路之后猛地加了一下速，往前冲了几十米，然后慢了下来。

发动机的轰鸣声慢慢远了。段非凡伸了个懒腰，转身回店里。

他走了几步，回了一次头，总感觉江阔会掉头回来，说一句"你不去宿舍睡吗？"不过路上空荡荡的，既没有人也没有车了。

江阔走的时候心情不怎么好，再迟钝的人都能看出来，估计手机出问题和家里的态度让他郁闷了。

段非凡回忆了一下自己说的话，感觉有什么地方说得不够准确，但细想又似乎没有。他的确不太能体会江阔一时一招的打工心情，不过江阔打工时非常认真这一点不能否认。

他说不清自己的感觉，换个人他不会想这么多，甚至不会在这个时间还去群里帮他翻兼职信息，只会明天帮忙留意一下有没有合适的。

除了面对不太熟的人时，江阔很多时候情绪都表达得很直接，一开始就让所有人印象深刻。高兴很直接，生气很直接，不爽很直接，失落很直接，嫌弃也很直接，甚至装模作样都装得很直接。

就像一个透明的玻璃瓶子……水晶吧，贵一点儿，比较符合他江有钱的身份，就像一个水晶瓶子，明亮清透。

段非凡拿出手机想给江瓶子发条消息，让他定个闹钟，别等明天他过去了才起床。然后他才想起来这人的手机用不了了。

他叹了口气。

3 "城市里的山水美学"

第二天，段非凡比昨天提早了二十分钟起床，因为要过去叫江阔，得留点儿时间。洗漱完下楼的时候，他听到老叔在下面跟人说话，挺开心的样子，笑得很大声。

"没事儿，"老叔说，"你就拿着一张往人面前一杵，好多人都会下意识地接住。要是发得太慢，你就让段非凡在那儿来回走个十趟八趟的……"

段非凡听得非常吃惊，几步跑下楼。

他一眼看到江阔居然坐在店里，跟老叔说着话。

"我去！"他很震惊，手忙脚乱地摸出手机，"我睡过头了？"

"没。"江阔说。

"你怎么回事？"段非凡仍旧看了看手机上的时间，确实没晚。

"睡不着。"江阔说，"不知道马啸是不是昨天干活儿太累了，呼噜打得我一晚上起来三回，想拿被子塞他嘴里……"

段非凡笑了起来："这有点儿惨啊。"

"后半夜我好不容易睡着了，"江阔说，"他不到五点就起床了，说是要去卖早点……还有这种兼职吗？"

"是早点车吧。"老婶端了两碗面条过来放到了桌上，"我们市场外面那辆早点车，主人回老家的时候就把车租给别人，要不几天不在，平时总在那儿买的人可能就换地方了。"

"你俩吃面。"老叔说。

"谢谢婶儿，"江阔坐到桌边拿起筷子，"谢谢叔。"

"这孩子，"老叔叹气，"一早上说了八十多个'谢谢'了，太有礼貌了。"

那是你没看到他摆摆手指让你走开，然后再说一句"哥们儿谢了"的时候有多气人。

"尝尝我老婶做的牛肉面。"段非凡坐下,"这可不像酱和牛肉能随时买到,这个必须在家才能吃到。"

江阔低头尝了一口,还没咽下去就竖了竖大拇指。

"这才是牛肉面。"他说,"好吃。"

"想吃的话就上店里来,"老婶笑着说,"我给你做。非凡那些同学都老上这儿来蹭吃的。"

吃完早点,段非凡帮着老叔把刚送来的肉码整齐,收拾了一下,就带着江阔去坐公交车。

"广场那边有手机店,"段非凡说,"发传单之前你可以先拿去看看能不能修。修的话能省不少钱,还能继续用好的手机,买新的你得打工到明年。"

"嗯。"江阔这一夜虽然睡得不好,但毕竟睡了一夜,对手机发疯的不爽似乎消减了不少,"不过我没买那些保修的服务,换屏估计也得两千多。"

"为什么没买?不考虑万一摔了怎么办吗?"段非凡问。

"实不相瞒,"江阔说,"我要是现在还在家,屏碎了自然是换新手机。"

"滚吧。"段非凡说。

江阔笑了起来:"不过两千多还是比换新的便宜。"

今天他俩工作的地方不在一块儿,段非凡还是在广场,江阔则在步行街。

步行街有手机店,江阔把手机拿去修了。

开工干了一个小时的活儿之后,段非凡收到了他的消息。

——JK921:修好了!两千多块。

——指示如下:还行,省点儿是点儿。单子发得怎么样?

——JK921:现在人还不多。这玩意儿实在太丑了。

江阔发了张照片过来,是一张角度诡异的自拍,能看到他身上挎着一条红色绶带。

——指示如下:哈哈哈,上面印的什么字?

——JK921:楼盘宣传语,"城市里的山水美学"。

江阔在步行街街口发传单,离广场很近,现在街上的人还不多,他隐约能看到段非凡在的那个促销的摊位。

跟他一块儿杵这儿的也是个学生,嘴的使用程度跟马啸差不多。

有人过来的时候,马啸二号就跟个机器人一样上前一步,把传单一递,对方不接他就退一步站回原地,仿佛那个点是他的充电桩。

江阔觉得这儿杵俩不说话的机器人有些重复,他选择开启语音功能。

"您好,"有人过来他就迎上去,"城市里的山水美学,不买也可以看看，交通便利、配套齐全……"

马二（马啸二号）看他这么连续发出去了好几张，也尝试着开口："您好。"

没等他说出下一句，人已经走过去了。

马二继续："您好，不买……"

人走过去了。

"您好，看看交通……"

人走过去了。

江阔实在有些无语，他冲马二抬了抬下巴："哎，哥们儿。"

马二看着他。

"'您好，看看新楼盘。'"江阔说，"'您好，了解一下新楼盘。''您好，不买房也可以看看。'"

马二还是看着他。

"你挑一句。"江阔说。

马二点了点头。

"您好，城市里的山水美学，"江阔继续，"最适合年轻家庭的楼盘，不买也可以……"

"您好，城市里的山水美学，"江阔继续，"最适合三代同堂的楼盘……"

没到一个小时，手里的单子发出去不少，不过嗓子有点儿扛不住，脸也笑僵了，江阔感觉他这辈子真笑假笑加一块儿都没有这一小时笑得多。

再有人过来的时候，他已经很难保持一开始的激情了："您好。"

来人看了他一眼。

"拿一张，谢谢。"他说。

那人接过了他手里的传单。

……这也可以？

江阔很震惊。

他又试了一次，迎着一个大姨走了过去："姐，早上好。"

大姨看了他一眼，拿走了他手里的传单。

哎？

江阔一下子来劲了。

"姐，早上好，麻烦拿一张吧，新楼盘。"

"阿姨，早上好，可以拿一张吗？"

虽然不是每一次都能成功，但十个人走过，他差不多能递出去六张，比说一串"山水美学""交通便利"什么的省事多了。

段非凡从广场那边过来的时候，他手里的第一摞单子马上要发完了。

看到段非凡，他有些意外，但是很愉快，毕竟一个人站在这儿老半天挺无聊的，而马二又是个机器人。

"哟，"段非凡接过马二递来的单子，走到了他面前，"挺快啊。"

"哥，早上好，"江阔递了一张过去，"拿一张吧，谢谢。"

段非凡接了单子："这么发的吗？"

"嗯，"江阔说，"怎么样？"

"看着怪可怜的。"段非凡说，"你就盯着阿姨、姐姐发，她们看到小帅哥这么可怜，没准儿心一软就接了。"

"你休息了？"江阔笑了笑。

"算是吧。"段非凡晃了晃手里拿着的一个本子，"李姐东西忘拿了，我给她送过去。"

"中午吃馄饨啊，"江阔说，"我这儿不管饭。"

"我请你。"段非凡点头。

发传单比穿玩偶服更累一些，虽然穿玩偶服不太舒服，但工作内容相比一定要发光八百张单子这种硬性的任务来说要轻松一些，如果没人理，自己站那儿扭几下、蹦一蹦、招个手都行。

发传单就不一样了，想发得快就得说点儿什么，得笑一下，得跟着人走两步。对方接是最好的，不接也行，但有不少人明明接过去了，又顺手往地上一扔，他还得过去捡起来重新发。他弯腰捡单子都不知道捡了多少次。

中午那顿馄饨根本顶不住。

好在节假日的步行街人流量很大，馄饨在胃里消失的时候，他终于把传单发完了。

马二还捧着一撂站在他的充电桩上。

"给我一半吧。"江阔走到他旁边。

"不用。"马二简单地拒绝了他。

江阔也没多说，回去领了钱就下班了。

这点儿钱……他一直以来对钱真没有什么概念，一个东西要不要买只取决于他想不想要。这两天是他对钱的数字认知最清晰的时候，也是第一次相当直观地把钱和体力联系在了一起。

累了一天，哪怕只说"您好，拿着"，他都感觉嗓子干得不行，最后只拿到这么点儿钱——是他以前根本看不见的分量。

段非凡还在促销摊位上忙活着，江阔则坐在小马扎上休息，感觉自己的腿跟肿了似的，一阵阵地发胀。

"明天还干吗？"段非凡休息的时候坐到了他旁边，拿着手机在他眼前晃了晃。

江阔看到了一排的兼职信息。他犹豫了。

"你等我想想。"江阔说。

现在兼职的内容对他而言并不重要了，所有的兼职都差不多，都是累且重复的。他想干满七天，起码跟江总较的这个劲能赢下来，但他真的觉得累。

说实话，除了跟江总较劲，他能撑着干两天都是因为段非凡。干还是不干，他得给段非凡准信，不能随意变动。

段非凡跟大炮不一样。大炮也会为他做很多事，但他俩会有金钱交易，有时候还会相互坑对方一把，但段非凡不一样。

也许是因为跟别人不同的成长经历，段非凡习惯了包容，在很多时候会给人安全感。只要这份工作跟段非凡有关，江阔就觉得他也不是撑不下来。

"还是在这附近吗？"江阔问。

"不全是，我看看，"段非凡看了看，"有一个就在那边……"

他指了指广场东南角的一个小型游乐场："那个游乐场，要两个安全员。"

"就那个。"江阔说，见段非凡要开口，他补了一句，"确定，不变了。"

段非凡笑了起来："我不是要说这个。"

"那你说。"江阔说。

"我是想说还有一个兼职在百货大楼那边，也是商场游乐场的安全员，"段非凡说，"那边钱多一些。"

"百货大楼在哪儿？"江阔拿出手机点开了导航。

导航显示百货大楼距离购物广场6.8千米。

"不去。"江阔很果断，"太远了。"

"百货大楼离学校更近，"段非凡跟他解释，"从学校过……"

"我是说离这儿太远了。"江阔说，"就这个吧。"

"离这儿太远？"段非凡看着他。

"嗯。"江阔也看着他。

对视了好一会儿，段非凡才说了一句："就是离我太远了呗。"

"嗯——哪——"江阔说，"休息的时候连个说话的人都没有，太无聊了。"

"行吧。"段非凡转了转手机，"除了你，还有一个我的高中同学，我也帮他抢了这个活儿。现在活儿少人多，一会儿就没了。"

"你还帮高中同学抢兼职？"江阔问。

"嗯——哪——"段非凡点点头，"好多呢。我在这儿认识的人多，消息也比较灵通。不过一般是有需要的时候我才帮忙找人，谁都行，我就跟个联络员似的。这个同学和我关系一直挺好，我得帮他抢一下。"

"哦。"江阔应了一声。

大概是因为从小到大习惯了身边的人只为自己操心，所以他默认了段非凡只是在帮他费心找兼职。现在知道段非凡也这么费心地帮高中同学抢兼职，他突然有点儿不爽。

但这个不爽的理由他自己都觉得有些莫名其妙。段非凡既不从他这儿坑钱，也不靠讨好他从江总那儿拿项目，凭什么只能给他找兼职？

哦，不对，段非凡也坑了他的钱，到现在为止他还有两千三没讨回来。

一直到段非凡收摊，江阔也没想明白这不爽的感觉到底是怎么回事。

不过打工的一天结束了，他立刻放弃思考，重新愉快起来。

他们依旧坐公交车回学校。从广场上车的人很多，挤成一团。

"往里。"段非凡拉着他胳膊把他从车头拽到了车尾。

"你让我跟着你就行。"江阔凑到他耳边低声说，"我一个大好的青年，被你拽得跟个傻子一样。"

"我要是不拽着你，"段非凡也凑近他的耳朵说，"我怕你不知道该怎么挤过来。"

耳朵上传来的痒痒的感觉瞬间从脖子传递到肩膀再到后背，江阔猛地往后仰了一下头，感觉撞到了什么东西。

"啊！"身后一个女孩儿喊了一声。

"不好意思，"江阔赶紧回头，见一个女孩儿捂着脑袋，他抬手想给人揉揉，又放下了手，"对不起，我没注意后头。"

"算了，"女孩儿摆摆手，"没事儿。"

江阔又跟她说了几句"不好意思"，这才转回头，却发现段非凡正在憋笑。

"笑吧，"江阔点点头，"尽情笑吧。"

段非凡笑出了声。

CHAPTER 10

以霸制恶

1 我想管就管，你管得着吗？

回到学校，江阔发现已经有学生从家里回来了。

"神奇。"他说，"那何必回去呢？"

"丁哲也回来了，刚给我发了消息。"段非凡说，"晚上一块儿吃饭吧。"

"行。"江阔点头。

多了七八个学生的宿舍楼让人感觉舒服了很多，虽然人还是少得可怜，但能听到动静了。

回到119，他发现本不应该有人的119里居然有人，而且还是这个时间本应该正在某个店里忙碌着的马啸。

"你今天这么早？"江阔问。

"嗯。"马啸坐在桌子旁边。

虽然平时这人的嘴使用率也很低，但今天江阔明显感觉到他有些不对劲。

"下班了？"江阔走过去。

马啸迅速把自己的右腿挪到了桌子底下，但江阔还是看到了——他的裤腿拉到了膝盖上，露出的小腿上有一大片鲜红的烫伤。

"我去！"江阔愣住了，"这怎么弄的？"

马啸没出声。

"说话！"江阔提高了声音，"怎么弄的？"

"油浇的。"马啸说。

"在店里吗？"江阔又问。

"别管了。"马啸说。

"少他妈废话，"江阔拧着眉，"我想管就管，你管得着吗？"

马啸又沉默了。

"我在问你话。"江阔把他的椅子扳过来，让他对着自己。

马啸的伤很严重，看上去还没有上药，也没做任何处理。如果是在店里被油浇了，那就有可能是老板不想负责，直接把他赶了回来。

"真的，"马啸说，"别管。"

"去你的！"江阔骂了一句，打开宿舍门，站在门口冲107吼了一嗓子，"段非凡！"

"哎？"段非凡从宿舍里探出了头。

"过来！"江阔喊。

段非凡一溜小跑进了119，看到马啸的时候也愣住了，但很快反应过来，过去看了看他的伤。

"是自己弄的吗？"他问。

马啸叹了口气，摇摇头。

"老板不管对吗？"段非凡问，"你被辞退了是吗？没给你医药费是吗？"

马啸咬着牙点了点头："工资也没给。"

段非凡转过身看着江阔。

"这能忍吗？谁也别拦我！"江阔说，"这回没理由不让我去了吧？"

"我叫几个人。"段非凡拿出了手机。

江阔喷了一声："就这点事儿还要摇人？"

"奔奔跟别的狗打架还知道吠几只狗过来呢。"段非凡说。

江阔非常生气。

如果说上回看到马啸在店里被欺负他想出头，是因为马啸帮他揍过卢浩波，跟他说过生日快乐，那他这次要帮马啸就完全是另一种感受了。

辛苦工作受了伤，不仅没有得到补偿，反而连应有的报酬都被克扣了，工作也丢了。

这种愤怒，辛苦打了两天工的江阔已经能够体会。

"我们打工大多是为了钱，因为生活费不够，或者想买点儿东西……"

段非凡的话还在他耳边回响。

马啸就是为了生活费，早上卖早点，晚上收拾垃圾，赚着江阔以往根本感觉不到分量的那么一点儿钱，辛苦得嘴都不用了，话都没有了，最后这点儿钱还落空了。

段非凡站在119门外打电话叫人。江阔不知道他打算怎么处理，也没想过自己想怎么处理，反正去了再说。

刚才段非凡已经问清了事情经过：老板在后厨炒菜，锅里烧着油，马啸经过的时候他要骂人，为了更有气势，将手里端着的锅往灶上一砸，油荡出来浇了马啸一腿。

这事儿不管怎么说都是老板的错，他无论如何都得出医药费。

马啸犹豫着站了起来,看着江阔。

"你坐下。"江阔看了他一眼。

马啸坐下了。

"一会儿叫门口的药店送药膏过来吧,"江阔看着他的腿,拧着眉,"你这伤得去医院……"

"不要闹大,"马啸说,"打起来就麻烦了。"

"打起来就打起来!"江阔的声音扬了上去,"你打卢浩波的时候没这么怕事儿啊!这会儿让人欺负成这样了,你居然厌了。"

"我怕他们报警,让学校知道了……处分什么的……"马啸说得很艰难,"你们跟这件事无关。"

"报警就对了,他不报警我还要报警呢。"江阔摆摆手,"一会儿我干什么也跟你无关,我就是去吃顿饭,去体验一下生活。"

"可是……"马啸还想说话。

"行了,你今天话怎么这么多。"江阔打断他的话,走出119,关上了门。

段非凡已经打完了电话,站在门外看着他。

"走。"江阔往宿舍楼外面走。

"他们十分钟后到。"段非凡说,"你有什么计划吗?"

"没有,"江阔说,"我就过去装个样儿。"

"有动手的想法吗?"段非凡又追问了一句。

"没有。"江阔看了他一眼,"纯打嘴炮,纯装,你叫的人老实待着就行,我不想参加群殴。"

"我也是这个意思,能不动手最好不要动手。"段非凡说,"所以问你想好怎么说没,还是我们去了一块儿站那儿沉默不语?"

"也不是不行。"江阔说。

段非凡发现江阔没往大路上走,而是拐向了停车场。

"开车?"他愣了愣。

"嗯。"江阔点头,走到车后头,从排气管里拿出车钥匙,"早知道会发生今天这事儿,我当初跑出来的时候应该开辆更贵的车。"

"你钥匙就放这儿?"段非凡震惊了。

"放宿舍的话我早不知道扔哪儿去了。"江阔上了车,"之前在家时也这样放,有时候大炮要用我的车,可以直接开走。"

"现在我也知道你把钥匙放这儿了。"段非凡上了车。

"有本儿你就开呗。"江阔发动了车子。

"行。"段非凡点头,"现在就开过去?"

"等你的人到了我们再过去,"江阔说,"晚一点儿出场。"

"你走秀呢?"段非凡拿出手机拨了号码,"棒儿,到了告诉我,先站在门口等着。"

挂了电话,他看着江阔:"他们已经在那条路上了。"

"好嘞。"江阔踩下油门。

车慢慢开出了停车场,慢慢开出校门,慢慢在路上开着。

"你这速度我都有点儿不习惯了。"段非凡说。

"你说马啸会去医院吗?"江阔问,"被油烫了那么大一块儿,我看他好像只是用凉水冲了一下。"

"不会去的。"段非凡说,"哪有钱?你让他买药膏,我看他都不一定舍得买。"

"腿不要了呗。"江阔说。

"回去的时候帮他带支药膏吧。"段非凡说。

"如果我出钱让他去医院呢?"江阔说,"这种正义的爱心支出,肯定不用算在那三千五里。"

"他估计……你要不试试?"段非凡说,"不行就找人把他绑过去。"

"让他写借条吧,"江阔想了想,"分三百六十期还我钱,不白给。"

段非凡笑着看了他一眼:"可以。"

很快到了地方,江阔看了看,路边有个斜坡可以将车开上人行道,那天江总的车就停在那儿。

江阔打了一把方向盘,转头看到马啸打工的那家黑店门口站了七八个人,他们就那么杵在门口,沉默地看着门里。

老板已经站在了门口,不知道是怎么回事。

江阔连着轰了几脚油门,将车开了过去。

老板和段非凡"吠"来的人都看了过来,不少在旁边店里吃饭的人也从窗里往外看。

江阔把车一直开到了黑店门口,又倒了两把,将车头对准了黑店大门。

"怎么着?"段非凡问他。

"下车。"江阔解了安全带,打开车门下去了。

门口的七八个人一直盯着车,看到段非凡下了车,有人说了一句:"嚯,我以为是来跟这车干架的呢。"

这几个人看着应该是市场里某些摊位的店主或者店主的儿子,气势不错,哪怕以为是来跟车干架的，车开到跟前儿了，他们的脸色都没变——统一的茫然，很有杀伤力。

江阔一甩车门，往前走到了店门口，跟堵在门口的老板面对面站住了。

"让让。"他说。

"干吗的？"老板问，语气很横，"这儿只能吃饭。"

所以说心眼儿坏的人挂相，这个黑心老板看着就让人不舒服，语气还横。

江阔没说话，抬手把他扒拉到了一边，走进了店里。

店里有四五桌客人，这会儿都往这边看着。

江阔用余光看到段非凡已经跟了进来，于是伸过腿，把旁边的一张椅子勾了过来，扶着椅背转了两圈，放在了店的正中间，然后坐了上去。

他将二郎腿一架，说了一句："都出去，谢谢。"

一屋吃饭的人都愣了。

段非凡站在江阔身后。

不得不说，这样的装模作样，只有江阔能做到。

这种由内而外的、与生俱来的目中无人和嚣张的气质，只有江阔这种从小养尊处优的人身上才会有。

换了在场的其他人，哪怕衣服、车都一样，也会露怯。

"让你们都出去！没听到啊！"市场帮有人吼了一嗓子。

江阔抓了一下椅子才没蹦起来。

屋里的人顿时都起身，抓住这个难得的逃单机会跑了出去。

"干什么的？！"后厨冲出来两个厨师模样的人，手里还拿着刀。

"要动刀？"江阔一挑眉毛，"报警吧，要砍人了。"

"你们有什么事？"老板走了过来，抱着胳膊，"我没得罪谁吧？"

江阔没说话。

段非凡估计他的表演时间结束了，再说下去，以他句句带刺儿的风格，不打一架收不了场。

江阔也很有自知之明，他只负责装这一部分，要钱、要赔偿都不是他的工作。

"两件事儿——"段非凡说，"马啸的工资、马啸的医药费。"

"马啸是谁？"老板扯着嗓门喊了一声。

"马啸就是刚才被你用油浇了一腿的人，"段非凡说，"现在等着拿钱去医院。"

"哦？"老板看了他们一眼，"看不出来这小子挺能耐啊，叫这么多人来讹我。谁有证据能证明是我浇到他的？明明是他自己不小心端着锅摔了！"

"你就是这么坑自己的员工的?"段非凡说。

"谁是我的员工?"老板说,"他只是一个在这儿扫垃圾的!"

"扫垃圾的怎么能碰油锅?"段非凡问,"你家炒菜的锅能让扫垃圾的上手?卫生情况堪忧啊。"

老板顿了一下,一扬头:"你管得着吗?"

"他是管不着,"江阔拿出了手机,"但市场监管局应该管得着。"

"市场监管局是你家开的?"老板瞪着眼睛,"你让管人家就管啊!我告诉你……"

老板指着江阔。

"手放下!"市场帮又有人吼了一声,"再指一下手给你剁了!"

江阔闭了闭眼睛,这一嗓子吓得他差点儿把手机扔出去。

"你怎么知道……"江阔抬眼看着老板,拨通号码之后把手机举到耳边,"人家就不管呢?就算我不认识市场监管局的人,一个市民的举报电话人家也得来查。"

没等老板开口,电话接通了。

"喂!"大炮的声音传了出来。

"胡叔,"江阔没开免提,但把声音调到了最大,"饭店后厨的卫生是市场监管局管还是卫健委管啊?"

大炮沉默了半秒:"怎么了?可以向监管局举报,最近市里正好有个检查小组……"

大炮的话虽然听得不是太清楚,但几个关键词还是被老板捕捉到了。

老板冲江阔摆着双手,用很低的声音说:"有事儿好商量,好商量……"

"谢谢胡叔,"江阔说,"麻烦您把电话发给我吧。"

"卫生问题不是小事,是什么情况?"大炮说。

"我还不确定,"江阔说,"一会儿再给您打电话,谢谢胡叔。"

胡叔。

哪个胡叔?

段非凡站在江阔身后,斜眼往下瞅着江阔脑袋上的发旋儿。

胡振宇吗?

大炮跟江阔不愧是发小,配合这么默契。江阔要是冷不丁地给他打这么个电话,他肯定反应不过来。

挂掉电话,江阔看着老板:"你那后厨的卫生,闭眼都知道通不过检查。"

"不是说马啸的问题吗?"老板说,"怎么又扯到后厨了?!"

"那就说马啸。"段非凡说,"工资、医药费,他的腿烫成什么样了你最清楚。"

"工资我没说不给啊！"老板说，"我就是让他先回去歇着，他腿那样也干不了活儿了啊！"

"他得去医院。"段非凡说，"医药费没有，工资也没拿到，他怎么歇着？"

"这医药费……没有医院的单子，也不能随便他开个数就要我给吧？"老板说，"再说了，他说是我烫的就是我？他自己……"

"别又绕回卫生问题了，叔。"江阔打断他。

老板一句话被他掐掉一半，气得往旁边椅子上踢了一脚。

"你今天就应该送他去医院，到了医院，挂号、看伤、处理，要花多少钱不就清楚了么？"段非凡说，"现在你要么跟我们一块儿送他去医院，要么先垫付，多退少补。"

"垫付？"老板说，"我要是垫多了，钱还要得回来么？"

"马啸只是一个学生，"段非凡的语气缓了缓，"学校就在旁边，你应该有他的身份证复印件，他跑得掉吗？你也可以去学校找辅导员，一句话的事儿。"

老板没说话。

"垫付的医药费可以给你写张收条。"段非凡说，"你先把工资给了，一会儿我拿了他的收条过来。"

老板盯着他俩看了很长时间，不知道在想什么。

"行。"最后他点了点头，"别跟我耍什么花招，你们这些学生，我要搞你们，也就是一句话的事。"

他冲收银台的一个大姐点了点头："工资给他结了。"

"医药费先垫一千。"段非凡说。

老板非常不爽地哼了一声。

"一会儿我们拿收条过来的时候，你最好别有什么变动。"江阔说，"我要闹起来，这个店也就一个月零花钱的事。"

"挺横？"老板看着他。

"不好意思，"江阔站了起来，"耽误您今儿晚上的生意了。"

老板愣了愣。

马啸打了电话过来："工资转给我了，你们到了吗？先回来吧。"

"你有脑子吗？"江阔低声说，"我们没到这儿，工资能转给你？"

挂了电话，他看了老板一眼："工资到了，谢谢叔。"

一帮人呼啦啦地从店里卷了出来。

门口一堆看热闹的，几桌"被逃单"的客人居然没走。

老板跟着出来，一看到他们，立马指着他们喊："你们没结账吧？"

大家瞬间一哄而散。

"有本事以后也别来我这儿！"老板吼着，憋着的火这会儿一口气爆发了，"我看见你们一次，削你们一次！一群不要脸的穷鬼！"

"散了吧，"段非凡跟市场帮的"背景板们"说，"谢谢了，回去请你们吃饭。"

一帮人笑着聊了几句，一块儿往市场那边走了。

江阔看了一眼站在门口对他们怒目而视的老板，把车原路开下了人行道："要没这个坡，我刚才只能停在路边。"

"这坡再陡点儿也只能停路边吧。"段非凡说。

"嗯。"江阔点点头，又回头看了一眼，"那些人，不用派点儿好处费什么的吗？"

段非凡转头看着他："我回去请顿饭。"

"就行了？"江阔说。

"可能市场圈和你们悬浮圈规矩不太一样，"段非凡说，"我要是给钱，会挨骂的。"

"不管怎么说，比我想象中的要顺利。"江阔手指在方向盘上敲着，"我还想着不行就报警算了，马啸不是不想闹得太大嘛。"

"一会儿把医药费拿了，就算了结了。"段非凡说。

"他不会赖账吧？"江阔皱皱眉。

"应该不至于。"段非凡说，"我们闹了这么一通，他开门做生意的，也不想折腾得生意没法做。"

江阔笑了笑。

"关键是他摸不清你的底细。万一市场监管局真的天天来查，他就真干不下去了。"段非凡看着他，"你跟大炮经常这么配合吗？"

"没有，"江阔说，"这是头一回配合干这种事。一块儿玩了十几年，相互帮忙打个掩护、撒个谎什么的没少干，一听称呼不对，就知道得配合了。"

"阔叔，"段非凡说，"烫伤去医院的话，得备着多少钱啊？"

"看烫伤的程度和面积，"江阔粗着嗓子，"你先准备两千块吧。"

段非凡笑了起来。

"怎么样，"江阔说，"配合得不错吧？"

"嗯。"段非凡点点头。

他们回到宿舍的时候，丁哲正站在107门口打电话，看到他俩进来，他放下手机喊了一声:"你俩不会已经吃完了吧?"

"正好,"段非凡说,"一会儿跟我们去办件事儿。"

江阔准备先回119让马啸写收条,段非凡和丁哲进了107。

他还没走到119,就听到丁哲的声音:"哎呀,我说了我马上就到,这事儿你们居然没叫我!"

马啸还在屋里发愣。

"写张一千块的收条,"江阔说,"然后去医院。钱不够的话我先借你,到时拿着医院的单子去跟那个老板算账。"

马啸没说话。

"写啊。"江阔说。

马啸低头抹了一把眼泪。

"你别啊!"江阔后退一步指着他,"憋回去!我最怕有人在我面前哭,我不知道怎么劝!"

马啸转身趴到桌上,开始写收条。

"一式两份,写上你先收了这一千,超出的部分老板按医院的收据多退少补。"江阔说。

马啸点了点头。

去店里拿医药费的时候,马啸一路沉默着,时不时擦一擦眼睛。

丁哲仿佛错过了一次团建,为了补上,他进门就架着膀子,眼睛搁脑门儿上四处晃悠。

老板对于收条一式两份,还得往上签字的要求很不爽,但好不容易进来两桌吃饭的客人,而丁哲在这两桌之间来回穿梭,甚至弯腰凑过去看人家的菜,引来客人对老板管理不善的抱怨。

为了不再次影响生意,他不情不愿地签了字,给了马啸一千。

"肯定用不了这么多,"他敲着桌上的条子,"肯定用不了。"

"那最好,"江阔说,"多了我们肯定退,少了我担心你不补。"

"走吧。"段非凡说。

"慢慢吃啊,各位。"丁哲愉快地伸了个懒腰,举着胳膊走了出去。

"你怎么去医院?"段非凡出了门之后问马啸,"要不要……"

"我知道怎么去。"马啸说。

"行,那别耽误了,"段非凡说,"赶紧去吧。别省,该怎么处理怎么处理,该拿什么药就拿什么药,别怕用超了他不认,肯定能让他补。"

"嗯。"马啸应了一声,然后突然弯腰鞠了个一百八十度的躬。

"干吗呢?"段非凡吓了一跳。

"不至于啊,不至于。"江阔说,担心他的脑袋撞到伤口上。

马啸没再说话,转身快步往公交车站的方向走了。

"他不打车吗?"江阔说。

"又没要着交通费。"段非凡说,"他没走着去都是因为腿太疼了,实在走不动。"

"走吧,吃饭去,"丁哲说,"我请客啊。我一回家立马就过来了。"

"你不是自驾游去了吗?"段非凡说,"你是不是半道让你妈给赶回来了?"

丁哲乐了:"别提了,一会儿吃饭的时候跟你们说。走走走,吃顿'双亲不认'去。"

丁哲在前头带路,不知道给谁打着电话,边说边乐,心情非常美好的样子。

江阔和段非凡跟在后头,一直没说话。

马啸的事到这儿就算基本解决了,挺快的。江阔本来没什么感觉,但刚才马啸行的那个脑袋撞腿的大礼突然让他有些感慨——说不上来的心酸。

一个月的工资加上赔的医药费,一共只有两千多块钱,他换个手机屏的钱而已,而且要不是被限制了生活费,他是会买个新手机的,那钱就更多了。

但马啸抹了眼泪,还行了大礼。

他突然有点儿不好受。

他并不是不知道有很多人过得不容易,但知道跟亲眼看到感受是完全不同的。

"怎么了?"段非凡低声问。

"有点儿难受,"江阔也低声说,"心里有点儿堵。"

"现在不是应该快乐吗?已经帮马啸解决问题了。"段非凡说。

江阔摇摇头:"不是这个。"

"你这样想就行了。"段非凡笑笑,把胳膊搭到他肩上搂了搂。

2 敬小伙儿

丁哲要请的"双亲不认"在市场另一边的商业街上,离学校不近,得走二十分钟。

丁哲和段非凡都没有打车的打算,非常自如地从市场北门到了南门。

这要是以前，江阔是绝对不可能同意的。除了运动的时候他愿意活动活动，别的时间一概不能忍受"不必要的走路"。

但不知道是不是因为打了两天工，腿已经接受了新的使用方式，江阔感觉自己已经慢慢习惯了"直立行走"。

出了市场北门，又走过小半条街，到达"双亲不认"的时候，他居然没觉得有什么不爽的。

这是家新开的鸭脚煲店，因为还在开业优惠期，客人很多，幸好丁哲中午就打电话订了桌。

"我一出门就受不了了。"丁哲说，"我爸妈不是加了车友群么，平时他们自己开车出去玩，这次说带上我一块儿，我还觉得挺开心呢，结果……"

"怎么了？"段非凡说，"不开心？"

"爸妈的车友群里，能总一块儿出去玩的，"江阔笑了起来，"多半也都是别人的爸妈。"

"江有钱，厉害。"丁哲一指他，接着一拍腿，"我们开了大半天的车，终于跟其他几辆车会合了，我一看，嚯！"

段非凡笑了："那些人没带孩子吗？"

"可能只有我一个这么傻的儿子跟着了。"丁哲说，"全是老两口，还有一辆车上是六十多岁的大爷大妈带着八十九的奶奶……奶奶身子骨真硬朗。"

江阔笑出了声。

"我撑了一天，实在撑不住了。一到地方，说休息、吃饭，活儿就全是我的。"丁哲说，"小伙子，去，找找有没有柴！小伙子，去，打桶山泉来！小伙子！小伙子！小伙子今天就坐大巴跑了。"

"哈哈哈，"段非凡笑着拿起茶杯，"敬小伙儿。"

"敬小伙儿。"江阔也拿起杯子。

"早知道是这样，我们几个应该去你家，"丁哲看着江阔，"开着你爸那辆巴博斯浪去。"

"下次放假可以去啊。"江阔说。

"寒假？"丁哲又转头看段非凡，"寒假你有时间吗？"

"应该有吧。"段非凡想了想。

"是要在店里帮忙吗？"江阔问。

"嗯。"段非凡点头，"不过出去玩几天的时间还是有的。"

"差不多一周吧。"丁哲说，"你就是太自觉了，你老叔也没说让你在店里干活儿，老让你出去，你也不出去。"

"我出去玩，他们就得把段凌叫回来帮忙。"段非凡说，"段凌刚升了个小官儿，忙得很。"

"那你要没在店里呢，你爸如果没……"丁哲停下了。

"他知道。"段非凡说。

"你爸如果没进去，"丁哲说，"你也不会在店里啊，他们不是得请人就是得叫段凌，不一样么？"

"你这逻辑，"段非凡叹气，"我要没在店里，这么多年我老叔也不用供我吃穿、上学啊。"

丁哲想了想："是这样哈。"

"一周差不多了。"江阔说，"安排好时间，来回两天，中间五天，够了。"

"那我们先预订了。"丁哲说。

"嗯。"江阔点头，莫名有些期待，但想到还有好几个月，又有些失落。

从"双亲不认"吃完饭出来的时候，外面下雨了。

最猛烈的那一阵雨已经过去了，这会儿是小雨，但气温降了不止一度两度，而是起码五度。

"我去，"丁哲缩了缩脖子，"有点儿冷啊！"

这几天都是穿件长袖就差不多了的温度，今天这场雨一下，江阔感觉得穿羽绒服了。

而此时此刻他才反应过来，自己没有冬装。

别说冬装，连秋装他都没有。他从家里出来时什么都没带，来学校之后去商场买的也全是短裤和T恤。

他当时热得只想买台空调挂在身上，根本没往后考虑，而且按以往的经验，冷了再去买就行。

谁也没想到一个月之后，他会变成一个每月只有三千五百块的人。

"怎么办？"江阔说，"我没有冬天的衣服。"

"让家里寄啊。"段非凡和丁哲同时开口。

"……哦。"江阔回过神，是啊，还可以让家里寄啊，"那现在呢？我宿舍没有厚衣服。"

"借啊。"丁哲说，"你不会是想买吧？"

"……哦。"江阔点点头，还可以借。

他转头看着段非凡。

"对了，"丁哲拍拍他的肩，"就找他。一会儿经过牛三刀的时候，你进去拿两件，撑到家里给你寄衣服来就行了。"

"你衣服拿来了吗？"段非凡问。

"没。"丁哲笑了,"这本来是我的计划,我准备过两天再回去拿衣服,我妈不在家,我找不着衣服在哪儿。"

江阔低头给江了了发了条消息问他们什么时候回家。

江了了直接打了电话过来:"怎么了?还有两天才回去。"

"这边突然降温了,"江阔说,"我没带衣服。"

"你去买……"江了了说到一半停下了,"要给你寄是吧?你不让刘阿姨进你屋的话,就等我回去了帮你寄吧。收费的啊。"

"我这个月只有不到一千五了,"江阔说,"你还收我费?我那摩托车你开得还爽吗?"

"不爽,那么久没动过了,我拿到手先修了三天。"江了了说,"平衡车和你那一堆游戏机给我吧。"

"我一会儿给你发衣服的清单吧。"江阔说。

"好。"江了了很痛快地答应了,顿了一下,又放低了声音说,"他俩心疼了,但商量了一下还是说不加钱了。"

"不用加,"江阔一下子有了气势,"够得很。"

"拉不下面子的话可以问我借,"江了了说,"我利息给你算低点儿。"

"你想得美。"江阔说。

江了了笑着挂了电话。

"你妹要借钱给你吗?"段非凡问。

"用不着她借。"江阔说。

"你家没断她的经济吧?"丁哲问。

江阔虽然不太想承认,但江了了的确厉害。他叹了口气:"她很久没问家里要过钱了,自己赚钱自己花。"

"啧,"丁哲说,"你俩不是双胞胎吗?怎么差这么多。"

"怎么了,"江阔看着他,"我俩是异卵双胞胎。"

段非凡没忍住乐了:"理直气壮。"

牛三刀已经关门了,老叔两口子在二楼看电视。

看到他们三个淋了一身雨进来,老婶马上跳了起来,拿了毛巾给他们擦脑袋。等他们进了段非凡的小屋,老婶又端了一壶生姜红糖水上来。

"刚才正好给你老叔煮了,怕感冒。你们快喝了,"老婶说,"别等凉了才喝,马上喝。"

"好。"段非凡拿出杯子,给他们一人倒了一杯。

丁哲用的是段非凡的杯子,段非凡直接拿壶喝,江阔用的则是段非凡从一个盒子里拿出来的新马克杯。

江阔在心里叹了口气,其实他并没有这么讲究。

段非凡的衣服不算多,衣柜打开,秋冬的外套一排各占一半。

丁哲随便拿了一件穿上了。

江阔一件件看着,在心里考虑着哪件能搭配他所有的裤子……

"就三五件衣服你还挑呢?"段非凡问。

"就三五件才难挑呢。"江阔说。

最后他拿了一件黑色的夹克,还挺好看的。

"就这件吧。"他说,"是你常穿的吗?"

"那肯定啊,太差的也入不了你的眼。"段非凡说,"我就这一件好的,天天穿都不带换的。"

"那我拿别的吧……"江阔说。

"逗你呢。"段非凡笑着拦了他一下,关上了衣柜门。

一杯热生姜红糖水喝下肚,被冻僵了的身体慢慢缓了过来。

在小屋待了一会儿,他们就回学校了。

还是走路回去的,回到宿舍的时候江阔汗都下来了。

丁哲宿舍没有人,跑到107过夜,江阔回宿舍的时候他追在后头喊:"江有钱,一会儿过来打牌。"

江阔回头瞅了他一眼:"没输过瘾啊?"

"这叫勇气。"丁哲说。

马啸从医院回来了,伤口已经上了药,也包扎好了。

江阔进门的时候他正拿着手机要出去。

"干吗去?"江阔拦了一下,"你这腿得休息吧?"

"我去……"马啸的声音很小,"看看。"

江阔没听清他说要去哪儿,但差不多能猜到,之前那份兼职丢了,他得马上找下一份。

"等伤好了再出去找新的活儿吧,"江阔说,"这几天你不是还得去卖早点吗?"

"得半个多月才能恢复。"马啸说。

"起码这几天先养着吧。"江阔说,"我这儿还有钱,可以借你,你分期还我就行。"

马啸站在门口犹豫了好半天,最后回到宿舍坐下了:"谢谢。"

"借多少?"江阔问。

"啊？"马啸愣了愣，赶紧摆手，"现在还不用。"

"哦。"江阔点点头。

马啸还是一大早就起床去卖早点了。不过卖早点还好，有人的时候忙活一下，没人的时候可以坐着。

江阔其实醒得挺早，但他没起来，他怕马啸在不能打双份工的日子里发现连他这种人都去兼职了，会受到刺激。

还好马啸走得实在是早，江阔又睡了个回笼觉，才被段非凡敲门给叫了起来。

"丁哲呢？"出门的时候江阔发现气温比昨天晚上更低了，他穿着段非凡的外套，缩着脖子，经过107的时候看了一眼，发现门是关着的。

"还睡着呢，"段非凡说，"昨天输爽了。"

"人菜瘾大。"江阔喷了一声，"他还真以为我说让着他是吹牛呢。"

"中午他过去找我们，"段非凡说，"你请客啊。"

"行。"江阔点头。

CHAPTER 11

脆弱理所应当

1 叔叔！叔叔！

江阔套上安全员的马甲，戴上护具，站到广场上那个小游乐场的架子上时，突然明白了为什么段非凡昨天想让他接那个百货大楼的安全员的活儿。

除了钱多，在江阔看来，应该还有另一个原因——那个活儿在室内，风吹不到，雨淋不着。现在他站在这儿，虽然没下雨，但风不小，从领口、袖口一个劲儿地往他衣服里灌。

段非凡的高中同学是个像竹竿的小伙儿，他就比较有经验，连毛衣都穿上了，还在脖子上套了条运动围巾。

"你这样不行，"竹竿说，"你这样肯定冷。"

用你说？

我要是衣服够我能不穿上？

"嗯。"江阔应了一声。

"你去下面那层吧，下面风没那么大。"竹竿说，"我在这里。"

竹竿人还挺好。

江阔犹豫了一下，从楼梯下去了："谢谢。"

"客气啥，"竹竿说，"非凡的朋友就是我的朋友。"

哟，关系这么铁吗？

非凡的朋友不一定是我的朋友。

虽然温度降了挺多，但广场上的人一点儿没少。只要没下雨，就拦不住想要出门转悠的人。

尤其是孩子。

这个游乐场其实就是个大铁架子搭起来的玩意儿，下面铺着海洋球，上面是各种低难度的拓展运动设施，还有几个滑梯。

江阔的工作就是盯着这些小尖叫鸡崽儿们，不让他们做危险动作，不让他们到处乱爬。

"让叔叔抱着你过去！"一个老太太在围栏外喊，"叔叔！叔叔！"

腿边一个孩子正抬头看着他。

江阔愣了愣。

……是叫我吗？

江阔回过头，发现老太太的确是指着他。

"叔叔好，"老太太说，"把我们抱过去吧。"

你们？

小孩儿已经张开了胳膊。

江阔实在有些不理解，这小孩儿要"过去"的是一根半人高的大圆管，管子下部是软的，就算摔倒也完全不会有事，好多小孩儿跑过去就是为了钻这根管子。

这还要"抱过去"？

"自己过去。"江阔看着小孩儿。

"叔叔！"老太太继续喊着，"叔叔抱抱……"

"快让你奶奶别喊了。"江阔用胳膊夹起小孩儿，弯腰走进了圆管里，从一群扑腾的孩子中间穿过，把他的"重孙子"放到了另一边的平台上。

小孩儿转身跑了。

"你连句'谢'都没有吗？"江阔说。

"谢谢叔叔。"旁边一个刚爬出来的小姑娘脆生生地喊了一句。

"唉，"江阔说，"不客气。"

他没再从圆管退回去，而是直接去了中间的位置，找了个能看到四周的地方站着。

这里离所有的家长都比较远，哪个奶奶再叫他叔叔，他可以装作听不见，而且风小。

他往促销摊位的方向看了一眼，发现这个位置看不到段非凡。

他叹了口气，拉了拉衣服。

衣服上带着洗衣粉的味道，和平时段非凡身上的味道一样，这洗衣粉不知道是什么牌子的，比他家里用的要更好闻一些。

他吸了吸鼻子。

本来觉得安全员这活儿应该不累，没想到也不轻松。

各种状况：一会儿一个小孩儿因为不敢过独木桥，抱着柱子堵了一溜小朋友，一会儿两个小孩儿为了抢根绳子打起来了，一会儿有家长钻了进来，他得过去赶人。

中午休息的时候，他都快走到促销摊位那儿了，耳朵里还满满都是小孩儿的叫声、哭声，脑袋嗡嗡的。

段非凡正坐在椅子上休息，腿伸得老长，一点儿也不冷的样子。

"丁哲马上到。"段非凡看到他，伸手晃了晃，"歇会儿，吃饭去。"

"你不冷吗？"江阔凑近他看了看，发现他的外套里头只有一件T恤，并没比他多穿。

"你冷啊？"段非凡说。

"我手都快冻僵了。"江阔握了握他的手，然后愣了，段非凡的手暖得像个手炉，"哎，你的本体是电热毯吧？"

段非凡笑了起来，一把掀开了自己的衣服。

江阔震惊地看到他的裤腰那儿塞着一个小鸭子形状的暖手宝。

"要吗？"段非凡问。

"太过分了！"江阔震怒，"你有这东西不告诉我！"

"还有一个，"段非凡拎起椅子下的袋子，从里头拿出一个小猪形状的暖手宝，把充电线拔了，递给他，"这个是……"

"你带了两个不给我？"江阔再次震怒，往后退了一步，"我不要！"

"哎！"段非凡有些无奈，"能不能让我把话说完了？"

"谁不让你说了吗？"江阔看着他。

"我刚买的。"段非凡说，"商场里有促销活动，我就买了俩。"

江阔没说话。

"这个给你。"段非凡拉过他的手，把小猪暖手宝放到了他手里，"行了，你接着骂。"

"已经骂完了。"江阔看了看暖手宝，犹豫着要不要像段非凡那样把这玩意儿塞在裤腰里。

"那边怎么样？"段非凡问。

"小孩儿吵死了。"江阔坐到他旁边，想了想，又伸手过去掀开段非凡的衣服看了一眼，"你的那个是黄色的啊？"

"鸭子不就是黄的。"段非凡说。

"换一下吧，"江阔说，"我不想用粉色的……"

"拿去。"段非凡从裤腰里扯出暖手宝给他，又提了提裤子。

江阔看着他，段非凡这动作让他觉得这暖手宝不是从裤腰而是从裤裆里拿出来的。

"换不换？"段非凡说。

"换。"江阔把自己手里的粉色小猪给了他，拿过黄鸭子抓在手里。大概是因为一直被段非凡焐着，黄鸭子摸起来比粉色猪要暖和。

"明天你再拿一件我的毛衣去穿吧，"段非凡说，"天气预报说明天更冷。"

"我中午要去买衣服，"江阔说，"我扛不住了。"

"买便宜的吗？"段非凡问。

"便宜的。"江阔点头。

"那一会儿问问段凌有没有优惠券，找个能用券的店。"段非凡看了江阔一眼，发现他鼻子都冻红了，"现在去吧，我怎么感觉你又要发烧了。"

"不至于。"江阔很不屑。

"挺至于的，还晕倒……"段非凡站了起来，"走。"

2 居然发烧了？

打脸来得很快。

当代男大学生不知道为什么这么娇弱。

丁哲仿佛不是来吃饭而是专程来打脸的。

"你发烧了吧？"他看着段非凡。

"你在说什么胡话？"段非凡看着他。

"他是不是发烧了？"丁哲问江阔。

"我怎么知道？"江阔很吃惊，"我自己发烧了我都不知道。"

"他的手很烫啊。"丁哲抓起段非凡的手，搓了搓。

"他有暖手宝，你吹着风过来肯定觉得他手烫啊。"江阔伸出手，"我的手也烫。"

丁哲又抓了抓他的手，然后把段非凡的手放到了他手里："你这是暖，你感受一下他这个温度，都快赶上熔岩了。"

江阔握了握段非凡的手，其实他感觉跟之前差不多热，但那会儿他自己的手已经冻僵了，现在自己手是热的，摸着段非凡的手还觉得热，这的确不对。

"要不您摸摸脑门儿？"段非凡说，"摸手不准。"

江阔马上抬手按在了段非凡的脑门儿上。

"你脑门儿就是个暖手宝啊。"他感叹。

"哎，真的发烧了？我居然发烧了？"段非凡皱了皱眉，"我是说早上起来的时候脑袋发涨呢。"

"那你早上不说？"江阔问。

"说什么？"段非凡看着他，"说我脑袋涨？那有什么可说的啊，又不是脑袋疼。"

这就是人与人的区别。

江阔平时很少生病，但哪儿有点儿不舒服他是一丝一毫都不能忍的。别说头疼，就算只是头涨，他也会想着找药吃，一点儿也忍不了。

段非凡不仅毫不在意，甚至继续在风中的促销摊位上坚守了整整一个下午。

回到宿舍的时候段非凡才终于感觉到了不舒服。

"我头疼了。"他站在107的桌子旁边，表情很沉痛。

"你要不再找个夜市促销的活儿站几个小时去吧，"江阔说，"促销界没有你都不能运转了。"

段非凡笑了起来。

"我睡会儿，"他在太阳穴上按了按，"你自己去吃饭吧，或者叫个外卖跟马啸一块儿吃，他现在没有管饭的地方了。"

"你不吃了吗？"江阔问。

"我吃不下，"段非凡脱掉了外套，又脱掉了里面那件T恤，光着膀子去洗了把脸，"我怕我吃了东西会吐。"

"那你睡吧。"江阔说。

段非凡又脱掉了裤子，然后爬上了床。

"你不穿睡衣吗？"江阔看着他身上的疤，"一会儿膀子露出来继续着凉。"

"不舒服，"段非凡说，"要不是您杵在这儿，我会全脱了。"

"那您脱呗，"江阔看着他，"我又不介意。"

段非凡没说话，笑着躺下了，拉过被子盖好："走吧，别参观了。"

江阔犹豫了一下。段非凡一直很关照他，现在发烧了，自己这么一走了之似乎不太合适。

他扒着床沿儿看了看段非凡："一般来说，发烧的人得怎么照顾啊？"

"你上回发烧的时候我是怎么照顾你的？"段非凡问。

江阔回忆了一下："你把我扔医务室了。"

"哎，对了，"段非凡点点头，"就那样。"

江阔没再多说别的，把屋里的灯关了，走出107，关上了门。

段非凡的话说得很委婉，但传达的意思非常明确，就是他不需要人照顾，或者是不想被人照顾。

啧。

这么坚强的吗？

段非凡在黑暗中闭上眼睛，叹了口气。

口渴啊少爷，发烧了想喝水啊，走得这么突然，不能先给我倒杯水吗……

江阔回到119，马啸在床上躺着，看上去状态还可以。

当然，马啸平时状态什么样他也不知道。马啸就像一个隐形人，在昨天受伤之后才开始慢慢显形，在他眼里留下一些痕迹，比如桌上放着的一个小面包，垃圾桶里的一个豆奶袋子——这些应该是早点车没卖完的食物，马啸带回来作为午餐和晚餐。

"吃饭了吗？"江阔问。

"吃了。"马啸回答。

江阔一边看着手机一边又问了一句："还吃得下一碗面吗？我想点碗面，但是一碗不够起送。"

"你再点个煎蛋什么的啊。"马啸说。

"我吃不下一碗面加一个鸡蛋。"江阔说。

马啸犹豫了一下："我也吃不下。"

江阔看了他一眼，用了好几秒才终于反应过来，他应该是认为这碗面得自己出钱。

"我请客，你勉强吃吧。"江阔说，"段非凡发烧了，你不帮我吃就没人了，我得浪费一碗。"

"……好的。"马啸点了点头。

江阔点了两碗牛肉面，每碗都多加了一份牛肉。

"段非凡怎么发烧了？"马啸问。

"谁知道呢，我都没想到他会生病。他一天到晚蹦得跟台永动机似的，"江阔说，"不睡觉都能蹦……可能是因为熬夜，身体虚了，还跑去兼职。不对，应该就是兼职时杵在那儿被风吹的。"

"有可能，今天风大，"马啸可能憋了一天没跟人说上话，这会儿难得地跟他有来有回地聊，"早上我出摊儿的时候被吹得眼睛疼。"

"你挺厉害，"江阔笑了，"一般都是被吹得头疼吧。"

"习惯了，我头铁。"马啸说。

江阔又笑了笑。

马啸有话的时候并不是太闷，可能他跟唐力、李子锐他们在一起的时候话多点儿。

"你刚才应该帮他点份粥什么的，"马啸说，"发烧容易饿。"

"嗯？"江阔看着他，"他说他吃东西怕是会吐。"

"后半夜就饿了。"马啸说，"后半夜找不着东西吃，现在点份粥，饿了热一热就能吃了。"

"有道理。小米粥行吗？"江阔在手机上看看，"粥太不顶饿了吧，红烧肉？扣肉？这家有鸽子汤，好像猪肚鸡也不错……"

马啸没说话，江阔抬头扫了他一眼："行吗？"

"……素点儿吧，"马啸说，"这些吃了真有可能会吐。"

"行吧。"江阔喷了一声，"我发烧的时候都没他娇气，那就小米粥、红米粥、皮蛋瘦肉粥……OK。"

马啸叹了口气。

外卖很快送来了，江阔跑了两趟，把两碗牛肉面和三份粥都拿回了宿舍。

"吃吧。"他捧了一碗牛肉面坐到自己的桌子前。

"谢谢。"马啸下了床，也坐到桌子旁边，过了一会儿又说了一句，"你人挺好的。"

"那是因为你现在才认识我，"江阔说，"你早半年认识我，说不出这话。"

马啸没再出声，埋头吃面。

估计是饿了，马啸这面吃得地动山摇的。这要搁以前，谁在江阔面前吃东西吃出这动静，他肯定当场把人赶出去了。

但今天江阔格外能忍，在马啸的伴奏下安心吃完了面，甚至在几次完美踩点时产生了"这动静有没有可能是自己嗦出来的"的疑问。

吃完之后，马啸抢着把垃圾都拎出去扔了。江阔没拦着，马啸白吃了一碗面，不让他干点儿什么估计他难受。

再说垃圾这东西，除了气卢浩波那次，他从来没倒过。

宿舍的卫生他也没打扫过，唐力表示他只要能保证自己那张床上的被子叠整齐了就行，桌子都不用他管。

他趁着这会儿吃了面身上暖和，先去洗了个澡，出来又趴到床上玩手机，跟大炮聊了半天昨天的事。大炮给他发了两个奔奔"狗生"中头一次参加自驾游的视频。

大炮他妈挺喜欢奔奔，还给它买了一件带书包的小衣服。

江阔把视频转给了段非凡，转完他才猛地想起来这人正在睡觉，赶紧又把视频撤回了。撤完他愣了两秒，自己笑了半天。

"你不去看看段非凡吗？"马啸在对面问他。

"他睡觉呢，"江阔说，"我去看他睡觉吗？"

"他发烧不一定睡得着，"马啸说，"有时候想喝水什么的。发烧需要多喝水，多睡觉。"

"啊，"江阔撑起了胳膊，"是啊，他喝水还得下床。"

"嗯。"马啸点头。

"你还挺细心。"江阔跳下了床，拎着三份粥跑出了宿舍。

其实按江阔的习惯，人家在屋里睡觉，他是不会进去打扰的，特别是107这种单人间，基本跟家里的卧室差不多了。

但马啸说得也有道理，毕竟人家是个病人，他总不能真扔那儿不管了。

虽然不知道要怎么关爱病人，但形式上的探望还是要有的。

他站在107门口，不知道要不要敲门。

犹豫再三，他轻轻咳了两声，然后推开了门。

刚进屋，他就听到了段非凡的声音。

"你可算回来了。"

这话听着相当感慨，相当沧桑，甚至声音都是嘶哑的。

"怎么了？"江阔摸黑走过去，把粥放到了桌上，然后转身凑到床边。

"给我倒点儿水。"段非凡艰难地说。

"水在哪儿？"江阔问，"杯子在哪儿？"

"开灯，"段非凡发出叹息，"你是蝙蝠吗……"

"滚。"江阔摸回门边，把灯打开了。

段非凡趴在床边，从被子里伸出一条胳膊，冲他招了招："赶紧的，水。"

嗓子还是嘶哑的。

"你渴成这样了，自己下来喝一口不行吗？我要是按你的指示真把你扔这儿不管，你是不是今晚就死这儿了？"江阔手忙脚乱的。段非凡的杯子就放在桌上，他拿了暖水壶但不会开壶盖，又按又抠弄了好几下才发现是拧开的。

"头晕。"段非凡说。

"你这是烧到多少度了啊？"江阔之前发烧到晕倒了也没感觉头晕。

水倒得有点儿急，有一半浇到了桌上。

他伸手把水扒拉到地上，感觉水好像有点儿烫。

再往周围看了一圈，他发现还有一个开着盖儿的壶："这水是哪天的？"

"早上晾的……"段非凡说，"阔叔，要不直接来点儿自来水吧。"

江阔没说话，把这壶凉水兑进了杯子里，也顾不上别的，直接拿着杯子踩到床梯上，把杯子递给了段非凡。

碰到段非凡的手的时候，江阔感觉他比下午那会儿更烫了，嘴唇看上去也有些发干。

"你这是烤干巴了啊。"江阔说。

段非凡没理他，灌了一杯水下去，往枕头上一倒，拉长声音舒了一口气。

"还要吗？"江阔问。

"不用了。"段非凡说。

"有体温计吗？"江阔把杯子放回桌上，"上回那个电子的你还给吕宁了吗？"

段非凡没说话，把手搭在眼睛上。

"医务室有人值班吗？"江阔问。

依旧没有得到段非凡的回应，他又踩上床梯："段非凡？段英俊？"

"嗯。"段非凡应了一声，"别跟我说话，难受。"

江阔立马一推床沿跳下了床梯。

这一瞬间他感觉非常不爽。

非常不爽。

很尴尬以及没有面子。

以为谁多想跟你说话啊？不就为了验证一下你死没死吗！

段非凡的杯子是吸管杯，江阔试了一下，确定是可以密封的，于是本着人道主义精神又兑了一杯温水，将杯子盖好后扔到了段非凡的枕头边，然后关灯走出了107。

从没受过这种气，更不要说还是在第一次伺候人的时候受这种气了。

他怒气冲冲地回到了119。

"多少度啊他？"马啸问。

"没量，"江阔说，"没有体温计。"

"有。"马啸马上起身从唐力桌上的笔筒里拿了支水银体温计出来，递给他。

江阔并不想再过去给段非凡量体温，但马啸都把体温计递到眼前了，他只好先接过来看了看："这东西是需要常备的吗？"

"不是，"马啸说，"李子锐之前感冒的时候从医务室拿的。"

"李子锐……什么时候感冒了？"江阔愣了。

"放假前。"马啸说。

江阔有些不好意思，他完全不知道这件事儿。

马啸站在他面前，似乎是在等待。

问完了吗？问完了去给段非凡量体温啊。

江阔很无奈地拿着体温计，又出了宿舍。这回他没敲门直接进了107。

不给我面子，我也就不讲那么多礼貌了。

开灯。

拧开体温计套的盖子，拿出体温计。

甩。

再甩。

也不知道甩够了没。

所以又甩了一下。

然后对着灯看了一眼。

"去你的。"江阔说。

甩反了。

他又重新甩了一遍,然后拿着体温计再次踩上床梯。

段非凡的脑袋在那头,他不得不脱了鞋,跪在床沿儿上蹭了过去。

"哎,"他拍了拍段非凡的胳膊,"不是我想吵你休息,是马啸说得量体温。"

"嗯。"段非凡应了一声,但是没动,不知道是烧迷糊了还是睡迷糊了。

江阔拉着他的胳膊把体温计夹好了。也不知道放对地方了没,就这么着吧。

段非凡的胳膊也很烫,有一层薄薄的汗。

他不知道这种情况是得把被子盖好还是该给他掀了。

最后他决定维持现状。

在屋里愣了十分钟,他又爬了上去,从段非凡胳膊下面把体温计拿了出来,然后偏过头对着光看体温计上的数字。

不得不说水银体温计这种东西对看的人十分不友好,江阔连着转了三圈也没看到水银的线在哪儿。

"我来吧。"段非凡终于开口了。

"我会看。"江阔说。

"等你看完我烧都退了。"段非凡哑着嗓子说。

"38.4℃。"江阔说,"看到了,38.4℃!这有点儿高啊!"

"一般。"段非凡说。

江阔跳下床,拿出手机开始查,发烧38.4℃……

答案不太统一,一会儿看到说38.4℃是低烧,一会儿看到说38℃以上是中烧,不过可以肯定39℃以上才是高烧。

他一直觉得超过38℃就是高烧了,闹了半天居然还不是。

"段非凡,"他看着手机,"你也太虚弱了,只是中低烧就动不了了?体质不行啊。"

段非凡没说话,江阔听到了他在笑。

"我那次发烧也38℃多吧,"江阔说,"也没像你这样。"

"您晕倒了,阔叔。"段非凡提醒他。

"但是后来我就没事了啊。"江阔说。

"我这还没到后来呢。"段非凡说,"明天我就能正常去兼职了。"

江阔抬头看着他:"你是马啸吗?马啸那么困难都知道得休息几天呢,你是有什么毛病吗？"

"这活儿得熟手才干得好，"段非凡说，"我要是不去，他们就得临时再找人，效果肯定不好。"

"你又知道了？"江阔说，"就你一个熟手吗？人家就不能再找个熟手？"

"所以啊，"段非凡说，"我更得去，为了下次还能有活儿。"

"哎。"江阔说。

沉默了一会儿，江阔把体温计收好："还喝水吗？我回宿舍了。"

"嗯？"段非凡转过了头，看着他。

不知道为什么，平时段非凡给人的感觉总是气定神闲的，好像无论做什么都游刃有余，但现在发着够不上高烧的烧，转头这么看着他的时候，江阔莫名感觉他有些无助。

最近被马啸的事儿和打工折磨着，江阔怀疑自己是不是同情心有些泛滥了。

"我上个厕所。"段非凡说。

"啊？"江阔愣了愣。

上厕所就上呗！还需要报备吗？

"尿尿。"段非凡补充说明。

"那你尿去啊。"江阔说，"怎么，是要让我给你找瓶脉动吗？"

"扶我一下，我头晕。"段非凡笑了起来，"你平时看起来智商没这么低啊。"

"滚啊。"江阔过去站到了楼梯上，伸出手。

但他很快发现段非凡好像连坐起来都有点儿费劲，他只好又上了床，抓着段非凡的手把他拽了起来，然后退回到床梯上。

"抓着我的手，"他一只手抓着床梯，一只手伸给段非凡，"撑着我的手下来就行。"

段非凡坐在床边，脚踩着第一级床梯，伸手抓住了他的手。

然后他们就僵持住了。

"算了，"江阔看出来了，段非凡的状态真的不太好，应该是头晕得厉害，这要是一下没撑住，就有可能一头扎到地上，他瞬间脑补出了一地血的场面，最后一咬牙，"我背你。"

段非凡被他这句话惊得挑了一下眉毛。

"你最好记着今天我对你的恩情，我长这么大，除了江了了，还没背过任何人。"江阔上了床梯，一条腿踩在最下一级，一条腿踩在倒数第二级，然后把胳膊伸到后头，冲段非凡招了招手，"来吧。"

段非凡但凡有一点儿力气都不会让人这么背，但他刚往前一倾就整个人栽到了江阔背上的这个事实让他没有别的选择。

让少爷背他去厕所，总比尿瓶子里再让少爷去扔瓶子要强。

江阔虽然做好了准备，但当段非凡以完全不受控的速度几乎是摔到他背上时，他还是感受到了很大的压力，好在他踩在最下一级床梯上的腿反应很快地往前跨出了一步，抵住了往前冲的力量。

然后他用力一蹬，往后靠在了床梯上，确切地说，是用段非凡垫着靠在了床梯上。

"哎。"他调整了一下姿势，把段非凡搭在他肩上的胳膊往前拉了拉。

"我缓缓，"段非凡说，"能走过去。"

"缓个屁。"江阔说，"你怎么不再脱光点儿？这再晾一会儿就能上39℃了——胳膊用点劲儿。"

段非凡没出声，收了收胳膊。

江阔想托着他的腿站起来，但摸到了腿后，江阔才发现光着的腿有多难托起来。

在段非凡腿上连蹭带抓，甚至往他屁股上都抓了两下，江阔也没能把这人成功背好站起来。

"怎么还抠肉啊？"段非凡说。

"啊！"江阔拉着段非凡的胳膊把他从床梯上拽了起来，然后拖着他往厕所走去，"就这样吧。"

段非凡在后头笑，虽然没出声，但是江阔能感觉到。

"信不信我现在把你扔这儿。"江阔说。

"是真挺好笑的。"段非凡说，"笑得我头更晕了。"

"进去！"江阔推开门，拽着他的胳膊把他推进了厕所里。

段非凡撑着墙，又偏了偏头。

江阔退出厕所，哐的一声把门关上了。

关门的时候江阔发现段非凡的腿上被他抠出好几条红印子。

有点儿惨……

江阔在厕所外头愣了一会儿，听到里头传出的水声时很震惊："你尿外头了？"

"我洗澡！"段非凡说。

"这么讲究？"江阔说。

"嗯哪。"段非凡说。

段非凡洗了个澡，出来的时候仍旧扶着门。

"你这状态洗澡干吗呢？"江阔无法理解。

"一身汗，"段非凡说，"难受。"

江阔扶了他一把。他先去床边把被子扯了下来，放到躺椅上，然后去柜子里拿了一床新的薄被。

"我来我来。"江阔帮他把被子扔到了床上。

段非凡爬上床之后，他又跟着上去看了一眼，琢磨着要不要帮着扯扯被子，不过段非凡盖得还挺严实的。

"怎么样？"江阔问，"舒服点儿没？"

"就是晕。"段非凡说。

"喝水吗？"江阔又问。

"还有。"段非凡摸了摸枕头边的杯子，"刚刚有人特别生气地给我扔了一瓶。"

"我没生气。"江阔说。

"你生气太明显了，"段非凡闭着眼睛说，"且气场强大，不出声我都能感觉到。"

江阔没说话。

"聊会儿？"段非凡轻轻拍了拍床。

正准备跳下床梯的江阔愣住了。

"在这儿？"他问。

"我喊着跟你说话吗？"段非凡咳嗽了一声。

江阔爬上床，坐在了他边上："我以为你生病的时候更想一个人待着呢。"

"差不多吧，"段非凡说，"基本都是一个人。"

"为什么？"江阔问。

老叔一家看上去不像是段非凡生病了他们不管的那种人。

"我怕我老婶一直守着。"段非凡的声音很低，嗓子还是哑的。

"那你都病了，她守着不是正常的吗？"江阔也轻声说，"我病了，江总都不去公司，就在家守着。"

"少爷，那是你亲爹啊。"段非凡说。

江阔没说话，轻轻叹了口气。

"我也很少生病。"段非凡说。

"有人陪着还是舒服点儿。"江阔说，"我上回发烧，去酒店睡觉，有大炮在我心里就踏实点儿，要不死了都没人知道。"

段非凡笑了笑："那我死了你能知道了。"

"少瞎说啊。"江阔说。

段非凡没再说话，闭着眼睛。

江阔也不出声，就看着他的脸。生病的段非凡看着跟平时的样子差别挺大的，那种永远精力十足、随时准备进行"段氏社交"的状态没了，只剩疲倦和无助。

没错，就是无助。江阔始终有这样莫名其妙的感觉。

"英俊，"他试着叫了一声，感觉段非凡似乎睡着了，"段英俊？"

段英俊的确是英俊的，屋里的灯光打在他脸上，明暗交界的位置正好在鼻梁那儿，勾出很清晰的轮廓。

江阔发现他的嘴唇有些苍白，像是太干了，又像是病得太惨。

他慢慢伸手过去，想着要不要叫段非凡再喝点儿水。然而他的指尖刚碰到嘴唇，段非凡就一把抓住了他的手，还很用力。

"醒着？"他吓了一跳。

段非凡的眼睛迷迷糊糊地睁开了一条缝，并没有聚焦，很快又闭上了。他拧着眉翻了个身，但抓着江阔的手没有松开，仿佛拽着个抱枕，这状态像是癫痫发作时咬紧牙关似的……虽然这个比喻不怎么恰当，但他的确像是关节卡死了，就那么攥着江阔的手。

"哎，"江阔抽了抽手，没抽出来，"段非凡？睡着了？"

段非凡没了动静。

"你有病吧。"江阔冲他骂了一句。

说实话，如果把段非凡弄醒，他的手也就拿出来了，但这会儿他突然有点儿不忍心。

他半倾着身体坚持了一会儿，实在有些扛不住，困得厉害，背也酸得很。于是他小心地在段非凡身侧空出来的地方趴下了。

算了，先眯一会儿吧。

3 生病了就得有生病的样子

段凌小时候很爱装病，躺在床上皱着眉头哼哼唧唧。老叔老婶急得转圈儿，说话都轻声细语的，她想吃什么都给做。

"你真得锻炼。看看人家非凡，从来不生病，不让人着急！"

老婶的话段非凡一直记得很清楚。他的确很少生病，据说是因为小时候他爸带得糙，所以体质好，抵抗力强。

听到老婶这话之后，他就基本不生病了。

直到上次住院。那是他从小到大病榻前人最多的一次，来来去去，老叔、老婶、段凌、同学……也是压力最大的一次。

不知道老天爷是想锻炼他还是想锻炼江阔，发烧这种他从来不当回事，撑撑就能好，顶多吃两片药的病，这次居然给他配了个头晕的症状。

全身的肌肉都是紧张的，绷得骨头有些酸痛。

脑子是混乱的，睡着了梦里也满是晃动的人影。

很多人影都是江阔。

梦里的江阔一直在说话，话前所未有地多。

"你够惨的啊，每次生病都是自己扛着吗？别人是装病，你是装没病。"

对啊。

"第一次有人这么伺候着，感觉挺好的吧？"

嗯哪。

"是不是有点儿不想病好了啊？一直病着就可以一直脆弱。"

是啊。

"我照顾你非常累的。"

看出来了。

"我的手都快断了。"

怎么会？

"你看我的手。"

江阔把手伸到他面前，他看到江阔的手腕前头是一个圆球，跟机器猫似的，根本没有手！

啊！

好好一个梦突然变成了噩梦，段非凡始料不及。

他猛地睁开了眼睛。

眩晕感慢慢过去之后，他看到了一堆头发。

他心里又是猛地一惊。

这是什么玩意儿？

头发旋，这个半旋的头发旋有点儿眼熟。

是江阔？

他动了动，想把脑袋支起来看看是怎么回事。他最后的记忆是江阔坐在床沿上跟他说着话……气氛很温馨，带着几分他有些抗拒的亲近感。

后来他就记不清了，睡着了。

他一动，头发旋突然也动了一下。

接着，江阔的头抬了起来。

"我……啊……"江阔脸上的表情很痛苦,"我是不是扭到腰了……我的手……撒手。"

段非凡在他说到"手"的时候猛地感觉自己的手很酸,是那种握着刀砍了一下午牛肉的酸痛,接着就感觉到了手里有东西。

发现自己的左手攥着江阔的右手,并且江阔的手指尖已经被他攥得发红时,他吓了一跳,猛地松开手坐了起来,但因为一阵眩晕,往旁边墙上撞了一下。

咚。

"啊……"江阔半趴在床边,左手捧着右手,一脸痛苦,"我的手是不是断了?"

段非凡又发现江阔一条腿半跪着,另一条腿还在床梯上,就这诡异的姿势,他刚才居然睡着了。

"不好意思。"段非凡捏了捏眉心,伸手想看看江阔的手。

"别别别……"江阔连连说,"麻了麻了,还有点儿疼……"

段非凡只好撑着床凑过去看了看。江阔的指尖充血发红,被他抓住的地方却有些失血,现在血液正慢慢回流,手上一块白一块红的。

"你活动一下,轻轻的。"他说。

"你躺着吧,"江阔说,"我怕你头一晕再把我撞下去了。"

"不晕了。"段非凡说。

"你刚脑袋撞墙那动静,我都怕墙塌了。"江阔说,"跟我这儿就不用装了吧,你也不用担心给我添麻烦,我反正不太会照顾人,我根本想不到。"

段非凡笑了起来。

江阔用左手撑着床慢慢坐直,回手在后腰上捶了两下,又活动了一下左手手指,眉毛拧了起来:"哎,这个麻……"

"我帮你快速恢复?"段非凡说。

江阔看着他:"快速?"

"其实你自己甩两下就好了。"段非凡说。

江阔皱着眉:"我现在移动一毫米都麻……"

段非凡没等他说完就抓住了他的手,以迅雷不及掩耳之势在他手上来回捏了两圈。

"啊啊……"江阔咬着牙。

接着段非凡又握着他的手噼里啪啦地搓了一通。

"啊啊啊……去你的。"江阔说。

最后段非凡抓着他的手甩了两下,把他胳膊上最后一点酸麻感甩掉了。

"怎么样?"段非凡看着他。

"……好了。"江阔说,"我一般不到下一秒就要死了不会用这种方法。"

"你这腿一会儿也得麻。"段非凡指了指他还盘着的那条右腿。

"你别甩我的腿啊。"江阔警告他。

"我没那个本事。"段非凡笑着说。

"我先下去吧。"江阔身子转了半圈,把压了不知道多长时间的腿伸直,踩到床梯上,"现在几点了?"

段非凡看了一眼窗外漆黑的天:"大概两三点吧。"

江阔从床梯上跳了下去,先是踉跄了一下,然后开始一脸痛苦地在屋里来回跑,跑了两三圈后又扶着桌子蹬了一通腿,最后长舒一口气:"过去了。"

"你回宿舍睡吧。"段非凡动了动脖子,感觉头不怎么晕了,便移到床边,扶了一下江阔递过来的手,下了床梯,"我已经好了很多,不用管我了。"

"嗯,"江阔应了一声,"你饿吗?"

段非凡还没说话,他的肚子先抢答了。

"饿了。"他说,"你这么问,是有吃的?"

"有。"江阔立马把通向桌子的路让了出来,"马啸说你会饿,让我买点儿粥什么的,我就买了。"

"江有钱,你真是大救星。"段非凡顺手拿起躺椅上的小被子披上,走了过去。

"不过肯定凉了,"江阔说,"得热热。"

"没事儿,一会儿把赵叔那儿的小电磁炉和锅拿过来就行。"段非凡激动地打开了塑料袋,捧出一个餐盒,看了一眼——不错,小米粥,黄色的看着很有食欲。

他期待地又捧出了第二个餐盒,看了看——是……白的,从夹杂其中的食材来看,这是一碗……皮蛋瘦肉粥。

他怀着最后一丝希望,拿起了最后一个餐盒——红米粥。

"怎么样?"江阔问。

"挺好的。"段非凡点点头,又冲他竖了竖大拇指,"我先穿衣服。"

"嗯。"江阔低头把袋子里配的一次性餐具一样样地拿出来。

段非凡从衣柜里随便扯了条裤子出来套上了。

什么感冒啊,发烧啊,吃素点儿是对的,但三份粥摆着带过来,着实有些让人无语。一看就是马啸指点了他买粥,但没指点他再搭点儿别的干货,所以江有钱就一气儿买了三份粥。

"我就知道。"江阔突然说。

"嗯?"段非凡一边穿衣服一边转过身。

"没胃口了吧？"江阔坐在椅子上抱着胳膊，看着桌上的三份粥，一脸不爽，"我一开始想着买点儿什么红烧肉、扣肉的，马啸说得喝粥，我也不知道怎么想的，脑子里就全是粥，直接顺着把三份粥都点了。"

"没有没胃口啊。"段非凡扯了扯衣服，过去把小米粥的盖子打开了，"挺香的，我现在能把这三碗都吃了。"

江阔看着他，过了好一会儿才开口："段非凡。"

"在。"段非凡应了一声。

"人生病的时候是最脆弱、最不讲道理、最娇气的时候。"江阔说。

"是么？"段非凡笑笑。

"你病了，发着烧，还头晕，"江阔看着他，"你知道自己不能吃太油腻的，但又不想吃得那么素，所以看到三碗粥的时候你很失望。"

段非凡也看着他，一时没明白他这话什么意思。

"你跟我说，"江阔说，"江阔。"

"江阔。"段非凡说。

"我不想吃全粥宴。"江阔说。

"……我不想吃全粥宴。"段非凡说。

"我还想吃点儿别的。"江阔说。

"这个点儿可能没有……"段非凡还没说完就被江阔打断了。

江阔的手指在餐盒上弹了一下："我还想吃点儿别的！"

啪的一声巨响，把段非凡吓了一跳。这是他听过的最响亮的弹纸壳的声音。

真牛，碗没碎吗？

"我还想吃点儿别的。"他说。

"连起来说一次。"江阔说。

"江阔，我不想吃全粥宴，"段非凡笑了起来，"我还想吃点儿别的。"

"我看看啊，"江阔拿出手机，"大炮半夜三点还叫过外卖呢，生蚝、烧烤之类的……"

"那还不如麻辣烫快。"段非凡说。

"对！"江阔立马站了起来，往门口走，"我去买吧。你那天是不是开了辆小电瓶车，还在吗？"

"江阔。"段非凡一把抓住了他的胳膊。

"不用谢。"江阔看着他。

"皮蛋瘦肉粥就可以了。"段非凡说。

"我刚才的话白说了吗？"江阔拧着眉。

"我知道你的意思，"段非凡把他往回拉了拉，"但是……"

"我知道我这种没吃过苦的大少爷对很多事儿都不能理解，"江阔说，"但也不是什么都不懂。马啸那么辛苦、那么不可思议的生活我都能懂，你们男大学生楷模群里的人除了你我都能懂，就你我不懂。"

段非凡没出声。

"你现在不在家里，我也不是你老叔家的人，"江阔说，"我是你的同学，是你的朋友，是你一直伸手帮忙的人。生病的时候跟我抱怨两句有什么不可以的呢？你坑我钱的时候怎么没觉得有压力呢？"

段非凡听到最后一句没忍住笑了起来："我是真没想到那样都能坑着钱。"

"别打岔。"江阔说。

"换了丁哲他们，我可能可以吧。我只是觉得自己扛过去就行了，习惯了。"段非凡叹了口气，"你刚才没生气吗？我说'别跟我说话'的时候。"

"生气啊，"江阔说，"那又怎么样？我生气你也可以生气啊，吵几句不就行了？我不能因为你生气吗？你是江总派来接替大炮的吗？"

段非凡看着江阔。

"生病了就是生病了，生病了就得有生病的样子，"江阔皱了皱眉头，"生病了就应该矫情一点儿，生病就是你趁机发泄不爽的机会。我说得可能有点儿过，但你也不能总闷在心里。"

这次段非凡是真的沉默了，不知道该说什么好。

也许真的是因为生病不舒服，他的情绪翻涌得特别厉害。

这些话每一句都戳在他的心上，很刺激，就像抠掉旧疤，又疼，又刺激。

他从来没想过江阔会跟他说这样的话，而且说这么多，他没想过江阔还有这样的一面。

江阔是他从来没接触过的那种人，大少爷，脾气又好又不好，脑子好使又不好使，但的确是他走得近的这些人里最敏感的人。

他跟很多人关系都很好，但关系近的人很少。在各种或长或短、或近或远的关系里，江阔是第一个对他说出这样的话的人。

有些人根本察觉不到这些，有些人也许感受到了，但不知道说出来是否合适，所以跟他一样选择了回避。

只有江阔，敏感的同时，又是想说就说，我管你听着什么感觉，还认为理所应当的性格。

也许有些突然，但他还是伸手搂住了江阔。

"谢谢。"他用力眨了一下眼睛，等着鼻尖的那一点酸劲过去。

"你要想哭就趁现在。"江阔在他背上拍了拍。

"直接去老刘那儿吃吧。"段非凡说，"等你拎回来怕是都凉了，还得热,那起码四十分钟之后我才能吃上了。"

"行。"江阔点头。

段非凡松开他,又在他肩膀上用力抓了抓。

"嘶——"江阔拧着眉,"你是想打架?"

"我没使劲啊。"段非凡说。

"你捏我骨头上了。"江阔揉了揉肩膀。

段非凡笑笑,走到桌子旁边,打开抽屉拿出退烧药吃了。

"有药?"江阔凑过来看了看,"你居然有个小药箱?"

"嗯,"段非凡点点头,"感冒药、退烧药、肠胃药,都是常备药。"

"那你刚才怎么不吃?"江阔很吃惊。

"我晕得不行,"段非凡说,"是真的一开口就想吐,你又实在想不起来我应该吃点儿药。我想着算了,反正如果你不在这儿,我也差不多现在才能下床吃药。"

"啧。"江阔表达了一下自己的心情。

出门的时候段非凡穿得很暖和,毛衣和薄棉衣都穿上了,戴了顶滑雪帽,还拿了一件薄毛衣围在了脖子上。

"可以了,走吧。"他说着把桌上的几碗粥放回袋子里拎上了,"这个带过去让老刘给热热,一块儿吃了。"

"这什么创意?"江阔扯了扯他脖子上的毛衣。

"没有围巾时的创意。"段非凡说。

"你那两件撕了的T恤,要不我赔你一条围巾吧。"江阔说,"反正赔你T恤你得明年才能穿。"

"你还有两千多被坑的钱在我这儿呢。"段非凡笑了。

"啊对!"江阔打开门走了出去,"你那不到十七块的衣服,我还能撕百多件。"

"你可别了。"段非凡摸了摸自己的大腿后面,之前江阔想背他的时候抓过的地方现在还是疼的,估计破皮儿了,"你手劲儿是真的大。"

"怎么,"江阔回头看看他,"不是吧,我把你的腿抓破了?"

"不知道,"段非凡已经走出宿舍门,此时又退了回去,伸手到裤子里摸了摸,"哎,真的破了,两块破皮儿,我都能摸到。"

"……走吧,麻辣烫。"江阔叹气。

半夜气温挺低,但没有白天那么大的风了,江阔把身上段非凡的那件外套拉链拉到头,感觉还行。

校园里很安静。不知道为什么,夏天的空气都自带喧嚣,温度一降,秋风刮过几轮,就把声音都刮没了。

"还晕吗?"江阔问。

"不太晕了,只要不用力转头。"段非凡说,"我以前从没这么晕过呢,估计是今天吹风吹得太厉害了。"

"你明天如果还去促销摊,"江阔说,"就还得吹一天。"

"我戴帽子,外套的帽子也一块儿戴上,"段非凡说,"先去了再说,不舒服了就临时找个人顶一下,不能直接不去。"

"嗯。"江阔点点头。

老刘麻辣烫为了赚钱真是拼,这大半夜的,连风都回家了,他的店还开着门,锅里还不断有白色的热气冒出来。

进了店,段非凡先把粥拿给老刘让他去热,然后开始挑菜。

"你还是吃面?"他问江阔。

"嗯,馄饨也行。"江阔看到冰柜里有一盒包好了的馄饨。

"那给你煮上。不要辣是吧?"老刘麻利地拿起锅往灶上一放,打开了麻辣烫的清汤锅。

"嗯,"江阔应了一声,"加点儿牛肉吧,还有青菜。"

"好,里屋坐着吧,外面冷。"老刘说。

段非凡挑好菜,和江阔进了里屋。

所谓的里屋其实是老刘夫妻俩住的地方,一半被帘子挡住,另一半的空间中放着日常生活用品,还有两张小桌。

江阔进去就愣住了,段非凡倒是非常自在,坐在了桌子旁边的小凳子上。

"有人吧?"江阔凑到他耳边低声说,指了指帘子那边。

"嗯。"段非凡点点头。

"哎。"江阔坐也不是站也不是。

"坐着。"段非凡拉着他的衣服把他拽到了小凳子上,低声说,"没事儿,都这样。外面太冷了,里屋要是不能待人,谁还来。"

老刘很快把馄饨和段非凡挑的菜都煮好端了进来,还有热好的粥,都用大碗装着:"今天吃得挺素啊。"

"胃不舒服。"段非凡笑笑,先拿过那碗皮蛋瘦肉粥。

江阔把小米粥拿到了自己面前,又小声问他:"这儿有糖吗?"

"糖?"段非凡愣了愣,看了一眼小米粥,顿时警觉起来,"怎么,你要往这里头搁糖?"

"嗯，"江阔点点头，"我要吃甜的小米粥。"

"你疯了吗？"段非凡说，"糖放进去这粥会澥的啊！"

"我在它澥之前把它喝光。"江阔说，"我小米粥一定要喝甜的。"

段非凡看着他，一咬牙："老刘，有白糖吗？"

"有，"老刘拿着白糖进来了，看到桌上的粥，也警觉起来，"怎么，要往粥里搁？"

"是。"段非凡拿起小米粥，先往自己面前的空碗里倒了一半，"随便他吧，他喜欢。"

"那不就澥了吗？"老刘犹豫着把糖放到了桌上，"味儿也不对啊。"

"我就爱这么吃。"江阔往小米粥里哗哗地倒了点儿白糖，再搅了搅。

老刘痛心地转身离去。

段非凡笑了好一会儿。

江阔愉快地低头喝了两口粥。

手机在兜里一连响了好几声，他手忙脚乱地掏出手机，怕吵醒一帘之隔的老刘老婆。

这个时间还有人给他发消息，实在有些奇怪。

而这个人是杨科，就更奇怪了。

他和杨科加上好友这么些年，从没单独说过话。

——杨科科科科：江阔？

——杨科科科科：睡了吧？

——杨科科科科：那我明天再找你。

——杨科科科科：有事。

"谁啊？"段非凡边吃边问。

"我发小。"江阔说。

"发小挺多啊。"段非凡说。

"是不少。"江阔拧着眉，把手机递到他面前，"你感觉这消息有问题没？"

段非凡看了一眼："你俩是不是不熟？"

"是不怎么熟，"江阔说，"我爸供货商的儿子。"

"这是碰上什么事儿了吧？"段非凡说。

"他就是马上要被杀了也不应该找我，"江阔说，"我俩唯一的交流就是逢年过节碰上了哈几句。"

"你问问呗，万一是被绑架了给你发暗语呢。"段非凡说。

——JK921：没有钱。

江阔回复。

——杨科科科科：我休学了。

江阔愣了愣。之前大炮只说杨科跟学校请了一个月假，怎么现在突然休学了？

——杨科科科科：我不想浪费时间了，我要创业。

——JK921：你创业找我？你是不是有病？

——杨科科科科：节后找个时间见一面吧。

——JK921：我上课呢。

——杨科科科科：？

段非凡在旁边看着笑出了声。

江阔转头看着他："这位可是个学霸，大学说不上就不上了？"

"有自己的想法吧，"段非凡说，"家里条件允许，胆子就会大。"

"我家里条件也允许啊，"江阔说，"我就没想过。"

"你没玩够呢。"段非凡笑笑。

江阔看着他，没有说话。

杨科没有再说别的，只坚持说节后见个面，接着就没再联系江阔。

大炮也不知道原因，他得到的消息还停留在上回问要不要供出杨科行踪的时候。

江阔也懒得去琢磨这个从小到大都是学霸的人为什么会突然请假接着休学要"创业"，有这时间他还不如琢磨一下为什么段非凡的病好得这么快。

头天发烧头晕得床都下不来，睡完一觉，就能大清早起床叫他去上班了。

这场病给段非凡留下的唯一痕迹估计就是脸上隐约能看出的疲倦，以及大腿后面被江阔抠破的皮儿。

接下去几天他硬是什么事儿都没有地把工作给做完了，每天还回去帮牛三刀打包发货。

CHAPTER 12

父与子

1 有求必应小英雄?

回家过节的同学们陆续回到学校的时候,江阔人生中第一段血泪赚钱史告一段落,虽然到手的钱都不够抵他换手机屏的费用。

他本来想着钱到手了再买件衣服,最后居然没舍得。

而马啸的打工生活在暂停了几天之后还得继续,因为早点车的主人回来了,他没有了卖早点的活儿,只得再找晚上的兼职。

江了了把江阔的衣服寄过来了,这是江阔最欣慰的事。

不过当他站在学校的快递点看着属于自己的四个巨型箱子时,还是有点儿傻眼。

"你在宿舍吗?"他给段非凡打了个电话,"我这里有四个摞起来快赶上一层楼高的箱子,有什么办法拿回宿舍吗?"

"一个一个拿啊。"段非凡说。

"……一个也不小了。"江阔伸出胳膊比了一下。

"要不你先回来,"段非凡说,"一会儿我陪你去拿。"

"不是,"江阔犹豫了一下,准备先回宿舍,"你来有什么用……"

"江阔!"有人叫了他一声。

他转过头,看见三个女生,她们脚边放着几个箱子。

不知道是谁叫的他,但他转过头之后,三个女生都没有说话。

"嗯?"他挂掉电话。

"能帮我们拿一下这个箱子吗?"中间的高个儿女生指了指地上的一个挺大的像是装着果汁的箱子。

不能。

我不想拿。

"拿哪儿去?"江阔问。

"宿舍。"高个儿说。

女生宿舍离得不远,也算顺路。

江阔不认识这几个女生，猜测可能是他们班上的。毕竟他上课跟没上差不多，永远坐在最后，看到的全是后脑勺，还意外发现同学里有好几个是扁头，后脑勺特别平，像是家里拿板儿砖给睡出来的……

他拎起了这个箱子，高个儿旁边的空气刘海就抓着她的胳膊晃了晃。

他看了她们一眼，转身往女生宿舍走去。应该是饮料，的确挺重，女生拎着是费劲。

"江阔，"三个女生各自抱着几个箱子跟了上来，还是高个儿说话，"你是不是不认识我们？"

"不认识。"江阔说。

"我们不是你们班的，"高个儿笑着说，"我们是大二的。"

江阔看了看她们："哦。"

高个儿没再跟他说话，三人只在他旁边小声聊着。

江阔估计她们是跟人打了什么赌，以前他去酒吧一晚上都能碰上两回。

走到女生宿舍楼前面的时候，高个儿停下说了句："谢谢啊。"

"不客气。"江阔把箱子递给了她。

"那个……"空气刘海突然开口，"能加个好友吗？"

江阔愣了愣。

没等他说话，空气刘海已经拿出了手机。

"不了。"江阔说。

空气刘海本来就有些紧张和尴尬，听到这个回答，她顿时脸都红了。

江阔没再说话，也没什么可说的了，这会儿说什么都缓解不了"不加好友"这件事带来的尴尬。

他点了点头，转身往男生宿舍楼走。

没走两步，江阔听到前面传来一声车喇叭的声音。他抬眼一瞅，震惊地发现段非凡骑了辆食堂拉菜用的电三轮风驰电掣地过来了。

看到他，段非凡一个急刹，非常愉快地一摆头："上车。"

"我不。"江阔斩钉截铁地退后一步。

"赶紧的，"段非凡说，"搬箱子去，一会儿车要还给食堂呢。"

"段非凡！"那边的高个儿突然招手。

"唉。"段非凡应了一声，往那边看了一眼，又看着江阔，"谁啊？"

"你不认识还答应得这么甜？"江阔说，"大二的。"

"因为去年她们跟我是同级。"段非凡跳下车，"等我一会儿。"

"有求必应小英雄？"江阔看着他。

段非凡笑了笑，走了过去。

江阔是真的佩服段非凡，不认识的学姐，哦不，不认识的前同级生，他过去跟人聊了几句，欢声笑语立马传了过来。

段非凡边聊还边往他这边看了几眼。

别给啊！

敢给你就死定了。

江阔杵在车边上实在无聊，于是靠在了车斗上。

他平时开着跑车出去有人围观，这会儿靠在三轮车边上也有人围观。

他叹了口气。

"江阔！"有人叫了他一声。

他抬头看到是106的膀子哥和黑短裤，估计是刚从外面回来，他们手里拎了一堆东西。

"换车了？"膀子哥问。

"滚。"江阔说。

"上哪儿弄的？"膀子哥过来看了看，"这是食堂的吧？还写着字儿呢。"

"去了直接开走。"江阔说。

"拉倒吧，那是段非凡才干得出的事。"膀子哥看到了那边说着话的段非凡，"哎，就知道是他……休学好啊，大一、大二的女生都认识。"

江阔没说话。

"段非凡！"膀子哥喊了一声。

江阔被吓了一跳，顿时想扑过去揍他一顿。

见段非凡回头，膀子哥却没说话，跟黑短裤一块儿笑容满面地看着他。

段非凡指了指他俩，然后跟那几个女生又说了两句，就转身过来了。

江阔迅速离开三轮车，与它保持一步距离。

"快，抓紧时间，"段非凡跳上车座坐好，又往旁边挪了挪，"上来，非凡叔叔带你兜风。"

江阔很无奈，坐到了段非凡给他让出来的半个座位上。

"你没把我的联系方式给别人吧？"他问。

"这话说的，"段非凡发动了车，往快递点开去，"我是那种人吗？"

"我本来觉得你不是，"江阔说，"结果你们聊得那么欢，我又觉得你可能是。"

"我跟谁都能聊这么欢。"段非凡笑着看了他一眼，"她们是帮同宿舍的另一个女生来要你联系方式的。"

"我不加陌生人。"江阔说，"认识的我都不一定加。"

"她们说你拒绝得特别干脆。"段非凡说。

"不干脆让人觉得我欲迎还拒吗？"江阔说，"拒绝就得干脆，省得人家回去还得琢磨——是不是真的不给啊？要不要再试一次？那下次更尴尬。"

"就喜欢你这种耿直的小伙儿。"段非凡拍拍他的肩。

"你怎么说的？"江阔说。

"没怎么说，"段非凡说，"我把我的给她们了。"

"……啊。"江阔点了点头，这都行，真牛。

几个大箱子拉到宿舍门口，是唐力他们几个帮忙搬进去的。

"也不是太重，应该没有几件衣服，"李子锐说，"怎么这么大个箱子？"

"不知道。"江阔说。

他打开箱子看了一眼。江了了的确是将单子上的衣服给他寄过来了，但除了毛衣之类可以压的衣物，其他每件衣服都用专门的防挤压的架子固定在了箱口上，一个箱子里只放了四五件衣服。

"真讲究啊。"李子锐感叹。

"马啸。"段非凡拍了拍马啸的肩，走到了阳台上。

马啸跟了过去。

江阔把衣服塞进衣柜之后，他俩又从阳台回来了。马啸看上去心情不错，冲江阔笑了笑。

江阔也笑了笑，不知道笑什么。

2 先开个奶茶店吧

假期结束好几天了，但上课的时候不少人还是没精打采的。

江阔则感觉他一直没进入过状态，暑假、军训，没上几天课就迎来中秋、国庆……这会儿突然发现下一个假期在两个月之后，他顿时有些绝望，上课时更是睡意满满。

下午两节高数上完，离开教室的时候江阔感觉整个人都是闷的。

后面跟着的是制图基础，要画宿舍区的平面图，江阔看着桌上的一堆工具，什么都不干也觉得困。

他当初挑专业的时候跟抓阄差不多，根本不知道这专业是干吗的、要学什么。现在一节节课上下来，他还是迷糊得很。

"你刚找马啸干吗呢？"他趴在桌上，比着尺子。

"有个文印店的兼职，我问他去不去，"段非凡说，"晚上和周末，一般只要坐那儿弄弄电脑和打印机。"

"那比去打扫垃圾强多了啊。"江阔转头小声说，"他去吗？"

"当然去。"段非凡说。

"你最近还在兼职吗？"江阔问。

"不了，"段非凡说，"我就放假做做……怎么，你还想体验吗？"

"没。"江阔说话的时候手抖了一下，线歪了，他叹了口气，擦了半天，"我体验得够够的了。"

"你本来也不需要体验这些。"段非凡笑着说，"你那个发小，如果有可能，跟他合伙不比兼职强吗？"

"他读书可以，创业还是别逗了。"江阔喷了一声，"他都不如大炮，而且假期结束快半个月了他也没找我，估计已经被人卖了。"

就不能背后说人。

晚上在食堂排队买饭的时候，还没被人卖掉的杨科直接把电话打了过来。

江阔不想接，他俩不熟，发个消息不行吗？非得打电话。

"不接吗？"段非凡在他身后问。

"不接。"江阔很干脆。

电话挂断了，接着消息提示音响了。

"一开始就直接发消息不行吗？"江阔喷了一声，拿出手机看了一眼，"去你的！"

——杨科科科科：接电话。

在他回复的时候，杨科的电话又打了过来，他正在打字的手指下意识地按了接通。

"干吗？"他只得问了一句。

"出来吃个饭吧，"杨科说，"我在你们学校附近。"

"我已经在食堂了。"江阔说。

"食堂？"杨科听上去很吃惊。

"嗯。"江阔应了一声。

他正想说下次再约吧，杨科补了一句："那我过去找你。"

"你是不是有病？"江阔问。

"到了给你打电话。"杨科挂掉了电话。

"他为什么创业非得找你一块儿啊？"段非凡问。

"我有钱。"江阔说，"人傻钱多说的就是我。叫别人出钱，他可能还得游说一下；叫我出钱，大概只要看我心情。"

段非凡笑了起来："你不是已经告诉他没钱了吗？"

"谁信呢？"江阔说，"从小到大，我爸就算是追半条街揍我，也没断过我经济。"

杨科应该是真不信，他走进食堂看到晚饭吃到一半的江阔时，眼里的震惊还是非常真实的。

"晚上好。"杨科在江阔对面坐下了，看了看旁边的段非凡，"你好，我是跟江阔一块儿长大的朋友，我叫杨科。"

"你好。"段非凡点点头。

这个杨科看上去不像心眼儿很多的人，长得比较像埋头苦读的二愣子学霸，但鉴于他直接休学要创业的行为，段非凡觉得他应该也不是特别愣。

"贵姓？"杨科问。

段非凡正想回答，江阔抢着问了一句："你找他有事？"

"找你。"杨科迅速转回去看着江阔。

"你不是请了一个月的假吗，"江阔说，"怎么成休学了？"

"突然觉得没意思了。"杨科说，"我觉得我在浪费时间，学的也不是自己喜欢的东西，以后干的也不会是自己喜欢的事。"

江阔看着他没说话。

"我想开个店。"杨科说，"一开始也不考虑什么太大的项目，先开个奶茶店吧。"

江阔叹了口气。

"你不要看不上奶茶店，"杨科趴到桌上，"你……"

"你是想问我借钱？"江阔打断他。

"合伙，"杨科说，"不是借钱，你能分成。"

"让杨叔给你投点儿不就行了？"江阔说。

"我跟他断交了。"杨科说。

江阔看着他，过了好一会儿才说："还断交，你直接说他把你赶出家门了就行了。"

"我被他赶出家门了。"杨科说。

江阔没说话，低头继续吃饭。

"我是认真想做点什么的，"杨科说，"我不是一时冲动，去年一年我在学校觉得特别空虚，不知道自己在干什么。"

"你想怎么开这个店？"江阔停下筷子，"加盟还是自己弄？店开在哪儿？定位是什么？目标客户是学生、逛街的小姐姐，还是上班族？"

"你这是有兴趣？"杨科马上问。

"你现在还有钱生活吗？"江阔问。

"有，我妈还是给了我一些钱的。"杨科说。

"行。选址，同地段别的奶茶店的定位、风格和经营情况，再给我一份盈利预算，"江阔说，"还有运营成本，包括房租、装修、原料、机器、人工、技术，备用金需要多少……"

杨科看着他，好一会儿都没出声。

"你还有钱生活，那就先找个店蹲点。你是去打工也行，坐那儿喝也行，在街对面蹲着也行，先把这个区域周末和工作日的人流量之类的信息弄清楚，"江阔把最后一根青菜吃完，放下筷子，"再考虑后面的事。"

"后面什么事？"杨科问。

"怎么宣传、主打产品、竞争优势……"江阔说，"给我份报告吧，你们学霸写这些东西应该没问题。"

"行。"杨科一拍桌子。

"每一项都得真实，别蒙我。"江阔看着他。

"不会，"杨科站了起来，伸出手，"合作愉快。"

江阔抱着胳膊没动："没到合作那步呢，先别愉快。"

"贵姓？"杨科把手又伸到了段非凡面前。

"董昆。"段非凡说。

"认识你很高兴。"杨科收回手，看着江阔，"等我消息。"

杨科快步走出了食堂。

段非凡愣了一会儿才转头看着江阔："你是打算跟他合伙儿吗？"

"等他把这堆事儿做完再说吧。"江阔站了起来，"他就是个书呆子，就算有决心但没有方向，不跑一趟他不知道自己还是得回去求他爸。"

"你开过店吗？"段非凡跟他一块儿往宿舍走。

"没。"江阔说。

"听得我一愣一愣的。"段非凡说。

"我妈那个咖啡馆，"江阔伸了个懒腰，"我跟着跑了一个多月。"

"如果他真跑下来了呢？"段非凡问。

"真能做的话没问题，我出钱，他管理，"江阔说，"还能弄点儿别的。"

"别的？"段非凡想了想，笑了起来，"什么别的？酱牛肉吗？"

"笑什么，这也不是不可以的事。"江阔比画着，"先申请牛三刀的商标，做点儿小包装的……一开始不用多大投入，你都不用跟老叔商量，直接向他按成本价订货……"

"江阔、江阔，"段非凡抓着他胳膊按了下去，"我开玩笑的。"

"反正想做什么都有办法。"江阔说。

"你为什么一定要来上学呢？"段非凡突然问他。

"因为不想工作。"江阔说。

段非凡转头看着他。

"就这么简单。"江阔说，"我如果不来上学，江总就要给我安排事情了——去工地，去随便哪个项目学习，等我学个几年，再试着把哪个项目交给我……"

"不好吗？"段非凡问。

"不好，"江阔说，"我还没准备好，也不想准备好。我挺羡慕江了了，但真让我像她那样我也做不到，我就是怎么样都不舒服。"

段非凡没再说话。江阔跟他身边的人都不太一样，或者说，江阔跟他自己身边的那些人也不太一样。

他会给人惊喜，会让人惊讶。相处时，他偶尔会让人觉得很近，偶尔又会让人突然想起他来自"另一个世界"的事实。

这种感觉特别不好形容。

"我得给大炮打个电话。"江阔拨了大炮的号码，"我对杨科有怀疑。"

大炮很快就接听了电话："阔儿，你终于想起我了！"

"你说杨科去九天瀑布是去会女朋友的？"江阔问。

"是，我问过他。"大炮说，"怎么了，你给我打电话是专门为了问他？他什么时候有这待遇了啊！"

"你套套他的话，弄明白他那个女朋友是怎么回事。"江阔说。

"他是不是找你了？"大炮问。

"嗯，找我合伙开店。"江阔说。

"去他的吧，他开个屁的店，"大炮说，"别理他。"

"你去打听下。"江阔挂了电话。

"你想得够细的。"段非凡说。

"偶尔也得用用脑子，"江阔说，"你……"

段非凡的手机响了，他拿出来看了一眼："段凌这个时间打我电话干吗？"

"牛三刀要发货。"江阔啧了一声。

"你啧什么，又没让你去打包。"段非凡笑着把胳膊搭到他肩上，接起了电话，"喂？"

"非凡，"段凌的声音很低，听着还有些发颤，"你回来一下。"

"出什么事了?"段非凡停下了脚步,"现在告诉我。"

段凌顿了一下:"你爸出了点事……不过啊!不过!应该不严重……"

江阔感觉段非凡整个身体都僵住了。

"怎么了?"他赶紧问。

"我回店里一趟。"段非凡挂掉电话,手有点儿抖,"我爸可能……我妈上次跟我说他有点儿……他可能……"

"我送你。"江阔赶紧抓着他的手用力握了两下。

3 段老二的儿子

段非凡跑得相当快。

江阔跟段非凡几乎同时往停车场跑,他到车旁边的时候,段非凡已经从排气管里把车钥匙拿出来并隔着好几米扔了过来——倒是不怕他接不住又得花时间去捡。

江阔接住钥匙跳上车,段非凡跟他同时关的车门。

"你爸有事为什么不通知你?"江阔发动车子,先按了一声喇叭,又踩了两脚油门,进行了一通制造噪声的操作。

"他进去的时候我未成年,有事都通知我老叔。"段非凡说。

前面的人都让开之后,车冲了出去。冲到大路上江阔又按了几下喇叭,在众人的注视下开出了大门。

"江阔你疯了?!"有人喊了一声。

"谁叫我?"江阔没看清。

"108的。"段非凡说。

江阔开得比平时要快不少。这条路虽然没有监控,但眼下晚高峰刚过,路上还是有不少车的。

江阔的技术的确好,911在车流中左右穿梭。

"慢点儿,没有那么急,"段非凡说,"慢慢开,也就几分钟。"

车速马上降了下来,江阔看了他一眼:"我看你急得都打摆子了。"

"……我没有。"段非凡说。

"你手抖了。"江阔说。

"我是有点儿担心。"段非凡轻轻叹了口气,"那天我妈跟我说了之后,我应该马上去看他的。"

"你妈说什么了？"江阔问。

"她觉得我爸情绪有点儿不对，似乎不太想出来。"段非凡看向车窗外，"他明年八九月份就能出来了。"

"那他现在能出什么事？"江阔皱着眉，"自杀？"

段非凡看了他一眼："你倒是直爽。"

"要处理问题的时候还委婉个屁。"江阔说。

"他不会自杀的。"段非凡说。

"不会自杀就没事。"江阔说，"只要不死，什么都好说。"

"我怕他把别人揍出个好歹来。"段非凡说。

市场有个停车场，他们下车的时候，守停车场的老头儿脖子上挂着个二维码走了过来。

江阔锁了车，摸出手机准备扫码。

"走，不用给钱。"段非凡跟老头儿挥了挥手，"黄大爷。"

"唉，非凡啊？"黄大爷停下了。

"我朋友的车，停几分钟就走。"段非凡指了指车。

黄大爷没说话，一脸"这好说"的表情冲他俩摆了摆手，示意他们走。

从后门跑进牛三刀的时候，段凌正在前头给一个客人装牛肉，老叔两口子都在里屋。

"我爸怎么了？"段非凡进屋就问。

"他没事儿，你不要着急。"老叔拍了拍他的后背，"他人没有事！是他打了别人！"

江阔猛地松了口气。

段非凡虽然跟他爸这么多年没有生活在一起，但不愧是亲生的，猜得相当准。

"打人是上礼拜的事了。"段凌擦着手进了里屋，"他被关了几天禁闭，现在能会见了管教才联系我们，希望你去给他做做工作……"

"他打的是谁？给人打成什么样了？"段非凡问。

"抓着同屋的一个大哥脑袋往墙上撞，把人脑袋都磕出血了，还打了另一个大叔。"段凌说，"我都不知道他哪儿来的这么大本事一打二！"

"这点儿本事还是有的，"老叔说，"当年我们俩……"

"你闭嘴！"段凌瞪着他，"现在什么时候啊，这是吹你俩当年喋血街头的时候吗？你想什么呢！"

"那是不是刑期……"段非凡说。

"就是要说这件事儿。"老叔说,"管教觉得他还是思想上过不了这关,害怕外面,让你去给他开导……也不是开导,就是觉得让他见见儿子,总能好点儿吧。"

"那被打的人呢,伤得重吗?"江阔问,"对他会有什么影响吗?"

"要说这人啊!"老叔一拍大腿,"老二这性格就是能处得下朋友的。非凡这点像他。人家被打成那样,还给老二求情呢。"

江阔看了段非凡一眼。

"什么时候能会见?"段非凡问。

"明天就可以,"段凌说,"你一早过去吧,先听听管教的意见,再看怎么跟你爸聊聊。"

"嗯。"段非凡点了点头。

段凌把段非凡拉到一边,拍了拍他的肩膀:"没事儿,他没把人打得太严重,人家还求情了,他也一直表现得很好……"

"嗯。"段非凡应着。

"你要让他知道,你现在也长大了,是个大小伙子了,他出来以后什么都不用管,既不需要照顾你,也不用考虑经济问题,只要他愿意,回店里也行,想单干也没问题,"段凌说,"家里人都在,都跟以前一样。"

"嗯。"段非凡点头。

段凌抱住他,抬手在他脑袋上拍了两下:"明天好好聊。我知道你们父子俩这么多年没在一块儿,相处多少有点儿不自在,明天放开了聊。"

段非凡也抱了抱段凌:"你今天是不是发奖金了?"

段凌笑了起来:"还真是,发了一千二,你怎么知道?"

"这么温柔,"段非凡说,"金钱的力量。"

"滚蛋!"段凌松开手,推了他一把,又转头看着江阔,"你俩吃饭没?"

"吃了。"江阔说。

"有酱牛肉,"段凌直接忽略了他的答案,"给你切一点儿?"

"好。"江阔马上点头。

段凌给他切了一小碟酱牛肉,还配了蘸料。

江阔坐在里屋的小凳子上愉快地吃牛肉,听着老叔一家跟段非凡商量明天要怎么跟他爸聊。

按理说段非凡跟任何人相处都是收放自如的,最多来往两次就能跟人处成熟人,应该不会不知道怎么聊天,特别对象还是他亲爹。

不过想想也许正是因为对象是他亲爹,他才会有这样的压力。

分开太久,越是亲近的人顾虑越多,越容易相对无言。

"吃饱了没?"段非凡坐到他身边,拿着手机发消息。

"有点儿撑了。"江阔问了一句,"请假?"

"嗯,"段非凡把屏幕往他这边偏了偏,"跟吕宁说一声。"

——指示如下:宁姐,我明天上午请假去探监。

——你美丽的辅导员吕宁:准啦。

江阔笑了笑,吕宁这个号估计是专用于工作的小号,每次看到她的昵称他都想笑。

同时,他也看到了之前的聊天记录。

——你美丽的辅导员吕宁:你多关心一下他,我总问,他可能会烦。

——指示如下:好。

"关心谁一下?"江阔问。

"没谁。"段非凡大概这会儿才注意到上面的两句话,于是迅速地摆正了手机屏幕。

"这说的不会是我吧?"江阔看着段非凡。

段非凡看着他,犹豫了一下,还是把手机伸了过来:"不止你。"

"嗯?"江阔看着聊天框。

段非凡往上翻了翻,江阔发现吕宁每隔两三天就会问段非凡某些同学的情况,包括马啸和104要换宿舍的那个,还有一些他连名字都不熟的人,全是男生。

"吕宁觉得男生碰上什么事儿可能不愿意跟女辅导员说,"段非凡说,"所以有时候会问我。"

"为什么问你?你又不是杨蓝光。"江阔说。

"那她问你,"段非凡说,"你知道吗?"

江阔顿了顿:"我会让她去问段非凡。"

段非凡笑了起来。

"她怎么说我的,我再看看。"江阔凑过去。

"也没说什么,就是她觉得你总是情绪不怎么高的样子,十一又没回家。"段非凡给他看消息记录,"我说你去打工磨炼意志了。"

江阔笑了起来:"也不是总情绪低落,就……分时候吧。"

"在107的时候是挺不低落的。"段非凡说。

"嗯。"江阔笑着点点头,"你明天去……那一会儿还回宿舍吗?"

"回,我的厚外套还在宿舍。"段非凡说,"明天我从宿舍过去。"

在牛三刀又待了一会儿,他们准备取车回学校了。

走到停车场前,他们发现之前过来时走的那扇大铁门已经上了锁。这会儿市场里已经没什么人了,估计黄大爷为了方便管理,只留了另一头的一扇门。

"啧。"段非凡踢了一脚铁门,扒着栏杆往里喊了一嗓子,"黄大爷!"

停车场里没几辆车了,铁门里也没看到黄大爷的人影。

"黄老头儿!"段非凡又喊。

"走另一扇门吧。"江阔说。

段非凡没动,坚持又喊了两声:"黄大爷!姓黄的!"

江阔叹了口气,有些不能理解。另一扇门离这儿没多远,从市场里绕过去估计也就两分钟,段非凡却宁可在这儿喊,等着黄大爷从不知道什么地方慢慢走过来给他们开门。

"另一扇门是不是开在我家了?"江阔说。

段非凡笑着看了他一眼,也叹了口气,又拿出手机看了一眼时间:"行吧,走,从那扇门进。"

他们从一溜做批发的店中间穿过去。

路还挺宽的,能过货车的那种,亮着灯,很好走。段非凡平时肯定不会不愿意走这点儿路,估计今晚因为他爸的事,情绪有些不稳。

但他这会儿走得还挺快,跟赶路似的,快走到头的时候甚至还伸手拉了江阔一把。

江阔有些无语:"你急什……"

"哟!"左前方的一家店里突然有人喊了一声,接着就是一声口哨,"这谁啊?"

江阔往那边看了一眼。

一家正准备关门的干货店门口站着个看上去二十多岁的男人,正盯着这边。

段非凡没停,只是拽着他的胳膊继续往前走。

"做贼心虚啊这是!"男人往这边走了两步,提高了声音,"还是赶着给你爹送牢饭呢?"

江阔一听这句话顿时全明白了。

为什么段非凡宁可在那儿花好几分钟喊黄大爷也不愿意绕这三百米的路,也明白了他为什么要看时间,为什么要走这么快。

段非凡还是没有停下,继续往前走。江阔也没再说话,快步跟上了他。

"谁啊?"店里又出来了一个人。

江阔用余光扫到那人是坐着轮椅的,沙哑的声音带着一股横劲,听着像五十多岁的人发出的。

"段老二的儿子。"年轻男人说。

"还敢从这儿走？"轮椅的声音一下扬了起来，"找死呢吧！"

江阔突然有些紧张。这人八成是段非凡他爸"故意伤害"的那个人。

"问你是不是找死！"年轻男人吼了一声，"这条路是你姓段的能走的吗？！"

没等江阔做出任何反应，甚至他被吓着的那一跳都没来得及跳，段非凡已经猛地转过了身，跟他擦肩而过，带起的风让他的头发都跟着扬了扬。

江阔转过头的时候段非凡已经跑了起来。

几步突然加速的助跑后，段非凡冲到了年轻男人面前不到两米的位置，接着借着惯性一跃而起，从上往下一拳砸在了年轻男人的脸上。

江阔还在原地站着。年轻男人躲都没来得及躲，已经被这一拳直接砸倒在地。

"给我打！打死这小子！"轮椅突然吼了一声。

店里又出现了两个男人。

我——的天！

江阔怎么也没想到会出现这样的场面，虽然他一向只愿意用嘴炮和钱解决各种纷争，但现下已经没有这种可能。

段非凡已经冲进了店里，一拳对着前面穿着黑皮衣的男人砸了过去。

江阔跟着跑了过去。

之前倒地的那人起身拿了块不知道什么材质的长板，准备往段非凡头上抡。

"去你的。"江阔过去一脚踹在他后背上，那人再次扑倒在地。

"给我打！"轮椅拿起手边的一个搪瓷杯子往江阔脑袋上摔来。

江阔偏头躲开了。

他发现这家人动起手来跟普通人干架不一样，每一个动作都是奔着头去的，这是什么亡命之徒！

黑皮衣已经被段非凡抓住了手腕，正抬腿想踹他。

另一个穿着毛衣的男人在旁边跟风车似的抡着胳膊，虽然一看就知道这人打架不行，但他这种看上去仿佛起源于广场舞的招式让段非凡有点儿避闪不及，背上被连甩了两风车片儿。

江阔过去架住了毛衣的胳膊，把他推到了一边，接着又抓过黑皮衣的胳膊，把他从段非凡手里抢了过来，也往毛衣那边一推。

毛衣和黑皮衣撂着倒在了几个装着香料的大口袋上。

店里有了两秒钟的安静。

"起来给老子打！"轮椅指着段非凡和江阔。

"你闭嘴！"段非凡吼了一声。

你有病吗！不要吼！

江阔蹦了一下，顺势往轮椅那边走了两步，瞪着他。

门外倒了两次的男人走了过来，手往旁边挥舞着，抄起了一根铁棍。

江阔叹了口气。

"干什么？！"门外突然传来一声喊，是个女声，听起来很熟悉。

江阔用了半秒，反应过来这是段凌的声音。

拿着铁棍的男人听到这声音后突然停下了动作。

"干什么！你想干什么！"段凌指着铁棍走了进来，"还想动家伙啊！啊？真牛啊你们家！"

"这儿轮不到你说话！"轮椅说，"滚出去！"

"你滚吧！"段凌瞪着他，又转头看着段非凡和江阔，"你俩，走。"

江阔犹豫了一下，不知道现在算是怎么回事。

段非凡把手放到了他肩上，轻轻往前推了推，示意他出去。

江阔走了出去，站在门外。

周围还没关门的店里的人都已经围了过来，老叔和老婶也跑了过来。

"你们别太不讲理了，"一个大叔指着轮椅，"一天到晚就听你家打这个、砸那个的！"

"关你什么事？"轮椅瞪着他，"他爹把老子打成残疾，我他妈没把他打残就算不错了！"

"你活该！"后面有人骂了一句。

"谁说的？"轮椅吼。

"我说的！"老叔喊了一声，"怎么着？！"

"段老三，"轮椅指着他，"你少给我在这儿横。"

"我横了一辈子，"老叔说，"我打算横到死，你且忍着吧！"

"行了！"段凌打断了他们的嘴炮之战，"回吧！都回了。"

铁棍转过身刚要说话，段凌一指他，他又转开了头。

江阔感觉自己看懂了。

这真是……神奇啊。

"散了散了！"老婶赶紧说，"都回家了，收摊了赶紧回家，打扰大家了！"

"你俩回学校。"老叔过来推着他俩往前走了几步，"回吧，没事儿了。"

段非凡站着没动。

"我们也回店里了。"老叔说，"你俩走，还不走一会儿他又找事儿。"

江阔拽着段非凡的胳膊往前走了。

一直到他们走进停车场，那边骂骂咧咧的声音才渐渐散了。

江阔撑着车顶舒出一口气，抬头看看段非凡："那个坐轮椅的……"

"嗯，"段非凡点点头，"他是那次群殴事件中伤得最重的。"

"是你爸干的吗？"江阔问，"群殴啊。"

"他挑的头，我爸就盯着他打了，"段非凡看了他一眼，"所以就是我爸干的。"

江阔没说话，叹了口气。

"一般我不从这边走，"段非凡说，"今天我以为他们已经关门了。"

"你跟我说一声就好了，"江阔说，"我要是知道这事儿就不催你往这边走了。"

"关你什么事？"段非凡说。

"……听着怎么像骂我。"江阔说。

段非凡笑了笑："没事儿，平时要是碰上了，我其实不会理他。骂几句就骂几句，我当作没听见。今天主要是……心情不太好。"

"走，"江阔拉开车门，"上车，阔叔带你去游车河，换换心情。"

段非凡笑着上了车。

"那人跟段凌是不是……"江阔发动了车，慢慢开出停车场。

"追了段凌很多年。"段非凡说。

"真牛，他是怎么想的。"江阔说。

4 大湖游乐园

车开出停车场，没有往学校的方向去，江阔随意地转上了一条大路。

"去哪儿？"段非凡问。

"不知道，"江阔点开导航，看着地图，"我随便开吧。"

"行。"段非凡靠着椅背，轻轻呼出一口气。

"没伤着吧？"江阔问。

"没，"段非凡看了看自己手背，"就擦破了点儿皮。"

"你这架打的，"江阔扫了他一眼，"真牛。"

"发泄一下。"段非凡说，"我好久没跟人动过手了。"

"你爸这次的事也不怪你啊，"江阔说，"明天好好聊聊去。"

"我一年没去看他几次，总觉得没话说，尴尬，"段非凡说，"他也总说不让我去，我……就真不怎么去了。"

江阔没说话。

"我妈每次去都能感觉到他跟以往不一样，"段非凡拧着眉，"我居然一点儿都没感觉到。说实话，对门宿舍谁有点儿什么不对劲我都能发现，我自己亲爹，我居然一点儿都不知道……"

"他在你面前也未必会表现出来。他平时都不让你去看他，肯定是不希望你的生活被影响，"江阔说，"你什么都看不出也是正常的。"

"我觉得就算我明天去了，他也不会跟我说什么，"段非凡搓了搓手上擦破皮的地方，"他根本就不想让我知道他在想什么。"

"那是因为他觉得你可能觉得他不想让你知道他在想什么。"江阔说。

段非凡愣了两秒后笑了起来。

"笑什么？"江阔说。

"你还挺可爱的。"段非凡说。

江阔喷了一声："头一回有人这么夸我。"

"是么，小可爱。"段非凡说。

"滚啊。"江阔看了他一眼。

上小学之后，江阔就没再被人用可爱形容过了。

他妈说他可爱的时间特别短，上小学后因为要上课、写作业，他每天苦大仇深的样子，看谁都不爽，就不可爱了。

所以在他的记忆里，他很少听到谁说他"可爱"，听到了他也只觉得莫名其妙，更不要说"小可爱"这样的称呼了。

莫名其妙。

段非凡这么说的时候，语气和眼神都带着……真诚，不知道为什么，他除了觉得意外，并没有什么不适。

这让他非常警觉。

江阔，你变了。

你变得如此平和，居然能容忍别人叫你小可爱。

他转头看了段非凡一眼。

"嗯？"段非凡也看了他一眼。

"没。"他继续看着前方。

车继续往前开，上了另一条大路。这条路似乎是通往城外的，路上的车一下少了很多，限速也提上了八十。

"沿这条路一直开下去的话，"段非凡说，"可以看到一个古老的游乐园，旁边有一个很大的湖。"

"你也不是什么玩的地方都不知道嘛。"江阔说。

"我小时候去过。"段非凡说，"离得挺近，我爸骑摩托带我过去的。"

"小时候去的，"江阔看了一眼导航，"现在还在吗？"

"不知道。"段非凡说。

车上开了暖气，吹得人暖乎乎的，但摸到车窗的时候就知道外面还是很冷，风也不小。

这种感觉很舒服，像是大雨天躲在屋里睡觉的那种懒散的感觉。

段非凡眯了眯眼睛，他挺长时间没有埋头睡上一大觉了。

游乐园就算没有荒掉，也应该已经半荒了。

路还是很平坦的，但路灯坏了不少，大灯照着能看到路两边没怎么修剪的绿化带和铁艺长椅。

白天来应该挺好的，晚上来就有点儿勇闯鬼屋的感觉了。

段非凡说的大湖还没看到，游乐园的大门倒是在前头了。

江阔把车停在这个所谓的游乐园门口。

准确来说，这里不是游乐园，而是一个不收费的小公园，里头有一些秋千、滑梯之类的供小朋友玩的游乐设施。

不知道段老二是什么时候带他儿子来的，应该是在他儿子还很小的时候，所以他才能骗儿子说这里是游乐园。

江阔看了一眼在副驾驶座上睡得仿佛已经往西边儿去了的段非凡，轻手轻脚地下了车。

这里白天应该有人来，地面很干净，只是所有的东西都看上去很陈旧，石墩、没有修剪的灌木，还有一个已经被风雨侵蚀得斑驳的牌子。

——南大湖公园。

江阔看了看手机地图，发现这个南大湖的面积也并不大，就在公园的另一边。

啧。

一个很大的湖。

这应该也是段非常平凡小朋友因为自己个子太小而得出的结论。

身后的车门响了一下。

江阔转过头，看到段非凡从车上下来，缩着脖子小跑了过来。

"你怎么开到这儿来了？"

"反正瞎转，开了没半小时就到这儿了。"江阔指着牌子，"你说的游乐园是这儿吗?"

"是……哎!"段非凡看着公园的牌子,"换名字了?"

"什么?"江阔问。

"它应该叫'大湖游乐园'。"段非凡说。

江阔没说话,拿着手机准备查一下这个南大湖公园的前身。

没等他打开页面,段非凡又补充了一句:"不过那会儿我还不识字。"

江阔转头看着他。

"说不定是我爸蒙我的。"段非凡说,"里面看着还是以前的样子……"

江阔忍不住笑了起来。

"啧,"段非凡走进了公园,"我怀疑他真的骗我了,我说想去游乐园,他是不是舍不得花钱?"

江阔笑出了声,走过去站在他旁边,看着一片漆黑的园区:"要不你明天问问他?"

"是得问。"段非凡点头。

虽然这天晚上挺冷的,但他俩还是往公园里走了一小段路。后来风实在是刮得人脑袋疼,他们才回到了车上。

段非凡不知道江阔是不是故意把他带过去的。

他觉得江阔没有这样的心思,毕竟江阔是一个照顾发烧的病人时连杯水都不知道倒的人。

但江阔又确实做了太多让人意想不到的事,无论他是有意还是无意。

这个曾经的"大湖游乐园",现在的南大湖公园,让段非凡忽然开始回忆起并不太丰富、也很少想起的童年。

他和他爸陌生而又亲切的尴尬关系中,突然掺进了少许温馨。

早上准备出发之前,段非凡去了一趟119。他也不知道为什么想要跟江阔说一声,明明江阔昨天已经知道了他今天要去见他爸。

但119只有刚跑步回来的唐力是站着的。马啸已经走了,现在他除了去文印店兼职,吕宁还帮他联系了食堂,一早他就去食堂帮忙了。李子锐长期沉迷于吃和睡,所以此时还在沉睡。

江阔也还睡着,但与李子锐不同,他并不是每天都起得晚。

"要上课的话他肯定得赖床,"唐力说,"周末起得可早了……要不叫他起来?"

"不了,我没什么事儿,"段非凡说,"走了。"

虽然他一年没去过几次监狱，但负责他爸的罗管教还是认识他的。

在见他爸之前，他先去了一间小会议室，跟罗管教和一个干警先聊了一会儿，了解一下情况。

"你爸爸也受了一点儿伤，"罗管教说，"昨天通知的时候我没有说。伤得不严重，你爸爸希望我先不要说，怕你着急。"

"伤哪儿了？"段非凡问。

"胳膊骨折了，"罗管教说，"在栏杆上砸的。"

段非凡皱了皱眉："他到底是为什么？"

"最近几个月他情绪不太稳定，我们也找他谈过话。"罗管教说，"在这里待的时间长了，他多少有些担心，怕自己出去适应不了，怕身边的亲友都疏远了，他又是个爱看书想得多的人。"

"我应该说点儿什么，或者……怎么样能让他好一点儿？"段非凡问。

"多聊聊就行。"罗管教看着他，"我看平时来得多的是你叔叔和堂姐吧？你这个当儿子的反倒来得少。"

"他之前不太愿意我过来看到他这个样子。"段非凡有些难受，"我来了有时候没话说也怕他有想法。"

"说是那么说，他其实还是很想你的。"罗管教说完，又问旁边的干警，"他之前是不是也给你看过这小子小时候的照片？"

"对，"那个干警点点头，"跟他熟一点的差不多都看过吧。"

段非凡没说话。

"你小时候还挺可爱的，"罗管教笑着说，"虎头虎脑的。"

段非凡笑着摸了摸脑袋。

"后面这段时间你争取多来看他，随便聊什么，身边的事、家里的事……"罗管教说，"你跟他说说新鲜事、有意思的事，他对外面就不会那么抗拒了。"

"嗯。"段非凡点点头，又小心地问，"那他伤了人，刑期会受影响吗？"

"这个我们还在研究。"罗管教说，"他平时的表现是很好的，要不然之前不会给他申请减刑。这次被他打伤的两个人跟他没有矛盾，也能理解他的行为。只是他思想上肯定还有过不去的坎，这就要看家属的了，多开导他。"

段非凡又跟他们聊了一会儿，发现他爸在这里人缘还不错，平时生活也还可以。听到罗管教说起他爸的一些事时，段非凡有种恍惚的感觉。

他一边觉得这就是他爸的行事风格，一边又感觉很陌生、很遥远，毕竟由这些事勾起来的过往回忆都发生在十年以前了。

因为他一如他爸期望的那样"非常平凡"，所以他的记忆力并不是特别好,很多事都已经印象模糊了。

段非凡坐在会见室的玻璃窗外,看着他爸慢慢走过来。

没多久之前才见过,他爸看上去没有明显的变化,除了左手打着石膏。

"手伤得严重吗?"段非凡拿下电话问了一句。

"没有看起来这么严重。"他爸叹了口气,"别担心,我本来都不同意你过来,小罗非要我见见。"

"我过来主要是想问你件事儿,"段非凡说,"我突然特别想知道。"

"你问。"他爸说。

"你以前带我去的那个游乐园,"段非凡看着他,"到底是叫大湖游乐园,还是南大湖公园?"

他爸愣了愣,瞪着他。

"你不记得了吗?"段非凡问。

他爸沉默着,过了一会儿,他开始努力控制表情,绷紧了脸,不让自己笑得太明显。

"南大湖公园是吧?"段非凡说。

他爸很响亮地笑了起来,半天才抹了抹笑出来的眼泪:"这都十几年了,才发现啊?"

段非凡笑着叹了口气:"我也猜到了就是你蒙我的。不过我真是昨天才发现的,我跟我同学介绍说那儿有个游乐园,他正好开着车,于是我俩就过去了。一看,南大湖公园,倒像是个社区公园。"

"本来就是南大湖社区的公园,"他爸忍不住又笑了起来,"一个小公园,南大湖也小。"

"我以前还觉得湖很大。"段非凡看着他爸,这种大笑的样子他这些年从没见过,甚至在记忆里都没找着。

"哪个同学开的车啊?"他爸问,"丁哲吗?"

"不是。"段非凡笑笑。

"隔壁宿舍开跑车的那个吗?"他爸又问。

"你记得挺清楚的啊。"段非凡有些吃惊。

"废话!"他爸把打着石膏的左手放到台子上,趴着往前凑了凑,"你要说隔壁有个骑自行车的,我肯定记不住,跑车,这能记不住吗?"

段非凡也趴着凑到玻璃前。虽然他们都拿着电话说话,这么凑近没有任何意义,但营造了背后议论人的私密气氛。

"开的是辆911,以前市场那个五金批发部的不是买了辆二手保时捷么，"段非凡说，"那辆是718。"

"911比那辆贵。"他爸说。

"是。"段非凡点头。

"你这个同学家里很有钱啊。"他爸说。

"是的。"段非凡点头。

"他为什么会去你们学校？你凌姐说你们学校不怎么样，"他爸说，"她的学校就够不怎么样了，她还鄙视你们学校，你们学校是不是有点儿过于次了？"

"跟她学校差不多吧。"段非凡笑着说。

"那你这同学估计是被家里赶出来了，"他爸说，"有钱人的孩子这会儿都送国外去了。"

"他……不太一样。"段非凡说。

"我看也是。"他爸说。

"你俩关系好吗？你问他借那辆跑车假装开一下，拍点照片，"他爸又说，"下次让你老叔带过来，我让那帮傻帽儿开开眼。"

"嗯，"段非凡应着，"下次还是我来。"

"不用，"他爸摆摆手，"你老叔或者段凌过来就行了，你上你的课。"

"段凌上班，老叔店里忙，"段非凡说，"就我最闲了。"

他爸没说话，似乎在犹豫。

段非凡也没出声，看着他。

"你来？"他爸问。

"我是亲生的吗？"段非凡问。

他爸啧了一声："那不一定，得问你妈。"

"我妈说我是她跟狗生的。"段非凡说。

"她上哪儿找那么帅的狗生这么个儿子，"他爸指着段非凡，"你照照镜子，你的帅就是随我。"

"嗯。"段非凡笑着点点头，"那你为什么总不愿意让我来？"

"别扭，"他爸坐直了，摆摆手，"别扭。"

段非凡没说话。

"别人的孩子说起自己的父母是什么样的……"他爸说，"你呢，父母离婚了，爹坐牢了，娘一年见不着几回。"

"我不在乎，"段非凡说，"有就行。"

他爸看着他，轻轻叹了口气："你有，且有呢，我长命百岁。"

5 我也挺喜欢的

今天上午的课是植物学，因为段非凡不在，江阔跟唐力坐在一块儿。在唐力的努力示范下，江阔虽然没怎么听课，但记了满页的笔记，还画了图。

"是不是很有成就感？"唐力问。

"啊。"江阔甩了甩手。

段非凡的电话掐着他出教室的点打了过来。

"回来了？"江阔问，"你爸情况怎么样？"

"挺好。走，"段非凡说，"直接到学校门口，我请你吃饭。"

"为什么？"江阔愣了愣。

"高兴。"段非凡说。

看得出来段非凡的确很高兴，在学校门口碰头的时候，段非凡还递给他一个小纸袋。

"尝尝。"

"这是什么？"江阔打开纸袋看了看，里面是几颗拇指大小的像白色绒线团一样的东西。

"龙须糖。"段非凡说，"这一家特别有名，我回来的时候经过，专门买的。你没吃过吧？"

"没有，我连见都没见过。"江阔把纸袋的口子撕开一些，用嘴叼了一个出来。

"真讲究，做的人的手都未必比你这手干净。"段非凡说。

江阔叼着这颗龙须糖看了看他，吃也不是放也不是。

"吃吧，"段非凡捏了一个放进嘴里，"一个月就三千五，别摆谱了。"

江阔咬了一口，嚼了几下发现这糖中间还有馅儿，是香酥的芝麻花生碎，他竖了竖大拇指："好吃！"

"这是原味儿的，"段非凡说，"下个月我再去，给你带别的口味。"

"下月还去吗？"江阔问，他知道段非凡为什么高兴了，"今天是不是聊得还可以？"

"嗯。"段非凡用力搂了一下他的肩，又抬手在他脑袋上胡噜了几下，"我问他南大湖公园是不是大湖游乐园了。"

江阔笑了起来："就是一个地方吧？"

"没错。"段非凡又捏了一个龙须糖,"把我爸乐坏了……我没见他那么笑过,不是他进去以后,是我从来没见过他那样笑。"

"他心情应该好点儿了吧?"江阔说,"以前你俩都怎么聊的啊,这么普通的事儿他都能乐成这样。"

"谢谢。"段非凡突然说了一句。

"……不用这么客气,"江阔愣了愣,"我也不知道能有这效果。"

段非凡和他爸的关系在江阔能想象的范围以外。

他跟江总虽然动不动就犟上,但并不会一直僵持,而哪怕是冷战了两个月,他也不会因为江总笑一个就这么开心。

他嚼着龙须糖,虽然不能体会,但也跟着一块儿莫名其妙地高兴。

"有时间我要拍点照片。我告诉他我有个开跑车的同学了。"段非凡说,"我坐在你那车的驾驶室里,你帮我拍一张。"

"给你爸看吗?"江阔笑得差点儿呛着,"你直接开出去,我给你拍个视频得了。"

"视频不行,手机不让带进去,"段非凡点头,"照片可以打印出来给他。"

"行,"江阔咽下龙须糖,"阔叔给你拍一组大片。"

拍照的事儿江阔很上心,要挑个好天气,还得找个能出效果的地方。

段非凡本来想着就在停车场随便拍几张就行,但江阔仿佛在无聊的生活里找到了乐子,坚持要拍得完美。

甚至连大炮都出动了。江阔拿着实景地图找感觉合适的地方,远的话大炮直接开车过去帮他踩点。

奔奔都跟着大炮把全城溜达了一遍。

"不知道的还以为你要拍什么了不得的东西呢。"大炮打电话过来。

"闲的。"江阔说,"我目前就盼着下周的写生课,能不坐在教室里——找我什么事儿?"

"劲爆的事儿。"大炮说。

江阔没出声,等着他卖关子。

"特别劲爆。"大炮又说。

"嗯。"江阔应了一声。

"算了,不卖关子了,是关于杨科的。"大炮说,"我知道他为什么要休学,还要创业了。"

"跟他女朋友有关吧?"江阔冲旁边玩手机的段非凡勾了勾手指。

见段非凡凑了过来,他点了免提。

"聪明，你脑子转得真快，一开始就知道该打听他的女朋友。"大炮说，"他真有个女朋友，我还没怎么问呢，他就把照片都发给我了。"

"看看？"江阔说。

大炮发了张照片过来。

江阔和段非凡看着照片同时愣住了。

"这他女朋友？"段非凡低声问。

"这他小姨吗？"江阔问。

"什么小姨！女朋友！"大炮说，"三十六岁，离异带个闺女。"

"我的天，"江阔很震惊，"他这……"

"我真被他惊着了。"大炮说，"这个姐姐是挺漂亮的，他说人也特别好，但这背景足够杨叔把他撵出门八百回了。"

"他是不是要跟这个姐姐一块儿开店？"江阔问。

"我听他那意思是的。"大炮说。

江阔没说话。

"我也没说什么。我感觉他爱得很热烈，我要是说一句不对的，"大炮啧啧两声，"他能找到我家把我跟狗一块儿灭口了。"

"你什么时候问的？"江阔问。

"就刚才，问完我就给你打电话了。"大炮说，"你别管他那个奶茶店了，我看悬。"

挂了电话，没等江阔跟段非凡说话，杨科的电话紧跟着打过来了，还伴着一条消息。

——杨科科科科：接电话。

"哎……"江阔觉得有些烦躁，接起了电话。

"是你让大炮来问的吧？"杨科说。

"嗯，"江阔说，"背调。"

"这跟我开店没有什么关系。"杨科说。

"她不参与就没关系，"江阔说，"这里头只要她能说上话，就不叫没关系。我好歹心里得有个底。"

"你是不是不能接受我女朋友？"杨科问。

"我有什么不能接受的？"江阔说，"又不是我女朋友，你找个男朋友也跟我没关系……"

"我也一样，"杨科说，"你找个男朋友我也不会有什么想法。"

江阔张了张嘴，一时不知道说什么好。

"本质上没什么区别，都是世俗眼光里的异类。"杨科说。

"不是，"江阔说，"我并不想跟你讨论这个，我也没兴趣知道……"

"其实是你不懂。"杨科说，"你没谈过恋爱吧？我记得你没有，那你的确理解不了爱情。"

"我只要能理解你开店的事儿就行了！"江阔一阵无语，"我说了不跟你扯这些，以后我要真谈了恋爱再跟你倾诉，我现在只跟你说你那个破店的事儿，懂了吗？"

"我可以带她跟你见一面，"杨科说，"谈店的事。"

"再说吧。"江阔挂掉了电话。

杨科的这个消息真是让人心情久久不能平静。

江阔自认为接受度还是很高的，以前跟朋友聚会的时候，有人带着对象过来，一晚上只要看过去就能瞅见他俩在啃，他除了烦也没别的什么情绪。

但杨科还是让他吃惊。

杨科说他没谈过恋爱，不懂爱情，但杨科自己也没谈过。向来被亲朋好友包括江总夸赞严谨自律的优秀青年，初恋就谈得这么……

"怎么还扯到男朋友了？"段非凡说了一句。

"这比男朋友还让人震惊。"江阔转头看着他，"我是不是该打个电话给江总，问问杨叔住院了没？"

段非凡笑了起来："有这么夸张吗？"

"你不吃惊吗？"江阔问。

"吃惊啊。"段非凡想了想，"他多大啊？"

"比我大点儿，"江阔说，"二十，他今年大二。你能想象你们当代男大学生楷模群里有人找了个比他大一轮多的女朋友吗？"

"可以想象，董昆，他一直喜欢姐姐，"段非凡小声说，"他非常喜欢吕宁。"

"吕宁三十六了吗？"江阔震惊。

段非凡没忍住笑出了声："你怎么回事？"

"哦，"江阔愣了愣，反应过来叹了口气，"这事儿搁大炮身上我都不会这么吃惊。"

"杨科看着挺……板正。"段非凡说。

"除了坑我的时候能看出不是傻子，"江阔说，"别的时候都很板正……我真应该打个电话给江总，他一天天的'你看看人杨科''你看看人家儿子'。哎，那我就看，您也一块儿看看……"

段非凡乐得停不下来。

"估计是到了叛逆期吧。"江阔想了半天也没想明白，"不管这姐姐是怎么回事儿，杨科估计就是叛逆了，这么多年一直按父母的要求长大，一旦决定要走自己的路了，气势就特别雄壮。谁也别拦着我！什么？前面是条沟？沟就沟！沟也是我自己选的路！从今天起，我就要在沟里溜达了！"

段非凡本来已经喝了口水缓了缓，听到江阔这一通模仿，他一下又笑得呛着了，撑着桌子咳了半天才冲江阔摆了摆手："哎。"

"嗯？"江阔看着他。

"闭嘴。"段非凡又咳了两声。

江阔叹了口气，靠着椅背没再说话。

段非凡缓过来之后走到他旁边："他说要带姐姐见见你，你见吗？"

"不见。"江阔很干脆，"我就想知道这店有没有这姐姐的事，别的谁有那闲心管。他什么时候能确定这事就什么时候再说。"

"嗯。"段非凡伸了个懒腰，"一会儿董昆他们要去吃烧烤，一块儿吧。"

"不吃麻辣烫了？"江阔问。

"要叫你，就不吃麻辣烫了，你又不吃。"段非凡说，"烧烤你没什么讲究吧？"

"卫生点儿。"江阔说。

"那你饿着吧。"段非凡说。

学校附近烧烤店非常多，天气变冷之后，又多了几家新开的。

一到晚上，店里就全是学生，店门口的人行道上支起了厚布棚子，里面也坐得满满当当。

"董昆他们已经占了桌了，"段非凡看着手机上丁哲发过来的烧烤店照片，指了指路的南边，"那边，新开的，那天我还看到了。"

"是不是有优惠？"江阔发现照片里的人明显比他们现在看到的那些店里的人要多。

"是，"段非凡赞许地点点头，"现在都能主动往这上头想了。"

他们走了几步，前面出现了两个熟悉的身影。

"是卢浩波吗？"江阔看着前面的两个人，"和他女朋友。"

"嗯。"段非凡点头，"他女朋友是咱们班的严绘语，好歹一个班的，你记一下人家的名字。"

卢浩波和严绘语很亲热地挨着走，看上去很暖和。

"这场面可别让李子锐和唐力看到，"江阔说，"他们得当场被刺激得厥过去。"

"你以前真没交过女朋友吗？"段非凡看着他。

"没交过。"江阔说，"谈恋爱太费劲了。"

"嗯？"段非凡没明白。

"一会儿生气了，一会儿要陪了，一会儿你要哄我，一会儿我要哄你……"江阔说，"费劲死了。大炮以前有个女朋友，半夜三点给他打电话，说要吃冰激凌，大炮买了给她送到楼下，然后女孩儿拿了朵花下来送他……"

"还挺浪漫。"段非凡说。

江阔猛地转过头瞪着他。

"怎么了？"段非凡也看着他。

"你……"江阔震惊，"浪漫？半夜三点啊非凡叔叔，要睡觉的啊，睡到一半被人从床上拎起来去买冰激凌再换朵花，疯了吗？"

"……对方是你喜欢的人啊。"段非凡说。

江阔愣了一会儿，突然很有兴趣地凑近他："你是不是交过女朋友？"

"真没有。"段非凡说，"我吧，没有时间。"

"鬼扯。"江阔说，"你那天花板级别的社交能力，没个十年八年练不出来，你没时间？"

段非凡笑了起来，想想又叹了口气："没有喜欢的。"

"这听着还算正常，"江阔说，"不过你这性格应该挺多女生喜欢。"

"你呢？"段非凡顺嘴问了一句。

"我也挺喜欢的啊。"江阔说。

段非凡看着他，江阔也看着他。

沉默了好几秒，江阔才反应过来："哦，你说我？"

段非凡笑了起来："哎。"

"其实喜欢我的女生不多，起码我知道的没几个。"江阔说，"女生都喜欢能惯着点儿她们，她们小脾气上来能忍着的，我的话没两个回合可能就得打起来……"

前面搂成一团走着的小情侣突然停下了，严绘语抬手在卢浩波胳膊上捶了一下。

"看！这就来了！"江阔说，"小脾气来了。"

段非凡放慢了脚步，想等他俩闹完。

但严绘语的这个小脾气看上去并不小，捶这第一下用的就不是"小拳拳捶你胸口"的力量，接着第二拳跟打沙袋似的又捶在了卢浩波的胳膊上。

"这是真打啊。"段非凡说。

卢浩波没还手也没躲，只是还在说着什么。

严绘语估计并不满意他说的内容，又一套"连环抡抢拳"打了过去。

"……她这么凶的吗？"江阔脑子里对严绘语的唯一印象就是那天他和段非凡滑下小路之后，她告诉他俩还有另一条路，听声音感觉非常文静。

"这是真生气了，"段非凡说，"你以后谈恋爱了得分清……"

江阔啧了一声。

严绘语打了卢浩波七八下之后，卢浩波突然还了手，也往严绘语胳膊上甩了一掌。

"哎？"江阔愣了愣。再怎么样也不能跟小姑娘动手吧，走开不就得了。

严绘语又打了卢浩波一下，卢浩波继续还手，又甩了一掌。

"哎？"段非凡叹了口气。

接着又是一个回合。

"哎？"江阔停下了。

又一个回合。

"哎……"段非凡也停下了。人行道就这么宽，路边还停着一溜共享单车，卢浩波和严绘语堵在那儿，他们想过去就得跟人家正面接触了。

严绘语又用力打了卢浩波一拳，还喊了一嗓子。

"啊！"卢浩波也喊了一声。

段非凡清了清嗓子，打断了他俩的交战。

卢浩波转头看见是他俩的时候，脸上的表情相当变幻莫测。

严绘语看上去也有些尴尬。

僵持了两秒，卢浩波拉过严绘语，一伸胳膊搂住她，然后换上了"没见过人谈恋爱是吧打是亲骂是爱单身狗悄没声地一边儿待着去"的表情。

"嘿。"江阔说。

没等段非凡反应过来，他一把拉过段非凡，胳膊一伸搂住了段非凡的肩。

卢浩波愣了愣。

段非凡也往江阔肩上一搂。

两人相当默契，一块儿晃着往前走。

"让让，"段非凡说，"让让啊……别挡道……"

卢浩波拉着严绘语让到一边，一脸莫名其妙的表情。

他俩从卢浩波身边晃了过去，一直往前走。

走了二三十米之后，由于步速不太一样，他俩开始往中间撞。

"你调一下。"江阔说。

段非凡小跳了一下，把步子调整好，继续往前晃。

"好暖和啊，"江阔说，"我知道他俩为什么要搂着走了。"

"……他们搂着走是因为在谈恋爱,不是因为冷。"段非凡说。

"我知道,"江阔说,"但的确也暖和啊。"

"还在后头吗?"段非凡问。

江阔回头瞅了一眼:"在。走。"

卢浩波和严绘语应该也是去吃烧烤的,一路都跟在他俩后头。

于是他俩一直搂着肩没撒手,中途因为配合不够完美,各自跳了好几回调整步子。

最后,他们一掀帘子进了烧烤店的棚子。

孙季一抬头看到他俩进来:"干吗呢?一路打过来的?"

"哎,"段非凡说,"看上去像打架吗?"

"像扭打在一起,"董昆说,"僵持住了的那种。你俩这是怎么了?"

他俩松开了胳膊,坐到了桌边。

段非凡叹了口气:"碰上卢浩波,气他来着。"

"卢浩波喜欢你?"丁哲正把碗筷往他俩面前放,听到这话愣住了,"还是喜欢江阔?"

几个人顿时哄笑起来。

这种在北风中挤在棚子里吃烧烤的经历,江阔第一次体验,觉得还挺有意思的,并且不冷。

棚子里的所有人都在大声说话、大喊大笑,服务员掀帘子进来喊得也是中气十足,光听动静都暖和了。

江阔拿出手机,往四周录了一圈。

"这有什么好录的?"丁哲问。

"挺有意思。"江阔说。

"这也有意思,你是真没见过世面。"刘胖说。

几个人夹在喧哗声里又是一通乐。

刘胖这话虽然听着有点儿奇怪,但也挺准确,他的确没见过这样的世面,这样的生活对于以前的他来说根本不存在。

所以他有时会拍拍学校、拍拍食堂、拍拍外面的工地,包括这次想给段非凡拍点儿照片。

他不知道他在这里的生活结束之后,还会不会有这样的经历,会不会再碰到这样的人。

一星期之后,大炮从工地的材料商那儿打听到了一个特别适合拍照的地方——在市郊，是一个没有建起来的高尔夫球场。

"这老板玩车，经常上那儿跑。"大炮说，"我看了一下他拍的照片，那儿有几条路给弄成赛道了，能拍出感觉来。"

"行，定位发给我。"江阔说，"可以随便进吗？"

"打过招呼了，"大炮说，"有人问就说是老同的朋友。"

"好。"江阔说。

既然是能玩车、能拍照似乎还能野餐的环境，那肯定不止他俩去了，丁哲那帮人不会放过这个能玩得爽的完美机会。

"我回家拿台相机过来，"丁哲说，"再拿个三脚架，摄像机要吗？"

"我有台运动相机可以用。"江阔说。

"行，那就这么定了。"丁哲一拍手。

"把你家的车也开过来，"段非凡说，"要不过不去，那边打不着车。"

"没问题！"丁哲一挥手。

段老二估计想不到他的一句"拍点照片"，最后让江阔弄成了一次郊游。

"叫大炮一块儿吧。"段非凡说，"这地儿是他找的，不一块儿吗？"

"他不去，"江阔说，"以前他陪我跑赛道的时候都不上车，说害怕。咱们可以带上奔奔，那儿有草地，可以让它跑跑。"

"我感觉好久没见它了。"段非凡说。

"让你们父子重逢。"江阔打了个响指。

绘者 / 梨三花

绘者 / MORNCOLOUR

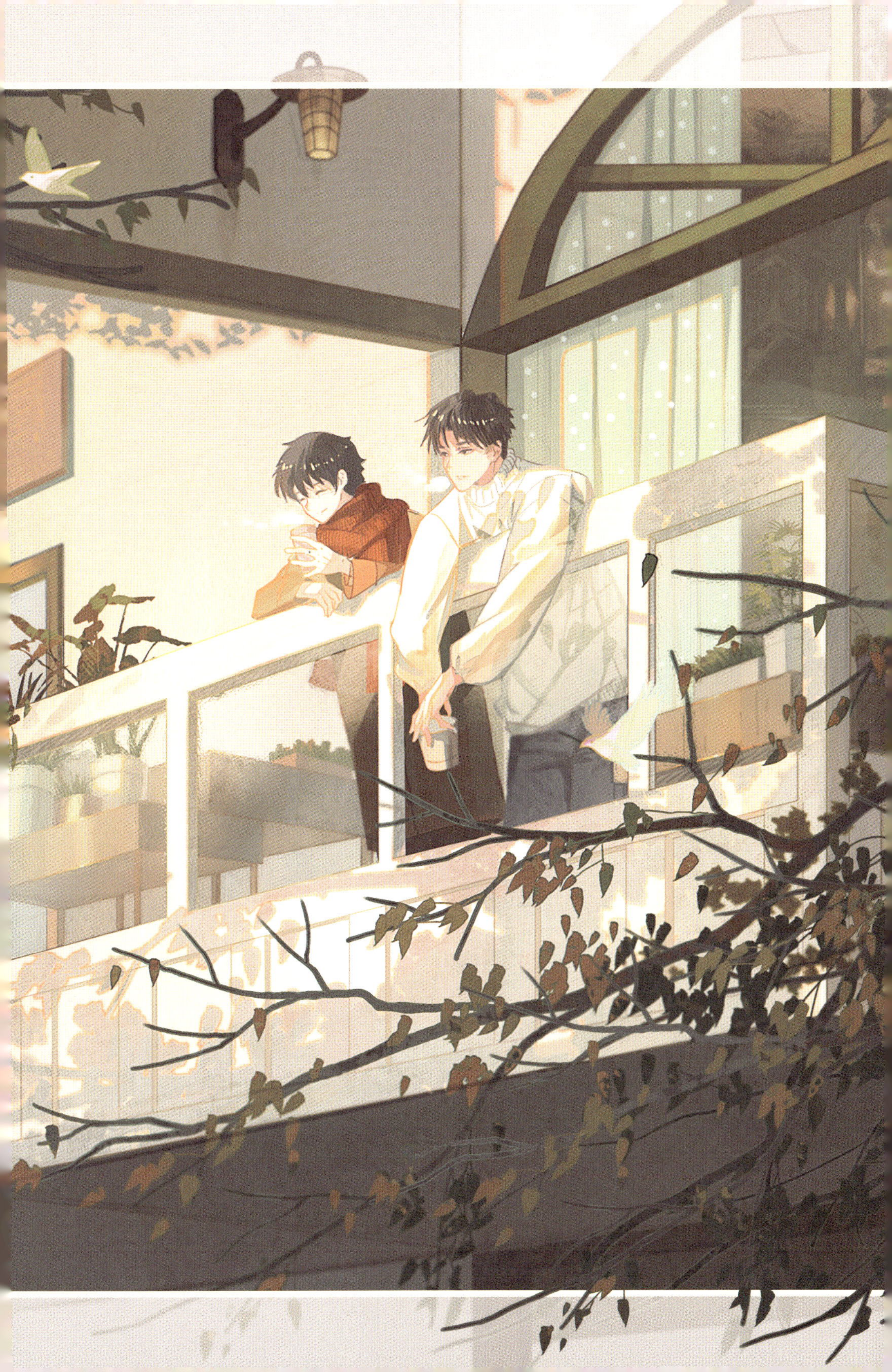

绘者 / Pytha 桐

三伏

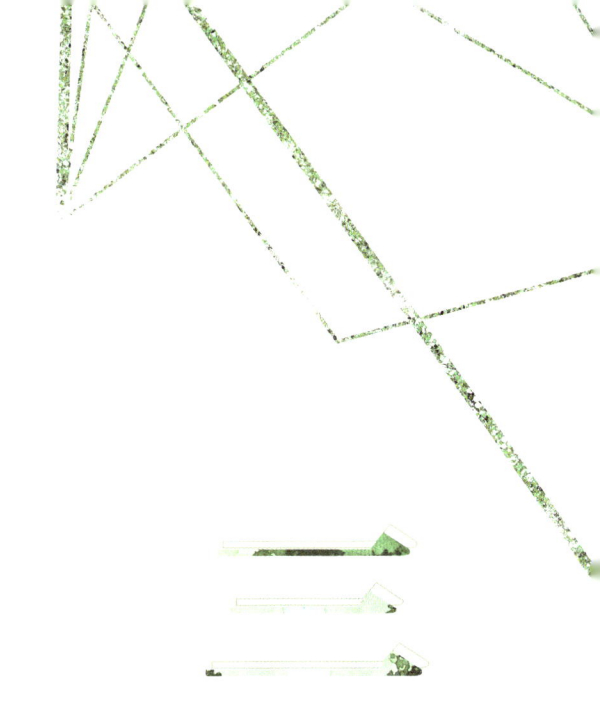

SANFU

（下）

巫哲 著

中国致公出版社　知音动漫

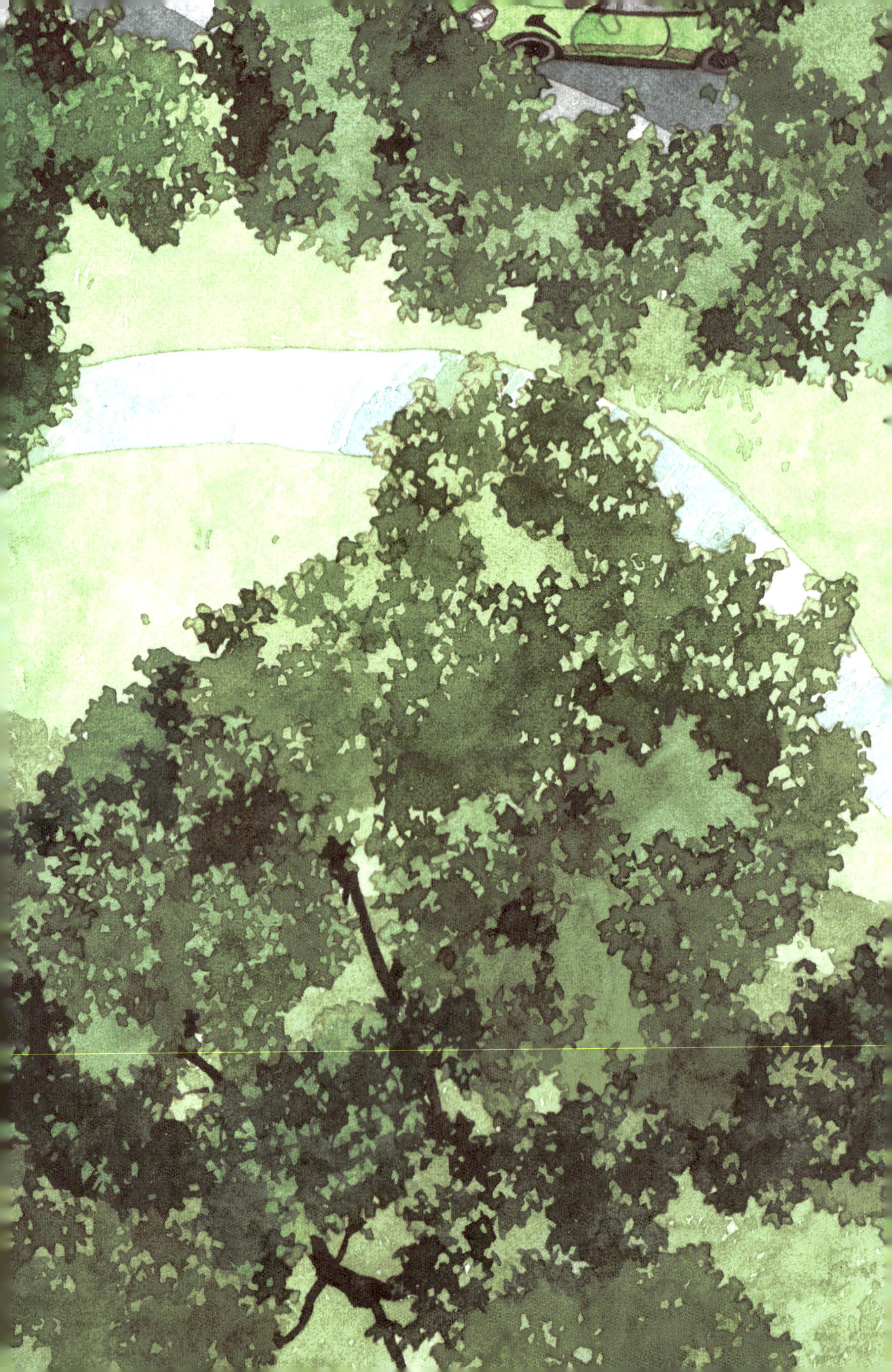

目录 CONTENTS

CHAPTER 13 时光匆匆 333

CHAPTER 14 江阔的礼物 359

CHAPTER 15 日有所思 395

CHAPTER 16 是离愁 421

CHAPTER 17 江少爷之家 441

CHAPTER 18 玩乐时间到 471

CHAPTER 19 不欢不散 497

CHAPTER 20 有话好说 535

CHAPTER 21 旅行的尾声 565

CHAPTER 22 过年好 585

CHAPTER 23 通向未来的路 621

番外 一些往事 659

绘者/陶然

CHAPTER 13

时光匆匆

1 你啊大哥，是你

周末江阔一早就起来了，如果在上课的日子也有这本事，就不用每天手忙脚乱的了。

这段时间天气不错，每天都阳光普照，但是温度一天比一天低。江阔打开门，满以为能走进阳光里，结果被北风迎面拍了一身。

"江阔江阔江阔……"李子锐裹着被子一迭声地说，"关门关门关门……"

江阔关上了宿舍的门，跑到107门口敲了敲。

"进。"段非凡在里头应了一声。

看到进来的是他时，叼着牙刷的段非凡挑了挑眉毛："这么早，你是不是没睡？"

"要去接奔奔。"江阔说，"赶紧的，一会儿丁哲他们就会来催你了信么？"

大炮租的房子江阔还没去过。吃完早点，他俩按之前大炮给他发的定位，在小区里转着。

"大炮现在是留在这边的工地帮忙吗？"段非凡问。

"嗯，估计得明年才能回家了。"江阔说。

"他还挺……我以为他跟你似的，还不想工作。"段非凡说。

"江总跟他肯定私下有交易，应该是江总让他留在这儿照应着点儿我的。"江阔说，"他爸不止这一个工地，也没见他去过一次。"

"他爸跟江总是朋友吗？"段非凡问。

"认识很多年了。他爸比大炮靠谱，土建这块儿江总一直交给他爸，"江阔说，"之前跟人干仗也叫了他爸一起。"

"你以后也不打算跟着江总干吗？"段非凡问。

"不知道，没想过，反正现在不愿意。以后的事儿以后再说，我现在就想趴着……"江阔看了他一眼，"怎么了，突然问这些？"

"随便问问。"段非凡说。

如果没有意外，明年他爸就要出狱了，以他的年纪和背景应该不太好找工作，社区安排的工作估计他也不愿意去。

虽然老叔一家肯定也会帮他安排，在店里一块儿干也行，不干活光分钱也行，但以他的脾气，他肯定也不愿意，毕竟段老三已经养了他儿子十年。

江阔是迷茫的，段非凡感觉自己也很迷茫，只是他们迷茫的内容不一样。

他从江阔那里找不到提示。江阔想工作就工作，不想工作就不工作，想开店就开店，不想开店就躺着，甚至三千五一个月也不过是他跟家里的一次较劲。而他却需要计划好明年他爸出来之后的生活，他甚至不知道该跟谁倾诉。

"就是这栋楼了吧？"江阔抬头看了看楼号，"十六栋。"

"嗯。"段非凡也看了看，"这是一单元。"

"从二单元进，"江阔指了指另一个楼门，"就……"

大炮从那个楼门里走了出来，接着后面又走出来一个女人。

"炮儿！"江阔喊了一声。

大炮看到他的时候愣了愣："你怎么过来了？"接着快步走了过来，脸上的五官不停扭动，拼命给他使眼色。

"那个姐姐。"段非凡很快反应过来，在江阔耳边低声说。

"哎？"江阔看着大炮，"怎么回事？大清早的她怎么在你家？"

"她想劝杨科不要弄那个奶茶店但是杨科不听跟她吵架一夜没回她来找我想请你帮忙劝一下。"大炮不带喘气儿地飞快说了一串。

"她怎么知道你家的地址？"江阔迅速找到重点，以他对大炮的了解，大炮应该不是会管这些事的人。

"杨科租的房子就在这个小区。哎呀，当初他问我这边有没有房出租，我本来不想管，但江总让我帮……"大炮说到一半停下了。

"胡振宇，"江阔退后了两步，指着大炮，"你可算是说实话了。"

"不是，这事儿我以后再跟你解释……"大炮往前一步。

"一米！"江阔指了指脚下，"你这个叛徒。"

虽然他早就猜到了大炮跟江总有联系，但现在亲自证实了，他还是感觉很不爽，毕竟在他的认知里，大炮是他的发小，并不是江总的发小。

大炮看着段非凡："哥们儿，你劝劝他！后头还有人看着呢。"

"看着呢。"段非凡转头冲江阔说了一句。

"江阔是吧？"一直站在楼门口看着这边的女人走了过来。

江阔收了架势。大炮让开之后，他看清了这个三十六岁的姐姐——挺漂亮的，但保养得不算特别好，能看出年龄，穿着一身休闲装，也没化妆。

"是。"江阔应了一声。

"我最近一直听杨科说起你，"姐姐笑了笑，伸出手，"我叫何志敢。"

……好爷儿们的名字。

江阔犹豫了一下，伸出手跟她握了握。

这是干过重活儿的手。

"这位……"何志敢又看向段非凡，伸出手，"董昆吧？"

呃。

三个人同时沉默了。

……这就有点儿尴尬了。

大炮记人非常厉害，沉默了半秒之后目光一直在江阔和段非凡的脸上来回扫，不知道是不是对自己的长项产生了怀疑。

"你好。"段非凡只得也跟她握了握手。

"杨科也跟我提过你，你是江阔的……"说到这儿的时候，何志敢有些犹豫，没有再说下去，似乎一切尽在不言中。

三个人再次沉默了。

这次不是尴尬，而是震惊。

看来是那天的电话给了杨科灵感。

看何志敢的神情，她没说出来的那个词绝对不是"同学"。傻子都能品出味儿来。

大炮更迷茫了，在他俩脸上来回扫的目光都快发出声音了。

怎么回事啊？能不能告诉我！

"这是我同学。"江阔咬牙切齿，"杨科是坑我坑上瘾了吧？"

何志敢愣了愣："是同学吗？不好意思，我可能……误会了。没错，他是跟我说是你同学……"

"他说的是男朋友吧？"江阔说，"瞎编我们是一对儿，拉上我当垫背的，跟他一块儿对抗世俗的眼光……大十六岁的女朋友怎么了？江阔还交了个男朋友呢！"

"啊？"大炮终于忍不住发出了感叹，"啊！"

其实如果只是被人误会，江阔并不是很介意，他根本不在意别人怎么看他、怎么想他，但杨科为了拉自己下水而到处瞎说，他就不能忍了。杨科能跟何志敢这么说，就能跟杨叔这么说，那么江总也就会知道。

他出来上学是想让江总知道，自己虽然并不知道要干什么，但也不愿意现在就被他安排，他不想让江总觉得自己出来上学不到一学期就乱来！

"狗东西，"江阔拿出手机，低头戳着通讯录，"今天我要让他好好认识一下我！"

"江阔，江阔，"段非凡抓住了他的手，"先别冲动，问清了再说。"

"你这么平静？"江阔看着他。

"还算冷静，"段非凡压低声音，"他说的又不是我。"

江阔愣了愣，还是看着他。

"是董昆。"段非凡严肃地说。

……去你的。

江阔突然有点儿想笑。

段非凡这个完美的逻辑让江阔非常佩服。

这点儿想笑的感觉有效地起到了缓冲作用，江阔顿了两秒之后，把手机放回了兜里。

"他是不是跟他爸也这么说了？"江阔看着何志敢。

"他最近压力很大，"何志敢说，"说话做事顾头不顾腚的。我会盯着他把这事儿圆回来的，你别着急。"

江阔没出声。何志敢这话说得挺委婉，意思是已经说了。杨叔跟江总关系那么好，八成不会等杨科圆。

"也怪我没有好好判断一下他这些话的真假……"何志敢皱了皱眉。

"你是他妈吗？他都能休学谈恋爱了，瞎话能不能说还需要你帮忙判断？"江阔说。

何志敢顿了顿，笑得有些尴尬。

"他现在人在哪儿？"段非凡转移了话题。

"昨天一夜都没见着，电话他也没有接。"何志敢说，"我跟他联系上了就让他给你们道歉。"

"你不是还担心江阔会跟他合伙弄那个奶茶店吗？"大炮在旁边说，"现在不用担心了，就冲他弄的这出，江阔还能接他电话都算是给杨叔面子。"

"正好让他品品做事不顾后果的下场。"何志敢说。

江阔本来已经不想再说话，但段非凡打了岔之后，他想想觉得还是得再问几句。江总让大炮帮杨科租房，这说明无论是杨叔还是江总，都没打算真不管杨科了。那他好歹再问两句吧。

"要开店是他自己的主意吗？"江阔问。

"嗯。"何志敢点点头，"我也不是特别能明白他的想法。我们的事……他家里是很反对的，说以后不再管他死活。我是希望他能回去跟家里好好说说的……但他说他特别高兴，我不知道他高兴什么。"

"自己给自己做主吧。"江阔拧着眉，"那需要休学吗？他妈不是还给了他钱。"

"专业是家里选的吧,他一直不喜欢。他本来是想退学的,"何志敢叹了口气,"我见实在劝不住他,就跟他商量说休学,如果开店失败,他冷静下来了还能回学校去。"

"所以他本来是想退学去开奶茶店?"段非凡有些无语。

"要不你告诉他,就他这脑子,还是回去读书吧,除了读书他干什么都得搞砸。"大炮说,"这不是有病吗?"

"他一开始想弄个高端些的什么店,但手头钱不够,"何志敢说,"我也不肯借钱给他……"

"他问你借钱?"江阔有些震惊。

也许是因为刻板印象,他之前一直认为是这姐姐看上了杨科家的钱,但如果杨科问她借了钱,就能开个"高端"点儿的店,那说明这姐姐手上多少有些积蓄,未必是图钱。

"这事儿我本来不想说,我认识他的时候他还没有这么冲动,这次是真的拦不住……"何志敢说,"我希望你们有可能的话多劝劝他。"

"那你图什么啊?"大炮忍不住了,"冲动,不听劝,没生意头脑非得开店,没钱还管你借……抛开这些不论,他体格……也就那样吧。"

江阔看了大炮一眼。

要点儿脸吧!什么都说!

"你们没吃过苦,"何志敢笑笑,"很多事想不明白的。"

"这是你俩自己的事。"江阔说,"你不借他钱就行了,他现在想开店基本只能找我,我也不是一定不跟他合伙,就看他能不能达到我的要求。"

何志敢有些犹豫。

"读书江阔可能比不了杨科,但开个小店,"大炮说,"江阔脑子绝对比他好用。你别觉得这是给他留了口子,不是我看不起他,我说的是事实,他基本不可能达到江阔的要求。"

话说得差不多了,江阔的直觉告诉他这个姐姐在杨科休学开店这事儿上没说假话,至于感情方面,就不是他需要了解的了。

他正想说点儿结束语就走人,兜里的手机响了。

居然是董昆,他打了个语音电话过来。

"他怎么不给你打电话?"江阔莫名其妙,看了看段非凡。

"谁?"段非凡问。

是啊,谁?

董昆。

你啊大哥，是你。

在段非凡已经问出口了的情况下，他无论是沉默还是直接让他看屏幕都会产生微妙的尴尬，而且大炮和何志敢都站得挺近的，这会儿都下意识地看着他。

"是……段非凡。"江阔说。

"去你的。"大炮忍无可忍。

"哦，可能是催你的。"段非凡很平静地说。

"喂？"江阔接起了电话。

"你们到哪儿了？"董昆说，"我打段非凡电话没打通。"

"在大炮这儿，"江阔说，"接了奔奔就回学校。"

"丁哲的车停校门口对面的停车位上了。"董昆说，"我们去吃早点，一会儿你们回来直接在车那儿碰头吧。"

"行。"江阔挂了电话，看着大炮，"我接奔奔去玩。"

"那你们先玩着，不耽误你们时间了。"何志敢说，"我先回去了，非常不好意思，给你们添麻烦了。"

"小事儿。"江阔说，"姐慢走。"

何志敢走了之后，他们三个在原地站着没动。

大炮一直等到何志敢在前面的路口转了弯，才瞪着他俩："你俩搞什么呢？董昆？谁是董昆？"

"之前杨科去学校找江阔，"段非凡笑着说，"我告诉他我叫董昆。"

"神经病吧！"大炮说，"干吗要弄个假名字？"

因为江阔好像不愿意让我说。

"告诉他真名干吗？"江阔开口，"谁知道他会不会坑我。现在他不就坑了，能防就防一下。"

"这人也真是……"大炮一挥手，转身往楼道里走，"屁事都干不成，没一步是靠谱的。"

"这姐姐是干什么的？"江阔问。

"好像以前有个卖建材的店吧，后来没干了，现在是房产销售。"大炮说，"看着不像没谱的人，真不知道她在想什么。"

"这些跟江总汇报了没？"江阔又问。

"……不是，"大炮回头看了他一眼，"我也是没办法，你说江总找我，我能怎么办？我爸找我，我可以不管，江总找我，我怎么拒绝啊！"

"报酬不错吧？"江阔说。

"我生气了啊！"大炮喊。

"气呗。"江阔说，但还是换了话题，"奔奔还有罐头吗？"

"前两天我买了一箱。"大炮进了电梯。

"一会儿拿两个带着。"江阔跟了进去。

"它还野餐呢。"大炮说。

"不服你也去。"江阔喷了一声。

奔奔的变化很大，除了胖了不少，个头更大了，眼神也不一样了。

它以前虽然每天很欢实地跑步，食物也不缺，但看人的时候眼睛总是带着小心翼翼的祈求和渴望，而现在的眼神是亮的，亮晶晶的。

大炮打开门的时候，奔奔就穿着件超人斗篷从狗窝里冲了出来，扑到了段非凡的腿上，疯狂地摇着尾巴，摇得整个身体都在扭动，还发出哼哼唧唧的鼻音。

"你还认识我啊，"段非凡蹲下，在它翻身露出的肚皮上挠着，"我以为你过上了好日子就忘了我呢。"

"忘不了。之前你拴它用的那个项圈，"大炮拿了个袋子把罐头装上，"它都不肯换，就要用那个。江阔买了个新的寄到我这儿，它一次都没用过，套上就跟我犟。"

"你给它换上试试？"江阔说，"原来那个我感觉有点儿小了。"

"行。"段非凡摸了摸奔奔的脖子。这狗真被大炮照顾得挺好的，脖子都粗了一圈。

江阔也在奔奔身上摸了摸。之前他"捡"到奔奔的时候，奔奔身上的毛都没什么光泽，现在摸着已经很顺滑了。

他看了段非凡一眼，段非凡正专注地看着奔奔。

段非凡眼神里的那种温柔是他之前没见过的，很暖，很软。

江阔买的新项圈和牵引绳是一套的，带夜光，很漂亮。

段非凡给奔奔套上的时候，它很听话，摇着尾巴，一点儿都没抗拒。

"还挺忠心。"大炮说。

"走，带你去玩。"段非凡拍拍奔奔的头。

奔奔冲他叫了两声。

牵着奔奔准备走的时候，大炮叫住了江阔。

"那个，如果杨叔跟江总说了，我估计江总不会直接问你，"大炮小声说，"而会问我，到时候我怎么说？"

"什么怎么说？"江阔说，"告诉他杨科编故事呢！这还用问我？"

"肯定要问你啊，"大炮说，"这种事儿得当事人亲自辟谣。"

"滚蛋。"江阔说。

"行,我知道了。"大炮说,"我还要给杨科上点儿眼药,狗东西张嘴就来,不让他长长记性他不知道惹了谁。"

"有点儿数。"江阔说。

"放心。"大炮说。

奔奔很兴奋,一直在跑,段非凡也顺着它,跟着它跑。

江阔虽然已经适应了"直立行走",今天也破天荒地跟段非凡一块儿走到大炮住的这个小区来,但他实在不愿意再这么一路跑回去。

"你别跟着它跑了!"江阔说。

"怎么了?"段非凡回头看着他。

"你俩今天也别坐车了,跑过去得了!"江阔停下了。

段非凡一下乐得不行,拉住了狂奔的奔奔:"不跑了,慢慢走,江阔哥哥不行了,我们陪他慢慢走。"

2 可以开始耍帅了

回到学校,他俩先回宿舍拿了江阔的运动相机。

"拍个今日郊游Vlog吧。"江阔把相机对着段非凡,"开始了。"

"嗨,我是段英俊,"段非凡一秒入戏,"今天我和江有钱要跟几个朋友去一个地方。"

"是一个没有建成的高尔夫球场,"江阔把相机拿远,对着自己,"改的赛道。"

"我们去飙车。"段非凡说。

"你飙吗?"江阔问。

"我给你拍个飙车的视频。"段非凡说。

"今天我们还带了……"江阔把相机对着奔奔,"段英俊的狗。它叫奔奔,是一只收养的流浪狗。"

"我俩一块儿收养的。"段非凡补充。

"嗯。"江阔点头。

两人一路从宿舍录到停车场,江阔还给段非凡在停车场拍了几张照片。

"我感觉这玩意儿没到地方就得没电。"段非凡上了车,把奔奔抱着放在腿上,接过江阔的相机。

"卡和电池我都带了备用的，"江阔发动车子，"这点儿准备能没有吗？而且丁……丁什么来着？"

"丁威武。"段非凡说。

"丁威武不是也带了相机吗？"江阔说，"把奔奔放下面吧。"

"这可是911，我怕它的爪子把脚垫挠坏了。"段非凡说。

"脚垫三十五买的。"江阔说，"大胆挠。"

丁威武的车就停在街对面，大家都已经到齐了。江阔把车开过去，降下车窗："我得先去加油！"

"要众筹吗？"丁哲说，"你这一箱油加完，去那边儿玩一天回来再加一箱，这个月的三千五可就没了一半儿。"

"录着视频呢，"江阔说，"说点儿有出息的。"

"去吧，给它满上！"丁哲说，"别一会儿不够跑的！"

加完油，两辆车一前一后地出发了。

丁哲开着他家的车很牛气地在前头给江阔带路。

"丁威武是不是有点儿嚣张？"段非凡拿着相机对准江阔，"压着咱们开。"

"让他一条路，"江阔笑了，"一会儿出了城就把他甩了。"

段非凡笑笑没说话。

运动相机的屏幕很小，不过还挺清晰的，在阳光下也能看得清江阔的脸。

江阔很上镜，墨镜一戴，谁也不爱，那种跩上天的状态回到了他身上，段非凡看着甚至感觉有些不真实。

"江阔。"段非凡停止了视频拍摄，看着江阔。

"嗯？"江阔扫了他一眼。

"没事儿。"段非凡说。

"奔奔，你非凡哥哥是不是有病？"江阔说。

奔奔叫了一声。

大炮找的这个地方挺远的。段非凡看着车窗外面，发现这儿跟他最熟的市场那一块儿是对角的位置，他从没来过城市的这一头。

"这边有点儿荒凉啊。"江阔说。

"要不你告诉江总，让他上这边来开发点儿项目。"段非凡说。

"这边跟主城区脱节了，"江阔说，"市里不出钱把中间那一段连起来，这边做什么项目都很难起来。"

段非凡看着江阔。

又往前开了一阵儿，丁哲打电话过来说快要到了，让他们注意路标，别开过了。这边导航不怎么准，要不是有丁哲这种本地人带路，他俩真有可能就开过去了。

拐进一条小路，他们终于看到了一片广阔的草地和树林。

"就这儿了。"江阔下了车，"先录一段。"

段非凡打开车门下了车，奔奔也跳下车，冲到旁边的草地上就开始打滚。他把相机打开了，转圈录了一遍，然后把镜头对着江阔。

江阔站在他对面，撑着车顶笑了笑："这地方还不错，也没什么人。"

段非凡又转了一下镜头，对着从路口拐进来的丁哲的车："凑热闹大队也到了，速度还可以嘛。"

江阔又打了个电话给大炮，问清楚具体位置之后，他们顺着路又往里开了一段，看到了路边的轮胎墙。

"你让奔奔下车玩一会儿，我带你转一圈看看路况。"江阔说。

段非凡把奔奔交给董昆，又回到车里："好像就你一辆车。"

"有别的车，地上有车刚开过的印子。"江阔一踩油门，车冲了出去。

这条道不复杂，有几个U形弯，还有几个缓坡。

江阔的车速不算太快，但过弯的时候他们还是能感觉到强大的离心力。

"过瘾吗？"江阔问。

段非凡看着他有些得意的表情，笑着点了点头。

半圈过后，他们看到前面路边停了辆车，是辆帕拉梅拉，边儿上站着几个年轻人。江阔减了速，靠过去放下了车窗。

一个年轻人走了过来，冲他俩点了点头："外地的？"

"嗯，"江阔应了一声，"第一次来。"

"前面有点儿意思。"年轻人指了指前方。

"跑几圈了？"江阔问。

"两圈，"年轻人笑笑，"刚来没一会儿。"

"行。"江阔点点头，车往前冲了出去。

那人说有点儿意思的是前面的一个坡。之前的坡都接着弯，车的速度起不来，而这个坡在一条很长的直道上。

"阔叔带你飞一个。"江阔喊。

"好。"段非凡在四周摸了一圈，也没找到能抓的地方，"你以前这么跑过吗？"

"都跑正经赛道，"江阔喊着说，"先分段训练再正式跑。"

"那这种不正经的呢？"段非凡也喊着问。

江阔非常愉快地笑了起来："段非常平凡！我发现你胆子有点儿小！现在

车速才九十啊！"

"……是吗？"段非凡抽空看了一眼迈速表，"那你怎么飞？"

"有坡就能飞啊，"江阔突然吹了一声口哨，"飞！"

段非凡没注意车是什么时候上的坡，只觉得突然腾空了。

这个坡其实挺小，他们腾空的时间也不长，偶尔坐公交车过坎儿的时候差不多也能有这效果。但不同的是车头抬起的那一瞬间，感官叠加的刺激还是挺大的。

落地的时候段非凡喊了一嗓子："哟嚯——"

"段小胆儿，"车速降了下去，江阔把墨镜往下拉到鼻尖上，转头看着他，"我看看你的脸色。"

"不至于。"段非凡笑着说，"上回带你坐的8路车，过桥的时候就有这效果。"

"那过完桥你也喊么？"江阔喷了一声。

"不喊，"段非凡说，"司机也不是你啊。"

"那是。"江阔点点头，推了推墨镜，"一会儿我停边儿上，你开一会儿。"

"嗯。"段非凡笑笑。

车上响起了江阔的手机铃声，因为要开车，他的手机连着车内的蓝牙。看到来电人是江了了的时候，他叹了口气。

"你妹？"段非凡问。

"嗯，"江阔顺手点了接听，"估计没好事儿。"

"能有什么不好的事儿啊，"江了了的声音传了出来，"你是不是心虚？"

"气壮着呢。"江阔说。

"江总联系你没？"江了了问。

"没。"江阔差不多猜到了江了了为什么给他打电话。谣言的传播速度的确惊人。

"在哪儿呢？"江了了问，"方便吗？"

"跟我'男朋友'玩车呢，"江阔说，"他就在旁边。"

"什么鬼，"江了了笑了起来，"是段非凡吗？"

……怎么成段非凡了？

"不，"江阔说，"是董昆。"

段非凡在边儿上笑得呛了一下。

"董昆？"江了了陷入了回忆，"是一块儿吃过饭的那个吗？"

"你这情报不全啊，"江阔说，"名字都没弄清吗？"

"杨科他妈说的，说名字俩字儿，妈也没细问。"江了了说，"一听就觉得有点儿假,没多打听。"

"没信啊?"江阔突然有些失望。虽然他不愿意让江总误会他刚开学就恋爱,但如果真的被江总误会了,他又会有一种挑衅的快感。结果别说江总了,连他妈都没信。一拳打在棉花上,他莫名其妙地还失望上了。

"我跟妈说,硬要这么说的话,名字是仨字儿的跟你关系更好,"江了了说,"俩字儿的肯定是假的。"

丁哲、孙季、董昆、刘胖。

段非凡。

"这什么话?"江阔看了段非凡一眼。

段非凡笑笑,转开了头。

"我就通知一下你,没什么事儿。"江了了说,"你的东西我没白拿呢。"

"我好感动。"江阔说。

"我过几天要出门,有什么事儿我就掌握不了动向了,"江了了说,"你有事儿得自己扛了啊。"

"我能有什么事儿!"江阔说,"你去哪儿?大冷天儿的。"

"找个暖和的地方啊,"江了了说,"租个房子猫一段时间,我一堆活儿没干呢。"

"行吧,注意安全。"江阔说。

"圣诞或者元旦我去找你一起过吧。"江了了说,"你思念家人吗?"

"不思念,"江阔说,"不要找我。"

"你又要打工吗?"江了了问。

"我不打工也不用自己妹妹陪着啊。"江阔叹气。

"那要谁陪?"江了了问,"算了,随便你吧。你第一次离开家那么久,爸妈都担心你,我看其实还好。"

"好得不得了。"江阔说。

"那我挂了啊,新年快乐。"江了了说。

这意思是估计今年都不会再联系他了,江阔笑笑:"隐居快乐。"

"她又出去玩啊?"段非凡问了一句。

"嗯,一年在家的时间都凑不够两个月,这次还算待得久的了。"江阔想了想,又看着他,"刘胖叫什么?"

"……刘谨。"段非凡看了他一眼。

"哦。"江阔点点头。

两个字。

那天跟江了了吃饭的人,还真就只有段非凡一个名字是仨字儿的。

之前碰到的那辆车从后面追了上来，越过他们的时候按了一下喇叭，江阔也按了一下。

"这么看着飞得挺高的……"段非凡看着那辆车的轨迹。

"他们车速快，"江阔说，"我不熟悉路况。一会儿我可以跑快点儿飞……"

"不了，"段非凡赶紧摆摆手，"就慢慢的吧。"

"行。"江阔笑着说。

车转了一圈，开回了起点。奔奔已经能认出这辆车了，立马脚不点地地飞奔过来，围着车边转边跳。

"这个位置适合拍照，"董昆站在已经架好的相机前，"刚拿那辆车试了一下，连拍效果还不错。"

"我看看。"江阔跳下车，凑过去看了看。

"非凡试一下手，跑两趟吧。"丁哲说，"一会儿就可以拍了，太阳刚好，再晚点儿就太亮了。"

"谁给我拍？"段非凡问。

"我啊。"丁哲说，"不然呢？"

"你会用吗？"段非凡问。

"怎么，我现在配不上你了呗？"丁哲说。

"上回拿你爸的摄像机，你不是就弄坏了？"段非凡说。

"这次你放心，这是台全自动的机子。"丁哲说，"有钱，你看这几张拍得怎么样？"

"挺好的，"江阔给他做证，看着段非凡，"真挺好的。"

"行。"段非凡说，"你先陪驾一圈儿吧。"

"你有本儿吧？"江阔突然想起这个重要的问题。

"嗨，"孙季一边逗奔奔一边说，"这你就不知道了，你应该弄辆大货车过来让他飙，保证没人比他牛。"

江阔看段非凡。

段非凡往车子走去，经过他身边的时候打了个响指："走，让你看看货车怎么开。"

"你考的大货车本儿吗？"江阔跟在他身后。

"嗯哪，"段非凡点头，"你想考都考不了的那种。"

"逗呢。"江阔不屑。

"满二十了才能考。"段非凡说。

江阔愣了愣，他还真不知道："那我明年去考。"

"你考那个干吗？"段非凡上了车。

"那你考那个干吗？"江阔问。

"因为我要开啊。"段非凡说，"市场的人平时都开货车，牛三刀的货也不是每次都让人送，有时候得自己去拉。"

"要不你……"江阔系上安全带，突然很有兴趣，"你弄辆货车拉我出去兜一圈儿吧。"

段非凡转头看着他。

"怎么了？"江阔也看着他。

"行，"段非凡点点头，"没想到还会有人期待坐货车副驾驶座，上回不肯坐食堂的小三轮儿是嫌人家座儿不够大吗？"

"滚蛋。"江阔笑了起来。

"满足你，过两天我找辆车。"段非凡说。

江阔打开运动相机，对着他："现在段英俊要开车了。"

"等我戴上墨镜。"段非凡从兜里摸出墨镜戴上了，转头看着镜头。

"很酷，"江阔说，"有点儿像流氓。"

"真会说话。"段非凡发动了车子，往前开出去。

"不过开起车来还是稳重的，"江阔说，"匀速五十，都不带左右晃的。"

段非凡开车挺熟练的，跑了一圈熟悉了地形之后，他加了点儿速度，又跑了一圈。

经过起点的时候刘胖冲他们挥了挥手。

段非凡把车靠过去停下了。

"擦擦玻璃，"丁哲说，"有灰，把灰擦了，这个角度没有反光，正好能拍到车里的人。"

"一会儿先拍几张有我的，"江阔说，"然后再拍他单人的。"

"行。"丁哲比了个OK的手势。

江阔把相机对着外面的几个人："凑热闹团的几位挺辛苦，一会儿要好好吃一顿……还有奔奔，一直在奔，估计已经跑瘦了……"

段非凡又开了两圈。看他完全熟悉了，江阔下了车。

"还有什么要交代的吗？"段非凡问，"过弯的时候松油门，踩一脚刹车什么的。"

"可以开始耍帅了。"江阔说。

丁哲拍照的水平还不错，据说平时会帮宣传部拍照片——虽然只是各种活动的人头照。

江阔牵着奔奔站在他旁边，看到车从路那头转过来的时候眼神马上移到取景框里，等着车从镜头前一掠而过。

那一瞬间能看到驾驶室里的段非凡，不，段英俊。

他这外号大概是楷模群里唯一符合事实的。

丁威武不威武，董潇洒不潇洒，刘修长不修长，孙壮汉不壮汉，就连江有钱也没有钱，但段英俊是真的英俊。

段非凡没怎么戴过墨镜，每次阳光打到脸上时，他只眯缝着眼睛，这会儿是因为要开车才戴上的。平时他也应该戴戴，不然浪费了起码一半耍帅的机会。

"这张好。"江阔看着丁哲回放照片，觉得有一张带着少许虚影的很好看。

"这张再处理一下，把动态的效果弄出来会很好的。"丁哲说。

"你会吗？"江阔问。

"不会。"丁哲回答得很干脆。

"谁会？"江阔问。

"不知道。"丁哲依旧干脆。

"拍完都发给我吧。"江阔说。

"你会？"丁哲问。

"不会。"江阔说。

"……好的。"丁哲点头。

江了了肯定会。相机是她的随身用品之一，虽然全家没有人看过江了了的作品，但拍照毕竟是她赚钱的手段之一，技术肯定差不了。

没准儿他们是看过的，只是没有人知道她做这些事的时候用的是什么名字。

丁哲还在拍。现在段非凡不跑圈了，到路头就掉头回来，一次次地经过他们面前。丁哲很称职地反复提出要求：看我们，不看我们，戴墨镜，不戴墨镜，笑，不笑，指我们……

江阔一直举着运动相机。

"再跑一遍，过来的时候慢一点，冲我抛个媚眼儿！"丁哲喊。

"滚！我再跑一遍过来抽你一顿。"段非凡停了车，"收钱都没人拍得这么卖力。"

"那不一定，给我钱我光着拍都行。"丁哲说。

"那你去拍一个，"江阔说，"我有钱。"

一帮人全乐了。

"你现在落魄了，知道吗？"丁哲说，"你现在是一个月三千五的苦命小少爷。"

段非凡下了车。

江阔的运动相机开了连拍，从他熄火、摘墨镜、开车门、下车到关车门再绕过车头走过来，全拍了下来。

"累死了，"段非凡说，"这么贵的车坐着也不是很舒服。"

"开的时间长了屁股疼。"江阔说。

"拍够了吧？"段非凡说，"这个量我爸看到明年出来都看不完。"

"挑点儿好的。"江阔说。

丁哲把相机给了董昆，一溜小跑上了车，要去过过瘾。

"你让江阔带两圈儿再自己开！"段非凡指着他。

"开吧，"江阔说，"先慢点儿适应一下，这路没什么难度。"

"好嘞！"丁哲喊，"昆儿，你们给我拍！"

奔奔一直想挣开绳子疯跑，江阔之前怕它扑车子找段非凡，拽着没敢松手，这会儿一放开，它立马风一样跑到草地上去了。

它滚了两圈儿，又支棱起脑袋看着段非凡。

"走一走吧，"段非凡说，"看有没有能野餐的地儿。"

"带吃的了吗？"江阔跟他一块儿往奔奔那边走过去。

"肯定带了，"段非凡说，"他们就冲着吃喝玩乐来的，丁哲那车的后车厢里肯定全是吃的。"

"那要A一下吗？"江阔问。

段非凡笑了起来："你现在学得这么快吗？不用A，我们几个没分得太清。"

除了改成赛道的那几条路，这个未完工的高尔夫球场还有很大的区域是林子和草坡，不过因为没有维护，草坡上已经杂草丛生了。

他们在靠近河的地方找到一片矮一些的草地，压一压再铺上垫子就能享受生活了。

"我先享受一下。"江阔躺到了草地上。

"怎么样？"段非凡低头看着他。

"舒服，草很厚。"江阔说。

段非凡在他旁边也躺下了，还很舒服地伸了个懒腰。

"你什么时候再去看你爸？"江阔问。

"12号。"段非凡说。

"那来得及，"江阔说，"照片我让江了了弄一下，先挑几张好看的带过去，之后每次去再带几张。"

"还要让江了了弄？"段非凡愣了愣，"是不是有点儿太隆重了？"

"她是专业的。"江阔偏过头看着他，"你不担心你爸的心理状态吗？弄好看一点儿他看着也高兴啊,太随意了他会觉得你糊弄他。"

"……我本来是想自己弄一下的。"段非凡说,"让江了了弄的话……"

"用什么弄,"江阔说,"美图秀秀吗?"

"怎么,看不起美图秀秀吗?"段非凡说。

"就算用美图秀秀,江了了的审美也比咱们强啊。"江阔说。

"行吧。"段非凡没再纠结。

"她说的那些话,你别在意。"江阔说,"她说话就那样,比我还直接。"

"什么话?"段非凡很平静地问。

江阔看着他。

"这就尴尬了啊。"江阔说。

段非凡笑了起来。

"你再装。"江阔说。

"我没在意。"段非凡笑着说,"我在意这个干吗?"

晒了一会儿太阳,孙季远远地冲他们喊话。

"来了!"段非凡喊着回了一声。

江阔正撑着地要起来,这一嗓子吓得他直接趴到了地上。

"啊!"他往地上砸了一拳,"不喊不会说话了是吧!"

段非凡冲着那边一边挥手一边气若游丝地说:"来……了……"

"啧。"江阔撑着地笑了半天才站起来。

"你是纯不经吓还是有什么隐疾?"段非凡说,"这一喊一蹦的。"

"算是不经吓吧。"江阔拍拍身上的草屑,"我小学的时候就这样了,被人推到杂物间里,有人躲在里头冲我喊了一嗓子,我直接跳到窗户上了。"

"……没抽他吗?"段非凡说。

"胆儿都吓裂了,拿什么抽?"江阔说。

"胆儿吓裂了,又没让你拿胆儿抽,"段非凡说,"你拿鞋底儿抽他!"

江阔乐了:"上哪儿学的,还拿鞋底儿抽。"

"我老婶,她教的。"段非凡说,"段凌将这个技能运用得炉火纯青、青出于蓝而胜于蓝,我的水平差点儿。"

江阔笑着又有点儿想叹气。别说爸爸坐牢这种事儿,光父母离异,就够他被欺负的了。

一帮人带着野餐垫到他们刚找的地方铺上了,还拎了两大袋食物,干粮、零食、饮料都齐全。

段非凡给奔奔开了个罐头。

孙季还带了个小音箱,搁旁边放着音乐。

江阔照例又录了一圈视频。

3 最后一排的那个同学！

近期除了跨年，他们估计没机会再这么出来玩了。下个月考试，有一堆要记、要背的东西。非专业的科目还好糊弄，但像什么园林史、植物学、画法、几何之类的专业科目，没好好听过课的估计连蒙都不好蒙。

宿舍里的人除去像唐力这种时刻都在努力学习的，李子锐从十一假期之后也开始看书了。十一月中下旬就有两科要考试，而跨年完了就是期末考。

江阔不得不跟着大家提起精神学习，考试好歹得及格。

"今天吃完饭去看会儿书吧，"段非凡倒是一直不紧不慢的，"找找感觉。"

"什么感觉？"江阔问。

"复习的感觉。"段非凡说。

"行。"江阔点头。

去食堂的路上，大炮打电话过来："江总让项目部的人带了个包裹过来，是吃的。我马上到你们宿舍了，你在不在？"

"什么吃的还需要他寄？"江阔不能理解。

"就你挺爱吃的那家凤梨酥。"大炮说。

江阔的确特别爱吃他家小区里一家私房西点屋的凤梨酥，除了这家的凤梨酥，他对别的凤梨酥都没什么兴趣。但江总专门让人送过来……

"这是不是有点儿太溺爱了？"江阔说。

"你跟他说去啊。被溺爱了十几年，你这会儿嫌上了。"大炮说，"赶紧的，过来拿！"

"江总给我送了一箱凤梨酥过来，"江阔看着段非凡，"我去宿舍拿一下，你先帮我打饭吧。"

"行。"段非凡点了点头。

回到宿舍，大炮给了他一个大盒子："新鲜的，今天一早做的。"

"你拿了点儿没？"江阔说。

"我不爱吃这玩意儿。"大炮挺嫌弃的。

"行。"江阔点点头，"要上食堂吃点儿吗？"

"不了，我晚上跟人约了饭。"大炮说，"您下凡下得还挺有劲。"

放好凤梨酥，江阔准备去吃饭。

刚出宿舍，就有人拦住了他，居然是段凌。

"凌姐？"江阔愣了，"你怎么跑来了？"

"赶紧的，"段凌递给他一个手机，还有一根充电线，"把这个给非凡，我赶着上班，来不及了。"

"手机？"江阔看了看，这是个挺新的旧手机。

"他的手机坏了啊。"段凌转身边跑边说，"拿给他先用着！"

"哦！"江阔应了一声，拿出自己的手机，给段非凡打了个电话。

——不在服务区。

半个月前，他们去拍照片的那天，董昆说打不通段非凡的电话……不会是从那时起就坏了吧？居然一直没换？

段非凡应该不至于换不起手机，毕竟他只在节假日兼职，而马啸那种恨不得二十四小时都打工的人，不舍得换手机才说得过去。

到了食堂，江阔把手机放到段非凡面前："段凌刚拿给你的。"

"真贴心。"段非凡愉快地收好了手机。

"你的手机坏了？"江阔坐下。段非凡已经给他打好了一盘菜，都是平时他比较爱吃的。

"嗯。"段非凡点点头，"怎么了？"

"不买新的吗？"江阔问。

"最近要攒钱，"段非凡说，"先不买了。"

"攒钱干吗啊？"江阔看着他。

"也没有具体的事儿，"段非凡边吃边说，"就是打算攒点儿钱。"

江阔沉默了一会儿，拿起筷子，低声问："是因为你爸明年要出来吗？"

"这么聪明有时候不太好啊。"段非凡看了他一眼，笑着说。

"攒多少了？"江阔问。

"之前攒了有三万吧，"段非凡说，"我帮老叔接的单子他都给我分了点儿钱。我打算攒够五万。"

"你还挺能攒。"江阔在心里算了算段非凡平时的花销和兼职的收入，"打算给你爸吗？"

"嗯。"段非凡点点头，"我看他这个状态，估计不会去社区安排的那种再就业岗位，毕竟这片儿的人都认识他。"

"那他干点儿什么呢？"江阔问。

"你有主意吗？"段非凡看着他。

"我想想。"江阔说，"我想想，这可不是杨科要卖奶茶……"

手机在兜里响了一声。

他拿出来扫了一眼，是杨科。

这不知道是什么定律，只要一提杨科，杨科就出现。

——杨科科科科：江阔，对不起。

江阔回了条语音："滚蛋。"

"这可不是杨科要卖奶茶，"江阔继续小声跟段非凡说，"你爸的事儿得仔细盘算。"

"嗯。"段非凡笑笑。

说是说要复习了，但上课的时候，江阔一直在玩手机。

后天段非凡就要去看他爸爸了，这会儿江了正把第一批挑出来处理好的照片发给他。有他连拍的那几张，也有丁哲拍的车开出了虚影的那张，甚至还有一张他俩在车里傻笑的。

——LL：这几张先拿去打印出来吧。

——JK921：谢了，想要什么跟我说。

——LL：你书房里的那些手办，等我回去挑点吧。

——JK921：？

——LL：后面还有那么多，要修完很花精力。

——JK921：你别蒙我，段非凡那张脸需要修吗？哪儿要花精力？

江阔转头看了看段非凡，嗯，的确不用修。

——LL：修画面，谁说修脸了？

——LL：你想什么呢？

"照片发过来了？"段非凡凑过来小声问了一句。

江阔明知道段非凡没看屏幕，而且让他看也没什么，但他还是条件反射地一巴掌把手机屏冲下拍在了桌上。

哐！

这动静有点儿大，江阔自己也被吓了一跳，感觉鼻孔都变大了。

"最后一排的那个同学！"前面的老师指着他，"玩手机玩了半个小时了！都上大学了，我本来不想上课的时候这么管你们！但你也太旁若无人了！"

江阔没吭声，把手机迅速放回了兜里。

不过拿起手机的时候，他发现手机刚才被他拍在了圆规上。

完了。

"现在还吊儿郎当的……"老师还在说。

但江阔没太注意听，手在兜里迅速地摸了摸手机屏幕，摸上去是平整的。

"谁再让我看到玩手机，这节课就记你缺课，"老师说，"到时挂科了不要后悔！"

江阔轻轻叹了口气，老实地低着头。

老师挺生气的，但莫名其妙地让他有一丝踏实的感觉，就像回到了熟悉的高中生活里。

段非凡也没敢再跟他说话。老师训完话之后，大家都格外老实，有几个打瞌睡的这会儿看上去仿佛已经睡了两天，精神百倍。

下课后，段非凡起身拉了他一把："去道个歉。"

"嗯？"江阔愣了愣。

"去给老师道歉，赶紧的。"段非凡说，"老太太之前给缺课的人直接扣过二十分……"

"这么狠的吗？"江阔很吃惊，"她刚没说要算我这节课缺课吧？"

"没说。"段非凡说，"去表达一下悔恨之情吧。万一看你不爽，下次你打瞌睡她也给你记缺课呢？"

"行吧。"江阔起身，往教室门口去了。

"知道怎么说吗？"段非凡问。

"要不你把嘴借我？"江阔回头斜了他一眼。

段非凡把他俩的东西收拾好，溜达出了教室，在楼下等着江阔。

马上要到去看他爸的日子了。江阔早上提了一句，说江了了弄好第一批照片了，晚点儿发给他。刚才应该是江了了在给他发照片，他们顺便聊几句。

江阔看上去是在很正常地开小差，平时一节课里这种大差小差他得开个七八回，所以段非凡才会很随意地凑过去问一句，没想到江阔能弄出这么大动静，他的手机屏幕怕是又要重新换一个了。

段非凡叹了口气，不知道他们是在聊什么，江阔这反应让他有稍许的尴尬。

平时他们男大学生楷模在这种情况下都是直接凑过去看屏幕而不是问话，熟到一定程度就是这么不见外。但江阔不行。段非凡敢肯定，不光是他，其他楷模同样，无论跟江阔有多熟，无论平时跟江阔讲话有多随意，他们都不会对江阔做出这种"非分"的举动。

江阔从骨子里透出来的气息，就没有容忍这种无礼行为的可能。这种事儿不需要说出来，甚至不用专门表现出来，大家都能感觉得到。

这就是大少爷与生俱来的距离感。

江阔在聊一些私人的问题，或者并不私人，只是不想让他看到。

这种感觉说不上来，段非凡有些失落。但几分钟之后，看着江阔从楼梯上一溜烟地跑下来时，这种感觉又很快地消失了。

江阔依旧是那个已经打开了星垂平野阔少爷壳儿的、有一点跩的、聪明的、有着时常让人吃惊的见识的小帅哥。

"搞定。"江阔跑过来打了个响指，"走，回宿舍请你吃凤梨酥。"

"骂你了没？"段非凡问。

"骂肯定是要骂的，老太太说我每节课都不在状态，她早看我不顺眼了。"江阔笑笑，"我说我最在状态的就是上她的课了，因为她讲得好。"

"这话她受用吗？"段非凡问。

"不受用，"江阔想想又乐了，"她说你不要光拍马屁，学习态度不端正，马屁拍得再好也没用。"

段非凡笑了起来："你就说已经认识到自己的错误了，一定反省，以后不会再出现这种不尊重老师、不尊重课堂的情况。"

"我后来就这么说的。"江阔说，"我没经验，不知道重点是这句话。"

"你的反应也真是……"段非凡叹了口气，"我都让你吓了一跳。"

"喷，我的手机不知道……"江阔赶紧拿出手机看了一眼，"好像……啊，这是裂纹吧？"

"你贴膜了吗？"段非凡看了看，发现屏幕右上角有一道一厘米左右的小裂纹。

"没，贴了手感不好。"江阔说。

"那就是屏幕裂了，"段非凡搓了搓，"应该不影响使用。"

"就这么着吧，"江阔说，"我没钱再换屏幕了。"

"这种小裂纹我们一般人也不会去管。"段非凡说。

江阔看了他一眼："你手机是怎么坏的？"

"都五年了，"段非凡说，"不坏都不合理吧，所以就坏了，开不了机了。"

"对了，先去把照片打印出来吧。"江阔说，"刚就是江了了给我传照片呢。"

"很难看吗？"段非凡说，"我看一眼给你吓成那样。"

"不是，"江阔摆了摆手，也没遮掩，"我俩说你呢，你突然凑过来，我就心虚了。"

"……你这反应，不是说我，得是骂我吧？"段非凡笑了。

"那不可能，"江阔说，"夸你帅呢。"

"去马啸兼职的那家店打印吧，他估计已经赶过去了。"段非凡说，"就在麻辣烫过去半条街。"

"行，"江阔点头，"他现在不介意了吧？"

"咱俩还有119那几个是不会介意了，"段非凡说，"再说文印店的活儿算轻松的。"

这会儿文印店里没有顾客，只有马啸一个人。他们到的时候，马啸也刚到，正趴在桌上准备背书。

江阔顿时一阵负罪感涌上心头。怕是就算平时不扣分，他也得挂科。

"给你们算便宜点儿。"马啸说。

"你有权限吗？"段非凡问。

"有一点，"马啸说，"本校学生可以打折。"

江阔想说：马啸，你现在嘴挺利索了啊，是在这儿每天跟人说话练出来的吗……

照片导进电脑里，段非凡过去看了看。不得不说江了了处理得挺好的，色调很舒服。之前原片有几张构图很好，但过曝了，她都给修好了。

"拍得好。"马啸开始打印照片。

"后期也牛。"段非凡说。

"是要做相框吗？"马啸问。

"嗯？"江阔愣了愣。

"不用"两个字他还没说出来，段非凡就指着电脑上他俩的合影："这张吧，做个小的。"

马啸点点头。

"做相框你有提成吗？"段非凡问。

"有。"马啸说。

江阔反应过来，看着段非凡："那做两个啊，我不要了吗？"

"两个。"段非凡说。

文印店里可选的相框不多，而且看上去都有些许廉价。江阔在最贵的那一档里挑了一白一蓝两个最简单的直框。

如果是段非凡挑的，马啸可能会觉得这是在照顾他，但江阔一脸嫌弃地略过便宜的那些选了贵的，看上去就很合理。

照片很快打印出来，用相框装好了。

段非凡看了看相框，不知道为什么，哪怕是这种看上去没有什么美感的相框，照片放进去之后，也会莫名地带上某种时光的感觉。

"好像也不是很难看。"江阔边走边拿着相框看，"江了了特别喜欢这种东西，什么小相框、可以打开放照片的吊坠，她还自己做照片书。"

"特别有岁月感吧。照片拿在手里，更能感觉到时间。"段非凡说，"它会跟着时间变化。"

江阔转头看着他："段非凡。"

"嗯？"段非凡看了他一眼。

"你好浪漫啊。"江阔说。

"是么？"段非凡想了想，"不是你太不浪漫了吗？"

江阔啧了一声。

江总让人带过来的凤梨酥很新鲜，而且分量相当足，给119和旁边几个宿舍都分了一点，还能叫上当代男大学生楷模们到107一块儿吃。

"这是往年的卷子，不好搞到，别给别人。"孙季没忘了跟江阔说正事，"高数、英语之类的科目你有高中的基础，看看书就差不多了，也算不上难。植物要记、要背的多，最后几节课得认真听，老师会圈重点。我去年圈的重点都在这儿……"

江阔接过孙季的卷子和笔记本，感觉压力巨大。

为什么不给段非凡？他是休学，不是留级，难道这些不应该跟他也说一说吗？

哦，这大概是他给你安排的任务吧。

"你不要看段非凡，"孙季平时话不算多，这会儿突然格外像学长，"这些东西去年我们就给他了。"

江阔叹了口气，低头翻了翻孙季的本子，上面是密密麻麻的字和夹在其中的各种小图。

"一个半月，这学期你这么突击一下应该能过，毕竟你脑子还是好用的。"孙季继续教育他，"下学期就得上进点儿了，要记、要背的一点儿没少，专业课还增加了，到时实验报告、小组作业什么的累死你……哦，你们这个月要交的实验报告要好好写，实验做成什么样都好说，但报告要写好。还有制图的那些工具，缺的话不用买，我们那儿有多的……"

"啊。"江阔也不知道自己是在答应还是在叹气。

"来来来，"刘胖递了一盒凤梨酥过来，"边吃边说，这可是江总专门送来的，你还一口没吃吧？"

江阔看着凤梨酥没动。他手上还拿着卷子和笔记本，这些东西摸起来就感觉不是特别干净，他这会儿实在下不去手拿凤梨酥。他盯着盒子，考虑要不要直接下嘴叼一块儿。

"怎么了？"刘胖看着他，"吃不吃啊？"

站在他身后靠着桌子的段非凡笑了："他手脏。"

"不干不净，吃了没病！"丁哲说。

段非凡的手越过江阔的肩膀，从盒子里拿了一块儿凤梨酥，递到他嘴边："我刚洗的手。"

江阔犹豫了一下，咬住了凤梨酥。

"真牛，"董昆说，"这做派我们的确比不了，还得人喂！"

"别逗我笑，"江阔说，"吃这个的时候笑容易呛着。"

"怕什么，呛着了让段非凡给你做海姆立克。"丁哲说。

江阔赶紧把嘴里的凤梨酥咽了下去，跟着一通乐。

CHAPTER 14

江阔的礼物

1 我哪儿塌了？

大概孙季的话起到了一些作用，再加上万一真挂科了会很麻烦，江阔上课明显认真了不少。

段非凡去看他爸的这天早上，他居然看到江阔夹着书晃出了宿舍。

"你是江阔吗？还是整容了的唐力啊？"段非凡很惊讶，"你这是要去早自习？"

"嗯哪！"江阔起得比平时早了不少，但看上去心情还不错，"你现在过去吗？是不是有点儿早？"

"特地早一点儿。照片要先给管教检查过了才能拿给我爸看，看完我再让管教拿给他。"段非凡说。

"龙须糖，谢谢。"江阔说。

"记着呢。"段非凡笑笑。

罗管教对他带来照片这件事感到挺欣慰，仿佛劝回了不孝子，让他学会了好好对待他爹的那种松了一口气的感觉。

"你爸肯定高兴，"罗管教拍拍他的肩，"上回你来过之后，这一个月他的状态都挺稳定的。"

"下个月还是我来。"段非凡说。

"好，这就对了。"罗管教笑着说。

他爸已经拆了夹板，不过衣袖下还能看到一些上药的痕迹。

这次他走进会见室的时候，脚步比以往都快。

"听说你给我带照片了？"他爸拿下电话问了一句。

"嗯，"段非凡点点头，拿出照片，一张张翻着，想先找一张最好的给他看，"我们专门去……"

"拿上来啊，"他爸手指在玻璃上弹了弹，"你这给谁看？"

段非凡没挑出"最好的",因为都挺好的,于是先把他和江阔的合影拿起来按在了玻璃上。

"哟,"他爸愣了愣,"哪个是你?"

"……要不您对照一下?"段非凡把脸凑到照片旁边,"自己儿子都认不出?"

"这就是那个富二代吧?"他爸指着江阔,"长得就像很有钱的样子。"

"他在我和丁哲他们几个建的群里,绰号就叫江有钱。"段非凡笑着说。

"这张拍得好,"他爸手指隔着玻璃在照片上轻轻点着,"这张把你的帅气拍出来了。"

"还有呢,"段非凡又换了一张按在玻璃上,"这是我,后面几张都是我的单人照。"

"这张也好,拍得很专业啊,跟杂志上的一样。"他爸先是凑近了看,然后离远了一些,"你车开得挺好啊。"

段非凡看着他,又换上一张:"这车开着跟货车区别还是很大的,完全不一样,我跑了两圈,等适应了才敢把速度提上去。"

"挺好的,不像开别人的车的样子。"他爸笑着说,又凑近、拉远,"这些照片是谁拍的?"

"丁哲拿他爸的相机拍的,江有钱的妹妹帮着把照片都……美化了一下,"段非凡找了个简单的词,又换上一张,仔细盯着他爸看,"我们几个一块儿去的……"

"这是你以前说过的那只小狗吗?"他爸眯缝了一下眼睛。

"嗯,奔奔,现在暂时住在江有钱朋友那儿了,过得挺好的。"段非凡把所有照片轮着展示了一遍,"照片一会儿让罗管教给你。"

"好。"他爸点头。

"爸,"段非凡凑近玻璃,小声说,"你眼睛是不是有点儿老花了?"

"放屁。"他爸很干脆。

"我爷很早就老花眼了,老叔去年也配了副老花镜,"段非凡说,"你们这可能是遗传。"

"老三配老花镜了?"他爸很有兴趣地一挑眉毛,"这小子戴老花镜了?"

"啊,配了,看字儿的时候戴。"段非凡看着他,"我看你也得配。"

"你少给我废话。"他爸眼睛一瞪。

段非凡看出来他有些不高兴,于是没再说下去。

过了几秒,他爸叹了口气:"你别管我。"

段非凡一时接不上话,沉默了。

"说什么。"他爸又说。

"嗯？"段非凡没听懂。

"你别管我说什么。"他爸说。

"没管。"段非凡笑笑。

"那个江有钱，"他爸说，"看着人挺好的。"

"是挺好的。"段非凡说，"一开始觉得他挺讨厌的，认识时间长了就发现他这人不错，心眼儿好，还聪明。"

"没想到，你上个蒙事儿大学还能认识这么个朋友。"他爸看着他，有些犹豫地哼哧了一会儿，感觉有什么想说的，但最后他只说了很简单的一句，"有个这样的朋友也好，以后能帮得上你。"

段非凡愣了愣。

"别人多少都能靠着点儿爸妈，你这个情况……"他爸说，"只能靠朋友。"

"我靠自己也行。"段非凡笑笑，"以前没这样的朋友，我不也好好的，现在我已经长大了。"

"以后毕业工作了，不一样的。"他爸想想又摆了摆手，"你自己看着办，我不多说什么。我其实也不知道你这些年是怎么过的，我说什么也没用……"

"爸，"段非凡打断了他，"我这些年一直在等你出来，你知道这个就行了。"

他爸没了声音，就那么看着他。

过了一会儿，段非凡看到他眼眶里有细小的闪光。

没等他再开口说话，他爸猛地站了起来："走了！"接着就转身大步地离开了。

看着他的背影消失在门那边，段非凡好半天才慢慢回过神来。

堵得慌。

难受。

他爸以为他受了苦而难受，他因为他爸以为他受了苦难受而难受。

爷爷奶奶和老叔一家都对他很好，他爸也知道，但就是难受。一切都源于错过了孩子十年的成长并无法弥补的痛苦。

这种交错的、无从拆解的线团一样混乱的感觉让段非凡慌张而茫然。他向来不怕跟人沟通，没有什么关系是他拉近不了的，唯有面对他爸……

公交车开到第四站的时候，段非凡下了车。

他慢慢往龙须糖店走过去。

今天很冷，风一巴掌就能扫透外套，还没什么太阳。但他顶着风走到店里的时候，感觉自己心里的憋闷连风都吹不散。

除了不断纠结着"这些年是怎么过的"，一向不屑攀关系，认为结交朋友不能带着目的，处的就是真感情的老爸，居然艰难地说出了有个有钱的朋友以后能帮得上忙这样的话。

心酸得很。

"要什么口味的？"老板娘的声音打断了段非凡的思绪。

"每样都来一点儿吧。"他拿出手机，看到信息栏里有JK921的消息时，这股酸劲儿顿时从心里爬到了鼻尖上，他迅速往眼睛上抹了一把，"用那种小纸盒装……"

上回用纸袋装的，JK921那个讲究人直接上嘴叨，叨得满脸都是粉。

因为从心到鼻尖都是酸的，他后面这半句话差点儿没说全，说到"小纸盒"的时候他自己都听出了哭腔。

"……好的，你等一会儿啊。"老板娘看了他一眼。

老板娘眼里的关切让他有些尴尬，他迅速转过身，坐在了旁边的小凳子上，对着门外。

——JK921：照片效果怎么样？父慈子孝了没？

——JK921：江了了刚又发了几张给我，有张大合照特别好。

——JK921：下次拿去巡展吧。

段非凡看到这几句话的时候，眼泪实在控制不住，手都来不及抹眼睛，眼泪就已经滴在了屏幕上。

他都不知道这是怎么了。从父母离婚到老爸入狱再到现在，这些年里，他为这些事落泪的次数一盒龙须糖都能数得过来。今天本来没什么大不了的事，相反，老爸看了照片其实还挺兴奋的。他却突然有点儿绷不住。

正哭得有点儿刹不住的时候，老板娘把几盒装好的龙须糖拎到他身边，停住了，似乎不知道要不要开口打扰他的哭兴。

"好了吗？"段非凡也不管尴不尴尬了，抬头问了一句。

"哎哟，"老板娘一看他的脸，赶紧从桌上抽了两张纸巾递过来，"这是怎么了？擦擦。"

"谢谢。"段非凡把纸巾按在了脸上。

"是不是钱有困难啊？"老板娘说，"不收你钱了，别哭了啊。"

……倒也不至于。

段非凡这眼泪顿时就有点儿续不上了。

他擦掉了脸上的眼泪，吸了吸鼻子。

老板娘立刻又递了两张纸巾过来。

"谢谢姨。"段非凡说。

"没事儿，不用憋着，想哭就哭，"老板娘说，"谁没个想哭鼻子的时候呢。"

"谢谢，"段非凡笑了笑，"我没事儿了。这些多少钱？"

"不收你钱，"老板娘摆摆手，"送你了。"

"别别别！"段非凡赶紧点出扫描框，"我不是没有钱，我就是……谢谢您了，我专门在这站下车来买龙须糖的，哪能白要。"

老板娘没有坚持，笑着把收款码放到他面前，若有所思地往他来的方向看了看，然后装了一小盒绿豆糕放到他拎着的袋子里："试吃一下，我们的新产品，好吃的话下次来买。"

"好。"段非凡点点头，付完钱，走出了店门，"走了啊，姨，谢谢了。"

"再来啊。"老板娘说。

他早上出来的时候没吃早点，本来平时到这会儿还不会饿，但不知道是不是刚才哭得太费力了，他坐上车时就感觉自己的肚子叫了起来。

他从袋子里把装绿豆糕的盒子拿出来打开，低头叼起最上面的那一块吃掉了。

味道很好，非常细腻、松软，也不是特别甜，入口即化，一点儿不磨叽。

好吃。

他对着绿豆糕拍了张照片，发给了江阔。

——JK921：这是什么？看起来很好吃。

——指示如下：绿豆糕，没吃过？

——JK921：听说过。就买了这么点吗？

段非凡笑了起来。

——指示如下：这盒是老板娘送的。

——JK921：可以啊，人见人爱小英雄。

段非凡回到学校的时候，上午的最后一节课还没结束。

他把一兜吃的放在桌上，然后靠到躺椅上，闭上了眼睛。

一路回来，看着公交车里上上下下的乘客、说笑着的乘客、骂孩子的乘客，以及窗外不断变化的街景，他已经慢慢平静下来了。

这样的情绪只是一次意外。

不过一个人坐在宿舍里的时候，还没有消散的流泪冲动又重新涌了上来。

他愣了一会儿，起身去洗了把脸。洗完之后，他想想又洗了个头。

走出浴室的时候，他感觉自己已经完全恢复了常态。

外面开始有其他人回宿舍的响动了。

手机响了两声。

段非凡一边擦着头发一边点开看了看。

刘胖在群里召唤众楷模中午去吃涮羊肉。

——丁威武：中午涮羊肉？

——刘修长：你不想吃，别去。

——孙壮汉：我吃。

——董潇洒：为什么中午吃？

——刘修长：因为晚上要上课！

——刘修长：懂了吗？学习！因为我们晚上还有一节课！

——段英俊：……

——丁威武：江有钱呢？

——丁威武：江有钱去不去？有人喂你。

——孙壮汉：江有钱去不去？有人喂你。

——董潇洒：江有钱去不去？有人喂你。

——刘修长：江有钱去不去？有人喂你。

——段英俊：……

——江有钱：我刚在上厕所！

段非凡扔下手机笑了半天。

没过多大一会儿，江阔进了107。

"上完厕所了？"段非凡问。

"嗯。"江阔应了一声。

"洗手了没？"段非凡把绿豆糕递到他面前。

"我刚摸大门了。"江阔转身又去洗了个手，回来伸手捏起一块。但他还没拿起来，绿豆糕就碎在了盒子里。

"我去，这么松软的吗？"他震惊了。

"……你对一块绿豆糕还要展示手劲吗？"段非凡说。

江阔又小心地轻轻地捏起了另一块："你爸看到照片了吗？"

"嗯，都看了，照片也给他了。"段非凡说，"他特别开心。"

"之后还有。"江阔把绿豆糕放进嘴里，接着眼睛一瞪，"嗯，好吃！"

"下次去的时候多买点儿这个。"段非凡说。

江阔看了看他，低头捏起一块，又看了他一眼，放进了嘴里。

段非凡迅速偏开了头，江阔这状态特别像他之前在会见室看他爸时的样子。

"你哭了吗？"江阔问。

果然！

段非凡真想马上拿面镜子出来照照看，真的还能看出来吗？他感觉已经没有什么痕迹了啊！

"我们父子情感天动地，实在是……"段非凡说，"太感人了。"

江阔拍了拍手上的绿豆糕渣渣，把手伸到他面前噼里啪啦地鼓了几下掌。

"哭得这么凶吗？"江阔说，"还真是感天动地。"

段非凡实在忍不住，去厕所对着镜子看了看。

大概是因为不经常哭，也绝少在哭完以后还对着镜子看，所以他今天才知道，他哭完之后鼻尖和眼睛的那点红是这么久都消不掉的。

"我这什么体质？"段非凡说，"有些人是疤痕体质，我这是泪痕体质吗？"

"别肉麻。"江阔开始吃龙须糖，"是不是说什么了？正常情况下，你爸看点儿照片哈哈一笑，不至于给出什么能让你号啕大哭的反馈吧？"

"我以前吧，"段非凡走出厕所，靠在桌子边，"有些事儿不太想说，我爸有什么想法也不会让我知道。"

江阔看了他一眼。

"你记得清我们从认识到现在见过多少面吗？"段非凡问。

"……不记得。"江阔说。

"我爸坐牢以后，我见他的次数是能数清的。"段非凡说，"前三年我没去见过他，因为他不让。后来我老叔每年都会带我去，大概三四次，少的一年只去了两次。再大点儿我就自己去。"

江阔没说话。

"我小时候跟我爸很亲，后来……也很想他。"段非凡说，"但是见不到的时候想，见到的时候又觉得很陌生。他也很少像以前那样跟我说话，那种感觉……"

"嗯，"江阔点头，"我能明白。"

"这两三次我俩才开始说些日常。"段非凡说，"今天他突然……跟我说，不知道我这些年是怎么过的。"

江阔看着他："他觉得对不起你。"

"我并不需要他这么觉得。"段非凡叹气，"而且我突然发现他……跟我记忆里的不太一样了，好像眼睛也有点儿老花了。"

"所以你就哭了。"江阔说。

"其实……嗯，"段非凡点点头，"哭得特别厉害，吓得龙须糖店的老板娘以为我给不起钱，说不收我钱了。"

其实是看到你的消息才哭的。

江阔沉默了一会儿，然后笑了起来。

"不过我还是给了钱的。"段非凡说。

"没事儿,"江阔伸手在他肩上拍了拍,"以后难受就找阔叔哭,阔叔知道你给得起钱,五百块哭一次。"

"学坏了啊。"段非凡笑了起来。

手机在桌上振了起来,他接起电话。

"你俩什么意思!是在一起吗?"刘胖喊,"去不去涮羊肉啊?"

"去啊。"段非凡指了指门,他俩走出了宿舍,"到哪儿了?"

"在学校门口了。"江阔看着手机。

"校门口!群里喊半天了,你俩一个屁都不放。"刘胖说。

"来了来了。"段非凡说完挂了电话,又搓了搓脸,转头看着江阔,"还能看得出来吗?"

"什么?"江阔看他。

"哭过。"段非凡说。

"不仔细看其实不明显。"江阔说。

"那你刚……"段非凡说到一半停下了。

"嗯,我是仔细看的,"江阔说,"进门就感觉你气场不对。"

"气场怎么不对了?"段非凡愣了愣。

"你平时,怎么说……"江阔比画了一下,"总是很有精神,神采飞扬,对,神采飞扬。今天我一看,觉得你整个人都是塌的。"

"……这都能看出来?我哪儿塌了?"段非凡说。

"意会,"江阔说,"这些都只能意会。"

"行吧。"段非凡说,"那你现在意会一下,我飞扬了没?"

"一会儿你再社交两回,就飞扬了。"江阔说。

"我喊了啊。"段非凡走出宿舍楼之后说了一句。

"什么?"江阔警惕起来。

"赵路!"段非凡对着一个迎面走来的人吼了一声。

那人吓了一跳,抬起头,然后顺手把手里拿着的两袋零食扔了一袋过来。

江阔舒出一口气,因为有预警,这次他没被吓着。

"一次了。"段非凡说。

走到大路上往学校大门去的时候,他依旧东张西望。

这会儿人大多在食堂那边,路上没几个可供他社交的人。

食堂的那辆小三轮车从后面开过来的时候,他一下抓住了机会,一招手:"梁师傅!"

"不!"江阔马上说,"不!我不坐。"

"拉我俩到门口呗。"段非凡说。

"上来，"梁师傅马上刹住车，停在他俩旁边，"去哪儿啊？不开跑车吗？"

"就到门口。"段非凡上了车，"胖子请吃饭。"

"我说今天你们怎么没去食堂呢。"梁师傅笑着看了江阔一眼。

这个和气友好的笑容让人无法拒绝，江阔只得硬着头皮上了车，跟段非凡面对面地坐在车斗边儿上。

还好梁师傅现在是要出去拉货，而不是从外头拉菜回来。

刘胖站在大门口，看到他俩出来的时候指着他们骂了一句："我请个客怎么请得这么卑微！"

"我请也行。"江阔跳下车。

"不稀罕！"刘胖说。

"他们呢？"段非凡跟梁师傅又说了两句才过来。

"已经过去了。"刘胖说，"就小菊花楼上那家。"

"……小菊花？"江阔问。

"那边有家迎春花超市。"段非凡说。

"那迎春花画得像菊花。"刘胖说。

"也别笑别人了。"江阔叹气。

这学期素描画得他想吐血，别说什么迎春花，就一个方块儿他都画不利索。

这顿涮羊肉吃完，他们这帮人元旦前就不会再聚了。大一的复习任务比大二轻得多，但江阔仍感觉很头大。一个暑假加大半个学期都在无所事事地晃荡，现在一下要紧张起来，他感觉自己像个傻子。

要背的东西实在不少，特别是植物，每背一次都像是第一次背。

复习了大半个月，他才鼓起勇气在107把孙季拿来的卷子试着做了一下。

"我去！"他弹了一下卷子，"好悬啊。"

段非凡坐在他对面闭目背书，这会儿听乐了。

"这可怎生是好，"江阔说，"写大题时一不小心哆嗦一下，就不及格啊。"

"接着背啊。"段非凡还是闭着眼睛。

"看您这状态是非常有把握了？"江阔问。

"比你有把握，我起码能自己写实验报告呢，"段非凡睁开了眼睛，"凑合能不补考吧。"

江阔喷了一声："算了，去教室看会儿书吧。"

平时感觉班上的人对学习的态度也就那么回事，但临近考试周，大家又一个个都像是学霸，看上去很卖力的样子，仿佛平时上课玩手机、打游戏、看小说、聊天的他们从不存在。

江阔只能确定唐力是真的认真，这一学期他都很卖力，这会儿正趴在江阔前头的桌子上，已经一个小时没有大动作了。

"我好困啊。"江阔小声说。

"睡会儿呗。"段非凡说，"打呼噜了我叫醒你。"

"算了，"江阔打了个呵欠，"不差这一会儿。"

2 纯手工，匠心之作

十二月中的时候，有几科提前考完，少了几节课，复习的时间多了不少。

如果不出意外，比如突然失忆、笔突然断了、考一半突然想拉肚子……应该没什么问题了。

一天早上他甚至起了个大早，精神百倍地跟段非凡一块儿跑步。

他妈的电话打过来时，他还喘着粗气。

"怎么了这是？"他妈问，"哮喘啊？"

"跑步呢。"江阔说，"你怎么这么早？"

"我以为你没起来呢。"他妈说。

"那你还打？"江阔停下，站到旁边的树后头，躲着风。

段非凡给他打了手势，表示要再跑一圈。

江阔点点头。

"我今天要去救助小院儿给狗子们打扫卫生。"他妈说，"最近怎么样？不给你打电话，你就不联系家里。"

"挺好的，还有几天就要考试了，"江阔说，"一月考完就回家。"

"有同学跟你一块儿回吗？"他妈问，"江总说寒假你可能会带同学来玩。"

"是，没定时间呢，"江阔看着远处跑着的段非凡，"可能晚一点儿，他们有些人家里有事儿。"

"时间确定了你就跟市场部的人说，去哪儿玩之类的让他们先安排好，"他妈说，"别到时同学过来了你再手忙脚乱。"

"知道。"江阔笑笑，"你还操心这个呢。"

"肯定得操心一下，"他妈说，"你长这么大，还没有带同学上家里玩过呢。"

"毕竟人缘儿不好。"江阔说。

"怎么现在人缘儿突然好了呢？"他妈问，"是经历了什么变故吗？"

"……这什么话啊！"江阔喊了一声。

他妈愉快地笑了起来："那怎么现在人缘儿突然好了呢？"

"因为认识了一帮社交狂人，"江阔又看了看操场，段非凡已经跑了半圈，这会儿正往他这边跑过来，"江总跟他们一块儿吃过饭，应该知道。"

"我猜就是他说的那几个。"他妈说，"行了，你跑步吧，我得忙去了。"

"我放假能带只狗回去吗？"江阔问。

"你朋友圈发的那只小土狗吗？"他妈问。

"嗯，过年大炮也回家了，我把它带回去吧。"江阔说。

"行。"他妈很爽快。

"那我挂了。"江阔说。

"元旦有安排吗？"他妈追了一句，"了了说你不跟她过。"

"……我不跟她过不是很正常吗？"江阔说，"以前在家的时候她也没跟我过啊。"

"你是约了人吗？"他妈又问。

"问题是不是有点儿多？"江阔叹气。

以前他妈不会这么关心他，也不会问这样明确的问题，现在她这一通打听，让他有一种自己是不是有什么事儿瞒着家里的错觉。

"毕竟你第一次出门这么久，我不得打听一下生活状态吗？"他妈说，"平时也就了了跟你联系，她还一问三不知。你没什么事儿就行。"

……虽然平时江了了也不会跟父母透露他的动向，但此时此刻，这个"一问三不知"莫名透着一种欲盖弥彰的味道。

啧。

江阔看着已经跑过来的段非凡，笑了笑："没事儿，好着呢，放心吧。"

"你妈妈？"段非凡停下了。

"嗯，打探一下我的生活。"江阔说。

"你平时也不给家里打电话。"段非凡说，"我每次去你们宿舍都看到李子锐在跟他奶奶视频。"

"我要天天跟我妈视频，她能把我拉黑。"江阔说。

"吃早点去？"段非凡问。

"嗯。"江阔点点头，"你元旦有什么安排吗？"

段非凡思考了一下："1号去看我爸，跟管教申请了一块儿吃午饭。"

"还能一块儿吃饭啊？"江阔说。

"监狱的餐厅，提前申请就可以。"段非凡说，"然后牛三刀那几天活儿会比较多,我下午就……"

说到一半他停下了,看了看江阔:"你有什么安排吗?"

"我没有。"江阔如实回答。

"那你现在安排一下呢?"段非凡说。

"嗯?"江阔愣了愣。

"你要有什么安排,我就配合你安排一下。"段非凡说。

"啊?"江阔看着他。

有种说不上来的感觉,温暖也不是,感动也不准确。

元旦三天假,但卡在考试周中间,肯定还是得再看看书,所以他打算元旦当天出去玩玩。每天宿舍、教室、食堂,最远也就是上体育课去一趟操场,他实在憋得难受。

这种难受吧,偏偏又不是跟唐力、李子锐他们去超市买个盆儿能缓解的。

"我的意思是……"段非凡对他这个反应有些摸不着头脑,赶紧解释,"就……我的安排有些是……机动的,如果你……那个……"

"我就想出去晃晃,瞎玩。"江阔说,"我就是快憋死了,想看看俗气的世界,哪个商场开业有阿姨跳广场舞我都想去看看。"

段非凡愣了愣,笑了起来:"你这要求有点儿过于低了吧。"

"过高的要求也实现不了啊。"江阔说。

"那……元旦下午先出去转转?"段非凡拿出了手机,"中午我吃完饭,然后我们一起出去看看俗气的世界?"

"嗯。"江阔点点头,想想又加了一句,"楷模们都在学校吧?"

"我问问他们。"段非凡说。

"牛三刀的活儿怎么办?"江阔问。

"没事儿,"段非凡说,"我要是说元旦出去玩,老婶肯定支持。"

——段英俊:元旦有什么安排吗?

——丁威武:现在几点知道吗!

——段英俊:元旦有什么安排吗?

——江有钱:元旦有什么安排吗?

——董潇洒:我还真有个安排想安排一下。

——段英俊:说。

董昆发了个链接到群里。

江阔点开看了一眼,是关于一个新开业的室内射箭馆的。

"这个好像比俗气的世界有意思。"段非凡看着江阔。

"好像是。"江阔说。

——段英俊：去的报数，一。
——丁威武：三。
——江有钱：四。
——孙壮汉语音：五六七八九！你们这帮人大清早的嘀嘀嘀嘀个没完，都去！谁不去谁请客！
——段英俊：下午、晚上都可以，我上午监区半日游。
——董潇洒：OK，我去预约。

"怎么样？"段非凡笑笑，"多出来的时间还可以去看俗气的世界。"

"挺好。"江阔突然觉得心情很不错，"要不瞎晃的时候你帮我参谋一下，我想给江总两口子买个礼物，就用十一的时候我赚的那些钱。"

"行。"段非凡点头。

说到礼物，江阔猛然想起来，他是不是应该给段非凡送个新年礼物？

"你想……"他开了口，却发现这个问题非常不好问。

他没有什么送礼物的经验，要送的时候一般会直接问别人想要什么，要不就让大炮帮他随便买点什么。段非凡是不可能说自己想要什么的，他也问不出口。

但琢磨了两秒，他又猛地回过神。

他没给人送过新年礼物。新年还需要送人礼物吗？

"什么？"段非凡问。

"你想给你爸也买点儿新年礼物吗？"江阔在心里给自己的随机应变竖起了大拇指。

"不买，他只能收日用品什么的，还有一些书。"段非凡说，"老叔每次都按他的要求买了带过去。"

"哦……"江阔点点头，"那老叔呢？老婶呢？凌姐呢？"

"……不送。"段非凡看着他，"怎么了？"

"没。"江阔说，"我就是问问，一般你会不会送人新年礼物？"

"不送。"段非凡明确回答，"一般就送生日礼物，还有给比较熟的小孩儿送六一礼物。"

"明白了，"江阔沉思了一会儿，"那我就不给江了了送礼物了。"

"也不是这个意思，关系很好的话，你想送也没有什么问题。"段非凡说，"看个人习惯。你以前送吗？"

"不送。"江阔说。

"那不就行了。"段非凡说。

"好。"江阔一挥手，"走，吃早点去。"

行了，不送了。

江了了把处理好的照片发过来之前，江阔真不觉得他们那天拍了很多。但江了了几乎每天都给他发二三十张，他考完两科了，江了了才终于处理完。
　　——LL：就这些。把你仓库搬空也弥补不了我死掉的脑细胞。
　　——JK921：一共多少张，你数了没？
　　——LL：小一千张吧。
　　——JK921：翻都要翻疯了。
　　——LL：所以我喜欢做照片书，看着方便。
　　江阔看着江了了的这句话，脑子里灵光一现。
　　这算不上什么礼物，但又挺有意思，就算不送给段非凡，他也想这么处理自己的那些照片。
　　——JK921：怎么做？
　　江了了沉默良久，回过来一句。
　　——LL：……你去买本相册吧。
　　——JK921：你在鄙视我？
　　江了了的照片书他见过，做得特别牛，软皮的、硬皮的都有，里面有各种装饰和机关。有些看上去像本了不得的魔法书，还有些是盒子样式的，打开的时候会让他回忆起恐怖片里释放恶魔的场景……
　　他当然不想做那样的，做不来。江了了也做过简易版的，他学着做个简易版的就可以了。
　　——JK921：你告诉我最简单的那种怎么做。
　　——LL：买本相册。
　　——JK921：还是不是兄妹了？
　　消息已发出，但被对方拒收了。
　　——JK921：？
　　消息已发出，但被对方拒收了。
　　——JK921：你牛。
　　消息已发出，但被对方拒收了。
　　"啧。"江阔非常无奈。
　　他跟江了了日常拉黑一万次，但这次让他特别无奈。
　　他不算是个冲动的人，因为他大多数时间都习惯性地百无聊赖，没有什么能让他提得起兴致来的事，但偶尔心血来潮，他就非做不可。滑雪、跳伞、射击、骑马甚至平衡车，都是他有那么一瞬间想要玩，玩着玩着就学会了。
　　并不是一定要送段非凡新年礼物，也不是一定要送照片书，但这个"把照

江阔的礼物 CHAPTER 14

片打印出来做成册"的想法一旦萌生,他就很难再抛开,特别是想到之前段非凡说的那句话——照片会跟着时间变化。

多有意义,且浪漫。

没有江了了的帮助,他只能自己去查教程。但他看了一圈,发现除了电子相册,大部分是印刷成一本书的图册……那有什么意思,还有什么时间变化。而能跟他想象中的形式搭边的,就只有古老的相册或者手账了。

他先看了看手账……真做这么一本,估计大四的元旦能送出去吧。

那就只能选古老的相册了。

元旦假期前的考试都考完了。他最担心的植物学自我感觉考得还不错,虽然差点儿卷子都没写完,更别说检查了。元旦后要考的是高数和英语,是他相对来说更有把握一些的两科。他整个人感觉轻松了不少。

他最后还是决定去买本相册。

跟宿舍的人打听的时候,江阔发现他们对相册这种东西颇有好感。

"我小学的时候用过一种相册,"唐力告诉他,"挺大的一本,每页上面都有一张薄薄的有黏性的透明膜,揭开以后可以把照片按自己的排版喜好放进去,然后把膜盖下来粘上就可以了。"

"听不懂。"江阔说。

"我也听不懂,我搜搜看。"李子锐趴在床上,五秒钟之后看着江阔,"还真有,叫……覆膜DIY相册,宝宝成长记录……"

"现在买,几天能到?"江阔问。

"三天吧,"李子锐说,"这几天物流肯定不快。"

来不及了。

在这种时候,大炮就是救星。

"你进城的时候帮我看看。"江阔说,"知道是什么样的东西吗?我给你发张图。"

"不用,我表嫂买了一堆,用来贴她儿子的照片。"大炮说,"你要那玩意儿干吗?"

"贴上我的照片送给江总夫妇。"江阔说。

"……你确定江总夫妇收到这东西不会觉得你有毛病吗?"大炮问。

"这东西有毛病吗?"江阔问。

"东西没毛病,"大炮说,"你搞这个东西就有点儿像是有毛病。"

"你就说有没有时间去帮我找找吧,就两天。"江阔说。

"时间大把。"大炮说,"我明天去城西,会经过一个小商品市场,帮你找找去。"

"去城西干吗？"江阔问。

"吃饭。"大炮说，"看你现在吃食堂吃得挺有劲的，我就没叫你。"

"我是要复习。"江阔说。

"您高考复习时也没耽误过吃。"大炮说，"你们这大学绝对不是什么破学校，回去我就得跟江总说说，这学校进去个大少爷，一学期不到把人给改造得品学兼优了。"

"你话是不是略多了点儿。"江阔说。

"行，明天找着了再给你打电话吧。"大炮说。

这两天下了课之后江阔就见不着段非凡人了。牛三刀节假日的生意总是特别好，尤其元旦临近过年，各种肉的销量都很高。段非凡一有时间就回去帮忙，估计是想着把本来该元旦那天干的活儿赶出来。

这么一想，江阔就有些内疚。他没有这些压力，只觉得在学校憋久了想出去散散心，没想过段非凡是一个节假日更忙碌的人，甚至因为段非凡那天会跟他们一块儿出去玩而感觉心情愉悦。

不过，就算他已经感觉到了内疚，愉悦的心情却依旧，真是……

良心让奔奔啃了吧。

大炮还算靠谱，第二天中午就发了几张照片过来。他找到了几种大小、颜色、款式都不一样的相册。

"我觉得这种线圈牛皮本不错，里面是彩色背景纸，有复古的感觉，摸着手感最好。"大炮说。

"那个浅蓝色的呢？"江阔问。

"封面上写着'我的童年'。"大炮说。

江阔笑了起来："线圈这本上面没写吧？"

"没写，什么字都没有。"大炮说。

"行，你帮我把这本带回来。"江阔又看了看图片，觉得看上去还可以。

大炮下午把相册送过来的时候，江阔正在马啸打工的文印店里打印照片。全都是段非凡的，还有一张他感觉拍得很好的集体照。

他在等照片打出来的时间里去了旁边的一家文具店，挤在一群女生中间，打算买点儿贴纸之类的装饰。根据他在网上找到的图，照片页点缀些贴纸会显得比较生动活泼。

一切都很顺利，唯一的意外是他碰到了严绘语。

本来没人注意到他，但严绘语跟他打了个招呼。

"江阔？"严绘语说。

四周好几个女生都转头看了过来，他手里还拿着一摞亮晶晶的贴纸。

"嗯。"江阔应了一声。

"这种好看，"旁边一个估计是认识他但他照旧不认识的女生把一摞贴纸递给他，"金属的，挺酷的。"

"谢谢。"江阔接过看了一眼，有银色和金色两种，可以，他拿着去结了账。

大炮拿过来的相册质感很好，视觉上有手工做成的感觉。

"你什么时候回家？"江阔问他。

"快了吧。你怎么回？"大炮问，"车是开回去还是放这儿？"

"明年让江总找人把车弄回去吧。"江阔说，"我现在开不起了，洗车都盼着下雨。"

大炮笑了起来："过年收的钱留着点儿，下学期可以补贴自己。"

"等我定了时间一块儿回吧，"江阔说，"是不是飞机还不如动车快？"

"嗯，去机场太远了。"大炮说，"那到时我买票吧。"

"商务座。"江阔交代。

"你不该买二等座吗？"大炮说。

"滚。"江阔扫了他一眼，"回去再聚，我节后还有两科要考试，没时间。"

"正事要紧，"大炮说，"这一个学期……"

"胡振宇，"江阔指了指他，"不要背台词。"

大炮啧了一声："走了！"

如果江阔知道就A4纸那么大的一个页面，要想把照片排得好看又要尽可能地让每一页都不同是这么困难的事，他一定不会选择做照片书这个看起来如此幼稚的选项。一个晚上，他盘腿坐在宿舍的床上排照片，整整一个晚上，他自习都没去，就在宿舍里排这些见了鬼的照片。

照片他倒是打了三种大小的，想着分出主次，大小不同也方便构图，但做的时候他就发现高估了自己，这种有意义的事，他做不来。

把一本相册以"能贴满每一页就行"为目标全部贴完的时候，李子锐的呼噜都已经进入高亢的第二阶段了。顶着元旦的前一天，他把金属贴纸也都贴完了。那个女生选的都还可以，全是各种花、草、星星的图案，没有英文单词，要不他还得辨认那些花体英文里有没有什么让人尴尬的内容。

这天下午就已经没课了，学校里的人瞬间少了一半，出去跨年的人从下午开始就抬起了一条腿。

段非凡应该已经干完了活儿，没有回家。

江阔拎着纸袋去107的时候，他正在打扫卫生。

"一个人？"江阔探进脑袋。

"一个人，"段非凡看着他，"怎么了，你有什么见不得人的事儿吗？"

"大扫除啊？"江阔走进了107。

"随便擦一下，这一学期没有卢浩波学长的监督，好多地方都落灰了。"段非凡把抹布扔到洗手池里，"没什么事儿了，一会儿出去转转吗？"

"行。"江阔点头。

段非凡看到了他手里的纸袋，抬了抬下巴："拿着什么呢？"

"给你的。"江阔从纸袋里拿出了相册，在他眼前晃了晃，"纯手工，匠心之作。"

段非凡挑了挑眉毛，笑了。

"新年礼物吗？"他问。

"不算吧，"江阔说，"不是新年也准备弄了给你。"

"你做的？纯手工？"段非凡接过相册摸了摸封皮，很震惊，"这个……"

"里面，里面的才是我纯手工制作的。"江阔赶紧解释。

……纯手工贴的。

段非凡打开了相册，看到第一页的合照时就笑了起来，越往后翻，笑得越明显。

"怎么样？"江阔问。

"你够牛的，"段非凡说，视线一直停留在相册上，"这你什么时候做的？"

"前两天。"江阔说，"相册是买的，照片打印出来就往上贴，贴了一晚上。"

"怎么能想到做这个的啊？"段非凡合上相册，又打开看了看，再合上，看着他，"我都能看出你这一晚上的心路历程了，逐渐暴躁。"

"你说的啊，时间的变化。"江阔说，"但是人家说了，贴里头隔绝了空气，不会氧化，估计时间的变化会很小。"

"那就过个几十年再看。"段非凡说，"谢谢。"

"这有什么可谢的，"江阔摆摆手，"我有空了给自己也做一个。"

"这些贴纸是你在文印店旁边那家文具店买的吧？"段非凡问。

"嗯。"江阔点头，"我第一次进这种文具店，东西让人眼花缭乱，全是女生在挑。"

"我就猜你是要做东西。"段非凡笑了笑。

"什么意思？"江阔愣了愣。

江阔的礼物

CHAPTER 14

"消息灵通人士说你在给女生挑新年礼物，"段非凡说，"赌你要送的是谁。"

"啧，谁送贴纸当礼物……"江阔看着他，过了好一会儿才又问了一句，"你是不是早知道我要送你礼物？难怪感觉你有点儿平静呢。"

"你那天问新年礼物的时候我就猜到了。"段非凡笑着说。

江阔的心情非常复杂。

段非凡走到桌子旁边，拉开了抽屉："我也有个新年礼物送你。"

"是么？"江阔立马走了过去。

"纯手工匠心之作。"段非凡从抽屉里拿出了一个红包。

江阔看到红包的第一反应是钱。

纯手工？

"你做假币啊？"他问。

段非凡乐出了声："你怎么回事？"

江阔没说话，拿过红包捏了捏，发现里面放着的是一个方形的东西，硬的。他拆开红包，把东西倒了出来。

那是一小块看上去像是鸡翅木做的小牌子，一头是个绳圈，另一头挂着一小段穗子，应该是个车挂件。牌子的一面是光滑的，翻过另一面，他看到了图案——圆圈里有个类似坐标轴的东西，像个简易表盘，中间有一根指着十二点方向的指针。线条不算复杂，但这图案应该是用金属镶嵌进去做成的。

"你做的？"这回轮到他震惊了，"你做的？纯手工？"

"纯手工控制机床和模具。"段非凡笑着说，"不过是去年做的，做着玩的，还有一个上面写的是'牛三刀'。"

"这怎么镶进去的？"江阔把牌子贴到鼻尖前盯着看。

"开槽，把银线敲进去。"段非凡说。

江阔看了他一眼："没了？"

"这东西做起来挺复杂的，不能细看，我是新手，活儿糙。"段非凡说，"有空带你去看看你就明白了。"

"这上面是什么？"江阔问。

"指南针。"段非凡说。

"指南针？"江阔立马拿着牌子来回指。

"动不了……"段非凡说，"你脑子呢？"

"哦。"江阔低头在图案上搓了搓，这个匠人的活儿的确不细，指尖能摸到银丝的轮廓，"为什么做了个指南针？"

"指南。"段非凡说。

"说得好。"江阔点点头,"茅塞顿开。"

段非凡把相册放进了衣柜里,回过头的时候发现江阔还拎着那个小车挂件来回看,还走到窗边对着光看。

"还没看明白吗?"段非凡说。

"我第一次收到这么精致的手工玩意儿,"江阔说,"一会儿挂车里去。"

"你车里不是挂了一个?"段非凡记得他车上的空调出风口那儿有一个非常小的车挂件,但风格跟他做的这个相去十万八千里。

"那个随便买来玩的,"江阔说,"这个好,又不重。"

段非凡笑了笑。

"谢谢啊,"江阔把车挂件放到兜里,"非常惊喜。"

"我也是。"段非凡说。

"你就别是了吧。"江阔说,"你是不是天天看我来回忙活跟看戏一样,都猜到了还跟那儿装傻。"

"哪有工夫看你?"段非凡说,"牛三刀这几天生意火爆。"

"下午真不用去帮忙了?"江阔问。

"嗯,忙得差不多了,"段非凡看了看手机,"叫了我俩表弟过去帮忙,晚点儿段凌下班也会过去。"

"走,"江阔一挥手,"浪去。"

3 单身男子自助会107、119联合分会

车在停车场寂寞地杵着,上面落满了灰。

江阔围着车绕了一圈,啧啧啧地用手指头抹了一道儿:"好惨。"

"你不是隔几天就来挪一下车的么,才发现它惨啊?"段非凡说。

"我都是晚上来的,"江阔说,"主要看看胎压什么的……算了,先去洗……算了,就这么开吧。"

"没钱洗车了啊?"段非凡说。

"我不光三千五没花掉,"江阔说,"这两个月因为复习没怎么出去,还攒下钱来了。但这得回去显摆的,能不花就不花吧。"

"要不……"段非凡想了想,"自己洗?"

江阔看着他。

"老刘那儿有水枪。"段非凡说。

"我是不是疯了？"江阔说，"我居然觉得可以。"

"那谁知道呢，"段非凡说，"我第一次见你的时候就没觉得你多正常。"

"你会洗吗？"江阔问。

"你还真想洗啊，我就是让你过去冲一下，"段非凡说，"把灰冲掉点儿就行了，这么冷的天你想怎么洗？"

江阔上了车，没着急发动，先把之前的小车挂件取了下来，换上了段非凡做的这个。虽然这并不是段非凡特意做给他的礼物，也不知道为什么段非凡会做一个不指南的指南针，但他还是很惊喜。毕竟江了一个挺厉害的手工达人，从小到大连颗弹珠都没送过他。

老刘麻辣烫今天下午开始到明天晚上都休息，不过老刘人还在店里。

段非凡说要冲冲车，老刘很热情地把管子给接了出来。

"这车不去洗车店洗吗？"老刘看着路边停着的车，"就这么冲？"

"嗯，"江阔点点头，"冲冲灰就行。"

"有钱人这么节约的啊。"老刘感慨了一句。

段非凡拿着水枪往地上滋了两下试了试，然后冲了冲轮毂。

"赶紧的，"江阔站在旁边，"不会就给我。"

段非凡开始往车身上滋水。

老刘在江阔旁边站着看热闹："你们是要开车出去吧？"

"嗯，"江阔应着，"出去转转，宿舍都没人了。"

"今天我看学生都一对儿一对儿地出去了，晚上要跨年。"老刘笑着说，"你俩倒好，俩小伙儿出去跨年。"

江阔没吱声，也不知道该说点儿什么，于是往车那边看过去。

段非凡手里的水枪不知道滋到了哪儿，一片水花对着他扑了过来，非常精准地滋了他一脸冰凉的水。

我去！

大冷天儿的，江阔之前光是看着水从水枪里出来就已经感觉气温又下降了不少，现在再冷不丁地被溅了一脸水，那滋味儿真是妙极了。

"没事儿吧？"段非凡赶紧关了水枪，看着他。

"好着呢。"江阔抹了一把脸上的水。

"我也不知道是怎么……"段非凡走过来，拿了纸巾递给他。

"你得谢谢这所改造人的好学校。"江阔擦着脸，"这要是搁半年前，我怎么都得拿水枪滋你半小时。你也真够牛的，背着身子都能瞄得这么准。"

"我也没想到。就是吧……"段非凡拿着水枪给他讲解，"你看，我站在那儿，水一开，就跟光线一样，这个入射角这么合适，那个反射……"

"我知道，你不用拿初中物理知识来证明你不是故意的！"江阔把纸扔到后面的垃圾桶里。

"衣服湿了没？"段非凡问。

"领子有点儿，没事儿，你毕竟不是对着我开的枪。"江阔拍了拍外套。这水跟礼花似的，老刘要不是站得稍微远点儿，也得一块儿遭殃。

"要回去换件衣服吗？"段非凡笑着问。

"不够折腾的。"江阔拿过他手里的水枪，"我来吧，您这入射角也掌握得太完美了。"

"别对着人。"段非凡交代了一句。

"您刚也没对着人啊。"江阔回头瞅了他一眼。

段非凡笑得很愉快。

江阔看了看手里的水枪。这玩意儿他以前只见过，但还从没上手摸过，家里就有，只会在三种场景中被使用：江了了洗自己的小摩托、老妈给她种的花浇水、刘阿姨冲院子。他因为四体不勤、五谷不分，所以从来没有使用过。

还挺好玩。看着水柱经过的地方灰和泥被一扫而光，很解压，特别是冲轮子缝隙的时候。水溅得的确挺远的，但不知道什么样的入射角和反射角才能把水溅到斜后方的人脸上。

江阔把水柱对准车门滋了滋，再往上移到车窗、车顶，再下来到后视镜，大概就是在后视镜内侧这儿，能够反……

一柱水花往他面前飞过来的时候他确定了，就是这里，但这次的角度跟之前还是不一样，水柱没往斜后方冲去，而是对着他自己冲来。

江阔在这一瞬间的反应还是很快的，他松开水枪开关，跳到一边。水柱飞来的时候已经不是"柱"了，而是散开的一片水花，有一部分扫到了他身上，但主力部分——他回过头——都洒在了他身后站着的段非凡身上。

"扯平了。"老刘在一边补充说明。

段非凡冲他竖了竖拇指："挺有准头的。要不还是我来？"

"怎么，"江阔说，"你浇我一次，我浇你一次，再换着继续，洗澡啊？"

段非凡正低头拿纸巾，听了这话一通乐。

毕竟不是什么困难的事，江阔把水枪的压力调小一些之后，在车身上一通扫射，很快就把灰和泥都冲掉了，车身的绿色一下明亮了不少。

"谢了啊，老刘。"段非凡把管子收回屋里。

"去玩吧。"老刘点点头，又给他们出了个主意，"可以去喝喝咖啡，再逛逛街，吃顿饭，看场电影，最后吃点消夜就跨年了。"

"……好。"段非凡应了一声。老刘这儿不愧是学生聚集点，这流程可以用在任何没有计划的人身上。

"吃了再回啊。我一会儿关门了，"老刘交代，"明天晚上我才回来。"

"知道了。"段非凡说。

车开出去照例先去加油。

江阔回到车上，手里的加油卡在方向盘上敲了好几下："马上没钱了，谁能想到，我的加油卡里马上要没钱了。"

"要不把车开回去停着。"段非凡说，"公交车、地铁任选，想阔气一把可以打车。"

"不差这一次，"江阔发动车子，开出加油站，"好歹是要去跨年……"说到一半他又停下了，过了两秒才看了看段非凡，"是去跨年吗？"

"跨呗，"段非凡说，"今天晚上宿舍估计没什么人。"

"楷模们都怎么过？"江阔问。

"孙季跟媳妇儿过，"段非凡说，"其他人跟着单身男子自助会活动。"

"单身男子自助会？"江阔笑了起来，"还有这么别致的组织？"

"学校正经的社团。"段非凡说。

"……这社团都搞点儿什么活动呢？"江阔说，"狗粮烧烤么？"

"节假日无伴可陪的人凑一块儿出去逛街。"段非凡说。

"那咱俩可以参加。"江阔说。

段非凡看了他一眼，笑了笑。

"哦不对，"江阔手指在方向盘上弹了弹，"咱俩这算是有伴儿了。"

"……嗯。"段非凡点点头。

"孙季有女朋友吗？怎么从来没见过？"江阔问。

"他高中同学。"段非凡说，"他俩学校离得远，见一面得坐三个小时车，平时见不着。"

"孙季居然也有女朋友。"江阔叹气。

"怎么你还不服上了？卢浩波的女朋友还挺不错呢。"段非凡说，"这帮人里谁有女朋友都不奇怪，你有女朋友才最奇怪，哪个女生受得了你？"

"您这么好的脾气不也单着？要没我，您这会儿正跟单身男子自助会的人一块儿吃狗粮麻辣烫呢，哪儿来的底气跟我叫板？"江阔说。

"……你好久没这么呛人了。"段非凡很感慨。

"你要乐意，我给你呛到明年去。"江阔说。

"不必了，谢谢。"段非凡说。

节假日，尤其是跨年这种日子，自然要去最繁华的地段。

"这儿我来过。"江阔说。

"是，"段非凡说，"你刚来的时候，让人排着队搬东西进宿舍的那家商场就在前面。"

"那去那儿停车吧，"江阔说，"我有黑卡，可以停在VIP层，不用找车位了，也不用给钱。"

"行。"段非凡笑了起来，"前阔少还是有点儿特权的啊。"

"多少还是有点儿。"江阔说，"一会儿要是累了、饿了，还有免费的下午茶……啧，早知道是来这儿，我就约他们的车接送了。"

"还能这样吗？"段非凡问。

"能。我妈有时候逛街不想开车，就让他们过来接，逛完再送回来。"江阔说。

"这次回家让他们看看你参加《变形记》的优秀成果，下学期就可以回到之前的生活里了吧。"段非凡说。

"未必。"江阔说，"我也不觉得这样有什么过不下去的。虽然马啸那样我是真的不行，但现在这样还成。"

"那是因为你有退路。"段非凡说，"你知道只要你愿意，下一秒你想要什么就能有什么。"

江阔看着前方没有出声。

"前面右转进停车场，"段非凡提醒他，"开车呢，注意力集中点儿。"

"我最近真想了好多事儿。"江阔打开转向灯，看了看后视镜，往右边路口转了进去。

"我也是。"段非凡说。

"想什么了？"江阔问。

"太多了，说不清，"段非凡说，"都是以前没想过的。"

江阔喷了一声："卖关子。"

今天这片商业区的人非常多，感觉全市无所事事的人都提前出动了。停好车走进商场，江阔感觉每一眼看到的脑袋都不少于五十颗。

"先给江总夫妇挑礼物？"段非凡问。

"也行，"江阔说，"但是我一点儿头绪都没有。"

"先随便看看，找找灵感。"段非凡说。

给江总夫妇的礼物不好买，江阔虽然的确想给他俩送点儿什么，但他俩什么都不缺，也没有什么特别的兴趣爱好……不，兴趣爱好相关的东西他也送不起。

江总的兴趣爱好是车，送不起；老妈的兴趣爱好是花园、猫、狗和……损儿子，可以考虑把奔奔送给她，但估计段非凡舍不得。

商场一共五层半，逛到第三层的时候江阔停下了："我饿了。"

"免费的下午茶？"段非凡问。

"这里头闷得慌，"江阔揉揉眉心，"出去找个店，你请我吧。"

"行。"段非凡很爽快。

江阔想象中的下午茶是咖啡或者茶，配上一份小点心。段非凡把他带到了商场对面的广场边，那儿有一溜的二层小洋楼，一家家全是小店，卖什么的都有。

江阔跟着段非凡从后面的楼梯上了二楼。二楼有一条长长的连廊，上面整齐地排列着各家小店的桌椅，阳光正好能把这排桌子铺满，看上去还挺舒服的。

这里的人也不少，几乎每张桌子边都有人。他俩过来的时候，后面的一对小情侣就很着急地想要推开他们抢座。

可惜段非凡后脑勺上长眼睛，直接把帽子一摘，扔到了椅子上。

"还得这么抢……"江阔说。

"晚上人更多，都是年轻人，摆摊儿的、卖艺的都出来了，还有乐队、舞团什么的。"段非凡说，"以前这条街被人叫作'爱情街'。"

"啊。"江阔看着他。

"就这么一说，"段非凡小声说，"这儿好吃、好玩的多。"

好玩的是什么江阔不知道，但好吃的跟他理解的下午茶是两回事。

"什么口味？"服务员小姑娘走过来问了一句。

"香蕉、牛肉、榴莲，"段非凡说，"两杯拉茶。"

江阔这时才注意到这是家飞饼店，店里一个师傅正在施展大鹏展翅抛接大饼的绝活儿。

飞饼配拉茶，非常别致的下午茶。

段非凡点的东西很快被端了过来，放在了小桌上。

江阔拿出手机，调整了一下盘子和茶杯的位置，拍了几张照片，然后把镜头略微抬起一些。

"吃一块。"江阔说。

段非凡用湿巾擦了擦手，拿起一块放到嘴边："这样？"

"咬住。"江阔说。

段非凡咬了一口，他按下了快门。

"我发条朋友圈。"江阔低头挑着滤镜。

"单身男子自助会107、119联合分会的下午茶。"段非凡说。

江阔笑着点点头:"这个文案好。"

飞饼的味道一般,在街头小吃的正常范围内,不过环境很别致。

服务员拿了个小取暖器放到桌下,上方太阳、下方小太阳,江阔整个人都有些懒洋洋的。

他们的小桌在连廊的栏杆边,右边能看到小店里忙活的人,左边是楼下熙熙攘攘的人群。人声、音乐声在阳光里交汇,嘈杂而温暖。

"那是什么店?"江阔指着下面的一个装修得很复古的小店。

"概念上来说是卖到处淘来的旧货的。"段非凡说。

"概念上?"江阔看着他。

"就是有些是旧货,但肯定有很多只是看着像旧货。"段非凡说。

"你怎么突然不浪漫了?"江阔喷了一声,"你就想这是一个真的旧货小店,里面有很多以前的东西,一个车挂啊,一本相册啊……"

"那本相册理论上我不可能让它有机会进旧货小店。"段非凡说。

江阔看了他一眼:"我也一样啊,只是打个比方。"

段非凡笑笑,拿起茶杯跟他的杯子碰了一下:"今年最后一天快乐。"

"快乐。"江阔拿起杯子喝了一口。

连廊那头有人唱歌,抱着吉他一路慢慢走过来。

"能点唱的是吗?"江阔问。

"嗯,"段非凡点点头,"怎么,你要点?"

"不知道。挺有意思。"江阔说。

"那你不如点我唱,"段非凡说,"我比他唱得好。"

江阔看着他:"会弹吉他吗?"

"不会。"段非凡说。

"那人家是弹唱。"江阔说,"你的性价比不高啊。"

"我会拉手风琴。"段非凡笑着说,"我老叔拉得特别好,我跟他学的。"

"真的吗?"江阔扬了扬眉毛,很意外,"看不出来啊。那我先预约?"

"定金交一下。"段非凡拿出手机点开收款码再递到他面前,行云流水,一气呵成。

江阔扫了码,付款十元。

"多少钱一首?"他问。

"二百。"段非凡说。

江阔抬头看着他,忍不住乐出了声:"去你的。"

"不能任选曲目啊。"段非凡边吃边说,"我会的只有几首,你只能在那个范围内点。"

"嗯。"江阔还在笑。

他往段非凡身后扫了一眼，发现一个背着画板的女生正蹑手蹑脚地走过来，姿势有点儿奇怪。注意到他的目光之后，女生竖起手指做了个"嘘"的手势，然后指了指段非凡。

什么意思？干吗呢？

跟段非凡认识吗？那你跟我认识吗？我认识你吗？我就要配合你？

就在江阔拒绝配合，准备提醒段非凡身后有人的时候，女生直接一跳，扑到了段非凡身后，伸手捂住了他的眼睛。

"哎。"段非凡吓了一跳，抬手抓住女生的手想要拉开。

女生抱着他的脑袋没撒手："段非凡，你猜我是谁？"

还真认识。

江阔往后一靠，抱着胳膊看着他俩。

"猜不到。"段非凡听出来人是谁之后松开了手，用手指往她的手背上一弹，"眼睛都要让你抠掉了。"

撒手，谢谢。他的眼睛都要让你抠掉了。

江阔叹了口气。

"随便猜一个。"女生说。

"吕萌。"段非凡说。

"厉害！"女生开心地松开了手，弯腰歪头，看着他，"随便都能猜到是我啊！"

那说明能这么抠人眼睛的就你一个啊，姑娘。

江阔转开了头。

"跟我差不多厉害了，我看你的后脑勺就认出来了。"吕萌把背着的画板取下来，放在桌子旁边，又从身上取下一个斜挎着的……折叠椅。

她把椅子打开，坐在了桌子旁边。

江阔忍不住看了她一眼。

"你好，"吕萌伸出手，"我叫吕萌，段非凡初高中的同学。"

江阔感觉他上的这所大学真是所好学校，能把他改造得这么温和，要是搁以前，对这种饭局上突然蹦出来的不速之客，别说握手，头他都不会转过来。

他伸手跟吕萌握了握。

"我大学同学，"段非凡给吕萌介绍了一下，"江阔。"

"真好，"吕萌笑着说，"我都没有大学同学了。"

"你有同事、朋友不就行了。"段非凡说，"一个人出来……这是画画吗？"

"嗯，给你俩画一个呗。"吕萌很热情地拿起画板，"我今天刚出来，还没开工,送你俩一张热热身。"

……这是出来干活的?

江阔看了她一眼,虽然有点儿不爽,但一时半会儿又狠不下心拒绝,毕竟他是做过兼职的人,是体察过民间疾苦的前少爷。

"不在店里画了吗?"段非凡问。

"这种时候出来画得多点儿,"吕萌说,"大家都在街上转呢。"

有个店?那算了。

江阔又冷着脸转开了头。

"画俩单人的还是一个双人的呀?"吕萌很积极地夹好了画纸,笔也拿好了。

段非凡看了江阔一眼。

江阔看着他,眼神空洞,没有任何意见可供参考。

"一个双人的吧,省点儿纸。"段非凡说。

吕萌笑得很愉快:"你怎么不说画一个单人的,省点儿墨。"

"那就画他单人的。"江阔说。

"啊?不不不不,不是,"吕萌摆摆手,"我开玩笑的。"

"哦。"江阔转开头。

"那我开始了。"吕萌拿着笔,低头在纸上快速地画了两圈,勾了个轮廓,"帅哥,你让我看看脸呗。"

"画他的侧脸吧。"段非凡说。

"好!"吕萌点头。

段非凡叫来服务员,给吕萌点了杯拉茶。

"你们快放假了吧?"吕萌看了看江阔,一边低头画一边问段非凡。

"快了,还有两科考完就放假了。"段非凡说。

"小柳他们说年前聚一下呢,"吕萌说,"你看群里的消息了吧?"

"嗯,不知道是哪天。"段非凡说,"我的时间比较不灵活。"

"人还没联系全呢,"吕萌说,"到时肯定得先问你。估计他们跟你放假的时间差不多吧。"

"不一定,像皮冻上的那种好学校估计放假晚。"段非凡说,"你过年休息几天啊?"

"也就三天吧。"吕萌说,"有人逛街我就有生意,不能放过。"

"财迷。"段非凡说,"聚的时候给你拉点儿人过去。"

"行,有你开口,"吕萌笑了起来,"不愁没生意了。"

江阔喝了口茶。茶有点儿凉了,他把茶杯放到桌上的加热杯垫上,继续看着楼下来来往往的人。

他非常想把手机拿出来,但又不想让段非凡难堪,毕竟是他的同学,人家还正在给自己画画——虽然是强迫的。

他其实并不想摆出这么冷淡的架势,主要是段非凡他俩聊的都是高中的事儿,一个个名字他连是男是女都听不出来,更插不进去话。

好在画这种大脑袋简笔画还挺快的,吕萌一会儿就画完了。

江阔看了看,还凑合吧,可以往可爱的评价上靠靠。

吕萌开始愉快地在旁边留出来的位置上画段非凡。

江阔左右看了看。由于没有说话的机会,他一直在喝水,这会儿有点儿想上厕所,但他不知道哪儿有。吕萌一个女生在旁边,他还不太好问段非凡。

他正想起身去问服务员的时候,吕萌伸手指了指他身后:"厕所在那边,过去一点儿左手边有个通道,进去就是了。"

江阔沉默地看着她。

……谁告诉你我要去厕所了?

这么积极的吗!

江阔转身往那边走。

"桌号是33啊,回来时别走错了。"吕萌又交代了一句。

来个雷劈了33桌吧!

江阔上完厕所没有马上回到33桌,而是下楼转了转。

楼下有个老头儿在卖糖画,他在旁边站着看了好一会儿。老头儿的画工一般,除了他放出来吸引顾客的那几个小动物样品,别的都画得不怎么样,但江阔还是看着他画完了一狗、一猫、一兔子,才慢慢上了楼。

这段时间估计够吕萌画完段非凡了。既然是来画画的,那画完就可以走了吧,毕竟是出来赚钱的,不是来聊天儿的……

江阔回到连廊上,边走边往33桌那边看了一眼,发现桌子旁边只有段非凡一个人了,他这会儿正低头在手机上戳着。

没等江阔走到,他的手机响了一声。

——指示如下:她走了,回来吧。

这句话让江阔一阵尴尬。他再看过去的时候段非凡正好抬起头,看到他就笑了起来。

"画完了?"江阔快步走回桌边坐下,看到桌上吕萌的那杯拉茶已经被收走了,桌面恢复了之前的样子。

"嗯,"段非凡点点头,"挺快的,彩色的那种画的时间长些,不上色就快。"

"这么了解?"江阔把服务员叫了过来,"再给我一杯拉茶。"

"我也要。"段非凡说,看着他笑了笑,"吕萌以前在班上就总给人画画,老师她也画过很多。"

"哦,画呢?我还没看到你那一半呢。"江阔伸手,又随口说了一句,"她应该去参加艺考啊。"

"她家经济条件不太好,"段非凡从桌子旁边放东西的小斗里拿出画递给他,"她也不太想读书了。"

江阔看着画上的两个脑袋:自己那张发型画得挺像,但因为是侧脸,看不出什么来;段非凡的正脸真画得挺像的,一看就能认出来的程度。

"没再多聊一会儿?"江阔把画给他,"我看你们聊得很热烈啊。"

段非凡看了他一眼,笑着没说话。

他的眼神表达的意思倒是很容易领会,江阔喷了一声:"我主要是没话说,都不知道你们在说什么……很明显吗?"

"嗯,"段非凡说,"非常明显,她画完就跑了。"

"别用'跑'这个字,"江阔说,"好像是我把人吓走了。"

"也差不多,你就差把'快走'写在脸上了。"段非凡说。

"我这人……就是这样。"江阔喝了口拉茶,"对不认识的人,我就懒得装。"

"一会儿去那个旧货小店看看吗?"段非凡换了话题。

"行啊,"江阔看了看那个店,"没准儿能买到什么别致的礼物。"

"不是吧,旧货啊,当礼物?"段非凡说。

"万一真的有好玩的呢。"江阔说,"我妈有个放首饰的小柜子,就是江总从意大利的旧货市场淘回来的,特别漂亮。"

"……行吧。"段非凡点头,"一会儿找找。"

4 旧货小店

众楷模分头浪了一天,这会儿纷纷在群里发表今日的收获感言。

单身男子自助会刚打完电动,正在麻辣烫店开座谈会。孙季和他媳妇儿居然在湖里蹬双人船,选的还是最丑的一艘乍看似猫、似狗、似熊、似狐,细看啥也不似,只能靠颜色判断物种的熊猫船。

"这是有多不会玩啊。"段非凡对于孙季这种在大冬天安排跟女朋友去湖上吹风的行为感到十分痛心,"湖上多大的风啊,吹半小时下了船就得分。"

江阔笑得不行,把段非凡吃下午茶的照片发到了群里。

——孙壮汉:爱情街?

——董潇洒:二楼的那家飞饼店?

——刘修长:等我们。

——丁威武:等我们。

——董潇洒:等我们。

江阔愣了,看着段非凡。

"手欠了吧?"段非凡也看着他,"那家麻辣烫就在商场后面的胡同里,走过来不用二十分钟。"

"怎么办?"江阔说,"我还要买礼物呢。"

——段英俊:没在那儿了,有缘偶遇吧。

"是啊,怎么办?"段非凡发完消息,扫了桌上的码付了钱,然后站了起来,"跑呗!"没等江阔反应过来,他已经转身跑下了楼梯。

"哎。"江阔赶紧跳起来,跟了过去。

——刘修长:你们跑不掉的。

——丁威武:饭饭。

——董潇洒:饿饿。

——孙壮汉:要吐了。

段非凡下了楼,直接进了对面的旧货小店。

江阔进去的时候才发现,这个小店门脸看着不大,只有一扇小木门和一个一米多点儿宽的橱窗,但店内空间狭长,深处还有楼梯能上二楼。

"还可以啊这里,"江阔看了看店里摆放的各种东西,不全是旧货,也有不少东西是新的,"江了了会喜欢。"

"那你给她也买个礼物。"段非凡说。

"她不配,"江阔说,"她把我拉黑了现在还没放出来呢。"

"为什么?"段非凡问。

"我让她教我做照片书,她直接把我拉黑了,一句话都没说,"江阔很不爽,"搞得我最后只能凑合买本相册往里贴。"

"我觉得她教完你,你最后可能……"段非凡拿起一个小存钱罐儿看了看,"还是得凑合买本相册往里贴。"

"你对存钱罐儿有什么执念吗?"江阔看着他手上拿着的罐子。之前那个大龙猫罐子现在还在他宿舍的桌上放着,唐力拿了个塑料袋给它套上了,说落了灰不好擦。

"真有。"段非凡放下手里这个，又拿起了另一个，"我小时候零花钱一星期五块，有时候想买东西但钱不够，就给段凌打工……"

"等等，"江阔看着他，"段凌大你几岁啊？"

"五岁。"段非凡说。

"你给她打什么工啊？"江阔很震惊。

"保镖。"段非凡说，"她小学那会儿就是不良少女了，放学的时候我就跟着她，主要工作是瞪眼儿。"

江阔看着他："啊？"

段非凡眼睛一瞪，看着他："就这样。"

江阔愣了愣，笑得口水差点儿喷出来。

"就这样。"段非凡瞪着眼，往四周看了一圈，收获了小厅里共计六位顾客震惊的目光，然后转回头继续瞪着江阔，一本正经地说，"我小学的时候个儿挺高，还是比较有威慑力的。"

"收了吧，"江阔边乐边冲他抱了抱拳，"扛不住了。"

段非凡恢复了正常表情，揉了揉眼睛："每次瞪完眼儿，她就从存钱罐儿里抠一块钱给我。"

"……这就能让你对存钱罐儿有执念了？"江阔有些不解。

"不是，"段非凡小声说，"主要是她那个罐儿里老有钱、老有钱，我就产生了一种错觉，我想，是不是她那个罐儿能生钱。"

江阔一下笑出了声，而且声音特别大，他自己听着都觉得跟大鹅叫似的。

六位顾客再次投来莫名其妙的目光。

"先去里头看吧，"江阔推着段非凡往里面走，"太丢人了。"

"我就觉得存钱罐儿是个非常厉害的东西。"段非凡一边走一边说，"一直到现在，我还对它有着不一样的感情。"

"知道了。"江阔说。

小店靠里的区域基本全是旧货，以小件物品为主，从木头笔到台灯，还有各种摆件和收纳盒。

这边没有窗，墙边放着几盏看上去很古旧的落地灯，靠墙一层层放着的各种旧物被发黄的灯光映着，显得格外沉静和神秘，带着时间的痕迹。

江阔突然觉得这个小店真是太有意思了，他一样样仔细看着，最后拿起了一个很厚实的像盒子一样的东西。它的六个面都是巴掌大的相框，像是用六个相同的相框粘起来做成的，有种沉甸甸的手感。不过摆弄了几下他就发现，这是一个可以展开成不规则平面的盒子。靠磁性合起来的时候是盒子，还能打开盖子放东西；展开就是六个相框，可以挂在墙上。

"这个有意思啊。"江阔给段非凡展示了一下。

"好玩。"段非凡看了看，"你是对能放照片的东西有什么执念吗？"

江阔笑了起来："不知道，可能是做相册的后遗症。我觉得这个很有意思。"

"放你的照片，"段非凡说，"你之前兼职的时候不是拍了不少么，挑六张放进去。你用兼职赚的钱买的东西，放你兼职时候的照片。"

"可以，"江阔顿时觉得非常完美，"就它了！"

不过这么一个相框小盒子要六百块，段非凡还是有些无语。

"能便宜点儿吗？"江阔问。

段非凡看了他一眼。

"一物一价，不讲价的呢。"店主是个女孩儿，打扮得像个中世纪女巫，回答得冷酷而坚定。

"……哦。"江阔应了一声，大概没想过如果被拒绝，要怎么继续推动讲价进程。但就冲这店主和店的风格，估计没有议价的空间。

"可以送个小东西吗？"段非凡问，"能放在盒子里的。"

店主看了他一眼，指了指他们面前的架子，上面有一个一个的小篮子，里面放着各种拇指大小的小摆件。

"挑一个吧。"她说。

江阔看了看，有一个篮子里放着很多小水果，很可爱，他挑了个苹果："这个吧。"

"要包装吗？"店主问。

"要。"江阔说。

"收费吗？"段非凡问。

"二十。"店主回答。

江阔笑了起来，店主的回答让他莫名想起段非凡坑他钱的时候。

"那不包装了。"他说。

店主给了他一个小纸袋，让他把东西装上了。

出了店门，段非凡拉着他往前走过两个店，进了一个小精品店。

"挑一张纸。"段非凡带他走到一个架子前。

架子上挂满了各种不同材质、颜色的纸，简直让人眼花缭乱。

最后江阔挑了一张淡蓝色的缀着银色小星星的皱皱纸。

这张纸三块钱，加上一个黄色的小蝴蝶结，一共五块钱。

其他架子上还有很多包装盒成品，段非凡问过老板之后拍了张照片："回去按这些包就行了。"

"你包吗？"江阔问。

"……我包。"段非凡说。

买完礼物，江阔注意到时间已经过去了一个多小时。

"时间真好消磨啊。"他伸了个懒腰，"出来一下午，主要活动范围没超过五百米。"

"看是什么样的时间吧，"段非凡说，"上课的话，就不怎么好消磨了。"

"差不多可以吃晚饭了，"江阔说，"晚上我请客，看看他们在哪儿，叫上他们一块儿吧。"

"我问问。"段非凡拿出手机。

"你俩！"有人在他俩肩膀上啪啪拍了两巴掌。

江阔被吓得差点儿回手就是一拳，但在最后关头他反应过来这是丁哲的声音，强行压下了已经扬起来的胳膊。

"你！"段非凡也往丁哲肩上甩了一巴掌。

"你俩藏哪儿了？"董昆走了过来，"我们在这儿转了八趟了！"

"刚从这儿出来的，"丁哲指了指精品店，"你俩这逛街风格跟小姑娘有得一拼。"

"给江总夫妇买礼物了。"段非凡说。

"是么？"刘胖愣了愣，"江阔，你好孝顺啊！"

"长这么大第一次。"江阔说。

"啊，江阔你好不孝啊！"刘胖马上又说。

"滚。"江阔笑了。

"饭饭不？"丁哲说。

"饿饿了。"董昆说。

"死死吧！"江阔说。

CHAPTER 15

日有所思

1 五！四！三！二！一！

既然大家一块儿跨年，江阔打算把大炮也叫过来，带上奔奔，顺便问问他有什么吃饭的好地方。这人滞留在这儿的几个月，从市里到县里，哪儿有好吃的他都已经摸透了。

"上山啊。"大炮说。

"什么？"江阔愣了。

"开车上山，"大炮说，"晚上有焰火晚会，可以边吃、边看、边跨年，多么浪漫。"

"行，哪座山？"江阔问，"远吗？"

"不远，跑远了还看个屁的焰火啊。段非凡和丁哲不都是本地人吗？"大炮说，"你连市区有山都不知道吗？"

"那你安排吧，一会儿过来接人。"江阔说。

"你们回去加点儿衣服，山上冷啊。"大炮说，"我前几天上去了一次，衣服没穿够，差点儿没能下来。"

"学校门口见，"江阔说，"带上奔奔。"

一听上山吃饭、看焰火，楷模们顿时来劲了，立马退出单身男子自助会安排的后续跨年活动，并遭到了会长的谴责。

江阔回到宿舍换了件大羽绒服，段非凡也换了件长款的，里头还穿了件高领毛衣。这是江阔第一次看他穿高领毛衣，居然有种惊艳的感觉。

有些人就是特别适合高领的衣服，看上去舒适而帅气。段非凡就是这种人，很普通的灰色毛衣也能穿出大牌的效果。

"怎么？"段非凡看着他。

"很……"江阔用手比画了一下，不知道该怎么说，"帅。"

段非凡笑了笑，伸手拉了拉衣领："怕山上风大。你欠我的围巾还一直没给我买。"

"……我忘了。"江阔一拍手,"买,明天就买!"

"逗你的,"段非凡一挥手,"走。"

大炮把车开到了停车场,奔奔穿着一身红色的棉衣冲段非凡狂奔而来。这身打扮估计是大炮买的,它可以直接改名儿叫富贵儿了。

按惯例,江阔和段非凡带着奔奔坐一辆车,其他人上了大炮的车。

"这个拿着。"大炮扔了个对讲机过来,"山上怕手机信号不好。"

"行。"江阔点头。

这座山平时就是市民健身、踏青的好去处,平整的盘山公路一直通到山顶,也有台阶小路。

今天跨年,晚上顶着北风来看焰火的人比他们想象中的要多得多。大炮因为七拐八弯的关系,才订到了山肩膀上一个农家乐的靠窗的桌,再晚点儿估计只有山屁股位置的饭店还有座了。

这个农家乐算是比较高端的,店挺大,他们到的时候已经到处是人了,屋里和外面的路边,还有后面的观景平台上,全都有人。他们的桌虽然靠窗,但毕竟没订到包厢,四周也都是人。

"这场面,"丁哲提高声音才能跟其他人交流,"这动静,来个司仪就是婚宴现场了。"

"一会儿可能吃不了几口就得出去占地方,晚了怕是看不到焰火。"刘胖说。

"没事儿,"大炮摆摆手,"吃完开车去山顶,能找到地方。"

江阔感觉这顿饭他都没太吃出味儿来,闹腾得厉害,而且服务员上菜的架势让人觉得菜品的卫生并不能保障。但他并不烦躁,比起以往过年时跟着江总夫妇去吃的各种"六亲不认",这种野蛮的、乱七八糟的、以前会让他无比抵触的场景,现在却带给他新奇和愉悦的体验。

段非凡也没怎么好好吃饭,一直拿着狗零食喂桌子底下的富贵奔。

焰火晚会八点半开始,每半小时一轮,持续到零点。

过了九点,农家乐里就没几个吃饭的人了,他们一帮人也收拾好东西带着狗出去了。

山上这会儿已经冷得有些不像话,但因为观景台上的确已经没位置了,大家只得采纳大炮的建议,继续往上爬。每到一个观景台,他们就下车挤过去看一轮焰火。

也不是没看过焰火,江总的公司都弄过不知道多少回焰火表演,但江阔还是兴奋,拉着段非凡挤在"观火"第一线。

"你的手机放哪儿了？"段非凡凑到他耳朵边喊着问。

"裤兜里，丢不了。"江阔拍了拍腿，弯腰把奔奔举了起来，"贵儿啊！看到了没！这应该是你狗生中第一次看焰火吧！"

奔奔兴奋地叫了一声。

十一点多的时候，他们终于顶着寒风巡视到了山顶的观景台。出乎所有人的意料，这里的人居然是最多的……

好在这个观景台也是最大的，他们趁着一些人还在旁边的农家乐里避风，挤到了最前面。顶着风吹了快半小时，天边终于绽放出了最后一轮的第一朵金色焰火。

人群爆发出一阵欢呼。

江阔闭着眼，仰头跟着嗷嗷了几声。

欢呼的间隙里，他听到了四周手机发出的各种消息提示音。

段非凡拿出手机的时候，江阔看到他的消息提示有一百六十三条。

啧，这是什么人缘。

大炮还担心山上信号不好，这信号好得不得了。

江阔没有拿出自己的手机看。正常情况下，他收到的消息不会超过十条，这里头还得包括大炮的，而大炮现在就在他旁边，消息数还得减一。

段非凡的手机还在响，他点开看了一眼，挑了几个回了两句，把手机放回兜里，然后看了看他："嗯？"

"你这消息跟微商有得一拼。"江阔说。

"差不多，怎么都得有一半是买过酱牛肉的。"段非凡笑着说，"我的同学、街坊邻居什么的，都特别有仪式感，逢年过节必须问候一下。"

江阔感觉段非凡是在安慰他，虽然不知道有什么可安慰的。

但不知道为什么，在满眼的焰火里，四周人群的欢呼声里，挤成一团的热气里，他突然觉得有点儿孤单。

"倒数了！"有人吼了一声，"十！"

"九！"四周的人瞬间同时配合着开始倒数。

"八！"段非凡抱着奔奔冲江阔喊了一声。

"七！"江阔也转过头对着他吼，"六！"

"五！四！三！二！一！"

"炮哥，抱一个！"刘胖冲旁边的大炮吼。

大炮心情不错，跟他拥抱在了一起。

"mua——"董昆抱住了丁哲。

几个人又蹦又喊的。

江阔一边乐一边转身，连奔奔带段非凡一块儿用力搂了一把。但几乎是同时，他感觉到段非凡往后倾了倾。

……哎！

这么矜持的吗！

这种时候有什么可矜持的啊！

江阔迅速松了手，正想退开的时候，段非凡将抱着奔奔的右手抽了出来，绕到他背后也用力搂了搂。

"狗都让你勒吐了！"段非凡笑着吼了一声，"新年快乐，江阔！"

"新年快乐啊，段非凡！"江阔也吼。

山顶沸腾的人群在零点过后的几分钟里一直处于持续的兴奋状态。等四周的人群松动一些后，段非凡把奔奔放到地上，夹在了腿中间。

江阔看着他，还处在跨年的兴奋情绪里，但段非凡躲的那一下给他带来的尴尬和不爽也没有散去。

董昆是他们这帮人里最兴奋的，刚抓着丁哲亲完，这会儿还想抓了刘胖来亲，刘胖骂骂咧咧地逃开了。

江阔看着董昆，像是获得了某种灵感。

"你刚是不是以为我要亲你？"他一点儿也不委婉地问了一句。

段非凡看了他一眼，张了张嘴，过了一会儿才说："你挤着狗了啊。"

"少放屁。"江阔低头看了一眼奔奔。这狗那么话痨，被挤着了它不得念叨个五分钟。

"行吧。"段非凡笑了笑，"董昆总发疯，我有点儿条件反射……"

江阔并没有董昆那种发神经的习惯，而他以往跟人相处的方式中，甚至不存在肢体接触这一项。

段非凡蹲下给奔奔把牵引绳扣好，抬头的时候突然愣住了，指了指江阔："你这儿怎么了？"

从江阔这个角度看过去……段非凡指的是他的裤裆。

这儿怎么了？没怎么吧！

大庭广众的，这儿能怎么！

没等他反应过来，段非凡伸手摸了一下。

江阔顿时感觉自己大腿上一阵尖锐的疼痛："啊！"

他往后退了一步，低头想要看看怎么了，但山顶这个观景平台上只有一圈用木棍儿挑起来的串灯，光线只够让人看清路不摔跤的。他摸了一下裤兜，想把手机拿出来照一下——但没摸到。

与此同时，段非凡打开手机电筒，将光照在了他腿上。

江阔第一眼看到的是段非凡再次伸过来扯他裤子的手，上面有血，第二眼看到了自己裤兜位置往下的裤子上有一片血迹，新鲜的、湿润的。

"……什么？"江阔非常震惊，突然不知道接下去该怎么办了。

段非凡迅速按了一下他的裤兜，接着小心地扯了一下，发现他裤子上有一道平整的横向切口。

"你被人割兜了。"段非凡说。

"什么？"江阔差点儿没听懂这句话。什么年代了，还有人这么割兜偷东西？

他今天因为要上山，专门穿的厚牛仔裤。所以这是……小偷割兜的时候用力过猛，把他的腿给割了？

"有贼！"段非凡吼了一声。

这一嗓子喊得江阔呼吸都顿了顿。

四周的人群顿时有些混乱，纷纷往这边围了过来。

"怎么回事？"大炮冲了过来，看到他裤子上的血时一声暴喝，"谁？！"

丁哲他们也挤了过来，手忙脚乱地找纸巾。

"我试一下。"段非凡拿出纸巾递给他们，在手机上戳了两下，"可能已经关机了。"

熟悉的铃声响了起来。

"就在旁边！"大炮喊，"手机！在谁身上！自己过来！让老子找到，你就死定了！"

大家都竖起了耳朵，仔细地在北风中辨认铃声传来的方向，仿佛某种应该报警的活动现场。

几秒钟之后，奔奔对着江阔的脚叫了两声，还扑了一下。

一个站在旁边的小女孩指着江阔的裤脚："在那里。"

……什么？

江阔低头。奔奔的鼻尖已经顶在了他的裤子上。

段非凡伸手摸到的时候，江阔也感觉到了，他的脚踝上有东西。

手机响着铃从他裤腿下面被抽出来的时候，江阔没忍住乐出了声。围观群众发出了一片感慨，混杂着没抓着贼的失望和手机居然还在失主身上的惊讶。

大炮没有放弃，坚持骂了半天狠话。

"这到底怎么回事儿？"江阔实在不能理解。

"口袋上面太紧了，手伸不进去，"段非凡分析了一下，"只好割开下面的裤子。"

"但是因为太蠢了,把裤兜和我的腿全割了,对吗?"江阔说。

"对,"段非凡点点头,"然后手机掉进了裤管儿里。"

江阔有些无语。他今天穿的是双短靴,裤腿有些堆着,要不手机可能直接掉出去了,贼也就捡着了。

一种另类的偷捡结合的盗窃方式。

"伤口要不要处理一下?"丁哲问。

"感觉应该……不严重。"江阔稍微活动了一下腿。要不是段非凡提示,他甚至没感觉到疼痛。

"你那是冻麻了。"大炮说,"进屋,等暖和点儿再看看,起码知道多大个伤口。"

"嗯。"江阔应了一声。

往旁边的农家乐走过去的时候,他有点儿郁闷,看了段非凡一眼:"那么多人就偷我的?这么高的难度,他是怎么想的?"

"比直接从人手上偷的难度还是小点儿。"段非凡说。

江阔看着他。

"唯——一个手机没拿在手上的就是你了吧。"段非凡笑笑。

"唉。"江阔更郁闷了。

他看了看手机,未读消息只有三条:江总一条,还有两条估计来自运营商和商场的VIP经理。他叹了口气。

大炮和丁哲他们先一步进了农家乐,跟老板说明情况,问有没有酒精之类的东西。

江阔进屋的时候,他们几个一字排开,一块儿看着他。

"什么意思?"江阔愣了。

"脱啊,"刘胖说,"老板拿药箱去了。"

"什么?"江阔震惊了。先不说眼前这五个人,他回头看了看,外面还有很多没散去的人。

"厕所你不会想去的,不太干净。"大炮说,"唰!脱开看一眼。唰!再穿上。"

"要不我们给你围一圈儿?"段非凡说。

"滚。"江阔一咬牙解开了裤子。

他本来觉得没事,但进了屋,身体暖和了之后,腿上那种尖锐的疼痛突然加剧了。这伤口可能挺深的,开车回去得一个小时,不处理一下不太行。

他往里走了点儿，避开了大门的位置，飞快地——唰！

刚"唰"完，老板迎面走了出来，手里拿着一个药箱。

老板居然是女的。

"……啊。"江阔连蹦带跳地转过身。

"给我吧。"段非凡接过药箱，挡在了他和老板之间。

"这伤口看着很深啊，像刀片割的。"老板说，"得去医院看看，打破伤风，安全些。"

"嗯。"段非凡应了一声。

其他人都围了上来，一块儿弯腰看着江阔腿上的伤。

这场面过于一言难尽，江阔催着段非凡："快点儿，随便擦点儿酒精消个毒就行了。"

"碘酐。"段非凡的动作已经很快了。他用倒上碘酐的消毒棉球飞快地在他的伤口上一下下点着，等消完毒，又在老板的指点下用胶带把一片叠好的纱布盖在了伤口上。

江阔赶紧把裤子提上。

回去的时候，段非凡坐上了驾驶座。

江阔坐在副驾驶座，系安全带的时候段非凡问了他一句："有什么要交代的吗？"

"交代什么？"江阔问，"后事吗？"

"这嘴……"段非凡发动了车子，"损起来连自己都不放过。"

"你一个拿着大货本儿的人，"江阔说，"还怕开不了这条路么？这么平。"

段非凡笑笑，跟上了前面大炮的车。

江阔打开音乐，往椅背上一靠，长长地舒了一口气："这都什么事儿啊，新年的第一个小时就见血了。"

"挺好的，"段非凡说，"红红火火。"

"我还恍恍惚惚呢。"江阔拿出手机看了看，又猛地转过头，"你给我发的这是什么？"

段非凡笑了起来："电子相册。段凌给我发了一个模板，我顺手用你的照片做了一个。"

"我妈都不这么玩。"江阔笑着说。

"新年嘛。"段非凡说。

"嗯。"江阔点点头。

三条消息里，除了江总和商场VIP经理发的，剩下的一条就是段非凡发的土味电子相册，里面都是他兼职那几天段非凡给他拍的照片。

2 都会好的

回到学校已经大半夜了，大家兴奋过后变得疲惫，连奔奔都在后备箱里睡得不省人事。

江阔也睡了一路，等段非凡把车停好了，他才猛地一下坐直："到了？"

"醒得挺准时啊。"段非凡说，"到了，大炮带着奔奔已经回去了，其他几个也直接回宿舍了。"

"赶紧回去睡。"江阔下了车，"你几点去陪你爸吃饭？"

"十点半过去，走的时候我叫你起床，你要去医务室看看伤。"段非凡锁好车，把钥匙放好。

"我起得来。"江阔啧了一声。

的确起得来，而且醒得很早。

江阔这一夜睡得并不算好，梦特别多，乱七八糟的，但有一个片段他记得特别清楚——他学习董昆找段非凡进行发神经式的社交，并且在梦里自我感觉很好，但段非凡严词拒绝了他，并且说了一句话："这样不卫生。"

江阔躺在床上笑了好半天。

神经病！

马啸经过他床边的时候他正侧身冲着外面无声狂笑，马啸被他吓得往后退了一步。

"早啊，小马。"江阔说。

"早。"马啸说。

"新年快乐。"江阔说。

"新年快乐，"马啸说，"身体健康。"

马啸出门之后，宿舍里一片寂静，江阔闭上眼睛，很快又睡着了。

也行，他打算再做会儿梦，看能不能再梦到段非凡，然后跟他探讨一下到底有什么不卫生的。但他并没有成功，这个回笼觉感觉跟没睡似的，刚闭眼就被段非凡给叫醒了。

"记得一会儿去看一下你的伤。"段非凡站在他床边。

"他怎么了？"李子锐从床上探出脑袋，"江阔，你受伤了？"

"昨天晚上贼割他裤兜的时候把他的腿一块儿割了。"段非凡说。

李子锐和旁边正在刷牙的唐力同时一愣，接着爆发出了狂笑。唐力笑得吞下了一口牙膏沫，又跑到水池边一通涮。

江阔看了看手机："你现在要过去了，是吧？"

"嗯。"段非凡说，"跟董昆约的是一点半，我那会儿正好回来。"

"那我再睡会儿。"江阔闭上眼睛，拉过被子盖住半个脑袋。

"先去医务室。"段非凡扯开被子。

"哎……"江阔翻了个身。

段非凡从床沿上拿起了一片纱布："这是掉下来了吧？"

"嗯？"江阔看到纱布上的血迹，腿上的伤口顿时觉醒，传来了痛感。他坐了起来，把腿伸到被子外面，却发现伤口还好，没有撕裂，也没再出血了。

"我一会儿就去。"他说。

段非凡走了之后，他换好衣服下了床。

昨天被割坏的裤子还扔在椅子上，血已经干了，看上去挺惨的。

江阔犹豫着，不知道这裤子还能不能要。破口倒是没关系，就是不知道血迹能不能洗干净，是不是又得上手搓……斗争了五秒钟之后，他把裤子扔进了洗衣机里，换了条宽松的运动裤，去了医务室。

校医检查了一下他的伤，伤口不算深，只上了点儿药，没打针。

由于医治过程过于简单，来回不到半小时，他回到宿舍，跟大炮约了午饭之后就无事可做了。

"还有两科，"段非凡说，"考完就放假了。"

"年前又得一通忙，"他爸边吃边说，"以前都够忙的，现在生意做大了，更得忙。"

"他等你回去帮忙呢。"段非凡夹了块红烧肉。今天的饭菜是节日的加餐，还挺丰盛的。

"我帮不上什么忙了，多少年没干了，"他爸埋头吃着，也没看他，"他找谁帮忙不比找我强呢。"

"也不能这么说……"段非凡的话没说完就被他爸打断了。

"你说你们一会儿要玩什么去？射击？"他爸强行换了话题。

"射箭。"段非凡说，"董昆订了场子，除了江有钱，我们都没玩过呢。"

"有教练吗？"他爸问。

"那肯定有。"段非凡想了想，"不知道教练收不收费，收费的话我就让江有钱教我得了，省一份钱。"

他爸笑了起来："人家不玩了，就光教你。"

"我学得快。"段非凡说。

"也是，"他爸看着他，"毕竟是我儿子，脑子还是好用的。"

回学校的路上，段非凡依旧在龙须糖店那站下了车，给江阔买了点儿龙须糖和绿豆糕。

"是挺好吃的吧？"老板娘笑着说。

"嗯。"段非凡点点头。

老板娘往车来的方向看了一眼："刚吃完饭吧？"

段非凡明白了她的意思，笑笑："是，刚吃完，今天有加餐。"

"我听他们说，伙食还不错。"老板娘说，"我这儿经常有探视的人过来，都说吃了几个月，脸都圆了。"

"嗯。"段非凡应了一声。

"都会好的。"老板娘把装好的绿豆糕和龙须糖递给他。

公交车离学校还有两站时，楷模群里已经刷了一溜消息了。

段非凡拿起手机发了条语音："马上到了。"

江阔直接打电话过来："丁哲把他家的车开来了，在门口，你不用进来了。"

"坐不下吧？"段非凡说，"孙季还带媳妇儿呢。"

"小恋人能跟我们挤一辆车吗？"江阔说，"人家自己打车过去，我们五个正好一辆车。"

"都学会省油了，"段非凡笑了起来，"太离奇了。"

"争取回家之前不加油了。"江阔说。

挂了电话，段非凡看着窗外往后退去的街景。今天没出太阳，因为放假，这会儿街上人也很少，配着落光了叶子的树，满眼都是莫名的寂寥。

听到江阔那句"回家"的时候，他产生了一种从未有过的怅然。以往任何一次假期，他都没有过这样的情绪。

拎着一兜吃的刚走到学校门口，段非凡就看到了丁哲的车。刘胖坐在副驾驶座，江阔和董昆则在后座上。

"往里点儿。"段非凡打开门，见江阔坐在边儿上。

"我要坐在窗边。"江阔说。

"他坐别人的车晕车。"董昆说。

"还有这事儿？"段非凡只好往中间挤过去，"我怎么不知道？"

"我们也是刚刚得知的。"董昆说。

"有什么好吃的？"刘胖回过头，"那么一大兜。"

车开出去之后,段非凡拿出两盒龙须糖和一盒绿豆糕,几个人立马分而食之。丁哲一边开车一边喊:"喂我一个,喂我一个!"

"你是江有钱吗,就喂你!"刘胖说。

"我是江有钱也不用你喂啊,"丁哲说,"你洗手了吗?"

"滚啊。"江阔说。

袋子里还剩一盒龙须糖和一盒绿豆糕,段非凡把袋子系好,回手放到了后备箱里。

"约了两小时吗?"丁哲问董昆。

"嗯,"董昆说,"感觉人不多,预约时间可以随便挑。"

"两小时够吗?"刘胖说,"光学就得两小时了。"

"不至于,"江阔说,"你是傻子么?教练教的时间一般不算在内。"

"那行。"刘胖点点头。

3 正中靶心

这个射箭馆装修得很漂亮,不过位置有点儿偏,所以人并不多,他们进去都不用等箭道。

孙季和他女朋友还没到,他们几个先进去了。这儿的服务也很热情,护具怎么用、弓怎么挑,教练都在旁边指点着。

"一般咱们新手都用反曲弓。你可以试着拉一下,不合适再换。"教练示范了一下动作,"侧身,抬头,挺胸……对,手臂放松一些,不是抓着,要有推出去的感觉……"

江阔很老实地跟着教练拉开了弓。

"这姿势,"教练看了他一眼,"以前玩过吧?"

"嗯。"江阔闭上左眼瞄了瞄。

"试　箭看看?"教练说,"靶都是刚换的。"

江阔走到箭道前,取了一支箭,侧身站好,搭箭,钩弦,推弓。虽然挺久没玩了,但肌肉记忆还在,动作很熟练。

开弓时,他听到刘胖啧啧啧的声音。满弓之后,他往拉弦的手指那边微微偏了偏头。

瞄准。

箭射了出去,落在了箭靶中心的黄色内圈稍右的位置上。

江阔身后的几个人在教练的带领下发出了非常捧场的赞叹声："牛啊！"

段非凡看清落点之后，视线迅速从箭靶回到了江阔身上。

江阔收弓的姿势熟练而优雅，带着浑然天成的高手气场。

"来来来，"丁哲向教练招手，江阔的这一箭让他顿时来了兴致，"教练快指点一下我。"

江阔回过头看了看段非凡，冲他偏了偏脑袋："教你？"

"好。"段非凡走了过去，站在了箭道前。

站旁边时没觉得箭道有多长，但这会儿站到跟前看着靶子了，他才觉得距离好像挺远的。

"这是多少米的？"他问。

"十八米。"江阔在他拿着弓的胳膊上点了点，"开弓，前手推，后手拉。"

"好嘞。"段非凡侧身站好，把弓拉开了。

江阔站在他身后，抬起左手跟他的左胳膊并排，手指点在他的左手无名指上："无名指放松一点……"

"嗯。"段非凡应了一声。

江阔的右胳膊从他身后绕过来，搭在了他拉着弦的右手上方："食指找一下位置，瞄准的时候头往这边偏……"

段非凡动作有些僵硬。

"头偏过去瞄准。"江阔用脑门儿把他的脑袋往那边轻轻顶了一下。

段非凡的右手猛地一抖，钩着弓弦的手指松开了，箭"嘭"的一声弹了出去。

箭没搭好，弦也没拉稳，瞄准更不用说，他都还不知道该往哪儿瞄。

箭就那么飞了出去，落在了箭道中间。因为没拿稳弓，弓弦在嘭的一声之后反打了过来。

段非凡还僵在原地，姿势都没变。江阔反应相当快，左胳膊弯了一下，挡住了下方打过来的弓弦。

"你想什么呢？"江阔瞪着他。

你离我太近了。

"什么也没想。"段非凡往教练那边看了一眼，见其他人都围着教练，没有人注意这边，他松了口气，"我没钩稳。"

江阔没动，还是看着他。他不得不转过头，跟江阔对视了一眼。

"这样很危险，知道么？"江阔的视线从他的胳膊扫到腰再扫到腿，"箭没卡好，弦没拉到位，你这么一下相当于放空弓，严重的话会'弓毁人亡'……"

段非凡没忍住挑了一下眉。

"眉毛放好。"江阔说，"严重的话会'弓毁人伤'。"

"知道了。"段非凡回答。

江阔退了两步，站到旁边的箭道前，取了一支箭："看我的动作。"

"好的，江教练。"段非凡回答。

江阔扫了他一眼，把动作一步一步分解，慢慢地做了一遍，最后满弓的时候，他冲段非凡摆了摆头："过来看。"

段非凡走到他身后。

"头偏一点，贴近你的手，让脸碰到手指，然后瞄准。"江阔说，"弓的角度、头和肩的角度，都保持住。"

"嗯。"段非凡跟着他一块儿偏了偏头。

江阔又射出了一箭，跟之前那支箭的位置差不多。同时旁边的箭道也射出来一箭，但那支箭过了半程之后开启离家出走模式，落在了段非凡的靶上。

"这谁的？"江阔问。

"我！"董昆底气十足地回答。

"好准头……"江阔说。

"我们要不要换短点儿的道？"丁哲一直在练习动作，还没有射出一支箭，"我感觉别说瞄准了，这个距离我都看不见靶心。"

"换什么换！这是标准长度！再说你看见了也没什么意义，你说不定能射到江阔的靶子上。"刘胖说，"看我的。"

"拉着弓的时候不要东张西望，危险！"教练说，"专注一些！"

刘胖立刻没了声音，专注地瞄准。

嗖！箭倒是没往别的道去，但也没上靶，落在了箭靶下方一米处的墙上。

接着，感觉已经瞄了一万年的丁哲终于射出一箭，居然上靶了。

"不错不错！"教练表示鼓励。

一帮人跟着鼓起了掌。

算是热闹的气氛里，段非凡感觉自己总算从之前的情绪里脱离出来了。他看了江阔一眼，重新站回自己的那条箭道。

"地上那根儿箭是谁的？"董昆突然问。

"我的。"段非凡说。

"你用手扔的吗？"董昆说。

几个人都乐了。

"没想到啊，我以为段非凡会是咱们几个新手里玩得最好的呢，"刘胖说，"没想到，还不如丁哲这个二货。"

"看来江阔的教学水平不行啊。"丁哲扬扬得意。

段非凡没说话，看了看江阔。

江阔挑起右边眉毛也看着他。

"继续。"段非凡说。

江阔走到他身边："我刚是不是戳你痒痒肉了？"

"没。"段非凡瞄着前方。

这次因为他的姿势比较标准，江阔没再手把手教学，只是站在他身侧，伸手抬了一下弓。

段非凡的注意力一半用于瞄准，一半放在钩着弦的手指上。

不能再有意外，不能再有意外。再扔一支箭出去就不是丢不丢人的事儿了，作为一个公认的运动能力和身体协调能力都不错的人，这支箭再出问题，他就要"身败名裂"了。

"松的时候要干脆，"江阔退到了他身后，跟他一块儿瞄，"三根手指同时放，不要拖泥带水。"

段非凡控制着呼吸。

手指一松，箭嗖地射了出去——落在了箭靶下方十几厘米的地方。

他啧了一声。

"按刚才的感觉再往上移一点。"江阔说。

"嗯。"段非凡犹豫了一下，"你站在我边上，我有点儿紧张。"

"你三岁吗？"江阔说。

"我三十岁也会紧张。"段非凡说。

"行吧。"江阔退回自己的箭道，"我看着你，你紧张吗？"

"……还成。"段非凡拿起一支箭。

江阔看着他的动作。

段非凡学东西挺快的，第一次的姿势就已经挺标准了，没什么大问题，但他居然莫名其妙地松了弦。这次的箭虽然成功射出去了，但江阔还是感觉他有点儿不对劲。

"比赛吗？"刘胖在旁边问了一句。

几个人试了几箭之后，突然充满了莫名的自信，居然都表示同意。

"行。"江阔说。

"没算你，"刘胖说，"你行什么行，你在那边儿打样得了。"

"不带我玩。"江阔啧了一声，"十二箭一局，我可以让你们八箭。"

"啧，"董昆说，"这算不算公然鄙视我们？"

"算。"段非凡说。

"那我自己玩。"江阔笑着说，"你们再练半小时吧，要不一会儿比赛全脱靶怎么算分。"

"滚！"几个人同时喊了一声。

"行，练习半小时之后比赛，"丁哲说，"输的人请客。"

"要算上孙季他们俩吗？"段非凡说，"快到了吧？"

"他俩来了再加赛。"董昆说，"他俩派一个代表就行。孙季说他媳妇儿会射箭，不知道是不是吹牛。"

为了不请这顿饭，他们立马投入到认真的练习当中。

除了开始几箭，之后段非凡箭箭都能上靶，但始终在外圈。

江阔一边玩一边时不时看看他的姿势。

不知道是不是因为段非凡太专注，江阔的视线始终没能跟他对上，确切地说，是段非凡始终没往这边看一眼。

闷头练了十几分钟，段非凡终于停下，看了看他。

"干吗？"江阔正在瞄准。

您继续旁若无人啊。

"你先射完这箭。"段非凡说。

江阔没说话，一箭射了出去。

正中靶心。

"嚯！"江阔愉快地一抬下巴，然后转头看着段非凡。

"我还有哪个动作不对吗？"段非凡说，"你帮我看看，为什么没法儿往中间去？"

江阔走到他身边，看着他射了一箭。

"要不你换只手。"江阔说，"右手持弓，左眼瞄准，你可能左眼是主视眼。"

"那我之前白练了啊？"段非凡说。

"试不试啊？"江阔问。

"行。"段非凡摘下了护具，换成右手持弓。

这左右一换，又得重新调整姿势。江阔没动，段非凡换了手之后，一拉弓，他俩就成了面对面。段非凡感觉自己的眼睛都不知道该往哪儿看。

哦，看弓、看箭，瞄准。

"头偏一点，"江阔说完，又马上补了一句，"弦拉好，不要松！"

"嗯。"段非凡应了一声，认真瞄准之后射出一箭。

"嚯！"他喊了一声。这箭稳稳地扎在了九环内。

"可以，"江阔一竖拇指，"继续。"

段非凡继续练习。

江阔退到休息区坐下了，顺便叫了服务员过来要几瓶饮料。但服务员表示要先去前台付款，再自己去冰柜里拿就可以了。他这才想起来自己并不是这里的VIP，只得起身去前台买饮料，然后抱回他们的休息区。

他回来的时候段非凡并没有在练习，而是看着这边。

视线对上之后，段非凡笑了笑，抽了支箭转身继续练习。

有什么地方不对劲。

江阔一般不会特别注意别人的情绪和状态，但如果真有什么不对劲，他只要愿意，都能感觉得到。段非凡不同于他以往认识的任何一个人，所以任何情绪他都很容易注意到。昨天在山上的时候段非凡就有些奇怪，今天松弦的意外之后，他也不对劲。

江阔坐在椅子上慢慢喝着饮料，看着段非凡的背影。

孙季和他女朋友在一小时之后终于到了。

孙季女朋友叫柳鸣鸣，孙季管她叫"小明"，大家就跟着一块儿叫"小明"了，听着仿佛在集体做卷子。

柳鸣鸣挺大方的，性格很好，一直笑眯眯的。

"江阔，"孙季和柳鸣鸣换好护具、挑好弓，孙季指着柳鸣鸣，"能打败你的人来了。"

江阔笑了起来。

"别瞎说啊。"柳鸣鸣赶紧摆手，"我的水平也就那样，比不会的强点儿。"

不过这话明显是谦虚，因为柳鸣鸣第一箭就是九环。

"可以啊。"江阔说。

她接下去的几箭也都很准，只有一箭在八环。

孙季替她向江阔下战书的时候，江阔没有推辞。玩这些就得有个对手才更有意思。他起身拿了弓。

"是怎么样的规则？"董昆问。

"三箭一组，十二箭一局。"江阔说，"我不让女孩儿的啊。"

"不用让。"柳鸣鸣笑着说。

有女朋友在，孙季立马不跟他们一伙儿了，指着江阔："话别说太满啊，我跟你说，江小阔，小明也不让男孩儿。"

"行。"江阔笑着说。

为了不浪费大家的时间，他俩在最旁边的两条箭道比赛，其他人则一边练习一边观战。

江阔一眼扫过去，发现段非凡之前用的那条箭道换了孙季在用，另外几条道上也没看见段非凡。他回过头的时候才瞥见段非凡正坐在休息区，拿着瓶饮料。

看到他回头，段非凡笑笑，冲他举了举手里的瓶子。

"不玩了？"江阔用口型问。

段非凡伸出两根手指，指了指自己的眼睛，又指了指他俩。

"行吧，你看。"江阔点点头。

柳鸣鸣的技术还不错。因为边比赛边聊天，江阔知道她家有亲戚开了个射箭馆，她放假的时候就会过去玩。

"你应该玩了很多年吧？"两组过后，柳鸣鸣说，"我是真比不了。"

"小学时候开始玩的，但是没坚持。"江阔说。

"我要输了。"柳鸣鸣笑着说，"剩下几箭追不上了。"

"没到最后呢。"江阔说，"万一我脱靶了呢？"

孙季和柳鸣鸣笑得不行，孙季叹了口气："你可太能气人了。"

十二箭很快结束了，江阔赢得没什么悬念，几个人一通感叹：柳鸣鸣一个女孩儿，就算输了也比他们一帮大小伙子厉害。

江阔放下弓，想坐一会儿，却发现段非凡不知道什么时候已经离开休息区了，四周也没看到他人。

"段非凡呢？"他问刘胖。

"不知道啊，"刘胖茫然四顾，"上厕所去了吧。"

"哦。"江阔应了一声，有点儿不爽。

说好了观战的，居然半道跑了。

什么尿这么一会儿都憋不住？洪水么？

江阔在休息区坐了五分钟，没看到段非凡回来。

拉肚子都该完事了吧……

他站了起来，犹豫了一下，往外走去。

"厕所在右边。"刘胖在身后说了一句。

……这两天他看上去很像想上厕所又找不到厕所的人吗？

每一个人都友好地提醒他厕所在哪儿。

"我不上厕所。"他说。

一直走到前台那儿，江阔也没碰到段非凡。他问前台的服务员："跟我们一块儿来的，穿灰色……"

"总跟你在一块儿的那个男生吧？"前台没等他描述完就指了指通往馆后的一扇门，"他去那边了，那扇门通往室外。"

"……谢谢。"江阔说。

他刚走出门，就迎面碰上了正往回走的段非凡。

"去哪儿？"段非凡看到他很吃惊。

"你去哪儿了啊？"江阔问。

"我随便转转。"段非凡指了指身后。

江阔顺着他手指的方向看了一眼。这是个室外场地，这种天气里是不会有人在外面玩的，也没什么可看的，连靶都没放。

"你是不是有什么事儿？"江阔看着他。

"没。"段非凡回答。

"是对我有什么意见吗？"江阔又问。

"怎么可能？！"段非凡一下提高了声音。

"我不是那种爱绕圈子的人。"江阔说，"你要有事儿就说，真没什么事儿，就正常点儿。"

段非凡看着他，没有说话。

"听见没？"江阔说。

"好。"段非凡点点头。

"走。"江阔一招手，"还有半小时，别浪费时间。"

"跟小明比得怎么样？"段非凡问。

"你觉得呢？"江阔说。

"你脱靶的话她能赢。"段非凡笑了。

"我脱靶的话你也能赢。"江阔说。

"那不一定。"段非凡说，"我刚有一箭射到靶上面一米多的地方了，取箭的时候董昆就在边儿上，我趁其不备，唰，给薅下来了。"

"他没看到吗？"江阔忍不住笑了。

"没，"段非凡说，"只要动作够快，就不会有人知道我丢人了。你不也没发现么？"

"我是真没看到。"江阔看了段非凡一眼。

就这么两分钟时间，段非凡已经回到了"正常点儿"的状态里，变回了他熟悉的那个永远带着笑的游刃有余的段英俊。

回去之后江阔和段非凡都没再去射箭，一块儿坐在休息区。

虽然段非凡没再跟江阔说话，但江阔能感觉到，他之前那种奇怪的状态是真的消失了。江阔不得不承认自己有点儿惊讶。段非凡从小到大的生活经历让他将心事藏得比一般人深，这一点江阔知道，但能藏得这么不露痕迹，还是超出了他的想象。

"你挺牛啊，段英俊。"江阔转头看着段非凡。

"谬赞了。"段非凡想也没想，扭头就回了一句。

"你知道我说什么吗你就接？"江阔说。

"夸我呢不是？"段非凡笑了笑。

4 醉酒还能挺的？

时间到了，一帮玩了俩小时水平依旧不怎么样的人居然真的举行了比赛，还统计了成绩。根据大家同样惨不忍睹的成绩，他们给最低分获得者董昆授予了"脱靶王"的称号，又名"屁屁王"。

晚上的饭就由屁屁王负责。

"吃点儿热火朝天的吧。"董昆想了想，"江阔能吃辣吧？小明呢？"

"能。"江阔说。

"我没问题。"柳鸣鸣也说。

自打上回吃完涮羊肉，他们就一直没再放开吃过大餐，昨天的农家乐饭菜倒是丰盛，但大家着急看焰火，没吃尽兴。

今天这顿火锅，看几个人点菜的架势，应该是打算吃到人家晚上关门为止了。

"一会儿找代驾，坐不下的打车回。"丁哲拍着桌子，"我也要喝点儿，新年第一杯。"

"要不我开……"段非凡话还没说完就被大家给打断了。

"一口倒你也得给我喝。"董昆指着他，"不给我屁屁王面子是吧？"

"喝！"段非凡说。

汤底刚端上来，董昆就把酒给倒上了："这次凑合喝点儿一般的，放假了我们去江有钱家喝好酒。"

"管够。"江阔点头。

"放假前把去玩的时间定好吧。"刘胖说，"江阔，你能接我们吗？"

"到的时间告诉我就行，"江阔说，"我肯定亲自去接。"

"亲自？"丁哲喷了一声，"是不一样哈，咱们真是关系到了，关系没处到的人家估计只派个司机去接。"

一帮人都笑了。

"来！为江少爷亲自来接！"孙季举杯。

"亲自来接！"一帮人都喊着。

"新年快乐。"江阔说。

"新年快乐——"

江阔喝掉了杯里的酒,看向段非凡,这个一杯倒居然也很实诚地把杯子里的酒都喝掉了。

董昆再给大家倒酒的时候,江阔偏过头低声问他:"你什么时候能定下时间?"

"9号放假,"段非凡说,"我大概忙个四五天,中旬就有时间了。"

"中旬是哪天?"江阔说,"月底就过年了。"

"中旬大概……"段非凡点开手机日历看着。

"你不会去不了吧?"江阔突然有些担心。

"嗯?"段非凡看了他一眼,"我能去。"

"不去我骂人啊。"江阔说。

"不会给你这个机会的。"段非凡笑笑,拿过杯子跟他碰了一下。

江阔拿起杯子,看着段非凡一口喝了三分之一,他忍不住喷了一声:"平时你跟他们喝酒,如果醉了,怎么回去?"

"拖上车,拖进宿舍,扔地上,"段非凡笑着说,"就行了。"

"行,"江阔喝了一口酒,"那你喝吧。"

"江阔!"孙季喊了他一声,"你家是不是有酒店?"

"有。"江阔点头。

"我们能住吗?"孙季问。

"不然住哪儿?"江阔说,"我还花钱给你们安排到别家的酒店去吗?"

"总统套房吗?"刘胖问。

"要点儿脸吧,"江阔说,"我都没住过。有家温泉酒店……"

"就那儿了!"董昆喊,"别的都不用你安排,我们就在那儿泡几天。"

"你们倒是好招待。"江阔笑了。

虽然还有两科没考完,但临近放假,大家都挺兴奋,一边打听有什么好玩的,一边已经开始畅想。

"明天夏天要是有时间,再来玩也不错,"江阔小声跟段非凡说,"可以玩水……你会游泳吗?"

"不会。"段非凡说。

"没事儿,我教你。"江阔说,"不会游也能瞎玩,在山里住几天,挺有意思的。"

"嗯。"段非凡点点头,夹了卷五花肉烫了,然后顺手拿起杯子。

江阔正准备拿杯子跟他碰一下,但他已经一仰头把杯子里那点儿酒都喝了。

江阔拿着杯子看着他。

"……不好意思。"段非凡愣了愣，赶紧拿过酒瓶，给自己倒了酒，然后跟他碰了一下。

他正要再喝一口的时候，江阔按了按他的手："你不是已经喝过了吗？"

段非凡笑着没说话。

江阔喝了一口酒。

段非凡这种一醉直接倒的也好，可以放心喝，都没有酒后吐真言的机会。

段非凡的酒量是个谜，两杯酒喝完他就坚持不再喝了，估计是感觉到自己快不行了。但江阔看他脸也没红，说话也没大舌头，眼神还挺清亮，就是从饭店出来的时候步子稍微有点儿不稳。比起董昆他们几个，他就跟没喝酒似的。不过之前的生日烧烤派对，到晕倒之前他也看不出来醉没醉。

今天江阔没喝多少。他对酒没有太大兴趣，如果酒特别好，他能多喝点儿，酒一般的话，就随便喝两杯。

众楷模倒是喝得不少，刘胖说话都大舌头了。

快十一点了，丁哲叫了代驾。因为车上位子不够，所以按醉酒程度高低排序，把刘胖、董昆和他自己都安排到了自家的车上，怕万一出租车司机看他们醉得厉害拒载。

车上还剩一个位子，孙季和柳鸣鸣回酒店，不跟他们一起走，于是就剩江阔和段非凡。

"你俩……"丁哲趴在副驾驶座的窗户上看着他们，"你俩的话……"

"走你们的，"段非凡绕到车后，打开后备箱，把特意留的一盒龙须糖和一盒绿豆糕拿了出来，"我们打车。"

"你行？"丁哲问。

"要不你下来，换我俩上去？"段非凡说。

"师傅麻烦了，开车。"丁哲拍拍腿，又转过头，"注意安全，打不着车的话……公交末班车是十二点，我看看是哪一路啊……"

"走！"段非凡喊。

"好嘞！"代驾师傅响亮地回答。

车慢慢开了出去，丁哲还伸着脑袋，用手指着他俩："末班车是十二点，是哪一路来着……"

下一秒，他终于被车里的人拽了回去。

"丁哲喝多了话真多啊。"江阔感叹。

"这次表现得不错了。"段非凡用手机软件叫车，"他有一次在牛三刀吃烧烤，喝到后半夜抱着老叔哭，要认干爹。"

江阔笑了起来，过了一会儿又叹了口气："我还没去牛三刀吃过烧烤呢。"
虽然吃过酱牛肉，吃过牛肉面，还干过活儿。

"想吃随时可以去啊。"段非凡看了他一眼，"放假前……或者下学期开学，那会儿还冷，就在后面通道，炭火烧上，肉一烤，小酒一喝……"

"那行，就开学吧。"江阔点点头，"你还小酒一喝呢？"

"怎么了？"段非凡说，"我挺得住。"

"今天还挺能喝？"江阔盯着他的脸，"好像没醉？"

"醉了，只是我挺得住，能撑到安全的地方再倒。"段非凡说，"我现在困得下一秒就要昏死了。"

"醉酒还能挺的？"江阔不能理解。

"多少能挺会儿，"段非凡说，"我现在就在挺。"

"啊……"江阔想从他脸上找到破绽，但没有成功。

过了没多大一会儿车就来了，司机说他们运气好，今天晚上叫车的人多，要不是他回家陪闺女顺路，他们得在这儿继续等个半小时。

"这么晚了，闺女还没睡吗？"段非凡说。

"没睡，非要等我呢。"司机一直嘿嘿地乐，"今天她妈带她出去玩了，一堆新鲜事儿等着跟我说。"

"小孩儿就是这样，"段非凡说，"跟谁亲就什么事儿都要说给谁听。"

"没错，"司机说，"明天我也不出车了，陪她去看电影。"

江阔靠在车门上，看着段非凡的侧脸。

坐出租车的时候跟司机聊天儿这种事，他是不可能干的。但段非凡走到哪儿都能跟人聊起来，非常自然。休学好几个月，回到学校还是跟谁都熟，食堂的大叔、阿姨，看到他都跟看到亲儿子似的。

这会儿段非凡也跟司机很自然地聊着，不过这话题对于他来说多少有些伤感。先是妈妈不再回来了，接着是爸爸。小非常平凡从那时到现在，一直在等人。

江阔捏了捏眉心，感觉今天这酒不太行，有点儿上头，让人想得多。

后半程段非凡没再聊天儿，不知道在想什么。司机打开了收音机，听着交通电台，女主持人的声音有点儿催眠，到学校的时候江阔差点儿睡着了。

车停在宿舍楼门口，江阔下车的时候抬头看了一眼，不知道丁哲他们回来了没有。

"开车慢点儿啊，注意安全。"段非凡下车的时候还交代司机，仿佛招呼一个朋友。

"以后要用车给我打电话就行。"司机说。

"好嘞。"段非凡关上车门。

江阔往宿舍楼里走，有些惊讶："你还留他电话了？"

"加了好友。"段非凡说，"谁知道以后会不会要用车。司机说他家在乡下有果园，以后想吃新鲜果子也可以找他。他还想开农家乐，没准儿以后也成了牛三刀酱牛肉的客户。"

"这都什么时候聊的？"江阔很震惊地看着他。

"你走神儿的时候。"段非凡笑了笑。

"你真是个……"江阔不知道该说什么了，"牛。"

今天值班的不是赵叔，而是学校的保安，江阔没见过，但段非凡依旧很熟络地打了招呼，甚至叫了声"李哥"。

"明天你回牛三刀吗？"江阔走到107门口的时候问了一句。

段非凡没回答。

江阔顿了顿，心里升起不祥的预感。

"你没事儿吧？"他迅速转过头。

段非凡就站在他身后，摇了摇头，然后伸手把他扒拉开，很急的样子。但伸手去开门的时候，他突然脑门儿往门上一磕，接着就那么贴着门跪了下去。

"你这……"江阔站在一边，无法用语言形容自己此时此刻的心情。

事实证明，段非凡的酒量的确不行，但意志力应该是他见过的酒量不好的人里最强的一个……

震惊过后，他在旁边106的门上敲了敲："有人吗？"

"江阔？"有人打开了门，是膀子哥，"怎……我去！"

贴门跪着的段非凡让膀子哥的这声感叹叹出了回声，走廊里回荡着一连串的"去、去、去……"

106的人都出来了。有了上次的经验，他们几个这次合作起来就熟练很多了。江阔把门打开，106的几个人把段非凡拖进宿舍，扔在了躺椅上。

人走了之后，江阔站在屋里愣了一会儿，发现段非凡手里的袋子居然没掉到地上。

江阔知道这里头还有两盒糕点。他伸手拽了两下，没拽下来。

喝了酒之后就会嘴馋，更何况江阔本来就觉得龙须糖和绿豆糕挺好吃的……他又拽了两下，但段非凡的手依旧攥得很紧，手指关节都有些发白。

江阔叹了口气，蹲在他身边，从袋子侧面撕了个口子，把两个小盒子拿出来了。

段非凡不知道要睡多久，江阔这会儿也困得厉害，坐在桌子旁边吃了两块绿豆糕之后就不想动了。

　　如果现在回119，他可能会把刚睡着的人吵醒。马啸每天早起，黑眼圈儿一天天地越来越重，要是把马啸吵醒了，他会过意不去。他趴到了桌上，打算眯一会儿再说。

　　脖子和后背都很酸，江阔感觉没睡多久就受不了了。他迷迷糊糊地听到旁边有细细的声音，像是有人在收拾桌子。

　　他睁开了眼睛，看到了段非凡的手。

　　"嗯？"他抬起脑袋。

　　段非凡正坐在他对面，拿着他昨天买的那个相框盒子和包装纸比画着。

　　"我还没放照片呢。"江阔说。

　　"知道，"段非凡说，"我是闲的，比比看包成什么样好看。"

　　"你没事儿了？"江阔问。

　　"嗯，醒了一会儿了。"段非凡看了一眼手机，"你去床上睡吧，快天亮了。你今天如果要看书的话，还能再睡三个小时。"

　　"我趴了这么久？"江阔坐直了。

　　"叫都叫不醒。"段非凡看了他一眼，"嘴上还有绿豆糕。"

　　"啧。"江阔赶紧抹了抹嘴，"你呢，不睡吗？"

　　"睡不着了，"段非凡说，"我已经过了能睡着的那个点儿了。五点半我得回牛三刀，早上有肉到，得马上处理。"

　　"哦。"江阔应了一声。

　　实在是太困，他没跟段非凡多说什么，直接爬上床去躺下了。本来想再跟段非凡聊两句的，但他甚至都不记得有没有起头，就睡得失去了知觉。

　　江阔感觉自己做了梦，但又因为头脑过于混乱，根本不知道梦到了什么，早上醒过来的时候只觉得脑袋都是涨的。

　　屋里没人，他看了一眼时间，都九点多了，段非凡四个小时之前就已经回牛三刀了。

　　……不过牛三刀的事是梦到的还是段非凡昨天说的，他也记不太清了。因为他隐约感觉自己梦到了段非凡，只是对具体的内容已经没了印象。

　　不知道是不是因为这几天琢磨段非凡的次数有些多，对于他这种日有所思夜有所梦的人来说，还是有些困扰的。

　　江阔搓了搓脸，拿出手机给段非凡发了条消息。

　　——JK921：你是回牛三刀了吗？

　　段非凡过了一会儿才回消息，内容之简单，看得出他的确很忙。

——指示如下：是。
　　江阔啧了一声，也没多说，下床回了119。
　　这个时间宿舍里没有人，他慢吞吞地洗了个澡，又去107把龙须糖和绿豆糕当早点吃了，然后拿着手机出了门。
　　马啸去文印店上班了。江阔到的时候，他正在复印一大摞不知道讲什么的书。
　　"打照片。"江阔说。
　　"好。"马啸过来了，"还做相册吗？"
　　"不是，"江阔笑了，他猫在床上贴照片的惨状全宿舍的人都记得，"就几张，放小相框用的。"
　　照片他挑了六张，有他穿着玩偶服的，有发传单的，还有穿着安全员的衣服抱着小孩儿的，都是段非凡拍的。
　　马啸给他按尺寸打好了。
　　往回走的时候段非凡发了条消息过来。
　　——指示如下：照片打出来。
　　与他的ID简直贴合极了。
　　江阔拿手机对着自己手上的照片拍了一段视频——照片在他手上展开、合拢、再展开，然后发给了段非凡。
　　——指示如下：阔叔好酷哦！
　　江阔笑了半天。

　　江阔将照片装好，段非凡则帮他把盒子包好了，用的是最简单的方法：用皱皱纸把盒子包住，往上一拢，再系上个蝴蝶结。
　　弄完这个，回家前他就没有什么别的事儿了，就等着最后两科考完，飞奔回家。
　　飞奔是别人的状态，江阔感觉自己的状态算不上飞奔。
　　想回家是肯定的，想他舒服的卧室，想他家的大院子和泳池，想他被老爸锁进仓库但这次回去应该解禁了的那些"玩具"们。
　　但眼下的学校、宿舍、同学……楷模群的人，还有段非凡，他想起来会觉得有些寂寞，毕竟他从来没体验过这样的热闹生活。

CHAPTER 16

是离愁

1 这是什么让人感动的伟大友情啊！

元旦假后的几天，段非凡都没怎么在宿舍出现，仿佛是为了弥补之前牛三刀最忙的时候他没在店里帮忙的事，考完试之后都没见他轻松下来。江阔都开始怀疑这人到底还能不能出去玩了……不，也许正是想出去玩，所以提前忙活，多干点儿。

大炮订好了回家的票，发消息让江阔收拾好行李。

没什么好收拾的，他出来的时候没带行李，回去的时候也不需要行李。

李子锐是回家最积极的，买的是考完试当天晚上的票，已经连夜奔回家跟奶奶抱头痛哭去了。马啸要一直打工到过年前，唐力则跟江阔同一天走。

在宿舍帮唐力往行李箱里塞衣服的时候，段非凡过来了。

"要帮忙吗？"他看着正一块儿压着行李箱，仿佛松手这箱子就会炸了的唐力和江阔。

"快，"江阔说，"趁其不备，快把拉链拉上！"

"好。"段非凡过来一通连拉带拽的，把拉链给拉好了，他看着已经挤变形的箱子，"我怀疑你在路上颠一下，这箱子就会炸了。"

"没事儿，"唐力说，"我准备了绳子，一会儿捆上就可以了。主要是我把给我妈买的被子塞进去了，要不没这么鼓。"

"你给你妈买了床被子？"江阔愣了。

"嗯，"唐力点头，想想又叹了口气，"我也不知道为什么。"

江阔差点儿笑得呛着。

段非凡把江阔叫去107的时候，他一路上都还在乐。

"把你家的地址给我一下。"段非凡拿着手机。

"嗯？"江阔看着他，"我去接你，还能让你自己去吗？"

"你不是说要给家里带牛三刀的酱吗？"段非凡说。

"啊，对啊。"江阔猛地想了起来，烧烤那会儿他为了这腌肉超级好吃的酱，还学会了讲价。

二百五不好听，二百四吧。

这事儿他已经忘了，但段非凡还记得。

"这阵儿店里都做的牛肉，没做多少酱，所以这是我自己做的。"段非凡说，"不过你放心，秘制配料还是老婶弄的，我只负责做。"

"你专门做的？"江阔愣了。

"嗯，"段非凡说，"不然呢？老婶没空啊，做这个又费事，还要炒的。"

"你天天回牛三刀就是为了做这酱吗？"江阔突然鼻子发酸。

"……就十罐酱，一天就做完了，哪儿还要天天做啊。"段非凡说。

"哦。"江阔看着他。

段非凡笑了笑："之前李子锐还要了点儿，要不……"

"你还给李子锐做酱了？"江阔的声音一下扬了起来。

"没，"段非凡赶紧强调，"给他的是之前老婶做好剩下的，给你的是我做的……"

"哦……"江阔点点头，想想又觉得有点儿好笑。

段非凡把手机递了过来："二百四，扫一下，谢谢。"

"不是送的吗？"江阔盯着他。

"这是我专门做的。"段非凡晃了晃手机。

"你直说太久没坑我了，手痒就行。"江阔啧了一声，边笑边拿出手机扫了码，付了二百四十块，"包邮吗？"

"一般不包。"段非凡说，"这东西寄起来贵，少爷的VIP待遇才包邮。地址发我。"

江阔把家里的地址发给了他。

"是明天一早回家吗？"段非凡问。

"嗯，"江阔点点头，"早上大炮开车过来接我去车站。"

"行，"段非凡应了一声，"那就玩的时候再见了。"

不知道为什么，江阔听着这话突然有些伤感。为什么伤感呢？明明说的是半个月之后又见面的事儿。

"你不送我吗？"江阔问。

段非凡明显愣了一下，看着他没说话。

呃。

"不用不用，"江阔摆摆手，"不用送。"

段非凡笑了笑："但是你到时候得接我。"

"那肯定啊。"江阔一拍巴掌。

临走前一晚，江阔本来只想在107聊会儿，结果听说他明天回家，楷模群的人全来了，还买了一堆吃的，说要玩通宵。

这帮大二的，不知道是不是因为已经在学校待了一年多，所以对回家这件事并没那么在意。除了段非凡和丁哲，其他外地的居然一个都还没走。

江阔被他们拉着打牌打到半夜。这帮人输爽了之后又开始玩手机游戏，江阔实在有些扛不住，往躺椅上一靠，闭上了眼睛。

"吃吗？"段非凡不知道什么时候拿了把椅子坐到他旁边。

"什么？"江阔睁开了眼睛。在闹哄哄的催眠氛围里，段非凡的声音相当提神。

"柚子，"段非凡晃了晃手里正在剥的柚子，"赵叔给的，说很甜。"

"吃。"江阔伸手。

段非凡在他手上拍了一下："等我剥完啊。"

"哦。"江阔收回手。

一帮人闹到后半夜才在屋里横七竖八地躺着了，没一个走的。江阔在梦里都没忘了向上苍祈求这帮人快点散。

早上江阔在躺椅上醒过来的时候，他们一帮人围成个圈一块儿看着他。

"干吗呢？"江阔头发都立起来了。

"给钱，"董昆一边说一边戳着手机，"七点半差一分，险赢。"

"……什么鬼？"江阔坐了起来。

"段非凡赌你七点半起不来，让我们叫你，"董昆说，"我们赌你能醒，毕竟你要回家呢不是。"

江阔叹了口气："段非凡呢？"

"买早点去了，"丁哲说，"昨天他输了，今天的早点归他买。"

段非凡拎着两大兜早点回来，一帮人边喊边抢地吃完了。

江阔本以为他们吃完就会走，结果看这架势，他们应该是打算把他送到校门口。

这是什么让人感动的伟大友情啊！

大炮打电话过来，说已经在校门口的马路边等着了。

江阔挂电话的一瞬间，突然有种强烈的不舍。

"车到了？"段非凡问。

"嗯。"他点点头。

"走吧，"段非凡看了看时间，"时间正好。"

一帮人一块儿往学校门口走。

江阔感觉自己还没睡醒，迷迷瞪瞪地跟在队伍后头。

学校这会儿已经相当冷清了，几乎看不到人，也听不见什么声音。他突然又很感谢楷模们坚持送他出去，让这一段格外寂寞的路显得没有那么寂寞。

"车钥匙我没拿走，"江阔低声跟段非凡说，"你有空就帮我挪一下车，要用车的话你直接开。"

"嗯。"段非凡点头。

江阔就没再说话了，也不知道说什么。

"到家了给我发条消息吧，"段非凡说，想想又补了一句，"发群里就行，告诉他们一声。"

"嗯。"江阔点了点头。

大炮的车就停在路边。江阔把随身带的包从车窗扔了进去，然后转过身看着送他出来的这帮人。

"走吧，"丁哲说，"我们定了时间就通知你，估计17号或者18号吧，主要看段非凡的时间。"

"好。"江阔往段非凡那边看过去。

段非凡站在刘胖后面，被刘胖的脑袋挡住了。他这会儿专门动了一下，从刘胖和董昆的脑袋中间露出脸，说了一句："我的时间好说。"

说完这个他们已经说过不知道多少次的话题，就没什么别的废话可说了。

江阔点了点头，转身上了车。反正再过个十天八天的就又见面了。

"东西带齐了吧？"大炮问，"身份证、手机，主要是这俩。"

"带齐了。"江阔冲外面挥挥手，"走了，回去吧你们。"

"走了啊！"大炮也喊了一声。

外面一帮人乱七八糟地不知道回了什么，反正听不清。

车开动的时候，江阔从后视镜里看着他们，没过几秒钟，车转进主路，后视镜里的人就都看不到了。

"奔奔送上车了吗？"江阔问。

"我让工地的人清早就送过去了，提前了两小时，"大炮说，"它还挺高兴的。我发现这狗只要出门就兴奋，坐在后备箱里在工地上跑十分钟都很兴奋。"

"毕竟还是只小狗。"江阔说。

到车站大概要开四十分钟，这个时间不堵车，一路都很顺利。

大炮没说话，江阔也无话可说，看着前方的路出神。

回家是件愉快的事，尤其他和江总的矛盾暂时化解了，他不必继续跟江总犟着，但心里还是有点儿空虚。

"我过完年不能马上回来，得晚差不多一个月，"大炮说，"要先跑跑材料的事儿。"

"嗯。"江阔应了一声。

"我租的房子没退,"大炮说,"你要用的话,找门卫拿钥匙。"

"我应该用不上。"江阔说,"现在就开始考虑下学期的事儿了……"

"我回去就要被我爸拉着到处跑了,说不定还要跟着江总呢,"大炮说,"都不知道有没有时间聚。"

虽然他跟大炮并不是多么密切的关系,初中以后,他俩见面的频率大概一个月两次,但现在听到大炮这么说,他突然有点儿郁闷。

"不考虑自己以后做点儿什么了?"江阔问,"就跟着他们了吗?"

"先这样吧。"大炮叹了口气,"我不像你,有那么多想法。我差不多就行,跟着跑跑也不费劲。"

江阔没说话,也叹了口气。

大炮比他大一岁,不上大学直接工作是很正常的,家里有现成的活儿等着他做,这是他最简单、轻松,最不会出错的选择。

江阔就是莫名其妙有点儿伤感。不知道是不是因今天离开了热闹的学校和热闹的人,听到自己的发小也要慢慢退出自己生活的消息时,他很不舒服。

他看了大炮一眼。

"干吗?"大炮也看了他一眼,"你今天情绪有点儿不对,舍不得学校吗?"

"可能吧。"江阔说。

"过完年不就回来了,而且他们不是还要来找你玩么?"大炮满不在乎,"到时叫上我啊,我年前没什么事儿。"

"嗯,我出去玩哪次忘了叫你?"江阔说。

大炮很愉快地笑了两声。

高铁商务座比起飞机来还舒服些,统共六个座儿,人少也安静。

奔奔在同车的货厢里,据说跟它一块儿托运的还有两只猫。

江阔要了毯子,把椅子调好直接躺着了。睡着之前,他有些无聊地点开朋友圈看了看。

手机很安静。段非凡肯定回牛三刀去了,丁哲送完他就回家了,其他楷模这两天也忙着回家的事,群里比平时要安静得多。朋友圈里也没什么新内容,最新的一条朋友圈停留在昨天下午,大炮发的奔奔拉屎照。

之前开车过来,连玩带逛,还因为扎到田里去洗了次车,现在坐高铁回家,江阔感觉自己睡了两觉就到了,中间还被大炮拉起来去餐车吃了顿饭。

他们办好手续领出奔奔,江总派来的车已经在外面等着了。开车的是保安部的老陈，当初他从家里跑出来的时候，就是老陈被指派带队对他进行追捕的。

"陈叔。"江阔跟他打了个招呼，把奔奔抱到后备箱里，给它喂了点儿水，然后把手机递给了大炮，"帮我拍张照。"

大炮接过他的手机，看着他："什么？"

"拍照。"江阔站到后备箱前，用胳膊搂着奔奔。

大炮举着手机对着他愣了两秒："不笑吗？"

"少废话。"江阔说。

大炮咔咔给他拍了两张。他看了看，凑合吧。

"给段非凡的吗？"大炮问。

江阔看了他一眼。

"汇报奔奔平安？"大炮又问。

"嗯，"江阔点了点头，"怕他担心。"

"这狗比你能适应，"大炮说，"欢实着呢。"

上车之后江阔先把照片发给了段非凡，然后又往群里发了一遍。

——丁威武：到家了？还挺快。

——刘修长：看着像偷狗被抓了。

——董潇洒：一个月三千五真不够用，这狗也不知道能卖多少钱。

——江有钱：滚！

群里除了还在跟女朋友腻歪的孙季，就只有段非凡没有出声，私聊他也没回复。

江阔把手机拿在手里一下下转着。

"振宇，一块儿先回鼎江庄园，"老陈一边开车一边说，"胡总在那儿。"

"嗯，行。"大炮点点头，"接风吗？"

"想得美，"江阔说，"咱俩配被接风？"

老陈笑了起来："天鼎的项目他们要碰个头，正好你们回来，就说一起在家吃。"

"我妈在家吗？"江阔问，"江了了回了没？"

"都在。"老陈点点头，"了了前天回的，也是我去接的。"

"你去接？她怎么了？"江阔愣了愣。江了了向来来无影去无踪，回来了都未必回家。

"把脚扭了，"老陈说，"走着不方便。"

江阔叹了口气。

车快开到家的时候，他的手机响了一声。

江阔手一翻，把正拿在手上转着的手机绕到掌心里，点开了消息。

——指示如下：回家睡一觉吧，看着没什么精神啊。
　　江阔揉了揉眼睛，的确有点儿困。
　　——JK921：车上睡一路了，回家睡不了，一堆人。
　　段非凡又不回消息了。

　　"人家一直是我的客户！"老张头叉着腰站在店门口喊着，"多少年都在我这儿买肉，你家倒好，上来就把人往自己店里拽！"
　　"说话注意点儿啊！"老叔拿着砍刀站在案台后面，看着他，"谁往店里拽人了？人家要进来我还往外赶吗？"
　　"咋的，还你家客户，脑门儿上盖你家戳儿了呗？"段凌亮着嗓子，"买个肉还得从一而终了呗！吃了你的肉，这辈子就是你老张家的人了呗！还得让你监视着不能去别的店了呗！"
　　段非凡拿着手机坐在门口的小凳子上，一边听着吵架的动静一边给江阔回消息。
　　——指示如下：欢迎少爷回家吗？
　　——JK921：我爸跟人谈项目，欢迎我回家是顺带的。
　　"你别跟我讲一串串的！"老张头眼睛瞪着，"我这就给你们下最后通牒！别让我再看到你们抢客人！"
　　"还最后通牒！牒字怎么写你知道吗？"段凌声调又往上提了几度，"下呗！我给你准备个架子，就给你放最后通牒，以后再给你出本书！"
　　——JK921：你是在忙吗？
　　——指示如下：没，有人上门挑衅，段凌正在对战。
　　——JK921：……
　　——JK921：你不帮忙？
　　——指示如下：这就去帮。
　　段非凡叹了口气，把手机放到兜里，起身走到案台前，也没说话，只是突然拿起了拴在砍刀上的铁链子，往下重重一放。
　　铁链和金属案台碰撞，发出巨大的声响。
　　老张头脸色变了变。
　　段非凡还是没说话，从案台上拿过一根牛骨。今天新鲜的牛骨，老婶留了两根，打算晚上炖牛骨汤。他从老叔手里把砍刀拿了过来。
　　"我……"老张头继续骂。
　　段非凡一刀砍在了牛骨上。
　　嗵的一声响！

老张头顿了顿，又继续："我告诉……"

段非凡扬手又是一刀。

哐！

"我他妈……"

嗵！

"你……"

哐！

"段非凡你干什么？"老张头总算找到空隙飞快地瞪着他问了一句。

"晚上来喝汤啊，叔。"段非凡又拿过一根牛骨，看着老张头，手起刀落，砍在了牛骨正中，跟他手指距离不到三厘米的位置。

"你！"老张头指着他的手，"你砍了手别赖我啊！"

"那不好说。"段非凡又举起了刀。

老张头又指着老叔，点了两下却没说出话来，于是一边点一边往他家的店那边撤退，点点点点，人从段非凡的视野里退了出去。

段凌冲过来对着段非凡后背啪啪地甩了两巴掌："拿刀第一天是不是就告诉过你眼不离刀！你装什么猛！耍什么威风！"

"看他烦。"段非凡说。

老叔把他手里的刀拿走扔到案台上："这一家子平时就你看他最顺眼，有事儿都是你在中间劝着，今天你还烦上了。我等着你劝呢，你还拱火来了……后边儿坐着去。"

"骨头拿到厨房去，一会儿我炖汤。"老婶拍了他一下，"你今天气儿不顺呢。"

"给他炖点儿萝卜，通通气儿！"段凌说。

——指示如下：帮完了。

——JK921：好。

段非凡看着手机，江阔这个回复让一向会聊天儿的他都无法接话。

——JK921：我到家了，先不聊了。

——指示如下：嗯。

2 好期待啊，开心

江总夫妇、刘阿姨、胡叔，加上两个项目经理和老陈，家里人不少。

虽然江总公司的人并不是因为他回来才过来的，但这会儿大家关心的架势还是做得很足的。

大炮相当有经验，根本没进屋，在门口探个脑袋进来跟大家打了个招呼就带着奔奔去后院了，把他一个人扔在客厅接受大家的关爱。

"小阔这趟挺辛苦吧？"

"看着沉稳了不少……"

"学校习不习惯？"

江阔随便点了点头，冲大家笑了笑，然后跟江总打了个招呼："爸。"

手机在兜里振了一下，他想拿出来，但这会儿又不太方便。

"去收拾收拾吧。"江总说，"刘阿姨在做饭了，一会儿吃饭。"

"妈。"江阔又跟他妈打了个招呼。

手机又振了一下，估计是楷模群里有人在聊天。

"好像瘦了点儿，"他妈上上下下打量了他一圈，"这阵儿得补补……狗呢？"

"大炮带到后边儿去了。"江阔说。

"行，"他妈拍拍他，"回屋歇会儿吧，这儿不用你管了。"

"嗯。"江阔一边往楼上走，一边把手机掏出来看了看。

果然是当代男大学生楷模们。

——孙壮汉：我15号以后都有时间啊。

——丁威武：那就差英俊了，我们从现在开始就已经无所事事了。

——董潇洒：我得在家多待两天，要不18号？

——刘修长：19号吧，我正看票呢，我19号走的话，能买到早上的票。

江阔站在二楼客厅盯着手机屏幕，看着大家讨论出发的时间，他有些焦急。现在大家基本都同意了19号出发，只有段英俊还没出声。

过了一会儿，大家已经开始讨论要带什么衣服的时候，段英俊才说了一句。

——段英俊：19号可以。

江阔眉毛一扬，立马回复。

——江有钱：那你们买了票告诉我到站时间。

——段英俊：OK。

——孙壮汉：OK。

……

江阔正看着消息，二楼阳台的方向传来了一声很低的口哨声。

一听就知道是江了了。他转头看过去，见江了了正躺在阳台的椅子上喝饮料，打着夹板的腿架在小桌上，很悠闲地晃着。

430

"我以为你在屋里呢。"江阔走了过去。

"看狗呢。"江了了看了一眼楼下,奔奔正扒着锦鲤池沿儿看鱼,"跟谁聊得一脸笑容呢?"

……笑了吗?

"董昆那帮人。"江阔弯腰看了看她的腿,"您这腿,是摔的吗?老陈说你扭到脚了,我看这不是扭了吧?这不得是断了?"

"没那么严重。"江了了抬起腿,"骨折。"

"怎么弄的?"江阔皱着眉。

"爬山摔的。"江了了说。

"没顺着路爬吧?"江阔看着她。

"谁爬山顺着路走啊。"江了了摆摆手,"没事儿,就是穿错了鞋。"

江阔不知道还能说什么。江了了就是这样,受伤的情况很少发生,但真受了伤,对于她来说,似乎也不是什么大不了的事。

"你同学要来玩啊?"江了了问,"哪天?"

"19号。"江阔看了看手机,群里的人已经把各自到站的时间陆续发出来了,段非凡和丁哲一块儿,跟他今天的车次是一样的,"你有什么玩的地方推荐吗?就附近。"

"瀑布啊。山里现在可能上冻了,美得很呢。"江了了说,"你们去温泉酒店住几天,然后去滑雪场待两天呗。还有什么我想想……"

"大概一星期。"江阔说。

"那差不多了。你们这一帮人乌泱泱的,也不是玩地方,是玩人。"江了了说。

这话听着有点儿奇怪,但的确是这个意思:去哪儿玩不重要,跟谁一块儿玩才是重点。

跟江了了聊了几句,江阔回了自己房间。

不在家的这几个月,这间屋子大概只有江了了给自己寄衣服的时候进来过,门窗都关得很严实,没落什么灰。

江阔把窗户打开,扯掉床上的罩子,犹豫了一下,趴到床单上闻了闻。没什么灰味儿,但他最后还是从柜子里拿了行军床出来。

躺到床上没到五分钟,他就睡着了。甚至在睡着的前一秒,他还想看看群里的消息,结果手机还没举到眼前他就没了记忆。

江阔醒过来的时候,外面的天已经擦黑了。他起身走到窗边,发现四周出奇地安静,一点儿声音都没有。窗口透进来的空气略带湿气,有些凉,这种凉意……怎么感受也不像是傍晚的。

他迅速拿起手机扫了一眼——早上五点半。

"我的天!"他忍不住小声喊了一句。

他居然从昨天下午一直睡到了今天早上!

他洗了个澡,走出房间。家里也是一片安静,只有一楼客厅有灯光透出来。他下楼看了看,见刘阿姨正在厨房里忙活。

"刘阿姨。"他进了厨房。

"哟!"刘阿姨看到他的时候吃了一惊,"你起了啊?昨天晚上我们敲门你都没醒,你爸爸说让你睡。"

"有东西吃吗?"他问。

"有,"刘阿姨冲他挥挥手,"你去餐厅等着,我给你拿。你爸爸早上要喝小米粥,我给他煮好了,你先喝一碗。"

"嗯。"江阔应了一声,回到餐厅坐下了。

手机里有不少消息,自从加入楷模群,他的手机都活泼了不少。

群里的消息他没顾得上看,先点开了指示如下的消息。

——指示如下:酱应该明天能到,陆运慢。

——指示如下:奔奔表现怎么样?

只有这两条,昨晚八点多发来的。

江阔又看了看群里的消息。段英俊昨天在群里聊到了快十二点。

刘阿姨给他端了小米粥过来,还有几个南瓜饼,又放了一小罐白糖在旁边:"先垫垫。想吃面条吗?给你煮一碗?"

"这些就行了。"江阔拿过小米粥喝了一口,"起太早了,吃不下什么。"

"不放糖吗?"刘阿姨看着他。

"……会澥。"江阔说。

"这都知道了?"刘阿姨笑了起来,"上大学还能知道这个呢。"

"厉害吧。"江阔说。

刘阿姨笑着走开之后,江阔点开了段非凡的对话框,犹豫了一下,直接打了语音过去。

段非凡很快接了起来:"这么早?"

"昨天回来就睡了,现在才醒。"江阔听到他的声音,感觉迷迷瞪瞪的劲儿终于过去了,"你说酱今天到是吗?"

"嗯,我看在派送了。"段非凡说。

"奔奔我还没见着,"江阔转向厨房,"刘阿姨,狗在哪儿?"

"你妈在车库里给它放了个窝,它在那儿睡着了。"刘阿姨说,"早上我带它出去转了一圈，它一直疯跑，这会儿还在院子里疯呢。"

"听到没？"江阔笑着转回头继续吃。

"还弄了个窝，"段非凡说，"是打算留下吗？"

"看你吧，你的狗。"江阔说，"不用管那个窝，我妈就那样，就算奔奔今天来，明天走，她也会准备个窝的。"

"能留下当然好，"段非凡低声说，"这是一爪子进豪门了啊。"

江阔笑了起来，把碗里的小米粥喝了，然后拿了个南瓜饼，起身去了院子里。

奔奔果然在奔，围着院子里的石板路转圈儿。

"你要看狗吗？"江阔问，"视频给你看？"

"好。"段非凡说。

江阔挂断语音，重新拨了视频电话过去。

段非凡的脸很快出现在了屏幕上，看样子他是在外面。

"你在跑步啊？"江阔问。

"嗯。"段非凡笑笑，镜头转了一圈，"市场旁边的那条街，一会儿去吃小笼包。"

江阔没说话，盯着他的脸。

"狗呢？"段非凡问。

"你怎么……"江阔看着他，"你是没睡觉吗？"

段非凡愣了愣，在自己脸上摸了摸："不是吧，这么明显吗？我平时也总通宵啊。"

"挺憔悴的。"江阔说。

奔奔跑得很欢。它这几个月吃得好、睡得香，不用担惊受怕，加上大炮伺候得挺好，没事儿就带着它到处跑，让它骨架都跑开了。以它现在的个头已经不能再假装是小柴，装秋田串也至少得往上说出八十代才会有人信。

好在现在它已经不需要再担心这些了，它已经是只可以在别墅大院子里疯狂撒欢的土狗了。

"这是车库，"江阔带他看完奔奔，又拿着手机绕了半个院子，进了车库，"这个车库有一半是江了了的工具间。奔奔的窝放在这儿，可以从这个门进屋，但它不进，要在外头玩。等你们过来了，一块儿去挑个狗房子吧，给它放在院子里，让它疯……"

江阔絮絮叨叨地说着，段非凡一直嗯嗯嗯地应着，也没仔细听他说的内容，只觉得似乎很久没听到江阔的声音了。

"你会滑雪吗？"江阔问。

"嗯？"段非凡回过神来，发现屏幕上已经换成了江阔的脸，"不会，没滑过。"

"去滑雪吧，"江阔说，"瞎滑。"

"挺好吃的。"段非凡说。

"……我说的是瞎——滑，"江阔说，"不是虾滑。"

段非凡笑了起来："听岔了，行，那就瞎滑。"

江阔今天要联系酒店，于是他俩聊了几句就挂了。

段非凡用手机给自己拍了一张照片，自我感觉看上去跟平时没有什么不同，不知道为什么江阔会觉得他憔悴。

他倒是觉得江阔看着没什么精神，懒洋洋的样子，有种第一次见面时的大少爷的感觉，浑身透着漫不经心的嚣张。可能是因为回到了熟悉的环境里，普通男大学生阔又变回了星垂平野阔少爷。

拎着小笼包回到市场的时候，段非凡一眼就看到了站在路边的老妈。

他妈经常会在奇怪的时间过来找他，比如他已经睡着的深夜，比如他还没起床的清晨。

"吃早点了吗？"段非凡过去问了一句。

"吃了。"他妈低头从包里抽出一个红包递给他，"我要出去旅游一段时间，年后才回来，压岁钱先给你。"

"不是说了我十八岁以后就不用给压岁钱了吗？"段非凡叹了口气。

"平时的零花钱、生活费什么的，我也没给过你几个子儿，这钱也就是名字叫压岁钱罢了。"他妈把红包塞到了他裤兜里，"你当零花钱就行。"

段非凡没再推辞，又问了一句："去哪儿旅游？"

"先去海边住几天，"提到旅游，他妈眼睛都亮了不少，"后面还没想好，反正钱花完了就回。"

"钱留着点儿，应急用，"段非凡说，"别一次都花光了。"

"你这性格既不像你爸，也不像我，"他妈看着他，"比你奶奶想得都多。"

段非凡没说话。

他妈是个不羁、放纵、爱自由的人，他爸是个大大咧咧、差不多就行的人，他俩能走到一起不奇怪，会分开也不奇怪。在段非凡的记忆里，他俩甚至没吵过架，说分开就分开了，仿佛只是他妈又一次的出门旅行。

某种程度上，他妈跟江了了有些相似，但缺乏江了了的智商和能力。当然她也不在乎，开心就好。

"不开心了、活不下去了，那死掉就好了。"他妈说过。

"我昨天去看你爸了。一入冬他就胖了不少，精神比上回好多了。"他妈拢拢头发，"他说你要去同学家玩啊？"

"嗯。"段非凡点点头，"我们几个关系好的一块儿。"

"挺好的，"他妈笑着说，"不要一放假就闷在牛三刀。这次玩几天啊？"

"大概一星期。"段非凡说。

"多玩几天嘛，好容易出去玩一次。"他妈想了想，又往他身边靠了靠，小声问，"有女同学一块儿吗？"

"……没有女生。"段非凡说。

"你不谈恋爱吗？"他妈皱眉，"你爸像你这个年纪的时候都谈过好几个了。"

"所以他是爸爸。"段非凡笑了起来，差点儿不知道怎么回答。

"我都没听你说过有喜欢的女孩儿。"他妈叹气，"只有幼儿园的时候说过隔壁班的张妞妞好看，结果我一问老师，你跟张妞妞天天见面就打架……"

段非凡笑了半天，这事儿他自己都不记得了。

"有喜欢的女孩儿就追吧，这么帅的脸、这么好的性格，哪个女孩儿不喜欢？"他妈给他整了整衣领，"你别觉得自己家里情况不好，就不敢追。"

"我没。"段非凡说。

"这个年纪的感情最纯粹了，什么经济条件、什么家庭背景，都不在考虑的范围里。"他妈说，"你不用考虑，因为她也不会考虑，喜欢就是喜欢，喜欢就在一起。至于以后呢，谁管？能不能撑到考虑这些的时候都不一定呢。为了那么久以后的不确定的事，放弃眼前的快乐，不值当。"

这话让段非凡无法回应。

"你妈就是歪理特别多，一套一套的，猛的一下你想反驳还无从驳起。"他爸总结过。

他虽然无法回应，但也知道自己做不到。

他妈跟他见面的次数不多，每次见面他们也不深聊，他不知道他妈这些年的生活和情感状态，他妈同样不知道他的。但他妈每次见面都会把他们能聊的不多的话题随着他的年龄增长进行跳跃性的调整。

初中的时候会问他有没有被同学欺负、有没有早恋，高中的时候会跟他聊同学关系、理想的大学、喜欢的专业、高考……现在他大一了，第二回上大一了，话题就被调整到正式的恋爱问题上。

对于他妈提起的话题，他每次都是顺着聊，反正他跟谁都能聊。

可这一次，这么多年来第一次，他不想随便应付几句。

"别想太多有的没的，"他妈说，"又不是三十岁要结婚了。这会儿谈恋爱，你想考虑以后，人家姑娘还不见得愿意陪你想那么远……"

"我没有喜欢的女孩儿。"段非凡看着他妈。

"也正常，"他妈顿了顿，"你开窍晚……"

"以后也难说。"段非凡说。

"什么？"他妈很吃惊，眼睛瞪得很圆，半天都没说话。

段非凡也沉默了。

跟他妈说是安全的，她基本不存在于他的生活里，她不会，甚至也没有立场对他做任何评价。

但她的回答出乎他的意料。

"我倒是真没想到。"他妈说，突然抬头，"你是不是……跟谁学的啊？网上还是电视上……"

段非凡愣了愣，没想到他妈会如此迅速地开始寻找问题产生的原因，赶紧摆手："你想什么呢？没有没有没有……"

"我瞎说的，我就是吓了一跳，"他妈皱皱眉，"我是真没想到啊……"

段非凡没有说话。

他妈沉默了很长时间，最后抬手在他肩上拍了拍："我没什么文化，这种事儿我也分析不出什么一二三来，再说我也管不着……你是成年人了，自己好好的就行。"

"嗯。"段非凡应了一声。

"我以后不跟你说这些了。"他妈说。

"嗯？"段非凡问。

"我刚说的那些，"他妈说，"为人处世的道理都是一样的。"

"……哦。"段非凡应了一声，有一瞬间的犹豫。

他妈没再说别的。虽然她表现得还算平静，但这件事多少还是对她有些冲击，估计她本来想说的话也已经被冲没了。又随便聊了几句之后，她就走了。

段非凡在原地站了一会儿，才拎着小笼包慢慢往回走。

说不清的感觉，说出口那一瞬间的轻松早已经消散，现在的他，并没有因为"倾诉"而获得任何解脱。

回到牛三刀的时候，老叔老婶已经做好了准备工作，这会儿店里已经有早起的老头儿老太太来买肉了。

段非凡把小笼包热好，趁老叔老婶吃早点，他就去帮人切肉。

早上一场忙完，人慢慢少了，没什么感觉就快到中午了。

"你去歇会儿。"老叔说，"你过几天出去玩，是不是要买点儿东西带着路上吃？"

"你傻吧，"老婶说，"春游吗？"

"不用买，"段非凡说，"睡一觉就到了，也没多长时间，带东西还麻烦。"

"那行。还是带点儿酱牛肉，"老叔说，"人家家里要招待你们，你总得带点儿礼物。"

"嗯。"段非凡点点头。

今天太阳很好，这会儿炉子都已经生了火。段非凡拖了张躺椅到店后头的通道里坐下了，准备睡一觉。上面阳光盖着，旁边火炉烤着，很舒服。

他刚闭上眼睛，手机就响了。

他打开手机看了一眼，是江阔在群里发给他们安排的行程。

温泉酒店（别墅套房），冰瀑（可能没有冰），滑雪，骑马……

——董潇洒：我的天，爽！

——丁威武：要带装备吧？

——江有钱：不用，有装备，你们带泳裤就行。

段非凡戳了几下屏幕，发了一条消息。

——段英俊：期待。

——江有钱：好假。

——董潇洒：好假。

——刘修长：好假。

——孙壮汉：好假哦。

段非凡笑了半天，又重新发了一句。

——段英俊：好期待啊，开心。

江阔和江了了坐在一楼的阳光房里，面前的两个小茶炉上一壶是江了了的果茶，一壶是江阔泡茶的泉水。

江了了正慢悠悠地把一盘小蛋糕切开。江阔手指在手机屏幕上飞舞，跟群里的人聊天。奔奔在桌子旁的阳光里睡得呼噜震天。

"刘阿姨把你的被子套好了，"他妈走进阳光房里，"放三楼的沙发上了，床单也要铺的话你就跟她说。下午林姐来打扫，你的屋要擦灰就把门开着。"

"嗯，"江阔看着屏幕，眼睛都没抬一下，"谢谢刘阿姨。"

"刘阿姨在哪儿呢？"他妈说。

江阔抬眼看了一圈，笑笑没说话，继续看着手机。

"他不对劲。"他妈坐下，用已经烧好的水热了热壶，准备泡茶，"一上午都在这儿聊天儿。"

"我可没啊。"江阔说。

"真没，"江了了吃完蛋糕，开始给自己钩帽子，"也就半小时吧。"

他妈说："以前手机没带出门都不知道，不到要扫码的时候发现不了。如果刷卡，那他一天都未必能发现。"

"不至于啊。"江阔说。

"这么快交到朋友了？"他妈没理会他，看着江了了，"他不会是谈恋爱了吧？暗恋？"

"他不是能暗恋的人，会憋死他。"江了了绕了绕滚到一边的毛线球。

"那应该就不是谈恋爱了。"说着，他妈又看了他一眼，"交朋友也有难度啊，这破性子，正常人没谁能受得了他。"

江阔抬眼瞅了瞅他妈。

"不服气？"他妈笑了。

"那可未必。"江阔挑挑眉毛。

"哦？"他妈也挑了挑眉毛。

"哟？"江了了都抬头看了他一眼，"董昆还是段非凡啊？"

"……啧。"江阔实在没想到江了了反应如此之快，只能强行终止了话题，继续看着手机。

丁哲正在群里发照片，是去年暑假众楷模庆祝段非凡重上大一，去水库钓鱼时拍的照片，其中有一张全员穿着泳裤站在坝上的。

——江有钱：挺牛啊。段英俊不是不会游泳吗，还上水库游了？

——刘修长：牛个屁，就穿上展示了一下我们孱弱的身材，没一个敢下水的。

江阔忍不住乐出了声。

——江有钱：你看着可不孱弱。

几个人里，段非凡相当抢眼，除了身上的疤，身材也抢眼。

之前在宿舍他倒也看过，但那会儿段非凡病得跟快死了一样，他没太注意，现在看着照片，加上楷模们的衬托，段非凡的身材就相当显眼了。

"真的假的？"他妈踢了踢他。

"什么？"江阔问。

"董昆还是段非凡？"他妈问。

江阔叹了口气，没出声。

"都是谁啊？"他妈说。

"董昆就上回杨科说的那个。"江了了喷了一声，"段非凡应该是他在学校关系最好的同学了，是吧？"

"嗯。"江阔看着照片。

"就没有女生喜欢他吗?"他妈很不解。

"啊——"江阔放下了手机,看着他妈,"你今天不用上班吗?"

"我关心一下我儿。"他妈拆开一袋狗零食,捏了一块喂给已经趴到她脚边的奔奔,"你要是一直在家,我也懒得管,反正你一直是那副不死不活的样儿,但出去了几个月,我肯定得侧面打听一下。"

"您这不是侧面,"江了了说,"您这相当正面了。"

他妈笑了起来:"烦。"

"你要不先关心一下你闺女?"江阔说。

"不用,"江了了立马说,"我一个人挺好的,这世界上没有我能看得上的。"

"听到没?"他妈说,"再说了,了了从小到大多少人追,她处理这种问题比你成熟得多。"

江阔啧了一声。

"不跟你逗了,"他妈摆摆手,收了笑容,往他这边凑了凑,"不管怎么样啊,你要是不喜欢,就好好拒绝人家,不要跟以前似的拉着张驴脸。"

江阔摸了摸自己的脸。

这么标准的脸型,拉也拉不成驴脸吧!

"喜欢一个人是很美好的事,"他妈说,"你现在是个大小伙子了,这种事儿,要不给人留余地,但要给人留面子。"

"……但是没人跟我表白。"江阔说。

江了了很响地笑了起来:"这关心太尴尬了啊,妈。"

"万一呢!"他妈说,"给你提个醒,万一有你不喜欢的人跟你表白呢?"

"知道了。"江阔叹气。

万一呢。

万一挺喜欢呢。

是离愁

CHAPTER 16

CHAPTER 17

江少爷之家

1 搞得像久别重逢

放假回家的生活江阔很快就适应了,毕竟前十几年都是这么过的。但适应归适应,几个月热闹的校园生活还是衬得他在家的日子前所未有的无聊。

活动是没少的。大炮年后就没时间聚了,所以谁约江阔都答应,拉着大炮每天不着家。除了几乎隔天一次的饭局,其他各种聚会只要有人叫,他都去,连一向没兴趣的剧本杀他都去了两回。

当然,光为了大炮,他不可能做到这个程度。主要是因为空虚,没有对比就没有伤害,19号之前的这个星期,他格外空虚。

"明天你同学就过来了,是吧?"江总坐在餐厅里问了一句。

"嗯。"江阔应了一声。

刘阿姨正把菜一样样地端过来,飘过来的菜香里有熟悉的酱香味儿。

牛三刀的酱,江总特别爱吃,这几天做饭时刘阿姨都用了这酱。

"那明天我把车留在家里。"江总说。

"好。"江阔点点头。

"人到了就先去酒店,晚上等人齐了,我请他们喝点儿好酒,就在家里,放松点儿。"江总想了想,"他们几个都挺能喝的吧?"

也不,有一个一杯倒。

"除了段非凡,都行。"江阔说。

"没事儿,倒了就睡客房。"他妈说,"都是小伙子。"

19号最先到的是刘胖,半小时之后是孙季,把这俩送到酒店之后江阔再回车站,等了大概一个多小时,接到了董昆,接下来就只剩丁哲和段非凡了。

丁哲一直在群里同步播报火车经过的地点。随着熟悉的地名出现,江阔开始有些坐不住。他下了车,顶着风走到出站口,牌子上滚动的到站信息还没有段非凡他们的车次。

"不用这么周到,"董昆缩着脖子,躲在他身后,企图躲点儿风,"在车上等多好啊，到了让他们自己过来。"

"过都过来了，我懒得再走回车上。"江阔看了看四周，旁边有个很小的奶茶店，他拉着董昆过去，一人点了一杯奶茶，挤着坐在店里仅有的两张椅子上。

"丁哲还带了两瓶酒，"董昆看着手机，"牛死他了。"

"为什么还带酒？"江阔说，"我爸一堆好酒等着他呢。"

"地方特产，"董昆笑着说，"尝个味儿。"

"那行。"江阔想了想，"我们这儿也有特产酒，我爸应该有那种存了几十年的，可以找来喝。"

早知道他们会带东西来，他就应该让段非凡再带点儿酱牛肉什么的。还有龙须糖和绿豆糕，他回家之后想吃，却找不着地方买，连刘阿姨都不知道哪儿有卖的。想想都馋。

一杯奶茶从温热喝到凉透，江阔的手机终于响了。

不是消息，是电话。

他看都没看是谁打来的就接了："喂？"

"我们到了，"段非凡的声音传了出来，带着笑意，"正在下车……"

"先拿东西，你别急着打电话，"丁哲在旁边喊，"他还能不等我们吗！"

"我和董昆就在出站口……"江阔站了起来。

董昆撵上来喊了一嗓子："等半小时了！人都吹成干儿了！"

"怎么不在车里等？"段非凡问。

"你先拿行李吧，"江阔说，"出来就能看到我们了，我们就杵在正中间。"

挂了电话没一分钟，出站口就开始有人往外走了。

"真快！"董昆指着里头，"出来了。"

江阔在他指的同时看到了段非凡。

段非凡穿着一件黑色的羽绒服，拉链拉到头，遮了半张脸，脑袋上还戴着顶黑色的滑雪帽，一张脸就剩眼睛露在外面。但江阔还是一眼就从一群被羽绒服包裹着的人里找到了他。

江阔挥了挥手。

段非凡也马上挥了挥手。

董昆犹豫了一下，也跟着挥挥手："搞得像久别重逢。"

那边丁哲也跳着挥了一下手。

的确挺久没见了，尤其是在这种寂寞的日子里。

段非凡小跑着出来了，江阔张开了胳膊。

胳膊抬起来的时候江阔又有些后悔，段非凡在山顶躲的那一下在他脑子里闪过。但丁哲和董昆在挥手的惯性下也跟着张开了胳膊，四个人几乎同时搂在了一块儿。

"啊啊啊啊啊啊好久不见！"丁哲喊。

"啊啊啊啊啊啊想死你们了！"董昆也喊。

"傻缺。"段非凡说。

几个人顿时笑出了一片白雾。

"去停车场，"江阔看了看他俩，"行李多吗？"

"我俩就一个箱子。"丁哲说，"他的东西都塞在我这儿了。"

江阔看到段非凡只背了个背包。

"他们都在酒店了吗？"段非凡拉下拉链，露出了脸。

"嗯，"江阔点点头，"先去酒店，收拾好就去我家吃饭，江总等着你们呢。"

明天才去温泉酒店，所以今天江阔给他们订的是市里的酒店，就是江总用来跟他老婆打赌的那家酒店。

三个商务套房，段非凡一个人住一间。

"今天晚上凑合一下，"江阔说，"明天一早我们去温泉酒店。"

"这话说的，"丁哲说，"相当少爷。"

跟大家碰完头，段非凡和江阔一块儿进了他的房间。

"我们几个还没住过这么高级的酒店呢。"段非凡走到窗边看了看。

"这儿没什么风景看。"江阔说，"明天的房才好，我上回去都没轮得上住。"

段非凡笑着拿过背包："我给你带了点儿小礼物。"

"怎么这么客气……"江阔立马凑了过去。

段非凡从包里拿了个袋子出来，江阔一眼就看到了里面的两个小盒。

"龙须糖？"他很震惊。

"和绿豆糕。"段非凡看着他，"我感觉你可能想吃，就过去买了。"

"我真的……很想吃。"江阔不太能形容自己此时此刻的心情，他拿出盒子打开，"我都没好意思跟你说。"

"这有什么不好意思说的，"段非凡说，"怪可怜的，也别洗手了，赶紧先叼一块吧。"

"你的行李要收拾吗？"江阔叼着一块龙须糖，去把手洗了。吃完龙须糖，他又马上捏了一块绿豆糕放进嘴里。

"不是明天一早就走吗？"段非凡说，"我换洗的衣服在背包里，别的先不动了，我跟丁哲塞了老半天才塞进去的。"

"你没箱子么,"江阔说,"跟丁哲用一个?"

"没有,以前住校的时候都只拿个兜装衣服。"段非凡说,"我也没怎么出去旅行过,丁哲又没有小箱子,正好装一块儿了。"

"我有一个小的,"江阔说,"一会儿拿给你,那个还没用过。"

"嗯。"段非凡笑笑。

江阔坐到沙发上,看了看段非凡。

段非凡正靠着旁边的书桌低头看手机,他把羽绒服脱掉了,里面穿的是之前江阔见过的那件高领毛衣,很好看。

"他们差不多……"段非凡抬头往他这边看过来。

江阔的视线还没收回去,段非凡顿了顿才把话说完:"好了,大概五分钟。"

"嗯,"江阔站了起来,"你喝咖啡吗?"

"……哦。"段非凡应了一声,"现在喝咖啡?"

江阔没说话,打开一边的胶囊咖啡机,随便挑了一颗胶囊放进去。

董昆进来的时候,江阔刚做好两杯咖啡,和段非凡一人一杯喝着。

"哪来的咖啡?"董昆瞪着他们,"还有吃的?你俩这是喝起下午茶来了吗?"

"你们屋也有啊。"江阔说。

"没看到。"董昆看清了桌上的食物是什么,"我们房间里也有龙须糖?"

"那没有,"江阔一边说一边迅速地往嘴里塞了两块,"这是……"

"这是段非凡带来的吧!"董昆果然立马扑了上来。

段非凡艰难地从盒子里又抢出了两块龙须糖,绿豆糕则因为实在太松软没法抢,被董昆抱走了。

"吃东西吗?"董昆出门喊其他两个房间的人,"还好我过去了一趟!他俩居然偷偷吃!"

"哎。"段非凡拍了拍落在身上的渣,"太意外了这也。"

江阔笑得差点儿呛着。

"回学校再吃吧。"段非凡说。

"尝着味儿就行了。"江阔说,"你要是再带点儿酱牛肉就好了,我爸挺喜欢那个酱的,我说酱牛肉也好吃,他还让我买点儿呢。"

"嗯?"段非凡一挑眉毛,"你猜怎么着?"

"什么?"江阔愣了愣,"你不会还带了酱牛肉吧?"

"真带了,但没带多少,就带了两斤。"段非凡过去慢慢拉开背包,拿出了一个大保鲜盒,"刚做好的,老叔说带点儿过来让你家里人尝尝。"

"牛!"江阔竖了竖大拇指,"还是老叔靠谱。"

把吃的都拿出来之后，段非凡的背包就空了。江阔看了看，里面只剩了个洗漱包和……内裤，估计丁哲的箱子里也没几件他的衣服。

相比之下，江阔每次出门都能把一个箱子塞满，还要再带一个小包，里面装的都是衣服。因为嫌弃酒店房间的卫生状况，他还要带着睡袋，连吹风机他都觉得自己的最好用……跟段非凡一比，自己相当矫情。

没过多久，大家都收拾完过来集合了。

江阔给江总的司机小罗打了个电话，小罗说车已经停在大堂门口了。

"走。"他拿起装着酱牛肉的保鲜盒，"丁哲带本儿了吗？"

"怎么，"丁哲一下兴奋起来，"有车让我开？"

"嗯，你不是说要开江总的车吗？"江阔说。

"我就说说而已。"丁哲说，"怎么，现在让我开？"

"七座的商务车今天开出去了，一辆车坐不下我们几个，"江阔说，"所以有两辆……"

"我的天！"丁哲眼睛都笑没了，"我开，我开。"

"你稳点儿啊。"段非凡看着他。

"我开车，你放心！"丁哲一拍胸口。

大堂门口停着两辆车，一辆是之前江总开到学校的巴博斯，还有一辆是宾利。

司机穿得很正式，戴着手套，站在车旁边。

"我爸的司机，小罗。"江阔介绍了一下，又问小罗，"还有一个呢？"

"大李帮江总送文件，一会儿跟酒店的车走。"小罗拉开了车门，等着他们上车。

"我们自己来就行，自己来就行……"刘胖赶紧说。

"没事儿，"小罗用手挡着车门上方，"你们上。"

"上车，"江阔说，"丁哲开那辆。"

大概是江总交代过，小罗没有多问，把车钥匙给了丁哲。

"你坐哪辆？"江阔回头问段非凡。

丁哲那边能坐五个人，江阔肯定和司机坐宾利。

段非凡犹豫了一下："我就坐这辆吧。"

"行。"江阔上了后座。

段非凡跟着坐了进去。

小罗上车之后轻轻按了一下喇叭，看见丁哲在后头闪了闪灯之后，把车开了出去。

"罗啊，晚上你不用等他们了。"江阔在手机上戳着，"吃完饭他们自己打车回。"

"江总让送一下。"小罗说。

"不用那么麻烦，"段非凡说，"没准儿我们还想溜达一圈儿呢。"

"那……"小罗从后视镜里看了看江阔。

"嗯，晚上不用车了。"江阔说。

"好。"小罗点点头。

江阔没再说话，段非凡也没开口。

小罗是江总的司机，跟他们平时打车碰上的司机不同，非常严肃认真，按规矩也不能跟人聊天。如果江阔不出声，当着完全不认识也不可能加入聊天的小罗的面，段非凡感觉跟江阔说什么都有点儿尴尬，只能一起沉默。

"明天山里下雪。"江阔戳了一会儿手机，终于出声了，他把手机递到段非凡面前晃了晃，"看。"

屏幕上正播放着视频，有雪花从天上飘下来，背景是一片山林。

"这是温泉酒店那边吗？"段非凡问。

"嗯，"江阔点点头，又点开下一个视频，"经理发给我的。景挺好的吧？"

"漂亮。"段非凡应了一声。

江阔靠近的时候，他能闻到很淡的香味，之前在学校他从没在江阔身上闻到过，应该是香水。

一变回大少爷，人都变香了……

下一个视频是飞舞的雪花下冒着热气的温泉池。

"室外池，"江阔说，"我订的别墅套房也有室外池，不过没这个大。到时要是觉得人多不够爽，我们就来泡这个大的。"

"我想起那个狒狒泡温泉的视频了。"段非凡说。

江阔顿了顿，然后笑得手都抖了："丁哲带相机了没？"

"带了。"段非凡笑着说。

江阔一笑，扑过来的香味更明显了。

段非凡实在没忍住，压低声音："你还喷香水。"

江阔愣了两秒，扯着自己的衣领闻了闻："哎。"

"怎么了？"段非凡看着他。

"江了了的沐浴露，我的没了就借了她的。"江阔啧了一声，"早上洗澡的时候就觉得香得不行，还以为这会儿能散了呢……"

"闻着像香水，"段非凡说，"很好闻啊。"

"因为这就是香水牌子出的沐浴露。"江阔又低头闻了闻自己，还吸了吸鼻子，"还好，江了了不用特别明显的女香。"

段非凡看他这动作，莫名想到了奔奔，于是转头乐了半天。

2 幼儿园大班

江阔家离酒店不算太远，开车用不到四十分钟。

段非凡之前在地图上按江阔给的地址搜过，他家在市区边缘的一条河边上，这里是一个很大的别墅小区。

车绕了半个小区的围墙开到大门外的时候，段非凡才发现这个小区比他在地图上看到的感觉要更大一些，不过大门的设计倒是很简洁、低调。

这时手机连着响了几声。

楷模们发来感慨。

——刘修长：江有钱，这个小区是你爸的吗？

——董潇洒：住这儿真爽啊。

"问你呢。"段非凡碰了碰江阔的胳膊。

江阔打开手机看了看。

——江有钱：是，十几年前的房子了。

段非凡看着窗外。进了小区大门他没看到房子，各种山石、绿化带隔断了视线，从林子和草地之间穿过之后，才能看到房子。靠外的是联排别墅，里面是独栋别墅。

江阔家是一栋，估计是江总专门留给自己家的，跟别的独栋别墅都离得挺远。顺着车道往里开了挺长一段路，他们才看到院墙。

"停在大门这儿。"江阔说。

小罗把车停在了院门口。

接着他们就听到了狗叫声。

"听到没，"江阔打开车门，"奔奔在叫。"

"这就已经干上保卫的活儿了？"段非凡说。

"到的当晚就直接上岗了，"江阔下车，"特别尽职。"

下了车，越过院墙的栏杆能看到里面的屋子，还有设计感很强的庭院。段非凡突然有些紧张，感受到了莫名的压力。

丁哲把车停在他们后面，几个人下了车就开始卖力地发出啧啧声。

"车就停这儿吗？"丁哲问。

"停这儿就行，"江阔带着他们往大门走去，"一会儿小罗会开到车库去，我们从大门走。"

"江阔，你家这个院子有多大？"孙季问。

"七百多平吧，"江阔说，"差不多，我记不清了。"

"一亩多呗。"董昆说，"真大啊。"

门打开了，一个阿姨笑着站在门边。

"我们家刘阿姨，"江阔说，"这些是我同学。"

"来啦？"刘阿姨笑着看了看他们，"路上不堵车吧？"

"不堵。"江阔回头看了一眼，跟段非凡视线碰上了才转回去，"江总回来了吗？"

"刚回，还怕晚了呢。"刘阿姨说。

还没往里走，穿着一身运动装的奔奔就从房子后面跑了过来，边跑边大声叫着。

"这是要找它的非凡爸爸了。"江阔说。

奔奔跟阵风似的卷了过来，蹿进人堆里，准确地扑到了段非凡身上。

"哎哟，这么亲啊。"刘阿姨感叹。

奔奔又胖了点儿，身上已经摸不到肋条，全是肉。段非凡搂着它揉了半天："好了啊奔，一会儿再陪你玩。"

房子的大门打开了，一个女人走了出来："怎么不进来呀？"

"狗不让进呢！"江阔应了一声，"这是我妈，你们叫她林阿姨就行。"

几个人一块儿打招呼。

"林阿姨好！"

"打扰了，林阿姨！"

"唉，好，"林阿姨笑着走了过来，"先进屋吧。"

奔奔还在段非凡腿边绕圈儿，段非凡只得弯腰把它抱了起来。

林阿姨看了他一眼："段非凡吧？"

"是，林阿姨好。"段非凡点点头。

"您怎么知道他是段非凡啊？"丁哲问。

"这狗跟他多亲啊，"林阿姨笑笑，"一看就知道了。大炮养了它好几个月，也没这么亲。"

林阿姨和江阔带着他们几个穿过前院进了屋里。段非凡把奔奔放下，奔奔很自如地进了屋，还在门口的一块小垫子上蹭了蹭脚。

"不用换鞋，"林阿姨招呼他们，"进来吧。"

屋里并不像段非凡想象中的那么豪华，是有些复古的美式装修风格，看上去踏实而温馨，客厅的壁炉里还有跳动的火苗。

"这壁炉里的火是真的吗？"刘胖问江阔。

"是。"江阔点点头，"平时都不怎么点，你们来了才点上烘托一下气氛。"

几个人都笑了。

"都到齐了？"江总从楼梯上走了下来。

这帮人跟江总吃过饭，顿时觉得非常熟悉，屋里响起一片热闹的问好声。

"来来来，"江总招手，跟林阿姨说，"知道谁是谁了吗，我给你介绍一下？"

"你还能介绍呢？"林阿姨笑了起来。

"这个是丁哲，这个是小孙……孙季……"江总记得他们每一个人的名字，这是段非凡没想到的。不光他没想到，其他人也没想到。

"江总，我呢我呢？"刘胖指着自己。

"刘什么不知道，他们管你叫刘胖吧。"江总笑笑，又看着董昆，"这是董昆。"

"对！"董昆点头。

"啊，董昆。"林阿姨重复了一遍。

段非凡发现林阿姨的眼睛里有明显的非客套的笑意，他看了江阔一眼。

江阔也正看着他。

"段非凡！"江总最后叫了段非凡的名字。

段非凡脑子里还在琢磨为什么董昆会受到林阿姨的特别关注，猛地被点了名，他很响地回了一声："唉！"

江阔没防备，被他这一声惊得耸了耸肩。

"来，别站着，"江总招呼他们，"喝杯茶。"

"一会儿吧，"江阔说，"又不是你们公司的人，进来就喝茶，我先带他们转转吧。"

"也行，"江总想想，"那你带他们参观一下。"

"先看看院子吧！"丁哲说，"这大院子我想看看。"

"你倒是不怕冷。"江阔说。

"我们都要去山里看冰的人，"丁哲说，"这点儿冷算什么？"

"走走走。"江阔带着他们往里走。

穿过客厅和茶室，开门出去是阳光房。阳光房里种着不少花草，还有一个休闲区，江了了正坐在摇椅上一下一下地晃着。

看到他们进来，江了了抬了抬手，打了个招呼："来了老弟。"

"来了！"几个人立马喊上了。

"你这腿是怎么了?"董昆看着她的腿。

"没事儿。"江了了很无所谓地摆摆手,又冲段非凡笑了笑。

段非凡感觉有点儿奇怪,但也冲她回了个笑容。

阳光房外面就是院子,也不用江阔介绍了,几个人顺着路四处转悠,最后都围到了鱼池边。

"江阔,"段非凡找到机会,凑到江阔耳边,"你是不是跟林阿姨说过董昆?"

江阔看了他一眼。

"是不是?"段非凡看着他。

"不是我说的,"江阔往阳光房那边看了一眼,"大概是江了了。"

"江了了怎么知道董……"段非凡没说完就停下了。

江了了可不是知道董昆么。

"……她怎么跟林阿姨说的啊?"段非凡压低声音追问,毕竟江了了对董昆这个名字的了解过程实在有些尴尬。

"就……"江阔说。

段非凡看着他。

江阔憋了一会儿乐了:"估计是照实说的吧。"

段非凡张了张嘴,没说出话来。

几个人在院子里转了一圈,观赏了一番江总的宝贝锦鲤,又对院子的大小进行了步距测试,然后被北风吹回了阳光房。

江了了正要喝咖啡,几个人进去就围着她坐下了。

"干吗?"江了了看着他们,"不上楼看看了?"

"我们要喝手冲咖啡。"董昆说。

"她一个伤员,"江阔指着江了了,"你们好意思啊?"

"我们也没有要用脚冲的高要求。"丁哲说。

江阔喷了一声。

江了了摆摆手:"没事儿,我也要喝。"

"你喝吗?"江阔看段非凡。

"我喝了睡不着。"段非凡说。

"现在离你四点睡觉还有十一个小时呢。"刘胖凑近看着江了了往滤杯里放滤纸,一脸认真好学的样子。

"那你上去转转吗?"江阔问。

"好。"段非凡点点头。

江阔带着段非凡走出阳光房，进了旁边的电梯。

　　"先去三楼吧，"江阔说，"三楼是我的地盘。"

　　"嗯。"段非凡透过电梯的透明轿厢，看到小区的人工小溪从院子旁边流过，"这样的房子我真是第一次进来。"

　　"也就那样。"江阔说，"江总本来没打算住这套，想卖来着，但后来没卖掉，我们就自己住进来了。"

　　段非凡笑了起来。

　　江阔细心起来的确让人吃惊，虽然看得出他应该很少跟人这么"谦虚"，这话接得强行而可爱。

　　"这是我的仓库，"江阔推开电梯门正对着的房间门，开了灯，"放着我从小到大的各种玩具和收藏品。"

　　段非凡走进去，看到好几个带玻璃门的陈列柜，里面放着大小不同的手办，还有两个架子，上面放着许多滑板、轮滑鞋、拳击手套，墙上挂着滑雪板和弓，还有两副旧马鞍。这是他完全想象不到的江阔的世界。

　　"看看旁边的，"江阔往外走，"我的小会客室。"

　　"你还会客呢？"段非凡跟着他。

　　"这话说的，"江阔啧了一声，又笑了，"至今连大炮都没会过，就是个摆设。"

　　段非凡跟着他转进旁边一个用玻璃砖隔断的半开放空间。里面放着两张看上去很舒服的沙发，一张小茶几，一个水吧，看得出的确不是常有人进来的样子。

　　江阔在墙上按了一下，音乐声响了起来。

　　"音箱在哪儿？"段非凡问。

　　"墙里。"江阔敲了敲他旁边的墙。

　　段非凡走过去听了听，发现效果还挺好。他随口问了一句："那边是你的卧室吧？"

　　"嗯。"江阔点点头，打开水吧的冰箱，拿出饮料，又拿了两个杯子。

　　段非凡坐到沙发上。江阔没有再说去卧室看看，估计他对三楼的参观就到此为止了。在他的印象中，星垂平野阔少爷是个非常注重隐私的人，毕竟对查寝这种事都极度反感，所以他本来也没打算去看卧室。

　　江阔把装着饮料的杯子递给他，突然问了一句："你要看看我的房间吗？"

　　"嗯？"段非凡愣了，看着他。

　　"就是……"江阔也愣了愣，似乎对自己说出的话感到有些意外，"我看过你的房间，所以也带你看看我的。"

　　"……好。"段非凡笑笑，"交换吗？"

"要这么说也行。"江阔点点头。

交换个屁。

听着跟幼儿园大班的小孩儿一样。

我玩了你的遥控小车，所以现在你也可以玩我的电动小挖机。

就算是真读幼儿园的时候，江阔也没这么跟人交换过玩具。他妈说过，此玩意儿小时候非常各色，从不分享，也不接受别人的分享。

现在一把年纪，他还交换上了。

他的房间平时不允许别人进，要换被褥、打扫的时候，他会把所有私人物品收好之后再通知人进去。

但对段非凡进入他房间这件事，他从一开始就没有任何排斥感。发出参观房间的邀请前他甚至没在大脑里过一过，就那么脱口而出。

除了因为觉得段非凡比平时拘谨而想让他放松下来，江阔开口的那一瞬间是真的想让段非凡看看他的房间。就像他曾经在段非凡的小屋里四处打量那样，他也想让段非凡在他屋里转转看看。

江阔推开房门，走进屋里。房间的窗帘关着，这会儿外面已经透不进什么光线来了，于是他打开了灯。

"挺大的。"段非凡走了进来。

"这间本来是给江了了的，又大又清静，我跟江总他们住二楼，"江阔说，"但是她非要住地下室，所以我就住这儿了。"

"江了了住地下室？"段非凡很吃惊。

"嗯。我家这个院子是错层的嘛，"江阔带他走到窗边，"地下一层其实还是在地面上，窗户什么的都有。她要住最下面的只有一条横着的气窗的那间，觉得那里有安全感。"

"是么，"段非凡想了想，"那她应该去我那个小屋住，我那屋的窗户有一半是打不开的，比一条气窗还小点儿。"

江阔笑了起来。

"你的卧室居然有书柜？"段非凡走到他床边的书柜前。

"都是漫画。"江阔说，"我本来想要个书房，江总不同意。"

"看漫画的话，难道不是在你的那个会客室更舒服？往沙发上一躺。"段非凡笑着说。

"牛啊段英俊，"江阔看着他，"这话跟江总说的一模一样。"

江阔的卧室挺整洁的，虽然床上的被子没叠，但桌子、椅子、柜子都是整齐的，特别是桌子，跟他宿舍的一样，可能是因为基本不用。还有个衣帽间，江阔打开门让他看了看，顺便向他展示了一下准备给他的那个小行李箱——黑色的，很漂亮。

"你自己怎么不用？这大小不是正适合一个人用吗？"段非凡说。

"我事儿多，"江阔说，"这箱子不够大。"

"……哦。"段非凡点点头，"这箱子给我，我都放不满。"

"啧，"江阔说，"你出门是不是只带内裤？"

"不至于，"段非凡说，"丁哲那箱子我也占了一半呢。"

"晚上回酒店你就拿这个箱子把东西装过来吧，"江阔说，"要不不方便，老得上他那儿拿。"

"嗯。"段非凡点点头，轻轻拍了拍箱子，"谢了啊。"

看完卧室，江阔准备带他去二楼看看。刚出门，他们就碰到了正好从电梯里出来的林阿姨。

"林阿姨。"段非凡打了个招呼。

林阿姨非常震惊地看着他俩，过了两秒才笑着点了点头："我以为你们还在一楼喝咖啡呢。"

"没喝。"江阔关上卧室的门，"要吃饭了吗？"

"差不多了，再过十几分钟吧。"林阿姨说，"我来拿那套杯子。"

"蓝色那套吗？"江阔说，"干吗用那套？"

"今天用了蓝色的碗和盘子，"林阿姨说，"我要配套。"

"在柜子里呢。"江阔指了指他的会客室，"我们去二楼转转。"

"去吧。"林阿姨说。

段非凡跟着江阔从楼梯下到二楼。

从林阿姨的反应来看，江阔的房间估计是个禁区，所以她对江阔带他进去参观的事非常吃惊。

段非凡看着江阔的后脑勺。

"这层是江总夫妇俩的地盘。"江阔回过头，"这层的面积比上层大，江总的书房、他老婆的瑜伽室都在这层，没什么意思，就不看了……"

当然不看了。你的卧室是禁区，江总的书房和他夫人的瑜伽室难道就能随便进去转吗！

"去露台看看。"江阔说，"这个露台对着前院，天气好的时候站在这儿特别舒服。"

"嗯。"段非凡跟着他去了露台。

这是个完全开放的露台，有两套户外沙发和小茶几，只在靠墙这边有一溜遮阳棚。不是惯常看到的铝合金加玻璃材质的遮阳棚，是很漂亮的咖色小遮阳棚，看着有种海边的咖啡馆或者酒馆的感觉。

"这种天气就没法待了，"江阔缩着脖子，"冷。"

"你和江了了都不在家的话，"段非凡看着四周的草地和树林，除了风声，一片寂静，"江总他俩会不会有点儿孤单啊？这么大的房子一下空了。"

江阔愣了愣："我没想过。"

段非凡笑了笑。

"这么说的话，"江阔看着他，"以前江了了不在家的时候，我妈总亲自去收拾她的房间……不过，他们应该没那么在意我。"

"嗯？"段非凡也看着他，"我觉得他们更在意你，毕竟江了了比你……独立得多。你以前都没住过校吧？"

"你说江总中秋的时候跑到我们学校来，"江阔皱着眉，"会不会不是来刺探我过得怎么样的……"

"他应该就是想你了吧。"段非凡说。

江阔啧了一声。

"哎，"刘胖从露台的门里走了出来，"你俩抽风呢？"

"嗯哪。"段非凡立刻两根手指一夹，对着风抽了一口。

"咖啡喝完了？"江阔问。

"喝了两杯。我们看快吃饭了，"董昆说，"就上来找找你们。"

"这儿视野不错啊。"丁哲撑着栏杆看了看四周，"这些花花草草都是林阿姨种的吗？"

"也不全是她种的吧。物业有园丁，平时她自己弄弄，修枝、施肥、打药之类的活儿会请园丁过来一起做。"江阔点头，"春夏之交的时候挺好看的，现在包的包、盖的盖，要过冬了。"

"你这意思是暑假再约呗？"孙季立马问。

"有没有点儿数了？"段非凡说。

"暑假想来就来啊，"江阔说，"能玩的更多。"

"有你这句话就行。"刘胖一拍手，"江阔，你是我认识的富二代里最够意思的。"

"他就认识你这么一个富二代。"段非凡说。

"哎！"刘胖拍了一下栏杆，想了想又点点头，"这话倒也没说错。"

几个人边聊边乐地下楼，一下来就闻到了菜香。

奔奔正站在厨房门口摇着尾巴，看到段非凡下来，它又跑了过来，一步一回头。

"馋死你了，"段非凡摸摸它的脑袋，"去闻吧。"

奔奔蹭了蹭他的腿，又转身跑回了厨房门口。

"去帮忙端一下？"丁哲说。

"不用，"江阔说，"坐着吧。"

餐桌上已经摆好了碗筷，江总夫妇和江了了都坐在旁边的沙发上聊天，刘阿姨和另一个大姐正把菜一个个端出来。

"好了，"林阿姨站了起来，"吃饭啦。"

江阔过去把江了了扶到桌边坐下。

江总冲他们招招手："别客气，随便坐，随便吃。我们家没有什么规矩，只要不站在桌上吃，都没问题。"

听到这话，一帮人顿时放松了不少，一块儿坐下了。

"这儿。"江阔拍了拍他旁边的椅子。

段非凡坐了过去。

"今天先尝尝我藏的酒。"江总指了指桌上的酒瓶，"小丁拿来的酒，你们玩完回来再喝。"

"我的那瓶换这瓶，"丁哲说，"太划算了。我们玩完回来还喝这个也没问题。"

一桌人全笑了。

江阔把酒打开了，给大家倒上。

楷模群的这帮人跟他以前的朋友不同，最优秀的一点就是无论什么时候，无论桌边的人他们认不认识、熟不熟，都不会冷场，堪称"自来熟天团"。

"感谢大家这几个月对江阔的照顾。"江总说，"这小子我本来都没指望他能交到朋友……"

"江总，我们真说不上照顾，"董昆说，"江阔也帮了我们很多。"

江阔看着他。这人又信口胡说，没有吸取上次的教训。江总但凡问一句"帮什么了"，他又得当场哑火。

"哦？"江总果然立马看了江阔一眼，"他还能帮人呢？"

江阔估计此时此刻董昆很想转身走人。

"我们学校的查寝组挺过分的，"段非凡接过了话头，"江阔替大家出了头，督促他们改进了工作态度。"

江阔忍不住看了段非凡一眼。

牛！段非凡你是真牛！

他现在真想站起来给段非凡鼓掌。

"那倒是，"江总笑了起来，"这小子向来忍不了这种事儿……来！为你们的友谊！"

"友谊——"一帮人跟着喊。

"吃菜。"林阿姨看着刘阿姨放在C位的酱牛肉,"段非凡带来的酱牛肉,刘阿姨说特别香。这是你家的招牌菜吧?"

"我们市场里卖牛肉的都会做,"段非凡笑笑,"不过我老婶做了二三十年了,有自己的配方,的确比别家的好吃。"

"我尝尝。"江总马上夹了一块,"你寄过来的酱就很香,江阔说烧烤的时候刷一点好吃,我觉得煮面也不错……嗯!这个牛肉是不错!"

"我回去再寄点儿过来。"段非凡说。

"麻烦吗?"林阿姨问。

"不麻烦,"段非凡说,"平时我们也会往外地卖。"

"嗯,"江总点点头,"有这个手艺,是可以考虑扩大业务。办加工厂、开分店、做网店……"

"职业病犯了。"林阿姨说。

江总笑着摆摆手:"随便说说。"

江总是个没什么架子的人,林阿姨也很随和。楷模们几杯酒下肚,全都放开了,从酱牛肉聊到江总的新项目,再聊到这几天的安排,又扯到学校的各种事。

江总和林阿姨对学校的事很感兴趣,毕竟那是宝贝儿子一定要去但听上去不怎么样的一所学校。于是几个人从校长说到食堂大叔,把前十年的各种趣闻、八卦都说了一遍,中间还没忘了把护校英雄段非凡的事迹吹一番。

"伤得那么重吗?"林阿姨看着段非凡,"你父母得多担心啊。以后遇到这些事,还是要先保护好自己。"

"嗯。"段非凡点点头,"吸取教训了。"

楷模群的这帮人还是有默契的,江阔正担心这个话题会让他妈顺着问起段非凡的父母,刘胖就端着酒站了起来:"江总、林阿姨,这次我们过来玩,打扰你们了……"

"哎哟,这么客气。"林阿姨拿起杯子,"江阔长这么大,我们这还是头一回接待他的同学呢,一点儿都没打扰,新鲜着呢。"

一帮人笑着,话题被带了过去。

江阔将杯子慢慢移到段非凡的杯子旁边,轻轻一歪,在他的杯子上磕了一下。

"嗯?"段非凡笑了,看着他。

"要倒了跟我说一声。"江阔喝了口酒,"客房在一楼,我提前带你认个门。"

"没事儿,"段非凡也喝了口酒,"这酒度数低,我起码能撑到回酒店再倒。"

刘阿姨的手艺很不错，虽然酱牛肉做不出牛三刀的味道，但别的菜做得很香，让楷模们吃得脸上都冒光了。

"不着急回酒店吧？"江总今天心情很好。

"不急，"董昆看了看手机，"我们平时这个点儿还在宿舍娱乐。"

"行啊，"江总说，"那我们就娱乐一下？"

"什么娱乐？"大家顿时来了兴致。

"江阔带他们过去，"江总说，"我找点儿茶。"

"嗯。"江阔站了起来，看着他们几个人，"不是打牌，别怕。"

"哎！"孙季笑了，"这是什么话！"

"别跟他打牌，"林阿姨指着江阔，笑着说，"我们都不跟他打牌。这人别的本事没有，算牌最厉害。"

"玩什么？"段非凡跟着站了起来，看着江阔。

"桌球，"江阔说，"还有别的……"

"桌球，"段非凡一指他，"就桌球。"

"怎么？"江阔一挑眉毛。

"总算有我能嘚瑟的项目了。"段非凡活动了一下脖子，想想又停下了，"桌球，不是说的斯诺克吧？"

"不是，美式。"江阔笑了起来，"怎么，你想打斯诺克吗？温泉酒店有。"

"走，桌球。"段非凡一挥手。

"没醉？"江阔盯着他的脸。

"没。"段非凡一挑眉毛，笑着问，"怎么，失望了吗？"

江阔笑了笑，没说话。

他就算没醉，也肯定喝高了。

3 "背媳妇儿"

江阔家的地下一层有影音室和娱乐室。

娱乐室的灯一打开，气氛就有了。旁边有个吧台，看上去像个小酒吧。除了桌球，还有乒乓球桌和桌上足球，墙上还有飞镖的靶子……

"挺齐全啊。"刘胖把每张桌子都看了一圈，"太爽了。"

"平时我们也不怎么玩，来了客人才下来玩玩。"江阔搀着江了了坐到吧台旁边。

"但一般没什么客人来。"江了了说。

"是。"江阔笑了。

"想玩什么就随便玩啊。"江总拿着茶叶下来，打开了娱乐室的音乐，"我先泡点儿茶，喝完酒我就想喝茶，你们也尝尝这个好茶。"

"好嘞。"丁哲立马响应。

江总坐到茶桌前，开始慢条斯理地烧水泡茶。

刘胖他们几人则分头占据了桌上足球和飞镖的场地。

"来一局？"江阔往桌球台子上一撑，看着段非凡，"高手。"

段非凡也撑着台子看着他："来。"

"赌吗？"江了了靠着吧台问了一句。

"随便。"段非凡说。

"拿那副卡来抽一张。"江阔伸手冲江了了晃了晃。

江了了从吧台下拿了一摞卡扔到了台面上。

"很过分的我们都已经拿出来了，"江阔说，"放心抽吧。"

"很过分的是什么？"段非凡看着这些卡，手指戳在了其中一张上，将它移到了自己面前。

"什么亲一口之类的。"江阔说。

段非凡看了他一眼。

"再放进去也不是不行。"江了了说，"都还在呢。"

段非凡赶紧翻开面前他挑出来的这一张。

上面就三个字——背媳妇。

"哎。"段非凡忍不住笑了。

"反悔吗？"江阔拿出球杆递给他。

"不反悔。"段非凡一咬牙。

"开球不按规矩来啊，"江阔从旁边的小桌上摸了个硬币过来，"是数字的话你开球。"

"好。"段非凡点点头。

江阔手指一弹，硬币就转着圈飞得老高。段非凡正担心接不住的时候，江阔的手一扬、一拍，把硬币拍在了手背上。

"看得出来没喝多。"段非凡笑着说。

"我开。"江阔拿开手，把硬币弹回旁边的小桌上，然后拿起一颗巧克在杆头上蹭了蹭。

段非凡站在球台对面看着他。

江阔挺久没打球了，一杆下去，感觉还行。看着球四处散开，他杆子一撑，冲段非凡抬了抬下巴："高手，来。"

"你好像很不服气。"段非凡笑着说。

"我今天喝得有点儿多，"江阔说，"所以比较看不惯你这种比我嚣张的。"

段非凡也拿巧克蹭了蹭杆头，绕了半个球台，看了看白球的位置，然后弯腰架好了球杆。

江阔看着他的手。段非凡的手是挺好看的，特别是撑在球台上的时候。因为一直在看手，段非凡是怎么出杆的他都没看清，只看到一颗花球干脆利落地落了袋。

"不错。"江了了拍了拍手。

江阔看了她一眼。

江了了有录视频的习惯，这会儿正举着手机对着他们这边。

段非凡拉了拉袖子，再次弯下腰。这次白球靠近中间，因此他的半个身子都伏在球台上，左胳膊的线条很舒展。

江阔跟大炮他们玩过几次桌球，段非凡的姿势比他们那帮人漂亮太多了，赏心悦目。

嗯，赏心悦目。

江阔站在段非凡对面的位置等着他出杆，段非凡抬眼瞅了瞅他。

江阔挑了挑眉。

段非凡没忍住笑了起来。

"赶紧的！"江阔催他。

段非凡边乐边推了一杆，出杆动作很潇洒，但是因为他在笑，打偏了。

江阔啧了一声，转了转杆子，瞄了一眼球："看我的。"

他伏身瞄球的时候，段非凡走到他对面蹲了下去，在球台边露出半张脸。

"干吗？"江阔说。

段非凡没说话，突然也挑了两下眉。

江阔一下笑出了声，还没架好的杆子往前滑了一下，戳在了白球上。

他直起身瞪着段非凡："去你的。"

"好好打。"江了了在旁边一脸嫌弃，视频都不屑录了，"这是什么小学生水平，你们争着背媳妇儿么？"

"这是你的真实水平吗？"段非凡笑着问，"我让你一杆？"

"刚才要是你的真实水平，我也可以让一杆。"江阔说。

"行，"段非凡从球台那头慢慢走过来，看着台面上的球，然后拿起白球重新摆放,"那你的机会不多了。"

"气势够。"江阔冲他竖了竖大拇指。

段非凡转了转杆,伏到了台面上。

比起射箭时瞄准靶子,段非凡瞄桌球的水平明显要高很多。这一杆出得利落,球应声落袋,白球停下的位置也正合适。

"这还差不多。"江了了喝了口饮料,靠着吧台,重新开始录视频。

段非凡下一杆都没太瞄,一个爆杆,花球发出一声脆响落袋,白球回到了台中。

江阔看了看,接下来不出错的话,段非凡还能进两个,但再往后就难了。

"怎么样?"丁哲过来问了一句,"江阔输了没?"

"嘿?"江阔看着他,"这是什么话?"

"输了正常,"丁哲说,"他打台球真的厉害。"

"你的车没了。"江阔说。

"哎!"丁哲喊了一声,"我还没说完!虽然他厉害,但你这玩意儿都搁家里呢,想玩就玩,肯定比他厉害得多。"

"他平时不玩。"江了了在那边说了一句。

丁哲看着她:"这就让人不好接话了啊,了了。"

"赌吗?"江了了一指旁边墙上挂着的小黑板,"下注。"

"来来来!"丁哲立马过去了。刘胖他们几个也不玩了,先过来下注。

"哎。"江阔有些无奈。

"都赌谁赢?"江总喝了两杯茶,很有兴致地也凑了过来。

"你就别参与了吧……"江阔说。

"差不多,"江了了说,"现在我和孙季两个人押他赢,其他三个押段非凡。"

"不用给我面子。"江阔摆摆手。

"那我还是得……"江总看了看台面上的球,"押段非凡。"

"谢谢江总。"段非凡很愉快地又出了一杆。

这杆没进。

江阔一把拿过杆子,蹭了蹭杆头……虽然就打了一杆,还只碰了碰球,但蹭杆头这种仪式不能缺。

不过他感觉自己运气的确不怎么好,两杆之后球就被挡了,无论想打哪颗球,中间都挡着段非凡的花球。他喷了一声,试着吃一库,结果没打进。

"我清了啊。"段非凡拿起巧克慢慢蹭着杆头,很有信心的样子。

"不清不是中国人。"江阔走到吧台旁边,敲了敲台子,"百利甜加奶。"

江了了看着他。

"谢谢。"江阔说。

"不知道今天冰块儿做了没。"江了了看了看,"没有,先生,您要不换成百利甜冰激凌?"

"行。"江阔点头。

"自己去做吧。"江了了一摆手。

江阔叹了口气,只好自己过去,打开冰箱拿了冰激凌出来,舀了一个球放在杯子里。他倒酒的时候董昆喊了一声:"我也要!"

丁哲和孙季立马跟上:"我们也要。"

刘胖摇摇头:"我要先喝江总的好茶。"

"你们自己弄,"江阔说,"我没时间,我还打球呢。"

"你有的是时间。"丁哲说。

"你明天是真不开车了是吧?"江阔说。

"嘴瓢了嘴瓢了……"丁哲跑过来,一迭声地说,"我来我来我来……"

就在往冰激凌上倒酒的这点儿时间里,段非凡已经进了三颗球。江阔回到球台边的时候,他台面上只剩了一个花球。

丁哲还真没说错,他要是继续站在吧台那儿给大家一人做一杯百利甜冰激凌,估计段非凡早就清完台了。

江阔在旁边的椅子上坐下,慢慢吃了一口冰激凌。

段非凡瞄球的时候偏过头看了他一眼:"你背得动我吗?"

"放心,"江阔说,"只要你赢,我拖也会把你拖出去转两圈儿的。"

段非凡笑了,继续瞄着前方的球。

这颗球不太好进,得打得特别薄,但又可能因力度不够,球落不了袋。

段非凡如果这球没进,就等于是把赢的机会送给江阔。现在桌上的花球分得很开,基本没有贴边儿的,角度都很不错。

但段非凡没给他这个机会,一杆击出,白球带着旋儿滚出一条微弯的弧线,从侧面击中了最后一颗花球。

落袋。

"好球!"刘胖拿着茶杯喊了一声,美滋滋地喝了一口茶,然后又喊了一声,"哟,好茶啊!"

黑八没有悬念,孤零零地停在距离底袋不到三十厘米的地方。

段非凡瞄了一下之后,闭上了眼睛。

"去你的!"江阔骂了一句。

黑八落袋。

"他俩赌的是什么？"董昆问江了了。

"背媳妇儿。"江了了说。

"……这是谁抽的？"孙季问，"得什么运气才能抽出这么张输赢都落不着好的卡来。"

"我。"段非凡笑着说。

"行吧，"丁哲说，"你牛。"

"背！"刘胖喊。

江阔一仰头，把最后一口冰激凌带酒倒进了嘴里，然后将杯子往桌上一放，站了起来："行。"

"去二楼转一圈再下来。"江了了说。

"能……"江阔话没说完就被打断了。

"不能，走楼梯，"江了了说，"江总上回背我可是从一楼到三楼再下来的。"

愿赌服输。

江阔转身背对着段非凡弯了弯腰，手背在后头招了招："来吧。"

段非凡扶着他的肩，很干脆地跳到了他背上。

江阔兜住了他的腿。这腿上有裤子就好背多了。

"走了啊！"江阔喊了一声。

"走你！"刘胖喊。

大家跟着他们出了娱乐室。

说实话，段非凡虽然看着不胖，但身材挺结实，着实不轻。好在就上两层楼，只要他跑得够快，就不用背很长时间。

江阔几步冲上楼梯，三级一跨地上到了一楼。

"我去！"董昆愣了，"看不出来啊。"

"人以前游泳队的。"丁哲说。

"我们不送了啊。"孙季喊，"非凡，你监督他，我们跑不过他！"

"行。"段非凡说。

江阔停了一下。段非凡说话的时候，气息就呼在他耳朵后头，顺着脖子往下的半边身体都变成了痒痒肉。

"你别说话。"江阔咬着牙。

"嗯？"段非凡没明白。

"痒！"江阔背着他快步往客厅楼梯走过去，"再说话一会儿把你扔地上！"

楼下传来董昆的声音："几楼了？"

段非凡没出声。

江阔只好自己回答："马上上二楼了！"

这赌打的，背着人爬楼梯，还得自己汇报行程。

上二楼的时候江阔依旧是跑上去的，不过因为速度太快，他的手有点儿打滑，让段非凡的腿往下出溜了一段。

"等等。"江阔停下，站在楼梯顶上颠了颠，想把段非凡往上挪挪。动作挺用力的，就怕抛不到位。

段非凡顺着劲撑着他的肩往上挪了点儿，落下来的时候下巴在他的脑袋顶上砸了一下。

"啊！"江阔没有手能捂脑袋，只能骂了一句，"去你的。"

段非凡忍着笑，在他脑袋顶上揉了两下。

"我下楼了，你别笑啊，"江阔警告他，"我要是摔了，你就得飞出去。"

段非凡很配合地没有出声，也没有笑。

江阔下楼的速度也很快，几乎是冲下去的。

还行，还有一层。

他背着段非凡跑到地下室的楼梯上时，一帮人都站在下面等着。

"真够快的。"刘胖说，"要是换了我，这会儿还没到一楼呢。"

"让让！"江阔一边喊一边往下跑。

大家迅速让开了。

与此同时，段非凡在他背上颠簸着，呼吸扫到了他脖子的痒痒肉上。楼梯才下了一半，这阵痒意顿时让他腿一软。

"我——"他只来得及喊出一个字，整个人就扑了下去。

……早知道不让大家让开了。

这要是扑到楼梯上再滑下去，他就是一个段非凡发射器。段非凡估计能飞出去至少两米，而他怕是要在段非凡飞出之前先被按在楼梯上摩擦。

惨哪……

就在他扑倒在楼梯上时，段非凡搭在他肩上的手撑住了台阶。因为下冲的惯性，段非凡整个人从他背上直接翻了下去，以一个标准的单手前空翻姿势。接着段非凡安全落地，而他往前撞在了段非凡身上，段非凡一胳膊兜住了他，阻止了他继续冲向地板的势头。他跪在最后一级台阶上，手撑着地，停下了。

"我的天。"他转头看着段非凡。

"预言家啊。"段非凡也看着他。

"没事儿吧？"董昆他们几个冲过来，七手八脚地把他俩从地上拽了起来。

"我没事儿。"江阔说，"段非凡？"

"没事儿。"段非凡活动了一下右手手腕。

"精彩。"江了了还靠在吧台边，将手机对着他俩，手往腿上拍了几下，给他俩鼓掌，"我本来只想录个你俩出溜下来的场面，没想到还能录到这种精彩画面……"

段非凡看了一眼江总。本来背人这种惩罚是正常的，但中途出了这样的状况，宝贝儿子从楼梯上摔了下来，这就有点儿尴尬了。

但江总站在娱乐室门边，一脸看热闹的表情，甚至插空问了一句："段非凡是不是练过？"

"……没有。"段非凡说。

"身手不错。"江总说。

因为他们都没真摔着，大家乐了一会儿就又回了娱乐室。

"刚你吃的那种冰激凌，"段非凡问，"还有吗？"

"有，"江阔走到吧台后面，"要加酒吗？"

"你的那杯加酒了？"段非凡看着他。

"嗯，加百利甜了。"江阔说着看了看酒，"我看看还有什么……"

"大哥，"段非凡趴到吧台上，"你故意的吗？"

江阔拿了个盘子，给他舀了两个球："够吗？"

"再给我一个香草的吧。"段非凡说。

"行。"江阔又舀了个香草的，然后放了把小叉子，把盘子推到他面前。

娱乐室里很热闹，打桌球的、玩桌上足球的都嗷嗷叫着。

"玩飞镖吗？"江阔问。

"要找回面子吗？"段非凡吃着冰激凌。

"嗯哪。"江阔说。

"走。"段非凡笑笑。

"江阔！"丁哲喊，"给我们弄点儿！"

"自己弄。"江阔说。

"我来我来。你们想要什么啊？"刘阿姨进了娱乐室，很熟练地去了吧台。家里有人来玩的时候，都是她在这儿帮忙弄吃的喝的。

江阔看了看手机上的时间，吃完饭就九点多了，之后又玩又闹的，时间已经过了十一点。这会儿回酒店的话，正好可以休息。

但大家似乎没注意时间，江阔也没提醒，把手机放回了兜里。

"让我开开眼吧。"段非凡坐到椅子上，边吃边说。

江阔过去把镖靶上的飞镖都摘了下来："玩这玩意儿我是真的厉害，从小就玩。这玩意儿不需要人配合，自己玩就行。"

"你小时候是不是特别独？"段非凡问。

"我现在也独。"江阔侧身站好,拿着镖瞄了瞄,手一压,飞镖落在单牛眼上。

段非凡笑了笑,没说话。

江阔又拿了一支飞镖,认真地瞄着。

"你玩这个用左手吗?"段非凡问。

"两只手都行。"江阔换了右手,转身对着段非凡瞄了瞄,"给你来个五十分开开眼。"

飞镖还是落在了单牛眼上。

江阔啧了一声,继续。

段非凡没再说话,在旁边一边吃冰激凌一边看着他。

江阔也不再出声,心静了下来。此时此刻,球桌那边的喧闹声从他耳边慢慢消失,他只注意着眼前的靶子和旁边吃着冰激凌的段非凡。

"我的天,小伙伴儿们!"刘胖的声音传来,"快一点了啊!"

"什么!"一帮人都喊了起来。

江阔没受影响,投出最后一镖。

五十分。

他挑了挑眉毛,转头看了看段非凡。

这货居然就那么拿着已经吃光了的盘子靠在沙发里睡着了。

"啧。"江阔走到他面前,伸手在他脑门儿上啪地弹了一下。

段非凡一跃而起,捂着脑门儿。

"少侠好身手。"江阔笑了。

段非凡听到了刘胖的声音:"一点了?"

"嗯。"江阔看了看手机。

"这样吧,大家不要回酒店了。"一直在跟人打桌球的江总放下了杆子,"太晚了,现在回酒店的话,得两三点才能睡觉,明天早上起不来吧。"

"客房我今天收拾了的。"刘阿姨说。

"就在家歇着吧,洗漱用品都有。"江总说,"江阔,你安排一下。"

"嗯。"江阔应了一声。

这帮人已经困了,听到这个安排纷纷同意,跟着江阔去看客房。

这种时候就得感谢江总。他妈当初就不打算留客房,说这年头谁要在别人家里住,但江总坚持在一楼留了一间。

一楼还有老人房,但装修好之后四个老人没一个来住的,说没有邻居太难受了。还有一间空房在三楼,很小,只放了一张折叠沙发,是江阔的备用仓库。

这几间房正好能把这帮人都塞下。

他们按在107熬夜时的习惯，把单独的床位留给了段非凡。

4 晚安

江阔带着段非凡去了三楼。

出电梯的时候段非凡被地毯绊了个趔趄。江阔吓了一跳，赶紧抓住他的胳膊肘："只有几米了，你别在这儿倒了啊。"

"我是困的，"段非凡说，"酒劲儿早过了。"

"吹吧你就，你平时四点不睡都两眼放光，五点还能去跑步，"江阔往前走，"这会儿困了？你醉倒的时候不就是睡着了？闭眼儿就睡。"

段非凡没说话，跟在他后头一直乐。

"醉了就是醉了。"江阔打开小房间的门，又指了指旁边的门，"浴室和厕所在这儿。"

"嗯。"段非凡进了屋。

"沙发放下来就……"江阔话还没说完，段非凡已经走过去往沙发上一倒，闭上了眼睛，他愣了愣，"段非凡？"

"你去休息吧。"段非凡闭着眼睛，"我现在没有去洗漱的能力了，睡一会儿再说。"

"哦。"江阔顿了顿，转身走了出去，带上了门。

楼下的灯还亮着，但是已经没有人说话了。闹了一个晚上，大家都困了。除了江了了早去睡了，连刘阿姨今天都陪着他们熬到了这么晚。这会儿大家都争分夺秒地上床休息去了。

江阔也困得厉害，但他还是坚持去洗了澡。洗完澡出来，他发现自己居然把那点儿瞌睡给洗没了。他打开房门往备用仓库那边看了看，没听到什么动静，估计段非凡还在睡。

回到屋里，江阔找出耳机戴上，放了首歌，倒在了床上。

伸了几个懒腰之后，他长长地舒出一口气。瞌睡还是没有，但人也不是完全清醒，处于既睡不着也不能说不困的纠结状态里，脑子里各种声音嗡嗡地响，时不时还有混乱的画面闪过眼前，光从楼梯上摔下去的场景就起码以二倍速回放了十次。

不知道熬了多长时间，江阔坐了起来，摘掉耳机，发现整个世界都清爽了。

他已经完全清醒，起身下床，站在屋里愣了一会儿，然后打开门走了出去。

段非凡应该已经起来洗漱过了，卫生间的门是关着的，但小房间的灯和门都没有关。看来这人是挣扎着去洗漱的，回来连关灯、关门的力气都没了。

他走到门口往里看了看。

段非凡果然躺在沙发上睡得一脸安详。

他犹豫了一下，伸手在门上轻轻敲了两下。

段非凡没有任何反应。

他低头看了一眼手机上的时间，三点了。

他把手机放回兜里，走进房间，拿过一张椅子，坐在了沙发旁边。

段非凡醒来的时候已经没了醉酒的眩晕感，挺清醒的，所以他能判断出现在还是半夜。不过他把遮在眼睛上的胳膊拿开，准备起来找杯水喝的时候，猛地发现旁边有人。

他的眼睛一下瞪大了，没叫出声来算他心理素质过硬。

看清这人是江阔的时候，他愣住了。

江阔坐在旁边的椅子上，腿架在膝盖上，胳膊撑着椅子扶手，手指顶着额角，眼睛盯着他。

从他睁眼醒来到现在，江阔一动没动，视线都没移开过。

"江阔？"段非凡试着叫了他一声，怀疑他是在梦游。

"嗯？"江阔应了一声。

"哎，"段非凡坐了起来，"你醒着啊？"

"不然呢，我是鱼吗，睁着眼睛睡觉？"江阔的姿势没变，还是那样看着他。

"怎么了？"段非凡轻声问。

"没事儿，"江阔说，"你睡吧。"

"……我怎么睡？"段非凡愣了。

"你刚怎么睡，现在就怎么睡。"江阔说。

段非凡起也不是，躺也不是，不知道江阔在这儿坐了多长时间。段非凡这会儿睡得有些迷糊，无法思考江阔在这儿坐着是为什么，毕竟以江阔的教养，他就是进107都会先敲门，现在他居然直接……好的，是自己刚刚没关门。

段非凡摸过手机看了看，三点多。他坐了起来，低头打了个实在没忍住的呵欠。

"有水吗？"他问，"我有点儿渴了。"

"会客室那边有，去倒吧。"江阔说。

段非凡站了起来，走出了房间，走廊的感应灯一路亮起。

会客室有台管线机，他研究了一下，接了一杯温水。

杯子是从旁边的小茶盘里拿的，有四个颜色不同的玻璃杯。段非凡估计江阔平时用的是蓝色花的，因为放在最外面，所以他拿了最里面那个黄色花的。

喝了半杯，他又接了一满杯，准备拿回房间。

喝了水之后，人清醒了不少，他突然有些不太敢回房间了。

江阔是个直接的人，很多时候他不是个会给人留面子的人。虽然在面对这帮一块儿玩熟了的人时，他是非常好脾气的，但段非凡知道，如果真有什么事让他不爽了，他一定不会忍着。

往回走的时候，段非凡在脑子里反复回忆着这一晚上的每一个细节。

自己会不会有什么地方惹到他了？

段非凡回到房间的时候，江阔还坐在那里，跟被点了穴似的。

段非凡走过去，把杯子放到沙发旁边的小边几上。

江阔看了一眼杯子。

"那四个杯子，"段非凡问，"你是不是会用？"

"嗯。"江阔应了一声。

"用的哪个？"段非凡问。

"就这个。"江阔说。

"……我以为你用的是蓝色的。"段非凡愣了愣。

"黄的这个最好看。"江阔看了他一眼，"没事儿，我这方面没那么讲究。"

段非凡笑笑，坐到了沙发上。

江阔又看着他，不再说话。

这气氛段非凡实在有些扛不住。江阔这从他醒来到现在一动不动的连笑容都没有的状态，仿佛是在对他进行某种心理上的惩罚，也像是……

段非凡看着他："你是不是腿麻了？"

江阔没说话，过了一会儿才皱了皱眉，啧了一声："是。"

段非凡虽然心里还有一万多种疑惑，但这一瞬间还是没忍住笑了："要帮忙吗？"

江阔拧着眉犹豫了一下："要快。"

段非凡没给他反应的时间，起身一把抓住了他架在膝盖上的脚踝，拉直之后一通晃。

"我去。"江阔咬着牙骂出声的时候，最强烈的那一阵酸麻劲已经过去了。

段非凡又伸手飞快地在他小腿上来回搓了搓："好了没？"

"啊……"江阔仰了仰头,"好了。"

段非凡扫了他一眼,迅速松了手,坐回了沙发上。

江阔坐着活动了一下自己的腿,舒出一口气。

段非凡想问他到底怎么了,为什么要半夜跑这儿来坐着。虽然自己不问并不合理,但他还是没问。

"你睡吧。"江阔说。

"嗯。"段非凡应了一声,也不管奇怪不奇怪了,直接倒回沙发上闭上了眼睛。

江阔没再继续坐那儿看他,而是站了起来,往沙发这边走了一步。

段非凡闭着眼睛,暗暗运气,绷了绷自己的腹肌,以防江阔突然一拳砸在他肚子上。

"晚安。"江阔说。

段非凡睁开眼睛,看到江阔正低头看着他,他也说了一声:"晚安。"

江阔没再说别的,转身走了,关掉了灯,把门也带上了。

听到门咔的一声关上,段非凡才猛地放松下来,长长地舒了一口气。

他本来还挺困的,现在完全没了睡意。躺在沙发上愣了不知道多长时间之后,他摸出手机,打开他珍藏的助眠视频,戴上耳机,听着姐姐的轻声细语,看着屏幕里做着各种手势的手。

他想起了江阔洗牌时的手,也有同样的助眠效果。

CHAPTER 18

玩乐时间到

1 一号小小分队,一号小小分队

江阔睡得很沉,早上他妈敲了好几次门他都没听见,最后给他打了个电话,他才算是醒了。

他换好衣服,洗漱完,下楼的时候发现众楷模都已经起床了,正在餐厅吃早点。

牛肉面。

这个香味他闻着非常熟悉。

"谁煮的牛肉面?"他问。

"刘阿姨啊。"丁哲说。

"不可能。"江阔转头往厨房看去,正好刘阿姨端了他的面过来,他又问了一遍,"这是你煮的吗?"

"按非凡教的方法煮的,"刘阿姨笑着说,"还放了一点点那个酱。他说放多了就不是清汤牛肉面的味儿了,放一点点正好……"

江阔挺震惊的。

段非凡是什么时候起来的?竟然还跟刘阿姨交流了煮面技巧!

"段非凡呢?"他坐下,挑了一筷子面,发现段非凡没在这里。

"在楼下跟江总打乒乓球。"董昆说,"江总乒乓球打得还挺好的,看不出来啊。"

"……打乒乓球?"江阔更震惊了。

"本来我们几个想玩,"刘胖低声说,"结果江总来凑热闹,把我们都给打趴下了,只有段非凡顶得住,所以……"

江总大概是因为从来没在家接待过他儿子的同学,心情比他儿子都愉快。

江阔没再说话,低头飞快地吃完了面,扔下筷子就去了娱乐室。

他刚下了楼梯就听到江总的声音:"最后一局。"

"好。"段非凡回答。

接着他就听到了乒乓球的声音,一听就知道球速相当快。

他走进娱乐室,看到打球打得脑门儿上都冒汗了的江总,以及扬手一记扣杀打得江总连接球姿势都没来得及摆上的段非凡。

江阔没出声,江总和段非凡都没发现他进来。

江总喜欢打乒乓球,但家里没人陪他玩,这张球台平时也很少用,一般他想打就拉着公司的人出去打。但江总的乒乓球水平挺高,公司里没几个人能让他打得尽兴。现在碰到能杀他球的段非凡,江总明显很投入。

江阔没打断他们的比赛,安静地站在门边看着。

"你们市场里有人能陪你练到这种水平?"江总捡了球,把球打给段非凡,"你没专门学过吗?"

"还有比我厉害的大孩子。"段非凡接住球,让它在球台上轻轻弹了几下,"我们哪会专门学这些啊。市场有个露天的水泥台,我爸用三合板给我做了只拍子,就这样打。"

"有意思啊。"江总看了他一眼,"那你们小时候可比江阔小时候过得有意思,孩子还是野着长好。"

"有利有弊吧,"段非凡笑笑,"我们光剩野了。"

段非凡体力和技术都比江总强,但看得出他并没让着江总,这应该是最让江总愉快的一点。江总不喜欢别人让着他,水平不够他可以拼一把,但被人让着就算赢了也会很不爽。

两人边打边聊,段非凡一直领先。赛点局,几个回合的快球打完,江总露出了破绽,段非凡一个利落的抽杀,拿下了最后一分。

"这球漂亮!"江总说。

江阔这时才走了过去。

"起来了?"江总看到他,问了一句。

"早点都吃完了。"江阔说,"你俩是吃了还是没吃?"

"吃了。"段非凡说,"我五点多起来时,刘阿姨正好开始做早点。"

"然后你就教她做牛肉面了?"江阔问。

"嗯。"段非凡笑笑,"她问我怎么用那个酱煮面——好吃吗?"

"好吃,"江阔点点头,"我一下就闻出来是牛三刀的味儿。"

"你们收拾收拾吧,该出发了,再晚赶不上那边的午饭了。"江总拍拍段非凡的肩,"回来了咱们再来几局。"

"好。"段非凡说。

江总活动着胳膊往楼上跑去。

江阔也上了几级楼梯,回头看了段非凡一眼:"你要洗澡吗?"

"嗯,"段非凡应了一声,"随便冲一下吧,出了点儿汗。"

"你挺牛啊，"江阔说，"江总好些年没碰上能让他满地捡球的人了。"

"那只能说他身边的人都太菜了。"段非凡说。

"挺嘚瑟的。"江阔笑了。

"普通嘚瑟吧。"段非凡说。

大炮打电话过来的时候，大家都收拾好了，准备去酒店拿了行李就出发。奔奔正在跟段非凡依依惜别。

"我马上到酒店，"大炮说，"大概二十分钟吧。"

"你到了大堂等一会儿吧，"江阔说，"我们从鼎江庄园过去。"

"他们昨天在你家住的？"大炮吃惊地问。

"嗯，玩太晚了，就没回酒店，"江阔说，"大冷天儿的。"

"我去……"大炮说，"您还记得去年下雪的时候耗子在鼎江大门门口说想进去待会儿，您把人给撵走了吗？"

"耗子又不是我同学。"江阔啧了一声。平时和他一块儿玩的那些人里，他愿意让人上家里来的只有大炮。

"您以前也不跟同学玩啊。"大炮说。

"废话挺多。"江阔说。

"行吧，"大炮说，"不废话了，大堂等你。"

今天还是开两辆车。丁哲非说要热车，提前半小时去了车库。他们到车库的时候，丁哲正举着手机自拍。

"狗东西，"董昆说，"您倒是热车啊。"

"热好了！"丁哲喊，"你摸摸是不是热的！"

"走。"江阔说。

大家上了车，江阔的车上还是只有段非凡。

段非凡看上去状态还行，不愧是天天熬夜还能早起锻炼的人。

江阔把车开出车库，丁哲他们的车在后面跟着。转弯的时候他看了一眼右边的后视镜，段非凡立刻转头看了他一眼。

我看的是后视镜。

江阔转回头看着前方。

去酒店的这条路不是主干道，加上早高峰已经过了，他们一路很顺畅地到了酒店，用时四十分钟都没到。

大炮已经在大堂里坐着了。

楷模们要上去拿行李。段非凡拎着江阔给他的行李箱往电梯走去的时候，大炮看了一眼江阔。

"我在这儿等着吧。"江阔说。

段非凡点点头，跟着其他人进了电梯。

江阔坐到了大炮旁边。

"我也要去你家住。"大炮说。

"谁不让你去吗？"江阔说，"你住去呗。"

"你真的……变了不少。"大炮有些感慨，"这帮人吧，还真挺有意思的，起码比平时跟咱们一起混的人好玩，但是……"

江阔看着他。

"但是……"大炮拧着眉，似乎找不到合适的词语，"说不清，就觉得这样的人你以前的同学中也不是没有。"

这话就绝对了。

段非凡那样的是真没有。

"毕竟我以前也没跟哪个同学上课、下课、吃饭都混在一块儿。"江阔说。

"也是，一日三餐都能见着。"大炮说，"我本来以为你去了学校，怎么都得天天拉着我去胡吃海喝，结果没想到食堂的魔力如此之大。"

江阔笑了起来，没说话。

其他人很快收拾好东西下来了。

"出发吧。"江阔站了起来。

"我坐丁哲那辆车带路。"大炮说，"县城里有一段路在修，得绕路。"

"嗯。"江阔应了一声，把车钥匙给了段非凡，"你开吧。"

"怎么？"段非凡看着他。

"我开不惯我爸的车。"江阔说。

"就得坐在地上开是吧？"段非凡说，"坐高了不习惯。"

江阔没忍住笑了，好半天都停不下来。

"我要睡会儿，"笑完他才说了一句，"我快凌晨五点才睡着。"

段非凡看了他一眼，似乎想说什么，但最后还是没开口。

大炮的老习惯，带了两个对讲机，一车一个。

大家上了车，段非凡刚把车发动，开出去还没五米，对讲机就响了。

"呼叫段英俊，呼叫段英俊。"对讲机里传来刘胖的声音。

江阔拿过对讲机："段英俊在开车呢。"

"呼叫江有钱，呼叫江有钱。"这回是孙季的声音。

"干吗？"江阔喊。

"我们已经跟在你们车后,我们已经跟在你们车后,"孙季说,"请保持联络。"

"知道了。"江阔扔开对讲机,"神经病。"

"应该多拿一个,放俩在那辆车上,让他们自己喊着玩。"段非凡笑着说。

导航显示他们此行大概需要三个小时,先走高速,再开一段县道就到了。

江阔把椅背放倒,枕着胳膊躺在椅子上。

"你睡吧。"段非凡说。

"嗯。"江阔应了一声,"现在还睡不着。"

"要不要看视频?"段非凡问。

"Blink blink吗?"江阔说。

"是。"段非凡笑笑。

"不用,"江阔说,"我也不是非得睡着,就这么愣一会儿也行。"

段非凡没再说话。

江阔打开了音乐。

高速很畅通,他们一路飞驰。段非凡车开得很稳,江阔躺那儿听着车里单调的嗡嗡声,没多久就睡着了。

两个小时之后,下高速前江阔才被对讲机惊醒了。

"一号小小分队,一号小小分队。"董昆喊。

"神经病,"段非凡赶紧拿起对讲机,压低声音,"干吗?"

"给我吧。"江阔伸手,"你专心开车。"

"被吵醒了?"段非凡把对讲机放到他手里。

"嗯。"江阔把椅背调正,"要换我开吗?"

"没事儿。"段非凡看了他一眼,"我开吧,我看你还没睡醒。"

江阔把眼睛一下瞪圆了:"这样醒了吧?"

"哎,"段非凡笑了,"我以为你要骂我。"

"骂你干吗?"江阔问。

段非凡看着前方没说话,从匝道下了高速。

"马上到了,马上到了。"董昆说。

"你说一遍就行。俩车之间不到一百米的距离,"江阔拿着对讲机,"你还怕信号不好吗?"

"说两遍比较有气氛,说两遍比较有气氛。"董昆坚持。

"没事儿不回话了啊。"江阔扔下对讲机,打开了小冰箱,"你喝水吗?"

"喝,我快渴死了。"段非凡说。

出收费站的时候,江阔拿了瓶水,拧开递到他手边。

段非凡拿过去仰头就是一顿"咕嘟咕嘟",把一瓶水都灌了下去。

"渴成这样……你不会叫醒我,让我给你拿水吗?"江阔说。

"我看你睡得挺香的,"段非凡说,"都打呼噜了。"

"……我打呼噜了?"江阔很震惊。

"小呼噜,"段非凡学了一下,"就是这种,很小声的。"

"这也不是很小声。"江阔说,"你学得像吗?"

"要不下回你睡觉的时候我给你录一段……"段非凡这话没说完。

"我每次睡觉都打小呼噜吗?"江阔更震惊了。

"也没有,就这一次。"段非凡想了想,"你也没在我跟前儿睡过几次啊……"

2 傻狗望月

温泉酒店坐落在山谷里,环境非常好,路修得也很宽,看得出来江总在这儿花了不少钱。

今天游客还不少,一路都能看到进进出出的车。虽然不是周末,但看上去生意还不错。

前面丁哲开着车刚过了酒店的指路牌,还没看到酒店在哪儿,路边一辆停着的车就按着喇叭开了出来。

江阔拿过对讲机:"跟这辆车走,这是酒店的车。"

酒店的车把他们从侧门带了进去。正门那边正堵着两三辆车,都在排队等着进去。 侧门没有游客的车,进门的停车场上只停了几辆车。

段非凡把车停好,行李生已经推着行李车站在了旁边。

"你不用跟过来了,房卡给我,"江阔下车跟大堂经理打了个招呼,"一会儿让人给我们把餐送到房间就行。"

"好的,"大堂经理看了看时间,"一点半可以吗?"

"嗯。"江阔点点头。

一帮人东张西望地从侧门绕了一道长廊才进了大堂。大堂里很热闹,沙发上坐了不少人,小孩儿满地跑。

"我们一会儿是不是直接泡汤?"董昆问。

"是,"江阔点头,"来这儿不就是为了泡?"

"先泡再吃饭,是吧?"丁哲问。

"还有半小时才送餐过来，"江阔说，"进去就可以先泡着。"

别墅套房在酒店的一角，很安静。户外池在后院里，透过客厅的落地窗能看到升腾的热气。

"房间怎么安排？"大炮问。

"三个大人间，"江阔说，"一个儿童房。"

"我要儿童房。"大炮立马说。

"那就老样子呗。"孙季说，"像之前在酒店那样分吧。"

"快快快……"董昆一边往一楼的房间跑，一边脱衣服，"泡会儿泡会儿泡会儿……"

一帮人瞬间跑没影了。

剩下的房间都在二楼。江阔和段非凡上了楼，找到了最里头没被占的那一间。

这间房的视野是最好的，有一半墙壁是玻璃，对着外面的院子。

段非凡打开行李箱找泳裤的时候，江阔已经进了浴室，没两分钟他就披着浴袍出来了。

"赶紧的。"江阔说。

段非凡将视线从他身上一扫而过，立马抓了泳裤进了浴室。

换衣服的时候段非凡听到门响了一声，估计是江阔出去了，他顿时松了口气，也不知道为什么。他套上浴袍，舒出一口气，愉快地打开了门。

门外却并不是空无一人。

江阔就站在浴室门口，正拿着瓶水看着他。

"哎！"他吓了一跳。

江阔也抖了一下，转头看着他："你喊啥啊！"

"我以为你出去了。"段非凡拉了拉衣服，把腰带系好了。

"我就试一下门能不能反锁。"江阔说。

段非凡看着他。

"这一片除了酒店，就是荒郊野岭了，"江阔拧开水喝了一口，"你不怕吗？"

段非凡沉默了一会儿："怕什么？鬼吗？"

"……人啊！"江阔有些无语，"莫名其妙的人，还有跑进来的小野兽！"

"我还真没想过。"段非凡感觉自己有点儿好笑。

"走吧。"江阔打开门走了出去。

大概是因为离后院比较近，江阔没系腰带，披着浴袍走得跟个大侠似的。

段非凡跟在他身后，感觉自己似乎系得有点儿过于正式，于是把腰带也解开了。

其他人都已经下到了池子里。这速度，段非凡都怀疑他们是不是穿着衣服下去的。

"你俩走秀呢！"董昆坐靠在池边，看到他俩喊了一嗓子，"装什么呢！"

"欢迎大家来到本次温泉山庄别墅三栋泳装秀，"丁哲举着手机一边解说一边录着，"现在展示的是本季最适合泡汤的性感泳裤……"

通往后院的门没关，他俩走到门口的时候，一阵老北风灌了进来，直接把江大侠披在身上的浴袍给掀了。他身上的拉链文身和红色句号文身因为只穿了一条泳裤而格外醒目。

"好！"刘胖喊了一声。

大家一块儿鼓起了掌。

"跟上。"江阔偏过头说了一句。

"什么？"段非凡没明白，他的注意力还在拉链文身上。

"我来了！"江阔突然喊了一声，往院子里跑了过去。

接着，他顶着老北风在离池子至少还有一米的地方一跃而起，然后在空中抱着腿像颗炮弹一样砸进了池子里。

池子里的人，除了大炮这个发小基于对他十几年的了解预判了他的行动，及时爬了出来，其余的人全都被砸了满脸水。

一片吼叫声。

不得不说，江阔的行为很"神经"，但他跑起来和起跳的姿势都非常漂亮。哪怕最后为了制造水花，他是抱着腿砸进去的，动作也很漂亮。而且这个抱腿的动作，换个人估计做出来的效果跟蹲坑差不多。

段非凡没这个本事。他们这帮人都是旱鸭子，对水是非常有礼貌的，只要不是被人推下去，走到池边出溜下去才是正常操作。

他走过去把江阔的浴袍捡起来，拿到池边的椅子上放好，再下到了池子里。一帮人在里头你挤我喊的，他把董昆往旁边踹了好几脚才坐了下去。

江阔在一片喧闹声里边乐边扒拉水，走过来之后哗啦一下坐到了他身边。

"水温还行。"大炮重新泡了回来。

"舒服。"刘胖眯缝着眼睛。

这个池子是由大块石头堆出来的，看着挺原生态，屁股下面坐的、脚底下踩的都是粗糙的石面，的确很舒服。

"午饭是在这儿吃吗？"丁哲问。

"嗯。"江阔仰头枕着后面的石头，胳膊往两边一伸，"让他们备的海鲜锅，一会儿泡完就吃，吃完歇会儿，下午去看看别的。"

"都有些什么玩的？"董昆问。

"问炮哥，"江阔说，"他来的次数比我多多了。"

"水疗、足疗、桑拿、KTV、酒吧、斯诺克，"大炮闭着眼睛数着，"室内泳池、篮球馆、攀岩、影厅、麻将室……不怕冷还可以去那边的泉眼儿钓鱼……"

"可以，"孙季听得非常满足，"够过瘾了。"

"做足疗吧，"刘胖说，"或者水疗，放松一下我们疲惫的身体。"

"你疲惫什么？"丁哲说。

"一路坐车过来不是舟车劳顿吗！"刘胖说。

"你一路靠在董昆身上睡过来的，你劳顿个屁！"丁哲喊。

"那董昆劳顿了。"刘胖说。

江阔的头往段非凡那边偏了偏："你有什么想玩的吗？"

"不知道，我都行，"段非凡说，"游泳也行。"

"上这儿游泳，你怎么不说去打篮球？"江阔说。

"打篮球不行，人不够。"段非凡一本正经地说。

江阔听乐了："要不先水疗，然后KTV，或者打扑克、打麻将。晚上去吃顿好的，完了还可以去酒吧。"

"可以！"刘胖马上一指江阔，"听你的。"

"想玩什么玩什么吧，"江阔说，"两三天呢，够全玩一遍了。"

段非凡对玩什么没有要求，什么都行，这会儿也没参与讨论，只听着江阔跟他们有一搭没一搭地聊。

江阔一直仰头靠着，很舒服的样子。

段非凡没敢太往后靠，总觉得往后会枕到江阔的胳膊上。过了将近十分钟，他回头看了一眼才发现，江阔的胳膊是架在他脑袋后头的一块石头上的。

段非凡叹了口气，这才把脑袋往后靠了过去。

他昨天没怎么睡好，早上又陪江总打了几局乒乓球，这会儿泡得热乎乎的，有些犯困，想眯一会儿。

但江阔在车上补了一个多小时的觉，这会儿精神头挺足，时不时跟对面几个傻子对踢两脚水，段非凡不得不随波逐流一直跟着来回晃。坐着的时候，水到肩膀的位置，他本来就坐得不是很实，这一晃荡，还时不时跟江阔撞一下。

"你是不是有多动症？"段非凡叹了口气。

"怎么，你是来睡觉的吗？"江阔问。

"我不是来睡觉的，"段非凡说，"但是我快晕船了。"

江阔一下笑出了声，又来回晃了晃。

段非凡正感觉自己的泳裤都快被屁股下面的粗粒儿石面给蹭掉了的时候，大炮突然喊了一声："下雪了！"

一帮人顿时安静了，一块儿仰头看着天。

很细小的雪花，并不密集，就那么飘飘忽忽地从天空中慢慢落了下来。

段非凡张开嘴，准备接点儿。小时候他就喜欢这样，段凌说这是"傻狗望月"。不过这雪太小、太细了，没等落在人脸上，就已经消失不见了。

他听到耳边有压低的笑声，转过头看到江阔正扭脸看着他，眼睛都快笑不见了。

"你没这么玩过吗？"段非凡看着他。

"我没在幼儿园毕业以后这么玩过。"江阔边乐边小声说。

段非凡不知道是不是自己太困了，看着江阔的笑容，听着他压低了的声音，这一瞬间他突然有些恍惚，感觉闭上眼睛就能睡过去。

也许因为他的表情过于明显，江阔看着他没再说话。

院子里的门铃响起的时候，段非凡才慢慢从恍惚中回过神。

"是送餐的吗？"江阔喊了一声，把段非凡那点儿恍惚彻底喊没了。

大概是知道他们在后院，所以服务员直接从院门把餐送过来了。

"吃饭。"江阔从水里站了起来。

"我去开门。"大炮也站了起来。

江阔转身准备出池子的时候，大炮晃过来的水波推了他一下，他脚踩着石头打了个滑。

段非凡只觉得他整个人往自己这边一歪，一条腿就跪了过来。

千钧一发之际，段非凡以从未有过的速度努力往后挪了一下，然后看着江阔一膝盖跪在了他的腿中间。

沉默了一秒钟之后，撑住了池沿的江阔猛地低下头，惊恐地看着他。

"妈啊！"江阔声音都有些抖，"你没事儿吧？"

"我没……"段非凡还没来得及报平安，江阔的手已经探进了水里。

"我去，我没压到哪儿吧？"江阔的手在水里慌乱地扒拉。

"怎么了？"旁边几个人一看这阵势都吓了一跳，全喊了起来。

即将命中要害的时候段非凡一把抓住了江阔的手，看着他，缓慢而坚定地回答："我没事儿，哪儿也没压到。"

"吓我一跳！"江阔这才松了口气，"我都想着要怎么抬你去医务室了！"

"怎么？"那边刘胖蹚了过来，"踩着蛋了？"

"滚！"段非凡说，松开了江阔的手。

江阔出了池子，看了看自己膝盖，发现居然在石头上蹭出了几条红印。

"这么坚硬吗?"丁哲走过来看了看他的膝盖。

"脑袋能给你磕碎了,你要试试吗?"段非凡也出了池子。

几个人全乐了。

那边大炮开了门,几个服务员拿着火锅和配菜鱼贯而入。

大家的注意力顿时被吸引了过去。

"这排场!"董昆很兴奋。

丁哲举着手机:"别挡我镜头!"

江阔擦了擦膝盖上的水,转头又往段非凡那边看了看。

姿势所限,江阔视线的落点让段非凡都顾不上尴尬了,他扯了扯裤腰:"不然您检查一下?"

"……我看我的衣服在哪儿!"江阔直起身。

"你的衣服在……"段非凡回过身,看到了椅子上江阔的浴袍,"那儿。"

江阔过去拿起浴袍穿上了,想想又乐了,转头看着他:"你反应还挺快,换个人可能真得去医务室了。"

"没办法,天生这么牛,"段非凡也拿起自己的浴袍,"我没直接蹦到外面来就算反应慢的了。"

服务员很快就在客厅里把海鲜锅安顿好了,旁边的小餐车上全是配菜。

泡了一会儿,又正好是吃饭的时候,一帮人闻着味儿就觉得饿得不行,于是都没回屋换衣服,直接裹着浴袍围了过去。

服务员并没有全部离开,留了一个站在桌子旁边。

"不用待在这儿,"江阔说,"我们自己来就行。"

"好的,"服务员点点头,"我在门口,有事儿您就叫我。"

下午还安排了其他活动,中午这顿饭江阔就没要酒。

火锅吃起来还是很爽的,开吃没多久,除了江阔,其他人都把浴袍脱了,一块儿光着膀子。

"有点儿像夏天的时候,在外头的烧烤摊儿上,放眼望去,"丁哲说,"桌上是肉,桌边儿上也是肉。"

"江有钱你装什么呢?这儿又没有女孩儿。"刘胖说。

"不习惯。"江阔说,"就跟我不吃麻辣烫一样。"

麻辣烫精们顿时发出一阵啧啧声。

因为都饿了,吃火锅时他们都没怎么聊天儿,只在狂吃的间隙里说几句话。一个多小时,他们将配菜带锅底一扫而光。

"半小时之后在客厅集合,我现在打电话预约。"大炮安排着,"换条裤子就行，不用穿别的了，做水疗时反正得脱。"

"好的炮哥。"董昆喊。

江阔叫了门外的服务员过来收拾，然后回了二楼的房间。

段非凡进门，把自己的衣服挂进衣柜里。

"你有要洗的衣服就扔到袋子里。"江阔拿着洗衣袋。

"早上才换的衣服，"段非凡说，"现在没什么要洗的。"

"泳裤呢？"江阔说。

"……泳裤送洗衣房？"段非凡问。

江阔犹豫了一下："自己洗吗？"

"不就是顺手搓一把的事儿吗？那跟内裤有什么差别？"段非凡说，"你要是不会洗，放那儿我一会儿帮你搓了。"

"那倒不至于，"江阔决定自己搓，"是跟内裤差不多。"

他冲了个澡，把泳裤搓好、晾好了，出来的时候看到段非凡正站在巨大的落地窗前，举着手机往外拍着。

"拍什么呢？"他问了一句。

"温泉酒店一角。"段非凡说，"过年去看我爸的时候让他开开眼。"

"明年他出来了，带他来住几天。"江阔说，"我给他安排一个视野最好的房间。"

"嗯。"段非凡转头看着他笑了笑。

"去冲一下吧，"江阔说，"你要是困了，一会儿做水疗的时候正好可以睡觉。"

几个人收拾好换了件浴袍出门，做水疗的服务员已经等在门外了，把他们直接从VIP通道带到了水疗室。

"是平时就有这待遇还是因为你是江少爷？"丁哲悄悄问江阔。

"VIP卡就有这待遇。"江阔说，"你们以后要是想来，报我的卡号就行。"

"VIP卡可以借人？"董昆也悄悄问。

"……我的可以。"江阔说。

"那还是少爷待遇啊！"董昆喷了一声，"卡号发群里。"

一帮大小伙子做水疗，大炮挑的最简单的流程，主要是放松一下脑袋、肩颈和背，像那些什么芳香理疗、淋巴排毒、肠胃保养甚至肾保养，都没要。

"就在大屋做吧，"大炮说，"双人间就算了，我们一帮男的，人多还能聊会儿。"

大家表示同意。

但大屋也没有大到能七个人一块儿的，最后还是分了两间，一个三人间，一个四人间。

段非凡、江阔和大炮在三人间。

段非凡在右边的床上躺下了。

三个技师大姐进屋的时候，他松了口气，无论是男技师还是女技师，岁数不够的话他都会觉得别扭，大姐就很好。

"先帮您放松一下头部。"一个大姐站在了他的床头。

"好。"段非凡说。

"不用跟我说话，"江阔在他旁边的床上交代另一个大姐，"不用介绍，不用问，不舒服我会说，我不说您就继续。"

"好的。"那个大姐说。

段非凡感觉自己是真的困，可能不光是因为昨天没睡好，早上又打球又开车，还有神经一直绷着的原因。琢磨的事儿一多，脑子就容易过载。

这会儿大姐的手指刚从他鼻梁往脑门儿方向划拉了两下，他就睡着了；在他脑袋顶上按了一下，他又醒了；再按两下，他又睡着了。

跟个电灯一样，跟着开关切换状态。

在大姐开始给他捏肩的时候，他再次睡着，直接失去知觉。一直到大姐推着他翻面儿的时候，他才睁开眼睛，迷迷瞪瞪地翻了个身趴好。

他偏头往江阔那边看去，发现江阔已经趴好了，正偏头往他这边看。

"你睡着了。"江阔笑了笑。

"嗯。"段非凡应了一声，"打呼噜了没？"

"没有，"江阔说，"大炮打呼噜呢，你听。"

段非凡凝神听了听。大炮的呼噜是间歇性的，等了好半天他才吭哧了一声，这呼噜打得跟呛着了一样。

"有点儿好笑。"段非凡笑着说。

江阔笑了笑，没再说话。

段非凡看着他。

江阔的脸被枕头挤得只剩了半张，但还是很好看，眼睛很深，鼻梁很直，不笑的时候有点儿冷，笑起来又挺和气。

技师大姐的手从江阔的脖子顺着脊椎往下按到腰，再从腰侧拉回来，段非凡看得有些出神，他这边的大姐也重复了同样的动作。江阔还在看着他，他有些尴尬，把头转向了另一边。

"后背不要绷着，"技师大姐按了按他的背，"放松趴着就行。"

"我有点儿怕痒。"他小小声地辩解了一下。

一直到听见江阔很低的小呼噜声响起,他才真正松弛下来,把脑袋转回去看了一眼。

江阔半张脸埋在枕头里,已经睡着了。

"姐,"段非凡低声说,"帮我拿一下手机。"

大姐帮他把放在旁边的手机拿了过来,他飞快地点开了录音。

此时此刻,为了让自己显得正常点儿,他得把这件事儿给干了。

"帮我放到他边儿上,"段非凡压低声音,"我录一下他的呼噜声,他想知道自己的呼噜声是什么样的。"

"那么轻,录得下来吗?"大姐也压低声音,笑着问。

"试试。"段非凡说。

大姐轻轻地把手机拿过去,放在了江阔脑袋边儿上。

录了大概三十秒,段非凡让大姐把手机拿回来。

他正想点开听一听的时候,江阔突然睁开了眼睛:"录了?"

"啊,"段非凡猛地转头看着他,"你醒着的?"

"没有,"江阔说,"迷迷糊糊,但是听到你说话了。"

"……我以为你睡着了。"段非凡说。

"我再睡会儿。"江阔说完又闭上了眼睛。

水疗时间不长,但让人很舒服。段非凡后半段也睡着了。

他醒的时候大姐都已经走了,大炮也没在屋里了,只有江阔还坐在他旁边的床上玩手机。

"人呢?"段非凡猛地坐了起来。

"外头呢。"江阔下了床,凑到他面前看了看,"睡好了吗?"

"好了。"段非凡转身跳下床,"怎么没叫我?"

"刚结束。"江阔说,"我看你睡得挺香。"

"太困了。"段非凡打了个呵欠。

"回屋换衣服,"江阔说,"他们一会儿要去K歌。"

"行。"段非凡点头,快步走出了房间。

3 K歌之王

一帮人吃饱喝足,又舒舒服服地做了水疗,这会儿一个个都两眼放光,神清气爽。

"江阔和大炮唱歌怎么样，跑调吗？"孙季问。

"为什么会有这种问题？"大炮不解。

"因为我们几个人除了段非凡，都唱歌跑调。"孙季说，"一般有人跟我们去唱歌，我们都得问问这个问题，给人做点儿心理建设，别一会儿我们跑起来了你跟不上。"

"跑吧，"江阔说，"当新歌听好了。"

"那你们跑不跑？"刘胖坚持追问。

"不跑。"江阔叹了口气，"正常人就算唱得不好，也很少有跑调的，你们五个人中能凑出四个一块儿跑，这属于奇迹知道么。"

"我们就是奇迹组合。"丁哲说，"本来今年迎新晚会我们打算给你们表演一下顺便出道的，但申请没通过。"

江阔笑得半天没停下来，回了屋都还在乐。

"哎，"江阔看着一进屋就忙着拿裤子往身上套的段非凡，"你们经常一块儿K歌吗？"

"就两次。"段非凡低头穿着裤子，"跑得远，还老爱合唱，我势单力薄，实在拉不回来。"

江阔躺到床上又笑了半天："一会儿咱们也合唱。"

"嗯。"段非凡转过身，从柜子里拿出衣服。

江阔坐了起来，看着他背上的伤疤。

段非凡一直没转过身，穿上衣服之后又在柜子里不知道扒拉什么。

"段非凡。"江阔叫了他一声。

"嗯？"段非凡应着，手上的动作却没停，很忙碌的样子。

"你怎么了？"江阔问。

"什么怎么了？"段非凡终于转过了身，看着他。

"你不太对劲。"江阔指着他，手指画着圈，"从……射箭那天，你就不对劲，可能之前就不对劲了，我没注意而已。"

段非凡没说话。

"你……"江阔放下胳膊，盘起一条腿，"介意说一下吗？"

段非凡沉默了好一会儿才开口："介意。"

江阔："……"

在段非凡再次转身对着柜子，看上去像是要继续忙活的时候，他跳下床，两步走到柜子旁边，把段非凡扒拉开了。

"你到底在翻什么？"他看着柜子里的东西，这扇门里就挂着段非凡的一件羽绒服，下面放着叠好的毛衣和裤子，根本没什么可供二次整理的东西。

段非凡从他旁边把手伸过来想拿羽绒服："走吧……"

"翻半天就翻出那么两个字是吧？"江阔有点儿恼火，"介意！你到底介意什么？"

段非凡扯下羽绒服穿上了，看着他轻轻叹了口气，转身往门口走。

"你要是介意，我可以……"江阔看着他。

"江阔。"段非凡停下了。

江阔一咬牙，盯着他："你是不是……"

"江阔，"段非凡打断了他的话，"去唱歌吧。"

江阔这辈子从没有这么没面子过。

他从来没这么耐心地对待过任何人。两次，第一次被段非凡这个太极高手晃过去了；这次段非凡倒是没晃，果断得很，一掌推开。

怒从心起，且尴尬。

江阔不知道这种情况别人是怎么处理的，搁他身上就俩字儿——

憋屈。

江阔看着他，过了好一会才开口："出去。"

段非凡站着没动。

"出去。"江阔重复了一遍。

段非凡打开门走了出去。他的手还在门把上没拿开，门就被江阔从里面一脚踹上了，接着还上了锁。

"江阔？"段非凡压着声音拧了拧门把。

江阔自然没给他回应。

段非凡只听到里面哐的一声巨响，接着传来玻璃碎裂的声音。

"江阔！"段非凡砸了两下门。

"怎么了？"对面儿童房里的大炮冲了出来。

段非凡没有说话，他无法回答。

大炮往后退了两步，看样子是准备冲上去撞门。

但大炮刚蹦了一步，门就突然打开了。他不得不努力地撅着屁股，企图让这个向后的部位拽住自己前冲的势头。

段非凡赶紧往前挡了一下，拦停了他。

"怎么了？"大炮看着江阔。

段非凡迅速往江阔的手上、身上扫了两眼，没有看到伤，他稍微松了口气。

"没事儿。"江阔说，"你先下去，带他们过去。"

大炮没出声，看了段非凡一眼，眼神一如第一次在107见面时那样不客气。他顿了两秒之后才转身下楼。

"你没事儿吧？"段非凡问。

"没事儿。"江阔顺手关上了门。

"里面……"段非凡想进屋看看。

江阔拦了他一下："我说了没事儿就是没事儿。"

段非凡没说话，只是看着他。

"我也不是非要你说。"江阔也看着他，"我只是以为你想说，我以为你会想告诉我。"

"我不想。"段非凡说。

"也不想知道我的想法吗？"江阔问。

段非凡看着他。

江阔眼里没有什么情绪，什么都没有，只是那么看着他。

"我不想毁了大家的心情，更不想毁你的心情。"段非凡说，"如果你不问，我不会说，也不想知道你的想法。"

江阔偏开头喷了一声。

"晚上吧，"段非凡说，"你想聊的话。这会儿大家都挺高兴的……"

"你不可能让每一个人都舒服，"江阔转身往楼下走，"永远会有人心情被毁，不是别人的话，就只能是你自己。"

江阔的话很有道理，但这么多年，段非凡已经习惯了这样的生活方式，虽然不一定必要，但是最安全。

不过现在的重点不是这个。

其实江阔会感觉到，他并不意外。

江阔知道了，并且提出了疑问，而他在知道了江阔的疑问之后，需要再次给出回应，这才是重点。

段非凡跟在江阔身后下楼的时候，脑子里一片混乱。倒不是要思考什么，他已经没有什么可再思考的了，就是单纯的混乱。

听到其他人闹哄哄的声音时，他更混乱了，从内到外。

KTV里这会儿没有太多人，这是件好事，避免了有人从他们包厢门口经过时受到跑调组的声浪攻击。

"那我们先来两首热热场子。"丁哲开始找歌。

"行。"江阔一挥手。

"吃的喝的我看着点了。"大炮说。

"嗯。"江阔应了一声，往沙发里一倒，顺手把旁边的铃鼓拿到手里。

跑调组一块儿拿着话筒等着。

第一首歌播放出来的时候，江阔愣了愣。

《一分钱》。

前奏一出来，跑调组就一块儿站了起来，然后很默契地走到包厢中间的空地上排成一排。

"我在马路边！"刘胖吼出了第一句。

江阔在这一瞬间发出了爆笑。

"捡到一分钱！"大家齐唱，也可以说是四重唱，毕竟没有一个人在调上，也没有哪两个人的调是一样的。一人一个调，坚定而果决。

江阔笑得开始咳嗽。

"把它交给警察叔叔手里边儿！"丁哲接着。

"什么玩意儿。"大炮忍不住骂了一句。

"叔叔拿着钱！"董昆唱的这句是最好听的，跟念出来的一样。

"对我把头点！"孙季边唱还边点了点头。

几个人又一块儿扎起马步，同时吼着唱："我高兴地说'撩'声！叔叔再见！"

江阔笑得往后一倒。

他一边乐一边感觉自己枕在了什么东西上，撑起身回头看了一眼，发现是他刚放在那儿的铃鼓，还有段非凡的手。

用手垫了一下他的脑袋之后，段非凡正想把铃鼓拿开。

江阔无名火起，一把从他手里抢过铃鼓，狠狠地躺回原处，然后拿着铃鼓用力在腿上敲着，给跑调组打拍子。

一首歌听完，江阔感觉自己嗓子都笑得有点儿疼。

"下面是我们的ending歌曲，"丁哲说，"唱这首歌我们是不会跑调的。"

江阔摇着铃鼓为他们鼓掌。

鸡叫声在包厢里响起的时候，江阔拿出了手机，开始录视频。

"母鸡母鸡母鸡母鸡母鸡母鸡咕咕day！"几个人开始一块儿卖力演唱，"小鸡小鸡小鸡小鸡小鸡小鸡咕咕day！"

江阔一边录一边乐，手抖得差点儿拿不住手机。

唱到全是鸡叫的时候，大炮拿过话筒跟着一通乱叫。跑调组四个人加上大炮，唱出了二十人在包厢的效果。

总计两首歌的演唱会结束之后，江阔居然感觉屋里有点儿热，转头想看看空调现在是多少度。

他一回头，段非凡正好往他这边看过来，他习惯性地跟人对视了一眼。这一瞬间他都说不清自己是想对上这一眼还是不想，是想笑一下还是不想笑，最后他面无表情地转回了头。

空调到底多少度他也没看着。

大炮拿起话筒："我给我自己洗洗耳朵。"

一帮人立马噼里啪啦地鼓掌。

江阔也拍了拍铃鼓。他平时不怎么去KTV，去了也只是在角落里瘫着。大炮倒是挺喜欢去的，但每次唱的歌都差不多，许巍的所有歌他都被迫从大炮那儿学会了。

大炮唱得也就一般，但跑调组考虑到自身条件，在他唱出第一句时就给予了热烈的掌声。

江阔坐了起来，拿过一罐啤酒，转头看了看段非凡。

段非凡这次没在看他，而是盯着桌子的一角出神。

他把手伸过去晃了晃，段非凡突然惊醒，往他这边看了过来。

"喝吗？"江阔晃晃啤酒。

"不喝酒，"段非凡往他这边挪了挪，伸手拿了罐可乐，"万一一会儿直接倒在这儿了呢？"

"那就睡这儿呗。"江阔用手指钩了一下拉环，把啤酒罐打开了，仰头喝了一口。

"在阳光温暖的春天，走在这城市的人群中……"大炮应跑调组的热情邀请，开始唱下一首，"在不知不觉的一瞬间，又想起你……"

江阔把啤酒罐放回桌上，段非凡也把可乐放回去，手跟他撞了一下。他看了一眼段非凡，段非凡又把可乐拿了起来，喝了一口。

江阔手里还拿着铃鼓，在桌边轻轻敲着。

"你是记忆中最美的春天，是我难以再回去的昨天……"大炮唱到一半，突然把话筒往他面前一递。

江阔条件反射地接着唱了一句："你像鲜花那样地绽放，让我心动……"

段非凡转过了头。

"我去！"刘胖拿起话筒，"唱得这么好的吗！"

江阔挑了挑眉。

大炮唱了几句，又把话筒一递。

"也许就在这一瞬间，你的笑容依然如晚霞般，在川流不息的时光中……"江阔的手指在铃鼓上一下下弹着，"神采飞扬……"

后面的哼唱很长，一帮人一块儿拿着话筒跟着哼哼。跑调组是不会的，但他们强行跟着哼哼。

段非凡能从一片混乱的意境全无的哼哼唧唧声里准确地找到江阔的声音。

江阔唱歌的声音很温柔。段非凡有一瞬间莫名有些想哭。

大炮一般只点几首自己想唱的，跟人轮着唱完就完事儿，但今天被"人菜瘾大"的跑调组带着，他也抛弃了温柔吟唱，跟着他们一块儿在各种奇怪的歌曲里嘶吼。

江阔边听边乐，被吵得脑浆都快沸了，但竟然还能忍受。

他现在就需要这样的气氛，不知所云的喧闹，无法思考的嘈杂，仿佛一安静下来他就会陷入不安。但不安的应该是段非凡，他为什么会不安？

他转头看了一眼旁边的段非凡，然后震惊地瞪圆了眼睛，不得不凑过去又看了一眼。

段非凡睡着了。

狗玩意儿！居然睡着了？

在这种闹腾的环境里，他居然睡着了？！

虽然睡得有点儿……郁闷？或者委屈？微微拧着的眉，抿得很紧的唇，仿佛正在梦里被人暴揍。

唱歌唱了两个多小时，这帮人终于累了，准备去吃饭。

"吃自助吧，"丁哲说，"咱们房间是不是有自助设备？"

"不吃那个。"江阔说，"去吃肉，墨西哥烤肉。"

"不吃自助吗？"董昆说，"自助也有烤肉吧。我们是那种如果房费含早，那么就算五点才睡也要拼死早起去吃早餐的人。"

"不含早。"江阔说。

"但是含晚啊。"孙季说。

"那你们去吃自助！我要吃烤肉！"江阔喊了一嗓子。

"哎！"在沙发上睡得仿佛死了一样的段非凡突然跳了起来。

"你诈尸啊！"江阔吓了一跳。

段非凡还有些迷糊，看着他，过了两秒才说了一句："什么烤肉？"

"烤肉。"江阔点头。

4 看到没！秤杆高高的！

现在已经快八点，餐厅的人不多，江阔没让服务员把他们带到包厢，而是找了一个偏一些的大卡座。

大家入座的时候，大堂经理跑了过来。

"怎么？"江阔看着她。

"下午服务员去收拾房间的时候，看到洗手间的镜子坏了，"大堂经理轻声说，"没有人受伤吧？"

"没。"江阔说，"我……不小心砸的。"

大堂经理有些吃惊，看了看他的手："您没伤着吧？"

"没，"江阔看了一眼卡座，见段非凡已经坐进去了，左边是丁哲，右边是董昆，他叹了口气，"让人换一下吧，我们吃饭大概要一个多小时。"

"好的，马上换好。"大堂经理点点头。

"辛苦了。"江阔说。

认识段非凡这么长时间，这好像是第一次一块儿吃饭的时候，他没跟段非凡挨着坐。他坐在了大炮身边的椅子上，突然有点儿伤感。

好在餐厅的烤肉非常棒，一大盘烤肉下肚，他的郁闷被挤走了不少，甚至因为吃得太猛而有些想吐。

"给我拿杯柠檬水。"江阔皱着眉叫了服务员，回头的时候迎上了段非凡的视线。

怎么？段非凡用口型问了一句。

江阔摇了摇头。

喝完柠檬水，他感觉好受了不少。

服务员过来问要不要啤酒，今天的啤酒很好。

江阔本来因为段非凡唱歌的时候说不喝酒，所以一开始没要酒，但这会儿突然又觉得为什么段非凡不喝，别人就不能喝了呢？

于是他让服务员上了四扎啤酒。

"江阔，"董昆拿着啤酒杯起身，将杯子伸到他面前，"谢谢。"

"谢什么？"江阔也拿起杯子，跟他碰了一下。

"我长这么大，开的眼儿都是因为你。"董昆说。

"儿化音好好用，"江阔看着他，"你开什么眼儿了？"

一帮人顿时笑得桌子都晃了。

"我去，我刚吃肉太猛，舌头都打卷儿了，"董昆说，"开眼。"

江阔笑着喝了一大口啤酒。

"敬这个美好的寒假。"丁哲敲了敲桌子。

大家一块儿拿着杯子敲了敲桌子："美好的寒假。"

江阔看着段非凡。段非凡没有出声，只是敲了敲桌子，仰头喝了半杯。

这是不想晚上聊是吧？放心，打也要把你打醒。

酒足饭饱，大家没有再一起活动。大炮要去酒吧，董昆、丁哲和孙季打算去打斯诺克，刘胖要回房间睡觉。

　　"我晚点儿去找你们吧。"段非凡跟丁哲说了一句。

　　"行。"丁哲点头。

　　大炮看着江阔，江阔也看着他，没说话。

　　"要不我晚点儿再去酒吧？"大炮靠过来低声说。

　　"干吗？"江阔问。

　　"我不知道你俩……"大炮看了一眼段非凡，"怎么回事，要动手你给我一句话。这种事儿不讲究单挑，揍服才算完。"

　　"……你喝你的酒。"江阔说。

　　"不用我？"大炮龇了龇牙，"我站在边儿上给你壮壮声势也行。"

　　"速度滚。"江阔有些无语。

　　"有事儿给我打电话。"大炮很配合，立马转身走了。

　　回到房间，刘胖又决定先不睡觉，还要泡会儿。

　　"你刚吃完饭，不要泡，"江阔交代他，"死里头我们还得捞你。"

　　"哎，"刘胖很郁闷，"那我先睡一小时再起来泡，总行了吧？"

　　"我到点儿叫你。"段非凡说。

　　江阔回了屋。不知道段非凡那句"晚上聊"的"晚上"是指的现在，还是指的大家都睡了以后的晚上。他先进浴室洗了把脸。

　　镜子已经换好了，完全看不出来它的前任遭遇过什么惨剧。

　　江阔盯着镜子里的自己看了一会儿，转身出了浴室。

　　段非凡又站在了落地窗前，看着外面，或者说，假装看着外面。

　　屋里开着灯，外面一片漆黑，落地窗上只能看到屋里的东西，以及刚走出来的江阔。

　　"看什么呢？"江阔问。

　　"看……"段非凡顿了顿，"玻璃。"

　　江阔把客厅里的灯关掉了。

　　屋里暗下去的瞬间，外面被微弱的黄色景观灯映衬着的树和山石，还有远处连成片的泛着淡淡光芒的温泉池，都出现在了眼前。

　　段非凡回头看了他一眼，又继续看着外面。

　　江阔走了过去，站在他旁边。

　　等段非凡开口，怕是在这儿站到天亮也未必能等到。江阔也没打算等，手指在玻璃上轻轻一弹："段非凡，问你件事儿。"

"嗯。"段非凡应了一声。

"你是不是……"江阔只有一瞬间的犹豫，"你是不是有什么心事，和我有关？"

段非凡没有马上回答。

这阵沉默让江阔突然有些心慌，毕竟人生总有几大错觉。

是错觉？应该不是，他并不是因为某一件事、某一个感觉而这么认为的，他观察了很久。

所以不是错觉吗？不是的话你倒是回答啊！

"是。"段非凡说。

这个肯定的回答来得有点儿突然，江阔愣了两秒才从乱七八糟的思绪里把自己拉回来。

想到之前段非凡磨磨叽叽的打太极的风格，江阔甚至已经决定如果他再磨叽就动手，打到他说实话为止。

没想到他突然干脆利落地回答了，江阔一时间不知道该怎么往下续了。

"你就想问这个是吗？"段非凡问。

"嗯。"江阔拧了拧眉，"其实也不是非得知道，就是想确定一下。"

"感觉到了吗？"段非凡一直看着前方。

"这不是废话吗，"江阔说，"感觉不到都不正常了吧……为什么不说？你说出来我才好……"

"没必要。"段非凡说，"破坏关系。"

"你怎么知道会破坏关系呢？"江阔说，"你不说出来怎么知道我是怎么想的呢？"

段非凡没说话，似乎是愣住了，过了很长时间，他才转过头，看着江阔："我……不想知道你的想法。"

"你什么意思？"江阔说。

"就是字面儿意思。"段非凡轻轻叹了口气。

江阔简直不能理解："难道你觉得我的想法根本不重要？"

"你非要这么说的话……"段非凡皱眉，似乎一时之间无法组织好语言。

"段非凡，"江阔盯着他，盯了能有三十秒，"你不会是要等我自己想办法猜出来吧？"这回轮到段非凡震惊了。

"什么？"他震惊地问。

段非凡觉得自己脑子里一片嗡嗡声。他很清楚大多数期待都会落空，所有幻想都会破灭，所以他并没有太多设想，也不敢想。

但江阔的反应还是出乎他的意料，有一瞬间他脑子里莫名其妙地响起市场里的吆喝——

"看到没！秤杆高高的！"

"说话。"江阔看着他。

说什么？这话要怎么说？

作为社交达人，从小到大，没有他接不了的话，没有他热不了场，他却从没碰到过这样的事，更没遇到过江阔这样的人。

江阔从一开始就不太一样，说话、做事都理直气壮，哪怕角度清奇也能永远底气十足，仿佛一切都是理所应当的。

窗外开始下雪了，树上银色和金色的串灯亮了起来，雪花在明暗交错的夜空里飞舞着。站在窗边的江阔脸上有暖色的光，眸子里还有很细的亮光。

"我不知道该怎么说，"段非凡靠着玻璃，"我是真的……没想过，毕竟我们才认识一个学期……"

"那你是觉得，"江阔看了一眼他靠在玻璃上的胳膊，"时间太短了，还需要更多了解什么的，对吧？"

不对。

但他没办法跟江阔说，江阔也不太可能理解他，只会觉得他不可理喻。

"没有，"段非凡叹了口气，把头也靠在了玻璃上，"我就是……没想过。"

"那你慢慢想。"江阔看了一眼他和玻璃接触的位置。

"怎么了？"段非凡也看了看自己靠在玻璃上的胳膊和肩。

"你不怕玻璃突然裂了，然后你会摔出去吗？"江阔说。

"……这玻璃都快有半指厚了，"段非凡笑了起来，没再靠在玻璃上，"怎么可能裂，砸都未必能砸裂。"

"那就这样吧，"江阔说，"我也不想管你在想什么了，我按我的做法来。"

"什么？"段非凡愣了愣。

"你不想破坏关系是吧？"江阔说。

"嗯。"段非凡很低地应了一声。

"那就这样。"江阔低头看了一眼手机上的时间，转身往房间外走去。

段非凡突然心里很不是滋味，他不愿意看到江阔这样。

但江阔走了几步，又回过头看着他："段非凡。"

"嗯？"段非凡也看着他。

"你以为现在这样对你来说是安全的吗？"江阔说，嘴角勾起，脸上带着一个很不明显的微笑。

"怎么？"段非凡感觉自己之前对江阔情绪的判断好像失误了。

江阔没再说什么，转身走出了房间。

"你去哪儿?"段非凡下意识地问了一句。

"酒吧。"江阔在走廊里回答,接着往旁边刘胖的房间门上踢了一脚,"胖儿,起来泡汤了!"

走出别墅套房之后,江阔没有马上去酒吧,而是去了趟外面的花园,站了几分钟。

下雪了,风虽然不算大,没有穿外套的他很快就被冻透了,但他站着没有动。他需要冷静,需要把那种强烈的挫败感消解掉。

虽然早已经猜到了大概,否则段非凡之前也不会三棍子打不出一个屁来。他努力理清段非凡的思路,飞快地想了很多种可能性,甚至想过是不是段非凡觉得他"高攀不起",但段非凡并不是那样的人。

他在段非凡面前不是什么大少爷,而是个废材。然而现在这件事的重点并不在这里,重点是段非凡不想知道他的想法。

不想!

他不想!

……所以段非凡是有什么难言之隐吗?

江阔对着地面打了个喷嚏,发现自己已经冻得有点儿想打哆嗦了,于是赶紧转身往回跑。

去你的不想!

这事儿没这么简单就过了。

CHAPTER 19

不欢不散

1 "看你睡没睡"的陷阱

回到室内,江阔给大炮发了条消息。大炮已经在酒吧了,把台号发给了他。

江阔去了酒吧,找到大炮的时候才发现这是个大台,除了大炮,还有三个女孩儿。

如果这是他跟大炮约好的,那遇到这种情况他肯定直接转身走人了,但这会儿他只能硬着头皮坐下。

好在几个女孩儿起码表面上看着都挺斯文的。

"我哥们儿,"大炮给几个女孩儿介绍,"大李。"

江阔在心里叹了口气。大炮每次胡编名字都是小X、大X这种风格的,百家姓轮着用。

"李哥。"几个女孩儿跟他打了个招呼。

……管谁叫哥呢!

"不用管我。"江阔往沙发里一靠,拿出手机随便戳了两下,也不知道要看什么,于是戳进了指示如下的朋友圈。

"喝什么?"大炮问他。

"百利冰咖。"江阔说。

"好喝吗?"一个女孩儿问,"好喝的话我也尝尝。"

"谁会给自己点不好喝的。"江阔说。

女孩儿有点儿尴尬地笑了笑。

"百利甜加朗姆和冰咖啡。"江阔又补充了一句,方便她从成分上自行判断好不好喝。

他平时很少看朋友圈,上次点进朋友圈还是上次了。

段非凡的朋友圈一如既往地热闹非凡,一刷一溜,大部分是常规的"酱牛肉有货""酱牛肉没货"。

最近几天的内容比较丰富,过来玩一路都有记录:火车窗外的景色、吃的喝的、江总的锦鲤、奔奔、娱乐室里一帮楷模打桌球的场景……很多,十几条，但从照片上看不出情绪来，只是很普通的记录。

江阔又看了看文字部分，简直失望至极。

——旅个行。

——车窗外面。

——吃。

——又吃了。

——同学家的鱼，吃饲料的鱼是肥。

——奔奔。

——娱乐。

江阔无语。图倒是都放满了九张，连江总的鱼他都拍了九条不同的放上来。从这些无聊的描述里，他都能脑补出段非凡面无表情地在手机上打字的样子。

就这样的人，有什么资格觉得半夜给女朋友买冰激凌再换一朵花很浪漫？

楷模们倒是很捧场，条条都点赞加评论，"哇""走起""爽""我去"。

江阔叹了口气，又往回扒拉了几下，准备退出去。

一条只带了一张图的朋友圈他刚刚没注意到，图片上是牛三刀后面的通道，从旁边的灶能看出来这是以前拴奔奔的位置。

很不知所云的一张照片，配的文案是——有些不习惯。

啧。

这条有问题，表面说的是奔奔！实际说的是人！

虽然很牵强，但是由于对段非凡朋友圈无聊程度的难以置信，他就强行这么理解了。

"算吗？"大炮在旁边问。

"嗯？"江阔抬眼瞅了瞅他，发现三个女孩儿也正看着自己。

他根本没听大炮跟她们在聊什么，这会儿也不知道是要干吗。

"塔罗。"一个女孩儿托着下巴看着他。

"想给你算一下。"大炮冲他使了个眼色。

每次有女孩儿对他有兴趣但他没注意到的时候，大炮都会提示他，以防他由于没注意到而过于不给人面子。

"能算桃花吗？"江阔问。

大炮的眼神里有一丝诧异。

"能啊，"女孩儿看着他，笑着说，"你没女朋友的话，我帮你算一下。"

"那有对象呢？"江阔说。

女孩儿愣了，脸上的错愕和失望一目了然。

江阔垂下眼皮，继续看着手机。

朋友圈已经没什么可看的了，他打算实在无聊就玩玩游戏。

正在手机上来回扒拉的时候，楷模群里有人说话，他迅速点开。

——董潇洒：有人去玩保龄球吗？

——刘修长：不嫌累吗？

——丁威武：就你一天天地从早到晚都累。

江阔犹豫了一下。酒吧这边他有点儿待不下去，回房间跟段非凡面对面他怕会一言不合打一架。唉，不能老是剑拔弩张的。

不如去打球。

——江有钱：我去。

——段英俊：我。

江阔愣了愣，段非凡跟他是同时发出来的。

啧。

——江有钱：晚一点。

——段英俊：一会儿吧。

……干吗呢这是！

——孙壮汉：你俩有什么大病吧？

"我玩会儿去。"江阔靠近大炮，低声说了一句。

"嗯，"大炮应了一声，"去吧，再在这儿待一会儿我怕你要说你的对象其实是外星人了。"

"滚蛋。"江阔起身，冲几个女孩儿点了点头，"你们玩。"

他一边往酒吧门口走，一边伸手冲吧台里的服务员小哥招了招手。

小哥跑了过来。

"麻辣烫有吗？"江阔问。

"……没有，"小哥愣住了，"要通知厨房做吗？"

"不了，太麻烦了，你拿点儿喝的去保龄球馆吧，"江阔说，"五个人，你看着弄一下。"

"好的。"小哥应着。

"有一份要不带酒精的。"江阔又交代了一句，"辛苦了。"

"明白。"小哥点点头，"不客气。"

段非凡出门的时候，刘胖还在池子里泡着，他过去看了看。

"怎么？"刘胖看着他，张开了胳膊，"来吗？"

"别泡太久，你已经泡了四十多分钟了，"段非凡说，"一会儿死里头我们还得捞你，都挺累的了。"

"我死了能自己漂起来的,放心。"刘胖说。

段非凡边笑边出了门。

他不知道保龄球馆在哪儿,东张西望的时候,大堂经理过来了:"段先生,您是要去保龄球馆吗?"

"是。"段非凡有些诧异。

"您跟我来,"经理给他带路,"小阔交代了,让我带您过去。"

"……哦。"段非凡应了一声,"谢谢。"

也不知道江阔是本来就打算这么做,还是在跟他较劲。现在他十分拿不准,总觉得江阔干什么都透着不爽。

保龄球馆里没有别人,这个时间大多数客人都在酒吧和池子里,放松完了好休息。只有他们这帮精力旺盛的人,可以从中午到现在一刻不停歇地玩。

江阔已经坐在椅子上了,正看着董昆拿着球来回摆姿势。

"怎么不玩斯诺克了?"段非凡问。

"太难了,"丁哲说,"我往台上一趴,那头的球我都看不清。"

"所以就玩这个是吧,"段非凡说,"这个球够大。"

两个穿着酒保制服的人端着盘子走了过来,把盘子上的点心、饮品放到了桌子上。

"服务这么好的吗?"孙季很吃惊,"还送吃的?"

"这用问吗,"董昆说,"一看就是江有钱叫过来的,是吧?"

"嗯,"江阔笑笑,"消夜。"

几个人过去吃上了。

江阔伸手拿起一杯杯口上插着橙子片儿的递给段非凡:"你的。"

"这是什么?"段非凡接过来,坐到了他身边。

"不知道,苹果汁儿混酸橙汁儿再加点儿苏打水做成的吧,"江阔说,"没酒精的。"

"谢谢。"段非凡说。

"不客气。"江阔说。

……多么神奇的对话。

段非凡忍不住看了他一眼。

江阔也正看着他:"瞅啥?"

段非凡没说话,边喝边乐。

"我以为你不来呢。"江阔说。

"你是觉得我肯定会来吧,"段非凡笑笑,"大堂经理在那儿等着段先生呢。"

"来一局吗？"江阔搓搓手。

"我不太会，"段非凡说，"就跟段凌玩过一次。"

"随便扔两个。"江阔站了起来。

"行。"段非凡点头。

的确是随便扔。

江阔玩得不太认真，从出手姿势能看得出他玩得很好，但这会儿他心不在焉，说随便扔两个，还真是随便扔的，扔出去甚至都懒得看一眼那边倒了几个。

段非凡有些不好受，但又不知道要怎么安慰，感觉说什么都没用，毕竟他说不出江阔想听的。闷得慌，他拿起杯子喝了一口饮料，看着地板出神。

他愣了一会儿，江阔的脚出现在他的视野里，一直走到他跟前才停下。

段非凡抬头看着他："怎么？"

"憋屈么？"江阔问。

"有点儿。"段非凡回答。

"我刚就很憋屈，"江阔坐到他旁边，用胳膊撑着膝盖，看着那边有说有笑的几个人，"这会儿好多了。看你都快憋过去了，我就舒服不少。"

"这事儿……"段非凡看着他的侧脸，轻声说，"我一下不知道该怎么跟你说。"

"没事儿，"江阔说，"我说了你慢慢想。"

段非凡低头看着地，叹了口气。

"我反正闲着也是闲着。"江阔说。

段非凡只能沉默。

"开始吧。"江阔站了起来，拍拍手。

"还带预备起的吗？"段非凡很震惊。

"那不然呢，"江阔看着他，"您有经验吗？给我传授一下。"

那还真没有。

"来，阔叔教你打保龄球。"

段非凡突然有点儿想笑，也有点儿说不上来的愉悦，但更多的是不踏实。他站起来，走到江阔身边。

"拿个球。"江阔说。

他过去拿了个球。

"我刚看你出手，"江阔说着在他左胳膊上点了一下，"别的都没问题，注意左手的平衡力量……"

"好。"段非凡定了定神。

"右手出去的时候不要弯。"江阔又在他右臂上点了一下。

虽然穿着毛衣，但触感还是很清晰。

段非凡转头看了江阔一眼。

"眼睛看前面。"江阔抱着胳膊。

段非凡看着前方，吸了一口气，迅速向前，然后出手。

球很稳地出去了，在球道上滚了不到一米之后，画出一条顺溜的弧线，落进了旁边的沟里。

"你这教得不行啊，"段非凡转身看着他，"我刚还能中五六个瓶呢。"

"是我的问题吗？"江阔说。

"是我的问题。"段非凡点点头。

虽然后面几球江阔都没再盯着他，但他的注意力始终不太能集中，没一次全中，最好的一次也就倒了八个瓶，还被董昆嘲笑了。

段非凡第一次知道，情绪居然还能影响运动细胞。

一直到服务员过来提醒要闭馆了，他也没能打出一次全中。

一帮人回到别墅套房的时候，丁哲还在感叹："我一直觉得段非凡的运动能力特别好，今天看来，也不怎么样嘛。"

"滚一边儿待着去。"段非凡简短回应。

刘胖已经泡完回屋了，孙季一进去，他俩就开始抢床。

"枕头放过去点儿！"

"我比你胖一圈儿，我不得多占点儿地方吗！"

段非凡震惊地推开他们的房门："你们只有一张床吗？"

"怎么，你们那屋有两张床吗？"孙季也很震惊。

"是啊。"段非凡说。

"为什么你们有两张床？"刘胖问。

"我哪儿知道？"段非凡说，"那是你们抢剩下的房。"

江阔已经去洗澡了。段非凡回到最里头的房间，看着两张床有些百感交集。如果这屋也只有一张床，今天晚上他怕是得去外头池子里泡着才不会那么尴尬了……

等两个人都洗漱完，他看了看时间，已经半夜了。

段非凡躺到床上，瞪着天花板。下午在KTV里睡了一觉，加上今天发生的意外，他这会儿完全没有睡意。

江阔拿了瓶水放到他的床头柜上。

段非凡看了看水，有些吃惊。这个连别人发烧了也不知道给倒杯水的人，居然在睡前给他拿了瓶水。

"不要太感动，"江阔说，"我睡前都会喝水，顺手的事儿。"

"……还在震惊，"段非凡说，"还没到感动那个阶段就让你给掐没了。"

江阔躺下，笑了起来。

灯关掉之后，屋里完全陷入了黑暗，四周显得更加安静，只剩下两个人的呼吸声。

段非凡连扯一下被子的动作都没敢多做，挺了不知道多久，背都开始酸了。江阔那边也一直很安静，但段非凡从他始终没变过的呼吸声就知道，他也没睡着。

"段非凡？"江阔很轻地叫了一声。

段非凡没有应，他需要缓冲的时间来重新找到跟江阔相处的分寸。

不过江阔似乎并不是要找人夜聊，毕竟他亲口说过"你慢慢想"。

江阔只叫了他一声，然后就起了床。

段非凡听到他披上了衣服，走到他床边停留了很短暂的两秒，然后往门那边走去。接着，他听到了开门声。

段非凡迅速睁开眼睛看过去，只看到门已经关上了。

"江阔？"他低声叫了一声。

江阔没有回答他。

段非凡躺在床上等了一会儿，并没有再听到别的声音。他也不好再喊江阔，这会儿其他人都睡着了，动静太大肯定会把二楼这几个吵醒。

他犹豫了一秒钟，坐了起来，正想下床去找江阔的时候，门又开了。

……这个是"看你睡没睡"的陷阱吗？

段非凡已经来不及躺下去，只能看着门外走进来的……

不是江阔，看体型是大炮。

大炮？段非凡愣住了。借着走廊上夜灯的光，他看清了这个人的确是应该睡在对面儿童房里的大炮。

大炮进了屋，轻轻关好门，打着呵欠，以非常迷糊的状态走到了床边，然后才看到坐在床上的段非凡。

"我去！"大炮小声骂了一句，"魂儿都快让你吓散了！"

"走错屋了？"段非凡问。

"江阔跟我换了。"大炮掀了被子往床上一躺，"他要睡那屋。"

段非凡沉默了。

"他说你打呼噜，吵得他睡不着。"大炮又补充了一句。

"……我打呼噜？"段非凡突然有点儿想笑。

"没事儿。"大炮翻了个身,"他根本没法跟人睡一个屋,要不为什么当初不肯住校呢,跟别人一屋,人家喘气他都嫌。"

段非凡重新躺回床上。

"这次他没另外开一间房,"大炮很快一只脚踏进了梦乡,声音迷糊起来,"已经算是被社会的毒打改造成功了……"

不知道是不是因为大炮入睡很快,睡得很沉,段非凡受到影响,也很快感觉到了困意,什么时候睡着的他都不知道。

但段非凡还是醒得很早,拿起手机看时间,还没到六点。

旁边床上的大炮整个人都埋在被子里,仿佛不存在。

段非凡下了床,站到窗边,从窗帘中间往外看了看。雪已经没下了,看起来是要出太阳的天气。

他打算去洗漱,换衣服。虽然时间有点儿早,但他已经睡不着了。

不过哪怕是缓慢的轻手轻脚的动作,全部弄完也才刚过六点。这要是平时,他可能会出去跑步,但酒店外面的路他不熟,又刚下完雪……

待在房间里吧,床上睡的是江阔或者丁哲那帮人中的任何一个,他都觉得可以,但大炮跟他谈不上多熟,现在还可能误会他跟江阔有什么矛盾。

段非凡最后还是出了房间,在屋里转了两圈。大家都没起来,他实在无所事事,于是走出了别墅套房。

2 好家伙,搁泳池里跑步呢

酒店这会儿已经不安静了,早起的游客,一早到的游客,到处能看到来来回回走动的人。

看到昨天的大堂经理时,段非凡过去打了个招呼:"姐。"

"段先生,您也起这么早啊?"大堂经理笑着说。

"叫我小段吧。"段非凡说,"我平时这会儿也起床跑步了。"

"要跑步吗?"大堂经理马上说,"负一楼出去就是跑道,有顶棚的,没有积雪。您想跑的话,可以去跑。"

"是吗?"段非凡感到一阵愉快,总算有办法消磨两小时等那帮人起床了。

"我带您去电梯。"大堂经理领着他往酒店后面走,"坐VIP电梯吧,人少。"

"谢谢。"段非凡说。

"你们真厉害,昨天那么晚休息,今天早上还都起这么早锻炼。"大堂经理笑着说。

"都"?段非凡猛地想起来刚才她还说了"也"。

"还有谁起来了?"他问。

"小阔呀,"大堂经理把他带到了电梯前,按了按钮,"他五点半去游泳了。"

姐,我现在不想跑步了,我想去游泳。

VIP电梯果然人少,就停在一楼。

电梯根本没给他想好反悔理由的时间就打开了门。

他只好不情不愿地进了电梯:"游泳池在哪儿?我一会儿跑完步也去游一游。"

"也在负一楼,你去跑道要经过游泳池的。"大堂经理说。

"好的,谢谢姐。"段非凡笑笑。

酒店的负一楼是运动区,健身房、游泳池和跑道都有,看电梯里的介绍,负一楼外面除了跑道还有篮球场和羽毛球场。

电梯门打开,他拐了个弯,然后顺着走廊走了一段,就看到了跟走廊隔着一面玻璃墙的游泳池。他走到玻璃墙边往里看了看。

游泳池边的高架子上坐着救生员,池里只有一个人。虽然因为水波看不到那人背上的文身,但段非凡还是一眼就认出了这是江阔。

江阔游得很快,身体像一支箭……好像夸张了些,但他的胳膊利落地劈开水面,身体在水花中飞速前进的姿势的确像是正在冲向箭靶的箭,优美而有力。

段非凡,该去跑步了。

上跑道的楼梯就在前方三十米。

别看了,你没带泳裤。

段非凡退回去几步,走到了泳池边上。

再往前就得换鞋了。

"早上好,先生,"旁边有人叫了他一声,"要游泳吗?"

一个服务员走了过来。

"……不,"段非凡犹豫了一下,指了指泳池里的江阔,"我找他。"

"好的,我给您拿拖鞋。"服务员点点头,"您换上拖鞋再过去吧,泳池边有水,会弄湿鞋。"

"谢谢。"段非凡说。

先不跑步了。

正常点儿。

正常情况下，他看到江阔在这儿游泳，是肯定不会直接去跑步的。

服务员给他拿了拖鞋过来，他换了鞋，慢慢走了过去。

江阔已经游到了泳池那头。

段非凡走到那条泳道前蹲了下来，看着往他这边过来的江阔。

不知道江阔已经游了多长时间，但他看上去依旧精力充沛。他往这边游过来的时候段非凡只能看到扬起的胳膊，还有水花里看不清的戴着泳镜的脸。

江阔游得很专注，一直游到段非凡面前才猛地抬头看了一眼，然后扶着水线停了下来。

"早啊。"段非凡笑了笑。

江阔把泳镜摊到脑门儿上，看着他笑了起来："怎么找到这儿来了？"

"我打算去跑步，"段非凡往跑道的方向指了指，"大堂经理说你在这儿游泳……你几点起来的？"

"五点吧。"江阔轻轻蹬了一下，攀住了他面前的池沿，"你游吗？"

"不会，"段非凡说，"我也没拿泳裤过来。"

"让他们拿一条新的就行。"江阔说，"游泳不比跑步有意思么？"

那可不是么。

"那也得会游。"段非凡说，"我们这种不会的，下去叫呛水，跑步不比呛水舒服得多？"

"去儿童池教你，"江阔抹抹脸上的水，"学吗？"

段非凡犹豫了一下："儿童池？"

"怎么了，"江阔说，"看不起儿童池啊？你这水平没让你去婴儿泳池，只是因为这儿没有。"

"我要在这个池子学，"段非凡看了看水的深度，"这也没多深吧。"

江阔笑了笑没说话，吐了气，松开了攀着池沿的手，人慢慢往下沉。站到池底的时候，水没到了他的鼻尖上。

"我去。"段非凡说。

江阔轻轻一蹬，身体探出水面："一米八，你想在这儿游也行，反正呛水这种事儿……"他又蹬了一下，"真要呛，洗脸池里也能呛。"

"行。"段非凡一咬牙。

江阔落回水里，这次他没有再蹬水，而是整个人都没入了水里，慢慢往后仰着，一点点沉向池底。

"干吗呢？"段非凡看着觉得有点儿吓人。

江阔指了指手腕。

段非凡飞快地拿过手机点开了秒表。

江阔在水里又吐出两串气泡，沉到了池底，胳膊在身侧轻轻划着，保持着平衡。

段非凡看着秒表上的数字一点一点增加，心里莫名有些紧张……扫一眼数字，盯一眼江阔。

数字跳到六十的时候，他打了个手势，示意江阔上来："六十多秒了！"

江阔笑了笑，没有动。

七十多秒的时候段非凡冲他招了招手，比了个八的手势。

江阔还是没动，胳膊缓缓地划着水。

九十秒的时候段非凡跪到了池边，在水面上拍了一巴掌。

段非凡看江阔的表情就知道没什么问题，但对于他们这种旱鸭子来说，在陆地上憋气好说，沾水就不行，心理上的压力会让他们感受到的时间远远超过实际憋的时间，洗澡时憋着气冲水都觉得要背过气去了。

江阔的胳膊抬了起来，人开始慢慢往上浮。

段非凡赶紧把袖子一撸，把手伸进了水里。

江阔抓住了他的手，他把江阔给拽出了水面。

"快两分钟了！"段非凡说。

"没到，"江阔笑着说，"我估着时间的，不超过一百一十秒。"

"你跟我一个旱鸭子嘚瑟什么呢？"段非凡说。

"我不跟旱鸭子嘚瑟，我去跟鱼嘚瑟吗？"江阔撑着池沿从泳池里出来，冲那边的服务员招了招手，又看着段非凡，"你不怕我把你拽下去吗？"

"你不是那种没数的人。"段非凡说。

"未必，"江阔笑了笑，"也许我只是没拽你而已。"

服务员带段非凡去挑了条新的泳裤。段非凡换好泳裤，套了件浴衣，从更衣室出来还没走到池边，就听到了一阵小孩儿的笑闹声。

他走到池边，震惊地发现里面一下多了七八个初中生模样的小孩儿，有男有女，还都没在自己的泳道里游，时不时从这条道穿到那条道。

救生员喊了两次"请不要横穿泳道"，每次都只能阻止他们三秒。

江阔正一脸不爽地叉着腰站在池边看着。

"这是来春游的吗？"段非凡走过去。

"温泉还没开，"江阔说，"都上这儿玩水来了。"

"怎么办？"段非凡问。

"我下去清一条道出来。"江阔说完活动了一下胳膊，没等段非凡说话，他就往前一跃，跳进了水里。

这条道里有两个小孩儿，一男一女，也没游，就占着泳道抱着水线拍水玩，一会儿你钻过来，一会儿我钻过去。

江阔飞快地往前游去，从两人身边经过时，胳膊狠拍了两下水面，水溅了那两人一脸。

女孩儿尖叫了一声，男孩儿马上一副护花使者的样子护住她，给她抹了抹脸上的水。

水刚抹完，江阔又游了回来，连劈带蹬哗哗几下，又劈头盖脸地泼了他俩一脸水。

"干什么呀！"女孩儿喊了起来，"神经病吗？！"

"那人干什么！"岸上的两个小孩儿走了过来，一脸挑衅，"找事儿是吧？"

段非凡转过头看着他俩："边儿去。"

穿着花泳裤的小孩儿转头用一脸"你疯了吧敢这么跟我说话"的表情看着他："你算老几？"

段非凡看着他没说话。

"让你朋友注意点儿！"花泳裤扬着脸。

"你家长呢？"段非凡问。

"关你屁事！"花泳裤说。

段非凡把浴衣脱了，往旁边的躺椅上一扔，看着他又问了一遍："你家长呢？"

花泳裤和他旁边的蓝泳裤看着他一身的疤愣了愣。

"让你朋友注意点儿，"段非凡走到他俩面前，怼脸盯着花泳裤，"游泳就游泳，别两条道瞎窜，在这儿织布呢？梭子啊？"

花泳裤毕竟只是个初中生，这个年纪，相比父母辈的大人，这种满身是疤的大哥哥对他们更有威慑力。但他也是要面子的，退了两步又补了一句："凭什么要听你的？你家泳池啊？"

"没错，"江阔已经游了回来，撑着池边跃出了泳池，看着那俩，"这就是我家的泳池。"

服务员和救生员这会儿都过来了。

江阔摆了摆手示意没事儿，只跟服务员说了一句："牌子给我。"

服务员很快地从那边的柜子里拿了一个A4纸大小的牌子跑了回来，递给了江阔。

江阔接过牌子，走到最旁边的泳道，把牌子放在了池边。

牌子很精致，黑底儿黄字：VIP。

江阔放好牌子，重新跳回泳池里。

"这条是VIP泳道，"服务员跟那几个小孩儿说，"请注意避让，也请注意安全，泳池里是禁止横向穿越泳道的哦。"

几个小孩儿没再说话，瞪了他们几眼，然后慢慢走开了。

"不好意思啊，"救生员说，"我一会儿盯紧点儿。"

"没事儿。"江阔在水里说，"这种管不了，你盯着点儿别让他们呛水，呛死了他们才会怪你为什么不管。"

服务员和救生员走开之后，段非凡蹲到池边，看着水里的江阔。

"下来吧。"江阔说。

"我刚才……"段非凡压低声音，"是不是很牛的样子？"

"是，"江阔说，"一看就是刚把大金链子摘了要游泳的老大。"

"是吧，"段非凡说，"然后老大'嗵'的一声下了水，开始扑腾，是不是有点儿丢人？"

江阔看着他，忍了两秒之后爆发出一阵狂笑，笑得差点儿沉到水里，胳膊划了两下才站稳。

"要不你游吧，"段非凡说，"我给你掐表得了，假装是你的教练。"

"下来。"江阔看着他，"咱俩就在这里头溜达两圈。"

段非凡也不想太磨叽，听江阔说了这话，他就没犹豫，坐到池边出溜进了水里。

一下去，他就感觉四面八方的水都涌了过来，是快淹死的感觉。

江阔抓住了他的右手，把他拉到旁边，让他扶住水线，然后抓住了他的左手。

"站稳了没？"江阔问。

"嗯。"段非凡借着两边的力悬在水里，紧紧地攥着江阔的手，"还行，就是不着地。你别撒手。"

"可以蹦着走。"江阔说着往后蹦了一下。

段非凡跟着他往前蹦，水的浮力支撑着他，有那么一瞬间他感觉自己身轻如燕。

"你不怕水啊。"江阔说。

"我不是怕水，"段非凡说，"我是怕呛水。"

江阔没说话，笑了笑，继续往后退着蹦。

段非凡跟着往前蹦，蹦了几米之后感觉适应了不少。

"我昨天晚上走的时候你醒着吧？"江阔突然问。

"……嗯。"段非凡点了点头。

"大炮过来说什么了没？"江阔又问。

"说你嫌我打呼噜。"段非凡喷了一声。

江阔笑着没说话。

"故意的吧你？"段非凡说。

"总得有个借口换他过去。"江阔说。

"为什么啊？"段非凡感觉他俩跟跳舞似的，还蹦了挺远的距离，都从泳道那头蹦到中间了。

"我要是不走，感觉一晚上咱们谁都不用睡了。"江阔喷了一声。

"那你让我走啊，我随便哪屋挤挤都行。"段非凡有点儿说不上来心里是什么滋味儿。

"我是想让你出去来着，"江阔看着他，"你不是装睡么？"

段非凡无言以对。

"我的脾气……也没有那么糟糕。"江阔想了想，"怎么说呢，我虽然现在还弄不清你在想什么，但我也不会……你知道吧？"

段非凡看着他："知道什么？"

"虽然我说了那种话……"江阔说，"但也不会耍无赖。"

段非凡总算明白了他的意思，顿时有些无语："我至于因为怕你晚上过来突袭我而睡不着吗？"

江阔吸了吸鼻子："没准儿你一晚上都在琢磨怎么防着我而睡不着呢。"

"……江有钱，"段非凡让他给说乐了，"我是那种人吗？"

"我觉得正常人都是那种人。"江阔说。

段非凡没说话。

"是吧？"江阔问。

"我现在就是脑子乱。"段非凡如实回答，"脑容量就这么点儿……"

江阔叹了口气："英俊啊。"

"嗯。"段非凡应了一声。

"如果我让你不舒服了，你就直说。"江阔说，"我这人，从来没管过别人舒服不舒服，有时候可能……"

"没有。"段非凡说。

江阔看着他。

"真没有。"段非凡说。

只是有点儿乱。因为没有不舒服，才会这么乱。

蹦到了泳道那头，他俩开始往回蹦。

这回段非凡退着，江阔往前。

"我感觉我已经会游泳了。"段非凡说。

"……这得算第四大错觉。"江阔说,"你好歹先把我的手撒开了再说。"

段非凡正想松手试试,上方突然有人喊了一嗓子:"你们俩在这儿跳舞呢?"

这一嗓子别说把江阔吓一跳,段非凡都被吓得差点儿惊慌失措地扑过去搂着江阔。

"丁哲你是不是有病!"段非凡仰头瞪着他。

"你俩才有病!"丁哲蹲下来,咬牙切齿,"我从进门打听到换鞋再到走过来还边走边喊,那边的小孩儿看我跟个傻子似的,结果我到这儿你俩都没发现!"

段非凡和江阔一块儿看着他。

"谁有病!"丁哲恶狠狠地问。

"董昆有病。"江阔说。

丁哲愣了愣,笑了起来:"那就他。"

"都起了吗?"段非凡转头看了看,发现只有丁哲一个人。

"没人。"丁哲说,"我饿醒了,出来找吃的,那个大堂的姐姐说你俩都在负一楼,一个游泳一个跑步。好家伙,搁泳池里跑步呢。"

"去吃早点,"江阔说,"你等我们换衣服。"

"我去跑道看看。"丁哲一边往外走,一边又回头指了指他俩,"你俩要不是我认识的,我看你俩真的,有问题。"

"上去吧,"江阔说,"吃早点去。"

"嗯。"段非凡松开了他的手,自己往梯子那边蹦,还蹦得挺欢,甚至张开胳膊开始边蹦边划水。

"你要不再蹬两下水,说不定顺势就能游起来了。"江阔说。

段非凡立马一跃而起,一边划水一边蹬了一下腿——然后非常迅速地沉了下去。

"哎。"江阔赶紧扑过去拉人。

虽然段非凡身高跟他差不多,这水只要他站直了就淹不着,但不会水的人一般都会胡乱扑腾,加上浮力,就很难站起来。当初大炮学游泳的时候,就在大腿深的儿童池里呛了个半死。

这会儿段非凡沉下去了,没能马上站起来。

江阔看到水下都是混乱的水花和气泡。他伸手捞了一下没捞着东西,只能扎到水下。靠近段非凡的时候,他先被段非凡一胳膊抡在了脸上,但没等他一巴掌抡回去,段非凡已经反应过来,把手伸了过来。

可以的,这反应速度。

江阔先抓住了他的手,然后另一只手往他腰上一兜——没兜到,只好一把拽着他的泳裤把他拉到水面上,再扯着他的胳膊让他摆直身体。

段非凡一只手抓到了池沿,长长舒出一口气,转脸看了看他:"我的天!"

"没呛着?"江阔问。

"怎么,我应该被呛着吗?"段非凡说完笑了,"你这人怎么这样。"

"一般都会被呛。"江阔说。

"我憋气了。我从开始扑腾就一直憋着气,"段非凡抹了抹脸上的水,"差点儿憋死我。也太离谱了,我老是屁股往上漂,脑袋往下沉。"

江阔笑了起来:"因为你肚子里有空气,会漂起来。"

"你……"段非凡看了他一眼,又往四周看了看,然后手飞快地伸到水下扯了扯泳裤,"劲儿也太大了。"

"勒着了?"江阔往下看了看,画面被水晃得支离破碎的,看不清。

"嗯。"段非凡攀着池沿,"我直接上去了,我不走了,我怕再摔一回。"

江阔边乐边跟他一块儿撑着池沿上去了。

"去VIP更衣室。"江阔说。

"有什么不同吗?"段非凡跟着他从另一条通道走了出去。

"就是更舒服点儿,"江阔说,"也没那些破小孩儿。"

VIP更衣室看上去不太像更衣室,倒像个很舒服的休息室,每间单独的浴室外面都有小沙发和茶几。

段非凡发现他换下来的衣服已经被服务员用一个小布袋子拿到了这边。

"喝水吗?"江阔扯下泳镜和泳帽,走到冰柜前,"还是饮料?"

"水吧。"段非凡偏了偏头,说。

江阔身上缀着的小水珠在灯光下闪着细碎的光,时不时有水珠顺着皮肤滑落,画出一条闪亮的轨迹。

"给。"江阔扔了瓶水过来。

段非凡余光看到瓶子,赶紧抬手接住了,差点儿没让瓶子直接砸在脸上。他拧开瓶子,仰头灌下去半瓶,趁江阔也在冰柜前仰头喝水,迅速起身进了旁边的浴室:"我先冲了啊。"

"嗯!"江阔应了一声,被还没咽下去的水呛了一口。他撑着冰柜门咳了半天,然后抓起旁边沙发上搭着的浴袍,走进了另一间浴室,打开喷头,把水开到最大。冲了能有五分钟,他才关了水,长长舒了一口气。

江阔冲完澡出来的时候,段非凡正在VIP室的公共厅里看电视。

看到他出来,段非凡转头问了一句:"好了?"

"嗯。"江阔清了清嗓子,"走。"

3 聪明啊，这位发小

今天的早餐是酒店VIP厅的自助，他俩到的时候，一帮人都已经拿完了吃的坐在桌子边了。

"你们看吧，"丁哲说，"真能磨叽。要是我不去叫，他俩现在还在游泳池里跑步，跑完了跳舞，跳完了再跑……"

段非凡听笑了："不只，我还扎猛子了。"

"可以啊，这才多长时间。"董昆看着他，"那我们是不是也能学会？"

"你别夸他，他俩刚还骂你有病呢。"丁哲说。

"谁俩？"段非凡一指江阔，"他说的。"

"凭什么啊，我怎么就有病了？"董昆一瞪眼。

"我拿吃的去。"江阔转身走了。

"跑是没用的，"董昆说，"你有本事别见我了！"

拿完吃的，江阔立马跟董昆又见了面，但董昆已然忘了自己刚刚撂下的话，正跟其他人激烈讨论着今天的活动。

江阔和段非凡刚放下餐具，这帮人就站了起来："出发。"

江阔想说不用这么着急，有一整天时间，但因为明天早上他们就要出发去滑雪了，这帮人总有一种"这是最后一天了"的紧迫感。

这一天的活动安排得很紧凑。酒店有一个冰上游乐园，其实是给小孩儿玩的，设施不多，只有几个滑滑梯、几个雪坡和一个小冰场，但一帮人还是玩得不亦乐乎。游乐园玩够了，冻透了，一帮人又去公共池挨个儿泡了一圈。

这种光膀子的活动江阔没有全程参与，泡到一半他就去了酒吧。这个时间酒吧人少，他刚要了酒，还没来得及喝，旁边就坐下了一个人。

"好巧呀，李哥。"是个女声。

江阔转过头，看到是昨天要给他算桃花的女孩儿。

"不记得我了吗？"女孩儿笑了笑。

"嗯。"江阔在心里叹了口气，哪儿都不清静。

"你昨天那话……"女孩儿要了杯酒，托着下巴看着他，"是真的吗？还是就为了提前拒绝我啊？"

江阔转头看着她。

"都是。"他说。

"哎,"女孩儿摆摆手,"尴尬了。"

江阔仰头喝光了酒,放下杯子转身出了酒吧。

没地儿可去,又不想回去看光着膀子的一群人,江阔在酒店里来回转,把所有的公共区域都转了一圈儿,甚至找到了几个可以改进的地方。

这要让江总知道了,他得感动得热泪盈眶。

午饭大炮安排的日料,江阔到的时候,几个人对他的突然出现并没有太惊讶,大炮是习惯了,楷模们是玩疯了根本没在意。

只有段非凡坐到他旁边小声问了一句:"去哪儿了?"

"瞎转,"江阔说,"看看酒店管理。"

段非凡看着他,沉默了一会儿,笑了笑,没再多问。

下午和晚上大家依然精力旺盛,先跑去攀岩,又去玩了一会儿模拟滑雪机,说是为明天的滑雪做准备,接着回房间一块儿泡着休息,丁哲顺便把这两天的照片整理了出来。泡够了继续浪,他们甚至还去看了一场电影。吃完晚饭,酒店有表演,大炮撑不住了先回屋睡觉,楷模们一个不落地去了江阔安排的VIP座看表演。

江阔的心不在焉在看表演的时候达到了巅峰,几个很精彩的时刻全场都喊了起来,而他坐在一边,每次都被吓一跳。

段非凡想着要不自己先回房间得了,他感觉江阔有点儿躲着他。两人混在一帮人里看着很热闹,实际却并没有太多的交流。

这本来应该是他想要的局面,但江阔的状态让他不安。

啧。

看完表演已经很晚了,一帮人乱糟糟地回了屋,收拾东西、洗漱。

段非凡进屋的时候,江阔正在往箱子里塞衣服,看到他进来也没说话。

"你用浴室吗?"段非凡问。

"你用吧。"江阔看了他一眼。

段非凡只得进了浴室。他洗漱完出来时江阔已经收拾好箱子,正站在窗边看着外头。

"下雪了吗?"段非凡问。

"没。"江阔说。

"那你杵那儿干吗呢?"段非凡开始收拾自己的东西。

"就看看你每次站在这儿是在看什么。"江阔说。

"我是杵那儿发呆。"段非凡说。

"那我也是。"江阔说。

收拾完东西就该睡觉了，段非凡感觉江阔有在那儿杵一晚上的架势。

想到他这一天的表现，加上之前大炮说过他不习惯跟人睡一个房间，段非凡犹豫着自己是不是该出去，或者……

"你要跟大炮换屋的话，"段非凡说得有些艰难，"就换吧，一会儿他该睡了。"

江阔转过头看了他一眼，然后很快走出了房间，关门的时候说了一句："晚安。"

"晚安。"段非凡赶紧回答，再晚零点一秒门就关上了。

大炮还没睡，正躺在床上玩手机。

"过去。"江阔从柜子里拿出昨天晚上盖的被子。

"他不打呼噜啊。"大炮说，"你俩是有什么事儿吗？"

"能有什么事儿。"江阔把被子扔到床上，在沙发上坐下了。

"早上还好好的。"大炮说。

"现在也好好的。"江阔说。

"不说拉倒。"大炮坐了起来，准备过去。

"炮儿，"江阔想了想，叫住了他，"你的前女友，是叫珊珊吧？"

"嗯，怎么了？都分了两年了。"大炮说。

"你追的她吧？"江阔问。

"我哪个女朋友不是我追的？"大炮很实诚，"好女孩儿都得追，不追人家看不上你。"

"是看不上你，不是看不上我。"江阔说。

"抠字眼儿干吗呢？是，看不上我。"大炮走过来，"怎么了？"

"怎么追的？"江阔说，"你左一个右一个地追，挺有经验吧？"

"我去，"大炮愣了，瞪着他看了很久，又弯腰瞅了他一会儿，"你要追谁啊？"

"没要追谁，"江阔摆摆手，"我就是好奇。"

"是昨天的塔罗吗？"大炮问。

塔罗？什么塔罗？哪个塔罗？

"今天我碰见她了，她说你俩在酒吧里见着了。"大炮又说，"她不用追啊，我加她了，帮你约出来直接能成。"

江阔反应过来："不是。"

"那是谁啊？"大炮无比好奇，"别人要让我别问了我肯定不问，你啊，万年不用正眼看人的，突然要追人，你让我别问，我可能不问吗？"

"真不是要追人。"江阔说。

大炮一咬牙，坐在了他旁边："行，说吧，什么情况？"

"情况就是，我有个朋友，对我挺好的，然后我现在要让他信任我，对我敞开心扉。"江阔说。

大炮再次沉默，过了一会儿才说："虽然我没太明白你那狗脾气什么时候需要别人的信任了，然后呢？"

"对方戒备心很强，明明不对劲，但就是不愿意告诉我原因，"江阔看着他，"现在还开始有点躲着我了！"

大炮继续震惊："这什么狗东西啊？"

"说话注意点儿啊。"江阔说。

"为什么躲着你，有理由吗？"大炮说，"这得对症啊。"

"我俩关系一直挺好的……"江阔说，"

"关系一直挺好？"大炮看着他，过了一会儿猛地站了起来，在屋里来回走了两趟，又转身指着他，"对你挺好的？你……"

"别指我。"江阔说。

大炮收了手，看着他："你说的这个人，男的女的？"

"当然是男的啊。"江阔说。

"我就知道，"大炮说，"你上哪儿来的关系挺好的女生朋友，除了江了了和你妈。"

江阔想了想，的确。

"段非凡吧？"大炮说。

聪明啊，这位发小，不愧是我发小。

"牛。"江阔看着他。

大炮又在屋里转了两圈，冲他竖了竖大拇指，"你要说是段非凡，我一下就明白了，你俩关系的确是好。恍然大悟啊，真的，我居然一点儿也不奇怪。"

"别说屁话了，"江阔说，"他现在有点别别扭扭的。"

大炮瞪了他一眼，坐回了沙发上："这也能理解，你们差距太大，他那种人，事儿经历得多，也没见过他父母……"

"离婚了，他爸在坐牢。"江阔说。

大炮顿了顿："那就是了，人家戒备心强很正常。"

"我不管这些，"江阔说，"你就说，他不理人，我怎么办？"

"晾着他呗。"大炮说。

"晾着？"江阔看着他，"怎么晾？"

"他不理你，你就不理他，"大炮说，"憋他一阵儿，再回去找他，就都好说了。"

"大哥，"江阔凑到他面前，"这不是正合他心意吗？"

"就憋他几天。"大炮往后一靠，枕着胳膊，一脸很有把握的样子，"跟谁都好，就不理他。你不是不想理我吗？好啊，我如你的愿。"

"我怎么觉得这么干的话……"江阔说，"这事儿就算完了？"

"那你还有别的招吗？"大炮问，"你有别的招至于来问我吗？"

"没有。"江阔说。

"那就试试。"大炮一挥手，"明天不是去雪场么，你要去，陆诗肯定会去。正好，你别搭理他，就跟陆诗和其他人有说有笑的就行了。"

"不合适吧？"江阔拧着眉。

"这有什么不合适的，他别扭就让他更别扭。我睡觉去了，"大炮起身，"你见机行事吧。"

4 "晾晒计划"

"呼叫江有钱，呼叫江有钱。"对讲机里传来董昆的声音。

江阔正窝在副驾驶座睡觉。段非凡已经把对讲机的声音调到了最小，但还是把他吵醒了。

"干吗？"江阔拿过对讲机问了一句。

"这个雪场也是你家的吗？也是你家的吗？"董昆问。

"不是，"江阔揉了揉眼睛，"江总朋友的。"

"收到，收到。"董昆说，"马上到了马上到了，别睡了别睡了。"

"哎。"江阔扔开对讲机，打了个呵欠。

一夜没睡踏实，梦里都还在琢磨大炮跟他说的那些不靠谱的计划。早上一上车，他都没顾得上留意段非凡的态度，就已经睡过去了。

雪场距离酒店只有不到两个小时的车程，午饭前他们就到了雪场。

停车场里全是车，没有车位了。

"江阔，"对讲机里传来了大炮的声音，"给陆诗打个电话吧，去他们自己的停车场，这儿没位置了。"

"嗯。"江阔应了一声。

他拿出手机翻了半天才翻到陆诗的号码，犹豫的时候，感觉段非凡正看着他，于是他立马拨了号。

"江阔？到了吗？"那边马上接通了，陆诗脆亮的声音带着笑。

"在停车场，"江阔说，"没位置了。"

"去后面，"陆诗说，"我叫他们开门！"

"好。"江阔说，"一会儿见。"

陆诗还在说话，江阔都准备挂电话了，只得又把电话放回耳边。

"……都安排好了，一会儿吃饭去。"陆诗说。

"嗯。"江阔应着，确定她没再说话之后才挂掉了电话，拿起对讲机，"炮儿，去后门。"

大炮开着车往后门去了。段非凡打了一把方向盘，跟上，很随意地问了一句："是你的朋友吗？"

"是，"江阔看了他一眼，"一块儿长大的。"

算不上朋友。

一块儿各自长大的。

陆诗的爸爸的确是江总的朋友，但陆诗跟江了了更熟一些，跟大炮都比跟江阔熟。毕竟江阔跟陆诗在幼儿园第一次见面的时候就打了一仗，并且江阔因为打不过她，记了很多年的仇。

车开进了雪场的员工停车场，还没停好，江阔就看到陆诗从旁边的楼里跑了出来，身上的大衣还没穿好，就那样披着。

江阔顿时不想下车了。

陆诗最大的优点是自来熟，让江阔最不适应的也是自来熟。他俩第一次见面就打架，也是因为她一直说个不停，还要玩江阔的车。各色玩意儿自然不能忍。

可惜那架打输了。

陆诗跑到大炮的车旁边，拍了拍车门。

大炮下车跟她拥抱了一下，又指了指车上下来的楷模们，大概是给她介绍了一下。

陆诗冲几个人随意地挥了挥手，立马转身往这边走了过来。

段非凡把车倒进了车位，熄了火。

在陆诗往驾驶座看过去的时候，江阔赶紧打开了车门："这儿呢。"

"好久不见啊，阔儿！"陆诗很愉快地绕过车头到了副驾驶座这边，张开了胳膊。

按大炮的计划，他只需要正常地跟陆诗拥抱一下，打个招呼就行了，但最终他还是在陆诗抱过来的时候往后仰了仰。

这也是陆诗习惯了的场面，她拥了半个抱之后笑着说："怎么好像瘦了？"

"你瘦了。"江阔说。

"能看出来吗？"陆诗非常开心，"我最近节食呢！瘦了五斤！"

没有看出来。

但见了女孩儿实在没话说，说一句"瘦了"，大多情况下是没错的。

段非凡下了车，江阔给陆诗介绍："我同学，段非凡。"

陆诗转头看了看段非凡，隔着车头伸出了手："你好啊，段非凡是吧？我叫陆诗。"

江阔忍不住看了陆诗一眼。跟楷模们只挥个手，跟段非凡却交换姓名，这差别待遇有点儿太明显了吧，这位一块儿长大的朋友。

"你好。"段非凡探过身子，伸手跟陆诗握了握。

"饿了没？"陆诗拍拍手，跟江阔说着安排，"我先带你们去房间，收拾收拾再去吃饭，然后休息一下。你和大炮的滑雪服都在，我一会儿看看他们的体格，给……"

"饿了！饿了！我说饿了你能听到吗？"大炮说，"你能不能看看我？"

"走走走。"陆诗带着他们往楼里走，"给你们安排了家庭房，跟你们之前来住的一样，是我们这儿最好的房间。"

"怎么今天你亲自接待啊，服务员呢？"大炮问。

"有我在，还要什么服务员？"陆诗说，"再说了，这几天我就是来当服务员的。人多，忙不过来了，我们的教练都快不够了。"

"你兼职教练吗？"董昆问。

"我不行，"陆诗笑着摆摆手，"我菜鸟一个，昨天滑蓝道还撞护网上了。"

"你家开雪场，你居然能是个菜鸟。"丁哲笑着说。

"我没什么运动细胞，运动能力为负数。"陆诗指指江阔，"他最牛了，所以我从小就爱跟他玩，牛得不行，没有他不会的。"

"别吹啊，"江阔说，"适度。"

"牛得不行，适度地说，没有他不会的。"陆诗说。

一帮人全笑了。

陆诗很漂亮，个子看着跟江了了差不多，挺高的，是那种让人眼前一亮的美女，性格也挺逗的。

段非凡看了看江阔，昨天一天都没什么笑容的江阔这会儿总算笑了笑。不愧是一块儿长大的。在学校待了几个月，他都没怎么见过江阔冲女生笑，更别说是在似乎心情不怎么好的情况下。

陆诗带着他们穿过庭院中的小路，进了给他们安排的家庭房。

这套房也是两层的，不同的是卧室都在二楼。一楼是客厅，大落地窗外是满眼的雪景，还能看到远处的山头。

刘胖第一时间去看了一圈所有房间："都是两张床。"

"这套视野是最好的。"陆诗说，"温泉池室内、室外各有一个，你们要泡的话自己挑吧。"

"谢谢。"江阔说。

"客气什么啊。"陆诗摆摆手，"你们收拾一下，我一会儿在餐厅等你们。"

"谢谢啊。"一帮人乱七八糟地喊着。

"走，"陆诗冲江阔招招手，"你的房间在旁边。"

段非凡愣了愣，转头看过去。

大家都愣了，孙季问了一句："怎么，他住单间？"

"他一直住单间啊，从小到大他出门都是住单间。"陆诗也愣了愣，看着江阔，"你……"

"走吧。"江阔有点儿尴尬。陆诗说的是事实，但他自打进了学校认识这帮人，就再没有提出此项矫情要求的条件。

他边往门口走边说了一句："我一会儿过来找你们。"

这下好了，别说段非凡，连楷模们都一块儿被晾着了。

"炮哥，"董昆等江阔和陆诗都出去之后问了一句，"他俩是青梅竹马吧？"

"嗨，"大炮笑笑，"一块儿长大的，比较熟，小诗跟了了也熟。"

"分一下房间吧。"段非凡说。

"咱俩，"大炮一拍他的肩，"走。"

段非凡跟他一块儿上了二楼。三间屋子并排，房间的格局都差不多，落地窗外是个大阳台。他俩走到最里的那间。

把行李放好之后，段非凡走到阳台上看了看。

风景很美，完全没有遮挡的雪景铺满了整个视野。

他拿出手机，从左到右慢慢拍着视频，打算拍一拍静谧的无人雪山。转到最右的时候，大炮的脸突然入镜。大炮看到他的镜头，赶紧后退让开，但他那边的两个阳台上还有四个人正一块儿冲他微笑招手。

段非凡叹了口气，把镜头往左移一些，避开这帮人，从右到左重新拍了一遍。

他正低头看视频时，丁哲突然压低声音："哎哎哎，看。"

他转头看过去，发现丁哲正指着他的左下方，其他几个人都扒着阳台栏杆看着那边。

那是个比他们这个家庭套房的院子小一些的院子，江阔和陆诗正站在院门边。陆诗拿着手机让江阔看，还手舞足蹈地比画着，边说边乐。江阔站得很直，低着头，看不清表情。

"哎，"丁哲说，"看不出来啊，江阔还能跟女孩儿有说有笑呢？"

段非凡又盯了楼下一眼。

有说有笑？哪儿？

"这人藏得真深。"刘胖喷了一声，"他们班的几个女生我都能认全，他见了却跟不认识似的，没想到……"

江阔的确到现在也只认识严绘语，而且可能还没记清人名字，得提示他"卢浩波女朋友"。

"拍了？拍了吗？"孙季问。

段非凡扫了一眼他们，丁哲不知道什么时候拿出了相机，正对着那边拍："拍了，背景真好看啊。"

"好了没？"董昆问。

"好了。"丁哲收起相机。

董昆把手放到了嘴边，其他几个人见状，立马也把手放到了嘴边，然后一块儿看着段非凡。

他们已经很久没这么玩了，毕竟也很久没碰上能让他们集体起哄的场面了，只是段非凡没想到再这么玩的时候会是对着江阔。

他轻轻叹了口气，把右手放到嘴边。

"干吗？"大炮在旁边问。

段非凡左手往栏杆上一拍，一帮人同时冲着江阔和陆诗吹起了口哨，几个人的哨声合在一起非常整齐响亮。

"我去！"大炮喊了一声。

"我去。"江阔吓了一跳，转过头，看到右边二楼一排三个阳台上都站着人，正一块儿往这边看着。

接着又是一通整齐的哨声。

"嗨！"陆诗笑着跳了跳，冲那边挥了挥手，笑得停不下来，"你同学好逗啊！"

江阔没说话，盯着离他最近的段非凡。

狗人！

这个狗人虽然第二声没吹，但第一声肯定吹了，因为他的手刚放下去。

"在催你了吧？"陆诗笑着说，"你过去找他们吧。"

"嗯，一会儿。"江阔说。

"你知道了吧?"陆诗指了指前面的雪坡,"就那边,有路能过去,最好的拍照点。"

"记住了,"江阔转身回了屋里,"谢谢。"

"总跟我这么客气,"陆诗叹了口气,"什么时候你能跟大炮和了了一样啊。"

"所以我们是三个人。"江阔感觉手机振了一下,拿出来看到是楷模群有消息。

丁哲发了张照片,是他和陆诗刚才在门口的照片,看上去的确有点儿亲密。

群里其他人没有说话,但他已经脑补出他们欢乐的样子了……

他倒并不是在执行大炮的"晾晒计划",只是随口问了陆诗一句哪里拍滑雪的远景比较好。虽然他在"晾"段非凡,但丁哲带了相机,来一趟不容易,他还是想让丁哲拍点儿好看的照片。

只是他的确没想到他们的房间是这么一溜排着的。

……段非凡还吹口哨!

有什么可吹的?不刺激吗!

没刺激到你吗,哥偶狗!

"我跟你去餐厅吧。"江阔说。他现在有点儿尴尬,想象了一下这会儿过去楷模们一块儿起哄的场面……

"行啊,是不是要检查一下我安排的菜单啊?"陆诗说。

"不是。"江阔说。

"有你喜欢的牛肉,"陆诗说,"管够哦。"

"谢谢。"江阔说。

"烦死了,你跟我还有没有别的词儿了啊。"陆诗拍了一下沙发靠背。

"走。"江阔打开门走了出去。

——江有钱:我在餐厅,收拾好了可以过来。

"啧啧,不叫我们。"刘胖看着手机。

"陆诗要是我朋友,"丁哲站起来,"我也不叫你们。一帮人闹哄哄的。"

"过去吧,"段非凡伸了个懒腰,把手机放回兜里,"去吃饭。"

"走,"大炮一招手,"这里的餐厅环境是一绝,菜也不错。下午要滑雪,就不来两杯了,晚上再喝。"

一帮人出了门,跟着大炮去餐厅。

餐厅在酒店顶层。酒店不高,就六层,但因为是在山上,视野非常开阔,尤其这餐厅是个三百六十五……三百六十度观景餐厅。

段非凡看了看四周，风景是真的美。

服务员把他们带到了风景最好的窗边。

段非凡远远就看到江阔背对着他们坐在桌子旁边，陆诗坐在他的右边，大概是在给他介绍菜单，胳膊撑在他的椅背上，身体也往他那边微微倾着。

江阔整个人都往左歪着，左胳膊肘撑着桌子，看上去略显艰难。

大炮拍了一下巴掌。

两个人回过头，江阔一看到他们，立马站了起来，顺便飞快地活动了一下胳膊和背。

"马上上菜了。"陆诗招手，"快坐着，先喝两口茶，从江总那儿抢的好茶。"

江阔重新坐下，大炮走在段非凡前面，一屁股坐在了江阔旁边。

段非凡在这一瞬间确定，这事儿大炮有份。他过去坐在了大炮身边。

他们喝了两杯茶之后，服务员就开始上菜了。菜很丰盛，有炒的、有炖的，每人一个小火锅，烫菜放了一长排。

"也不知道你们爱吃什么，就按我喜欢的安排了。"陆诗拿起饮料，"欢迎大家来玩，有什么需要尽管跟我说哦。"

"谢谢小诗——"大家都举起饮料。

"给你们准备好衣服了，一会儿滑雪去。"陆诗说，"你们都会滑吗？"

"会。"董昆很有自信地说。

"会，"段非凡说，"我们拿轮胎滑得可好了，直接坐地上滑也能滑个几十米。"

陆诗一下笑得停不下来。

江阔偏了偏头。他不想笑，他觉得在"晾"段非凡的阶段他应该保持冷漠，但实在没忍住，只好偏头假装看餐厅的环境，冲着旁边一通乐，乐完才发现那边的一桌客人都看着他。他赶紧转回去。

陆诗在给他们介绍："新手的话，一般都玩双板。我也喜欢双板，江阔就喜欢单板。双板容易入门，但后期没有单板好进阶。"

"单板有多大？"刘胖问。

"各种长度的都有，根据你的身高、体重挑板子，长的甚至有一米九的。"陆诗说，"你要玩单板吗？"

"你拉倒吧。"孙季说。

"我就不倒。"刘胖说，"有多宽呢？宽点儿的话，是不是更稳……"

"给你张床垫儿吧。"段非凡说。

江阔不知道被戳了哪个笑点，之前笑的劲儿还没过，加上陆诗突然爆发出很有感染力的笑声，他这会儿头都来不及转，直接乐出了声。

大炮转头看了他一眼。

他努力止住笑，小声问了一句："干吗？"

"你好欢乐啊。"大炮说。

江阔听到这句话，又忍不住低头笑了半天。

疯了吗？到底有什么好笑的？

社交天团加上陆诗，这顿饭吃得很热闹。吃完饭大家又喝着茶聊了一会儿，然后起身准备去滑雪。

江阔和大炮走在前面，用余光看到陆诗凑到了段非凡身边，拿出了手机——然后段非凡也拿出了手机。

江阔震惊地看了一眼大炮，大炮也正看着他。

"什么意思？"大炮问。

"我怎么知道？"江阔说。

"他平时也这样吗？"大炮问。

"……是，"江阔想起当初大二学姐问他要微信时的情形，"这是他的长项。"

大炮皱皱眉："你提供的情报不完整，我以为他只是特别能跟男的处好关系呢，女孩儿也这么不在话下？"

可不么，性格好，长得还帅。

他对他高中女同学也如春风般温暖。

"我一下也想不出辙了，先以不变应万变吧。"大炮说。

江阔没说话。

"我看你也没按我的计划走。"大炮想想又说。

"太难了。"江阔说。

"看出来了，"大炮说，"我高估你了。"

滑雪的人挺多的，更衣室里全是人。陆诗带他们进了旁边的房间，让人拿了雪服和雪具过来。

"我今天先玩双板吧。"江阔说。毕竟大家都是双板初学者，人太多，教练不一定能顾得过来，他还能帮着教一下。

"行。"陆诗点头。

江阔看了一眼段非凡，他已经穿好了雪服，正在整理。

很帅。别人穿上有时会显得臃肿的雪服，在段非凡身上却很好看。

"我们去哪条道？"刘胖仿佛一座山，很有气势地问。

"初级道，练习区。"大炮说，"怎么，你想直接上中级吗？"

"就问问，"刘胖说，"显得专业。"

上缆车的时候他就挺不专业的，上去的时候差点儿摔了。轮到孙季的时候，陆诗临时找来个教练，跟着他们的车上去。

大炮本想带段非凡，让江阔坚决执行"晾晒计划"，但董昆一搂他的肩膀："炮哥，扶好我。"大炮只得跟他一块儿站了过去。

陆诗则带着已经准备好的丁哲。

"过去。"江阔看到缆车过来，走了过去。

段非凡跟着他过去站好，学着他把杖收好握着，扶着扶手坐了下去。

江阔很熟练地把护栏拉好。

缆车开了出去，前面的陆诗回过头冲他俩招了招手。

江阔没动，段非凡跟她招了招手。

"不恐高吧？"陆诗笑着问。

"还行。"段非凡回答。

陆诗笑着转回头去。

段非凡扭脸看了看江阔，见江阔偏着头看雪景，他又转头看向前方。

因为楷模们没一个滑过雪，大家决定先到练习区体验一下。

江阔戴好滑雪镜，往外滑了一点儿，然后转过身看着那一帮人。

跟着刘胖上来的教练正在给大家讲解基本的动作要点和注意事项，大炮在旁边示范。

忙活了一会儿，大炮转头看着江阔："你干吗呢？示范一下啊。"

"我在这儿保护。"江阔说。

大家都明白了之后就开始试滑。他们几个平时都算是运动活跃分子，这会儿却迈出一步就摔，一个接一个，气氛非常欢乐。

段非凡是唯一一个没有摔的，因为他还没动。

江阔看着他。戴着雪镜，江阔就自如得多，无论在看什么，都没人能发现。

段非凡往前走了几步，雪杖刚点了一下，人就慢慢滑了出去。

挺稳，没摔。

然后他的雪杖就没再点地，人慢慢地往江阔这边滑了过来。

江阔看着他，有点儿搞不明白他要干吗。

滑啊，英俊。

段非凡一点点接近他，看上去没有转向的打算，就那么直冲着他过来了。

江阔不知道他是不是要这么一路滑下去，于是准备给他让路。人还没动，段非凡突然张开了胳膊。

江阔愣了愣，不知道他什么意思。

段非凡就那么张着胳膊滑到了面前，江阔犹豫了一下，也张开胳膊。

要拥抱吗？

这么突然的吗？

段非凡撞到他身上，他被撞得一块儿往后退，两人仿佛跳起了浪漫的雪上双人舞。

江阔这会儿才猛地反应过来，瞪着段非凡："您拿我当刹车呢？"

段非凡脚滑了一下，抱着江阔的胳膊猛地收紧了。

"我实在……"段非凡的声音带着歉意，也带着压不住的笑，"停不下来。"

江阔被他带得也晃了晃。因为段非凡把他的胳膊一并抱着，他的手抬不起来，杖也用不上劲。他不得不在段非凡的后腰上拍了拍："你先松手，你的脚……"

"我试试。"段非凡很艰难地一边来回晃，一边企图控制自己的脚。

突然，江阔被他带得猛地晃了一下。

这一晃江阔就知道完了。如果段非凡这么晃，他是能撑得住的，但他这么一晃，段非凡这个第一次玩的人，绝对会摔。

"要摔了、要摔了、要摔了……"江阔一迭声地喊，"往旁边、旁边、旁边倒！"他一边喊，一边把要扑倒在自己身上的段非凡往旁边带，最后两个人面对面一块儿摔到了地上。

大炮滑了过来，冲过来的时候压低声音在江阔耳边很痛心地说了一句："哎对，摔得好！"

大炮的"晾晒计划"一直无法顺利进行，对此江阔很无奈，也有点儿想笑。

"摔到哪儿了没？"大炮问段非凡。

"没。"段非凡准备站起来。

"没事儿吧？"陆诗也滑了过来，停在了段非凡身边。

大炮本来没打算拉段非凡，一看陆诗这架势，赶紧伸出了手，但陆诗的手也已经伸了一半。江阔看着段非凡，两只几乎同时伸过来的手，你选哪只？请你最好自己爬起来。

段非凡很自然地抓住大炮的手，借着大炮的力站了起来，陆诗的手还伸着。

你的情商哪儿去了？

江阔赶紧拉住陆诗的手，站了起来。

"你不是吧，"陆诗看着他，"你还要人拉啊？是不是伤哪儿了？"

看来陆诗并不介意伸手拉了个空。

但是请给我点儿面子好吗，这位一块儿长大的朋友？

你知道小时候我为什么不跟你玩了吗？

江阔没说话，拍了拍身上的雪，滑远了。

一帮人跌跌撞撞地在练习区滑了一会儿，终于慢慢练得有点儿样子了。

"我怎么样？"董昆一边滑一边看着江阔问。

"放松点儿，"江阔在他前面倒滑着，看着他的姿势，"重心放低一点儿。"

董昆又滑了一段，看着好多了。

江阔滑到丁哲旁边，感觉他还行。

"你哥牛不？"丁哲很得意地问。

"您就是练习区一哥。"江阔说。

"这话说的，"丁哲很不服，"骂谁呢！"

那边段非凡他们两个也练得差不多了。

段非凡很聪明，运动能力的确很强，这会儿已经能很流畅地滑了，姿势也漂亮，已经没有了初学者的僵硬感。

因为陆诗一直在那边，江阔好半天都在这边教董昆和丁哲，没往那边去。

"好了！"陆诗愉快地滑了过来，"我看他们已经可以去初级道滑一下了。"

"嗯。"江阔应了一声，"你要去蓝道吗？"

"先陪他们滑一会儿吧。"陆诗说，"你是不是无聊了？"

怎么会？

"我怕你无聊。"江阔说。

"还好，他们比你话多，"陆诗说，"挺好玩的。"

段非凡最好玩吧？

一帮人去了初级雪道。人挺多的，小孩儿也不少，吵吵嚷嚷的。

"江阔你先下吧。"陆诗说，"示范一下。"

"嗯，"江阔应了一声，回头看了看他们，"人挺多的，注意避让，记着点儿怎么急刹，拐弯要提前，别到人跟前儿了才想起来要转。"

"快。"丁哲举着手机，"我等着录你呢。"

江阔没再说话，往前几步冲了出去。

"这是高手，"丁哲一边录一边配音，"这是高手，你们看这姿势。"

"看到没，"陆诗指着江阔的背影，"他是怎么避人的。他这会儿滑得慢，还看不出水平呢，明天让他上单板带你们去中级道玩一玩。"

段非凡的视线一直跟着江阔。

这还看不出水平吗？跟旁边的人已经有这么明显的差别了。

江阔的确是在慢慢滑，直降速度起来之后他就改成S形滑行，姿势轻松得让人觉得这玩意儿其实特别简单。

"看不到了。"丁哲说。

"你们可以一个一个地下了。"陆诗说,"我和大炮跟着你们,你们错开出发,别挤在一堆。"

"走了。"段非凡往前几步,滑了出去。

他在练习区滑得挺稳,转弯、掉头、刹车都已经没有问题,不过这会儿还是紧张。他慢慢顺着江阔滑过的路线往下,十几米之后就找到了感觉。

风从脸上没有被包裹的地方掠过,让人感到奇妙的愉悦。

这条道只有七百米,段非凡却感觉很长,折腾了半天好像还没滑到一半。

前面道边站着一个撑着雪杖的人,是江阔,估计是在等他们。段非凡犹豫着要不要过去跟他一块儿等后面的人。

江阔突然用手里的雪杖往前一指:"看前面,不要东张西望。"

好嘞。

段非凡没停下,拐了个弯继续往前滑。又滑了一阵,他终于看到坡底了。

身后传来细碎的声音,估计是有人追上来了,但应该不是楷模们。他们那帮人要是追上来了,肯定得喊出雪崩的效果来。

段非凡有点儿紧张。这一路下来,他发现不少人滑起来跟下饺子似的,跟刚进练习区的时候没什么区别,都是晃晃悠悠随时要倒地的状态。

这要是个这样的人在他后头来个滑铲……

正当段非凡想回头看一眼的时候,一道白色的影子从他身边掠过。

"别回头!手眼向前!注意脚下!"

是江阔。

段非凡正想回答,一个女声跟着从他身边掠过。

"你怎么减速啦?不要让我哦!"

江阔和陆诗一前一后冲向坡底,估计是在比赛。有那么几秒钟,他俩的动作一模一样,看着……赏心悦目。

"啊——"身后传来了他熟悉的喊声。

"哎。"段非凡顿时感觉一阵惊恐,加快速度往下冲去。

已经到了坡底的江阔转了个身,大概是看到了他身后的人,一边挥手一边往旁边指。

段非凡赶紧听指挥往旁边滑了过去。他刚在道边停下,江阔也过来了,陆诗则在对面,正冲上面下来的人招手。

"撞坡去吧。"江阔看着从坡上冲下来的人。

最后这段坡度稍微大点儿,肉眼看着几个人的速度不算快,但以他们的新手水平，估计得摔。

第一个下来的是刘胖，这让段非凡很意外。这么大的风阻，他是怎么做到滑得最快的……刘胖没刹住，在尽头减速的雪堆上扑停。接着是丁哲，他还可以，停下以后才摔。后面的董昆和孙季就相当安全了，是直接坐着下来的。

一片笑闹声中，陆诗的笑声最响。

大炮是最后一个，估计是为了防止谁摔了没人发现。他下来的时候骂骂咧咧，挑着每个人的技术错误。大炮的水平看上去比不了江阔，但在普通人里也绝对算厉害的，给这帮人垫底，段非凡都替他憋屈。

段非凡扫了一眼这帮人之后，视线就一直停在江阔的脸上。反正戴着雪镜，谁也不知道他正斜眼儿瞅着江阔。

他感觉自己好久没有光明正大地看过江阔了，每看一眼都觉得心虚，但如果不看，又显得太刻意。这种感觉非常难受，以前无论是笑是闹，他看或者不看江阔，都不会有这么大的压力。

他一直觉得，在安全的范围里维持舒服的状态不变，他才能安心享受，所以他不想向江阔百分百坦白，也不需要江阔回应或是做出改变。

因为只要有一丁点微小的变化，一切就都回不去了。

保持原状，不可能了。

退回去，更不可能。

这中间根本没有平衡点。

"你俩太牛了！"董昆看着江阔，"一直这么玩的吗？"

"她不行，"江阔说，"她都不如大炮。"

"说我坏话了吧？"陆诗滑了过来。

"嗯。"江阔应了一声。

"明天上蓝道继续挑战你！"陆诗笑着说，"我外号叫什么？"

"那太多了，"大炮说，"送分王、点炮王、送人头小队队长……你说的哪个？"

"总称散财童子。"江阔说。

"太烦人了，我是屡败屡战！"陆诗说完一挥手，"大家感觉怎么样？上去歇会儿，喝点儿东西，再来一趟？"

"行！"一帮人跟着喊。

江阔用雪杖压了一下板子，把板子取了下来，往两条雪道中间的台阶走去。陆诗追上他，很顺手地把雪杖递给江阔，自己则扛着雪板，上台阶的时候江阔还扶了她一把。这得是江了了才能有的待遇了。江阔不是不绅士，而是他平时眼睛里除了特别熟的几个人就没有别人了。

段非凡轻轻叹了口气。

"从下面看这条雪道,很高级的样子,"孙季说,"一点儿也不像初级的。"

"你站那儿,"丁哲立马举起手机,"给你拍一张。"

孙季扛着板子,单手叉腰。

"这姿势,"段非凡看着他,"你炸桥呢。"

孙季拍完就指着他:"来来来,你来个炸街的。"

"我不了。"段非凡笑着说。

"拍张合影吧,"陆诗说,"我叫个教练过来帮咱们拍。"

"好啊。"大家响应。

拍照这种事,江阔是没什么兴趣的,尤其集体照。实在要拍的话,他会等人都站好了,过去蹭个边儿。

这会儿也一样,他站在原地看着一帮人你拉我扯地找位置站。大炮在后面推了他一把,他在这时看到陆诗站在段非凡旁边,两人肩并肩。

教练让大家往中间靠点儿的时候,陆诗抬起手,在段非凡头上比了个"V"。段非凡回头看了一眼她的手,她笑着说了句什么,段非凡也笑了笑。

"一会儿休息的时候找个地儿,"大炮低声说,"讨论一下。"

"还有什么讨论的必要么?"江阔有些无语,"一开始就没执行成功啊。"

"这是没执行成功吗?"大炮看着他,"这得算是反向执行呢。"

"后面的帅哥往前看。"教练喊。

段非凡回头看了一眼他俩,江阔和大炮迅速转头看向前方。

"好嘞,笑一下,一、二、三!"教练按下了快门。

一帮人在雪具厅外面坐下了。

"喝点儿热乎的吧。"陆诗说,"我给你们弄点儿咖啡什么的过来。"

"我们自己去吧,"丁哲说,"你别跑了。"

"没事儿,你们坐着。"陆诗说,"我去店里说一声,一会儿他们会拿过来。有巧克力、咖啡、果汁儿什么的,都是瓶装的哦。"

"统一拿一种吧,"段非凡说,"多了你不好记。"

"你怎么知道我记不清?"陆诗笑了,"我真记不清。"

"我们都要咖啡吧。"董昆说。

"行。"大炮点头。

"江阔,你还是牛奶哦?"陆诗问。

"我也咖啡就行。"江阔说。

"没事儿，记得住，"陆诗说，"反正你每次都喝牛奶。"

陆诗转身走了之后，江阔的视线实在没地儿可落，于是看了看大炮。

大炮正看着他。

"嗯？"江阔表示疑惑。

"去啊。"大炮嘴唇没动，努力地从齿缝里挤出声音，"帮忙拿。"

"她不是说让人……"江阔说到一半停了。

行吧，去就去。

平时大炮会跟过去，毕竟他俩不算客人，跑个腿儿是应该的。

他没多说别的，起身跟了过去。

"他干吗去？"董昆问。

"陪一下吧。"大炮随意地说。

"我们去啊，"刘胖站了起来，"这多不好。"

"坐着吧，小诗这人就这样，"大炮说，"你们来玩的，她肯定得招待好。"

段非凡看着江阔快步追上陆诗，然后两人转过前面的房子不见了。

"了了腿好了让她过来玩啊，"陆诗说，"好久没见她了。"

"她腿好得到夏天了。"江阔说。

"那我忙完这阵儿去看她吧。"陆诗说，"昨天我俩还聊了半天，聊完怪想她的，趁她现在出不了门，可以找她玩……"

江阔没太认真听陆诗说话，反正大多数情况下，陆诗并不需要他回应，她能自己一直说个不停。

……这大概是陆诗愿意跟段非凡凑一块儿的原因之一吧。

段非凡很温柔，会让每一个接近他的人感觉到放松和舒适。

虽然他现在享受不到了。

江阔直接拿了个袋子把饮料拎了回去。

大家把饮料分了，边喝边开始总结滑雪的经验。

统共就滑了一趟，居然总结起经验来了。

陆诗很有兴趣地跟他们一块儿总结，有说有笑的。

江阔有点儿坐立难安。以前跟楷模们一块儿玩的时候，他的话也不多，大多数情况下都是听，偶尔说几句，但不知道为什么，今天连大炮都能跟他们一块儿聊，他却连口都开不了了。

大炮和陆诗都习惯他这个样子，以前跟朋友出去玩，他也是这德性。但段非凡和楷模们并不知道，他在这些人面前没有过这样的沉默。

一旦感觉到自己的不对劲，就更加不对劲了。

"我到停车场等你。"大炮靠到椅背上，小声跟他说，"来的时候你自然点儿，这小子太精了，我怎么感觉他知道了。"

"你怎么感觉到的？"江阔吓了一跳。

"就那么感觉到的。"大炮站起来，"我在车那儿等你。"

"嗯。"江阔应了一声。

大炮走开之后，他喝了口牛奶，准备找机会起身。

一直没滋没味儿地喝了半瓶牛奶，机会才终于来了。段非凡站了起来，估计是要去厕所。看着他走进通道之后，江阔才站了起来。

其他人正聊得欢，没人注意他。

他避开雪具厅的正门，打算从侧门出去。

侧门处，一家人正闹哄哄地走出来。他有些心虚地让到一边，等人走完之后，他才低头快步出去。但有人挡在了他面前。他往旁边错了一步，刚要迈步，一条胳膊伸出来拦住了他。

他已经感觉到了不妙，抬起头，果然看到了段非凡的脸。

"上完厕所了？"江阔问完就觉得不对，谁上厕所这么快，这点儿时间只够走到厕所。

"去找大炮吗？"段非凡问。

江阔愣住了："什么？"

"他准备给你支新招了吗？"段非凡又问。

江阔震惊地瞪着他，好一会儿才说了一句："去你的。"

"让他回来吧，"段非凡看着他，"你别去了。"

"不是，"江阔有些回不过神，大炮说段非凡可能知道了的时候，他也没想到段非凡能知道这么多，"你什么意思？"

有人扛着雪板过来，段非凡抬手在他脑袋旁边挡了一下，然后把他拉进了大厅，站在了角落里。

"你怎么知道的？"江阔实在忍不住。

"知道什么？"段非凡问。

"……套我话呢你？"江阔说。

"一开始就不对，"段非凡说，"你和大炮都不对。"

"啧。"江阔感叹。

"这是……"段非凡犹豫了一下，"要晾着我吗？"

"你被晾到了吗？"江阔问。

段非凡往旁边看了看，又转回头："我都猜到了。"

"怎么猜的?"江阔问。

"你要给陆诗打电话，"段非凡说，"还得从通讯录里翻联系方式，这说明你俩平时都没联系……"

"那要是我就是习惯从通讯录里翻呢?"江阔问。

"你给人打电话一直都是点私聊。"段非凡说。

江阔愣了一会儿，实在没忍住，笑了起来。这都什么事儿。

"晚上聊聊吧。"段非凡说。

江阔看着段非凡没说话。

段非凡往停车场那边看了一眼："你……"

"现在。"江阔说。

"什么?"段非凡转回头。

"现在，"江阔说，"就现在聊。我没你那么好的忍耐力，下车就发现不对劲了还能憋一天。"

"那帮人还等着再滑一轮，"段非凡说，"咱俩突然不见了……"

"管那些呢。他们找不着我们难道还不玩了么?"江阔说。

"行吧。"段非凡拧着眉，想说什么，但最后还是没开口，直接转身往更衣室去了。

"干吗?"江阔跟上去。

"换衣服，"段非凡说，"现在。"

"不是……"江阔有些莫名其妙，"聊几句还用换衣服? 站那儿说完得了。"

段非凡已经开始脱雪服，听了他这话停下了动作："你只想聊几句吗?"

"我没说啊。"江阔瞪着他。

"你刚说完。"段非凡继续脱。

"行吧。"江阔也开始脱雪服，"上我屋聊吧，清静，再让餐厅送点儿吃的到屋里，边吃边聊。"

段非凡笑了起来。

江阔的动作顿了顿。这几天其实一直能看到段非凡的笑，但这一次，他感觉到了久违的愉悦。也不能说久违，算上他最早发现段非凡有点儿不对劲开始到现在，统共也没有多长时间，但自从上次聊过之后，人就像被埋在了一罐放在火上的越熬越稠的胶水里，一秒钟都嫌长。

虽然不知道段非凡会跟他聊什么，但他已经无所谓了。聊什么都行，聊什么都得等到聊的那一秒才知道。哪怕是什么他不愿意听到的东西，在听到的那一秒之前还是舒服的。

CHAPTER 20

有话好说

1 你要的电影套餐

走出雪服厅，北风兜头拍过来，段非凡赶紧把外套拉链拉到最高，不知道是不是因为刚运动完，他感觉比刚才冷了不少。

或许只是因为不安。

肩膀也有点儿发酸，这倒可能是刚才滑雪滑的。新手哪儿哪儿都不放松。

这里离酒店很近，走一会儿就到了。

路上江阔一直没说话，不知道在想什么。

段非凡看了他一眼，发现他把羽绒服的拉链一直拉到了帽子上，只露出眼睛。

"看什么？"江阔闷在帽子里问了一句，"赶紧走。"

回到酒店，经过服务台的时候，江阔冲服务员招了招手："烤鸡翅、爆米花、可乐，再拿支气泡酒，送到我房间。"

"好的，江先生。"服务员点点头。

"爆米花和可乐？"段非凡问，"你看电影呢？"

"也不是不可以看，"江阔说，"我主要是有点儿饿了。"

"午饭刚消化掉吧……"段非凡说。

"那不也是消化掉了？"江阔说，"所以饿。"

酒店内没有风，温度也很适宜，甚至有点儿热，但段非凡在往江阔房间走的时候还是感觉冷，肩膀还酸。他偏了偏头，在肩上捏了两下。

跟在他身后的江阔突然伸手在他肩上摸了摸。

他往后看了一眼。

江阔已经收回了手，从他身边快步超到了前面，掏出房卡打开了门。

这间房是个套房，进去就能看到客厅落地窗外的院子。这会儿阳光很好，房间有一半都是亮眼的暖金色。

江阔关上了门。

"冰箱里有水吧？"段非凡走到小冰箱前面，"刚咖啡喝得有点儿腻……"

"段非凡。"江阔叫了他一声。

"嗯？"段非凡应着，转过了身。

还没看清江阔的脸，他就已经冲了过来。

段非凡下意识地往后退了半步。怎么了，这是要先打一架吗？他抬起胳膊想挡一下，但江阔已经跳着扑了上来。

这一扑的冲力相当大，段非凡本来就在后退，现在顺势直接被撞倒在了身后的沙发上，后脑勺磕在了沙发扶手上。江阔整个人如同一张……飞饼，把他扑了个严严实实——这重量，还得是带馅儿的。

不知道是江阔的哪个部位，砸得他胃都抽了。

电光石火间，段非凡感受到了什么叫瞬息万变。

尖锐的刺痛，我的胃碎了，以及我的嘴唇可能被磕破了。

江阔大概也感觉到了疼痛，很快撑着胳膊爬了起来。

段非凡捂住了嘴。

"怎么了？"江阔很紧张地看着他，眼里还带着因下手太重而产生的尴尬。

"没。"段非凡想要起身，他已经感觉到嘴唇出血了。

"我看看？"江阔赶紧站了起来。

"没事儿。"段非凡捂着嘴往浴室走了两步，又觉得后脑勺疼得不行，于是摸了摸后脑勺。就这几秒钟，他已经能摸到一个肿起来的包了。

"我看看！"江阔拦在了他面前，拉下他捂着嘴的手。

段非凡的手上全是血。

他俩都惊呆了。

"我是把你的嘴磕破了吗？"江阔震惊得声音都扬了起来。

段非凡突然想笑，但咧嘴又很疼："嗯，何止，贯穿伤，后脑勺都让你开瓢了。"因为嘴疼，他这话说得含糊不清，自己听着都挺吓人。

"行了，你别说了。"江阔指着浴室，转身往桌子那边走，准备打电话，"冲一下，我让他们拿药过来。"

"哎，"段非凡拽住了他的胳膊，"不用。"

"真不用吗？"江阔心里很没底。

"我先看看。"段非凡打开了水龙头，扫了一眼镜子里的自己——别人一眼就看得出这是被人一拳砸在了脸上。

他低头往脸上泼了好一会儿的水，看到滴落的水里血色已经很淡了，这才抽了两张纸巾按在嘴上。

"怎么样？"江阔一直站在旁边盯着。

段非凡拿开纸巾看了看。

血是没了，下嘴唇上一道很不规则的口子清晰可见。

"对不起。"江阔轻声说。

段非凡没说话，低头把纸巾扔进垃圾桶，转头看着江阔。

江阔一直盯着他的嘴，眉毛都快拧成一根了。

段非凡伸手搂了他一下，还在他背上拍了拍："没事儿。"

江阔立马也搂住了他，非常用力，段非凡都能听到自己猛地被勒粗了的呼吸声。

"就是一会儿可能吃不了鸡翅了。"段非凡说。

江阔沉默了一会儿，笑了起来："那你喝可乐吧。"

"得配根吸管。"段非凡说。

江阔又笑了半天。

接着两人都沉默了。

过了很长时间他才松开了段非凡，转身慢慢回到客厅，倒在沙发上，重重地叹了一口气。

段非凡走过去，完成了他之前未竟的事业——从冰箱里拿出了一瓶水。

刚喝完咖啡就想喝水，还要从冰箱里拿，这大概是老天爷已经预料到他马上需要冰镇。

他喝了两口水，把瓶子贴到嘴上，看着江阔。

"你刚……"江阔清了清嗓子，转头看了一眼院子，"想聊什么？"

段非凡拖了张椅子坐到他对面："我现在一下想不起来了。"

"疼的吗？"江阔往前凑过来。

"不至于。"段非凡笑笑。

"那就是吓的。"江阔往沙发上一靠。

"没，"段非凡说，"就是……有点儿突然，我一下没缓过来。"

"不好意思，我也……"江阔捏了捏眉心，"不知道怎么回事儿，一下冲动了。"

段非凡没说话，只是看着他。

"没事儿，你缓缓吧，"江阔摆摆手，"想说什么就说，不用考虑我会怎么想，反正我干什么的时候也不会考虑你。"

段非凡笑了起来。

"如果我没找你，"他看着江阔，"你还打算理我吗？"

"是你先不理我的，讲点儿道理。"江阔说，"我这么折腾就是为了晾着你，让你扛不住了来找我。"

"那你们这计划算成功了啊。"段非凡说。

"我感觉你没有扛不住，"江阔说，"如鱼得水。"

"那你觉得我为什么找你？"段非凡叹了口气。

江阔看着他没说话，过了一会儿才眯缝着眼睛："你说早就猜到了，那就是实在看不下去了，'啊，他好辛苦'。"

"嗯。"段非凡嘴疼不想笑，但还是没忍住，龇牙咧嘴地笑开了。

"最开始我跟大炮说这事儿……"江阔顿了顿，拿过手机看了一眼，估计是想起来大炮还在等着给他出主意，"是实在不知道该怎么办，想着他能不能帮我想点儿辙。"

"你……"段非凡轻轻叹了口气。

"没事儿。"江阔说，"他的计划是不靠谱，也不对症，我再想想别的招。"

"不是，"段非凡看着他笑了，"这也要通知我吗？"

"嗯，"江阔看着他，"我怕我不告诉你，你会以为我放弃了。"

段非凡沉默了一会儿，把瓶子放到旁边，又把椅子往前拖了一点儿，看着江阔："你想过以后会怎么样吗？"

"什么以后？"江阔问。

"毕业以后，经历很多事以后……"段非凡说，"会怎么样？"

"没想过，"江阔看着他，"以后的事以后再说吧。"

段非凡下意识地咬了一下嘴唇，牙刚碰到嘴唇他就疼得差点儿跳起来，他偏开头，眼泪都快下来了。

"大炮说，"江阔说，"你经的事儿多，想的也会比较多。"

段非凡没说话。

"我其实不太能理解，"江阔说，"暂时也不想去理解。以后的事谁知道呢？眼前的快乐都抓不住，还管以后会不会快乐吗？"

段非凡看着他。

江阔非常不一样，跟任何人都不一样，跟自己也不一样。段非凡越了解越这样觉得。他欣赏这样的江阔，也害怕这样的江阔。

但已经没有平衡点了。

"我不知道该怎么说……我也没跟人表达过这种意思，"江阔拧着眉，"我的意思是，你可以试着相信我……"

"你不会考虑还没到眼前的事，对吗？"段非凡打断他。

"嗯，"江阔看了他一眼，"但你可以考虑。"

"我也可以不考虑。"段非凡说。

"你什么意思？"江阔说。

段非凡还没说话，江阔的手机响了起来。

江阔看都没看，拿过来直接按了静音，眼睛还是盯着他："你什么意思？"

段非凡说："你不用想别的招了，我已经想开了。"

江阔盯着他看了很久，深吸了一口气："不躲着人了？"

"是你不晾着人了。"段非凡说。

"去你的。"江阔转回头，"这也争，有区别吗？"

"有。"段非凡说。

江阔的手机虽然静了音，但屏幕一直亮着，让他有些不踏实。

"先接一下电话吧，"段非凡说，"是大炮。"

"你又看见了？"江阔问。

"我猜的。"段非凡说。

门铃响了。

江阔一脸不耐烦地转向门口："谁？"

"你要的电影套餐。"段非凡站了起来，过去打开了门。

服务员推了辆小车站在门口，看到他的脸时愣了愣："您好，这是江先生刚点的餐。"

"进来吧。"段非凡让开。

服务员把小车推进来，把东西一样样摆在了桌上。除了江阔点的，还多了一盘水果。

服务员放好东西，又问了一句："需要把酒倒上吗？"

"不用，"江阔说，"谢谢。"

"有事您再叫我。"服务员推着车出去了。

江阔指了指面前的椅子。

段非凡坐了回去。

"继续，"江阔说，"你今天本来要跟我聊的那些。"

段非凡说："我没想过跟人说。"

"嗯。"江阔应了一声，嘴角忍不住微微勾起。

"我也不知道你是怎么察觉的。"段非凡起身重新从冰箱里拿了一罐橙汁，贴在嘴上冰了一会儿，"所以你突然问我，我就有点蒙。"

"现在想清楚了？"江阔问。

"没有，"段非凡说，"但我可以把这些放在一边，我想看到原来的你。"

"其实，你有什么觉得不太合适，或者做不到的，可以先说。"江阔说，"我清楚，我能接受，那些就不算什么。"

"我不同意。"段非凡看着他。

"嗯？"江阔也看着他。

"给你讲个故事。"段非凡说。

"嗯。"江阔点点头。

"以前段凌喜欢一个男的,那人挺帅,还挺浪漫。他告诉她,我的脾气不太好,毛病也不少,曾经有过一个很爱的女人。"段非凡慢慢地说,"他噼里啪啦地说了一堆自己的毛病,然后说,但我也喜欢你,你如果能接受,我们就在一起。"

"这个……"江阔拧了拧眉。

"这种人就该让他滚。"段非凡说。

江阔继续看着他。

"无论是什么关系,有问题就解决,有毛病就改,"段非凡说,"如果有一天闹掰了,起码给对方一个骂你的机会,而不是一句'我早跟你说过了'。"

江阔还是看着他。

手机再次响起,江阔再次挂掉了。

"段非凡,"江阔说,"你真是……"

"嗯?"段非凡转了转罐子,继续贴在嘴唇上。

江阔拉开他的手,看着他的嘴,皱着眉:"太惨了。"靠回沙发里之后,他又忍不住笑了起来。

"怎么了?"段非凡问。

"开心吗?英俊。"江阔问,"从现在开始,你是阔叔罩着的人了。"

段非凡笑了起来,一不小心扯到了伤口,又赶紧捏着嘴,叹了口气。

手机第三次响起。

"接吧,"段非凡说,"一会儿大炮要报警了。"

江阔拿起手机,接了电话:"炮儿。"

"去你们的!"大炮骂了起来,"人呢?你!还有段非凡!"

"在……我房间呢。"江阔说。

"干吗不接电话?!"大炮吼,"我在停车场杵半天,回去一看你俩都不在了!"

"他们呢?"江阔问。

"滑雪去了!你以为你俩是什么重要人物!"大炮说,"没了你们人家还不玩了吗?!就我!我还得满山转!我穿着雪服到处溜达,现在都转到酒店来了。"

"那你……"江阔话没说完,门就被砸响了。

"开门!"电话和外面同时响起了大炮的怒吼。

江阔挂了电话,看着段非凡:"开吗?大炮在外头。"

"开啊,"段非凡说,"怎么了?"

"你这个样子……我怕你……尴尬。"江阔说。

"我什么时候尴尬过？"段非凡说。

"啧，还真是。"江阔笑着站了起来，过去打开了门。

大炮一言不发，穿着一身雪服冲了进来，看到段非凡的时候愣了愣，弯腰往他嘴上看了看。

"怎么把雪服穿出来了？"江阔问。

"我自己的雪服，想穿着回去逛爱马仕都行。"大炮说。

"我俩聊了一会儿。"江阔说。

"聊了一会儿？"大炮看了他一眼，又转头往四周看了看。

"炮哥，"段非凡说，"真没事儿。"

"你俩这是怎么个意思？"大炮问，"说清楚了是吧？没事儿了是吧？"

"嗯。"江阔应了一声。

"还吃上了是吧？"大炮说。

"你吃点儿，"江阔说，"还没动过的。"

"我真服了，"大炮说，"服得五体投地。"

"走，"段非凡站了起来，"一块儿过去吧。"

"你那嘴……不处理一下，"大炮看着他，"不弄点儿药吗？这是被揍的吧……"

大炮忍不住看了江阔一眼。

"他自己磕的，"江阔说，"真的。"

"拿创可贴贴一下？我感觉这伤不小，"大炮说，"一会儿那几位问起来怎么说？"

"他们不会问的，"段非凡说，"只会嘲笑我。陆诗可能会问？"

"她不会，"大炮一摆手，"我感觉她知道你俩之前闹矛盾了。我找你俩的时候她还要拉我去蓝道。"

江阔听他这么一说，愣了愣："她怎么会知道？"

"你问我？"大炮指着自己，无奈地往墙边一靠，"别管了，反正她不会问。"

"所以她看了一天我们三个的笑话么？"江阔问出了重点。

"大概吧，啧。"大炮说完就出了门，"你俩自己过去吧，我不想再跟你俩待一块儿了。"

江阔回身搂了段非凡一把："来，阔叔抱一抱，烦恼自然消……"

一秒之后大炮转了回来："要不把那个鸡翅……"

段非凡看着他。

"……你俩还不如打一架！"大炮再次转身离开，在走廊上留下了一串骂骂咧咧的声音。

手机响了一声。

"是你的手机吗？"江阔问。

"嗯。"段非凡应了一声。

"是不是催我们了？"江阔问。

"只催我一个人吗？"段非凡摸了摸兜，手机没在身上，"催我们不是应该在催群里？"

"那是你家里找你？"江阔说。

"没准儿是要买牛肉。"段非凡笑着在屋里转圈，"我手机哪儿去了？"

"打一个。"江阔拿手机拨了他的电话。

段非凡循着铃声找过去，最后在沙发垫的缝隙里找到了手机："这大概是……"

"我砸你的时候把手机砸进了沙发里。"江阔说。

"嗯。"段非凡回过头看了看他，有点儿想笑。

"赶紧忘了。"江阔瞪了他一眼。

是董昆发过来的消息，不过他没发在群里，发的私聊。

——你再指一下试试：在哪儿？

段非凡顿了顿。

——指示如下：有点热，回房间换了件衣服。

——你再指一下试试：我们刚商量，晚上请他们吃一顿吧。

段非凡看了江阔一眼。

"谁？"江阔问。

"董昆。"段非凡手指在屏幕上飞快地戳着。

——指示如下：行，多少？

——你再指一下试试：晚上丁先结账，后面算好钱我们再给他。

——指示如下：没问题。

"你打字真快。"江阔说。

"那是，"段非凡说，"经常十几个人同时问酱牛肉，练出来了。"

江阔没问董昆为什么私聊他，起身过去把桌上的鸡翅和爆米花都拿了，还放了一罐可乐到外套兜里："一会儿把这些带过去吧，谁在就给谁吃。"

"那估计就是大炮了，只有他没去滑。"段非凡说，"我们晚上请你们吃饭。"

"'我们'是'谁们'啊？"江阔问。

"他们四个加我。"段非凡说,"没在群里发,估计是怕你知道了不愿意。你装作不知道吧。"

"那你告诉他们,不要在酒店吃,不然结不成账。"江阔说,"去别的地方吃,我们来的时候路过了一家木屋烧烤,那儿味道不错,我跟大炮去吃过,还便宜。"

"行。"段非凡笑着点点头。

——指示如下:是出去吃吧?在人家酒店请客结不了账吧。

——你再指一下试试:那肯定,丁说上山的时候看到了一家看上去不错的烧烤店。

——指示如下:行。

"丁哲已经瞄上你说的那家了。"段非凡说。

"挺细心。"江阔说。

"走吧,"段非凡看了看他手里端着的盘子,"就这么拿过去?"

"让服务员打包吧。"江阔往门口走,"你一会儿还滑吗?"

"不滑了。"段非凡说,"换衣服、拿装备,滑五分钟就该去吃饭了。"

"今天练了一下午,明天他们肯定要去中级道试试,"江阔边走边说,"你一个只滑了一次初级道的人,怎么去?"

"给我个轮胎,"段非凡说,"屋里拆张床垫儿也行。"

江阔突然笑了起来,边走边乐,手抖得厉害。段非凡赶紧把盘子接了过来。

"你跟陆诗加好友了是吧?"江阔边笑边想起中午的事。

"嗯,"段非凡点点头,"她说加一个,就加了。"

"酱牛肉潜在客户吗?"江阔问。

"不至于。"段非凡笑着说,"再怎么说她也是你朋友。"

江阔叫了服务员帮他们打包,等待的时候他靠在服务台边看着段非凡。到现在他都还有点蒙,除了开心和轻松,别的一切都暂时不在他的考虑范围之内。

段非凡嘴上的伤还是很明显,一道长裂口,还肿了……很惨,但还是很帅。不过,他嘴这个情况,晚上吃烧烤?

"你还能吃烧烤吗?"江阔问。

"张大嘴往里放,应该凑合吧。"段非凡接过服务员打好包的袋子,"试试。"

江阔抬手在段非凡的后脑勺上摸了摸,他记得段非凡在捂嘴的时候也摸了头。"哎,"他震惊地又摸了摸,"这什么?"

"我的头。"段非凡说。

"鼓起来的那是什么?"江阔问,"在哪儿磕的啊?"

"沙发扶手上。"段非凡说。

"那不是个帆布沙发吗？"江阔说。

"……扶手是木头的啊，"段非凡看着他，"你没注意吗？"

"没。"江阔说。

进门的时候他有点上头，他能知道那儿有个沙发已经算很冷静了。

"疼吗？"他问。

"不碰就没什么感觉，"段非凡说，"跟嘴比起来，这个包就不算什么了。"

"我拍张照片。"江阔拿出手机。

"嗯？"段非凡看着他。

"这嘴，得纪念一下。"江阔打开相机对着他，"段英俊惨烈的嘴。"

"哎。"段非凡叹了口气，有些无奈地看着镜头。

"别这么严肃。"江阔看着镜头里的段非凡。太阳已经开始落山，这会儿正好在段非凡的后方，光芒在他的耳朵尖上四射。

段非凡勾起一边的嘴角，笑着看着他。

江阔按下了连拍，拍下了段非凡从帅气微笑到因为疼痛而龇牙咧嘴的全过程。

"再合照一张吧，"江阔说，"咱俩是不是没有一起自拍过？"

"去栏杆那边儿，"段非凡说，"那边雪景明显一些。"

两人站到栏杆边，逆着光，来回调整了半天角度，终于让阳光从他俩脸中间炸出一朵小小的花。

"准备好了吗？"江阔举着手机。

"嗯。"段非凡把手搭到他肩上，伸出一根手指戳在他脸上。

"我也。"江阔也马上把手搭过去，一样用手指戳着段非凡的脸，"拍了啊。"

段非凡笑着应了一声："嗯，快，嘴疼。"

江阔边乐边按下了快门。

照片拍得还不错，两个人笑得都很好。

江阔把照片发了一份给段非凡，又把照片设成了手机壁纸，这个过程中一直听到有人在喊。

"什么人这么吵？"他说。

段非凡本来在看照片，这会儿才转头四处看了看，接着把手从他肩上拿下来："愤怒的大炮。"

"嗯？"江阔愣了愣，转身才发现栏杆下方是个台阶。

大炮正站在台阶上，抬着头指着他俩："行不行了！啊？行不行了？那边下午茶就等你俩了！你俩耳朵没带出来是吧？"

他俩赶紧绕出去跟大炮会合了。

"怎么下午茶没给我发消息呢？"江阔说。

"人家就没算你俩。"大炮说。

"给。"江阔拿过段非凡手里的袋子递给大炮，"鸡翅和爆米花，没动过的，打包的时候又热了一下。"

"……谢了，我是真饿了。"大炮叹了口气，刚打开包装，想拿一个鸡翅，他的手机就响了，他非常恼火地一边摸手机一边喊了一声，"啊——"

"谁？"江阔问。

"我爸。"大炮接了电话，"我玩呢！玩呢！这会儿打电话……我跟那边说好了先发样品……"

大炮在前面边走边打着电话，段非凡凑到江阔耳边小声问："他会跟江总说吗？"

"咱俩的事儿吗？"江阔问。

"嗯。"段非凡点点头，"他不是担负着替江总关怀你的重任么？"

"不会，"江阔说，"别的事儿他凑合汇报一下，这种事儿他不会说的。"

"嗯。"段非凡笑笑，"他要是说了，我还得琢磨一下回头怎么面对江总。"

"真说了也无所谓，"江阔说，"这是我自己的事，他在你面前根本不会提。"

"嗯。"段非凡看了看他。

2 嘶——

他们到休息区的时候，其他人都已经滑完了，正准备去换衣服。

"哎？"丁哲凑到段非凡面前，"嘴怎么了？"

"撞门上了。"段非凡说。

"这怎么撞的？"刘胖也过来了，"怎么没先撞鼻子啊？"

"行吧，"段非凡面不改色地重新编了一个理由，"没站稳从台阶上出溜下去，磕栏杆上了。"

"牛啊——"几个人同时感慨。

"要上点儿药吗？"陆诗问，"我怎么感觉要缝针啊，这么大的口子。"

"没事儿，"段非凡说，"不碰着就没什么感觉。你们先换衣服吧。"

他们俩坐下，等着那帮人换衣服、还装备。

大炮走过来，本来想坐他们这桌，看了一眼他俩，转身去了旁边那桌。

"干吗呢？"江阔说，"过来！"

大炮喷了一声，又坐了回来。

"年后要跑材料了？"江阔问。

"回家之前就跟你说过这事儿了，"大炮说，"别没话找话。"

江阔笑了起来。

"气性这么大。"段非凡笑着说。

"前两天还琢磨揍你呢，"大炮说，"我不得缓缓么。"

"回家请你吃饭。"江阔说。

"你没少请，"大炮说，"这都没什么吸引力了。"

"我请你吃饭。"段非凡说。

"我看行，"大炮看着他，"顺便给我寄点儿酱牛肉。这一帮人里，就我没吃过了。"

"行。"段非凡点头。

大炮看来是真饿了，低头专心吃着鸡翅。

段非凡又收到消息，是段凌发过来的，问他玩得怎么样，钱够不够。

——指示如下：都没轮上我们花钱。店里这几天忙吗？

——吸猫狂人：你管这些干吗？玩你的。

段非凡笑了笑，抬起头的时候看到江阔正看着他，眼神很清亮，带着笑。

"怎么？"他低声问。

"就看看。"江阔也小声说。

段非凡没再说话。

这种感觉很奇妙，混杂着不安和愉悦，不踏实里又有种充实感。

然后他们就听到大炮重重叹了口气。

"干吗？"江阔斜了他一眼。

"你俩放下心结冰释前嫌的戏码演完了没？"大炮说。

"听到没？"江阔又看向段非凡。

"好嘞。"段非凡笑着把手揣进兜里。

那帮人过来的时候，一盘八个鸡翅都已经被大炮吃光了，爆米花他都吃了半袋，还把江阔带出来的那罐可乐也喝光了。

"干吗呢？"陆诗看着桌上的骨头，"这都酒足饭饱了吧？看不上我的下午茶啊？"

"先垫垫。"大炮说，"我是这么几口就能饱的人吗？"

"走吧，"陆诗招手，"歇会儿再吃点儿，晚上吃完饭还有活动。"

"什么活动？"段非凡问。

"汗蒸。"陆诗说。

段非凡想象了一下那个场面，又看了江阔一眼。江阔看着前方一通乐。

"这个给你，"陆诗递了一支小药膏过来，"能保护伤口不再被撕裂，用嘴上不知道行不行，一般是给滑雪摔破皮的客人用的，你试试看。"

"好，"段非凡拿过来看了看，"谢谢啊。"

"客气什么。"陆诗笑着说，"你这样子实在太惨了。"

下午茶被安排在咖啡厅阳光最好的一角，桌子旁边是很大的沙发。

一帮人舒服地靠了进去，滑了一下午，这会儿一放松才感觉到累。

江阔已经窝进了沙发里。段非凡脱了外套往他旁边的位子坐下去的时候，他飞快地把胳膊放了过去。段非凡往后一靠，正好压在了他的手上。

"嗯？"段非凡转头看了江阔一眼。

江阔没看他，面无表情地直视前方，手在他背后隔着衣服捅了捅。

段非凡顺手把外套放在旁边，然后身体使劲往后压了压，让江阔的手臂无法动弹。

大家今天滑雪滑得很过瘾，这会儿还讨论得很激烈。服务员把下午茶端过来的时候，他们也边吃边继续交流经验，仿佛经过几个小时的练习，他们已经是滑雪老手了。

段非凡没动，他这会儿不太想吃东西，吃不下。

江阔也没动。

董昆坐在段非凡身边，大概是看他俩都没吃，于是伸手拿了一盘点心递了过来。

江阔下意识地起身去接，起到一半发现胳膊还被压着，于是又倒了回去。

董昆叹了口气。

段非凡平静地接过盘子，递到江阔面前。江阔拿了一块之后，他又把盘子递回给董昆。

"瘫痪了是吧？"董昆说。

"嗯哪。"段非凡回答。

下午茶喝得差不多的时候，丁哲拍了拍手："吃饭去。"

陆诗看了看手机。

"这顿我们请的，"丁哲说，"你别安排了啊。"

"这哪行！"陆诗喊，"这儿可是我的地盘！"

"那我们就是来砸场子的。"孙季笑着说。

"走吧，"丁哲说，"我都打电话让那边留桌了。"

"哪家啊？"陆诗问。

"那个什么木屋烧烤。"丁哲说。

"挺会挑啊，"陆诗说，"那家可是老字号，在这儿开了十几年，以前我跟江阔也会去那儿吃。"

段非凡转过头看着江阔，压低声音："你不说是你和大炮去吃的吗？"

江阔看着他，笑了起来。

"走了！"大炮看着他俩。

去这家烧烤店得开车。陆诗上了丁哲他们那辆车带路，大炮则坐江阔的车。

"我去取车。"大炮说。

大炮走开之后，江阔看着段非凡，有点儿想笑："你刚干吗压我手臂？"

"不是你自己放的吗？"段非凡说。

"幼稚不幼稚啊。"江阔边说。

大炮把车开了过来。丁哲他们的车直接出发了。

准备上车的时候，段非凡的手机响了，他拿出来看了一眼就愣住了。

是罗管教办公室的电话。这实在是他没想到的，这么多年这是他第一次接到监狱的电话。

"等我一下，我接个电话。"段非凡跟已经坐在车里的江阔说了一句，关上车门，接起了电话，"罗管教。"

"小段吧？你好。"罗管教说。

"您好，"段非凡有点儿紧张，"是我爸有什么事儿吗？"

"是这样，"罗管教说，"没有大问题，就是你爸这一周状态有些反复，我找他谈了一下，也没有什么明显的效果。要不这两天你申请再来一趟？"

段非凡愣住了："我现在在外地，我……"

"这样啊？"罗管教说，"是去旅游了吧？"

段非凡突然有些回答不了这个问题，莫名的负罪感在这一瞬间猛地涌了上来。

"嗯。"他含糊地应了一声，"不过我可以……提前回去，明后天……"

"不用不用，不用这么急。"罗管教赶紧说，"他这次的情绪跟之前差不多，最好能提前疏导一下……你旅游回来再过来一趟就行。一般是我们做做思想工作，但他这个情况，还是希望家属能多给他一些支持。"

"好的，"段非凡应着，"谢谢罗管教。"

挂了电话之后，段非凡对着对面的电线杆子愣了好半天。不知道为什么，他突然有种冥冥之中的感觉，就好像老天爷在提醒他什么。

"怎么了？"大炮看着外面的段非凡，"你要不要去看看？"

"等他上车吧，"江阔说，"估计家里的事儿。"

"嗯。"大炮打开了音乐，调低音量，"你安慰一下吧……有时候是需要别人打断一下情绪的。"

由于大炮之前支的招让他以惨败收场，江阔此时对大炮的建议持怀疑态度。

"真的吗？"江阔问。

"你想想你自己，"大炮喷了一声，"你跟江总吵架了，郁闷得不行，是不是希望别人过来安慰一下，打个岔，你心情就能好点儿？"

"我是这样，"江阔说，"他不一定啊。"

"你是这样你就按你的感觉去做啊。"大炮压低声音喊，"你什么时候还会站到别人的角度去琢磨了？那你让他一直杵在那儿吧。"

江阔犹豫了一下。大炮这话倒是点醒了他。

的确，这么琢磨本来就不是他的风格。

"我去看看。"江阔打开了车门。

"我拐到前面路口等你们。"大炮说。

听到脚步声，段非凡转过头。

"怎么了？"江阔问。

段非凡看着往前开走的车，愣了愣："怎么，一会儿我俩走路过去吗？"

江阔没忍住笑了："他在前面等。"

"哦，"段非凡笑了笑，"没事儿，刚管教打了个电话过来。"

"说什么了？"江阔问，"是你爸有什么事儿吗？"

"说状态有点儿反复。"段非凡说，"管教跟他谈了，但效果不明显，想让我去看看。"

"那回去吗？"江阔马上问，"明天？明天可能来不及……也不一定，看能订着几点的票……"

"哎哎哎，"段非凡说，"不用，我到时回去了再去看他就行，管教只是希望能提前疏导一下他的情绪。"

"哦。"江阔松了口气，"那也差不多了，还有两三天就回去了。你爸会不会是因为快过年了，心里有点儿难受。"

"嗯，"段非凡点点头，"我也感觉是这个原因。"

"你没事儿吧？"江阔问。

"刚才……是真有点儿不踏实，突然很慌，"段非凡看着他，"这会儿好多了。"

去烧烤店的路上，段非凡拿出陆诗给他的那支药膏，先拿在手里认真看了一下用法，并没直接往嘴上抹，而是转头看了一眼江阔。

江阔也正看着他。

段非凡晃了晃手里的药膏。

江阔的视线从他脸上移到药膏上，又移回他脸上："嗯？"

"我用了啊。"段非凡说。

"谁不让你用吗？"江阔问。

段非凡低头笑了起来。

"要帮忙吗？"江阔冷漠地问。

"不用。"段非凡笑着说。

江阔啧了一声，转头看着窗外。

段非凡挤了一点儿药膏在手上，然后抹到了嘴唇上。手不碰的时候他感觉已经比之前好多了，这一抹才发现还是挺疼的。

"你这嘴怎么吃东西？"大炮在前边问了一句。

"夹了直接放到嘴里吧，"段非凡抹好药，用手在嘴巴旁边扇着，"然后噘着嘴嚼？"

大炮叹了口气："烧烤那么大块儿的肉，你怎么放？"

"让服务员拿把刀，"江阔说，"切成小块儿。"

"再给他把叉子——"大炮说，"先生，您要黑椒汁儿还是蘑菇汁儿？"

段非凡边扇边乐，手一晃，指尖拍在了嘴上，他捂着嘴倒进后座："嘶——"

"怎么了？"江阔吓了一跳。

段非凡摆摆手示意没事。

"惨哪。"大炮说。

3 老乡酿的土酒

车开到地方的时候，前面到的一帮人都站在店门口。

"干吗呢？"江阔看着那边。

"买东西吧，"大炮说，"看不清买的什么。"

"糖葫芦。"段非凡说。

"糖葫芦？"江阔愣了愣，"这儿还卖糖葫芦呢？"

"以前咱们来的时候没有，"大炮停好了车，"可能是今年新开的。"

他们刚一下车，刘胖就举着一大串糖葫芦冲他们招手："吃吗？"

"吃！"段非凡说。

"你俩呢？"董昆问江阔和大炮。

"我吃，"大炮说，"做得好吗？"

"不错，"孙季边吃边说，"味道不错。"

"我不要。"江阔说。

"是……"丁哲刚问出一个字就被江阔打断了。

"不是不吃小店的糖葫芦，是不吃糖葫芦。"江阔说。

丁哲笑了："你什么毛病。"

"我要带馅儿的，"段非凡说，"豆沙馅儿的。"

"我要没馅儿的，"大炮说，"我喜欢酸点儿的。"

"再拿串豆沙馅儿的！"董昆喊，"还有串没馅儿的。"

"好吃吗？"江阔看着咬得咔咔响的孙季。

"你跟我们的童年用的是两套系统吧？"孙季叹气，"好吃，哪能不好吃！"

"炮哥吃过吗？"刘胖问大炮。

"吃过，"大炮说，"我没他那么讲究。"

"尝尝吗？"段非凡接过董昆递过来的糖葫芦，看着江阔，"豆沙是甜的，吃起来没那么酸。"

"我尝一个吧。"江阔说。

段非凡把糖葫芦横过来递到他嘴边，他咬住第一颗，然后想象着自己一甩头，这颗糖葫芦就被他撸下来了。但他咬紧了刚一偏头，就觉得门牙一阵酸痛，这一瞬间口水都差点儿滴出来了。他赶紧松了嘴，皱着眉。

"……这么难吃吗？"段非凡难以置信地看着他。

"不是，"江阔实在不好意思，于是也顾不上卫生不卫生了，伸手抓住那颗被他咬了一下的糖葫芦，将它拽了下来，"用嘴不好使劲。"

"这会儿不讲究了？"段非凡说，"手不脏啊？该讲究的时候突然放弃讲究了。"

"乐意。"江阔把整颗山楂直接塞进了嘴里。

这加了馅儿的山楂个头有点儿大，塞到嘴里腮帮子都鼓了起来，差点儿翻不了个儿。味道倒是不错，就是吃起来太费劲了。

"还吃吗？"段非凡问。

"你吃吧。"江阔摆摆手，含糊不清地说。

"我吃着也费劲。"段非凡摆开架势，一抬胳膊把糖葫芦送到嘴边，龇出牙，咔嚓一口咬了一半。

江阔看着忍不住笑了起来，差点儿把嘴里塞着的没嚼碎的山楂喷出来。

"给你拍下来，"丁哲马上举起手机对着段非凡，"帅哥也顶不住这个吃相……再来一口。"

段非凡倒是配合，又龇着牙把剩下的那半颗咬了下来。

"拍了吗？"江阔问，"发群里。"

"好嘞。"丁哲戳了几下，把照片发到了群里。

陆诗从店里探出头："好了没？我点得差不多了，你们看看还有什么要补充的。"

"你开会呢。"段非凡笑着说，"我们没什么要补充的了。"

"他们这儿有老乡酿的土酒，"陆诗说，"想尝尝吗？不然我就让酒店送酒过来，这儿没什么好酒。"

"土酒吧，"大炮说，"尝尝老乡的味道？"

"我看行，"董昆说，"我就喜欢这种莫名其妙的。"

一帮人拿好糖葫芦进了屋。

丁哲订的是一楼仅剩的一个小包间，人都坐下之后就没什么位置了。

这阵子是一年里生意最好的时候，老板说再晚十分钟打电话，就得等位了。

"有点儿挤了。"董昆说，"你们往边儿上靠靠，小诗胳膊都动不了了。"

"没事儿没事儿！"陆诗说，"不用管我。"

江阔拖着椅子往段非凡那边挪了挪。

另一边的大炮看着他。

"过来点儿啊。"江阔说。

"哦，"大炮往他这边拖了拖椅子，"我以为你就是想离那边近点儿。"

"什么脑回路！"江阔说。

服务员拿了自酿的酒进来。酒用磨砂的瓶子装着，看上去还挺小清新的。

董昆打开瓶子闻了闻："很香啊。"

大家都把杯子都放到桌上，董昆挨个倒上了。

"这酒应该度数不高。"江阔闻了闻酒，看了段非凡一眼，"你喝点儿应该没事儿。"

"高的我也没少喝。"段非凡笑笑。

"就你那嘴，"江阔小声说，"受了伤是不是怕上火？"

"喝酒上火吗？"段非凡问。

"不知道啊，"江阔说，"我在家的时候，吃什么刘阿姨都说会上火。"

段非凡笑了起来："没事儿，这酒就是那种自己酿的甜酒，跟糖水儿差不多。"

服务员推开门，喊了一声："当心脑袋——"

江阔背对着门，这一嗓子吓得他差点直接站起来了。好在反应速度够快，他立马往段非凡那边靠了靠，让出了位置。

江阔的手往段非凡椅子上撑的时候，撑到了段非凡的腿上。段非凡转过头看着他。

"嗯？"江阔也看着他。

段非凡没说话，笑着在他手背上弹了一下。

"嘶！"江阔很短地抽了口气。

段非凡又马上在他手背上搓了两下。

陆诗点的都是这家的招牌菜，虽然都是烧烤，但不同的食材有不同的预先处理方法。服务员排着队进来，往桌上放了三个巨大的盘子。

段非凡问服务员要了把小切肉刀。

"来，走个流程。"董昆举起杯子，"今天很开心，谢谢小诗的安排。"

"客气客气。"陆诗笑着说。

大家仰头喝了酒。

"可以啊，"大炮说，"这酒比我想象的要好喝些，有点儿甜，好像度数也不高。"

"像女孩儿喝的那种，"丁哲说，"酒精饮料。"

"话别说那么满啊，"陆诗说，"老板说了，这酒后劲儿大。"

"嗨，"刘胖摆摆手，"我们喝过多少酒了，后劲儿大的酒不是这个味儿。"

"吃！"孙季喊。

江阔拿了一串巨大的不知道什么肉，一块肉有半个拳头大。

"分一下吧。"江阔用筷子扒拉下来一块肉，放到段非凡碗里，又弄了一块到自己碗里，把还剩下的两块给了大炮。

"豪迈点儿。"大炮拿着串儿直接一口咬住，甩头。

江阔低头咬住肉，还没怎么用劲，只是稍微一扯，门牙上他已经遗忘了的酸痛再次袭来。

"嘶。"他用手捂着嘴，拧着眉，等着酸劲儿过去。

"怎么了？"对面的刘胖看到他，"牙疼？"

"牙疼？"丁哲愣了，"你俩今天跟嘴过不去啊，一个撞烂嘴，一个牙疼？"

"不是，"江阔有点儿心虚，"烫了一下。"

"慢点儿吃，啊，没人抢，管够。"丁哲很潇洒地挥了挥手。

大家的注意力重新回到食物上时，段非凡看了江阔一眼："是牙酸了吗？"

江阔喷了一声，没说话。

"是砸到我身上时不小心磕到自己的犯罪嫌疑牙吗？"段非凡问，"它还有同伙儿吗？"

江阔没忍住，对着自己碗里的肉笑了起来。

"给。"段非凡把刀放到了他手边。

"我不用这个，"江阔低声说，"咱俩都这么吃，太尴尬了。"

"那你别拿这种大块儿的，"段非凡一手拿刀一手拿筷子，把肉切成小块，"拿小的。"

"你好文雅啊。"江阔看着他。

"别骂人啊。"段非凡说。

看着热热闹闹吃饭的这帮人，江阔忽然觉得舒心和温暖。

偶尔他的手放在身侧，会碰到段非凡的手。

"你手上有油了哈。"段非凡看了看自己的手。

"去你的，"江阔拿过湿巾搓了两下，"断交了。"

段非凡笑着把杯子伸过来："走一个。"

江阔跟他碰了一下。

这酒的确有后劲儿。

江阔应该是第一个发现的，他起身打算去上厕所，站起来的时候就发现头有点儿晕。他非常震惊，扶着椅背定了定神，琢磨着是不是今天吹风吹感冒了。转身往外走的时候，他又感觉脚下有点儿飘。

他虽然酒量很好，基本没有醉过，但还是知道这就是喝高了的感觉。

哇，这酒真牛。

他扶住门框，转头说了一句："这酒好像是有后劲儿。"但屋里没有人理他，所有人都在大声说着话，红光满面，笑得很开心。

果然有后劲儿，他跟这帮人喝酒，哪次也没有这么奔放，明显是都喝多了。

"怎么了？"段非凡站了起来，走到他身边问了一句。

"哎，"江阔看着他稳健的步伐，"您没事儿？"

"我有什么事儿？"段非凡问。

"您没觉得有点儿喝高了？"江阔瞪着他。

"……没。"段非凡又凝神体会了一下，"还没到时候吧，我现在还行。你喝高了？"

"我有点儿感觉，"江阔说，"也没多明显，就是稍微喝多了一点儿的那种感觉。"

"去哪儿？"段非凡问。

"厕所。"江阔打开了门，走出了包间。

"我跟你一块儿吧。"段非凡跟了出来。

"……我没醉。"江阔说，"你别跟着，一会儿在厕所突然睡倒，我可下不去手拖你啊！"

"说了我还没事儿。"段非凡笑着说。

这家店的厕所是他家装修得最好的地方，干净、整洁、无异味，没有喷奇怪的香水。

段非凡站在门口等他，面对着通往饭店后门的通道。

这位置是个风口，虽然关着门，但还是有风，江阔出来的时候，段非凡的头发被风吹得全都立着。

"你是不是傻？"江阔问。

"吹一下消消酒劲儿，万——会儿你们都倒了，就靠我一个人了。"段非凡说。

"嚯，"江阔笑了，"我们都倒了你还能站着？我跟你说，陆诗都比你能喝。"

"那没准儿呢。"段非凡想勾起嘴角笑一下，但扯到了嘴上的伤，没勾成。

"那我也吹吹风吧。"江阔往窗边走过去，"老板真没吹牛，按那帮人的架势，一会儿都得喝倒。"

段非凡跟着他站到窗户边，往外看了看："这外头是荒地吗？"

"是雪地，不算荒吧……你听到了没？"江阔突然把耳朵贴到了门上。

"什么？"段非凡也贴着窗户听了听，除了风声，什么动静都没听到。

"有猫叫。"江阔说。

"外头？"段非凡愣了，"这种天儿哪有猫会在外头……"

话是这么说，但两个人同时把手伸向了门把手。

江阔打开了后门，走了出去："门带上。"

"嗯。"段非凡关上门，掏出手机打开了手电筒，"咪咪？"

"喵喵——"江阔也喊。

趁着身上还留着在屋里被暖气烤透了的温度，他俩在后面转了转。这片地方是跟停车场连着的空地，除了店里换下来的一些旧桌椅，什么东西都没有。

"是不是听错了？"段非凡问。

"我耳朵挺好的，"江阔缩着脖子，"真的听到了。"

"可能跑屋里去了,"段非凡说,"厨房是通着外头的。回去吧,别一会儿喝酒没醉,吹风吹病了。"

"真冷啊。"江阔蹦了两下,蹦到段非凡后面躲风,但势头太猛,脸在他背上用力蹭了一下。

"擦嘴呢?"段非凡笑着说,"我也就是嘴有伤,没法蹭。"

江阔也笑了起来。

外面实在太冷,他俩出来没到五分钟就已经全冻透了,只能赶紧逃回了饭店里。

段非凡刚进去,门都还没关好,就看到走廊那头溜溜达达地走过来一只白色的长毛猫。

"我去,"段非凡说,"它在屋里啊。"

"我就说我耳朵好吧!不会听错的!"江阔说。

"咪咪。"段非凡蹲下伸出手。

猫立马停住了,在离他一米多远处哈了他一下。

"嘿!"段非凡很没面子。

江阔笑得停不下来:"你是狗属性的,猫不喜欢你。"

段非凡站起来往包间走,刚拐到大厅,就迎面碰上了董昆。

"你俩哪儿去了?"董昆看着他,又看了看后面的江阔。

"厕所。"段非凡说。

"胖儿刚去了厕所,"董昆说,"没看到人啊。"

"他喝多了吧。"段非凡说。

董昆喷了一声,转身往回走:"赶紧的,等你俩喝酒呢。"

段非凡回头看了江阔一眼。

江阔笑了笑。

一打开包间的门,热浪扑面而来,里边儿一堆红脸的小伙儿,加一个粉红脸的姑娘。

"哎,你俩上哪儿去了?"丁哲喊,"我都跟他们挨个儿喝一轮了,你俩逃酒呢是吧?"

"你有点儿数啊,"段非凡说,"一会儿还得拖你回去。"

"拖你吧。"丁哲说。

"他还没事儿呢!"刘胖指着段非凡,"肯定没喝几口,平时这会儿早不行了。"

江阔悄悄坐回自己的位子上。

"江有钱，"孙季冲他一扬杯子，半杯酒洒了过来，"咱俩喝一个。"
"不带这样的啊，"江阔笑了，"先倒半杯。"
"满上满上。"刘胖把孙季的杯子倒满了。
江阔把自己的杯子也倒满，跟孙季喝了一杯。
"感觉好久不见呢，"孙季说，"今天怎么好像总见不着你……再喝一杯。"
这是喝高了。
江阔又跟孙季喝了一杯，看了一圈屋里的这帮人，个个都有点儿给个炮仗抱着就能上天的架势。
"有钱，"董昆拿了酒过来，"补上刚才的。"
"唉，好。"江阔给自己又倒了一杯，跟他碰了一下杯。
"好孩子，"董昆冲他举杯，"有困难，找哥。"
"……嗯。"江阔点点头，也不知道他在说什么，反正就跟他一块儿仰头干掉了这杯。
董昆拍拍江阔的肩，倒了杯酒转身又去找段非凡。
段非凡刚跟刘胖喝了一杯，一看董昆过来，赶紧转身往正抱头诉说友情的丁哲和刘胖中间挤过去。
"你烦不烦！"丁哲往他背上甩了一巴掌。
董昆乐得不行，举着杯子过来一把搂住了段非凡："来！"
"我今天喝了不少，"段非凡笑着说，"你们眼瞅着都快不行了，得指着我呢。"
"不行了就在这儿睡！"董昆强行跟他碰了一下杯子，"不够意思是吧？"
段非凡无奈地把杯子里的酒喝了。这人喝到这种程度已经讲不了理了。
"不够意思。"董昆说。
"我都喝了，还不够意思吗？"段非凡说。
"不够意思，"董昆一手攀着他的肩膀，一手指着他，"你有事儿现在都不跟我们这帮哥们儿说了，你不够意思。"
段非凡盯着董昆的眼睛看了两秒——里面全是闪烁的泪花。这人喝高了一激动就容易热泪盈眶，上次喝高了说起学校伙食不错都热泪盈眶，不知道的会以为他是饿大的。
这会儿也看不清他这泪光后面的眼神，无法判断他这话只是字面的意思还是另有深意。
"喝。"段非凡跟他又碰了一下杯。
他决定先拼着在自己倒下之前把这人喝趴了。
"你别打岔，"董昆指着他，杯子里的酒都晃到了手上，"你以前有什么事儿，都先跟我们几个商量。我知道，你也不是全说，好多事儿你都藏在心里头，你不说。"

"我没什么事儿……"段非凡攀着他的肩膀把他拉到了一边，看上去仿佛丁哲和刘胖似的，是另两个热泪盈眶诉说衷肠的醉鬼。

"你不说我们也理解，"董昆说，"但是朋友嘛，朋友是干吗的？就是用来听你叨叨的……"

"嗯，"段非凡拍拍董昆的背，虽然董昆舌头都大了，但这话说得他心里很暖，"我知道，我知道。"

"你不知道！"董昆打断他，"你别跟我们走远了知道吗？有什么是我们不能知道的，我们是会坑你还是会坑你？"

"知道了，我知道了啊。"段非凡笑笑。

越走越远。

大概是觉得他跟江阔的关系更近了吧。

对于江阔来说，楷模群的这几个人是他在学校最好的朋友，比起119的舍友，这几个更能称得上是朋友。无论江阔是否在意，他也就这么几个朋友。

而对于楷模们来说，江阔虽然也是朋友，而且关系不错，他要是碰上了什么事儿，这帮人肯定会全力帮忙，但他们和江阔的关系始终处于微妙的"五加一"状态。

这不仅仅是认识时间长短的问题，更多的是因为江阔跟他们本来不是一类人。江阔对于他们来说是一个友好的、能够交朋友的、值得他们讲义气的富二代少爷。

段非凡不能确定江阔是否在意这些，毕竟四年之后，他们还会不会有什么联系都不可知。但江阔是个该敏感的时候超级敏感的人，这样微妙的关系他必然能感觉到，就算不在意，也应该会不太舒服。

再多一些缓冲的时间吧，给江阔，给这帮朋友。

董昆又两三杯酒下肚，已经不太说得出完整的话了，只是在段非凡肩上哐哐拍着，段非凡也一直在他背上拍着。

段非凡本来感觉自己还好，但董昆这一通拍震得他脑子发蒙，估计到酒店就得不行了。

好在陆诗叫酒店开了辆车过来，已经在店门口等着了。

"丁哲！"刘胖喊，"结账了没有？"

"结了！"丁哲一挥手，"大家还能站着吗？走！"

"走。"董昆还搂着段非凡的肩膀，之前是为了拉着他说话，这会儿是松了手估计就走不了道了。但看到江阔的时候董昆还招了招手："还能走吗？不能走我扶你。"

"能。"江阔站在门边看着他俩一直乐，"你俩能走到门口吗？不能我给你们找张床垫儿去。"

"我还行。"段非凡说，"到房间没问题。"

"我今天都喝得有点儿高了，"江阔捏了捏眉心，跟在他们后头，"这酒后劲儿大，还喝多了。"

"把人家存着的酒都喝光了。"陆诗的声音还是很亮，"还好喝光了，要不这会儿我得叫保安过来抬人了。"

"我看你也没少喝。"江阔看了她一眼。

"是，高兴嘛。我现在也踩模特步了，看出来了没？"陆诗笑着说，"还说汗蒸呢，明天吧。"

"明天这帮人得中午才起得来。"大炮是所有人里最清醒的，手里拿着不知道谁落下的围巾、手套，还有一个背包，"明天我不等你们了啊，我直接去滑雪，今天都没滑痛快。"说完还扫了江阔一眼。

"我估计能早起，我收拾完了去找你吧。"江阔笑着说。

"呵。"大炮哼了一声，一脸不信。

他们开来的车就扔在了烧烤店的停车场，一帮人坐着陆诗叫过来的中巴车回了酒店。

江阔本来想直接回自己的房间，但段非凡这会儿也不行了，估计回房间就得趴下。大炮一个人折腾几个人有点儿费劲，他只能帮着一块儿把人都弄进了套房，扔在客厅里。

"怎么着，"大炮看着沙发上横七竖八的人，"是还需要把你们拖到屋里去吗？"

"不用，炮哥，"丁哲摆摆手，"就扔这儿了，你休息去。"

"外套别脱了，"大炮说，"没盖的，晚上睡着了会着凉。"

丁哲用最后一点意识比了个OK的手势。

江阔走过去看了一眼靠在沙发上的段非凡。

段非凡闭着眼睛像是睡着了，他伸手在段非凡眼前晃了晃，没反应。

"躺着吧。"江阔现在也有点儿头重脚轻，把段非凡拉到二楼房间里再拖到床上是不太可能了。

他把段非凡放倒，再扯着他肩膀处的衣服将人往沙发里边拽了拽。段非凡的衣服被他拽得缩了上去，露出一大截儿腰。

大炮回屋了，现场的楷模们倒在沙发上和地上，虽然都没动，但时不时会发出哼哼唧唧的声音，无法确定是醒着的还是睡着的。

"段非凡？"江阔叫了段非凡一声，又拍了拍他的脸。

段非凡自然是没反应的，他也并不是要看段非凡的反应，只是弄点儿动静看看别人的反应。

一帮人都没有反应，还是哼哼唧唧的，刘胖还打了个嗝。

江阔清了清嗓子，恶作剧般把冰凉的手伸过去，拍了拍段非凡的肚子。

段非凡的肚子很暖，微微起伏着。

楼上的门突然响了一声，估计是大炮出来了。

紧跟着脚步声传过来的果然是大炮的声音："江阔啊。"

江阔吓了一跳，有种做贼被当场抓住的慌乱感，加上喝多了有点儿头晕，这一惊，他直接往前栽倒下去。

为了避免脸扣到段非凡的肚子上，他不得不用手在段非凡的肚子上撑了一下。

"呃……"段非凡被他按得在"半睡半昏"之间发出一声悲惨的哀鸣。

他扶着沙发靠背站稳之后往楼上看了一眼，大炮正站在栏杆那儿看着他，一脸莫名其妙："干吗呢？心肺复苏啊？"

"没。"江阔把段非凡的衣服往下抻了抻，又拿过一个抱枕放在他肚子上。

"……这有屁用，要着凉一样得着凉。"大炮说，"你把他的外套扣一下多好啊。"

"哦。"江阔点点头，把段非凡的外套扣子扣好了。

"要不再把那几位处理一下呗？"大炮说。

江阔直起身看着他："滚啊。"

"行了，你赶紧回屋睡吧，"大炮摆摆手，"今儿晚上没有能醒的。你什么时候这么贴心了？我认识你十几年也没享受过这待遇。"

"闭嘴。"江阔转身快步往门口走，中间绊到孙季横在路中间的腿还差点儿摔了一跤。

4 满满当当

段非凡感觉自己这一夜都没睡，梦里一直在跑，后头不知道什么玩意儿在追，甚至他都不能确定是不是有东西在追。反正就是跑，还迈不开步子，跑得跟开了0.5倍速似的，他心急如焚地跑了半天，一看，只上了几级台阶。

又急又气憋醒过来的时候,他也不管自己是什么状态,先抬腿在空中蹬了几下解解恨。

"牛!"旁边传来丁哲的声音,"睁眼第一件事就是锻炼啊,要不怎么身体比我们好呢。"

段非凡转过头,看到丁哲靠坐在沙发面前的地毯上,一脸没睡醒的样子。

"他们人呢?"他问。

"刚起,去洗漱了。"丁哲搓了搓头发,"大炮让咱们收拾完了直接去雪场,他和江阔已经去滑了。"

"江阔起来了?"段非凡坐了起来,"他不也喝多了吗?"

"酒量比咱们好呗,"丁哲说,"昨天他俩还能把咱们弄回屋里呢。"

段非凡迅速摸出手机看了一眼,已经快中午十二点了。

他跳下沙发,往楼上跑:"我去洗个澡。"

进屋他就给江阔发了条消息,本来想打电话,但怕江阔正滑着。

——指示如下:我刚醒,你在滑了吗?

他放下手机,刚走进浴室,手机消息提示音就响了。他又跑出来拿手机。

——JK921:现在歇着了。他们都起了吗?

——指示如下:都起了,在洗漱,一会直接过去找你啊。

——JK921:跟前台说,让车把你们送到中级道,陆诗交代了的。

——指示如下:嗯。

——JK921:?

——指示如下:好的呢。

——JK921:神经病了。

——指示如下:你吃早点了吗?

——JK921:你还想着早点吗?上面有餐厅,一会吃午饭了!

——指示如下:好嘞!

楷模们收拾得挺快,不到二十分钟,全都弄完了。

到中级道的时候,只有江阔坐在休息区等他们,大炮和陆诗玩去了。

"先吃点儿东西吧,歇会儿再滑。"江阔说,"你们这一脸菜色……"

"菜吗?"董昆摸摸脸,"我出来的时候还照了镜子,觉得红光满面的。"

"那先吃,"刘胖摸摸肚子,"我是真饿了。"

"行。"段非凡点头。

他看了看董昆。这人一路过来看上去跟平时没两样,该逗逗,该聊聊,仿佛失忆了,昨天说过的话,一夜之后一点儿犹豫都没有就消失了。

不过董昆是个有数的人,清醒的时候,真有什么也会私下找他。

往餐厅走的时候，江阔慢了两步，走到段非凡身边看了看他。

"早啊。"段非凡笑笑。

"真早。"江阔上下打量了一下他，然后小声问，"你肚子有没有不舒服？"

"没，"段非凡摸了摸肚子，"肌肉有点儿酸，可能是昨天滑雪滑的，加上被你……撞了一下。"

"也有可能是因为昨天晚上又被我按了一下。"江阔说，"你体会一下，没什么地方难受吧？"

"……你按我干吗？"段非凡看着他。

"就……"江阔压低声音，"我没站稳，撑了一下。"

"你……"段非凡笑了起来，"行吧，我知道了。"

今天的天气很好，中午这会儿很适合滑雪，他们一帮人吃完饭就坐在休息区晒太阳，准备消消食再去滑中级道。

虽然昨天在初级道滑得也就那样，但大家都没有缘由地对滑中级道充满着自信。

段非凡计划一会儿就顺着边儿往下出溜，他对滑雪的兴趣没有这帮人那么大，他更愿意看着江阔滑。

明天他们就得走了，在江阔家再玩一天，就该回家了。

这是他第一次这样跟同学一块儿出来玩，每一秒钟都充满新奇和愉悦，而这次旅程又有那么多的"意外"，现在他坐在这儿，看着身边的人，看着满眼的雪景，耳朵里充斥着欢声笑语，时不时有些恍惚。

跟做梦似的。

身处梦境的时候觉得时间无限长，梦醒的时候才会发现，这只是数不清的夜里的一夜。

江阔今天玩的是单板，比昨天滑双板的时候更帅气。

段非凡顺着滑道边的栏杆往下慢慢滑，手机一直录着视频。江阔每次从他身边经过都会吹一声口哨，然后板子一转，带起一片雪雾继续往前。

一下午他录了将近三十段视频，照片更是数不清有多少张，相册往下一划拉全是以各种姿态飞过的江阔，他感觉自己像个跟拍摄影师。

这一天被他们睡掉了半天，下午滑了没多久就到了晚饭时间，吃完饭续上昨天因为集体醉酒而没能进行的汗蒸项目。

"你有没有觉得，"江阔靠在汗蒸房的椅子上，偏过头小声说，"昨天董昆有点……"

"你也觉得他有点儿……奇怪是吧？"段非凡问。

"嗯。"江阔吸吸鼻子，"不知道他怎么了，还是顺其自然吧。"

段非凡点点头："我是没问题，你别再按我肚子就行。"

江阔笑了起来。

一晚上，这帮人先在汗蒸房里打牌，轮流让江阔赢了个痛快之后又去酒吧混到半夜，再回屋泡温泉，集体活动安排得满满当当。各自回房的时候都半夜两点了。

段非凡躺在床上，撑着眼皮跟江阔发消息聊天。

大炮躺了一会儿突然起身，去衣柜抽屉里翻出一个眼罩，戴好重新躺下了。

"我手机屏太亮了？"段非凡问。

"还行，"大炮说，"主要是我眼睛受不了刺激。"

"马上刺激完了。"段非凡说。

"明天你还开车吧？"大炮说，"几个小时的路程，别疲劳驾驶。"

"嗯。"段非凡笑着应了一声。

"你俩闹别扭的事儿，"大炮又说，"先别让那几个哥们儿知道，你别怪我说话直啊，别到时闹得不愉快。"

段非凡没说话，大炮的话的确挺直，但也的确有那么一点儿戳中了他。毕竟他们几个还是跟他比较亲近。

大炮扯了扯被子："咱们这个年龄，跟谁交朋友，家里都不是问题，问题都出在自己身上。"

"嗯。"段非凡应了一声。

"江阔说你心思很重。"大炮说，"我知道你是怎么想的，正常。"

段非凡转头看了看他。

大炮沉默了一会儿，扯开眼罩，转头也看着他："我说到一半忘了要说什么了……"

段非凡笑了起来："你是要警告我还是要提醒我，还是别的什么？"

"不至于。"大炮枕着胳膊，"江阔变得这么……会为别人考虑，我就是挺感慨的，也挺吃惊，但是又还没有时间静下来慢慢吃这个惊。"

"我也差不多。"段非凡说。

"你俩都挺牛的。"大炮重新拉好眼罩，翻了个身，"早点儿睡吧。"

"嗯。"段非凡应了一声。

——JK921：睡吧，三点了。

——指示如下：嗯，晚安。

——JK921：晚安。

CHAPTER 21

旅行的尾声

1 给你找个碗撒白糖?

要滑雪的日子睡到中午,随便什么时候出发都行的日子,大家倒是都起了个大早。

吃完早饭,服务员已经把他们的行李都拿到了停车场。

"有机会再来玩啊。"陆诗挨个儿跟他们拍肩道别,"夏天我们这儿也好玩,滑草、山地越野、钓鱼……暑假有时间再来啊。"

大家纷纷答应,来不来得了另说。

"路上注意安全。"陆诗说。

"放心,"丁哲一拍胸口,"已经开熟了,不熟的地方有炮哥。"

听着大家跟陆诗道别,段非凡莫名有一种分别的慌乱感,仿佛要留在这里的不是陆诗,是他。

而江阔已经拉开车门准备上车。他赶紧过去也拉开车门坐了进去。

见丁哲的车开了出去,段非凡发动车子,降下车窗跟陆诗挥了挥手,然后跟了上去。

开出酒店之后,他靠着椅背,舒了口气。

"怎么了?"江阔问。

"没,就觉得时间过得太快了。"段非凡说。

"我睡会儿。"江阔打了个呵欠,"我困死了。"

"别睡。"段非凡说。

"嗯?"江阔看着他。

"跟我聊天儿。"段非凡说,"没话说你就给我剥个橘子,刚陆诗不是拿了点儿橘子放在车上了吗?"

"……支使我啊?"江阔说。

"嗯,"段非凡点点头,"你就说你剥不剥吧。"

"就你那破嘴,"江阔从后座的袋子里摸了个橘子过来,"还吃橘子呢。"

江阔剥橘子的水平相当次,剥下来的橘子皮都拇指盖儿般大小,惨不忍睹。

"就你这破手，"段非凡很嫌弃，"橘子都剥成这样，还按人肚子呢。"

"啧，"江阔笑了起来，"我不光按你肚子了，我还给你按响了。"

"怎么响的？"段非凡看了他一眼。

"呃！"江阔捂着肚子学了一下。

段非凡没说话，看着前方，忍不住笑出了声。

江阔的学习能力在剥橘子这件事上完全没有体现，剥一个碎一地皮儿。

"生剥个橙子也不过是这样了吧。"段非凡很无语，"您剥过橘子吗？"

"剥得少，"江阔说，"我不太爱吃水果，除非刘阿姨剥好了放到我手边，我才凑合吃几口。"

"那这会儿您受累了。"段非凡张嘴。

江阔往他嘴里塞了半个橘子："还行，你别让我给你削苹果就行。"

段非凡叹了口气。

"怎么了？"江阔看了他一眼。

"我想起小时候给段凌剥橘子，都是一瓣儿一瓣儿剥好搁碗里，"段非凡边吃边说，"然后撒点儿白糖，再给她吃。"

"你想得是不是有点儿过于美妙了？"江阔啧了一声，"你是段凌还我是你啊，还给你找个碗撒白糖？"

段非凡笑了起来："我就是回忆一下。"

"段凌还挺会享受。"江阔说，"刘阿姨都没这么给我弄过。"

"宝贝闺女，"段非凡说，"从小被惯着的，所以脾气也大。"

"你这算受气吗？"江阔问，"我只有一个表哥，我爸是独子，除了表哥我就没别的兄弟姐妹了。我表哥要敢这么支使我，我就抽他。"

"不算吧。她是不拿我当外人，亲弟才这么使唤。"段非凡说，"我老叔老婶也是，该打该骂都不惯着，当自己孩子一样。"

"嗯，"江阔点点头，"我懂，不过我感觉你还是在意的，一边知道他们是真的对你好，一边还是会有寄人篱下的感觉。"

"能不在意么，"段非凡说，"在我奶奶家住着的时候还好，毕竟她就带着我一个小孩儿，没有抢了谁的爱的负罪感。"

"我以为你一直在牛三刀呢。"江阔又剥了个橘子，准备再塞半个给他，想想又分了一下，剥出了两瓣放到他手里。

"我爸妈刚离婚那两年，我爸想跟老叔分开做，挺忙的，顾不上我，"段非凡说，"我就住在奶奶家。后来他没折腾成，就把我接回家里住了，没住两年，他就坐牢了。"

江阔叹了口气："上回你没跟我说这么细。"

旅行的尾声 CHAPTER 21

"上回咱俩关系也没这么好啊。"段非凡说。

"那不也是朋友吗？"江阔说。

"那你不会追问么？"段非凡说，"丁哲他们那帮人直接就追着问了，跟小报记者采访一样。"

江阔笑了起来："那多不好，万一你不想说呢？"

"不想说我就不说啊。"段非凡看着前面，发现丁哲的车已经不知道开到哪儿去了，"我们平时交流的方式吧，不是特别有素质的那种，心里大致有数就行。"

"挺好，"江阔说，"不用猜。"

车又往前开了一会儿，段非凡扫了一眼仪表盘："嘶……"

"嗯？"江阔转头，"又磕嘴了？"

"胎压有问题，"段非凡看着右边的后视镜，"右后轮，你看看。"

江阔探出脑袋往后轮看了看，果然发现右后轮比前面的要扁一些，受力的时候往外瘪着："这是车胎被扎了啊。"

"有备胎吧？"段非凡问。

"有，"江阔说，"换吗？还能撑一段路吧？"

"试试看。"段非凡往前继续开了一段路，再看过去的时候，发现车轮明显又塌下去一些，"换吧，这扎得挺厉害的，不换的话，开回去车胎就废了。"

"行。"江阔叹气。

段非凡在左前方找到一条很小的岔路，把车拐了进去。

江阔刚下车就又打开车门上了车，把自己扔在后座的外套穿上了。在车里看着外面太阳挺大，人也挺暖和的，一下车顿时冻得直哆嗦。

段非凡穿好外套才下车，绕到右后轮旁边踢了踢："你换我换？"

"一般这种情况，我都让大炮换。"江阔说。

"……我换。"段非凡打开了后备箱，"你平时不是总玩车吗，自己不换胎？"

"换，你不换就我来。"江阔说。

段非凡找出工具箱，看了他一眼："你回车里坐着吧。"

"那哪行，"江阔抱着胳膊，"我得观摩一下啊。"

"收费啊，"段非凡说，"一会儿扫码，一千。"

"你抢钱啊！"江阔喊。

"我给洗衣机接根管子都九百呢。"段非凡说。

"啧。"江阔说。

段非凡换轮胎还挺熟练的，脱掉外套扔到车顶上，千斤顶一撑，十字扳手一撑，很快卸下了一颗螺丝。

江阔喜欢看段非凡干活儿，接洗衣机管子、做酱牛肉、换车胎，段非凡的动作都很熟练，透着帅气。

卸第三颗螺丝的时候，江阔蹲到他身后，拍了拍他的后背。

段非凡停下了动作，回头看了他一眼："工作时间别捣乱啊。"

"我的手不冰吧？"江阔问。

"那当然啊，"段非凡继续卸螺丝，"你的手一直没拿出来啊。"

江阔又捶了捶他的肩膀。

段非凡叹了口气，用十字扳手撑着地，又回过头："干吗呢？"

江阔笑着站了起来，没说话。

段非凡把扳手扔下，也站了起来，看着他。

"继续，"江阔偏了偏头，"我不闹你了。"

段非凡还是看着他，盯着看了好半天才说了一句："你是不是手痒了？"

"嗯？"江阔一下没反应过来。

段非凡伸手抓住了他的外套。

"啧！"江阔喊了一声，"你擦手呢！"然后就被段非凡一把拽到了面前。

江阔被脚下的碎石块绊了个趔趄，用手撑了一下车门才没撞到段非凡身上。

段非凡往前靠了靠，两人就这么面对面瞪着。

风刮得挺急，从他俩的鼻尖中间、脑门中间、身体中间穿过。直到一辆车从外面的路上经过时按了一下喇叭，他俩才各退一步。

"不玩了。"段非凡转身蹲下，继续卸最后一颗螺丝。

江阔笑了起来："嘴上的伤，还疼吗？"

段非凡用手背在嘴上蹭了蹭："实不相瞒，好像又破了。"

"出血了？"江阔凑过去，果然看到他手背上有一道淡淡的血痕，他很吃惊，"今天早上不是好多了吗？"

"可能刚刚吃橘子吃的吧。"段非凡把轮胎卸了下来，垫在车底。

江阔帮着把备胎滚了过来，装了上去。

车里的对讲机里有人在喊，不知道喊的什么。

江阔把对讲机拿了出来："我们的车胎被扎了，刚换上备胎。"

"在哪儿？在哪儿？"对讲机里是董昆的声音，"弄好了吗？弄好了吗？要不要我们回头帮忙？要不要帮忙？"

江阔叹了口气，董昆一直坚持每句话都说两遍，他不得不等了好半天才有机会开口："不用，已经换完，这就出发了。"

"走吧。"段非凡已经把换下来的车胎放好了。
"我开吧。"江阔说,"你还带着药膏吗?再抹点儿吧……"
"嗯。"段非凡坐上了副驾驶座。

他们开完山路,就看到了前面的车。那帮人停了车在等他们。
"走吧。"江阔降下车窗。
"跟上!"丁哲也降下车窗,喊了一声,心情很愉快的样子。巴博斯让他快乐。
两辆车一前一后继续往前开,没多久就上了大路。
"你们票都订好了吗?"江阔问,"年前票紧张啊。"
"来的时候就订好返程的票了。"段非凡说。
"回家又得忙了吧,我看你这几天手机一直有消息。"江阔说。
"嗯,"段非凡低头看着手机,"昨天我老叔请了市场里的一个大姐帮忙,要不忙不过来。"
"是因为你没在吗?"江阔问。
"不全是吧。"段非凡笑笑,"今年订单多,有时候要的人多了,他们也请人来临时帮几天忙。"
"那是不是你也能赚不少?"江阔看了他一眼。
"还可以。"段非凡转了转手机,"账都是老婶算的,有时候会多给我点儿……你下学期不会再被限制消费了吧?我看江总应该不生你气了。"
"我好像已经没什么花销了。"江阔说,"这阵儿在家我也没怎么花钱,跟大炮出去聚了几次,衣服我都没买。"
"过年不买新衣服吗?"段非凡问。
"那还是要买的。"江阔想了想,"我还欠着你衣服呢,还有围巾。"
"冬天都过完了。"段非凡说。
"明天就去买!"江阔一拍方向盘,喇叭响了一声。
对讲机里马上传来了大炮的声音:"怎么了?"
"误触。"段非凡拿过对讲机回了一句。
"江阔不要嘚瑟,这儿不是赛道。"大炮说。
"没有,"段非凡说,"很认真的。"
快中午的时候车开回了市区,江阔给他妈打了个电话:"我们到了啊。是在外头吃还是在家吃?"
"在家,"他妈说,"江总下午要出门,专门在家等着你们吃午饭呢。"
"行,那我们直接回家。"江阔说。

段非凡看着车窗外有些熟悉的街景——一个接一个的店铺，连续又不断变化着的绿化带，公交车站的广告牌，还有路牌。这些本来完全陌生的一切现在都有着些许的熟悉感，这种感觉很奇妙。

因为江阔，他会记住某个陌生城市的某几条陌生的街。

2 最后的悠闲时刻

因为这是大家第二次来他家，江阔就没再特意带着他们从大门进，而是直接开进了车库。

奔奔已经在车库里守着了，车库门刚打开它就开始叫，围着车转。

大炮下了车："奔儿！"

奔奔高兴地扑过去摇着尾巴，把脑袋往大炮手里塞，让大炮搓它的脑袋。

段非凡下车的时候，奔奔又扭头跑了过去，连蹦带叫地往他身上扑。

"这后爹真是不值钱。"大炮说，"好吃好喝伺候着，天天遛，去哪儿都带着，还顶不上你亲爹在胡同里喂你的几个包子。"

"有时候还有酱牛肉，"段非凡笑着说，"后来怕掉毛才没喂的。"

停好车，一帮人进了屋。江总在客厅坐着，一看他们进来，站了起来："挺快啊，这趟玩得怎么样？"

"好玩！"董昆说，"长这么大第一次玩得这么夸张，吃喝玩乐全是顶级的。"

"先坐着歇会儿，马上吃饭。"江总笑着开始烧水，准备泡茶，"好玩就夏天的时候再来玩。暑假的时候雪场也有不少好玩的，还能去瀑布那边住几天玩玩水。"

说到玩，这帮人就来了劲，各种打听，刘胖还开始查景点的照片了。

"你下午出去啊？"江阔坐在江总旁边问了一句。

"嗯，去天鼎瀑布那边。"江总说，"比较急，要是明天过去，我还能捎你几个同学回去。"

"去那儿干吗？不是已经弄顺了吗？"江阔问。江总项目的事儿他一般不问，但这会儿他就坐在江总旁边，实在找不着话可说。

"茶园那块地有点儿问题。"江总说。

天鼎瀑布离城区比较远，吸引不了更多的人，所以江总在瀑布与城区中间的位置弄了块地，打算建一个休闲的大型生态农庄，把这一条线给连起来。项目不算太大，但会影响到瀑布后续的发展。

"哦。"江阔应了一声，没再出声。

段非凡靠在旁边，一耳朵听着大家聊天，一耳朵听着江阔和江总说话，听到江阔"哦"完就没下文了，他都想替江总叹气。

儿子好不容易关心一下项目的事儿，结果就开了个头。

"那块地当初小秦去谈的时候是尚家村的，"江总没有放弃，自己把话题继续下去，"现在旁边的大新村说那个山头有一半是他们的，他们的地不能动。"

"先不说当初怎么谈的，"江阔喷了一声，"现在估计并不是不能动，是得加钱才能动吧？"

"对。"江总笑眯眯地点点头，"要跟尚家村一样的价。给钱吧，亏；不给吧，也亏。地盘不够，尚家村又不肯退钱，跟他们闹僵了，以后也不好做。"

"南岸不是有座山么，当初嫌远就没要它，而且没路。"江阔说，"不过现在要拿下应该用不了那么多钱。尚家村不肯退钱就让他们出钱把路修过去，我们把南岸连进来，天鼎、南岸加生态农庄，也可以。"

"不争取一下大新村另一半的地了吗？钱还是亏的啊。"江总笑着问。

"把计划透露一下，就可以争取了。"江阔说，"他们那边只有几户农家乐，不跟着这边儿，以后很难发展。"

江总笑了起来，拍拍他的肩："倒也不是完全傻。"

江阔斜了他一眼，端起杯子喝了口茶："我随便说的啊，具体怎么回事儿我又不了解。"

"吃饭啦！"刘阿姨在餐厅招呼了一声。

"了了呢？"江阔站起来。

"在自己的工作室忙着呢，"他妈说，"吃饭不用叫她。"

"嗯。"江阔一招手，"我们吃。"

大家起身往餐厅去的时候，江阔回头看了一眼段非凡。

"嗯？"段非凡勾勾嘴角。

"嘴，"江阔低声说，"还疼吗？"

"没什么感觉了。"段非凡也压低声音。

这桌饭跟他们来的那天吃的一样，非常丰盛。江总又拿了他的好酒出来，说大家一块儿尝尝。

"段非凡你那嘴，"江总说，"是上火了吗？"

"磕的。"段非凡说。

"磕栏杆上了，"丁哲说着忍不住乐了，"没见着现场实在有点儿遗憾。"

江总笑了起来："不影响喝酒吧？"

"没事儿，"段非凡说，"吃喝都不影响。"

"来，"江总举杯，"下午我有事儿，得出个小差，晚饭就陪不了你们了，咱们中午愉快一下。"

"谢谢江总。"大家齐声喊。

"非凡啊，"林阿姨看着段非凡，"你回去以后再寄点儿酱牛肉过来啊，我有几个朋友想尝尝。"

"行，"段非凡点点头，"要多少您到时让江阔告诉我就行。"

"你朋友要的话就不打折了啊，"江阔说，"正常价。"

"不用打折，"林阿姨摆摆手，"该怎么卖就怎么卖。"

"平时也有折扣的。"段非凡说。

"真实诚。"江阔说，"看要多少吧，要得不多的话就原价卖，下次买再打折，回头客专属优惠。"

段非凡笑着看了他一眼："嗯。"

他嘴上的伤其实没全好，路上又伤了一下，吃饭的时候为了避免吃相难看，他没吃太多。

吃完饭，大家移步到茶室晒太阳、聊天。段非凡拿了手机走到一边。

现在是酱牛肉最紧俏的时候，没几天就要过年了，现在林阿姨要，他得马上问一下段凌，让她看看酱牛肉还够不够，不够得赶紧再做点儿。要是别人来要，他肯定直接拒了，但林阿姨要，那他就是现杀一头牛也得做出来。

段凌的电话响了好半天都没人接。

段非凡看了一眼时间，今天是周日，段凌休息，她也没有睡午觉的习惯。他又拨了一次号。

响到快自动挂断的时候，段凌接了电话，声音非常冲："喂！"

"干吗呢你？"段非凡愣了愣。

"你啊？"段凌估计都没看是谁就接了，"怎么了，你不是明天才回吗？"

"嗯，我是想让你帮我看看……"段非凡听到了那边乱哄哄的声音，"你在牛三刀吗？还是在外头呢？"

"牛三刀呢，"段凌说，"乱死了。"

"又跟老张头干起来了？"段非凡问。

"没，"段凌说，"老张头跟管理员干起来了。"

"……干吗啊这是？"段非凡叹了口气。

"不知道他上哪儿打听到的消息，"段凌说，"说市场明年要拆迁。"

旅行的尾声 CHAPTER 21

"什么？"段非凡以为自己听错了。

"拆迁？"江阔有些意外，"那个地段，拆迁是要做什么？"

"盖楼吗？"丁哲笑着说，"要不你问问江总是不是他买的。"

"市场的地盘拢共也没有多大，"江阔说，"建住宅不行，建商场也不行，都是要亏钱的。"

"还不知道是不是真的。"段非凡晃了晃腿，低头在手机上飞快地发着消息，跟市场里的几个包打听打听，"上回说要拆了建花园，也没下文了。"

市场这些年一直有要拆迁的传言，毕竟它算是本市的老古董了，但每次传言传一会儿就慢慢淡了。这次老张头居然为了传言跟管理员干起来，实在有些出人意料。

"建花园的可能性最大，要拆的话。"江阔说，"那个老张头，他上哪儿得的消息？"

"不知道。"段非凡说，"我这阵儿没在家，现在正打听呢，回去再仔细问问。"

"让江总问问。"江阔拿出手机。

"哎哎哎，"段非凡赶紧按住他的手，"这事儿如果老张头能听到风声，那打听起来就没什么难度了，不需要麻烦江总动用宰牛刀。"

江阔笑了笑。

"不是，"董昆皱着眉，"就算真要拆迁，凌姐不是说老张头跟管理员干起来了，为什么啊？又不是管理员要拆的。"

"管理费这个月涨了。"段非凡说，"上个月说要涨的时候他就站在门口骂了三个小时，现在他可能觉得要拆迁了还涨钱，就不想交了。"

"这事儿麻烦吧？"孙季叹了口气，"市场在这儿快三十年了吧，真要拆了，搬哪儿去都受影响。"

"那肯定，前几年花鸟市场一搬，到现在都还没什么人去。"段非凡转了转手机，"而且新市场在哪儿、多久能盖好、管理费怎么样、能不能抢到摊位……都没准数。"

段非凡的语气听着还挺轻松的，江阔忍不住凑过去小声问了一句："你不担心吗？"

"担心啊，"段非凡叹了口气，"不过得先知道是不是真的。"

"不是真的也得考虑一下以后怎么办了。"江阔说，"早晚会拆的。"

"之前我跟老叔说过开家分店，他一直不太愿意，怕忙不过来，也怕赔钱。"段非凡说，"我回去再跟他聊聊吧。市场在，你就是牛三刀，市场要是没了，谁都可以说自己是牛三刀。"

包打听们反馈的消息都很模糊，没有明说，但段非凡知道大致是有这么件事了。这一片没有市民活动的场所，老人孩子晚上出门散步都找不着地儿，跳个广场舞都得对着店铺门口，天天吵架，所以估计是有将市场改成市民公园或者活动中心的打算。

段非凡跟江阔说得挺轻松，但这事儿并没有那么轻松。

老叔并不是个特别会做生意的人。这么多年要说没存下钱那肯定不可能，但要说有多少，确实也并不多，去年帮段凌交了房子的首付，还要留着养老的钱。他俩的身体都不算好，得存着以后看病要用的钱。

要开分店，也不是他们想开就能开的。

回去再跟老叔好好聊聊吧。段非凡伸了个懒腰，舒缓了一下自己的情绪。

事儿总得解决，但可以等明天回去了再琢磨，毕竟今天是开学前他和江阔他们待在一块儿的最后一天。

江总请他们吃了两顿饭，他们本来计划今天晚上回请一顿，但江总临时出差去了。江了了继续隐身，刘阿姨说她一天都没出过门，只让人送了一碗面。而江总夫人要去县城接一窝刚被救助的狗，晚饭也赶不上了。

"怎么，你妈妈还救助小狗呢？"丁哲很吃惊。

"嗯，每周都去领养小院儿打扫卫生，每个月还去义卖一次，"江阔说，"坚持很多年了。"

"好感动啊。"刘胖说。

"晚上我们自己吃吧。"江阔安排着，"一会儿把行李拿去酒店，然后我们去民俗村吃农家菜。"

"也是你家的吗？"董昆问。

"嗯，快不是了，"江阔说，"江总打算卖掉，趁还能吃白食赶紧去吃几顿。"

"完了完了，"丁哲摇头，"好好一个少爷，跟我们混久了，脑子里居然都有'吃白食'这个词了。"

出门的时候江阔带上了奔奔。民俗村有活动场地，可以带它去玩一玩。

大炮没跟着一块儿去，他得回家跟供应商见面。于是大家挤一辆车出发了。

"还是我开？"丁哲坐在驾驶座上问。

"你不如开到街上了再问，"段非凡在后排中间坐着，"多真诚啊。"

"走喽！"丁哲笑着喊了一声，把车开出了车库。

旅程进入最后无所事事、闲散却又透着淡淡忧伤的阶段，情绪高涨地吃喝玩乐了几天之后，大家都开始松弛下来，带着些许的疲惫和感慨，享受最后的悠闲时刻。

"回去就该忙着过年的事儿了。"董昆靠在车门边，一脸不爽，"我的房间还没收拾，被套、床单也没洗……啊……"

"我还好，"刘胖说，"我妈都弄好了。"

"我回去还有一堆货要发。"段非凡仰着头，奔奔在后面舔了舔他的头发，他赶紧又坐直了，回手拍了奔奔脑袋一下。

"我要是有时间就过去帮你打包吧，"丁哲说，"反正我家过年简单，到点儿去我爷爷家就行了。"

"你得了吧，"段非凡说，"你好好在家待几天，想吃牛肉我让跑腿给你送过去。"

"我在家待不住，我怕他们又拉我去跟大叔大姨们徒步。"丁哲说，"'小伙子，帮阿姨拎一下这个包''小伙子，帮叔叔拿一下这个兜'……"

"你过年怎么过？"江阔问段非凡。

"我也去奶奶家，"段非凡戳开手机相册翻着，"每年都这样，全部亲戚都去。我老叔一家、大姑一家、大伯一家……大伯不一定，大伯跟大家关系不好……"

"你拍了多少张我的照片？"江阔问。

"那哪有数？也就千儿八百张照片再加百十来段视频吧。"段非凡笑着说，点开了过年专属相册，"看。"

江阔看到了一张过年时拍的全家福，一堆人围在一张大圆桌前，桌子放在床边，床上坐着个慈眉善目的老太太。

"你奶奶长得好善良啊。"江阔说。

"实际也挺善良的。小时候无论我惹多大的事儿，她都没动过我一根手指头。"段非凡往后翻了几张，"这俩是我大姑家的傻儿子，读高中的二愣子。这就是我大伯，我爸和我老叔以前总跟他干仗，二打一，也不能叫干仗了，是纯揍。"

江阔笑得咳嗽了一下。

"真的，他大伯挺烦人的。"董昆说，"去年我们是不是见着了一回，他上牛三刀让老叔拿钱给老太太看病。"

"对，那次我才知道老叔还挺能打，"丁哲说，"也是头回见着大叔打老头儿，小伙儿在旁边拉架的。"

"小伙儿是你吧？"江阔看段非凡。

"不然呢，"段非凡笑着说，"你还指望他俩拉架么？没上去帮忙就不错了。"

"他大伯是真的欠收拾。"董昆叹气。

段非凡家人挺多的，他爸兄弟三个加个大姐，下面六个孩子，大伯家的大儿子还有个闺女，照片上挤得满满当当。

相比之下，江阔家过年就冷清不少。江总这边就奶奶和他们一家，他妈那边也就姥姥和他们一家，舅舅一家长年不在国内。

过年对于江阔来说，如果不出去旅行，那真是无聊。他甚至会在大炮抱怨要走亲戚的时候隐隐羡慕，至少有事儿干不是？现在看到段非凡家这挨着挤着的一屋子人，他叹了口气，虽然他并不喜欢一堆亲戚吵吵闹闹，但也不喜欢冷清。

酒店的房还是之前那三间，大家都没有再分房，直接按之前的安排进了屋。奔奔被留在了前台等他们。

"让客人看到有只狗会不会不太好？"段非凡问。

"这是家宠物友好酒店。"江阔靠着桌子，"只是你们住的这几间不是带宠物房的，有些套房有专门的宠物房，带狗窝的。"

"挺好。"段非凡说。

"你没话说了么？"江阔笑着问。

"嗯，"段非凡走到他面前，"没话找话，还差点儿没找着。"

"你是不是不想回去？"江阔问。

"又想又不想，"段非凡说，"回去一堆事儿，不回去，还得想着那一堆事儿。"

他们俩的手机同时响了一声。

江阔盯着段非凡的嘴看了一眼："还行，快好了。"

"还能一直破啊。"段非凡拿出手机。

——孙壮汉：我和胖好了。

段非凡抢在丁哲他们回复之前飞快地回了一句。

——段英俊：我和钱好了。

——丁威武：等着喝你们两对的喜酒了。

江阔看着这句一下笑出了声："丁哲真搞笑啊。"

"孙季这话说得有歧义，"段非凡笑着说，"我都没注意，就想着不要做最慢的那个。"

"走，"江阔一招手，"我们做第一个出门的。"

民俗村挺热闹的，有各种小店和饭店，还有个歌舞广场。

旅行的尾声 CHAPTER 21

江阔带他们去的那家饭馆后门有一片挺大的草坡,奔奔可以自己跑着玩。虽然现在草都黄了,但奔奔不在乎,只要能在开阔的地方狂奔,它就很满足。

小狗都特别容易满足,一顿吃的、一个能避雨的窝就可以了。

人要是跟狗似的就好了。

"现在农家乐也做得这么高端了吗?"刘胖进包厢就感慨了一句。

"他家的菜特别好吃,是那种非常土的但又做得有点儿洋气的菜,"江阔说,"洋气的土菜。"

"行,我们就尝尝这'土狗放洋屁'。"段非凡说。

"我让他们随便上了啊,"江阔叫了服务员过来,"都是招牌菜。"

"还喝酒吗?"刘胖问。

"不喝了吧,"董昆说,"昨天刚宿醉完,明天还要赶车。"

"也是,"刘胖点头,"喝点儿茶吧。"

"给我上套茶具。"江阔从兜里摸了一小包茶叶出来。

"啧,"丁哲笑了,"你出来吃饭都带茶叶吗?"

"饭店里能有什么好茶,喝他们的茶不如喝白开水。"江阔说,"这茶是江总刚拿回来的,没有好酒,就喝点儿好茶。"

农家菜无论土洋,吃起来的气氛都是最热烈的,跟火锅和烧烤一样。就算没喝酒,闹哄哄地边吃边聊,人也跟喝了酒似的,有点儿晕乎乎。

天黑了之后,奔奔就被服务员带回了他们的包厢。段非凡给它开了个罐头,它趴在旁边吃完就开始睡。一直到八点多他们吃完准备走人,奔奔才起身抖了抖毛。

"逛会儿去。"江阔说,"夜市。"

民俗村因为在市里,又类似商业街,所以晚上虽然冷,但还是挺热闹的。

一帮人跟着人流慢慢往前溜达,遇到各种小店都凑过去看看。

路过一个卖毛线兼手工毛衣定制的店时,江阔停下了,店里正在织毛衣的大姐立马招呼:"进来看看呗!"

"给你买条围巾吧。"江阔说,"好的现在也来不及去买,先凑合买一条,省得有人说冬天快过完了。"

"嗯。"段非凡往前看了一眼,那帮人正围着一个卖棉花糖的店。

他和江阔进了毛线店。

"羊绒围巾有吧?"江阔说。

"有!"大姐起身把他们往里带,"这里都是,羊绒的花色少点儿,一般都比较素。"

"就要素的。"江阔低头看了看，挑了条墨绿色的。

"黑的、白的、灰的、红的这些多好，"大姐说，"你挑的这色儿中年人用得多。你是买来自己戴的吗？"

"脸好看就都撑得住，"江阔说，"这个颜色有气质。"

大姐看着他的脸。

段非凡在旁边忍着笑。

"那倒是，"大姐看着他的脸认真地点点头，"你这脸是可以的。"

段非凡没忍住笑出了声。

这条围巾的手感很好，看上去做工也不错，但五百多接近六百块的价钱，段非凡还是觉得贵了。

江阔没讲价，直接扫了码。估计是回到熟悉的环境里，他就忘了自己已经掌握了讲价的绝技。

段非凡也没提醒他。这是江阔送他的围巾，他要是提醒了，感觉这份礼物就不纯正了。

他把围巾绕到脖子上，在大姐疑惑的目光里走出小店。

怎么，他的脸难道撑不住吗！

"怎么样？"江阔问，"喜欢吗？"

"喜欢，"段非凡点头，"非常喜欢，很暖和。"

他们走到棉花糖店的时候，其他人已经排完队开始拿棉花糖了，一人一坨地分发着。

江阔分到一个蓝色的，段非凡分到个粉色和红色双拼的。

"我刚忘讲价了。"江阔咬了一口棉花糖，扯到一半的时候停下说了一句。

"嗯。"段非凡点点头。

"你居然没提醒我？"江阔转头看着他。

"这围巾可是你要买来送我的。"段非凡边吃边说，"不过真的贵了，感觉能砍下五十到一百吧，脸皮厚点儿砍二百也可以。"

"那也没多少。"江阔瞬间平衡了，想想又扫了他一眼，"应该买两条，我也买一条戴戴。"

"那就浪费了。"段非凡说，"我记得你有一条围巾长得跟这条有点儿像。"

江阔笑了起来："你记性可以啊。"

"你买了条围巾？"孙季回头，看到了段非凡脖子上的围巾。

"嗯。"段非凡应了一声。

"挺好看的，"孙季摸了摸，"羊绒的啊？摸起来挺舒服。"

"手拿开，"段非凡说，"手干净么就瞎摸。"

"干净着呢！"孙季说，"哪儿买的？我也去买一条。"

"五百七。"段非凡说。

孙季迅速收回了手："不买了。"

段非凡乐了："想买也没了，就这一条。"

"发疯了吧，买这么贵的？"刘胖凑过来，"这得是江阔的做派啊。"

"江阔会买五百七的围巾吗?!"丁哲说。

"不会，"董昆说，"他一个月三千五，说真的，买不起。"

江阔咬着棉花糖一通乐。

等民俗村的几条街逛完，奔奔都蔫了，一帮人才回了酒店。

"江阔，你明天不用送我们了，"刘胖说，"我们自己去火车站就行，发车时间都差不多。"

"不差这一哆嗦了。"江阔说，"明天我跟你们一起去，时间没到就在车站喝杯咖啡等着吧。"

"也行。"丁哲往沙发上一倒，"胖儿，来一局。"

大家都在丁哲和董昆的屋里猫着，准备玩会儿游戏。

江阔冲段非凡使了个眼色，意思是你就在这儿和他们一块儿玩着。

但段非凡没有完全领会，他点了点头，跟几个人说了一句："我一会儿过来。"然后走了出去。

江阔叹了口气，只得跟着一块儿出去了。

"你怎么出来了？"段非凡问。

"那你怎么出来了？"江阔反问。

"玩一会儿你就该回去了吧，"段非凡说，"这么多天没在家待。"

"是啊，我走的时候你送我出来不就行了。"江阔说，"你现在出来干什么啊？"

段非凡转身往自己的房间走去："回屋上厕所。"

"你是那种需要回自己房间上厕所的人吗？"江阔跟在他后面。

"我不是，"段非凡说，"你是啊。"

江阔啧了一声，跟着他一起回房间。

"明天一早就回去了啊，英俊。"江阔说。

"嗯。"段非凡应了一声。

"离开学还有很久啊，英俊。"江阔又说。

"嗯，"段非凡笑了笑，"也没多久了。"

"过完年我提前回学校吧，"江阔说，"反正待在家里也没什么事儿。"

"宿舍进不去，"段非凡说，"你没提前申请。"

"有你在，还能进不去么？"江阔说，"我感觉你都能让食堂直接给你开火做饭。"

段非凡笑了起来："不至于，那会儿都放假了，食堂没人呢。"

"我可以住大炮租的房子。"江阔说，"他年后得过一阵子才能回去。"

"你是说真的吗？"段非凡往后偏了偏头，看着他。

"你不想见我啊？"江阔啧了一声。

"想。"段非凡说。

"还有十来天，"江阔说，"够咱们体会一下有多想了。"除了想念，更多的是一种安排得满满当当的日子结束之后被抽空般的空虚感。

3 再回头，还在看

江阔半夜带着奔奔回家，之后他们一帮人玩到眼睛实在睁不开了才各自回房睡觉，再经过几乎无法入睡的长夜，最后段非凡听到手机的消息提示音响起。

——JK921：我过去一块儿吃早点啊。
——指示如下：你起这么早吗？
——JK921：我不是一向这样吗？你不是也已经起来了。
——指示如下：我就没睡着，车上再补觉吧。
——JK921：我再往群里发一条。

段非凡坐了起来。

——江有钱：起了没都？我半小时后到啊，一起吃早点。
——刘修长：我在马桶上。
——丁威武：这种事就不用说了吧，你摔进马桶了再叫我们救你就行。

消息发完，江阔打了个电话过来。

"不是说半小时后到吗？"段非凡接起电话。

"是啊，我开车过去，这会儿不堵。"江阔说。

"那你还打电话，不开车了啊？"段非凡说，"你多说一秒钟，不就晚到一秒钟。"

江阔笑了起来："我从我房间走到车库不用时间的吗？"

"也是，"段非凡笑笑，"早安啊。"

"早安。"江阔说，"我拎着一个巨大的兜，我妈昨天让咖啡馆的高手做的点心，味道很好，你们一人一份，带回去给家里人尝尝。"

"车上就能吃没了。"段非凡说。

"挺多的，"江阔说，"你要饿了就吃他们的。"

"我看行。"段非凡说。

早点是在酒店吃的，后厨给他们一人做了一碗牛肉面。

"送行的饺子，接风的面。"董昆说。

"嗯，"江阔点点头，"回学校的时候请我吃面。"

"最先到的给后到的接风。"丁哲说。

段非凡笑了起来。

"怎么了？"刘胖看着他，"不合理吗？"

"合理。"段非凡说。

"他俩肯定愿意啊。"孙季说，"他俩就在本市，上课铃响了再去都行。肯定是咱们给他俩接风呢。"

段非凡笑得更厉害了："嗯哪！"

江阔看了他一眼。

每个人回程时的箱子都比来的时候鼓，因为打开过的行李箱是怎么都塞不回原样的。丁哲的箱子里没有段非凡的衣服了，居然还是满的。

"我不明白来的时候咱们是怎么塞进去的。"丁哲把放在后备箱的箱子码整齐。

"跟咱们人一样，"段非凡说，"玩散了。"

"还吃胖了。"刘胖摸了摸肚子，"过了十几年这种生活，江阔还能保持住身材，是怎么做到的？"

"吃腻了就保持住了。"江阔上车。

"要不要这么'凡'！"刘胖喊。

今天没有巴博斯，是酒店的车送他们。司机是个热情的小伙儿，比江总的司机话要多得多，大概是出于职业习惯，还给他们介绍了一路经过的各种建筑，甚至路过江阔的高中母校时他都介绍了一嘴。

"左边那座大奔马雕像，看到了吧？那儿就是小阔的高中，"小伙儿说，"我们这儿最好的私立高中。"

"什么什么国际学校。"丁哲转头看着江阔，"这种学校……一般来说……你考咱们学校……"

"不用这么小心地措辞，"江阔说，"我就是母校之耻。"

"啧。"丁哲笑了半天。

段非凡一直转头看着那座高出周围建筑一截儿的雕像，直到江阔用手肘撞了撞他，他才转回头，看了看江阔。

"你们高中看着很牛啊。"段非凡说。

"嗯，里面的人也牛，"江阔说，"话都不想说的那种牛。"

"等……"段非凡看了看前面的人，往下出溜了一点儿，低声说，"等你回去，要是有时间，我带你去我的高中看看。"

"你的高中在哪儿？"江阔很有兴趣。

"离之前咱们打工的那个广场两站路。"段非凡说，"现在只有高三了，高一、高二的学生都转走了。隔两条街就是丁哲他们高中，比我们学校还垃圾一点儿。"

说这句话的时候段非凡没压低声音，前面的丁哲立马喊了一声："我听到了啊！是不是要茬架？"

"你们不行。"段非凡说。

"放屁，"丁哲起身跪在车座上，回头指着他，"你们上回可是输了！"

"你们就赢了那么一回，"段非凡说，"瞧把你激动的，记三年了。"

"滚。"丁哲坐了回去，"你们体育生太多。"

"你们的高中生活是不是挺有意思的？"江阔问。

"什么挺有意思的？"段非凡看着他，"茬架？你觉得这个有意思？那好办啊，开学就给你安排上。"

"卢浩波！"董昆喊。

"弄他！"丁哲也喊。

"哎。"江阔笑了。

从酒店到车站，一转眼就跑完了。

司机在停车场等着，江阔跟他们一块儿到了候车厅外面。

孙季的车还有半小时到，接着是丁哲和段非凡，最后是刘胖和董昆。大家是一起的，孙季马上要进候车厅了，其他人肯定跟他一起进去，在里头等着。

所以，他们现在得道别了。

"江阔，"孙季拍拍江阔的胳膊，"这次真是谢谢了，我们玩得很痛快。"

"暑假再来。"江阔说。

"有机会去我们那儿。"孙季说，"肯定好好接待你们。"

"可以联程游，挨个儿地方玩一圈儿。"刘胖说。

"这想法不错！"丁哲竖了竖大拇指。

"行。"江阔点头。

"到时再讨论。"董昆说,"这才刚玩完一轮,你们真能预支。赶紧的,进去了。孙季一会儿误车了,就跟段非凡他们回学校得了。"

"我进去了啊。"段非凡的语速飞快。

"进去了给我打电话。"江阔也飞快地说。

"嗯。"段非凡说,"那我进了啊。"

一帮人已经走到了安检口开始排队,江阔抬了抬下巴:"赶紧的。"

段非凡笑了笑,快步走了过去。

一帮人都回过头,冲江阔挥手:"回吧,别杵这儿了!"

"嗯。"江阔也挥挥手,犹豫了一下,转身走了。

走了几步,江阔回过头,看到段非凡正侧身看着这边。

他笑了笑,段非凡也笑了笑。

他转身继续走,再回头。

段非凡还在看他。

再走,再回头,还在看。

他第五次回头的时候,段非凡终于进了安检口,看不到人影了。

CHAPTER 22

过年好

1 挺帅的一个小伙儿

太阳这会儿慢慢升了起来。

停车场的车窗反射出一片亮光,江阔摸出墨镜戴上了。虽然知道这么短的时间里不可能收到段非凡的消息,但他还是拿出手机看了一眼。

手机在这时突然振了一下。

——指示如下:我们进来了,打算找张按摩椅受受虐。

江阔笑了起来。

——JK921:可以睡一会儿。

——指示如下:你是不是没坐过车站和商场的按摩椅?

——JK921:没。

——指示如下:开学后有时间带你去试试,你就懂了。

——JK921:懂什么?

——指示如下:它们打人!

江阔没忍住冲着手机一通乐。

"直接回家吗?"司机问。

"回吧。"江阔把椅背放倒,半躺着。

车开了出去,江阔又看了看手机,段非凡没再发消息过来,估计是孙季快要上车了。

他把手机放在肚子上,枕着胳膊打算眯一会儿。车晃得人犯困,加上昨天一夜基本没睡,这会儿眼睛一闭就觉得整个人飘起来了。

司机叫醒他的时候,都已经到家了。

江阔赶紧看了看手机,上面有段非凡发来的消息:孙季上车了,我们开始跟按摩椅茬架。

——JK921:试试看能不能睡着。

等了几分钟段非凡都没回消息,看来按摩椅输了。

奔奔从后院跑出来迎接他,看到只有他一个人的时候似乎有些失落,尾巴摇得没有之前见到段非凡的时候那么起劲。

"想你亲爹了是吧?"江阔蹲下揉了揉它的脑袋,"给你开个罐头安抚一下怎么样?"

奔奔叫了一声。

"你是不是能听懂罐头?"江阔起身带着奔奔往屋里走,"罐头。"

奔奔又叫了一声。

"回来啦。"江了了在客厅里单腿站着。

"你不弄根拐么?"江阔看着她,"蹦来蹦去,一会儿再摔一跤。"

"别咒我。"江了了蹦了两下,从桌上拿了块点心,"我一会儿出去啊。"

"去哪儿?"江阔愣了愣,"怎么出?"

"太闷了。"江了了说,"一会儿叫小罗送我去看展,他没跟江总出去。"

"哦。"江阔应了一声,"妈呢?"

"练瑜伽呢。"江了了看了看他,"你这几天是不是没睡觉?"

"差不多。"江阔叹了口气,慢慢往楼上走,"这么玩起来,一天睡不了两小时。我上去补补觉吧。"

按摩椅在段非凡后腰上打了一套组合拳,差点儿把他给捶咳嗽了。

"捶醒了?"丁哲站在他面前。

"你完事儿了?"段非凡按停椅子站了起来。

"要上车了,"丁哲说,"过去排着吧。"

"你俩到点儿了?"后排按摩椅上的刘胖带着颤音问。

"马上了。"段非凡说,"你俩自己看着点儿时间,别睡过了。"

"睡不过,"董昆啧了一声,"给揍晕了倒有可能。"

段非凡笑着跟丁哲一块儿走到进站口排队。

前后左右都是拖家带口的人,孩子喊、大人骂、大人吼、孩子哭,热闹得很,有那么点儿过年的意思了。

段非凡看了一眼手机。

——JK921:试试看能不能睡着。

——JK921:我睡一会儿,没回消息就是睡着了。

段非凡笑笑,试着回了一条。

——指示如下:睡吧。

"回家忙不过来就叫我啊,"丁哲回过头,"我在家真的无聊。"

"无聊你就过来,"段非凡说,"没活儿干你就杵那儿等饭吃,也没人赶你走。"

"行。"丁哲点头，想想又叹了口气，"要是真拆迁了，以后想吃顿好肉都不知道能不能吃上了。"

"估计不会搬得太远，"段非凡说，"要真搬远了，我们看能不能在这边找地儿开个店。"

"真的可以！让老叔试试，勇敢点儿！"丁哲说，"我们帮着宣传。"

段非凡笑笑，没说话。

江阔这几天都没休息好，这一觉睡了很长时间，段非凡都到站了他也没醒。

不过段非凡在车上也基本是睡过去的，丁哲甚至打起了呼噜，引来对座老太太的抗议，说他太吵了。这次出站就没有江总级别的待遇了，他俩自己打了辆车，出租车先送段非凡，再拐个小弯把丁哲送回去了。

——指示如下：我到了，市场这几天一点儿变化都没有。

段非凡刚进市场，就被门口店里的杨大妈叫住了："去哪儿了你？你老叔说你旅游去了？"

"嗯。"段非凡点点头，"玩了几天。"

"晒黑了。"杨大妈指指他的脸。

"英俊吗？"段非凡问。

"英俊，"杨大妈点头，"看着健康。"

段非凡一路乐着回了牛三刀。

店里一切如常，老叔在前头哐哐给人切肉，老婶正在后面烧着水。

"婶儿。"段非凡叫了一声。

"哟，"老婶抬起头，"回来了啊？我以为得到下午呢。"

"赶回来吃饭。"段非凡说。

"给你炖牛骨汤了。"老婶拍拍他，"一会儿你凌姐也会过来，她下午休息。"

"嗯。"段非凡把手里拎着的点心递给她，"这是江阔妈妈让我们带回来的，她店里的师傅做的。"

"点心吧？"老婶接过去，"这也太客气了，招待你们玩了那么些天，还给带东西。"

"尝尝吧。"段非凡进了屋。

"等段凌来了再尝。有好吃的不等她，她要骂人。"老婶说。

牛三刀店里弥漫着熟悉的生牛肉和酱牛肉混杂着的香味，这是他闻了十几年的味道，这种味道在记忆里不仅是一种气味，而已经成为某种状态。

虽然永远带着一丝不踏实，却也是他唯一的安全港。

"我来。"段非凡走到老叔身边。

"回了？"老叔转头看到他，板着的脸上立马有了笑容，"不用你，你收拾收拾去。"

"就几件衣服，没什么好收拾的。"段非凡看着他，"脸拉得八丈长，我来吧。"

"刚来个老头儿给我气得够呛。"老叔把手里的刀放下了，"称完了，钱都给了，临走还顺走二两肉。"

"没追上去揍他啊？"段非凡说。

"就骂了几句。"老叔说，"人路都走不稳了，我怕一会儿给他弄犯病了。"

段非凡笑着，低头飞快地把案上的一块牛肉给分好了。

"罗管教找你了没？"老叔在旁边坐下，问了一句。

"找了，"段非凡说，"我明天就过去。"

"咱们这儿可能要拆迁的事儿段凌跟你说了吧？"老叔又问。

"嗯。"段非凡点头。

"这个别跟你爸说，"老叔说，"他整天闲得没事儿瞎琢磨，这要让他知道了，不定琢磨成什么样。"

"又不是他安排的拆迁。"段非凡说。

"屁话，你反正不要说。"老叔说。

"知道。"段非凡笑笑。

是不能说，本来他爸对以后的日子就没抱什么希望。牛三刀如果真被拆迁，未来一两年都得待在临时安置点，后头怎么样还不好说。在他爸看来，他出来会让这个本就不轻松的家庭雪上加霜，成为最大号的累赘。

段凌中午风风火火地回来了，手里拎着个大纸袋。

"打劫了？"段非凡问。

"拿去试试，"段凌把纸袋扔给他，"羽绒服，我们员工内购的，全家一人一件。"

"同款吗？"段非凡拿出了羽绒服。

"我有那么傻吗，四件同款！"段凌瞪他。

"暖和。"段非凡穿上试了试，挺厚实的，"那儿有点心，你尝尝吗？"

"尝。"段凌立马过去拆开了盒子，"这是小少爷让你带的吧？一看就是高级玩意儿。"

"他妈妈店里的。"段非凡脱下新衣服放回纸袋里，又摸出手机看了一眼。

小少爷真能睡。

中午吃饭的时候，段非凡讲了讲这回出去玩了些什么，大家乐了一会儿，然后就沉默了。

老叔叹了口气："拆迁八成是真的了。"

"市场都传遍了，"段凌说，"都在打听。"

"管理处有什么说法没？"段非凡问。

"有个屁。"老叔很不爽，"他们反正到哪儿都能干，根本无所谓。"

"我下午找文大哥聊聊，"段非凡说，"看能不能提前抢个名额，别到时新地儿都让别人占了。"

"新市场在哪儿都去吗？"段凌看着老叔。

"在这儿待了快三十年，干熟了，远了真不想去，"老叔叹气，"实在不行就退休。"

"你说得轻松，"段凌拧着眉，"我二大爷到时出来了，你跟他说我退休了，你自己找饭辙去？你不管了？"

"我管。"段非凡说，"这个不是重点。"

段凌啧了一声："你怎么管？你上学呢你管。"

"还没到琢磨这些的时候呢，"段非凡说，"怎么说得跟明天就关张了一样。"

"这种事儿，聊聊聊，就会聊成这样。"段凌说，"聊什么病也是，聊聊就聊死了。"

段非凡笑了起来："你这什么比喻。"

吃完饭，段非凡拿了张椅子在牛三刀后面的通道晒太阳，几个炉子围着，扫过身上的风都是软的。

市场的一切都没有变化，声音、气味、每一眼看到的画面，都是老样子，但所有的人又都提着心。

手机响了，段非凡拿起来，看到是江阔发来的视频请求，顿时觉得舒了一口气。

他对着手机屏幕看了看自己的形象，还可以，比较英俊，于是接了起来。

江阔那边的画面出现时，他忍不住笑了。亏他还整理了一下仪容仪表，那边的江阔还穿着睡衣，顶着一脑袋乱七八糟的头发。

"刚醒啊？"段非凡问。

"嗯。"江阔打了个呵欠，"要吃饭了，我妈把我叫起来了。"

"我都吃完了，"段非凡说，"牛骨汤、糖醋排骨、爆炒鸡丁……"

"过分了啊，"江阔咽了咽口水，"我还得等二十分钟才能吃上饭。"

"吃完了还睡吗？"段非凡问。

"睡，你也睡会儿，"江阔凑近屏幕看了看，"你这刚吃饱饭的样子看着跟饿了三天一样憔悴。"

"门口大妈还夸我英俊来着。"段非凡说。

"那是大妈情商高。"江阔说，"什么时候去看你爸？"

"明天，"段非凡说，"早上去比较方便。"

"嗯。"江阔倒了杯水，边喝边问，"那下午呢？"

"我给你写个时间表得了。"段非凡笑着说，"下午去找我们市场管理处的人，如果确定拆迁，肯定有人已经去抢名额了。"

"你能聊得通吗？"江阔问。

"别的地方不敢说，"段非凡一挑眉毛，"我跟市场这儿混了十几年，不是白混的。"

"没你社交不了的呗。"江阔笑了。

"也有，"段非凡说，"你要让我跟大新村说那一半的地怎么办，我就社交不了了。"

"哎，"江阔看着屏幕，"你记性不错啊。"

"这是基本的好吗？"段非凡说。

"我就不记得了。"江阔说。

"你记得我吗？"段非凡问。

"差不多记得吧，"江阔勾勾嘴角，"挺帅的一个小伙儿。"

段非凡笑了。

"你是在牛三刀后面的通道里吗？"江阔问。

"嗯，"段非凡点点头，"就是你第一次自食其力赚了一百块的地方。"

"还包括十块钱的工伤赔偿。"江阔叹气。

"对。"段非凡笑笑，看着屏幕上的他。

江阔也在看屏幕，看的也应该是他，但他们视线对不上。

"你在看我吗？"江阔问。

"是。"段非凡说。

江阔不知道被戳了哪里的笑点，一下笑得从屏幕里消失了，整个画面晃得厉害，天旋地转的。

段非凡啧了一声："干啥呢？我都让你晃晕了。"

"这么夸张吗？"江阔回到了画面里。

"嘶——"段非凡又捂着嘴。

江阔愣了愣才反应过来："你可真能演。"

"要不是学表演费钱，"段非凡说，"我现在没准儿正在哪所学校的表演系重修大一呢，不过园林也不怎么省……"

"怎么你上哪儿都重修啊？"江阔笑得咳嗽了一下。

"不重修我就是学长了啊，咱俩都碰不上。"段非凡说。

"……啧。"江阔顿时收了笑容。

"嗯？"段非凡看着他。

"怎么听着有点儿感动。"江阔说。

段非凡笑了笑。

"这个你拿……"段凌从后门走了出来，手里拿着支药膏，递给他的时候看到了手机界面，愣了愣，"视频呢？"

"嗯，"段非凡应了一声，"跟江阔。"

"谁？"江阔本来靠在墙边，这时一下站直了，脸上也换成了严肃的表情。

"段凌。"段非凡说。

"凌姐好。"江阔立马问好。

"唉，好。吃了没？"段凌凑过来挥了挥手，没等江阔回答就离开了画面，把药膏扔到段非凡腿上，"视频报平安啊……"

"想拨语音的，点错了，"江阔说，"顺便视个频。"

"那你俩聊。"段凌指着药膏，"一会儿把这个抹抹。你那嘴，是上火吗？"

"啊，"段非凡摸了摸自己的嘴，"还很明显吗？"

"你老婶说是上火，我说是打架，"段凌说，"我猜错了呗？"

"你俩赌什么了？"段非凡转头看着她。

"晚上门口小诸葛的一顿饭。"段凌说。

"上火了。"段非凡说。

"段非凡，你是不是就想讹我一顿！"段凌喊。

"难道我敢讹我老婶？"段非凡说。

段凌瞪着眼睛指了指他，转身走了。

"居然没骂你。"江阔笑着说。

"小少爷听着呢，"段非凡说，"她怎么都得装下淑女。"

江阔那边有人喊他，他应了一声，看着屏幕："饭好了，我去吃饭。"

段非凡看了一眼后门，凑近屏幕："来，凑过来。"

"干吗？报复呢？"江阔笑了。

"嗯哪，"段非凡说，"我要截屏。"

"去你的。"江阔瞪着摄像头。

段非凡飞快地说："算啦，快吃饭去吧。"

"下午忙完了找我啊。"江阔说。

"嗯。"段非凡点点头。

段非凡回屋的时候,老婶靠在椅子上打盹儿,老叔坐在门口抽烟。

"我出去转转。"他拿了块点心边吃边说。

"去吧,"老叔说,"回来带瓶醋。"

"好嘞。"段非凡伸了个懒腰。

中午的市场比较闲散,人少,嘈杂的声音也小了很多,透着一股懒洋洋的气息,似乎所有人都在犯困。

他从市场里慢慢走过。不少人他都认识,只要在这里待上三五年,就算常住人口了,多少都会和他打点儿交道。

像牛三刀这种开了二三十年的店,市场里并不是特别多。老张头的算一家,干货区有几家,还有两家调料店……更多的人只在这里干个几年,干不下去的走了,干得好的换了更好的买卖。

段非凡对很多东西的认知都来自这个市场,待人接物的方式、好与坏、能做的和不能做的……有些是正确的,有些是错误的,都需要自己在往后的日子里一点点甄别。全盘接受了的就永远留在了这里。

他也还留在这里,虽然他并不愿意,但当市场有可能拆迁,生活有可能出现巨大变化的时候,他还是会跟很多人一样心情忐忑。

老张头的店里没有人,他正坐在店门口骂骂咧咧,气儿明显不足,估计已经骂了挺久。他表达一秒钟都不想在这儿待下去的情绪时骂骂咧咧,也用同样的骂骂咧咧来表达他想在这儿待到死的意愿。

"浪回来了?"老张头看到段非凡,百忙之中抽空问了一句。

"嗯。"段非凡应了一声,"张叔,没眯会儿啊?"

"眯个屁!"老张头瞪着他哼了一声,"你家都快要饭去了,你还眯得着?"

"要饭也是咱们一块儿要,"段非凡说,"您还有工夫替我们操心呢?"

老张头一摔手里早就灭了的烟头,站了起来:"你少他妈咒我!"

段非凡笑了笑,飞快地穿过旁边的肉摊,拐了个弯。身后的老张头仿佛重新注入了活力,骂骂咧咧的声音高了不少。

市场管理处有一间休息室,管理员会在这儿休息,有时候在市场里巡查了一圈儿,会来这儿先躲个懒儿再回办公室。

段非凡要找的就是休息室的常驻嘉宾文大哥。文大哥四十多岁,第一份工作就是市场管理员,因为过于热爱休息室,干到市场快拆迁了也还是管理员,连个芝麻官都没升上去。但他是最了解这个市场的人，算是看着段非凡长大的，对段非凡也挺照顾，还给他抽过烟屁股，因此被段老二追着打。

"赶紧的，"文大哥抓着一把牌，"快出，打完这把我还要出去转一圈儿呢。"

另一个管理员小曹甩出几张牌。文大哥立马也啪地甩了几张。

段非凡站在他身后："嘶……"

"哎，"文大哥立马对甩出去的几张牌产生了怀疑，想伸手拿回来，又没好意思动，回过头看到是段非凡，他皱着眉，"哪儿错了？哪儿错了！不这么打我能怎么打！"

"牙疼。"段非凡摸了摸脸。

小曹立马笑得嘎嘎的。

"你就……"文大哥回手在他身上抽了一巴掌，"你就会整我！"

"打你的，"段非凡躲开，"一会儿还转圈儿呢。"

"你怎么上来的？"文大哥看着牌，"这儿可不能随便进。"

"从后窗翻进来的。"段非凡说。

文大哥啧了一声："张嘴就来……桌上有果子，那边儿吃去。"

段非凡往旁边的椅子上一靠，伸长腿慢慢晃着脚尖。等文大哥打完牌，冲他一偏头，他才站起来，跟着文大哥一块儿从后门走了出去。

"我陪你转转？"段非凡说。

"拉倒吧，"文大哥说，"到时人都知道我给你透露什么了。"

"所以我消息都没给你发，"段非凡说，"回来才找你面谈呢。"

"那你还陪我转。"文大哥瞪他，"说吧，什么事儿？我可什么都不知道啊，没接到任何通知。"

"要是市里想再建一个咱们这种规模的市场，"段非凡笑笑，"你觉得会建在哪儿？"

"那哪有准儿？"文大哥拿了烟出来，往他面前一递，"要么？"

"我爸明天就越狱出来揍你。"段非凡说。

文大哥笑了起来，自己把烟点上，抽了一口，低声说，"现在市区哪还有大块的地能建市场啊，临时市场都够呛。要再建个咱们这样的，得到郊区了。"

段非凡皱了皱眉："那算是批发了。"

"可不么。"文大哥说。

"要让我来规划，肯定会留个小市场。"段非凡说，"居民不买菜了？"

文大哥笑了笑，没说话。

"只是摊位肯定得少一半以上。"段非凡啧了一声，"后年落地，今年怕是就得抢名额了。"

"摊位的面积肯定也没多大，"文大哥说，"估计只有牛三刀一楼那点儿了。"

"不住人是够的。"段非凡说。

小曹从后门走了出来，文大哥准备跟他一块儿去巡一圈。

下了楼之后，文大哥又拍拍段非凡的肩膀："别担心。"

"下班一起吃顿饭，"段非凡说，"好久没聊了。"

"还说呢，上大学就见不着人了，还不如高中的时候。"文大哥摆摆手，"不过咱俩不讲这些虚的，这阵子咱们还得避避嫌。我等段老二请我吃饭。"

"那我告诉他。"段非凡笑笑。

"那就是确定了呗？"江阔问。

"嗯。"段非凡坐在市场外面路边的石墩子上，"新市场在郊区，那估计是纯粹的农贸批发市场，这附近应该会留一个小的。"

"小的有戏吗？"江阔问，"那个管理员能帮忙留位置吗？"

"不一定能留，"段非凡说，"但有消息了会马上通知我，基本靠得住。"

"那你现在什么打算？"江阔问。

段非凡梳理着自己的思路："小市场肯定没条件做酱牛肉，得找个能做后厨的地方，这比找铺面容易。或者再开个店，这得我老叔同意。"

"他要不同意呢？"江阔问，"你自己能弄吗？牛三刀的名字你能用吧？"

"这还真不好说。"段非凡皱皱眉，"以前没聊过这些，牛三刀是他们兄弟俩一块儿开的店没错，但这十年我爸没出钱、没出力也是事实。"

江阔想了想："当初他俩没划分一下占比吗？按技术或者投资……"

"有钱，"段非凡笑了，"这不是江总的项目啊。如果要这么说，他们那会儿得是按义气算的。何况是亲兄弟，诚信比合同好使，谁要是坑了自家兄弟，会被全市场的人鄙视，再无立足之地。"

"是我唐突了。"江阔笑了起来，"那这事儿你先试着跟老叔聊一下，如果他犹豫，就让你爸跟他谈。"

"嗯。"段非凡应了一声。

"你有钱吗？"江阔突然问。

"这话问的。"段非凡笑了，"有点儿，怎么了？"

"够开店吗？"江阔又问。

"得看是什么规模和档次。"段非凡说，"肯定开不起牛三刀这样的。"他突然想起了他爸的那句话。

有个这样的朋友也好，以后能帮得上你。

"我先琢磨琢磨。"段非凡又补了一句，"现在还不知道具体情况。而且这种店的选址范围比别的店要小得多，地方不好找。"

"嗯。"江阔应着。

段非凡沉默了一会儿，笑了："这话题太严肃了。"

"那换轻松的。"江阔想了想，"我过完年就回学校吧。"

"好。"段非凡一点儿没犹豫，立马回应，应完了才想起来问一句，"江总不会舍不得吗？你这才回去几天啊？"

"你怎么不问我妈舍不舍得？"江阔说。

"我感觉她舍得。"段非凡说。

江阔笑了起来："她是真舍得。"

"所以不用管江总么？"段非凡问。

"你觉得我会管江总么？"江阔也问。

"……不会。"段非凡如实回答。

江阔笑得很大声："那你问个屁。"

"我的情商不允许我不问。"段非凡笑着说。

一下午都无所事事，江阔楼上楼下转了七八圈。一开始奔奔还跟着他，后来直接弃他而去，上厨房陪刘阿姨去了。

以前也经常这样，江阔可以一下午待在屋里不出来，刷刷手机，玩玩他的那些小玩意儿，或者发呆，但今天他觉得格外无聊。一直到段非凡打电话过来，他的无聊才告一段落，挂了电话之后，那种空落落的感觉也消失了。

同样的无所事事的时间里，他有心情到阳光里坐下，喝着江了了煮的茶，看着眼前的一个刚拆开的快递。

这是杨科今天发过来的奶茶店调研报告，有七八页纸，江阔之前打开了都没有看下去的欲望。

他也相当佩服杨科，在造谣之后还能若无其事地给他发来这玩意儿，心态那真是非常好。

不过这会儿他拿起来看了一眼最后的结论，差点儿没乐出声。

"综上所述，本人不具备经营一家盈利奶茶店所需的各项条件。"

江阔正想看看前面都写了什么，欣赏一下杨科自我否定的全过程，杨科的电话就打了过来。

"哎！"他拿过手机。要不是他刚跟段非凡聊完心情好，加上杨科的奶茶店梦想已然破灭，他根本不会接这个电话。

"你的手指头是废了吗？"他接起电话，"还是你们那儿的法律规定用手机打字判刑啊？"

"你看了吗？"杨科问。

"看了，"江阔说，"恭喜，回头是岸。"

"你的判断很对，我的确不适合开奶茶店，"杨科说，"所以我想问问你，有没有更好的建议。"

"一会儿我给你发个二维码。"江阔说。

"干吗？"杨科愣了愣。

"付费咨询，十分钟八百。"江阔说。

杨科没说话，几秒钟之后江阔的手机振了一下：杨科给他转了八百块。

江阔愉快地点了收款，这一瞬间他感受到了段非凡当初坑他钱的快乐。

"你的建议是什么？"杨科问。

"回去上学。"江阔说。

"……你这算诈骗。"杨科说。

"你是不是问我更好的建议？我有没有回答你？我的回答有没有问题？"江阔问。

杨科沉默了一会儿："江阔，我真的不会回学校了。我这些年没为自己学过什么，也没为自己做过任何选择，这次不管是对是错，我一定要按自己的想法做一次。"

"那是你有退路。"江阔说。

"你不也一样吗？"杨科说，"非要去那所学校。"

江阔没说话，拧着眉琢磨着。

"有没有时间？"杨科说，"我们年后可以约……"

"别！"江阔提高了声音，"不约！"

杨科叹了口气。

"你愿意从最基础的部分做起么？"江阔问。

"哪方面？"杨科马上问。

"餐饮。"江阔说。

杨科愣住了，过了好一会儿才试探着问了一句："你是指端盘子？"

江阔咬着牙，差点儿没忍住笑出声，他赶紧把手机拿远，搓了搓脸才说："那就是真的坑你了。不过这事儿还没开始，等有谱儿了，你如果还没找着事儿做，我再跟你说。"

"多久？"杨科问。

"不知道。"江阔说。

"老板是谁？"杨科问。

"你说的那个，我'男朋友'。"江阔说。

"……江阔，你是不是耍我？"杨科说，"这事儿我之后会正式跟你道歉，真的对不起，我……"

"没工夫耍你。"江阔说，"跟着跑跑前期的事儿估计能学到不少，你要是愿意，我到时就找你。"

牛三刀开分店的事儿虽然不是现在就要办，但如果真要做，段非凡一个人肯定不可能忙得过来，得有人帮忙。到时要是实在找不到合适的人，杨科也能用用。

杨科并不是多能干的人，只是看他这份否定自我的调研报告，真做起事来应该还是很认真的。特别是再晾他几个月，将他自命不凡的气势往下压一压，估计会比较好使唤。到时能用上就用，用不上就是他造谣的报应。

"老板是董昆吗？"杨科问。

啊……

江阔有些无语。

"如果不是太久，"杨科说，"我可以等，但是……太久的话，我就不能保证了。"

"嗯，"江阔应了一声，"那是好事。"

"但愿吧。"杨科说，"年后真不出来吃……"

江阔挂掉了电话。

2 我等了这么多年

昨天半夜降温，今天一早起来，窗户看不清外边儿，天儿都亮不起来了。

段非凡一路打着喷嚏下楼，吃完老婶给他煮好的面，又上楼把江阔送他的围巾拿上才出了门。下公交车的时候，江阔发消息说起床了，他立马把电话打了过去。

"在路上了？"江阔很快接了电话。

"嗯，"段非凡笑笑，"已经下车了，走几分钟就到了。"

"我以为你得完事儿出来再给我打电话呢。"江阔说。

"有点儿没底，"段非凡说，"听听你的声音能踏实点儿。"

"每次去不都聊得挺好的，"江阔说，"跟他说说你这次出去都玩什么了。"

"嗯。"段非凡点头。

"就算有点儿情绪波动，见着儿子都会好的。"江阔说。

段非凡坐在会见室里，罗管教的同事进来低声跟他说："你再等等。本来已经说好了今天见面，你爸刚又有些不愿意，小罗在跟他谈，应该马上就过来了。"

"没事儿，"段非凡说，"我等等他。"

他又坐了快二十分钟，他爸终于从那扇小门里慢慢走了出来，坐到他对面之后也没拿听筒，就那么看着他。

"爸。"段非凡拿过听筒。

他爸叹了口气，拿过听筒："你非跑来干吗呢？耽误时间。"

"我也没什么需要在这个时间干的事。"段非凡说。

"我挺好的，"他爸说，"不用担心，你过好你自己的日子，不要整天琢磨我这点儿事。小罗他们也是，为什么总让你过来？"

"我不是担心你才来的，"段非凡说，"罗管教说这月能再申请一次会见，我就来了。"

他爸看上去比上回憔悴了一些，眼袋也更明显了。

他的样子在段非凡心里依旧停留在十年前。虽然这些年每次见面段非凡都会有"他又老了一些"的感慨，但也许是见面的时间太短，就算全部加在一起也不过是这十年里短短的一瞬。每次转身离开这里的时候，段非凡脑子里想起的老爸依然是他小学时的那个模样。

"你不用安慰我，"他爸看着他，"我又不是什么可怜人，蹲的也不是冤狱，你不用这么小心翼翼的。"

"倒也没有刻意小心翼翼。"段非凡托着腮，也看着他爸，"实话实说，罗管教没让我开导你什么的，只说见见。我心想，有机会多见一面还是挺好的。"

"我这阵儿吧，"他爸叹了口气，"焦虑，你懂吗？小罗他们也不知道怎么发现了。"

"嗯。"段非凡点点头。

"你懂个屁。"他爸说，"我还看点儿心理学的书呢，都从书上学的，你懂吗？你考试好容易及格一次，你老叔来看我都恨不得捆着鞭炮一边放一边跑进来。"

段非凡笑了起来："这儿不让带鞭炮进来啊，别瞎说。"

"不过……"他爸想了想，"这话有点儿绝对了，你会焦虑的，你这样长大，怎么可能不焦虑？"

"可不是么，"段非凡摸摸自己的脸，"都焦黑了。"

他爸盯着他看了两眼："是黑了，玩什么了晒成这样？"

"滑雪了，"段非凡说，"还出溜了一趟中级雪道。"

"你光着脸滑的吗？"他爸问。

"滑的时候不是啊，"段非凡说，"但往回爬的时候光着脸，那时间比滑下去长多了。"

他爸笑了笑："摔了没？"

"摔了。"段非凡点头，"别人是滑出去一段儿才摔，我是站那儿全自动出溜然后摔的，绷得笔直。"

他爸仔细地盯着他看了半天。

"怎么了？"段非凡问，"我黑了也是很帅的好吧！摔倒的时候也用的是最帅的姿势。"

"离上回见面也没过几天，"他爸说，"怎么好像又长大了一点儿？"

"是么？"段非凡应了一声，"但是依旧潇洒、倜傥。"

"在这儿待着度日如年，都麻了，一见着你们吧，又觉得一转眼过去了这么些年。"他爸叹气，"有时候我跟那帮老东西聊天儿，他们家里人写信说的那些新鲜玩意儿，我们都没听说过。我隔壁那个比我们晚几年进来的，那嘚瑟样，好像他什么都知道。"

"现在的新鲜玩意儿都不难明白，手指头戳几下的事儿，大字儿写得可清楚了。"段非凡说，"你怼他去，谁不会啊，叮当猫拿个拳头都能杵明白了，有什么可嘚瑟的。"

他爸笑着叹了口气，没说话。

段非凡一时也找不到什么话说，想按江阔说的跟他爸聊聊出去玩的事儿，但他爸现在这状态，段非凡不能确定他听到这些是会开心，还是会加重他与外面世界的疏离感。

"没几天要过年了，"他爸很难得地主动找了个话题，"店里忙吧？"

"还行。"段非凡说，"前几天老叔请了人过来帮忙，我回来了就把压着的货发一发，能忙得过来。"

"买年货了没？"他爸问。

"没呢，"段非凡说，"这个简单，我回去拉辆拖车在市场里转一圈就买齐了。不过还得跑一趟给奶奶送点儿。我姑给她拎东西过去，她还抱怨，说老二、老三东西都没给她买。"

"这老太太。"他爸笑了，"给她带点儿花生糖，我和老太太都爱吃那个，以前过年总给她买。"

"嗯。"段非凡点头。

那家花生糖店已经关门好几年了，做糖的老头儿说干不动了要回老家，撤店走的时候，还是老叔去帮着收拾的。但这件事段非凡没跟他爸说，说了怕他难受，他没在的这些年，熟悉的东西一点一点地消失了。

"卖糖的那个老头儿还在吗？"他爸突然问。

"在啊，"段非凡赶紧说，"怎么就说人家不在了。"

他爸眯缝了一下眼睛："你骗我。"

"我骗你干吗？"段非凡说。

"老头儿起码是没在市场了，"他爸说，"要还在，你肯定叭叭地跟我说一通，可算找到个话题了呢。"

"……唉。"段非凡相当服气。

"这么多年了，搬走了还是死了，"他爸说，"都不奇怪。"

"你别瞎说啊！人家没死！"段非凡瞪他。

"那就是搬了，是吧？"他爸不肯放弃，坚持要确定。

"是，"段非凡说，"说做糖累，年纪大了干不动了，回老家了。"

"哎……"他爸拉长声音叹了一口气，"你看，照实说不就行了，还要骗我。"

段非凡没说话。

"不就是怕我觉得外面变化太大了，害怕嘛。"他爸说。

段非凡看了他一眼。

"这么多年，变化能不大吗？"他爸说，"这有什么。"

"是，本来就没什么大不了的。"段非凡点头。

"以后不用担心我这个担心我那个的，还费心哄着我，"他爸说，"你们该怎么过怎么过，不要想着我出去以后要怎么办。不用管我，别管我，懂吗？这么多年没有我，你们都好好的不是吗？以后也……"

"段英杰！我十年没有父母，十年没有家！"段非凡没控制住自己的情绪，声音有些上扬，"你们就这么扔下我一个个地走开，现在还想让我继续没有爸爸、继续没有家是吗？"

他爸愣住了。

"我等了这么多年，"段非凡压了压声音，"最后只得到一句'就当作没有你'是吗？这比让我自己长大更残忍，你懂吗？我失去什么无所谓，我只想等到我想要的，我的家！我爸！懂了吗？"

他爸放下听筒，双手捂住脸，很长时间都没有动。

段非凡也没再说话，沉默地看着他的双手。

跟脸一样，他爸的手也能看出年纪了，不像年轻的时候那么好看了。奶奶说他的手跟他爸的很像，手指长，看着有力。

"一巴掌能给人扇落枕的那种。"奶奶说。

这个形容段非凡这么多年过去想起来还是想笑，但他爸的手已经不是当年那种好看的样子了，还有着一些细小的皲裂。

"回吧，"他爸放下了手，拿起听筒，"我今天看天气预报，说要下雪，你早点儿回去。"

"嗯。"段非凡看着他。

"没哭，"他爸说，"就是被儿子训，面儿上不太挂得住。"

"谁训你了……"段非凡说。

"过年就不用来看我了，打个电话就行。"他爸说，"你们好好过年，跟奶奶说我挺好的。"

"嗯。"段非凡点点头，"对了，段凌给你买了两套保暖内衣，我给你带过来了。"

"这丫头，"他爸笑了起来，"比她爸还操心。"

"那我走了，"段非凡说，"年后再来看你。"

"好，回吧。"他爸摆摆手。

走到公交车站的时候，天上开始飘雪了，风也比他来的时候刮得凶。

段非凡把围巾往上拉了拉，把帽子戴上了。

四周没有路人，车站也只有他一个人杵着，看上去格外悲惨。

他拿出手机，给文大哥打了个电话。

"之前卖花生糖的那个老头儿你还记得吗？"段非凡问。

"记得啊，宋老头儿，"文大哥说，"怎么了？"

"你有他的电话吗？"段非凡说，"我想问他还做不做花生糖。"

"有，我找找。"文大哥在那头点着鼠标，"你也真能想，宋老头儿走道都费劲了，还给你做花生糖呢。你要想吃花生糖，北口不是还有一家么？"

"我想买点儿给我爸。"段非凡说。

文大哥那边顿时没了声音，过了一会儿才又传来鼠标响："一片孝心哪。"

"怎么听着像骂人。"段非凡说。

"我感动得表扬你呢！"文大哥说，"我要骂你会拐弯吗？"

段非凡笑了笑："谢谢哥。"

"来，找着了，"文大哥说，"我发你吧。"

3 杀手啊？间谍？

整个阳光房里都弥漫着江了了煮的花果茶的香味。他妈拿了块布在奔奔身上比着，比两下又用笔画一道。

"你不是吧，"江阔看着她，"做衣服是你这样弄的吗？"

"立体剪裁，你懂个屁。"他妈在布上画了点儿、圆圈和道道之后，就拿起剪刀开始剪。

"喝吗？"江了了给自己倒了杯花果茶，看了看江阔的杯子。

"不喝这种处于鄙视链底端的茶。"江阔说。

"你这个人都处于这个家的鄙视链底端了，"江了了给他倒上了茶，"还嫌弃茶呢。"

江阔叹气，划拉着手机。

他妈这两天闲下来了，要查他的账，他准备把流水打印出来给她。

"他三千五真能过一个月吗？"他妈问江了了。

"他待在学校不出去，没什么花销，"江了了说，"还打工了呢。"

"你下学期还打工吗？"他妈又看着江阔。

"不打了，"江阔说，"我要弄点儿别的。"

"什么别的？"他妈问。

"酱牛肉，"江阔看了她一眼，"你要投点儿吗？"

"你自己的钱不够吗？"他妈低头剪着布料，"果然三千五还是少了吧……"

"刘阿姨——"江阔喊了一声，"麻烦你帮我把打印机那儿打出来的东西拿过来——"

"唉，好——"刘阿姨应了一声。

"让你看看我的成绩。"江阔说，"你的咖啡馆马上没了，不投个酱牛肉店吗？"

"谁说我的咖啡馆要没了？"他妈扫了他一眼。

"你俩不是打赌了吗？"江阔一下坐直了，"你说我肯定三千五不够，你输了的话咖啡馆给江总，有这事儿吗？"

"有啊。"他妈说。

刘阿姨拿着他刚打印出来的流水过来了。他接过来，拿着一摞纸在他妈面前哗哗晃着："没超，你的咖啡馆没了！"

"江总说送我个咖啡馆啊。"他妈说。

江了了在旁边端着茶杯发出了响亮的笑声。

"我去!"江阔简直怒火中烧,腾的一下站了起来,在屋里来回转着,"你俩真不愧是夫妻,老奸巨猾、狼狈为奸、沆瀣一气……"

"酱牛肉店是段非凡要开的吗?"他妈平静地转移了话题。

"我想弄个网店。"江阔顺着答了一句,想起来自己火还没发完,又吼了一声,"沆瀣一气!"

"他不是已经在网上卖着了么?"江了了问。

"他只在微信上接点儿老客户的订单,量不是太大,而且还有淡季。"江阔坐了下来,"实体店要开起来可能没那么快,网店倒是有后厨就能弄,就是有一堆证要办……"

相比开分店,先弄个分销网店要更简单、稳妥一些。对于老叔来说,这个网店也并不独立于眼下的牛三刀。

"怎么不同时弄呢?你钱够的啊。"他妈看着他的流水,"哇,这些年你从我们这儿捞了不少啊,江小阔。"

"让你看流水,你管我还有多少钱呢。"江阔说。

"商标和技术都是段非凡他叔叔家的吧,"他妈说,"他授权了吗?协议怎么签的?到时利润你们怎么分?"

"段非凡他爸也有份额,具体不知道是怎么分的。"江阔说,"他们做生意走的是江湖规矩那套。网店的话,不算是独立于牛三刀的,比较好做,以后有变动再详谈。"

"这么模糊的吗?"他妈问。

"嗯,"江阔点点头,"这个段非凡有数。"

"他爸……也在店里?"他妈说,"没怎么听你们提过。"

江阔沉默了。

段非凡爸爸的事,他告诉大炮,大炮能守得住口,不会跟人说,但告诉他妈……当然,他妈也不会跟人说,可他不知道能不能让江总和她知道这事儿。

"杀手啊?"他妈问,"间谍?"

"以后有机会你自己问他吧。"江阔说。

"行吧。"他妈没再追问,"你想弄就弄,反正我看你上这个学也就是去体验生活的。不过办证什么的还得跑吧?"

"嗯,过完年我就回学校弄这些。"江阔说。

江了了在旁边啧了一声。

"回吧,正好年后我也忙,家里都没人。"他妈抖了抖手里已经剪好的布,站起来,"奔啊,走,奶奶去给你把衣服缝上……"

他妈走了之后,江阔放下手机,拿过杯子喝了两口。江了了倒茶的时候他把杯子伸了过去:"给我再倒点儿。"

江了了给他倒了茶:"他爸是不是犯了啥事儿啊?"

"谁爸?"江阔问。

"那个顶着你绯闻对象董昆名字的三字男人。"江了了说。

江阔愣了愣才反应过来,顿时笑得差点儿拿不住杯子,他赶紧把杯子放到桌上。

"要没犯什么事,"江了了握着杯子,指尖在杯子上轻轻敲着,"也不用瞒着了。怕破坏段非凡在江总夫妇面前的形象吧。"

"你真挺闲的,一天天观察得挺细。以前怎么没发现你对你哥这么关心呢?"江阔说。

"以前你也没什么朋友啊。"江了了说,"我吧,对八卦还是稍微有点儿兴趣的。"

"这跟你酷炫的人设不符了啊,江了了。"江阔提醒她。

"我的人设是我乐意怎样就怎样。"江了了把自己的腿搬到旁边的椅子上架着,"放心,这事儿我会保密的。"

"你知道什么了啊,就保密上了?"江阔说。

"你自己都说完了,"江了了说,"不是么?"

江阔喷了一声。

"你自己拿主意就行。"江了了说,"开店经济上得分清,别以后闹掰了还扯着钱的事儿。"

"哎?"江阔看着她,"你这话非常不利于保持兄妹友好关系,知道么?"

"嗨,你管我说什么呢,"江了了说,"自己冲就对了。"

4 花生糖

快过年的这几天,牛三刀酱牛肉的货基本发完了,江阔在朋友圈里见证了全过程。

——指示如下:年后再说。

——指示如下:发完了。

——指示如下:没了,就做了这么多,骂我也没有了。

——指示如下：最后一天发货。

——指示如下：不要催，快递员已经被我打跑三个了。

"能松快几天了吧，"江阔坐在马场的休息椅上，"明天不得睡到中午才起来啊？"

"明天一早我去趟乡下。"段非凡说。

"干吗？"江阔问。

"找以前在我们这儿卖花生糖的一个老头儿，"段非凡说，"他关店回家了，我去找他买点儿花生糖。"

"花生糖是什么？"江阔立马来了兴趣，"我也想吃。"

"给你留点儿，等你回来的时候尝吧。花生糖能留挺长时间。"段非凡笑笑，"就怕你过年吃了一堆'六亲不认'，再尝这个糖就觉得也不过如此。"

"不会，"江阔说，"我挺爱吃甜的。不过，花生糖别的地儿没卖的吗，还要去乡下买？"

"我爸和我奶奶爱吃那家的，那天我爸还让我过年给奶奶买点儿，"段非凡叹了口气，"结果人家回老家了，我爸悲伤得啊。"

"觉得世界越来越陌生了是吧？"江阔说。

"嗯。"段非凡说，"我跟老头儿联系了，他不卖糖了，但是过年会做点儿自己吃，我想要，他就顺带帮我多做几斤。"

"行。"江阔点点头，"没啥事儿就挂了啊，小段。"

"哎哎哎哎……小江小江小江，"段非凡一迭声地说，"昨天晚上我梦到你了。"

"梦到什么了？"江阔问。

"你啊。"段非凡说。

"我什么啊？你做梦得有情节吧。"江阔说。

"没什么情节，"段非凡说，"就干了一架……"

江阔愣了好半天："啧。"

段非凡笑了起来："不好意思啊，做梦这事儿也不由我控制。"

江阔也笑了："我看你挺好意思的，脸皮还挺厚。"

"平时就是靠脸皮混的。"段非凡清了清嗓子，笑着舒出一口气，"你今天没在家吗？"

"跟大炮他们出来了。"江阔看了一眼那边正骑着马慢慢溜达的大炮，"一帮无所事事的人。"

"玩什么呢？"段非凡问。

玩什么呢？看电影？逛街？哪个听起来比较自然……

江阔的马在后头叫了一声,他猛地回过头,恶狠狠地用手指指着它。

"骑马吗?"段非凡估计是听到了。

"……嗯。"江阔只得应了一声。

"我们这边也有马场,不过不是你去的那种高级俱乐部,"段非凡说,"只是普通的。等你年后过来,咱们去玩一次吧。"

"行啊。"江阔立马一拍腿。

"不过我没骑过马。"段非凡说。

"我教你啊,"江阔说,"一般十节课起售,不拆,算你九千块吧,不过可以给你特别优惠,单次试学一千块。"

"存钱罐里的钱就不该给你。"段非凡说。

"没想到吧?"江阔非常愉快,"段非凡,当初想没想到你也会有今天?"

"那谁能想到呢,"段非凡说,"做梦也想不到啊。"

挂了电话,江阔站了起来。大炮骑着马过来,冲他偏了偏头。

"干吗?"江阔问。

"跑一圈儿去。"大炮说。

"你那匹马今天不是不怎么高兴么,"江阔问,"小心一会儿把你掀下去。"

"哄好了,"大炮摸摸马脑袋,"这会儿乖着呢。"

"你不跟他们一块儿玩了?"江阔上了马,摸了摸马脖子,"宝贝儿,走,我们跑一圈儿活动活动。"

"跟他们玩有什么意思。"大炮说,"今天周带来的那个家里开什么连锁超市的,在那儿叭叭半个小时了,我想跟何妮妮聊一会儿都找不着缝。"

"那是连锁超市的问题吗?"江阔说,"难道不是你不如连锁超市招人喜欢,以及何妮妮更爱听连锁超市叭叭吗?"

"别刺激人了吧,"大炮说,"我这心脏扛不住连环刺激啊。"

"走。"江阔偏了偏头。

马慢慢往前跑着,大炮跟上来的时候又转头往那边看了一眼。

"别看了,"江阔说,"你不是年后就要开始忙了,还有时间追女孩儿?"

"再忙也不耽误我追女孩儿啊。好姑娘遇到了就得赶紧追,"大炮说,"宁可被拒一万,不可错过一个。"

江阔有些无语。不过大炮这些年的确是这么做的,无论再忙、再颓,都会给追求喜欢的女孩儿留出专属时间。不管能不能追得着,反正必须采取行动。

"我不像你,"大炮说,"跟个和尚似的。"

"比不了你,见哪个都喜欢,忙死你了。"江阔说。

"你是不是过完年就回学校了？"大炮问。

"嗯。"江阔看了他一眼，"挺了解我啊，向往爱情的小伙儿。"

大炮瞪着他："你有本事永远这么直愣，千万别让我看到你说什么爱情感言，也千万别干什么你看不上的浪漫事儿。"

江阔笑了笑没说话。

"我明天跟我爸回乡下。"大炮说，"江总明天回来吧？"

"嗯，"江阔应了一声，"你年后是不是要去天鼎瀑布？"

"差不多吧。这次跟那俩村子的事儿理顺了的话，我们就要进场了。"大炮说，"你要不咬咬牙，让江总把天鼎交给你，这样咱俩还能合作。"

"我没兴趣，"江阔说，"我过完年想开网店卖酱牛肉。"

"哎，"大炮看着他，"牛三刀吗？"

"嗯。"江阔应了一声。

"你出多少钱？"大炮问。

"不知道呢。"江阔说，"我现在只有一个想法，还没跟段非凡细说。"

"别一开口就提你出多少钱，"大炮说，"知道吗？你问他有多少，你补缺就行，别过去就手一挥，说钱我出了！"

江阔看了他一眼。

"先不说他会不会有什么想法，"大炮说，"那个店现在是他叔叔在打理吧？一个大款唰地扔过来几十万，人家会觉得你是想抢'牛三刀'这个牌子你信么？"

"嘶……"江阔皱了皱眉。

"嘶什么嘶？"大炮说。

"我还真没往这上头想过。"江阔说。

"人家做小本生意的，想法不一样，"大炮说，"不要拿江总的经验往上套。人家根本没想拉投资，没想做大。"

"嗯。"江阔收了收缰，马的速度慢了下来，他冲大炮招招手，"炮儿，来。"

大炮拉着马靠了过来："干吗？"

"谢谢。"江阔探过去拍了拍他的肩。

"别！"大炮喊了一声，"你要不还是骂我吧。"

段非凡蹲在锅边，拿手机对着锅里咕嘟冒泡的红糖浆："看到没，红糖和一点儿麦芽糖，全用麦芽糖就太甜了，一会儿还要把花生碎放进去。本来花生不用弄碎的，我奶奶牙口不好，所以弄碎点儿……"

"这个糖浆我有点儿想尝一口。"江阔说。

宋老头儿听乐了:"红糖块儿搁点儿油,一会儿就这样了,上厨房做去吧,当心别齁着了。"

"能放别的糖吗?"江阔问。

"也能。"宋老头儿对自己做花生糖时还有人"拍电视"这件事感到很开心,话也多,"想要别的口味就加别的,桂花糖、冰糖都好吃。我现在放花生碎了啊,看着……"

"看着呢。"段非凡笑着说。

宋老头儿的女儿把一盆花生碎递过来,宋老头儿倒了进去,拿着个大木铲开始快速搅拌。

段非凡对花生糖没有什么感觉,他对甜食兴趣不大,但现在这个香味是他记忆中的一部分。很奇妙,他和江阔一块儿看着宋老头儿用当年的手法做着他记忆里的食物,仿佛在看一场他童年的重播。

花生糖被倒在一块抹了油的大木板上,稍稍冷却之后,宋老头儿熟练地拿过一根长棍子开始擀,把花生糖慢慢擀成厚薄均匀的一大片,再用长木片切成小块。

"尝尝,"宋老头儿拿了一块递给段非凡,"看看我回工了没?"

段非凡接过来,咬了一口。花生糖还是温热的,有些软,很香。他点了点头:"还是那个味儿,一点儿都没变。"

宋老头儿很愉快地笑了起来。

花生糖段非凡一共买了五斤,一斤给奶奶,一斤给老叔家,再给罗管教两斤,让他拿一半给他爸,最后一斤留给江阔。

宋老头儿不肯收钱,把装好的糖塞到他手里就把他往门外推,仿佛要打架。

"你不是给我带酒了吗?"宋老头儿说,"这糖可顶不上那两瓶酒的钱!"

"我不给钱了,不给钱了……"段非凡说,"我打不过您。"

"我都回家这么多年了,还有人记得我的糖,我高兴得很。"宋老头儿说,"让你爸出来之后过来找我,你带他过来找我!"

"那肯定的!"段非凡说,"到时我们爷仨喝酒。"

拿着花生糖出来,段非凡看着屏幕上一直在笑的江阔:"怎么了,笑成这样?"

"市场的生活很有意思啊,"江阔说,"这个老大爷很可爱。"

"那是你没见着市场风云变幻的另一面。"段非凡跨上停在路边的摩托车,"知道为什么生鲜区的刀都用铁链子拴着吗?"

"这么凶残的吗？"江阔说，"我以为是防盗。"

段非凡笑了："谁进菜市场偷刀啊！"

"不知道，"江阔也笑了，"大概是我这种人吧，毕竟也不知道一把刀什么价。"

"偷的刀不能按把来计价的知道么？"段非凡说，"你要是偷了刀，只能按废铁的价卖，论斤。"

"这么亏？"江阔说。

"所以啊，别偷了。"段非凡说。

"……谁偷了啊！"江阔回过神，"这话说的，我都以为我准备去销赃了。"

段非凡笑了半天，把手机固定到车头的支架上。

"车不错啊，哪儿来的？"江阔在手机镜头晃动的时候看到了车。

"水产区的一个大哥，我们市场的第一骑士。"段非凡发动了车子。

"第二是谁？"江阔问。

"市场水产区第三排二号铺唯一的骑士，"段非凡说，"简称市场第一骑士。"

"去你的。"江阔笑得咳嗽了一下，突然想起了'保卫学校的英雄'简称'护校英雄'。

"段叔带你飙车，"段非凡戴好头盔，一拧油门，车冲了出去，"出发。"

段非凡除了在酱牛肉的销售旺季时手机不离手，别的时间他的手机使用率并不高，蓝牙耳机就算会带在身上，也很少用。但旅行回来之后，他不仅手机不离手，还带了一个充电宝，耳机都换成了有线的，要不电量支撑不住这一整天的使用。

"我手机没电了。"江阔说，"先带奔奔出去遛遛。"

"嗯，去吧。"段非凡说，"我下午要开始忙年夜饭的准备工作了。"

"明天才是除夕吧？"江阔说。

"我们家人多，要做的也多。"段非凡说，"都是我老叔这边弄了半成品再拿到我奶奶家做。"

江阔喷了一声："那是不是一堆人特别热闹？你这种'社交狂人'就左右逢源、八面玲珑……"

"那也得能抽出时间聊天儿。"段非凡说，"我不可能社交一整天，哪有那么多精力。"

江阔笑了起来："你知道我想说什么了？"

"你那点儿心思藏不住。"段非凡说。

"那行，你有时间了就找我。"江阔说。

"好。"段非凡说。

5 搞笑一家人

年夜饭就得大鱼大肉,这是老叔和奶奶的共同认知。吃不完才好,吃不完才能年年有余。

段凌跟人调了班,这两天回来帮忙。

"配菜都买齐了吧?"老婶看着案台上的鸡鸭鱼肉,扳着手指头计算着菜,"再晚点儿人走光了,可什么都买不着了。"

"齐了。"段非凡看着手机上的清单,"我都按你列的单子买的,一样不差,还多买了点儿我觉得可能要用的。"

"行,先把鸡鸭都剁了。"老婶一拍手,"段凌,你把那边的猪肉都切了杂好。"

段非凡拿起刀开始处理鸡鸭,段凌挽起袖子切肉,老叔老婶处理鱼和猪蹄儿。每年这个时候,他们都是这样忙碌。

小时候在忙碌里还会有着兴奋,有好吃的、能出去玩,不开店的日子真是轻松愉快。这样的忙碌和平时那种为了生计的忙碌带来的是不一样的感受。

段非凡并不喜欢牛三刀永远忙不完的活儿。老叔老婶算计支出和收入时,时不时会感叹段凌和他在学校的支出。市场里的人家大多都是这样的,唯一的区别,大概是他的那份支出本来是不应该存在的。

几个人一通忙活,把准备工作都做好了,食材和配料都用锅和袋子装上了。

第二天一早,正式开启过年的程序。

"把那口大炒锅放过来,"老叔说,"一会儿带上。上回就忘了拿,老太太那口锅炒两个人的菜都够呛。"

"我把车开过来?"段非凡问。

"嗯,去开过来吧,"老叔点点头,"把我的新车,开过来!"

车是老叔上个月买的二手小货车。他五年前把旧车卖掉之后一直没再买车,但宋老板的仓库换了地址,比以前远了不少,老叔怕有时候来不及去拉牛肉,才买了这辆二手车。

要是那会儿知道市场可能拆迁,老叔估计不会买。

段非凡出门,给江阔发了视频请求。之前说好了,他今天要带江阔见识见识普通大家庭是怎么过年的。

"这么早？"江阔一脸迷糊地出现在屏幕上。

"这就开始了，要从现在折腾到明天，"段非凡说，"晚上都在我奶奶家窝着不回来了。"

"窝着干吗啊？有地儿睡觉吗？"江阔问。

"打麻将、打牌。"段非凡说，"哪有人睡觉，想睡就到床上一块儿躺着去，一张床横着能躺五个人。"

"哎，"江阔吓了一跳，"这怎么受得了，还是打牌吧。"

段非凡笑了起来。

"你去哪儿？"江阔搓了搓脸。

"把车开过来，一堆东西，连锅带菜都得弄到我奶奶家去。"段非凡说，"我老叔的小货车。"

"平时没见你开啊。"江阔说。

"上个月才买的二手小货车，去不了市区，只有要拉货的时候才开。"段非凡说，"今天我才第一次开呢。"

"我看看。"江阔说。

段非凡走到停车场，先给黄大爷扔了一包烟："黄大爷，下午回家过年吧？"

"中午就回。"黄大爷很开心地接过烟，"全市场就数你小子有良心，总能想着我。"

"那必须想着。"段非凡笑笑，"你年后回来，我给你留好吃的。"

江阔看着屏幕里的一辆小货车，说是二手的，其实看着还挺新的。段非凡拉开车门上了车，关车门的时候发出哐的一声巨响。

"我去，这动静，"江阔说，"门让你甩掉了吧？"

"你这个胆儿。"段非凡把手机放在了支架上，对着自己，"回头我买点儿海胆给你蒸蛋吃吧。"

"管用吗？什么偏方？"江阔问。

"段英俊的独家偏方，"段非凡发动了车子，"吃胆补胆儿。"

"滚。"江阔说，"你要把车开到哪儿去？"

"开到牛三刀装东西。"段非凡说，"一会儿你看看有多少，快赶上咱们学校食堂的量了。"

手机被段非凡插在了外套的兜里，摄像头只能露出一半，江阔感觉自己像是扒着段非凡的口袋往外看。

很多吃的。江阔看着段非凡和老叔往车上搬东西的时候，有一种路过市场的感觉。他家从来没有做过这么多菜。

江总夫妻俩很注意养生，平时吃得少，也吃得清淡；江了了跟猫一样，吃几口就饱了；刘阿姨是家里吃得最多的人，以前还抱怨过"这桌菜都我自己做自己吃，你们不觉得很亏吗"。

现在看着段非凡家里这架势，江阔忍不住连续截图。

东西放好，段非凡也上车之后，大概是觉得手机放在支架上太明显，他没把手机从兜里拿出来，只是调整了一下角度，让镜头对着前方。于是江阔一路扒着他的口袋看着车子穿过一条条街，开到老城区的一个居民区里，到处胡乱停着车的那种。

"去你的，"段非凡被一辆三蹦子挡住了去路，从车窗探了头出去，"谁的车——"

江阔已经猜到了他要喊，所以没被吓着。

一个大叔从旁边走了过来，一脸不爽："怎么着！挡你道了？"

"这不是废话吗！"老叔的声音在旁边响起，接着是开车门的声音。

段非凡拉住了老叔的胳膊："你干吗？"

"我抽他！"老叔说。

"回家抽陀螺去你！"段凌在后面说，"大过年的你抽谁？"

"叔，过年好！"段非凡下了车，走到三蹦子跟前看了看，"这地儿不好停车啊。"

"知道就好。"大叔本来绷着脸，一副老子可不怕事的样子，但段非凡和气的一句话顿时让他有些没了气势。

"我帮你挪挪？"段非凡说，"往这儿靠靠，一会儿开走也方便。"

"哎，"大叔摆了摆手，"不用了，我自己挪，你帮我看着点儿后头。"

"好嘞。"段非凡说。

江阔靠在沙发里，把手机夹在沙发靠垫的缝里。他很喜欢这种感觉，段非凡"社交"的时候让人有种说不上来的踏实感。

"段非凡，"江阔小声叫他，"你戴着耳机吗？"

"戴着呢。"段非凡说，"不过一会儿在奶奶家就不能一直戴着了。"

"嗯，"江阔应了一声，"没事儿，我看着就行。"

"我带了俩充电宝。"段非凡说。

江阔笑了起来："是无限流量吗？"

"不是，"段非凡说，"不过奶奶家有Wi-Fi，放心。"

今天全家人都在家，除了刘阿姨在厨房忙着，还有一个保洁大姐正在楼上打扫卫生，大家都悠闲地保持着平时的状态，跟段非凡那边比起来，简直没有过年的感觉。

中午刘阿姨多做了两道菜，江阔没再一直看手机，但有一只耳机还挂在耳朵上。

"这大半天了，你看什么呢？"江总问他。

"直播。"江阔说。

"你还看上直播了？"江总有些意外，"你不是嫌这些玩意儿太吵么？"

"体验生活。"江阔说。

"体验生活……"江总哼了一声，"你妈妈说你要卖酱牛肉了，也是体验生活吗？"

"不算吧，"江阔说，"就想找点事儿做。"

"那你……"江总抬手虚指了一下，想想又叹了口气，没再说下去。

"网店嘛，也不耽误上课。"江阔说，"我总不能现在退学去跟项目吧。"

"你反正总有一堆理由，"江总摆摆手，"大过年的，我就不跟你争了。"

"杨科过年没回家吧？"江阔问。

"没回。"他妈说，"上午我跟他妈妈通了电话，她愁得饭都吃不下。"

"我打算前期忙不过来就让杨科帮我跑手续，"江阔说，"他现在这状态，我估计他不会回学校了，劝不动的。"

"他行吗？"他妈问。

"杨科……"江总想了想，"也不是不行，那孩子脑子就是个会念书的脑子。"

"要跟他家里说吗？"他妈看着江阔。

"我告诉你就是让你提一嘴。"江阔说，"到时我这儿要是钱不够，就让他出。他家里要是不知道这件事儿，我怕他要不到钱。"

"哇，"他妈转头看着江总，"你儿子好坏啊。"

"我儿子是我一个人生的么？"江总说，又凑近江阔，"那他要是出钱，你要给他分股吗？"

"分个屁。"江阔很干脆，"奖金、提成，看表现再分点儿钱。我不坑他，也没计较他坑我，这就不错了。又不会长期合作，他自己摸明白了肯定要单干的。"

"他坑你？"江总有些吃惊，"他坑得了你？"

江了了在一边笑了起来，边乐边喝着汤。

"那孩子嘴上没数，跟家里较劲的时候什么鬼话都说。"他妈摆摆手。

"那得给他点儿教训。"江总说。

"你别管了，我过完年就过去。"江阔说。

"跑手续吗？"江了了慢悠悠地说，"人家还没上班吧，怎么都得初六吧。"

江阔看了她一眼："不得先跟牛三刀谈么？"

看着你哥！

你哥要揍你了知道吗！

"啊，"江了了点头，"对。"

"那你初二去吧。"他妈说，"初一我们一起去玩，江总还要去上香，假模假式一年一次糊弄一下菩萨，初二我也要忙了。"

"嗯。"江阔本来计划初三回去，没想到他妈直接提前到了初二。这惊喜，他差点儿笑出声来。

"我心很诚的。"江总不服。

江阔没再听他们说什么，放下了筷子："我吃完了。"

江阔快步走到院子里，见奔奔蹦了过来，搓了搓它的脑袋，然后拿出手机看了看。

段非凡那边的画面大概是厨房里的。他奶奶家的厨房很老旧，不过收拾得挺干净，他们从牛三刀带去的菜已经整齐地放满了本来就没多大的厨房，感觉都快没地儿下脚了。还能听到厨房外面很多人在说话的声音，热闹非凡。

"段英俊？"江阔叫了一声。

段非凡没有回话，估计已经摘了耳机。

江阔只得挂掉视频通话，重新打过去。

"怎么，"段非凡很快接起，"断了吗？"

"我初二过去！"江阔压低声音喊。

"什么？什么什么什么？"段非凡一迭声地问。

"初二初二初二，"江阔笑着说，"后天！"

"我去！这么早吗？"段非凡笑了起来，"我以为怎么也得初三之后呢。"

"后天！就是后天！"江阔说，"开心吗？激动吗？"

"激动，我都想过去接你了。"段非凡说。

"来了住哪儿？"段非凡端着锅接好水，放到灶上，"学校你现在想住也住不了，人都放着假呢。"

"大炮租的房子，"江阔说，"他的钥匙在门卫那儿放着……就是得先收拾，很烦，这么久没住人估计全是灰。过年不知道能不能找到家政阿姨。"

"找家政哥哥吧。"段非凡说。

"嗯？"江阔愣了愣，"你啊？"

"不然呢？"段非凡说，"不就擦擦灰，床单被罩换一下，地拖一拖，开窗通通风……"

"我光听你说都想去酒店开间房等家政阿姨上班了。"江阔说。

"不麻烦。"段非凡说,"你中午到,我明天下午或者后天上午过去,一小时就收拾完了。"

"收费吗?"江阔问。

"一千。"段非凡说。

"把那节马术课抵了呗!"江阔说。

"嗯哪。"段非凡笑了,"不服气你可以给我上两节马术课。"

"谁知道你会不会在别的地方坑我的钱。"江阔说,"再算上床单、被罩的清洗费。"

"不会。"段非凡说,"那些你开学拿回宿舍洗就行,大炮那里肯定也有洗衣机。"

"你放着啊,别给我增加收费名目。我回去自己洗,"江阔说,"我会。"

"好嘞。"段非凡笑笑。

厨房门被推开了,姑姑看了看他:"你说话呢?"

"刚打电话,"段非凡说,"怎么了?"

"你出去跟他们玩会儿,"姑姑走了进来,"这里我来。一会儿你婶儿跟我弄。"

"我先把这些东西拿出来放好,要不你们分不清。"段非凡说。

"这还能分不清?"姑姑拍了他一下,"你这孩子真是……出去,跟他们几个小的玩,他们三缺一。"

"他们这是怕我缺钱啊。"段非凡搓了搓手。

"烦不烦。"姑姑笑着把他往门口推,推了两下停住了,"你戴着什么?怎么只戴一边啊?助听器?"

"……是耳机!"段非凡说。

"你摘了吧。"江阔乐了,"手机就那么放着,我看你打麻将。"

"指点我吗?"段非凡走出厨房,低声问。

"耳机都摘了,我指点个屁!"江阔说。

"哦。"段非凡笑笑,"那你看我打吧,不想看了就挂掉。"

"嗯。"江阔应了一声。

段非凡那边的人其实并不算特别多,两家人加上奶奶,但是大人、小孩儿都很欢乐,说话的声音都很大。

段非凡的姑姑有两个儿子,看着比段非凡小一些,应该是高中生,跟段非凡长得不太像,愣头青的样子。打麻将的水平也不怎么样,都不如楷模们。段凌还能赢几把,那俩愣小子一次都没赢过,但还一直叫嚣着继续。

"还打？"段非凡说，"明年的压岁钱都得赊给我了。"

"不打了！"段凌说，"我可用的是自己的工资！"

"那你换奶奶来，"段非凡笑着说，"我奶奶有养老钱。"

段非凡的奶奶很心疼段非凡。江阔光这一会儿就能感觉到奶奶对四个孩子是不一样的，最疼的就是这个大孙子。

当然，这个大孙子又帅、又可爱还懂事。

号称要赢光奶奶养老钱的段非凡从奶奶上桌之后就水平大降，还点了两回炮。

奶奶乐得一直拍巴掌："我厉害吧？"

"厉害着呢。"段凌在她后头站着，"让非凡知道知道什么叫宝刀未老！"

"别担心啊，"奶奶拍拍段非凡的手，"一会儿压岁钱给你补上。"

"我们呢！"两个愣小子喊了起来，"就偏心我哥！"

"你俩再傻点儿，奶奶更偏心！"段凌说。

"都有！都有！还能少了你俩吗？"奶奶笑着说，又拍了段凌一下，"就你嘴厉害！"

段非凡一家子挤在屋里又笑又闹的，江阔只戴一边耳机都被吵得脑瓜子疼。他在现场是绝对受不了的，人人都是"社交狂人"，感觉他看谁一眼，都会立马被抓着畅聊一小时。但就这么看着、听着，又觉得挺有意思的。江阔从未体会过的那种不讲究礼貌、谈不上有教养，说话也不用太注意分寸，有着真诚的人情味儿的氛围。

江总夫妇已经分头去接奶奶和姥姥了。以往过年，如果刘阿姨回老家，他们就带上两个老人去酒店吃一顿，今年刘阿姨的老公有工作回不了老家，他妈就让他一块儿来家里了。

这么一来，感觉还算热闹。不过刘阿姨的老公是个憨厚的男人，话不多，所以就算再加上两个老人，跟段非凡家比起来，还是显得冷清。

好在他已经习惯了，总体来说他们全家都喜欢安静。

最大的区别应该是在吃年夜饭的时候，段非凡那边还能放鞭炮，他家这边只能听到远远的鞭炮声。江总倒是拿了几个大烟花在院子里放了，动静太大，把奶奶吓得差点儿没站住。

奔奔是最开心的，这狗居然不怕大动静和火，激动地在烟花中间疯狂奔跑，边叫边跑。但奔奔弄出的声响还不如段非凡一个表弟制造出来的声浪，江阔听着就想笑。

吃完饭，也没人看春晚，大家一块儿在阳光房里坐着喝茶。旁边的壁炉一点上，江阔就有一种宁静得想要睡觉的感觉。

江阔窝在沙发里，手上拿着手机，时不时瞟一眼，一只耳朵听着那边段非凡家的热闹，一只耳朵听着这边温声的聊天。

"在家待得太闷了，"奶奶拍拍姥姥的胳膊，"等暖点儿还是要出去玩玩，咱俩出去。"

"行，去哪儿？"姥姥问。

"海边吧，"奶奶说，"白天晒晒太阳，晚上喝点儿酒。"

"我到时找个人陪着你们。"江总说，"小张吧，她的签证正好还能用。"

"段非凡！"耳机里传来段非凡表弟的声音，"你就知道坑我！"

"是我坑的你吗？"段非凡笑得不行，"我想不坑你都不行，你不但不躲开，还举着铲子满世界追着我，我不挖个坑都对不住你这一脑门的汗。"

段凌响亮的笑声很有感染力，江阔忍不住跟着她一块儿笑了起来。

"笑什么呢？"奶奶看着他。

"没。"江阔搓了搓脸。

"看直播，"江总说，"看一天了，明天怕是卡上那点儿钱都得打赏给主播。"

"说什么呢，"江阔摘下了耳机，"正经直播。"

"正经直播你能笑成那样？"姥姥表示不信。

"真的，"江阔迅速把手机屏幕对着姥姥晃了一下，"搞笑一家人，挺逗的。"

快零点的时候，老叔抱出一圈鞭炮："还是在那个操场集中放吧？"

"是，"奶奶抓过衣服，很着急地往身上套，"快，要不地儿都让人占了。"

"慢慢慢慢慢。"段非凡帮她把衣服扯好，转头冲表弟们挥了挥手，"段江、段海，你俩先把鞭炮拿过去抢地盘。"

俩表弟应声而起，扛起鞭炮就跑了出去。

"走，"段非凡搀住奶奶，"我这就带你飞过去。"

"可别飞，"姑父说，"你奶奶现在胖，拽不动。一会儿你飞到地方了一看，就拽着个袖子来的。"

"就你瘦！"奶奶说，"你最瘦！我盯着你呢，你一顿饭半个肘子，你可瘦了！"

江阔跟段非凡同时爆发出一阵狂笑。

"哎哟，"奶奶正从兜里掏红包，被他一通狂笑吓了一跳，手里的红包差点儿直接甩出来，"这孩子，中邪了。"

段非凡一出门，鞭炮声就震得人什么都听不见了。江阔摘了耳机，笑了笑，凑到两个老太太腿边。

"差几分钟，"姥姥说，"不等了啊？"

"不等了。"奶奶笑着说。

"两位美丽的老太太新年快乐，身体健康。"江阔接过老太太们递过来的红包，转头看着江总夫妇俩，"爸妈新年快乐，生意兴隆，财源广进，夫妻恩爱，儿女棒棒。"

江总啧了一声："一年就这一天嘴甜。"

"拿人嘴甜。"江阔说。

拿了江总的大红包，他愉快地转身过去扶起江了了，把她架到几个人中间："了了就在这儿啊，行动不便。"

过了零点，两个老太太都回屋睡下了，江了了也回了自己的工作室，江总夫妇叫上了刘阿姨两口子去楼下喝酒。

"一块儿吗，儿子？"他妈问。

"不了，"江阔说，"我困死了。"

"那不管你了啊。"他妈说，"今天这么早困？去年这会儿你还跟大炮出去泡吧呢。"

"大炮跟他爸回老家了，"江总说，"这会儿在乡下放鞭，热闹着呢。"

"我可怜的儿。"他妈摸了摸他的头，然后转身走了。

江阔笑着伸了个懒腰，上楼回了房间。他的手机马上没电了，得去充电。段非凡的手机电量估计也快见底了。

屏幕上一片烟雾裹着闪动的金色火花，看不见人，也听不见鞭炮之外的声音。江阔想挂掉视频，但又舍不得。

他把手机充上电，给大炮回了条过年问候消息。楷模群里一帮人各种图片发得很热闹，段非凡时不时也会说上一两句，还发了几张年夜饭的照片，他也凑热闹发了几张年夜饭的，还有奔奔在烟花里跳跃的照片。

大家刷屏刷得正欢，段非凡那边的画面突然不动了，过了一会儿通话也断掉了。江阔给段非凡打了个电话，提示无法接通，估计是手机没电了。

江阔放下手机，又摸了摸它："辛苦了啊。"

房间的隔音很好，门窗一关，外面本来就很远的鞭炮声立刻都消失了。江阔洗了个澡，趴到床上，把手机放到枕头边，闭上了眼睛。

初一，江阔一早就被他妈叫起来了。全家都要去玩，还要陪江总去糊弄菩萨。

段非凡还没起床，给江阔的消息是清晨五点的时候发的，说准备去床上跟他俩表弟排成一排了，这会儿他应该已经睡着了。

比起年三十，江阔今天的活动要丰富得多，爬山、烧香、看画展，晚上还听了场音乐会。他没再像昨天那样一直跟段非凡视频，只是发发消息。段非凡今天倒是没什么事儿，睡到快中午才起来，然后拜年、拜年、拜年，晚上一家人继续打牌到深夜。

晚上段非凡还发了一张他们兄弟姐妹四个的合照过来，全员一脸疲倦，困得眼睛都睁不开，看上去仿佛出去夜跑了三十公里。

江阔强烈怀疑段非凡到底还有没有可能去收拾大炮的屋子，他已经做好了去酒店的准备。

不过初二一早，他拖着行李箱准备出门的时候，段非凡打了电话过来，声音听起来神清气爽："早啊，阔叔。"

"早啊，小段。"江阔笑着说，"怎么起这么早？我以为你要睡到中午。"

"今天要做保洁的兼职，"段非凡说，"正准备过去。"

"干得完吗？"江阔上了车，司机去放行李箱。

段非凡笑笑："干得完，放心吧，还能去接你。"

"来不及我就自己打车过去。"江阔说。

"不可能来不及，"段非凡说，"来不及就先放着，接了你再继续。"

司机上了车，看了江阔一眼。他点点头，司机把车开出了车库。

"行吧，"江阔说，"我出发了，一会儿上了火车告诉你。"

"好。"段非凡应了一声。

江阔笑了笑："嗯。"

"嗯！"段非凡又应了一声。

江阔清了清嗓子。

"嗯！"段非凡继续。

"你幼不幼稚？"江阔说。

段非凡笑得很大声："行吧，我过去了啊。"

江阔挂了电话之后拉过安全带扣好，把椅子放平，闭上了眼睛。昨天晚上因为太兴奋，他没怎么睡着，现在车一晃他就困了。

CHAPTER 23

通向未来的路

1 小段，周到。

"他这么早就回学校了？"老婶很震惊地看着段非凡。

段非凡本来不想让他们知道江阔回来了，但是把花生糖往包里放的时候，老婶看到了。

"他在家待不住。"段非凡说，"他家里人都出去玩了，他过来还能找我……和丁哲玩。"

"也是。"老婶说，"那要不中午你带他来店里吃饭，段凌中午也回来吃，热闹点儿。"

"好。"段非凡点点头，"炖牛骨汤吧，他没吃过。"

"好说。"老婶拍拍手，"还想吃什么？"

"你看着弄吧。"段非凡笑笑。

"那就多弄点儿牛肉，他不是爱吃牛肉嘛。"老婶说，"再煮点儿牛肉面。"

"可以。"段非凡竖竖大拇指，"那我先去了。"

"去吧。"老婶摆摆手。

大炮跟门卫打过招呼了，门卫大爷把钥匙给了段非凡。

小区里到处都是红色，路边一堆一堆的鞭炮渣看上去非常有过年的气氛。江阔应该没怎么体会过这种年味儿，之前视频的时候，他感觉江阔家过年过得很温和友好。主要是小辈少，也不闹腾，不像他家，光段凌和俩表弟就能把玻璃震碎。

段非凡只来过这儿一次，但大炮住的那栋楼还算好找，拐过前面的路口就到了。他刚要转弯，旁边楼道里走出来一个男人。

段非凡随意地看过去，那个男人冲他挥了挥手："董昆？"

……杨科。

段非凡有些后悔，当初不那么配合江阔就好了，现在他在杨科面前是不是董昆都很尴尬。

"过年好啊！"杨科走了过来。

"过年好。"段非凡也说了一句。

"去大炮那儿吗？"杨科问。

"嗯，"段非凡应了一声，"我去那儿……收拾一下。"

"是江阔要过来了吧？"杨科说，"学校宿舍还不能住呢。"

段非凡看着杨科没说话。他不清楚杨科的消息来源，也就没法随便给出答复，毕竟江阔讨厌这人。

"不过，要筹备开店的事儿是不是太早了，他不是说还没定吗？"杨科又说，"是先回来做调研的？"

段非凡愣住了。

开店？开什么店？什么调研？杨科又是怎么知道的？

段非凡随便应付了几句就走了。

听杨科这意思，江阔跟他说过开店的事，甚至有让杨科加入的想法。但江阔没跟他提过，他俩上次提起开牛三刀分店的时候并没有细聊。

江阔这是已经行动起来了？

段非凡半天都没回过神来，心里的感动和不安混杂在一起，说不上来的滋味。

车没晚点，段非凡提前二十分钟到了出站口。

江阔拖着行李箱往外走："马上出来了。"

"别跑啊，"段非凡说，"门口这段路是湿的，刚有三个人在这儿摔了……喔！第四个了！"

"我也看到了。"江阔笑着说，前面的确有人摔了一跤。

他放慢速度，绕过那一片湿了的大理石地面，走出了出站口，但他并没有看到段非凡。他往前一直走到了人群外面，也没看到那个他扫一眼就能认出来的身影。他拿着手机："你在……"

一只手从江阔身后伸了过来，一把搂住了他的肩膀。

"阔叔，"段非凡的声音传了过来，"后头要有个贼，你这包让人掏空了你都不知道。"

这声音比电话里的好听一百倍。

江阔感觉整个人都轻快起来，眼前有些阴沉的天都变亮了。

江阔笑着转过身："那不一定，万一他割我腿了呢。"

"割你的腿你不也半小时以后才感觉到疼，"段非凡说，"你疼痛神经长在北极了。"

江阔张开胳膊喊："想我了没？"

"想了，"段非凡抱了他一下，"朝思暮想的，早上我老叔说我都惟悴了。"

"那不是你们连轴转打麻将打的吗？"江阔笑得身子歪了一下，脸蹭到了段非凡肩上。

"蹭，蹭吧，"段非凡说，"省得洗脸了。"

江阔没抬头，一直乐呵呵的："我身上有怪味儿吗？来的时候旁边的大姨喷了香水，很冲，半道上她腿疼，又抹红花油。哎哟，混一块儿的那个味儿简直了……"

"我闻闻。"段非凡用力吸了一口气，"嗯——"

"有？"江阔很震惊。

"是江有钱专属的味儿，"段非凡笑着说，"没有怪味儿。"

江阔看到旁边有个小女孩儿正仰着头，目不转睛地看着他们，他冲她笑了笑，小女孩儿还是一动不动地看着他。

"不要盯着别人看，"小女孩儿的妈妈赶紧用手把她的脸扳到一边，"没有礼貌。"

脸在妈妈的手里都挤成一团了，小女孩还努力地往这边转着头。

段非凡冲她招了招手："拜拜。"

"你把房间收拾好了吗？"江阔问。

"窗明几净。"段非凡跟他一块往火车站外面走，"大炮走之前应该收拾过一次，我只擦了擦灰，拖了一下地。"

"怎么回去？"江阔拿出手机，"打车吗？"

段非凡喷了一声，按下了他拿着手机的手："怎么能让我们阔叔打车？专车接送呢。"

"什么专车？"江阔愣了愣，突然很有兴趣，"你老叔的小货车吗？"

"想什么呢，货车到不了这儿！再说我能用货车接你吗？"段非凡把他推进了停车场，手在他面前一扬，"用阔叔自己的车。"

江阔看到他手里拿着的车钥匙，一下笑了："车洗了没？停那儿好久没开了。"

"不用洗。"段非凡说，"之前我把车停到市场的停车场里了，就黄大爷的小屋旁边，安全点儿。学校的停车场连个棚都没有，下雪了我还得给你抠车。"

"小段，周到。"江阔拍拍他。

"你开吗？"段非凡问。

"你开吧。"江阔把箱子放到后座上，"我困得厉害，这会儿还没完全清醒呢。"

"行。"段非凡上了车。

江阔打开车门，正要坐进车里。突然，旁边一辆车的喇叭响了一声，他被吓得一抖，一脚踩空。段非凡赶紧抓住他肩膀上的衣服，把他往上拽着。

江阔被勒得有点儿想咳嗽。

"我去，"江阔转头看了看旁边，有人正要上车，"吓我一跳。"

"坐好，"段非凡拍拍他，"这儿可是停车场，人多着呢。"

江阔啧了一声，坐到副驾驶座上。

旁边那人一边开车门一边往他们这边看。

江阔直接把车窗放了下来，转头瞅着他。

"行了啊，"段非凡发动了车子，"窗户关上！不冷啊？"

江阔等他把车开出了车位，又转了个弯，直到完全看不到那辆车了，才把车窗给关上。

"一会儿去牛三刀吃饭吧，"段非凡说，"老婶给你炖牛骨汤了。"

"哇，"江阔马上摸了摸肚子，"太好了。"

"饿了吗？"段非凡问。

"还行，有点儿。"江阔吸了吸鼻子，"我刚刚就闻到了甜香味儿，糖的味道，你在车上放香薰了？"

"什么香薰会是花生糖味儿的啊！"段非凡说。

"花生糖？"江阔立马坐直了，"哪儿呢？"

"我包里。"段非凡说。

江阔拿过他的包打开，里面有个小玻璃饭盒。

包打开的瞬间他就闻到了浓浓的香味，打开饭盒，里面是码得整整齐齐的花生糖，每一块都泛着油润的光泽，看着就很好吃。

"这也太香了。"江阔伸手想拿，犹豫了一下又收回手，把饭盒捧到嘴边想直接叼一块，但糖排得很密，他有点儿下不去嘴。

段非凡叹了口气："包里有一次性手套，专门为讲究人准备的。"

"谢谢。"江阔拿出手套拆开戴上，捏起一块放进嘴里，嚼了两口之后闭上眼睛，"嗯——"

"好吃吗？"段非凡问。

"好吃，很香。"江阔边吃边说，"我没吃过花生糖，比我想象的好吃多了。"

"吃多了会腻。"段非凡说。

"你小时候很爱吃吧？"江阔又拿了一块。

"我小时候爱吃肉，"段非凡说，"但我喜欢看人做这些，各种糖，麦芽糖、花生糖、松花糖、萨其马……"

"市场里都有吗？"江阔问。

"嗯，"段非凡点点头，"一般都是市场里才有，现在市场里也没了。"

"为什么？"江阔看着他。

"不卫生，"段非凡说，"而且小孩儿能吃的零食那么多，谁还吃这些啊。"

"不卫生……"江阔看着饭盒里的花生糖。

"宋大爷这一锅做得还是干净的，"段非凡说，"放心吃。"

江阔笑了起来。

车接近目的地，路过的街道和建筑逐渐变得熟悉。平时在学校附近转悠的时候，江阔感觉自己对这里的街景并没有印象，现在看到却一眼就能认出来。

"杨科过年都没回家，"车转进小区的时候江阔看着外面说，"不知道是在这儿过的还是去了他女朋友那儿。"

"在这儿。"段非凡说。

"你碰上他了？"江阔转回头。

"嗯，"段非凡说，"早上我过来收拾的时候碰到他了，他租的房跟大炮租的离了四栋楼，不过我没见着他女朋友。"

"他家里都快愁死了。"江阔说。

段非凡等着江阔跟他说开店的事儿，但江阔没有说，忙着吃花生糖，车在楼道口停下的时候，他已经把饭盒里的花生糖吃掉了两层。

"你这已经吃饱了吧？"段非凡叹了口气。

"还行，"江阔说，"肚子里还留了一顿大餐的位置。"

段非凡笑了笑，开门下了车。

江阔的箱子比之前回家时用的那个大了一圈，估计带了不少衣服。现在少爷已经学会节约了，没打算再直接去商场。

江阔站在电梯前："几楼来着？"

"十楼，"段非凡说，"站在阳台上能看到市场正门的大灯牌。"

"这么近吗？"江阔问。

"你傻吗？"段非凡说，"难道不是因为够高吗？"

"哇，"江阔转过身看着他，"你居然嫌我傻？"

"也不是现在才嫌的。"段非凡说，"从你花一千五睡躺椅的时候就嫌上了。"

"我那是生活经验不足。"江阔说。

"不完整，"段非凡说，"应该是生活经验不足但钱足。"

江阔笑了起来。

电梯门打开，一个大妈走了出来。

江阔拖着行李箱准备进去，大妈拦住了他，上下打量着他俩："你们几楼的？"

江阔没回答，只是看着她。

"阿姨，我们十楼的。"段非凡在江阔后腰上轻轻戳了一下，他知道这种拦着人问话还很不客气的态度会让江阔不爽。

"十楼？"大妈疑惑地盯着他俩，"哪个门？十楼的我都认识，没见过你们。"

"我也没见过您。"江阔扒拉开她的手，进了电梯。

"二门的，阿姨。"段非凡也进了电梯。

大妈又跟进了电梯，江阔震惊地看着她："干吗？"

"二门住的是一个养狗的小伙子，天天带着只狗进电梯！"大妈瞪着他俩，"他回家了，现在没人在家。"

"我们是胡振宇的朋友。"段非凡说。

他本来想着和气点儿，不要一来就得罪邻居，但大妈对奔奔的恶劣态度让他很不爽。

听到胡振宇的名字之后，大妈的脸色有所缓和，但只缓和了一秒："那你们来住？"

段非凡没回答她的问题："阿姨，我要按楼层了，您是要出去还是上楼？"

"哎哟，烦死了！"大妈又皱起了眉，"不是他一个人住吗？一会儿来一个，一会儿来一个，还全是小年轻，不得闹腾死啊。你们当初谁租的房就应该谁住！"

段非凡按下了十楼的按钮。

电梯动了之后大妈喊了一声，赶紧过去按开门键，但电梯门没打开。

"不是！你们有什么毛病啊！"大妈很生气，"这是干什么？！"

"上楼。"江阔说。

"你……"大妈指着他。

段非凡一巴掌把大妈的手拍开了："阿姨，您要是有事儿跟房东说去吧，行吗？跟我们说不管用。这房子是正常的两居室，别说住一个两个，就算住一家子也不关您的事儿，知道么？"

大妈瞪着他。

"瞪我也没用，"段非凡说，"要不您瞪房东去。"

电梯到了十楼，他们出电梯的时候，大妈在电梯里指着他们："欺负人是吧？可以，等会儿我就报警！"

"对喽，拿起法律的武器，"段非凡点点头，"看能不能突突着我们。"

电梯门关上了，大妈的声音随着电梯下行慢慢消失。

"我的天，"江阔说，"这都什么邻居，你一开始脾气可真好。"

"你不得在这儿住几天么，"段非凡掏出钥匙，"刚进来就跟邻居吵架不合适。这种老太太平时没什么事儿，杠上了能一整天都盯着你，够你烦的。"

"那你也没和善到底啊，"江阔想想又笑了，"你还气她来着。"

"先礼后兵嘛。"段非凡打开了门，"她骂奔奔那肯定不行，奔奔不进电梯，难道大炮带着它走楼梯下十楼吗？"

"我刚还有点儿担心她冲出来撕你。"江阔进了屋。

"怕屁，我跟你说，"段非凡拉开了客厅的窗帘，"我在市场跟老太太打过架。"

"什么时候？"江阔转过头，有些吃惊地看着他。

"五年级的时候。"段非凡说。

"段英俊，你是真的牛。"江阔把行李箱往墙边一放，开始在屋里转悠。

大炮这房子还行，采光好，阳台那边的视野不错，没有什么遮挡。

江阔从客厅转到卧室，再转到另一间空着的房间，里面放着一个木头做的小狗窝。奔奔在这儿的待遇还不错，居然住的是单间。

"满意吗？"段非凡靠在门边问。

"不满意你还能给我换吗？"江阔说。

"不满意就只能住牛三刀三楼了。"段非凡说。

江阔笑了起来："那不满意。"

"行，那你晚上就住我那儿吧，"段非凡说，"睡觉之前先打一架，谁赢了谁睡床。"

江阔想起段非凡屋里放的是张单人床。不过要睡两个人也不是完全睡不了，挤挤就能睡下……

"想什么呢？"段非凡问。

江阔没说话，从段非凡身边挤过去，回了客厅。

"换床单、被罩了吗？"江阔突然想起来，"我可不会弄啊。"

"你宿舍的床谁帮你换的？"段非凡问。

"刚去的时候是大炮，后来天气变冷了，是唐力帮忙换的……"江阔走进卧室，看到床上整齐地放着枕头和被子。他伸手摸了摸，床单应该是新换的。

"大炮走的时候把床单、被罩都洗了，被子晒过后放在柜子里，我直接拿出来套上就行。"段非凡说，"大炮家里条件也挺好的吧，怎么没跟你似的这么废物？"

"他一直住校，没法废物。"江阔脱掉外套，扑到了床上。

床垫挺厚的，还挺软弹，趴上去像是扑在了果冻上。他舒服地伸了个懒腰，偏过头看着段非凡："小段。"

"嗯？"段非凡歪了歪头。

"来，"江阔的手在自己身边拍了拍，"享受一下。"

段非凡笑着走了过来："这词儿都用上了。"

江阔说："赶紧的！"

段非凡也扑到了床上，跟他并排趴着，偏过头看着他："这样吗？"

"嗯。"江阔笑笑，伸手在段非凡脸上摸了摸，"真英俊啊。"

"那是，他们的名儿都是表达愿景，"段非凡说，"我的名儿是陈述事实。"

江阔嘿嘿嘿地笑了好半天。

笑完之后他就没再说话，只是盯着段非凡的嘴。

"痒痒吗？"江阔问。

"还行。"段非凡说，"只要你别突然扑过来再次伤害它。"

"去你的。"江阔说。

没等段非凡再说话，他突然胳膊往床上一撑，借着床垫的弹力蹦了起来，然后拽着段非凡的胳膊往后一掀。

"啊……"段非凡喊了一声，顺着他的劲儿翻了个身，"行，不砸脸就卸胳膊……"

这时，段非凡放在客厅桌上的手机响了。

江阔停下动作："不接电话吗？"

"要接的，"段非凡说，"估计是老婶，可能牛骨汤已经炖好了……"

"那你接啊。"江阔说。

"嗯。"段非凡叹了口气，坐起来跳下了床。

"段凌马上到了，"老婶在电话里说，"你俩到地方没？放了行李就回来吧。"

"嗯，刚到。"段非凡往卧室里看了一眼，江阔也已经下了床，"一会儿收拾完就回去。"

"好，见着人了我才好做面条，"老婶说，"要不坨了。"

江阔走了过来，段非凡挂掉电话看着他："让我们收拾好就过去。"

"我洗个澡。"江阔说。

"嗯。"段非凡应了一声。

江阔进了浴室之后，段非凡回到卧室，把床收拾了一下，将床单扯平，被子放好。恢复原状之后，他撑着床沿儿愣了好半天。

"走吗？"江阔洗完澡出来。

"走。"段非凡说。

"我带了瓶我爸的酒给老叔老婶。"江阔从行李箱里拎出一个袋子，又从袋子里拿出一瓶包装有些褪色的酒，"窖藏老酒，我爸说还可以。"

"这礼是不是有点儿太重了？"段非凡说。

"他还有一堆，"江阔说，"光看不喝，不送人留着当传家宝么？"

"老叔老婶会吓着的，"段非凡说，"回礼都不知道怎么回。"

"这是我回的礼啊。"江阔说。

"酱牛肉，回这么好的酒？"段非凡说。

"是啊。"江阔说，"江总超级爱吃酱牛肉。"

段非凡沉默了一会儿。他不知道该怎么办，这酒拿回去绝对会吓着老叔老婶，老叔是爱喝酒的人，一看就能知道这酒不便宜，有钱也没地儿买。但如果拒绝江阔……

"好像是……不太合适，是吧？"江阔琢磨了一下。

"要不这样，"段非凡说，"这酒你回给我得了。"

"不要脸啊你，"江阔看着他，笑着说，"给老叔不合适，给你合适是吧？"

"嗯。"段非凡点点头，"酒放我这儿，以后有机会再拿给他们。你一会儿上外面店里拎两瓶普通的过去就行。"

江阔想了想："也行。"

两个人下了楼。出楼道的时候，江阔突然小跑几步，往外面路边扫成一堆的鞭炮渣上一蹦，踩了进去。

"有病是吧！"段非凡骂了一句。

"我一直想这么干。"江阔说，"还有树叶堆，看到就想蹦起来踩进去。"

"爽吗？"段非凡问，"这要是在我家，我老叔直接拿这些玩意儿把你当场埋里头。"

江阔从鞭炮渣里跳了出来，鞋上、裤子上都粘着红色的纸屑。他跺了跺脚："这堆不够大。"

"上车。"段非凡把钥匙扔给他。

"去哪儿买酒？"江阔一路跺着脚走到车旁边，鞋上的渣子还没跺掉，最后他又在车轮上踢了两脚才弄干净了。

"路上有个烟酒行，"段非凡说，"去那儿买就行。"

江阔发动了车子，感觉似乎已经很久没开自己这辆车了。油箱是满的，估计是段非凡去接他之前加满了。

踩下油门,听着车子发出的轰鸣声,他有种久违的愉快感觉。前面没有岔路,是一条通往小区花园的路,他踩了两脚油门。

"这路也就一百多米,"段非凡相当了解他,"够你过瘾么?"

"够,"江阔勾勾嘴角,"五十米都够了。"

段非凡笑着叹了口气。

车往前冲了出去,不过并不是以段非凡想象中那么快的速度。车冲出去几十米之后,江阔方向盘打满,车原地转了一百八十度,掉了个头。

段非凡的脑袋在车窗上磕了一下。他捂着额角,看了江阔一眼。

江阔看了看他,脸上本来是饱含歉意和担心的表情,但最后还是没忍住,发出了狂笑:"不好意思啊……疼吗……哈哈哈哈哈哈哈我忘了提醒你……磕得厉害吗……"

"谢谢关心啊。"段非凡也忍不住笑了。

"我本来……"江阔趴在方向盘上笑了好半天,"不想笑的,但是我中途……听到响了。"

"哐!"段非凡说,"是吧?"

江阔本来已经收了笑,见他这一学,顿时绷不住又笑了起来。

"笑,笑,"段非凡点头,"笑完了一会儿把你那酒拿走啊。"

"哎!"江阔喊了一声,"这么善变的吗?"

"嗯哪。"段非凡笑笑。

"我看看,"江阔搓了搓脸,终于停下了笑,"磕得重吗?"

段非凡偏过头,江阔看到他右边眉毛上面有一小块红了。

"哎,"江阔感觉自己的眼睛瞪大了一圈,"红了啊,疼吗?"

"不疼。"段非凡说,"手搓两下都会红呢,你拿门夹我脖子的时候比这重多了,也没事儿啊。"

"……这种事儿你记得倒挺清楚。"江阔说,"我不是故意的。"

"你当然不是故意的,"段非凡说,"你要是故意的,咱俩到现在得打多少架啊。"

江阔笑着往椅背上一靠,舒出一口气:"这些都是缘分啊,英俊。"

"可不么。"段非凡伸手往前一指,"开车,一会儿段凌得打电话过来骂人了。"

"走。"江阔一拍方向盘。

烟酒行里的酒没有江阔看得上的,段非凡按老叔的喜好稍微把档次提升一

通向未来的路 CHAPTER 23

631

点儿挑了两瓶。

"不到五百块，"江阔看着酒，"行吗？"

"你是不是不怎么给人送东西？"段非凡问。

"嗯，"江阔点点头，"我给谁送去？只偶尔给几个朋友送点儿什么。"

"这酒挺好的了，平时我们喝的酒也就几十块。"段非凡说。

"嗯。"江阔看了看酒，"老婶也喝酒吗？"

"他俩都挺能喝的，段凌也厉害，"段非凡清了清嗓子，"就我。"

江阔又笑了起来，不知道为什么还把之前段非凡磕脑袋时没笑完的那点儿感觉也勾了起来，等坐回车里才总算是笑完了。

"笑累了都。"他叹了口气，转头看着段非凡，"小段。"

"嗯？"段非凡也转过头。

"你一点儿都不想笑吗？一点儿都没被我感染吗？"江阔挑了挑眉。

"这话说的，我干吗要笑我自己……"段非凡看着他，突然把车门打开，接着腿往外一伸，冲着外面喊了一嗓子，"大家给评评理啊——"

"哎！"江阔扑过去把他往回拽，"我错了我错了……我忘了您社牛症晚期了……"

"我讲理呢。"段非凡说。

"腿给我缩回来！"江阔喊。

"好嘞。"段非凡收回腿，把车门关上了。

"走！"江阔笑着喊了一声，手在他腿上用力搓了搓。

2　菜市场风云录之凡爷

市场还是挺冷清的。今天初二，一半多的店都还关着门，只有像牛三刀这种老板是本地人，不用回老家过年，又住在市场里的才会营业，但货很少。

"市场要是拆迁了，"江阔问，"老叔他们还有地方住吗？"

"他们有套小房子，"段非凡说，"租给市场里的人了，到时收回来就行。"

"那你呢？"江阔问。

"我住校啊。"段非凡笑笑。

"一直住吗？"江阔看着他。

"他们肯定会给我留个房间，"段非凡轻轻叹了口气，"但我还是打算自己想办法。那套房子就两居室，他俩一间，段凌一间。段凌现在自己搬出去了，但她的房间也该留着，难道她不回家了吗？"

"是啊。"江阔点点头。

"我现在在牛三刀住的这个小屋以前就是段凌的，"段非凡说，"我不能一直抢她的房间。再说下半年我爸出来了，也得找个地儿住。"

"大炮那个房子，如果到时他不租了，"江阔说，"让他转给你。"

"那个小区是新的，租金不便宜。"段非凡说。

"应该不贵，大炮随便租的，"江阔说，"杨科流落街头的时候都去那儿租呢。"

"咱俩对不贵的定义不一样。"段非凡搭着他的肩。

"晚点儿我问问他，看看租金是多少。"江阔说。

"嗯。"段非凡笑笑。

他们刚走到牛三刀门口，就看到段凌走了出来，拿着手机正要拨号。

"看到没，"段非凡说，"晚一分钟，就会接到她的骂人电话。"

"你俩爬得真快啊。"段凌转头看到他俩，喊了一嗓子。

"凌姐过年好。"江阔说。

"过年好。"段凌笑笑，"怎么你过个年还瘦了一圈儿？"

"瘦了吗？"江阔转头看着段非凡，"我瘦了？"

"……我没看出来啊。"段非凡说。

"我老长时间没见着他了。"段凌看了看江阔，"真瘦了，不过还是帅的。"

"到了没啊？"老婶在里头喊。

"到了！"段非凡也喊。

"到了进来啊！"老叔走了出来。

"老叔过年好，"江阔往里走，"老婶过年好！"

"过年好过年好！"老婶看到了他手里拎着的酒，立马冲段非凡一瞪眼睛，"你让人家买的吧？"

"我没。"段非凡说。

"这一看就是我爸爱喝的，"段凌进来也喊上了，"肯定是非凡给人少爷瞎出主意了！"

"他真没……"江阔的话就说了一半。

老叔、老婶加上段凌，还有段非凡，几个人同时开口，江阔瞬间感觉自己仿佛回到了段非凡的衣兜里，正在观赏他家过年的直播。

"以后别这么客气，知道吗？"老叔过来拍拍他的肩膀，"你们都是非凡的同学、朋友，都是小孩儿，来了就来了，来了就行，别的不用讲究，知道吗？"

"知道了。"江阔点点头,"主要是过年嘛,平时我也……"

"过年带点儿你家做的好吃的来就行,"老婶说,"明天丁哲那小子要过来玩,他说带只烧鸡,他妈做的。江阔,你明天也来啊。大过年的一个人在这边,也没饭吃,过来吃啊。"

"好。"江阔笑笑。

"那烧鸡是丁哲他妈妈自己做的还是买的啊?"段凌说,"他去年就被他妈妈骗了一回。"

段非凡忍不住笑了起来:"那真没准儿。"

"这也能骗到?"江阔很有兴趣。

"他妈妈觉得他不认真吃自己做的烧鸡,"段非凡说,"买来的他也根本没吃出来,还带出来让别人尝。"

江阔笑了起来:"那我能吃得出牛三刀的酱牛肉。"

"你吃过别家的吗?"段非凡问。

"吃过,"江阔说,"刘阿姨买了点儿,一吃就吃出来了。我爸说吃起来大致差不多,但牛三刀的更有嚼头,而且多了几种香味——是不是有秘方?"

"没有,"段非凡说,"我觉得是刘阿姨买的那家不会做……"

"真没秘方?"江阔问。

"真没,"段非凡说,"放的料我都知道,都是老婶分好了之后我往锅里放的,可能是配比不同。"

江阔喷了一声,想想又小声说:"以后就说有秘方,配比就是秘方,牛三刀秘制酱牛肉。"

段非凡也小声说:"你琢磨什么呢?"

"吃完饭再说。"江阔打了个响指。

这顿饭吃饭人数五人,比起江阔在家吃年夜饭的时候还少一个人,但闹腾程度远超他家的年夜饭。

段凌是个小喇叭,话特别多,嗓子还亮。老叔老婶喝了点儿酒也特别能聊。这种场合,为了让做客的人迅速融入,采用的都是揭短式聊天法。

"段非凡小时候浑着呢,跟他爸吵架了要挨揍,光屁股跑出去满市场窜。"段凌说。

"我没有啊!没有!"段非凡喊。

"晚上不睡觉,非说要除暴安良,拎根棍子溜出去跟在市场保安后头巡夜,给人家吓得不敢回头,以为有贼跟踪!"老婶说。

"用事实证明咱们的保安真的不行,真有贼他抓不住……"段非凡说。

"后来还偷人家剁下来的鸡屁股喂狗。"段凌说。

"市场这片儿的小孩儿让他揍了个遍，逼着人家无论大小都得叫他凡爷。"老叔说，"那会儿成天担心他惹事儿，长大后倒是突然靠谱了。"

"叛逆期嘛。"段非凡说。

"谁小学就叛逆！"段凌说，"叛逆得有点儿过于早了吧，还收钱送女同学回家呢，这也是叛逆啊？"

江阔一口酒差点儿喷到地上。

段非凡嘿嘿乐着。

老婶给江阔介绍着段非凡的生意："五毛钱送一次，一星期打包的话两块钱，顺路的话一趟能送三个，你说他坏不坏？"

江阔笑得更厉害了，那他现在比小时候更坏了，接根洗衣机水管敢收九百块。

吃完这顿饭，江阔感觉自己脸都酸了。

收拾好碗筷，段非凡在厨房洗碗，江阔站在旁边看着。

"你小时候挺能折腾啊。"他说。

"坊间传闻，"段非凡飞快地洗着碗，"听听就行，不能全信。"

"主要听着都像是你能干出来的事儿，"江阔说，"一点儿都不生硬。"

"我们这儿的小孩儿差不多都是这么长大的，"段非凡说，"随便拎一个出来抖一抖，都有一堆这样的事儿。"

"很可爱。"江阔说。

"您这突然飙升的情商。"段非凡看了他一眼。

"真的，"江阔笑了，"真的很可爱，我小时候就不这样。"

"不是也挺野的？大炮说你爬树、摸鱼一样没少干。"段非凡说。

"不一样，"江阔歪了歪头，看着他的脸，"我只是逃课出去发泄一下，你是……怎么说呢……"

"菜市场风云录之凡爷。"段非凡说。

"对，"江阔点头，"就这感觉。"

"什么就对了，还就这感觉。"段非凡笑了，"你在这方面真的一点儿世面没见过。"

"对。"江阔又点头。

段非凡关了水龙头，把洗碗布晾好，转头看着他："你喝了多少啊，阔叔？"

"也就两杯吧。"江阔说，"咱们去市场转一圈儿吧，醒醒酒。"

"行。"段非凡说。

出门的时候段凌在屋里喊："你俩是疯了吧？都关着门呢，逛什么啊！不冷啊！"

"一会儿冷了就回来。"江阔也喊。

"冷吗？"段非凡问。

"不冷。"江阔看了他一眼，他脖子上围着那条墨绿色的围巾，"你也送我条围巾吧。"

"……你这让我很尴尬啊。"段非凡笑了，"明天就去商场。"

"市场没有吗？"江阔问，"临街那一排不是有服装店吗？总有几家开门的吧？"

段非凡看着他："你知道那儿的衣服都是多少钱的吗？"

"怎么，"江阔也看着他，"你是怕买不起吗？"

"你喝多了。"段非凡伸出胳膊搭着他的肩，"行，去看看哪家开着门。"

往前才走了几步，他俩就开始往中间撞。

江阔喷了一声："怎么还是一点儿默契都没有。"

段非凡笑着蹦了一下，调整了一下步伐。

那一排小铺子有好几家都开着门，毕竟对着街道，还是有可能有生意上门的。其中有三家是服装店，都只有一两个架子上挂着围巾。

江阔没找到喜欢的颜色。

"没有卖毛线的店吗？"江阔说，"那天我给你买围巾的那种店。"

"还非得那种啊。"段非凡想了想，"那再往前点儿吧，有个卖毛线的，不知道开没开门。他家老太太还会给人织毛衣。"

"走。"江阔胳膊一挥。

店是开着的，门开了一半，老太太没在，只有个大姐在，是老太太的媳妇儿。

因为这个店不临街，看到他俩从半开的店门挤进来的时候，大姐有一瞬间的表情是诧异中带着一丝惊恐。

"奶奶没在啊？"段非凡问了一句。

"在家呢。"大姐盯着他看了一眼，"你是里头……那个……"

"牛三刀。"段非凡笑笑。

"是吧，我在你家买过牛肉。"大姐笑了，"怎么跑这儿逛来了？"

"看看围巾。"段非凡说。

"挑吧，这些都是。"大姐指着墙上挂着的围巾，"右边是机织的，左边是手工织的，手工织的贵一点儿啊。"

"你挑吧。"段非凡碰了碰江阔。

这些围巾款式还挺多，江阔在手工织的这边看了看。他没什么特别的要求，看到一条墨绿的就拿了下来，又看了一眼段非凡那条。好吧，不怎么像，颜色也不是同一种墨绿，但无所谓。

他又摸了摸手中的围巾，很厚实，上面还织了扭扭花。

"就这条。"江阔说。

"姐，这条多少钱？"段非凡问大姐。

"这条啊，"大姐走过来，摸了摸围巾，"平时是卖二百的……"

"熟人价呢？"段非凡说。

大姐笑了笑："一百八吧，手工的呢。"

"一百五。"段非凡说，"手工的我才要呢。"

"一百六拿去！"大姐说，"这个真是羊绒的，特别暖和，又厚又轻……"

"行吧，"段非凡点点头，"姐，你给我包一下，我送人的。"

"好！"大姐拿出一张印着小花的牛皮纸把围巾卷了起来，再用一根粉色的毛线拦腰系了个蝴蝶结。

段非凡拿过围巾。两人出了店门，他把江阔从旁边的侧门带回了市场里，然后在蔬果区找了个避风的地方，把包好的围巾递给江阔："来，送你的。"

江阔非常愉快地接了过去："这包装还挺有格调的。"

"那我们这儿不少店都有格调。"段非凡说，"卖肉的也有用牛皮纸包一下，再系根儿草绳的，只是不系蝴蝶结。"

"滚蛋。"江阔笑了。

"戴上吗？"段非凡问。

"嗯。"江阔点点头，拆掉包装，把围巾绕到了脖子上，忍不住感慨，"才一百六十块……我送你的那条五百多呢。"

"不是，"段非凡笑了，"什么意思啊，我要不再回去买三百块毛线给你？"

江阔乐了半天："我就是感叹它很便宜，还是手工织的。"

"这里毕竟是市场，不是旅游景点啊。"段非凡说，"喜欢吗？"

"喜欢。"江阔抓着围巾往脸上蹭了蹭，"舒服。"

"再上哪儿转转？"段非凡问。

"就市场这附近吧，"江阔说，"感受一下氛围。"

"这有什么可感受的？现在又没什么人，"段非凡说，"平时来感受才强烈。"

"卖牛肉的就是牛三刀那一排是吧？"江阔说，"有多少个店啊？"

"不算摊的话，四五个店吧。"段非凡说，"卖猪肉的多一些，牛肉没那么多人买，怎么了？"

江阔没说话。

"跟牛三刀秘制酱牛肉有关吗？"段非凡问。

"嗯。"江阔看了他一眼，"你要不先开个网店试一下？"

段非凡愣了愣，看着他："现在？"

"不是现在。"江阔说，"我的意思是可以从这一块入手，比直接跟老叔说开分店要简单，而且开网店不需要店面……"

"你是不是之前跟杨科说了这个？"段非凡问。

"嗯？"江阔停下了，"他跟你说了？"

"早上碰见的时候他提了一嘴。"段非凡说，"我不知道什么情况，也不知道是不是他自说自话，就没多问。"

江阔看着他，沉默了一会儿才说："你是不是……不高兴？"

"没，怎么会？"段非凡说，"我就是……"

"啊……"江阔拧着眉，"我是应该先跟你商量一下。主要是正好杨科找我，我就……"

段非凡伸手在他背上拍着："没有没有没有没有没有，我没不高兴，我只是没想到，没有不高兴。"

段非凡的确没有不高兴，只是也没有告诉江阔，他并不希望江阔花太多心思在他家里的事情上。

感情并不一定会一直单纯，但他希望他自己的这些事情不要变成对方的负担。背负着这些本不该出现在对方生活里的非常规事件，路上会充满变数。

他可以承受，可以改变，但仅仅是他，江阔不用变，江阔不要变。

"你打算……"段非凡收回思绪，看着他，"让杨科做什么？"

"跑腿。"江阔说，"我的想法是开个网店，你不是也会在微信上接单嘛，那顺手把这事儿做正规了，包装、品牌这些先弄好，办手续之类的杂事可以让杨科去做，咱俩毕竟还得上课。"

"你想什么时候开始？"段非凡问。

"不是我想，"江阔说，"是你想，你打算什么时候开始，就什么时候开始。"

"嗯，"段非凡点了点头，"我先……跟老叔商量一下。"

两个人在市场里慢慢转悠，江阔感觉段非凡似乎还没有回过神来。之前说的开分店是有难度的，毕竟是另一个店，动静也大，而做这个基于牛三刀本身的网店应该没有那么大的难度。

"这样弄的话，老叔应该不会有什么意见吧？"江阔问。

"得聊了才知道。"段非凡说。

"这么不能确定吗？"江阔看着他，"你并不是在抢他的生意啊，这不是件好事儿么？"

"不是这个。"段非凡叹了口气，往江阔身边靠了靠，"这么多年，他给我爸钱、交我的学费、给我零花钱，就是在说，'有事儿我都能担着，你爸我能负担，你我也能负担……'"

"现在你突然要自己工作，他会觉得是你信不过他了？"江阔问。

"书都没念完就要考虑赚钱的事儿，"段非凡说，"不像话，是老叔没做好。"

江阔拧着眉，过了一会儿说："先问问吧，不行再说。"

"嗯。"段非凡抱着胳膊，"你不是提前过来玩的么？先玩啊。什么时候去骑马？"

"是什么时候给你上马术课。"江阔纠正他。

"什么时候给我上马术课？"段非凡笑着问。

"给你特殊待遇，"江阔一拍手，"时间你定。"

"马场初六以后才营业，"段非凡说，"我到时打电话预定。"

江阔伸了个懒腰："过年吧，要说好玩也好玩，放假，家里人欢聚一堂；要说无聊也无聊，想玩都没地方玩。"

"研究一下有什么玩的地方过年不休息。"段非凡拿出手机。

"无所谓。"江阔说，"以往过年我也就去去酒吧、在家睡觉，没什么可干的，我提前过来是觉得一个人在家更无聊。"

"那咱俩去酒吧？"段非凡说。

"不去。"江阔说。

"怎么了？"段非凡看着他，"跟我去酒吧没意思么？"

"你以往过年怎么过的？"江阔问。

"睡两天，跟同学聚一下，走两天亲戚，"段非凡说，"然后牛肉就该上货了。"

"啧，"江阔笑了，"不比我有趣多少，还累。"

"所以我陪你去酒吧啊。"段非凡说。

"不，没意思。"江阔说，"我过过你的年吧。老叔让我过来吃饭，我就来吃饭。丁哲是不是会过来帮忙？"

"嗯，有时候，他不想在家待的时候。"段非凡说。

"那我也来。"江阔说，"做酱牛肉。"

"行，你来添乱。"段非凡笑着说。

3 快，叼上，门牙咬着晾晾

丁哲拿着刀，看着站在案台前的江阔，脸上写满了"我不理解"。

"你家过年是有多没意思啊，"丁哲说，"无聊到你要提前返校，到市场里帮人切牛肉。"

"新鲜。"江阔按老叔教的把牛肉切成长条。

一块牛肉，他已经切了好几分钟。

"你别跟我说话，"江阔说，"我怕我一分心会切到手。"

"我去。"丁哲吓得立马离他两米远。

"把水烧上。"段非凡指挥丁哲。

"一会儿吧，"丁哲说，"等他切完水都烧干了。"

"这块切完了吗？"段非凡走到江阔身边问了一句。

"最后一刀，"江阔说着用刀往下一划，"看。"

"厉害，"段非凡说，"这一通操作，手指还齐全着。"

"你来。"江阔放下刀，"我手指头都酸了。这刀也不重啊，为什么？"

"抓太紧了，不用使那么大劲，又不是砍牛骨。"段非凡拿过一块牛肉往案台上一铺，开始切，"这刀超级好用的。"

的确超级好用，看段非凡的动作就知道这是把好用的刀，能治愈强迫症。

"今天要不要拿点儿走？"老叔问丁哲。

"家里还有呢，我在这儿啃点儿就行，不往家拿了。"丁哲说，"我姨姥来了，这两天就没吃酱牛肉，她爱吃辣的。"

"蘸点儿辣酱吃不就行了？"老婶在一边说。

"酱牛肉没有辣的吗？"江阔问。

"没做过辣的。"老婶说，"别的地方有吧，但咱们这些年就这么做的。"

"为什么不做辣的呢？"江阔问。

"因为想吃辣的蘸点儿辣酱就行了啊，"老婶笑着说，"这孩子。"

"可是味道会不一样啊，"江阔说，"香辣的、麻辣的、藤椒的……"

段非凡转头看了他一眼。

江阔也看了他一眼，咽了咽口水："应该都很好吃。"

段非凡正因为江阔又琢磨这些觉得有点儿不是滋味，但转头看到他这样子又很想笑。

他本来想着过几天再跟老叔提这件事，但江阔这两天都在牛三刀帮着做酱牛肉，有时候也会跟老叔聊几句。他决定还是找个机会先说，把这事儿落实了，江阔就不需要一直替他操心了。

正好今天大炮要去趟工地，经过这边时，叫了江阔出去吃饭。

"你真不去？"江阔问。

"我就不去了。"段非凡说，"宋老板今天会送牛肉过来，马上开市了，肉多，老叔一个人忙不过来。"

"行，"江阔点点头，"那我回来再找你啊。"

"看时间，太晚了你就直接回出租屋，"段非凡说，"我忙完过去找你。"

"嗯。"江阔低头给大炮回消息，"大炮还挺勤奋的，这还没过完年呢，就开始忙活了。"

"你没来报到的话，"段非凡说，"是不是也得跟着江总工作？"

"大概吧。"江阔说，"我觉得没什么意思，很累心。江总又不是干不动了，得力干将有好几个，干不动了交给谁都行，为什么非得拽着我？"

"去吃饭吧。"段非凡往他背上拍了一巴掌。

"别动手动脚的啊，"江阔转头看着他，"我会报复的。"

"嗯？"段非凡一挑眉毛。

江阔的手飞快地在他腰上狠狠掐了一下。

"啊，"段非凡在自己身上一通揉，"肉给我揪掉了！"

今天的晚饭是过年以来牛三刀最安静的一顿，段凌上班了，没时间回来吃饭，江阔没在，丁哲也没来混饭吃，只有老叔、老婶和段非凡三个人。

"今天吃剩菜啊，"老婶说，"就我们几个。"

"嗯，"段非凡靠着椅背，"我其实不吃都行，这阵儿天天大鱼大肉的，肌肉都让肥肉盖没了。"

"先盖着吧，"老叔说，"不能不吃，这么些剩菜呢。"

"吃。"段非凡笑笑。

老叔吃了几口，想想又去拿了酒过来倒上了："那天给你爸打电话，他报的那个年夜饭菜单，是不是还挺丰盛的？"

"嗯，扣肉、红烧肉都有。"段非凡说。

"就是不让喝酒。"老叔喝了一口酒，眯着眼睛，一脸享受。

"出来就能喝了。"段非凡说。

"也就半年了，"老叔说，"暑假尾巴上就能出来了。"

段非凡沉默了一会儿："老叔。"

"嗯？"老叔看着他。

"咱们牛三刀……"段非凡犹豫着该怎么开口，但似乎怎么说都会有些尴尬，"要不要开个网店？"

"什么？"老叔愣了。

老婶也愣住了，一块儿看着他。

"就……"段非凡吃了一口菜，"市场不是要拆迁么，过渡的那段时间生意肯定会受影响，现在先开个网店，到时可以弥补一下。"

老叔没说话，还是看着他，脸上已经不再是之前喝酒时美滋滋的表情，现在是错愕中带着怒气。

老叔这反应其实并没有太出乎段非凡的预料。老叔暴脾气、性子直，但在安于现状这方面又表现得相当沉稳，跟市场里大部分的人气质相近。因为打拼不易，维持现状是最好的选择，不到万不得已不会"求变"。当然有"变活"了的，但更多"变死"了的故事多年来同样在市场里流传。

"你不是在手机上卖着呢吗？"老婶说。

"这样规模比较小，都是老顾客，偶尔有些老顾客介绍来的。"段非凡说，"如果做得正规一些，就能扩大客源，为以后做准备。"

"你这是……"老叔终于回过神来，"你上你的学，琢磨这些干什么？就算拆迁，我还能供不起你上这个学吗？"

老叔就像段非凡预想的那样，说出了同样的台词。

"不是这个原因，"段非凡叹了口气，"还……"

"就是这个原因！"老叔把手里的杯子重重放回桌上，"还什么？还因为你爸要出来了！我养不活你爸吗？这个店我会不让他参与吗？我自己亲哥，一出来什么都没理顺呢就让他出去自立门户，我成什么人了？你也是，不好好上你的学，琢磨这些东西！我这么多年总担心你心思重，就怕你操心钱的事！"

"我没这么想，你跟老婶还有段凌，这些年对我跟亲的没什么区别，这我自己不清楚么？"段非凡看了看老婶，"婶儿，你知道我不是这意思。"

"你是不是担心你爸出来没个营生啊？"老婶说，"这要分家，也不急于一时，等你爸出来……"

"没没没没……"段非凡赶紧摆手，"没要分家，不分家！"

老叔和老婶以前就不太愿意开分店，从稳定的角度出发，再开个店得投钱进去，还不能保证生意一定好。这会儿段非凡突然提起网店，他俩更绕不过弯来，卡在"分家"这一个坎上过不去了。

"老叔，婶儿，"段非凡放下筷子，"这跟分家没有一毛钱关系。我只是想把咱们现在做着的网上销售这一块儿做得规范一些，不是为我爸，也不是我有什么别的想法。"

老叔没有说话，又喝了口酒，拧着眉，似乎是在琢磨。过了好一会儿他才重重地叹了一口气："这是谁给你出的主意？以前你每天乐乐呵呵的，怎么突然……是不是江阔那小子？"

段非凡愣了愣："没，不是他，跟他没关系。我以前不是也提议过开分店？"

"这事儿你瞒不了我，我这几十年市场不是白混的，老江湖了。以前你提的跟这次不一样，"老叔摆摆手，"这次你是认真的……我看江阔这几天尽琢磨酱牛肉了，他原来只是爱吃酱牛肉，现在还想着什么辣不辣的。"

"真不是他，"段非凡说，"我是最近因为拆迁的事儿，才又想起开分店来了，但是一细想，就觉得目前先做网店更合适，投入也少一些，基本还是咱们现在的流程，也不会增加什么负担。"

"要多少钱？"老婶问。

老叔看着她，她冲老叔摆了摆手。

"还没算，就是有这么个想法，具体的还没有确定。"段非凡说。

"孩子想弄就弄吧，这事儿他怕是琢磨不止一天两天了，劝不住。"老婶说，"给他拿点儿。"

段非凡这才反应过来老婶的意思，赶紧拉着她的手："不是，不用，用不了多少钱，我有，这钱不用你们出。"

"你能有多少钱！"老叔瞪着他，"你有多少钱我还不知道？压岁钱、零花钱，还有你自己卖掉牛肉分的钱，能有多少！"

"够的。"段非凡说。

"你给他拿两三万。"老婶说。

"嗯。"老叔应了一声。

"真不用。"段非凡的确没打算问老叔要钱，"这样吧，我如果真要做，肯定会算明白的，不够的话你给我再补点儿。"

他手头现在有差不多五万，虽然感觉不一定够，但这么多年他和老爸的生活全靠老叔一家，让老叔在不愿意的事儿上拿钱，他实在不想接受。

老叔看着他，半天才转开头，又叹了口气。

"不知道你怎么想的。有些东西我弄不明白，不让你做，怕万一是我不懂，耽误了你，"老叔说，"让你做，又怕你吃亏。"

"我都多大的人了，"段非凡说，"我是那种容易吃亏的人吗？"

"看对着谁。"老叔说，"江阔这孩子，我看着也是个实在孩子，但是……他毕竟是有钱人家出来的，五万、十万人家可不当钱，不一定能多上心，是亏是赚都无所谓。你跟着他玩，要真亏了可不是小事儿。"

老叔已经认定这事儿跟江阔脱不开干系,段非凡没法再辩解,只能默认了。

"嗯。"段非凡点点头,"我会上心的。"

"非凡啊,"老婶看着他,"你跟我说实话,是不是担心你爸出来没有着落?"

"也不是说不担心,"段非凡搓搓脸,"但他出来了,肯定不愿意在店里干,怕拖累人,也不会愿意拿着牛三刀的名字去做什么,毕竟这些年他都没管过这店。"

老叔仰头喝掉了杯子里的酒。

"要说老二吧,"老婶叹气,"他……"

"他就是这么个玩意儿!"老叔说,"你信不信,到时街道要来给他帮扶安置,他也不干!他宁可跑到别的地方去要饭!"

"哎……"老婶捂着脑门又叹了口气。

这顿饭吃了挺长时间,后半段老叔老婶都没了话,段非凡也沉默地扒拉着碗里的菜。吃完之后,就像条件反射一样,三个人起身,按部就班地开始忙活。

无论今天聊了什么、聊得顺利与否,明天都是开市的日子,今晚都得一如既往地准备。

宋老板的车停在了后面的通道里,段非凡走到车后。

通道这边灯火通明,一排的店铺都已经回到了日常状态里,打扫的、收拾的、备货的,有几分吵闹,带着过年的气息,又带着年已经过完了的气息。

"非凡,黑了点儿,是不是滑雪的时候晒的?"小李把后车厢门打开了。

"统共就滑了三个小时,"段非凡说,"明显到这种程度?"

"你原来白嫩呗。"小李说。

"一时之间分不清你这是夸我还是骂我。"段非凡说。

"夸你呢!"小李说,"你是不是只听得懂人家夸你帅!"

"那不至于,说我帅我都不当夸的。"段非凡靠着车门笑了起来,"肉好吗?"

"拿刀来,"小李说,"给你尝!"

"不用了,我刚吃完饭撑得慌,这会儿是文明人,不吃生肉。"段非凡拍拍车门,"卸货。"

这次老叔要的肉比较多,段非凡跟小李一趟趟搬着。老叔照旧跟宋老板在一边抽烟,联络一下感情,确保往后高品质牛肉的供应。

段非凡搬着一件肉进了店里,老婶正在数着件数。

"车上还有多少?"老婶问。

"两三件吧,差不多了。"段非凡一边说一边转身往后头走。

刚走到门边,他就听小李在车厢里说了一句:"哎!你谁啊你就拿了!"段非凡赶紧快步走了过去。这要是老张家的人大过年的找麻烦……

有人搬着一件肉从车门后面转了出来。

段非凡一眼扫过去就愣住了:"干吗呢?"

"消食儿。"江阔说。

"给我,"段非凡赶紧过去接,"蹭脏了!你没看到我们都穿着'海天蚝油'么?"

"欺负我不识字儿?"江阔往他身上看了看,"这难道不是'太太乐鸡精'?"

"嗯?"段非凡低头看了看,喷了一声,"这家大业大的,衣服太多了是容易穿错。"

"谁啊?"小李把最后一件牛肉搬下车,走了过来。

"我同学。"段非凡把江阔手里的牛肉接了过来。

"我以为老张家来劫肉了呢,吓我一跳。"小李进了后门,"我还想着,今天也没从他们那边走啊。"

"老张家劫肉?"江阔小声问。

"你怎么跑这儿来了?"段非凡看着他。虽然心情实在有些闷,但看到突然出现的江阔时,他的嘴角还是忍不住往上勾。

"我看还不晚就过来了,"江阔说,"发的消息你都没回。"

"没听见。"段非凡还是勾着嘴角。

"干吗呢?"江阔学着他说了一句。

"没。"段非凡低声说。

江阔大晚上跑过来,老叔老婶没觉得有什么奇怪的,从段非凡上高中起就成天有同学没事儿往店里跑。但毕竟今天吃饭的时候刚讨论过段非凡跟不拿钱当钱的小少爷江阔合伙的事儿,老叔还是忍不住多瞅了他两眼。

不过江阔在"被人看"这方面有着非同寻常的免疫力,因此并没有注意到,而只对刚煮出来的一锅牛肉表现出了兴趣。

"你给他切一块,"老婶跟段非凡说,"我看他一会儿没准儿要下手捞了。"

"没,"江阔说,"不至于。"

"那切不切?"段非凡看着他。

"切。"江阔说,"谢谢。"

段非凡洗了手,拿出一块牛肉切下来一小块,递到他嘴边:"烫啊。"

"烫你还给我,"江阔凑过去对着肉吹气,"我怎么吃?"

"烫死了，"段非凡翘起了兰花指，只用两根手指捏着肉，"快，叼上，门牙咬着晾晾。"

江阔龇着牙把肉叼了过来，然后继续龇着牙晾着。

"你上外头站几秒钟就凉了。"段非凡叹了口气。

江阔走了出去，过了几秒又走了回来，肉已经吃下去了："还真管用。"

"这还要学吗？"小李笑了起来。

"没这么吃过……"江阔说。

卸下来的肉得整齐，该码的码，该挂的挂。

段非凡指了指旁边的小椅子："你坐那儿吧。"

"我帮忙呗。"江阔说。

"不用，"段非凡说，"很快的，你坐着。"

江阔犹豫了一下，把椅子拖到一边坐下了。

老婶还在后厨煮着肉。满屋肉香里，段非凡把卸下来的牛肉整齐地码到前屋，做明天开市的准备。

老叔跟宋老板聊完之后进了屋，跟段非凡一块儿忙活着。

江阔刚才进市场，路过的所有店都是关着门的，有些亮着灯，有些黑着，他觉得可能都休息了，但看到后面通道里忙碌的人时，他才发现原来全都没歇着。

因为后面烧着炉子，屋里的温度很高，段非凡忙起来有点儿热，只穿着一件T恤，露出手臂修长的肌肉线条。

段非凡的动作非常熟练，江阔托腮看着。他以前没有去过市场，也不常去超市，他从来没想过把肉码到案上、挂到钩子上这样简单而充满着市井气息的动作，会这么具有观赏性。

"过两天你开车帮老罗拉一趟货吧，他的车送去修了。"老叔说。

江阔正看得入神，老叔突然开口，他一下没反应过来，都没注意老叔说的是什么，也不知道为什么会觉得老叔是在跟自己说话，总之他想也没想就应了一声："好。"

老叔和段非凡一块儿转过头看着他。

"行，"段非凡点点头，"那你开你的车去把那十几袋香料、干货什么的拉回来。"

江阔也看着他们，脑子里又过了一遍老叔的话，笑了起来。

"喝了不少吧？"老叔问。

"没喝多少，"江阔笑笑，"打车回来的时候司机走错路还被我发现了呢。"

"自己倒点儿水，"老叔说，"多喝点儿水。"

"嗯。"江阔点点头。

差不多整理完的时候,老叔冲段非凡摆了摆手:"你收拾一下吧,这点儿我来就行了,你俩是不是要出去玩?"

"不急。"段非凡说,"先弄完。"

"他一会儿要睡着了。"老叔说,"你俩出去都喝不成了。"

段非凡转头看了江阔一眼,发现他靠在椅子上,眼睛已经眯着了。

"去吧,"老叔说,"今天忙活一天了。"

"嗯。"段非凡应了一声。

他洗完手,换了衣服,江阔还靠在那儿。他穿上外套,又拿了江阔的外套,过去在椅子腿上轻轻踢了踢。

"嗯?"江阔睁开了眼睛。

"走。"段非凡偏了偏头,把外套递给他。

江阔站起来,往屋里看了一圈:"没干完呢?"

"这些老叔会弄,"段非凡说,"走吧。"

4 江阔你怎么这么难伺候呢

屋里太暖和,他俩走出门的时候外套都还敞着,刚走出通道,北风就一巴掌扇了过来。

"哎……"江阔手忙脚乱地低头拉拉链,"吹死我了……"

段非凡站到他跟前,把外套往两边一扯开。

"你干吗?"江阔看着他。

"挡风,"段非凡说,"感动吗?"

"有病吧!"江阔咬牙切齿地继续扯拉链,"赶紧的,拉上!"

"没你那么娇气,"段非凡看他把拉链拉上了,才低头把自己的外套也扣好了,"我早上跑步的话……"

话还没说话,江阔扑过来一把搂住了他。

"干吗呢?"段非凡转头看看他,"报答我是吧?"

"嗯哪。"江阔说。

段非凡也一搂他肩膀:"走。"

"走过去吧,"江阔说,"我刚在屋里被焐得有点儿迷糊了。"

"行。"段非凡把他外套的帽子扣到他头上,又帮他把围巾往上扯了扯。

"今天大炮问我这条围巾了,"江阔说,"真不愧是能帮江总看着我的人。"

"怎么？"段非凡问。

"他一眼就看出来这是我在市场买的。"江阔说。

"这我也能看出来。"段非凡说。

"怎么看？"江阔转头，从帽子里露出一只眼睛看着他。

"一看就是市场老太太手工专属款啊。"段非凡说。

"什么就专属款了？"江阔看了看围巾，"这个扭扭花吗？"

"嗯，"段非凡点头，"小时候老婶给段凌织的毛衣，这个扭扭花是标配。"

"还是女款？"江阔有些吃惊。

"也不算吧。"段非凡笑了起来，"不过本来也是小姑娘的衣服花样多，我的就都是平的拼色的。"

江阔喷了一声："反正我觉得挺好看的。"

现在时间还不算太晚，但街上的车和人都很少，很有过年时的寂寞气氛。路灯亮着，他俩挤成一坨的影子反复被拉长又缩短。

"今天我跟老叔说了一下网店的事儿。"段非凡说。

"怎么样？"江阔马上问。

"不是很支持，但也没反对。"段非凡说，"我一说这个，他们马上就问是不是因为我爸，是不是想分家……是不是我觉得他们会不管我爸了。"

"哎。"江阔叹了口气，"后来是怎么聊的？"

"也没怎么聊。"段非凡说，"老婶觉得可能劝不住我，就没再拦着了。"

"那你现在是怎么想的呢？"江阔问。

"先缓缓，让他们消化一下。"段非凡说，"如果马上开始行动，估计他们明面儿上不说，但心里多少还是会有点儿想法。"

"这阵儿我先了解一下，"江阔说，"看看运作起来具体需要……"

"我来，"段非凡说，"你不用操心这些。"

"你什么意思啊？"江阔问，"是觉得我不行吗？"

"这话问的，谁不行也不可能是你不行啊。"段非凡说，"这事儿……不能什么都扔给你吧。"

"是不是合伙？"江阔说，"是合伙那就都得出力啊。"

"那我也得出力啊。"段非凡说。

"放心，你的活儿少不了。"江阔吸吸鼻子。

段非凡没再说别的，转过头看着他。帽子挡住了江阔的脸，段非凡只能看到他微微发红的鼻尖。

"干吗？"江阔摸了摸自己的鼻子，"有东西吗？"

"没。"段非凡说。

"那怎么了?"江阔挑了一下眉毛。

"突然觉得没趁着刚开学那会儿跟你打一架真是亏了,"段非凡说,"现在都下不去手。"

"没事儿,"江阔一挥手,"万一以后我们吵架了,允许你吵不过我的时候动手。"

段非凡笑着没说话。

两人回到小区,明显感觉比街上要热闹,有人在小花园旁边的空地上放烟花,时不时还能听到鞭炮声。

"刚忘了买烟花!"江阔有些郁闷,"我还没放过烟花呢,回来的路上我还想着买点儿来玩。"

"一会儿去买,先进屋暖和一下,我快冻死了。"段非凡说,"现在还没到十点,买了咱俩半夜放去。"

"好。"江阔搓搓手。

刚迈出电梯,他们就听到小孩儿的叫喊声,他们对门的邻居家开着门,一屋小孩儿正疯狂地上蹿下跳。

"你小时候,你家过年是不是这样的?"江阔边走边掏钥匙。

"比这热闹,"段非凡说,"我们不光蹦,我们还打架。"

江阔笑着打开门。两个人进了屋,打开空调,不一会儿身上就暖和了,都脱了外套,坐在沙发里昏昏欲睡。

"段非凡。"江阔说。

"嗯?"段非凡偏过头。

"我想喝水。"江阔说。

"我也想。"段非凡说。

江阔笑了起来:"什么意思你?谁离冰箱近谁去拿。"

"喝什么水?"段非凡撑着脑袋看着他,"我看冰箱里好像有不少饮料。"

"大炮走之前买的,"江阔说,"不甜的都行。"

"行。"段非凡起身。

段非凡打开冰箱看了看,拿了瓶不含糖的茶,拧开递给他。

江阔已经坐了起来,有些发愣。

"怎么了?"段非凡凑过去看了看他。

"我好饿。"江阔说。

"……先喝点儿水垫垫。"段非凡把水递给他。

江阔接过瓶子,忍不住想笑:"这日子过得也太惨了。"

"点个外卖，"段非凡拿过手机，"想吃什么？"

"冰激凌。"江阔说。

段非凡在屏幕上戳着的手指停在了空中，过了一会儿他才笑着转过头："江阔，故意的吧你？"

"嗯——哪！"江阔说。

"行，"段非凡看了一眼时间，"有口味要求吗？"

"只要不是蓝莓味的就行。"江阔说。

"等着。"段非凡拿过外套出了门。

小区里面就有小超市，在杨科住的那栋楼对面，段非凡一溜小跑，往小超市跑过去。出了门他才发现，现在外面比他们来时更冷了，他也没戴围巾，一阵风吹过来，从脑袋到腿全是凉的。

他哆哆嗦嗦地蹦进了小超市的门。

"哟，"里面的一个大姐看了他一眼，"衣服没穿够吧？"

"还成。"段非凡笑笑，走到冰柜前看了看，从里面拿出一大盒冰激凌放到了收银台上，"这个。"

"以毒攻毒啊？"大姐看着他。

"嗯。"段非凡点点头。

买了冰激凌出来，段非凡想着要不要出去把烟花也买回来，但刚想走，突然发现楼角有个影子一闪而过。他挑了挑嘴角，他已经通过外套的毛领认出来那是江阔了，于是他快步走了过去。

鉴于江阔一惊一乍的特质，他没有突然蹦出去，而是喊了一声："江有钱！"

"啧，"江阔从墙角那边探出了头，"你这是什么眼神儿？"

"专看你的眼神儿。"段非凡说。

"真土味啊！"江阔喊。

"给，"段非凡把冰激凌递给他，"这是最大盒的了。"

"给，奖励你一朵小红花。"江阔背在身后的手伸了过来，手里拿着一朵……确切地说，是一个冰箱贴，一个花朵形状的冰箱贴。

段非凡接过这朵"花"："谢谢阔叔。"

"这是屋里冰箱上的吧？"段非凡看着手里的冰箱贴，"看着眼熟。"

"嗯。"江阔边走边拆冰激凌。

段非凡偏头看了看他，发现他帽子里的头发居然是湿的。

"你洗澡了？"段非凡扒拉了一下他的头发，确定是刚洗完的，"你没吹干？"

"根本没吹。"江阔甩了甩头，"这天儿不行，都没给冻上。"

"赶紧回去。"段非凡把帽子按在他头上,推着他快步回了楼里。

江阔低头吃着冰激凌,进电梯的时候才把盖子扣上了。他回到屋里又打开吃了几口,然后把冰激凌放进了冰箱里:"留着明天吃吧。"

段非凡在浴室的柜子里找到了吹风机,拿出来递给了江阔:"头发先吹干。"

"嗯。"江阔应了一声,插上吹风机。

"我洗澡去了啊。"段非凡说。

"你不回店里了吗?"江阔看着他。

"不回了,这么冷懒得走,在你这儿凑合一晚吧。"段非凡往浴室走去,"不过明天一早就得过去,开市了,会很忙。"

段非凡进了浴室,刚把衣服脱了还没打开花洒,就听到外面的吹风机声音停了,顶多吹了三十秒。他想出去问一声,但想想还是没有出去,打开了热水。

江阔的情绪很微妙地就在这么一点儿的时间里一路走低了,从下楼到吃冰激凌再到回来。虽然不明显,但段非凡感觉得到,只是拿不准是因为什么。

这个澡段非凡洗得很快,洗完套上衣服就出来了。

江阔坐在沙发上,吹风机放在旁边的小几上,头发还是湿的。

段非凡没说别的,走过去拿起吹风机:"我帮你吹?"

"行。"江阔应了一声,还是懒懒地靠着沙发没动。

段非凡打开吹风机开始帮他吹头发。

江阔闭上了眼睛,看上去还挺享受。

"阔叔,"段非凡在吹风机的嗡嗡声里问了一句,"一会儿去买烟花吗?"

"明天再买吧……"江阔说,后半句淹没在了嗡嗡声里。

段非凡关掉吹风机:"什么?"

"明天再买吧。"江阔说。

"后面的。"段非凡说。

"不想出门了,窝会儿吧。"江阔又说。

"好。"段非凡打开了吹风机继续吹。

头发吹干之后,江阔往后仰倒,拍了拍身边的位置。

"坐这儿?"段非凡问。

江阔啧了一声:"躺这儿!"

"好嘞。"段非凡把吹风机放好,回到客厅,坐到沙发上,然后往旁边一歪,也躺下了。

这沙发从舒适程度来看,估计不是房东配的,应该是大炮自己买的,又宽又厚,人坐着基本能陷进去。江阔说"窝会儿",这还真是"窝"着。

江阔打开了电视,随便找了部电影放着。

"你是不是……哪儿不舒服？"段非凡问。

"嗯？"江阔看了看他，"没。"

"……哦。"段非凡清了清嗓子。

"怎么了，"江阔笑了，"你是不是不信啊？"

"那倒不至于。"段非凡说。

江阔啧了一声。

段非凡笑着叹了口气。

"你一直在琢磨我为什么心情不好么？"江阔问。

"我不知道，"段非凡说，"就是觉得你突然心情不好了。"

"没有不好，"江阔看着电视屏幕，想了想又叹了口气，"只是……"

"怎么了？"段非凡问。

江阔说："说不清。"

"江阔。"段非凡坐了起来，但想了半天也不知道该说点儿什么才好。

江阔看着他："居然还有你进行不下去的话题。"

"多了。"段非凡说。

"躺好。"江阔又拍了拍。

段非凡有些无奈地又躺了回去。

"你是不是想看电视？"江阔问。

"不看，"段非凡说，"我就想躺这儿。"

两人都没再说话，半眯着眼睛躺着。

电影直到过了十二点才播完。

段非凡一直没动，等电影结束了才轻轻坐了起来，看到江阔歪着头已经睡着了。他把地上的垫子收拾到沙发上，关掉电视，去了趟厕所。回到客厅的时候江阔已经站了起来，脸上带着睡意。

"睡吧。"段非凡说。

"嗯。"江阔应了一声，"你明天早上走的时候我要是没醒，你叫醒我。"

"为什么？"段非凡问，"多睡会儿不好么？"

"我要知道你走了，"江阔说，"不想一睁开眼屋里没人。之前在学校，一睁眼，宿舍楼里的人都没了，我就满宿舍楼溜达。"

"行，我走的时候叫醒你。"段非凡走到床边，往床上一倒。

江阔慢慢蹭到枕头上。

"江阔，"段非凡凑过去轻声说，"你要有什么想法，好的坏的，都跟我说，别憋着，知道吗？"

"我不是那种人。"江阔勾勾嘴角。

"嗯。"段非凡笑笑,拉过被子盖上,"我关灯了啊。"

"关吧。"江阔说。

段非凡关了灯,躺回去的时候发现江阔占了大半张床。

"你抢被子吗?"他问。

"不好说,"江阔的胳膊收了一点,"总体来说,我睡觉还是老实的。"

段非凡躺了下来。

江阔没再说话。段非凡本来以为他已经很困了,马上就能睡着,但从呼吸声听得出来,他一直醒着。段非凡背都躺酸了,他还没睡着。

段非凡偏过头看了看,黑暗中能看到江阔的眸子闪着光。

"英俊,"江阔开口,"没睡着吧?"

"没,"段非凡说,"你刚不是挺困的么,怎么还不睡?"

"你以前有过喜欢的人吗?"江阔问。

"没有。"段非凡回答得很干脆。

"那你社交范围这么广,总听到过别人的恋爱感受吧?"江阔又问。

"有是有,但为什么这么问?"段非凡有点儿想起身去开灯了。

江阔说:"我就是想知道……你知不知道喜欢一个人是什么感觉?"

"怎么说呢……这玩意儿还真不好总结,大概就是老想看着对方,"段非凡说,"对方说什么都觉得很可爱、很帅,对方碰上什么事儿你也会着急……我再想想啊……"

江阔笑了笑。

"别的真不好说出口。"段非凡说。

"还有你说不出口的话么?"江阔喷了一声。

"喷,当然有,"段非凡说,"比如觉得对方很好闻,对方靠近的时候你就会有点儿什么别的想法……"

段非凡干咳一声。

"嘶……"江阔撑起脑袋,在黑暗中看着他,"还有呢?"

"这真没法简单地形容出来。"段非凡说,"喜欢就是喜欢,你要非摊开来说,又好像没什么,拢一块儿就是很喜欢。"

"嗯。"江阔应了一声。

"你得出什么结论了吗?"段非凡问。

"没有。"江阔躺回了床上,"太复杂了,不想了。哎,感觉我已经习惯你在旁边了。"

"是么?"段非凡笑笑,"那可能叫依赖吧,毕竟我是唯一理你的人。"

"放你的屁，"江阔说，"我们宿舍的那几个人不理我么？"

"那是跟我一样的理法么？"段非凡说。

"哎，"江阔翻了个身，"你是不是一开始就觉得我是个不错的小伙儿？"

"美得你，"段非凡说，"我那是想抽你。"

江阔一下乐了："至于吗？"

"太至于了。"段非凡说，"就你那个劲儿，气焰嚣张，脑袋顶上四个大字'我很有钱'，走路不看人，说话倒是句句能呛着人，咱俩没打起来真的是因为我已经退隐江湖很多年，忍耐力超凡脱俗。加上丁哲那个叛徒，看见你的车就迈不开腿……"

江阔笑了好半天："段非凡。"

"嗯。"段非凡应了一声，"约架明天啊，现在打架，楼下大妈要报警的。"

江阔笑着说："我觉得你这个样子很好。"

"什么样？"段非凡问。

"就现在这样。"江阔说。

"你是不是傻？"段非凡摸了摸他脑门儿，确认他没发烧，"你就喜欢看我骂人呗。"

"嗯，"江阔点点头，"不喜欢你小心翼翼的样子。"

段非凡没说话。

"放肆点儿。"江阔说。

"那我现在就放肆一把。"段非凡说。

"嗯。"江阔点点头。

"胳膊肘拿开。"段非凡说。

"嗯？"江阔愣了愣，收回了自己的胳膊。

"啊……"段非凡抱着胳膊一通搓。

"压着了？"江阔问。

"你胳膊肘压着我那一丁点儿肉已经五分钟了，"段非凡说，"时间再长点儿就该揪掉了。"

"这么娇气的吗？"江阔说，"你对得起你那一身疤吗？"

"这一身疤也不是揪出来的啊。"段非凡说。

江阔推了他一把："翻个面儿，我看看你背上那条羊蝎子疤。"

"你不困了吗？"段非凡翻了个身趴着，转过头看着他，"你要是饿了我给你点个外卖，不至于看着疤解馋。"

"困了，"江阔说，"我要是不困，现在能给你上一节马术课。"

"要我给你唱首歌吗？"段非凡问，"摇篮曲。"

江阔没出声，闭上了眼睛。

段非凡轻轻地哼了一句，然后停下："这首行吗？"

"好听。"江阔说。

段非凡没说话，继续轻轻哼着曲子。

很好听，江阔没听过这首摇篮曲。段非凡调子起得很低，声音也很低，带着让人觉得舒适的颗粒感。

江阔感觉自己几乎是下一秒就失去了知觉。

早上段非凡的手机响了一声，接着江阔就感觉到旁边的床动了一下，段非凡起床了。

江阔听到他很低声地说了一句："嘁。"

"嗯？"江阔挣扎着把眼睛睁开了一条缝。

"醒了？"段非凡转头看了看他，"没等我叫啊？"

"起晚了吧？"江阔问。

"是，"段非凡笑笑，"老叔问我了。"

"赶紧过去吧。"江阔打了个呵欠。

"你再睡会儿，"段非凡一边穿衣服一边交代，"醒了要是不想自己买早点，就给我发条消息，我带你出去找地方吃。"

"到处不都有早点店么？"江阔说。

"只有我知道哪家好吃……我先洗漱。"段非凡一溜小跑进了浴室，过了一会儿又一溜小跑回了卧室，"阔叔。"

"嗯。"江阔应了一声。

"我走了啊。"段非凡说。

"滚吧。"江阔说。

段非凡笑着转身跑出了卧室。

一阵穿外套的声音过后，门响了一声。屋子重归安静。

江阔拉过被子蒙住头，又睡了一觉。

他再醒过来的时候已经快中午了，洗漱、收拾完，已经不需要决定去哪里吃早点。他拿过手机看了看，有两条段非凡的消息。

——指示如下：起了吗？起了给我打电话，今天人很多，消息怕听不见。

——指示如下：中午带你去吃炖锅。

江阔拿着手机，一边打电话一边出了门。

段非凡很快接了电话："起了？"

"都出门了。"江阔抬头看了看天，今天的阳光很好，"我去店里找你？"

"路口等我就行,今天市场人多,太乱了。"段非凡说,"我歇着了,现在出来。"

"好。"江阔应了一声。

挂了电话之后他打了个喷嚏。起来的时候他就感觉有点儿头晕,不知道是因为昨天吃了冰激凌还是因为湿着脑袋吹了风,但没有什么明显的感冒感觉。也有可能是睡蒙了。

从小区到市场路口的这段路程,按他以往的习惯,就算没地儿停车,他也会开车过去,特别是今天这种情况。但他没开车,只是溜达着往那边走。一边想要快些见到段非凡,一边又想在"一个人"的状态里多待一会儿,这种复杂的情绪非常奇妙。

江阔你怎么这么难伺候呢。

不过站在路口等红灯,看到对面站着的段非凡的时候,他还是迅速进入了愉悦的状态里。

段非凡换了件外套,是一件到膝盖的运动款羽绒服,就算帽子和围巾中间只剩了个鼻子,江阔还是觉得他就是当之无愧的"市场一枝花"。不,不光是市场,起码是"本区一枝花"。

段非凡拿出手机低头戳着。

一秒钟后,江阔的手机在兜里振了起来,他掏出来看了一眼,接起电话:"干吗啊,面对面还要打电话?"

"你是色盲吗?"段非凡声音里带着笑。

"怎……"江阔扫了一眼人行道上的灯,绿灯显示倒计时最后一秒,然后又变成了红灯,他非常震惊,"我去,这个绿灯几秒?"

"二十秒!"段非凡说。

"二十秒你都没想起来叫我一声?"江阔说。

"我就想看看你到底要杵多长时间,"段非凡指了指他右边,"吃饭要往那边走。"

"过街这十米路累死你了是吧?"江阔说。

红灯在这时变成了绿灯,他刚要过去,段非凡指着他:"你别动。"然后飞快地走了过来。

"干什么?"江阔笑了起来。

"跟你一块儿过去。"段非凡说。

一个路口,江阔生生等了两个红灯才算是过去了。旁边书报亭里的大娘一直盯着他,不知道是不是在判断他到底能不能看见东西。

"新开的炖锅店?"江阔问。

"嗯。"段非凡打开手机,给他看了看段凌朋友圈里的图片,"段凌昨天去吃了,说味道不错,我想着那赶紧带你吃一顿去。"

"看起来很好吃。"江阔说。起床之后他一直没觉得饿,这会儿看到图片,他才突然饿了起来,而且非常饿。

"走。"段非凡搭着他的肩膀。

还是很舒服的,这种有人发现了好吃的东西,第一时间带他一块儿去吃的感觉,幼稚而舒服。

江阔发现今天这一路他俩居然没有撞到一块儿,转头的时候发现段非凡也正低头看着脚下。

"发现没?"江阔说。

"今天没撞?"段非凡说。

"都不习惯了。"江阔说。

段非凡迅速小蹦了一下,把步子调反,撞了他一下。

"蹦回去!"江阔说。

段非凡又蹦了一下。

番外

一些往事

1 《我的理想》

"小阔,"刘阿姨在门外,一边敲门一边轻声说,"吃点水果吗?还有点心哦,你最喜欢的酸奶小蛋糕。"

江阔躺在床上,拉过被子盖住了脑袋。

酸奶小蛋糕!他咽了咽口水。

"刘姐,我出去一下。"妈妈在二楼喊。

"现在啊?"刘阿姨说,"小阔还是不吃东西……"

江阔马上拉开被子,把耳朵露出来,仔细听着。但他没听到妈妈的声音,连同刘阿姨的声音也没了。他重新把被子拉上,盖住脑袋。

"真不管他吗?"刘姐端着托盘从楼梯上走下来,压低声音,"昨天一天都没吃啊,今天又大半天了,这么小的孩子,会饿坏的。"

"让他犟,"林晓谷往上扫了一眼,"最多犟三天,出不了问题。他还偷喝果汁儿了呢。"

"万一犟了四天呢?"刘姐皱着眉,"孩子是不该惯着,但也不能太不惯着了吧。"

"真犟了四天再说。"林晓谷摆摆手,走进客厅坐下了,"他跟他爸一样,吃不了什么苦,搁以前就是第一批叛变的那种,敌人一进村,他们就挥着小白旗出去了。"

"什么话!"江郁山喷了一声,"我起码能撑到用刑。"

"那你俩并肩作战吧。"林晓谷坐下,看了看时间,"差不多该去接了了。"

"我去,"江郁山说,"我今天不去公司。"

"再跟老师说一声,江阔还在为开车上学的事儿抗争,什么时候抗争完了什么时候去学校。"林晓谷说。

"学习该跟不上了。"刘姐叹了口气,把托盘放到了桌上。

"他也没跟上过啊。"林晓谷也叹了口气,"考个九十分江总都能开香槟了。"

"学习是不如了了。"刘姐说,"按说他脑子不笨,玩什么都不用学,上手就会,跟神童一样。学个加减法怎么就跟脑子被糊上了一样呢?字儿也认不全,就会写自己的名字。上回还跟我抱怨说,妹妹的名字为什么比他的好写。"

林晓谷笑得手里的杯子都差点儿拿不住。

"酸奶的吗?"江郁山伸手想拿一块蛋糕。

"哎呀,"刘姐飞快地把托盘往自己这边挪了一下,"你吃别的吧,怎么还跟小朋友抢吃的。"

"他不是不吃么?"江郁山说,"这放到他想吃的时候都坏了。"

"你俩真是的!"刘姐很无奈。

"一会儿我上去劝劝他。"江郁山说。

"你别去。"林晓谷说,"道理都已经跟他说明白了,让他想通了自己下来,你别老做那个'篑'。"

"什么玩意儿?"江郁山愣了愣。

"功亏一篑。"林晓谷说。

江郁山笑了起来:"行吧。那我偷偷瞄一眼呢?他会不会晕过去了?"

"你儿子是那种饿晕过去都不吃的人吗?"林晓谷说,"他之前写作文,说理想是做一杯酸奶。"

楼下的几个人笑得很愉快,而且声音还很响,江阔蒙着被子都能听见,比他肚子饿出的咕噜声都要响亮。

他摸了摸肚子,等了一会儿,感觉过了很久很久,才掀了被子下了床。他走到门边,把门打开一条缝,凑到门缝处往外看了看——没有人。

楼下的笑声早就停了,变成了聊天声。

江阔光着脚打开门,很小心地走出房间,往二楼爸爸的茶室悄悄摸了过去。那里有酸奶和点心。

走到一半的时候,他的肚子很响地叫了一声。

咕——噜噜噜噜……

他被吓得踮着脚尖一溜小跑着进了茶室。

刚想打开冰箱去拿酸奶的时候,他突然发现茶室里的落地灯是亮着的,伸出去的手顿时僵在了空中。

他慢慢转过头,往桌子那边看了一眼。

爸爸坐在桌子后面看着他，捂着嘴，笑得都快抽抽了。

江阔没有动。

他非常尴尬，没有面子。虽然他还没有拿到酸奶和点心，但是他的动作已经很明显能让人看出意图了。

一时间他不知道自己是应该跑掉还是继续站在这里。

"有红枣酸奶，"爸爸压低声音，"快拿，趁你妈没发现。我不跟她说。"

爸爸是在帮他。

但爸爸脸上控制不住的笑让他看起来非常不可信，就像是在等着看笑话。

江阔拧着眉毛盯着他。

"去拿啊，儿子。"爸爸边笑边指了指冰箱。

"我不是来拿酸奶的。"江阔思考了一会儿之后坚定地回答。

"我知道，你是来散步的，"爸爸说，"顺便拿一杯酸奶。"

"不。"江阔咬着牙转身飞快地走出了茶室，走到走廊的时候重新踮起脚尖，一溜烟地跑回了自己房间，把爸爸响亮的笑声关在了门外。

酸奶没吃到，点心也没有拿到，肚子很生气，叫得更响了。

咕噜噜噜噜噜……

江阔非常郁闷地蹲在门后。

腿蹲麻了的时候，门被敲响了。

"阔啊，"是爸爸的声音，"我去接了了，你一块儿去吗？"

江阔没有出声。

"今天你没去上学，了了又一天没见着你，"爸爸说，"打架都没人陪了，多孤单啊。"

爸爸这话让江阔不知道该怎么接，只能继续保持沉默。

"一会儿她哭了，我哄不好，你跟我一块儿去吧。"爸爸说。

江阔犹豫了半天，慢慢站了起来，打开了门。

"走。"爸爸一挥手。

江阔站着没动，腿已经麻了。

爸爸走了两步发现他没跟上，转头看着他："晕了？头晕？饿得头晕了？"

"腿麻了。"江阔有些没面子，声音很低。

"你干什么了？怎么会腿麻了？"爸爸很紧张地走回来蹲下，"爸爸看看。"

"不用。"江阔往后退了一步，腿立刻酸得他眼泪都快下来了。

"你刚是不是蹲着呢？"爸爸问。

江阔咬着牙没吭声。

爸爸看着他，然后开始笑。

江阔非常生气,要气得不行了。他咬紧牙关,转身大步往床边走。

还没走两步,他就觉得肚子上一紧。爸爸一胳膊把他兜了起来。

"不许进我房间!"江阔喊。

"好好好,这不就出来了吗?"爸爸兜着他出了房间,把门关上了。

"你干吗呢?"妈妈在楼下问。

"我俩去接了了放学。"爸爸把他翻了个个儿,扛到了肩膀上。

"别卡着他肚子了!"刘阿姨指着被扛在肩膀上的江阔。

爸爸换了一下手,把他抱在了胸前。

江阔还在生气,挣扎着想跳下去,但没成功,被爸爸拎到车库,扔到了车后座上。

他已经两天没去学校了,因为妈妈不让他开车。

爸爸把车停在学校门口。江阔看着里面的同学走出来的时候,又有点儿想念学校,但是他不能放弃。

"你在车上等我。"爸爸说。

"嗯。"江阔把下巴搁在车窗边上,应了一声。

"爸爸——"江了了的声音从校门里头传了过来,又尖又响。

江阔叹了口气。

爸爸过去,跟班主任说了半天。见班主任往这边看了过来,江阔赶紧把头缩回了车里。

"今天我们画画了,"江了了打开车门,上了后座,"老师把我的画贴到墙上啦。"

"你画了什么?"爸爸问。

"画了春天。"江了了说,"很多很多绿色。"

"春天只有绿色吗?"江阔说。

江了了说:"就是绿色,深的、浅的。现在还没有花,所以是绿的,很多绿的!"

"有红的。"江阔说。

"绿的!"江了了喊。

"红的,花的。"江阔说。

"绿的绿的!"江了了喊。

"红的红的。"江阔说。

"绿的!"江了了拍了他一下。

"红。"江阔推了她一下。

"绿！"江了了又打了他一下。

"你俩又开始了是吧？"爸爸在前面说。

江阔和江了了都没有说话，你一下我一下地开始打架。

"哎——"爸爸喊。

江阔停了手。他两天没吃饭了，打起来没什么干劲。

江了了也停了手，从兜里掏出一个小面包递到了他面前："你吃吗？"

"不吃。"江阔转开了头。

"给你吃。"江了了把小面包的包装袋打开了，执着地递到他面前。

江阔忍不住吸了吸鼻子，闻到了浓浓的面包香。

"红豆的。"江了了说。

"不吃。"江阔咽了咽口水。

"红豆小面包——"江了了喊，"红豆哒！"

江阔一把把小面包拿走，低头吭吭两口吃掉了。

"好吃吗？"江了了问。

"嗯。"江阔应了一声，飞快地往前面扫了一眼。

还好，爸爸没有笑。

"了了那天写作文了没？"爸爸问。

"写啦，我的理想是做个流浪汉！"江了了说。

"……流浪就可以了，"爸爸偏过头，"流浪汉还是别了吧？流浪是你想要的一种生活态度，不是生活状态。"

江了了没说话，仰着脸想了一会儿："那小阔想做酸奶也是态度吗？"

"他那是馋的。"爸爸说。

江阔有些不服气地哼了一声。

"老师也这么说，说以后不能这么写。"江了了说。

"嘶——"爸爸皱起了眉头，"你们老师这么说就不对了啊。谁说理想就一定得是大人认定的那些，想做酸奶怎么了？多好啊，这想象力！"

江阔抬了抬眼皮。

"我回去得给你们老师打个电话。"爸爸说，"这样教育不对，会扼杀孩子的想象力。"

"你不也这么说的嘛。"江了了晃了晃腿。

"老师的话分量不一样。爸爸是开玩笑，老师可不是。"爸爸说，"我得跟老师谈谈。"

"让妈妈跟老师谈吧。"江了了说。

"为什么？"爸爸一挑眉毛，"我哪点不如你妈了！"

"你太啰唆了。"江阔说。

"嗯，又不是公司开会。"江了了说。

"哎！"爸爸拍了一下方向盘。

理想如果不是酸奶，是什么呢？

江阔看着窗外。

段非凡看着面前的本子叹了一口气。

"哎什么哎！"老爸在外头喊，"写不出来了啊？别写了，出来打游戏！"

"……我昨天就没交作业！"段非凡喊，"已经被罚站三节课了！"

"罚站了？"老爸的脑袋从门外探了进来。

"嗯。"段非凡用膝盖顶着桌子，一下下晃着椅子。

"今天写什么写不出来了？"老爸走了过来，"我帮你写？"

"英语。"段非凡说。

"……小学生学个屁的英语，"老爸说，"拼音都没学利索呢！"

"你是不是不会？"段非凡抬头看着他，嘿嘿笑了起来。

"这有什么不会的，你们学的不就是'哈喽''薅啊油''俺饭安滴油'……"老爸弯腰看了看他的作业本，"你这写的也不是英语啊。"

"逗你的。"段非凡说。

"小玩意儿，"老爸在他后脑勺上弹了一下，"多大点儿就学会逗你爸了。"

"疼疼疼疼疼……"段非凡搓着后脑勺。

"写作文呢？"老爸说，"我的理想……真没劲，我上小学的时候写的就是我的理想，到你上小学了，就你的理想，没完了。人就不能没有理想吗？"

"我就没有理想。"段非凡叹了口气。

"所以写不出来。"老爸说。

"嗯哪。"段非凡点点头。

"那你编一个，"老爸说，"什么科学家、医生、老师的。你就写老师吧，还能顺便拍拍你们语文老师的马屁。"

"我才不想做那些个。"段非凡很不屑。

"那你想做什么？"老爸问。

段非凡沉默了一会儿，突然一扬脑袋，喊了一嗓子："称霸江湖！"

老爸被他吓了一跳，愣了愣才往他后背上甩了一巴掌："喊个屁啊！吓老子一跟头。要喊出去喊！我段非凡！要称霸江湖！我的理想是称霸江湖！"

段非凡靠着椅背，蹭了蹭被老爸甩了一巴掌的位置："你这是家暴，成天打我。"

"这就叫打你了？我要真打你，你还能出声？"老爸喊了一声，"哪天真打你一顿，必然让你记一辈子。就这么甩一巴掌，你明天就忘了。"

"不会。"段非凡说。

"后天忘。"老爸说。

"也不会。"段非凡挑挑眉毛。

"那下个月！"老爸不耐烦地说。

"还是不会。"段非凡说。

"你小子就这么记仇？"老爸瞪着他，"好事儿不见你记一件！"

"你也知道这不是好事儿啊！"段非凡立马说，说完又补了一句，"好事儿我记得更久。"

老爸瞪了他一会儿，笑了起来，在他脑袋上胡噜了两下："说得热闹。我跟你说，我小时候的事儿我就不记得了。我跟你老叔打那么多次架，也就记得两三回，你爷爷奶奶的事儿真是不记得了。"

"我能记得。"段非凡很坚定，"你不记得是你脑袋不好使，而且你离家早。"

"脑袋肯定是好使的，估计还是离家早。"老爸拍拍他的头，"那你晚点儿离开家，咱爷俩一块儿多待几年。"

"嗯。"段非凡点点头。

"段非凡！下来玩！"楼下有人在喊。

"写作业呢——"段非凡也喊。

"不写啦——"楼下喊，"下来玩！段非凡！下来——玩！"

段非凡没出声，盯着作业本上的字——我的理想。

"段非凡——"

我的理想是当老师。

"来玩——"

不行，老师太凶了。我的理想是当……公交车司机。

"段——非——凡——"

我的理想是……

"段段段段段！非非非非非！凡凡凡凡凡！"

我的理想是！

段非凡摔了手里的笔，从椅子上跳起来就往门口冲。

"去哪儿？"老爸一边手忙脚乱地打着游戏，一边问了一句。

"去称霸江湖！"段非凡冲了出去，回手把门一带。

哐的一声。

"吃屁去！吓老子丢了一条命……"老爸在屋里骂。

段非凡跑出楼道就看到了他们班的几个小孩儿，排成一排坐在楼下的三轮车上，仰着头闭着眼，跟傻子似的，正一块儿冲着楼上齐声大喊。

段非凡冲过去把喊得最起劲的李胖胖揪了下来。

"段非凡段非凡！"李胖胖仿佛中了邪，还在大喊，"下来玩！"

"玩个屁！"段非凡往他背上甩了一掌，"我要！"他又甩了一掌，"称霸！江湖！"

李胖胖暂停了两秒钟，然后一仰脖子，嗷的一嗓子哭了起来。

"哭喽！"有人笑着喊了一声。

"笑喽！"又有人喊。

"又哭又笑喽！黄狗撒尿喽！"其他几个人一块儿喊了起来。

李胖胖哭得更带劲了，嗷嗷的，像喇叭声。

"别起哄！"段非凡指着他们几个，一瞪眼睛，"我看谁再喊！"

几个人唰的一下没了声音，连李胖胖的哭声都停了。

"哭完了啊？"段非凡问。

"啊——"李胖胖一仰头又续上了。

"闭嘴啊！"段非凡用手指头在他脸上戳了一下。

李胖胖又收放自如地让哭声戛然而止。

"烦死了。"段非凡踢了一脚地上的小砖头，"我写作业呢！喊喊喊！"

"抄我的。"何壮壮说。

"写作文呢！"段非凡说，"我的理想！抄什么？怎么抄？"

"你跟我的理想一样就可以了。"何壮壮说，"我的理想是成为一名飞行员，战斗机飞行员！"

"你近视都二百度了，"段非凡说，"得眼珠子换俩才能去。"

"啊？"何壮壮愣了愣，"近视不能当飞行员吗？"

"当然不能啊！"段非凡说。

何壮壮愣了半天，低下了头。

"哎，"段非凡拍了他一下，"理想嘛，就是用来想的。"

"啊？"何壮壮看着他。

"啊什么啊？"段非凡晃着肩膀往胡同口走，"想一想有什么不可以的，就想了怎么的！"

"对啊！"何壮壮立马高兴起来，跳下三轮车，跟在他后头一块儿晃着肩膀走，"我就想当飞行员！"

"我就想当总统！"李胖胖跟过来，晃着肩膀喊。

"我就想当老板！"

"我就想当……当……科学家！"

"段非凡你想当什么？"

"我想当你爸爸。"段非凡笑着说。

"我告诉老师！"

"告呗，我又不是想当老师的爸爸。"段非凡嘎嘎乐着。

"想当什么啊？"

"我想想啊。"段非凡仰起头想看看天，但一眼就看到了头顶的路灯，还挺晃眼，他眨了眨眼睛，"要不我当个中彩票的吧，中一百万，给我爸和我老叔，让他们开个大饭店，超级大的那种。"

"卖牛肉吗？"

"嗯！"段非凡点点头。

2　文身与指南针

"大热天儿的……"江阔躺在床上半眯着眼睛，听着电话里大炮阐述的在这样的天气里要他出门的理由，"打开窗帘。"

床头的窗帘缓缓打开。

"所以我就想着答应下来得了，省得欠他一个人情……什么？"大炮问。

"关上窗帘。"江阔迅速闭上了眼睛，窗外强烈的阳光让他觉得自己这一眼怎么也得值个双目失明五分钟的。

"好嘞。"大炮干脆地回答。

"什么？"江阔愣了愣。

"您说什么就是什么，"大炮说，"我再过去给您把红毯铺上也没问题。"

"哎，"江阔皱了皱眉，慢吞吞地坐了起来，"行行行行……"

"答应出门了？"大炮立马愉快地问。

"答应你过来铺红毯了，厚度少于两厘米我脚可不落地。"江阔说。

"去你的！"大炮骂了一句。

磨叽了半天，换了衣服准备出门的时候，身后有人开口："哪儿去？"

"你怎么在家？"江阔回过头，看到江总坐在沙发上，手里拿着一沓不知道是报表还是合同的玩意儿。

"放暑假了呗。"江总说。

"那你玩。"江阔转身往外走。

"不带我啊？"江总问。

"让江了了带你吧，"江阔说，"她比较有趣呢。"

这是昨天晚饭的时候江总对他一双儿女中的女儿的评价，简练而深情。对儿子的总结也很简练："挺帅的"。

这让江阔很无语。

江总在他身后发出了愉快的笑声："真记仇。"

江阔关上门。

"我叫个司机过来送你！"江总在门里边喊。

"不用了！"江阔也喊。

"车呢？"大炮站在路边看着他。

"叫啊。"江阔也看着他。

"不是，"大炮抬头，迅速闭上眼睛感受着阳光，"江总的司机都放假了吗？"

"叫车。"江阔说。

"又跟江总置气了吧？你早说啊，"大炮叹了口气，"我家车空着呢，早知道我就开过来了。"

"胆儿挺肥，"江阔扫了他一眼，"无证驾驶。"

"只要你不举报。"大炮拍了拍胸口，拿出手机叫车，"我凑到警察叔叔眼前儿，人家看脸也得叫我一声哥。"

江阔笑了起来。

"看不起我这一身江湖气是吧？"大炮顿时不服。

江阔转身。

"叫什么车？"大炮又问。

"能最快过来的。"江阔快步走进旁边的一家咖啡馆，抓紧时间凉快一下。

车来得确快，到门口的时候江阔第二杯Dirty刚灌完。不过一溜小跑上了车之后，他立马皱了皱眉。

跟着他上车的大炮反应很快，一边关车门一边跟他同时把车窗放了下来，还补了一句："师傅，前面的车窗开一下吧。"

"开着空调呢。"师傅说。

"有味儿。"江阔说。

师傅愣了一下，吸了吸气："有吗？"

江阔没出声，偏头对着已经打开的车窗。呼呼涌进来的热风迅速把车内的凉爽一扫而空，他顿时满心不爽，没有回应师傅的质疑。

"开一会儿，"大炮抱着胳膊往后一靠，"他鼻子灵，他说有味儿那就是有味儿。"

"到底有没有味儿？"下车之后江阔看着大炮。

"那车那么旧了，多少有点味儿，"大炮拿出手机拨号，"偶尔体验一下，提高提高免疫力，对身体有好处……哎，我们到了，人呢？"

江阔拧着眉往四周看了一圈。这是江总之前开发的楼盘，他家有套大平层在这里头，一直空着。

"超过一分钟就走人。"大炮说完挂了电话。

两个人从小区大门旁边的超市里跑了出来，冲这边招手："阔儿——"

"阔儿什么阔儿，"大炮说，"谁跟你阔儿。"

这两人其实江阔都算是认识，大炮告诉他，他们是他的初中同学，隔壁班的。至于为什么是大炮这个跟他不同校的人告诉他，大概是因为他自己班的同学都认不全，更别说隔壁班的了。

大炮带着仿佛认识他身边方圆八十里内所有人的气场冲那俩一摆头："这可是我请了半天才请出来的。"

"谢了啊，江阔，"一个人说，"本来是真不想麻烦你的。"

这句话江阔非常相信。

"但遮疤痕的文身，一般文身师我真信不过。"那人接着说。

"嗯。"江阔应了一声，没再说别的，往小区里走。

文身师是江阔约出来的。江了了不知道是不是曾经想要往这上头发展，认识不少文身师，这个人手艺特别好，一般人根本约不着。

"你还给约上门了，我们想着去店里呢。"跟在身后的另一个人说。

"我想看看，"江阔如实回答，"店里待着难受。"

"……哦。"那人应着。

大炮笑了两声。他知道江阔一直想文身，但有点儿犹豫。

这个初中同学要遮的疤并不大，拇指大小，但位置在脖子侧面，有些明显。

文身师给设计了个眼睛的图案，又问了一句："家长让弄这个吗？"

"领子能挡住，"同学说，"而且我都成年了，他们不太管我。"

真自由。

江阔靠在沙发上，看着文身师带来的满台子不知名的工具和材料。

他就没这么自由，一点儿都不自由。

江了了也很自由，就他不自由。

江总给江了了自由，但不给他自由。

大概是因为他跟江了了智商不在同一水平……

正神游时，大炮碰了碰他的胳膊，在边上小声问："打算弄一个吗？"

"打算弄俩呢。"江阔说。

"嗯？"大炮愣了，"江总不能同意吧？"

"我管他呢，这是我的自由。"江阔一咬牙，"江了了往脸上戳张画他都能同意……"

"戳了吗？"大炮再次愣住。

"……那倒没有。"江阔说。

"我就说嘛，上回见还没……"大炮说。

"这是重点吗？"江阔打断他。

"不是，"大炮立马续上，"重点是你要弄，还要弄俩。江总不管江了了，就不能管你！"

江阔点了点头。

江阔给自己约了第二天文身，早上出门的时候大炮还问他。

"变卦了没？人给你一晚上的时间考虑呢。"

"那是他下午没时间了。"江阔说。

"看来挺坚定。"大炮点头，很有兴趣地打听，"想好要文什么了吗？"

"拉链。"江阔说。

"拉什么？"大炮问。

"拉犁。"江阔说。

"你会么你就拉？"大炮说。

"什么样的拉链？"文身师问。

文身没犹豫，文在哪儿也没犹豫，但拉链的款式江阔的确是在犹豫。

"拉开的呗，"大炮比画了一下，"拉开的拉链，里头还可以加一条大金链子……"

"给他来一个这样的。"江阔在大炮胸口上点了点，"就这儿。"

"回头我爸给我劈死了，你念咱俩的旧情给我收个尸。"大炮笑着说。

"黑色的，不要任何变形和装饰，就那种最便宜的细齿拉链，"江阔说，"最简单的，只要能看出来是拉链就行。"

在大炮开口之前他又补了一句："拉上的。"

大炮一下笑出了声。

文身师一边画图一边跟江阔最后确认：两条拉链，一条在胳膊上，一条在后背上，不过后背那条是粗齿的。

江阔趴好，偏过脑袋看着一直盯着他的大炮："有什么疑问吗？"

"为什么是拉链啊？"大炮问，"还是拉上的。"

江阔没说话。

"只是内心的一种表达吧，"文身师替他解释，"这个没法说清的。"

"啊？"大炮完全没理会这个解释，不死心地继续问江阔。

"谁拉开了，就给谁个惊喜。"江阔说。

"真能拉开了那得是惊吓吧。"大炮说。

江阔叹了口气。

"不弄个彩色的吗？"大炮在文身师动手之前又问，"全黑色不会太素了吗？是怕被人看到吗？"

"是有点儿素。"江阔突然抬起头。

"嗯？"文身师看着他。

"就知道你小子不是想表达什么内心，纯粹是想装。"大炮一拍沙发，"我就知道！这么低调还怎么装！"

"加个句号吧，"江阔说着指了指图样，"就加这儿，红色的。"

"确定吗？"文身师问。

"确定。"江阔点头。

"为什么加个句号？"大炮似乎感觉自己的判断不对，于是再次开启提问模式，"就这么点儿大的东西有什么加的必要吗？惊叹号不是明显一些？为什么用红色啊？为……"

"不是句号，"江阔说，"它就是个红圈圈。"

"红圈圈？"大炮思考了一会儿，吸了口气，"那我还是不太明白，它为什么……"

"不为什么。"段非凡趴在桌上，眼睛凑在放大镜前，盯着手里的木头牌子，牌子上是一个开好了槽的指南针的图案。

相比于手工制作的，机器开出来的图案带着一种过于规整的笨拙感。

当然，不是跟他的手工相比，他的手工属于既不规整还挺笨拙的那类。

"你什么态度，"段凌在他脑袋上弹了一下，"这么恶劣。"

"每次你都问。"段非凡说。

"你每次也都没回答啊！"段凌喊。

"我上哪儿知道去？"段非凡说，"我就是做着玩。"

"每次都是指南针。"段凌靠着墙，"你是不是有什么心理阴影？"

这话问的，段非凡看了她一眼："我要真有什么心理阴影，听你这么问一句就该发作了吧？"

段凌笑了起来，拍拍他的肩膀："那不可能，段非凡什么人啊，那是一般人吗？"

"其实吧，主要是……"段非凡放下了手里的小木块，往后靠在了椅背上，看向窗外，轻轻叹了口气。

段凌等了半天也没等到下半句，顿时收起了笑容，把胳膊肘撑到桌上，看着他的眼神有些小心翼翼。

段非凡在她关切地开口之前清了清嗓子："我也不会画别的图案，我爸没教我别的。"

段凌张着嘴，好一会儿才猛地直起身喊了一嗓子："段非凡，我看你还会画个欠揍！"

段非凡仰着头嘿嘿乐了半天。

"我明天去看他。"段凌似乎找到了个合适的切入口，飞快地问了一句，"要不要让他给你画个别的图案啊？"

"不用。"段非凡想都没想就拒绝了，非常利索，一点儿余地也没给段凌留。

段凌吸了一口气，想说的话连一个笔画都没说出来。

"我要敲线了啊，"段非凡趴回桌上，"帮忙吗？"

"你想得美。"段凌转身小跑着下楼了。

段非凡盯着手里的木块，手指在指南针的图案上来回搓着。还真是只会画这一个图案，虽然挺复杂的，看着也挺酷，但的确是不会别的了。

他笑了笑，这是老爸教他画的第一个图案，后来就没机会再教了。

当然，他觉得就算有机会，老爸可能也不会别的。

指南针是指南用的。

老爸说的："往南指，知道哪儿是南，就能找着北。"

小时候段非凡觉得这是句废话，越长大却越觉得挺有道理的。不知道是因为真的挺有道理，还是他和老爸之间越来越漫长的时间距离给这句话套上了"亲爹滤镜"。

段非凡用镊子夹起一小段银丝比了比。

这是他做的第四个指南针。第一个是老爸带着他做的。

老爸在纸上画了个指南针，又写了个北字，然后拿了根针在磁铁上蹭了蹭，往纸上一戳，再把他带到门口的水盆前蹲下。

"看，"老爸把纸扔进了水盆里，"这就找着北了。"

看到针转了半圈停下，段非凡觉得很神奇，于是他把"指南针"拿出来，扔到了旁边的水沟里，想看看在更多的水里这个"指南针"还能不能找着北。

然后这个"指南针"就随着水和一堆不知道从哪漂过来的菜叶子往下游飞奔而去了。最后段非凡也没能看清它指没指南。

"你这个脑子吧，"老爸叹了口气，"也就这样了，非常平凡都算不太上。"

"老叔说，我这个脑子的上限取决于你和我妈的脑子。"段非凡说。

"那就是卡在你妈脑子上了。"老爸得出了结论。

"少放屁！"老妈在屋里骂。

一直到住进老叔家以后，段非凡才又开始做指南针。他还上了点儿难度，用铁丝拧了一个，很丑，还被扎穿了手指，最后被老叔拎着去打了破伤风针。

再往后，他就听了老叔的建议，做木头的，只往上刻个图案。

"那不就不能转了，指不了南。"段非凡说。

"南在那头，"老叔指着窗外，"有谁不知道么？"

也是。

段非凡把手里的银丝摆到开好的槽上，对准"北"的那一条，然后拿起小槌子轻轻敲了一下，砸进去了。

"牛。"段非凡表扬了一下自己。

这个指南针一定得做好，毕竟这块木头很漂亮。

虽然还是不会转，但他并不在意，只想做个好看的。毕竟有谁不知道南在哪头么？

想知道方向，还是有很多办法的。

图书在版编目（CIP）数据

三伏：全二册 / 巫哲著 . —— 北京：中国致公出版社，2023

ISBN 978-7-5145-2058-3

Ⅰ . ①三… Ⅱ . ①巫… Ⅲ . ①长篇小说 – 中国 – 当代 Ⅳ . ① I247.5

中国版本图书馆 CIP 数据核字 (2022) 第 229051 号

三伏：全二册 / 巫哲 著

SANFU

出　　版	中国致公出版社	
	（北京市朝阳区八里庄西里 100 号住邦 2000 大厦 1 号楼西区 21 层）	
出　　品	湖北知音动漫有限公司	
	（武汉市东湖路 179 号）	
发　　行	中国致公出版社（010-66121708）	
作品企划	知音动漫图书	
责任编辑	付阳　　邓苗	
责任校对	魏志军	
封面绘制	GEGY 挤挤　陶然	
插图绘制	绘弦　梨三花　lin　MORNCOLOUR　Pytha 桐　小狸淀粉肠	
装帧设计	方茜	
责任印制	程磊	
印　　刷	长沙鸿发印务实业有限公司	
版　　次	2023 年 8 月第 1 版	
印　　次	2023 年 8 月第 1 次印刷	
开　　本	787 mm×1092 mm　1 / 16	
印　　张	43.25	
字　　数	781 千字	
书　　号	ISBN 978-7-5145-2058-3	
定　　价	88.00 元	

（版权所有，盗版必究，举报电话：027-68890818）

（如发现印装质量问题，请寄本公司调换，电话：027-68890818）